PARIS

PARIS

Wiliam Owen Roberts

Cyhoeddiadau Barddas

i Manon

Argraffiad cyntaf 2013
© Wiliam Owen Roberts
ISBN: 978 1906 396 52 7

Cyhoeddwyd gyda chymorth ariannol Cyngor Llyfrau Cymru

Cyhoeddwyd gan Gyhoeddiadau Barddas
Argraffwyd gan y Lolfa, Tal-y-bont

We are émigrés, and for émigrés all countries are dangerous.
Irmgard Keun

Cymeriadau

Inessa (mam Alyosha a Georgik) = **Fyodor Mikhailovich Alexandrov Khabotov** (Gŵr cyntaf a thad Alyosha; bu farw yn Petrograd a'i gladdu yn Berlin)
=**Alexei Alexevich Dashkov** (actor yn Rwsia a Berlin); ai ŵr Inessa
=**Philippe** (cyfarwyddwr theatr ym Mharis); dyweddi Inessa

Alexei (Alexei Fyodorovick Khabotov; mab hynaf Inessa a Fyodor Mikhailovich ond sy'n cael ei alw yn Alyosha)

Georgik (brawd bach Alyosha; weithiau fe'i gelwir yn Gosha)

Y Dduges Lydia Herkulanovna Vors – gwraig weddw aristocrataidd o Rwsia; cyn-diwtores breifat, ond sydd bellach yn alltud yn Berlin a Paris.

Andrei Petrovich Vengerov cyn-reolwr banc Azov-Don yn Petrograd; cyfaill i dad Alyosha; ond sydd bellach yn alltud ym Mharis.

Galina Vengerova unig ferch Andrei Petrovich; mam Roskana; alltud ym Mharis

Marcel (Ffrancwr; cyn-ŵr hoyw Galina; tad i Roskana)

Yves (Ffrancwr; cariad Galina sy'n gweithio yn y banc ym Mharis)

Camlo (yn wreiddiol o Sardinia; pimp)

Ludwika (Pwysles aristocrataidd mae Alyosha'n ei galw yn Wisia)

Capten Przemek Malinovski (Pwyliad aristocrataidd; cyn-filwr ym myddin Gwlad Pwyl)

Cyrnol Flezar Pwyliad aristocrataidd; sy'n gweithio yn llysgenhadaeth gwlad Pwyl yn Berlin

Y Farwnes Kosub Pwyles aristocrataidd; ar gyrion y cylchoedd diplomyddol yn Berlin

Y Tywysog Yakov Sergeevich Peshkov – cyn-swyddog yn y Fyddin Wen; alltud; gweithiwr ffatri a gyrrwr tacsi ym Mharis

Herr Professor KK (Oberführer Karl Krieger – cyn-diwtor i Alyosha yn Petrograd; darlithydd prifysgol yn Berlin; aelod o'r NSDAP sy'n gweithio i Joseph Goebbels.)

Vlasich Pesotski (cyn-filwr yn y Fyddin Wen yn Rwsia; alltud yn Berlin)

Kolosov Leonid – (cyn-filwr yn y Fyddin Wen yn Rwsia; alltud ym Mharis)

Margarita Kozmyevna (cyfnither Alyosha; mae Larissa yn ei galw'n Gretuska weithiau)

Masha Ivanova ffrind i Alyosha yn Petrograd ond sydd bellach yn aelod o Blaid Gomiwnyddol yr Undeb Sofietaidd

Kai-Olaf aelod o'r Comintern a'r KPD – Plaid Gomiwnyddol yr Almaen

Vicki aelod o'r KPD; enw bedydd – Hedwig Eisenberg

Paul aelod o'r KPD

Stanislav Markovich Feldman hen gariad i Margarita yn Petrograd; Iddew; llenor a newyddiadwr Sofietaidd sy'n teithio rhwng Moscow, Berlin a Paris

Larissa Kozmyevna chwaer fach Margarita – sy'n ei galw'n Lala weithiau = gwraig i **Bruno Volkmann**, sy'n feddyg mewn ysbyty yn Berlin ond yn hanu yn wreiddiol o Rostock

Artyom Vasillich Ewythr Alyosha; brawd bach Inessa y mae hi weithia yn ei alw yn Tomya = **Jeanette** (gwraig Artyom; a mam Dimitri)

Zepherine – meistres Artyom, y mae o weithia yn ei glaw yn Zephie

Avril (chwaer Zepherine)

Monsieur Theberge y mae Artyom wedi ei lasenwi 'Y Sant'; gweithwr elusennol ym Mharis.

1925–1927

I

Priododd Larissa Kozmyevna Alexandrov a Bruno Volkmann yn Eglwys San Nicolas, Rostock, ym mis Medi 1925.

Priodas draddodiadol oedd hi.

Yr unig forwyn oedd Margarita, chwaer Larissa, a'r gwas oedd Erdmann Schmidt – ffrind i Bruno ers tymor cyntaf y ddau fel myfyrwyr meddygol.

Doedd dim dewis gan Larissa ond gofyn i Gospodin Smurov ei rhoi hi i ffwrdd.

Ail ddewis gwael oedd eu cymydog yn yr apartment bloc yn Berlin, a hynny oherwydd iddyn nhw fethu dŵad o hyd i Alyosha ym Mharis.

Roedd Margarita wedi gyrru llythyr at eu Hewyrth Artyom yn holi am ei chefnder, ond doedd dim syniad ganddo fo ynglŷn â lle roedd Alyosha'n byw, mwy nag oedd ganddo fo am ei hynt a'i helynt. Addawodd holi ymysg yr *émigrés,* ond doedd dim siw na miw o'i nai yn unman. Daeth si i'w glustiau fod Alyosha wedi gadael Paris am Brâg, ond doedd dim dal a oedd hynny chwaith yn wir ai peidio.

Gwnaeth Gospodin Smurov ymdrech weddol debol i'w dwtio'i hun, ond main iawn oedd hi arno fo. Yr un hen siwt ddu roedd o'n ei gwisgo haf a gaeaf – siwt a fu ar un adag o doriad da, ond ar ôl ei gorwisgo hi gymaint, saim oedd ei dau benelin. Roedd dau dwll wedi hen gnoi trwy drwyn ei ddwy esgid, a doedd 'na fawr o ôl tynnu crib trwy ei wallt o chwaith. Braidd yn gam oedd ei ysgwydd dde, a hynny ers dyddiau ei blentyndod pan gafodd godwm hegar wrth gael ei daflu oddi ar gefn rhyw geffyl pan aeth hwnnw i branc.

Ochor yn ochor â phrydferthwch Larissa, un blerwch o gig ac esgyrn oedd y dyn, er bod ganddo fo acen raenus oherwydd iddo gael addysg o'r radd flaena un yn ôl yn Rwsia – yn Academi Shidlovskaya, yn fwy na thebyg.

Priodas unochrog iawn oedd hi.

Estynnwyd gwahoddiad i'w Modryb Inessa, mam Alyosha, ond hel rhyw esgus wnaeth hi a'i gŵr, Alexei Alexevich Dashkov, dros beidio â dangos eu trwynau.

Ar wahân i Gospodin Smurov, teulu Bruno oedd gweddill y gwesteion i gyd. Dyna oedd y rheswm dros gynnal y briodas yn Rostock.

Trwy gydol y gwasanaeth – yn enwedig pan welodd hi Larissa a Bruno yn penlinio o flaen yr offeiriad – mygai Margarita ryw ysictod wrth feddwl am ei mam a'i thad.

Roedd o'n hen ddiwrnod digon mwll, yr wybren yn glòs a thrymaidd a'r haul o'r golwg er bod ei wres i'w deimlo'n gry. Cynhaliwyd parti i deulu a chyfeillion, cymdogion a chydnabod ac roedd dros gant a hanner yn llenwi stafelloedd y tŷ a'r feranda ar y cefn, a lluoedd allan yn yr ardd lle roedd pabell wedi ei chodi hefo byrddau, meinciau a chadeiriau ynddi.

Cododd band i ganu, a daeth llu i ddawnsio'r *polonaise*. Ym mhob congol roedd chwerthin a rhialtwch, y siampên yn llifo a stribynnau o bapur cyrliog amryliw yn hongian o'r nenfwd. Er mwyn parchu'r hen ddraddodiad, daeth mwy nag un â llestri i'w malu. Dyna a ddigwyddodd am ddeg o'r gloch – yng ngŵydd Bruno a Larissa – a bloedd ar floedd yn codi wrth i gwpanau a phlatiau falu'n deilchion. Gwaith y pâr oedd eu sgubo, gan addunedu na fyddai dim byd byth yn malu ar eu haelwyd nhw.

Aeth y dathlu rhagddo hyd yr oriau mân.

Wrth adael am eu melrawd, cusanodd y pâr priod yng ngŵydd y gwesteion gyda phawb yn cymeradwyo a chwibanu, a Margarita'n gwenu.

Mor hawdd y gallai hi fod wedi priodi yn lle ei chwaer: dyna âi trwy ei meddwl yn ystod y gwasanaeth.

Mewn *café-bar* awyr agored yn Berlin, rhyw bymtheg mis ynghynt, gofynnodd Arnulf Stradler am ei llaw.

'Mi fasa hi'n fraint ag yn anrhydedd fawr i mi,' cynigiodd cyn mynd ati i fanylu ynglŷn â be allai ei roi iddi: cariad, aelwyd a'r sicrwydd o berthyn.

'Dwi'n gwbod,' oedd ei hateb gonast hi. 'Dwi'n gwbod,' dywedodd wedyn wrth deimlo'i hun yn cael ei themtio'n gry i wneud penderfyniad ar sail rheswm, ond yn blasu yr un pryd ryw groesdynnu emosiynol dyfnach yn plymio trwyddi.

Ennyd arall.

''Newch chi?' gofynnodd ei bòs.

Gofyn am fwy o amser i feddwl wnaeth hi.

Am faint o amsar, holodd o.

Am ba hyd eto roedd hi'n gallu osgoi rhoi ateb a thaflu pob helbul i ffwrdd?

'Mis.'

Roedd o ar fin ei herio hi, ond penderfynodd mai gwaith di-fudd fyddai hynny. Anian dyn di-hast oedd yn Arnulf Stradler, anian dyn a oedd yn fodlon disgwyl yn ufudd, yn y gred fod pob un dim yn dŵad i ran y rheiny sy'n ei haeddu yn hwyr neu'n hwyrach. Ar ôl i Margarita ddŵad i'w nabod yn well, gwelodd mai dyn calon-feddal oedd o go iawn, ac mai wynab gwneud er mwyn cuddio'i wir natur oedd y ffrynt ffroenuchel. Ym marn y rhan fwya o'r genod yn y ffatri roedd o'n ddyn di-fai a fyddai'n gwneud gŵr perffaith iddi a thad gwell i'w phlant.

'Digon teg.'

Dododd gildwrn siomedig ar y bwrdd, rhyw ddarnau mân o bres gweddill.

Daliodd y glwyd bren ar agor iddi. Pan gamodd i'r ffordd clywodd Arnulf yn camu ar ei hôl. Ond wrth iddi droi am adra, y cwbwl a welai Margarita o'i blaen oedd lôn hir a chlonciog yn llawn o dyllau a phyllau, un fyddai'n boen i'w theithio.

Ar y pnawn Sul cyn y briodas, penderfynodd y ddwy chwaer fynd draw i fynwent Eglwys Sant Konstantin, lle roedd amball un arall hwnt ac yma. Trwy awyr Awst crensh-crensian eu cerddediad oedd i'w glywad yn glir ar fân ro'r rhodfeydd. Ar garreg un bedd newydd, gorweddai gwraig ifanc – a'i gwallt tywyll yn tywallt o gylch ei phen – ar wastad ei bol, ei breichiau ar led, a'i bysedd yn crafangio am yr erchwyn marmor, tra oedd dau o blant bach mewn dillad haf yn rhedeg mewn cylchoedd o'i chwmpas hi.

Ar ôl gweddïo dros enaid eu mam, a fu farw ym mis Ionawr y flwyddyn cynt, ymlwybrodd Margarita a Larissa draw at y fan lle roedd eu hewyrth Fyodor Mikhailovich Alexandrov wedi ei briddo. Ji-binc a'i wasgod o liw'r gwin oedd ar ben y bedd, ac er i'r ddwy agosáu safodd yr aderyn bychan ei dir. Roedd Margarita yn ddigon agos ato i allu syllu ar y smotyn du rhwng bôn ei big a chopa'i ben; llwydlas oedd ei war a'i gorun, a lliw cnau castan oedd ar ei gefn. Gwyrdd oedd bôn ei din, a du oedd lliw ei gynffon, a duon hefyd oedd ei adenydd, hefo dau ribyn gwyn ar draws pob un. Ffliciai ei big wrth hopian wysg ei ochr ar hyd pen y bedd fel petai'n ei warchod.

Sibrydodd Larissa mai Ewyrth Fyodor oedd o.

'Dwi'n meddwl 'i fod o'n trio deud rhwbath wrthan ni.'

'Am i chdi fod yn hapus ar fora dydd dy briodas mae o, Lala.'

'Ti'n meddwl?'

'Ydw, yn bendant. 'Mots os fydd Alexei yno neu beidio. Dy ddiwrnod di fydd o.'

'Gobeithio eith pob un dim yn iawn.'

'Dwi'n siŵr y bydd pob dim yn berffaith. Ti'n caru Bruno, yn dwyt ti?'

'Dwi'n caru Bruno yn fwy na neb yn y byd i gyd.'

Ar ôl gosod tusw o flodau ar y bedd a chamu 'nôl, dywedodd Larissa, 'Falla fod y ji-binc yn trio deud wrthan ni sut i ddŵad o hyd i Alyosha ym Mharis.'

'Neu Prâg.'

'Neu Prâg. Neu lle bynnag – does dim dal, yn nag oes?'

Safodd rhyw dawelwch rhwng y ddwy.

'Ti'n meddwl fod Artyom wedi holi amdano fo go iawn?'

'Be sy'n gneud ichdi feddwl na wnaeth o ddim?' Syllodd Margarita ar ei chwaer.

'Drwgdeimlad sy rhyngddyn nhw ...'

Crensiodd dwy hen wreigan heibio fraich ym mraich.

'Pan 'na'th Alyosha adael Berlin am Paris fis Mawrth llynadd, mi ddeudodd o wrtha i na fasa fo byth bythoedd yn mynd ar gyfyl Artyom, ag na fasa fo chwaith yn gofyn am hyd yn oed y gymwynas leia un ganddo fo byth eto.'

'Yn ôl be ddeudodd Alyosha wrtha i,' adroddodd Margarita, 'mi helpodd o Modryb Inessa i chwalu petha rhyngddo fo a'i gariad, rhyw forwyn o'r enw Grete. Roedd o'n meddwl y byd ohoni, ond roedd yn gas gan ei fam o feddwl 'i fod o'n cyboli hefo'r ffasiwn hogan.'

'A be 'naethon nhw iddi?'

'Talu iddi ddiflannu o Berlin. Neu dyna ma' Alyosha yn 'i ama 'nath ddigwydd. Ond dydi o'm yn hollol saff o'i betha, chwaith.'

Dal i syllu ar y ji-binc roedd y ddwy, ei ben bychan yn gwrando ar bob gair. Bwlch lle bu. Cododd Margarita ei llygaid i sgrafellu'r awyr, ond bu'n rhy fachog iddi. Craffodd fry ar hyd brigau a changhennau'r gastanwydden, ond doedd dim siw na miw ohono fo ymysg y dail.

Tair wythnos yn nhref fechan Graal, hanner ffordd rhwng Rostock a Stralsund ar lan môr y Baltig, oedd y melrawd a gafodd ei drefnu ar gyfer y ddau. Dewis Bruno oedd y lle, er mai ei fam a'i dad wnaeth y trefniadau i gyd. Oedd raid i'r fam a'r tad wneud pob un dim drostyn nhw? holodd Margarita ei hun, a gosod dant sydyn ar ei thafod yng ngŵydd ei chwaer bob tro roedd y cwestiwn yn mynnu codi ei ben.

Dyn brithlwyd mewn siwt ddu henffasiwn dros grys coler galed, a monocol yn ei lygad dde, oedd tad Bruno. Ei brif ddiléit mewn bywyd oedd gyrru ei foto-car di-do trwy strydoedd Rostock, a hwylio ar y Baltig. Dynas fwy oriog oedd ei fam, ac roedd hi'n amlwg wedi difetha'i mab.

'Nôl yn Berlin, derbyniodd Margarita lith weddol faith yn sôn pa mor hapus oedd y pâr priod. Mor berffaith oedd eu byd, mor lân eu cariad. Disgrifiodd Larissa gampau ymarfer corff ei gŵr ar ôl iddo godi bob bora – yn cyffwrdd bodiau ei draed wrth blygu'n noethlymun ar ganol y carpad ar lawr y llofft. Hoff beth Bruno oedd pysgota, a châi Larissa bleser hefyd wrth farchogaeth meirch ym min y môr. Aeth ati i ddisgrifio'u gwesty, gan fanylu ar y gwesteion eraill – rhai ohonyn nhw'n gefnog iawn, fel rhyw fewnforiwr gwlân o Grosse Bleichen yn Hambwrg, a rhai eraill yn ddigon od; roedd un neu ddau yn Rwsiaid, a oedd yn nabod Modryb Inessa yn weddol ac wedi ciniawa droeon yn ei chwmni yng nghlwb y Rwsiaid alltud yn Berlin.

Yn y llythyr hwnnw hefyd, fe dderbyniodd Margarita gynnig na allai ei wrthod. Ers rhai misoedd bu Bruno â'i fryd ar brynu tŷ a phum llofft ynddo. Mynnodd Larissa fod ei chwaer yn dŵad atyn nhw i fyw. Oherwydd bod y rhent a fynnai Bruno yn fychan, diolchodd Margarita am y cyfla i gefnu ar y bloc o fflatiau – a chefnu hefyd ar Gospodin Smurov, a oedd wedi dechrau magu rhyw deimladau tuag ati er bod dim diddordeb ganddi hi yn y dyn o gwbwl.

Gwrthod cynnig Arnulf Stradler oedd y rheswm go iawn am y diffyg cyflog.

Pan gyrhaeddodd Margarita ei desg yn y ffatri garpedi ryw bymtheg mis ynghynt, roedd llythyr yn disgwyl amdani. Agorodd yr amlen lwyd, ond teimlai'n ddryslyd ac aeth â'i phenbleth at ei phennaeth. Eglurodd hwnnw fod busnes Gurnow, Gebhart & Roessel yn gwegian a bod yn rhaid wrth arbedion.

At Arnulf Stradler yr aeth hi ar ei hunion er nad oedd dim math o awydd arni, gan ei bod hi wedi gwneud ei gorau i'w osgoi ar ôl gwrthod ei gynnig o briodas.

Trwy gydol eu sgwrsio roedd o'n hollol oeraidd, yn ei thrin yn gwrtais ond yn ffurfiol, heb symud o'i gadair.

Yn ddiweddarach, cerddodd i lawr Mohorenstrasse a'r annhegwch yn ei blino. Teimlai'n gynddeiriog ond yn ddiymadferth, a doedd dim undeb llafur ganddi i droi ato fo. Penderfynodd ofyn am air o gyngor yn swyddfeydd prif undeb llafur yr Almaen, yr Allgemeiner Deutscher Gewerkschaftsbund.

Yn llyfr teleffon Berlin, daeth o hyd i'r swyddfa agosa at yr apartment ac aeth draw ar ei hunion i drefnu apwyntiad.

Drannoeth, cafodd sgwrs dros banad hefo dyn canol oed, digon dymunol. Holodd hwnnw a oedd ganddi insiwrans ar gyfer cyfnodau o fod yn ddi-waith. Dywedodd Margarita nad oedd ganddi, a chyfeiriodd yntau hi at swyddfeydd y Volksfürsorge, math o adran les a oedd yn rhoi rhyw gymaint o gardod i bobol ar eu cythlwng.

Sut roedd o am fynd o'i chwmpas hi i weithredu ar ei rhan? Dyna roedd Margarita yn dymuno ei glywad gan y dyn – ond er iddi bwyso arno fo, digon cyndyn oedd o i wneud dim byd. Ar ôl peth sgwrsio pellach, sylweddolodd Margarita fod yr undeb wedi bod trwy frwydrau mawrion hefo pob math o gyflogwyr, a'u bod nhw bellach yn dymuno troedio llwybr mwy cymodlon. Teimlodd ei hun yn dechrau colli ei limpyn, a mynnodd fod yr undeb o leiaf yn gyrru llythyr at ei chyn-gyflogwyr.

Diwedd y gân oedd i'r dyn dymunol ei hatgoffa fod dim rheidrwydd arno fo – na neb arall – i wneud dim byd drosti, gan nad oedd hi hyd yn oed yn aelod o unrhyw undeb.

At bwy arall yr oedd hi i fod i droi? Doedd neb yn fodlon helpu. Doedd dim dewis ganddi ond dechrau eto fyth ar yr orchwyl lafurus o chwilio am waith.

Yn y llyfrgell ar Leipzigerstrasse roedd y rhan fwya o'r papurau dyddiol a gyhoeddid yn Berlin yn cael eu cadw. O fewn dim daeth Margarita yn gyfarwydd â gwybod yn union at ba dudalennau i droi ym mhob un. Dechreuai hefo'r *Deutscher Reichs und Staats-Anzeiger* a'r *Berliner Lokal-Anzeiger*, a gorffan hefo *Vorwärts* y Sosialwyr a *Rote Fahn* y comiwnyddion. Symud ei llygaid o'r dde i'r chwith oedd hi bob bora. Ambell waith, roedd hi hyd yn oed yn sbecian yn obeithiol yn *Germania*, papur dyddiol y Catholigion.

Yn niffyg dim byd gwell i'w wneud un bora Merchar, tynnodd lyfr oddi ar y silff. Hanes Cortés yn trechu'r Inca oedd o, hanes dyn oedd yn waraidd o greulon, a thrwy edrach ar y lluniau a'r traethu clir dysgodd Margarita am y ffordd chwithig roedd cenhedloedd Ewrop yn dewis eu gweld eu hunain o hyd. Ar waetha'i wrhydri, doedd Cortés yn ddim byd mwy nag anifail y groes. Dyna'r wers a ddysgodd yr awdur Bartolomé de las Casas, ac roedd y sylweddoliad hwnnw yn un mor ingol nes y cafodd ei alltudio o'i gymdeithas ei hun. Ond yn sgil ei lyfr a oedd yn gondemniad o imperialaeth, dechreuodd dynion eraill holi cwestiynau o'r newydd, a thrwy hynny dechreuwyd amau gwerthoedd mwyaf sanctaidd y Cyfandir. Pam y dylai Ewrop fod fel hyn? A oedd modd creu Ewrop wahanol?

Aeth Margarita am sawl cyfweliad, ond chafodd hi fawr o hwyl arni. Teimlai fod ei bywyd yn llesg-ymlwybro'n ddigyfeiriad. Aeth i deimlo'n isal. Gwrando ar gerddoriaeth oedd un o'r ychydig bethau oedd yn rhoi awel ffres o dan ei hwyliau. Os câi docyn rhad, fe âi i Dŷ Opera Kroll oedd yn wynebu'r Reichstag. Llwyddodd i weld Otto Klemperer yn arwain *Tristan und Isolde,* a chafodd y fath flas ar y canu a bywiogrwydd y llwyfannu nes llwyr ymgolli yng ngodidowgrwydd y profiad. Ryw noson arall, cododd docyn i neuadd gyngerdd y Philharmonie ar Benenburgerstrasse, lle roedd Wilhelm Furtwängler o Leipzig yn arwain y gerddorfa.

Yn amlach na heb, ar ei phen ei hun yn y tŷ roedd hi bob nos, yn sad-gysidro ei rhawd ac yn teimlo nad oedd hi'n mynd i unman, tan iddi weld hysbyseb fechan yn y llyfrgell un bora.

Pyslodd yr hysbyseb hi. Os oedd Academi Celfyddydau Cain Berlin yn chwilio am fodelau, pam hysbysebu yn *Die Rote Fahne* o bob man? Pam ddim yn un o'r papurau eraill? Sigodd ei chalon wrth feddwl am orfod tynnu ei dillad a sefyll yn noethlymun o flaen criw o fyfyrwyr, ond roedd yn waith oedd yn talu. Fyddai hwn mo'r tro cyntaf iddi fodelu.

Er mawr syndod iddi, cafodd gynnig sesiwn y pnawn yn y fan a'r lle: rhwng dau a phedwar. Gosododd ei dillad ar gadair a tharo gŵn nos amdani. Pan gamodd heibio i'r sgrin, roedd saith o fyfyrwyr yn ei hwynebu hi – dwy ferch a phum dyn. Ei gwaith oedd gorwedd ar ei hochor ar *chaise-longue* yn syllu fry tuag at oleuni'r ffenast uchal yn y wal. Doedd hi ddim i symud gewyn, a bu felly am ugain munud. Ar ôl hynny, cododd a cherdded cam neu ddau er mwyn stwytho'i chyhyrau, cyn gorwedd drachefn.

Diflas iawn oedd y cwbwl. Mynnai ei meddwl grwydro bob gafael, ond ar ddiwedd y sesiwn cafodd ei thalu – a theimlai i'r orchwyl fod yn werth yr ymdrech.

Daeth un o'r myfyrwyr ati.

'Bi,' cyflwynodd ei hun wrth ysgwyd ei llaw, a'i afael mor dynn â'r bedd.

Dyn rhyfadd iawn i edrach arno fo oedd Otto Bihalj-Merin – neu Bi. Roedd ei wefusau yn fain, ei dalcen yn llydan ac yn uchal, a'i ddau lygad yn serennu fel petaen nhw'n llawn o ryw oleuni gobeithiol. Roedd ei acen hefyd yn wahanol.

'O dre Zemun yn Hwngari yn wreiddiol,' eglurodd wrth ddosbarthu taflenni bach coch i bwy bynnag oedd yn digwydd ymlwybro heibio.

Myfyriwr yn yr academi ers dwy flynedd oedd o ac yn frasgamwr hoenus yn syniadau'r chwith. Bi osododd yr hysbyseb yn *Die Rote Fahne,* yn y gobaith o wneud cymwynas hefo cyfaill neu gyfeilles o'r un argyhoeddiad a oedd yn chwilio am waith. Roedd Bi o'r farn, o'r cychwyn cyntaf un, fod Margarita'n gomiwnyddes. Gogleisiodd hynny hi, ond awgrymodd hi ddim byd yn wahanol chwaith, rhag ofn iddi golli ei gwaith. Bi roddodd gopi o *Die Linkskurve* iddi, yn ogystal â *Die Kommunistische International* ac *Inprekor.*

Cafodd gynnig rhagor o sesiynau modelu, ac ar ddiwedd y rheiny roedd hi'n amal yn troi i sgwrsio hefo Bi.

Y fo barodd iddi ddechrau meddwl trwy ofyn yn ei acen gigog, 'Pam mai'r dosbarth gweithiol sy'n gorfod talu'r pris i imperialaeth Ffrengig am fethiant y Kaiser a'i ddosbarth llywodraethol yn rhyfel 1914–1918? Ydi hynny'n iawn? Ydi hynny hyd yn oed yn deg? Nhw ddechreuodd y rhyfel wedi'r cwbwl – a nhw felly ddylsa dalu pob iawndal o dan Gytundeb Versailles o'u pocedi eu hunan.'

Bi hefyd estynnodd wahoddiad iddi i ambell ddarlith yng Ngholeg y Gweithwyr Marcsaidd, lle'r eisteddodd sawl gwaith am rai wythnosau'n gwrando ar ddehongliad Comiwnyddol o gelf weledol.

Roedd Margarita newydd adael darlith un pnawn, ac yn dal i dreulio yr hyn roedd hi newydd ei glywed am Hugo Stinnes. Dyn a oedd yn berchen ar gwmni smeltio Luxembourg oedd Stinnes, yn ogystal â gorsafoedd pŵer Aachen a Westphalia, cwmnïau trydan Elbe a Bochum, melinau haearn Bohlen, cwmni Siemens-Rheinelbe-Schuckert, a dyn a ŵyr be arall i gyd, heb sôn am ei holl bapurau newydd – hanner cant a mwy ohonyn nhw, rheseidiau a oedd ar werth bob dydd, o'r *Deutsche Allgemeine Zeitung* i'r *Hamburger Nachrichten.* Be oedd barn y wasg ond barn un dyn hefo'i fuddiannau ei hun, holodd y darlithydd ynghynt. Yn waeth fyth, roedd Stinnes bellach yn hwrjio'i syniadau gwrth ddosbarth gweithiol a gwrth-ddemocrataidd yng nghabinet Llywodraeth Weimar.

Ar un adag, chwit-chwatrwydd o'r mwyaf i Margarita oedd moesoldeb o fewn chwiwiau gwleidyddol. Doedd y cwbwl yn ddim byd mwy nag egwyddorion o lwch. Diflas a di-fudd oedd dadleuon o'r fath, rhywbeth oedd yn perthyn i fyd dynion.

Cofiodd ei thad yn traethu un tro fod y blys i godi twrw mor hen â'r natur ddynol ei hun. Creu rhyw achos i gyfiawnhau gweld newid ym mha drefn bynnag yr oedd rhywrai yn rhywla beunydd beunos, ond fod dim modd fyth i'r un drefn fodloni holl anghenion pawb yn llwyr.

A Rwsia wedyn ...

Ar un adag yn ei bywyd, roedd hyd yn oed meddwl am ei mamwlad o dan wadan y comiwnyddion yn codi pwys arni. Adlais o'i hen ofnau gynt oedd yn ei phen hi o hyd, a châi drafferth i'w gwaredu. Be tasa comiwnyddiaeth Rwsia yn lledu? Be tasa hi'n llwyddo yn yr Almaen? I ba wlad fyddai ei chwaer a hithau'n ffoi wedyn? I Baris? Prâg? Amsterdam? Madrid? Roedd meddwl am chwyldro llwyddiannus ar strydoedd Berlin yn ddigon i gadw Larissa yn effro trwy'r oriau mân. Dyna oedd ofn mwya ei mam hefyd pan oedd hi ar dir y byw.

Ond a feiddiai Margarita gyfadda wrthi hi ei hun bod yr arswyd yn dechrau pylu? Doedd dim ofn y chwyldro arni erbyn hyn. Roedd y chwyldro roedd Bi yn breuddwydio amdano fo bob un dydd o'i fywyd yn dechrau gwneud synnwyr iddi hi. Rhaid oedd i betha newid. Doedd fiw i'r byd wyro 'nôl i'r hyn oedd o cyn y Rhyfel Imperialaidd – byd brenhinwyr, eglwyswyr ac aristocratiaid, a'u diplomyddiaeth gudd dros frandi a sigârs mewn clybiau cinio bolgar ym mhrif ddinasoedd Ewrop, oedd yn tynghedu cyfandiroedd o bobol i boen a dioddefaint.

Pam roedd miliynau o bobol yn llwgu yn yr Almaen? Neu dros y ffin yn Awstria? Pam roedd pampas o wenith melyn yn cael ei losgi ym mhellterau'r Ariannin? Neu dunelli o goffi da yn cael ei dollti i waelodion Môr Iwerydd?

Tra oedd y byd i gyd yn mynd â'i ben iddo, be oedd diplomyddion Ewrop ac America yn ei wneud ond llusgo'u traed o gynhadledd i gynhadledd – Washington, Cannes, Genoa, Llundain a Lausanne – yn dioddfa teithiau hir a thrafodaethau hirach oedd yn gogor-droi yn eu hunfan? Prif bwrpas cynhadledd Genoa, pan ddaeth dros ddeg ar hugain o wledydd y byd at ei gilydd yn 1922, oedd cadw Rwsia yn ei lle.

Codi'r bwgan ar lywodraethau Ewrop i gyd wnaeth Chwyldro 1917. Doedd yr un ohonyn nhw'n gallu cysgu'r nos heb ofni'r wawr a oedd yn siŵr o dorri. Oherwydd dyfnder y dychryn, bu erlid didrugaredd ar gomiwnyddion yn Iwgoslafia, Hwngari, Rwmania, Estonia, Gwlad Pwyl, ac yn waeth fyth yn yr Eidal, lle roedd Mussolini bellach yn ben.

'Margarita Kozmyevna!'

Roedd ei meddwl yn bell i ffwrdd pan dybiodd iddi glywed rhyw lais yn galw arni.

'Margarita Kozmyevna!'

O ganol prysurdeb y Kurfürstendamm, brasgamodd dyn tuag ati, dyn roedd hi wedi gwneud ei gorau i'w osgoi fyth ers iddi gyrraedd Berlin.

'O'n i'n ama mai chi oeddach chi ...'

Roedd Sasha Belelyubskii yn hen ffrind i'w thad, ac fe fu'r ddau yn yr ysgol hefo'i gilydd. Yr un mwstás main oedd ganddo fo, fel erioed, fel mwstás pimp; pâr o lygaid fel dau fotwm bach du a cheg gron fel un hogan ifanc. Gwisgai siaced las golau, a hances sidan ym mhoced ei frest, un hefo streipiau lliw gwin arni. Am ei wddw roedd tei pilipala dros fotymau glas, a chrys gwyn hefo coler galad oedd fymryn yn uchal a braidd yn henffasiwn erbyn hyn.

Roedd o'n ddyn poenus o gwrtais.

'Na, wir, ar eich ôl chi,' dywedodd wrth ddal drws *café* ar agor iddi.

'Dwi am glywad eich hanas chi i gyd,' dywedodd wrthi wedyn gan danio sigâr fechan ar ôl gofyn am ddwy gwpanaid o goffi.

''Sdim llawar iawn i'w ddeud, heblaw fod fy chwaer 'di priodi ...'

Chwythodd ei drwyn yn dwt. 'Lala fach 'di priodi? Wir?'

''Nôl ym mis Medi ...'

Chwythodd yn galetach. 'Dwi'n 'i chofio hi'r taldra yma.' Daliodd ei law yn un â lefal y bwrdd. 'Dwi'n 'i chofio hi fel tasa hi'n ddoe. Cofio'ch mam a'ch tad hefyd, fel tasa hi'n ddoe ... Eich annwyl dad ... Chwith meddwl amdano fo. Be ddigwyddodd iddo fo, tybad? 'I aberth fawr o dros ei frawd, yn cynnig ei hun i'r Cheka fel'na ... yn fodlon mentro'i fywyd er mwyn cael Fyodor yn rhydd o grafanga dynion mor ofnadwy. Dyn anrhydeddus iawn oedd eich tad, Kozma Mikhailovich ... Dyn urddasol ... Glywsoch chi rywfaint o'i hanas o wedyn?' Ysgydwodd Margarita ei phen.

'Dim un gair?'

'Dim.'

Tynnodd Sasha wyneb sobor. Cododd y sôn am ei thad ryw deimlad o chwithdod yn Margarita. Yn 1918 y diflannodd ei thad i ddwylo'r Cheka – diflannu am byth. Ers i'w mam farw, dim ond Larissa oedd yn hel atgofion, ond roedd y bwlch rhwng y sgyrsiau hynny wedi mynd yn fwy. Roedd priodi Bruno wedi rhoi rhyw bwrpas newydd i fywyd ei chwaer, a bu hynny'n help iddi hi gau pen y mwdwl ar boen a galar y gorffennol.

'Roedd ganddo fo feddwl y byd ohonoch chi'ch dwy,' dywedodd Sasha Belelyubskii trwy fwg ei sigâr. 'Mi ddeudodd o hynny wrtha i droeon.'

Amau hynny'n fawr wnaeth Margarita: fuo'i thad erioed yn ddyn i drafod ei deimladau. Dweud hyn yn unig er mwyn ei chysuro hi roedd o. Roedd ogla ei sebon sent yn llenwi ei ffroenau hi, a doedd Sasha Belelyubskii byth heb chwa o *eau de cologne* o'i gwmpas o. Weithia roedd o'n lliwio'i wallt yn felyn golau, dro arall yn frowngoch tywyll, bron yn ddu, ac yn amal edrychai'n debycach i ddynas mewn dillad dyn. Smocio sigârs fyddai o bob amsar – dim byd ond sigârs, a'r rheiny o'r math gora bob tro. Ond roedd bron pawb o'r farn ei fod o braidd yn od, y math o ddyn sy'n llawen mewn angladd ac yn brudd mewn priodas.

'Maddeuwch imi am golli gynhebrwng eich mam llynadd ... ond fethis i gyrraedd mewn pryd.'

'Diolch am eich llythyr o gydymdeimlad.'

'Mi gyrhaeddodd o? Dwi'n falch.'

Hen lanc oedd Sasha Belelyubskii, yn meddwl y byd o'i fam, yn hannar ei haddoli, yn fodlon marw drosti, yn sôn amdani ar hyd y bedlan, ond yn anffodus (am ba reswm bynnag, ddaeth hynny byth yn hollol glir i Margarita) gadawodd hi ar ôl yn Rwsia wrth ffoi i Berlin yn 1920. Dyna oedd ei wewyr meddwl mwya fo o hyd.

'Be ddaw o Mami? O, Mami, Mami. Be ddaw o Mami? Dwi 'di siomi Mami, cofiwch, Margarita Kozmyevna, a dwi'n cael traffarth dychrynllyd byw hefo fi fy hun.'

'Dwi'n siŵr fod eich mam yn iawn ...'

'Sut all hi fod yn iawn, a finna 'di'i gadael hi ar drugaredd y comiwnyddion?'

Gwasgu ei law oedd yr unig gysur y gallai hi ei gynnig.

'O, Mami, Mami, maddeuwch i mi, Mami, maddeuwch i'ch ffolyn dwl o fab!' Sychodd ddeigryn. 'A finna'n alltud yn y Babilon yma o ddinas.'

Babilon oedd ei air mawr. Cariad at yr hunan oedd yn adeiladu Babilon er mwyn dirmygu Duw, ond cariad at Dduw oedd yn adeiladu Jerwsalem. Esblygiad o'r ddwy egwyddor oedd hanes maith y byd, y ddwy ddinas yn amlach na heb yn tyfu nes plethu trwy'i gilydd, gan wau yn un fetropolis ddi-ffin a oedd yn llawn o strydoedd dyrys, lle roedd hi'n waith calad i ddynion da adnabod y gau ac adnabod y gwir.

Ffarweliodd y ddau yn y man. Aeth yntau o'i golwg, gan frasgamu i lawr y stryd mor warsyth ag y gallai, yn llawn brys a phwrpas, fel rhyw Gristion cynnar ar hast i groesi'r byd i'r bedd.

Doedd 'na fawr o awydd troi allan ar Margarita, ond mynd wnaeth hi yr un fath, o arferiad a dyletswydd, i noson o ddarllen barddoniaeth ar ail lawr y Café Leon ar y Nollendorfplatz. Doedd hi ddim isio bod o dan draed Bruno a Larissa yn y tŷ.

Yn yr hen ddyddiau, fe fyddai Larissa wedi dŵad hefo hi ar ei hunion, ond doedd gan ei gŵr hi fawr ddim i'w ddweud wrth nosweithiau tebyg. Doedd ganddo fo fawr ddim i'w ddweud wrth farddoniaeth, chwaith. Chwaraeon oedd prif ddiléit Bruno, chwaraeon o bob math – beicio, bocsio, wreslo, wreslo merchaid, wreslo mwd, hwylio neu bysgota.

Cofiodd Margarita Larissa'n dweud yn llawn balchder wrth ei gyflwyno iddi am y tro cyntaf erioed, 'Ti'n gwbod bod Bruno yn aelod oes o Glwb Hwylio Grand-Ducal Macklenburg? 'Na be oedd 'i anrheg pen-blwydd o gan ei fam a'i dad yn un ar hugain oed.'

'Ddim pawb sy'n cael bod yn aelod oes,' ychwanegodd ei gŵr fymryn yn fochiog. 'Ma' rhei yn gorfod disgwl am flynyddoedd. Ond mi gafodd fy nhad air yng nghlust rhywun oedd ar y pwyllgor.'

Roedd Bruno yn anfodlon iawn i weld ei wraig yn troi allan gyda'r nos, hyd yn oed hefo'i chwaer. Doedd o ddim chwaith yn hoff o'r ffaith fod y ddwy yn siarad eu mamiaith hefo'i gilydd.

'Siarad amdana i yn 'y nghefn eto?' holai'n ogleisiol ond yn hannar difrifol hefyd.

'Fasan ni byth yn gneud y ffasiwn beth, siŵr,' oedd ateb Larissa wrth ei gusanu.

'Almaeneg ydi iaith yr aelwyd yma.'

'A Rwsieg 'dan ni'n dwy 'di siarad hefo'n gilydd erioed,' oedd ateb Margarita. 'Ers pan oeddan ni'n genod bach. A wela i'm rheswm dros newid hynny ...'

'Ddim hyd yn oed o barch at rywun sy'n dallt yr un gair o'r iaith?'

'Parch tuag aton ni'n dwy fasa i *chi* ddysgu rhyw gymaint o'n hiaith *ni*.'

'A pharch tuag ata *i* fasa clywad chi'ch dwy siarad fy iaith *i* yn fy ngŵydd *i*.'

Dechreuodd bethau boethi, ond penderfynu ffrwyno'i thafod wnaeth y chwaer fawr – er mwyn ei chwaer fach.

Rhyw noson arall:

'Dwi'n gwbod 'i fod o'n lot i'w ofyn ... ond fasa ots gen ti beidio?'

Brwsio'i gwallt roedd Margarita.

'Pan ma' Bruno o gwmpas? 'Yn bod ni'n peidio siarad Rwsieg hefo'n gilydd?'

Dododd Margarita y brwsh i lawr, ochneidio'n dawal a dweud, 'Os mai dyna be ti isio ...'

'Y peth dwytha dwi isio ydi gneud i Bruno deimlo'n annifyr ... 'nenwedig yn 'i dŷ 'i hun.'

Wrth iddi gyrraedd pen y grisiau, y person cyntaf a ddaeth i gyfwrdd Margarita oedd yr hen fardd Podtyagin, a oedd wedi dechrau ffwndro'n ddrwg. Roedd o'n dal i feddwl bod ei mam ar dir y byw, hyd nes iddi hi ei roi o ar ben ffordd. Daeth rhyw olwg ddryslyd i'w lygaid pŵl a'i geg yn hannar hongian yn llipa wrth gwyno bod rhyw fythol newid yn y byd, a bod dim oll yn aros yn llonydd er dedwyddwch neb.

Yr un hen leisia oedd o'i chwmpas hi, yr un criw hiraethus a chwynfanllyd oedd wedi dŵad at ei gilydd i hel atgofion ac, fel erioed, roedd pawb yn sbeitio'i gilydd. Am ryw reswm neu'i gilydd, roedd bron pob *émigré* yn wenwyn i ryw *émigré* arall. Pam mae pobol mewn alltudiaeth yn mynd yn fwy croendenau ac yn haws eu pechu?

Ymdrech gynyddol oedd nosweithiau darllen barddoniaeth y Café Leon i ail-greu brwdfrydedd clybiau nos Moscow yn y degawd cyn 1917.

Roedd Sasha Belelyubskii wrth ei fodd yn cymdeithasu hefo'i gyd-wladwyr. Gwisgai het *astrakhan*, a mwffler arian o Rwsia – un gweddol ddrud – ac roedd ffon hefo pen arian crwn yn ei law. A'i sigâr dew yn ei geg, roedd yn gwneud ati'n fwriadol i ymarweddu fel *bourgeois*.

Yn ista wrth ochor Margarita roedd gwraig ddi-ddweud hefo siôl Orenburg – un oedd wedi gweld dyddiau gwell – wedi ei lapio dros ei hysgwyddau. Roedd golwg flinedig arni, ei llygaid yn gochlyd a rhyw hen surni tamp yn hongian o'i chwmpas hi.

Gwelodd Margarita fod Gospodin Smurov yn ei chymell i fynd draw i ista ar y *banquette* wrth ei ochor.

'Sut mae'r pâr priod?'

'Yn dda iawn, diolch am ofyn.'

'A sut ydach chi, Margarita Kozmyevna? Dal i chwilio am waith?'

Doedd dim bwriad ganddi hi sôn wrth Gospodin Smurov am ei gwaith modelu.

'Pam na ddown ni at ein gilydd ryw noson?' holodd. 'Mi fasa'n braf.

Bruno, Larissa, chitha a finna. Cyn bo hir rŵan. Be amdani? Allwn ni chwarae cardia hefo'n gilydd, fel roeddan ni'n arfar 'i neud pan oeddach chi'ch dwy yn gymdogion imi.'

Cogiodd Margarita beidio â'i glywad.

Dechreuodd Gospodin Smurov drafod ei mam.

'Yn siop Weinstock. 'Na lle gwelis i hi am y tro cynta 'rioed.' Sipiodd ei gwrw. 'Ddim 'mod i 'di bod yno'n hir iawn fy hun. Addewid am waith dros dro oedd o o'r cychwyn cynta un. Ro'n i'n dallt hynny'n iawn, er 'mod i'n gobeithio cael aros yn hirach – fel mae rhywun, wrth reswm – gan 'mod i wrth 'y modd yn byw yng nghanol ogla llyfra. Does dim ogla tebyg yn y byd i gyd. Mi fydda'ch mam yn arfer taro heibio o bryd i'w gilydd.'

Colbiodd galar hi i'r llawr.

'Arfer pori fydda hi. Fyddwn inna'n awgrymu amball lyfr iddi hi. Petha o'n i'n rhyw ama fasa'n mynd â'i bryd hi.'

Sipiodd ei gwrw wrth bendroni, 'Dynes breifat iawn. Neu dyna'r argraff ges i ohoni, beth bynnag.'

'Swil.'

'Oedd, fymryn, wedi ichi ddeud.'

'Oedd.'

'Biti iddi farw yma yn Berlin.'

'Cael ei chladdu 'mhell o'i gwlad oedd ei hofn mwya hi.'

'Biti mawr.'

'Mmmm.'

Roedd o'n ista yn rhy agos ati o'r hannar. Gwthiodd Margarita ei hun oddi wrtho, ond symudodd yntau i'w chanlyn â rhyw hen ogla sur fel ogla hen gardia sigaréts yn dringo i fyny ei thrwyn.

Wrth syllu i fyw cannwyll ei llygaid, dywedodd Gospodin Smurov yn ddwys, 'Pwy ohonon ni all fyw'r bywyd gora heb brofi rhyw loes?'

Roedd golwg ymbilgar yn ei wyneb hir a chrefai am glywed ei hateb, ond wrth iddo ddisgwyl daeth rhyw deimlad o gywilydd i orwedd yn ei groen: cochodd ei fochau. Aeth yn drwsgwl drwyddo, yn dechra hannar ymddiheuro am fod ar fai, am feiddio bod mor ... methodd orffan y frawddeg ac aeth i'w gilydd i gyd, gan edrach fel dyn wedi syrthio yn ei olwg ei hun.

Carthodd ei wddw fel roedd o wastad yn ei wneud pan oedd o'n teimlo braidd yn nerfus.

Am beth amsar wedyn bu'r ddau'n gwylio gweddill y stafall mewn mudandod.

Trodd Margarita i feddwl amdani ei hun. Yn amal, roedd angau'n llwybreiddio i'w breuddwydion berfeddion nos, a hitha'n deffro gan hannar mygu, yn teimlo fel petai o'n dal i nofio y tu mewn iddi yn rhywla. Ers pan oedd hi'n hogan fach, bu'n byw dan ofn wrth sylweddoli ei bod hi'n mynd i farw ryw ddydd. Bryd hynny, byddai'r cwbl ohoni'n dŵad i ben. Be oedd hi'n mynd i'w 'neud tan hynny? Sut oedd hi'n mynd i lenwi'r dyddia a'r wythnosa, y misoedd a'r blynyddoedd?

Yn y man, trodd Gospodin Smurov y sgwrs trwy honni bod achlysuron fel heno yn ei atgoffa o'r nosweithia rheiny yn y Pokrovsk-Streshnev, yr hen gaffi i newyddiadurwyr ar ffordd Stoleshnikov ym Moscow gynt, lle roedd pobol yn hel diod a dadla hyd yr oriau mân mewn trwch drewllyd o fwg tybaco nes roedd y stafall yn drewi drwyddi o ogla fel ogla gwlân wedi ei losgi. Pwy oedd yn arfer slotian yno hefo fo? Andrei Bely, Martov, Ivan Shmelev, Konstantin Balmont, yr actores Roxanova, Maximillian Voloshin, Ignaity Potapenko, yr awdur straeon byrion gora yn y byd. Erbyn hyn roedd y rhan fwya ohonyn nhw wedi troi'n alltudion ar hyd a lled dinasoedd Ewrop.

'Yfad coffi o'r mygia enamel mawr rheiny fyddan ni. Coffi chwerw oedd o; waeth befo faint o siwgwr roedd rhywun yn ei lwyo a'i droi, doedd o'n melysu dim. Be oedd enw hwnnw oedd yn arfar lliwio'i farf?'

Roedd Margarita bellach wedi hen syrffedu ar ei gwmni.

'Tafod miniog ar y naw ganddo fo hefyd, dyn llawn gwenwyn. Dach chi'n gwbod pwy sgen i?'

'Mae gen i ofn na 'nes i rioed fyw ym Moscow...'

'Yn hisian siarad fel hyn ...'

Ochneidiodd gan daro'i ddwrn ar ei ben-glin, ei ddau lygad ynghau yn dynn.

'Fedra i'm cofio'i enw o. 'Tydi 'ngho i fel gogor 'di mynd? Malais oedd 'i enw canol o. O, be oedd 'i enw fo hefyd? Fedra i'n fy myw â chofio ... Ddaw imi toc, dwi'n siŵr.'

Atyniad mwyaf y Café Leon y noson honno oedd y bardd Igor Serveryanin, a gododd i fyny i lafarganu ei gerddi. Aeth amryw i bêr lesmair, ac ambell rosyn coch yn disgyn yn draddodiadol fel aberth moliant wrth ei draed. Cymeradwyo, curo dwylo brwd, stampio traed, hwtian a chwibanu gododd yn fonllefau wedyn. Math newydd o brydyddu oedd gan Igor ar un adag, a dal i balu yn yr un rhych a oedd mor ffasiynol flynyddoedd ynghynt yn Rwsia oedd o o hyd, ond fod y rhych honno bellach wedi dechrau dyddio. Barddoniaeth oedd ei farddoniaeth o, lle roedd iaith yn bodoli fel sŵn ond heb fawr o synnwyr. Byrdwn y bardd oedd fod cymaint o gyfrinachau'n llechu ym mhob un gair, hyd yn oed yn y geiria symlaf un, nes mai tuedd dynion, o'u gorglywed, oedd mynd yn glustfyddar i'w gwir werth, a dim ond wrth i air gael ei fintio mewn cyd-destun od o newydd yr oedd gobaith i rywun ddarganfod ei ddyfnderoedd unwaith eto.

Yn ei gwpan daran o berfformiad, gwnaeth Igor ei orau glas i droi'r cyfarwydd yn anghyfarwydd. Dotiodd y criw ifanc ar ei arbrofi geiriol, ond teimlai Margarita fod mwy o sylwedd hiraeth ei gerddi cynnar, mwy traddodiadol, y rheiny oedd wedi'u cyfansoddi ar un adag i'w gariad. Adroddodd benillion grymus am drenau'n rhuthro i'r ffrynt, yn gwibio trwy orsafoedd Rwsia, a phlatfform ar ôl platfform o wragedd yn ubain, bandiau o filwyr yn canu a sŵn galaru yn nodau pob acordion. Gallai pawb uniaethu hefo'r awen honno, yn enwedig pob milwr oedd wedi mynd i ffwrdd i'r ffrynt. Chwyldro 1917 roddodd y farwol i Igor. I'r comiwnyddion, bardd diletantaidd y *boudoir bourgeois* oedd o, prydydd hunanobsesiynol oedd yn canu'n groes i rythm newydd y weriniaeth Sofietaidd a'i hangen am brydyddiaeth o fath gwahanol. Ond bardd styfnig oedd Igor, yn gyndyn i ildio dim ar ei weledigaeth, a dyna pam roedd o'n dal i hefru o hyd am unigrwydd athrylithgar dynion creadigol, trwy fynnu mai dim ond beirdd o'r fath allai droi eu profiadau'n farddoniaeth ac yn fywyd.

Caeodd Margarita ei llygaid. Mor ddi-fudd oedd y sgwrsio o'i chwmpas hi. Mor syrffedus oedd Gospodin Smurov. Mor syrffedus oeddan nhw i gyd.

Gwrandawodd ar rywun nesa ati yn lladd ar y comiwnyddion, y lladron a'r hwliganiaid hynny oedd wedi eu gwisgo fel milwyr ac yn annog milwyr go iawn i gilio rhag gwneud eu dyletswydd i'w mamwlad yn haf 1917.

'Dyna oedd dagra petha, dach chi'n llygad eich lle ...'

'A morwyr haerllug o Petrograd,' porthodd rhyw lais croch, 'moch o Krondstatd yn swagro ar blatfform gorsafoedd gwlad yn mynnu holi pawb pwy oeddan nhw ag i ba ddosbarth roeddan nhw'n perthyn. Y fath hyfdra. Pa hawl oedd ganddyn nhw i fynnu'r ffasiwn beth?'

Cododd llais main.

'Dwi'n cofio 'mrawd yn dŵad adra o'r rhyfal un Dolig, ag yn hongian ei gleddyf ar fachyn y drws. 'Radag honno dim ond un lamp wan oedd yn goleuo'n cegin ni'n y nos, ninna fel teulu wedi hel o gwmpas y bwrdd i sgwrsio yn yr hannar gwyll. Ond draw o gornel y cysgodion roedd carn aur cledd fy mrawd fel y seren honno uwchben Bethlehem gynt, yn darogan yn glir i mi y gobaith fod Rwsia ddim yn mynd i gael ei chipio gan yr Iddewon a'r comiwnyddion.'

Dwi'n cofio, dwi'n cofio ...

Yr un hen gân.

Yr un hen diwn gron hyd at syrffed.

Fedrai Margarita ddim diodda chwanag o gofio. Teimlai fel sgrechian. Brysiodd i lawr y grisiau, brasgamu trwy'r caffi, codi ei chôt a chamu allan i'r nos.

Yn ei gwely y noson honno y dechreuodd sylweddoli sut roedd hi ei hun wedi dechrau newid. Teimlodd ei bod hi wedi pellhau oddi wrth griw'r Café Leon, a doedd dim blys arni hi i hel byth eto yn eu cwmni nhw. Bellach doedd hi ddim yn teimlo ei bod hi'n perthyn i'w byd nhw – ddim go iawn – a bod ei gorwelion hi, yn lle cyfyngu, wedi dechrau lledu. Ond yn bwysicach na dim, roedd hi'n benderfynol o greu bywyd newydd iddi hi ei hun.

Lle heb fod ymhell o'r ysbyty oedd o, hefo drychau mawrion ar y muriau yn peri iddi deimlo bod modd camu drwodd i dragwyddoldeb o fariau eraill. Yn tyfu mewn potiau pridd roedd gwahanol blanhigion ac un balmwydden. Roedd y lle yn weddol lawn, a'r mwg baco cry yn crasu'r gwddw oherwydd bod bron pawb yn smocio.

'Erdmann Schmidt,' sibrydodd Larissa wrth dywys ei chwaer yn ddyfnach drwy'r cwmni. ''Drycha ...'

'Be ti 'di'i ddeud wrtho fo?' holodd ei chwaer trwy gil ei cheg.

'Gweld chi'ch dau'n cyd-dynnu'n dda yn y briodas 'nes i.'

'Dawnsio unwaith. 'Na'r cwbwl 'naethon ni adag y briodas yn Rostock.'

'Gei di ddawnsio hefo fo eto heno. Fydd o wrth 'i fodd.'

'O, Lala! Na. Be ti 'di'i ddeud wrtho fo amdana i?'

'Bihafia ...'

Gwisgai Erdmann siwt las golau smart, tei gwyn a sgidia lledar llwyd. Roedd ganddo fo fysedd ysgafn, llygaid glas, gwallt melyn golau a llais meddal. Bellach roedd o'n gweithio hefo'i dad mewn practis preifat ar lawr cyntaf un o'r adeiladau ar Friedens-Allée, dafliad carreg o Königs-platz.

Ar ganol sôn yn dalog am ddefnydd o nodwydd fwa fain roedd Bruno: hefo mymryn o bwysau roedd yn bosib gyrru honno heibio asgwrn ochr dde'r pelfis, a phan oedd agoriad bychan yn ymddangos yn y croen gyferbyn, roedd modd gyrru twnnel main i mewn i'r croen, a thrwy'r twnnel hwnnw roedd cordyn meinach fyth o haearn yn cael ei dynnu, a phan oedd y twnnel yn ailymddangos trwy'r croen ac yn y blaen ac yn y blaen.

Roedd Margarita yn welw ei gwedd, ei bysedd yn bibonwy.

'Ti'n iawn?' holodd Larissa. 'Ti 'n 'y nghlywad i, Gretushka?'

Llyncodd lafoer fesul cegaid wrth wneud ei gora i'w sadio'i hun.

Yn sgil cerydd ysgafn ei wraig, cynigiodd Bruno rhyw hannar ymddiheuriad, ond roedd o'n ei chael hi'n anodd i beidio â siarad siop. Edrychai'n olygus mewn siwt dywyll o doriad da, er ei fod wastad yn gwisgo'n hŷn na'i oed. Bron nad oedd rhywbeth yn seremonïol yn y ffordd roedd o'n ymarweddu mewn lle cyhoeddus, fel rhywun oedd yn ymwybodol iawn o'i werth ei hun. Ond ceg fach oedd ganddo fo, un fachgennaidd hefo gwefusau meddal, a roddai'r argraff i bawb ei fod o'n ddyn gwan.

Mynd ati i barablu am gastroenterostomi a'r dulliau gorau o osgoi magu briwiau ar y stumog wnaeth y doctoriaid. Chwyddai eu lleisiau wrth i'r noson fynd rhagddi. Mynnai Erdmann fod yr hyn roedd dyn yn ei ddysgu mewn darlithoedd yn dda i ddim pan oedd cymhlethdodau o bob math yn codi eu pennau wrth gyflawni llawdriniaethau. 'Radag honno mae rhywun yn gallu dangos ei fetal, ond gwaith anodd iawn oedd rhesymu dan y fath straen.

Dathlu pen-blwydd Erdmann roeddan nhw, y doctoriaid a'r nyrsys, a phawb â'i fryd ar fwynhau'i hun. Gan nad oedd hi'n nabod fawr o neb, cadw yn glòs at ei chwaer wnaeth Margarita. Cafodd ei chyflwyno i rai o'r nyrsys – ffrindia gwaith Larissa.

'Ond ma' Bruno am imi roi'r gora iddi,' dywedodd Larissa wrthi toc.

'Be? I nyrsio?'

''Na be ddeudodd o noson o'r blaen.'

Sugnodd Margarita ar ei sigarét.

'Ti isio rhoi'r gora iddi?'

'Does 'na 'run o wragadd y doctoriaid erill yn gweithio. Fasa'n lot gwell ganddo fo taswn i'n aros adra. A ma' 'na lot i ddeud dros hynny ... gen i gymaint o betha i 'neud rhwng pob un dim. 'Nes i rioed feddwl bod cadw tŷ yn gymaint o waith, morwyn neu beidio ...'

'Lala, ddim dyna be 'nes i ofyn i chdi ...'

'Dwi'n gwbod ... Ond be bynnag sy'n gneud Bruno'n hapus, dyna be sy'n 'y ngneud inna'n hapus hefyd.'

'Ond ti'm isio rhoi'r gora i nyrsio? 'Sdim rhaid i chdi gogio hefo fi ... dwi'n chwaer i chdi.'

'Dwi wrth 'y modd yn nyrsio ...'

'Wel, dyna fo 'ta. Ti newydd atab dy gwestiwn dy hun.'

Hanner sbecian draw tuag at ei gŵr wnaeth Larissa.

'Doedd Mama ddim yn gweithio, yn nag oedd?'

'Nagoedd. Ond gafodd hi 'i magu mewn oes wahanol. Doedd hi ddim *am* fynd allan i weithio. Ma' petha wedi newid ers hynny. Mi fasa'n hurt i chdi roi'r gora i waith sy'n rhoi gymaint o blesar i chdi.'

'Dwi mewn lle anodd ...'

'A'r gwmnïaeth hefyd. Fasa chdi'n colli hynny'n fwy na dim, dwi'n siŵr. Pam na 'nei di ddal ati i weithio tan gewch chi blant?'

'Ia ...'falla ... Wn i ddim eto, gawn ni weld ... Fydd rhaid imi ga'l sgwrs arall hefo fo.'

'A'r tro yma, deud yn union wrtho fo sut ti'n teimlo go iawn.'

Yn nes ymlaen, daeth nifer o fyfyrwyr meddygol i'r ffei ond roedd rhyw agendor anweledig rhyngddyn nhw a'r doctoriaid. Cadwodd y naill garfan a'r llall at ddau begwn clir.

Nodiodd Larissa hefo'i llygaid – 'drycha.

Ger un bwrdd crwn roedd criwiau o fyfyrwyr yn diota, yn smocio ac yn chwerthin.

'Hwnna ar y chwith, ben ucha'r bwrdd.'

Sylwodd Margarita ar ddyn ifanc main, pryd tywyll, hefo llygaid yr un mor dywyll.

'Be amdano fo?'

'Roedd o hefo ni ar y ward wythnos dwytha. Simon 'di'i enw fo. Ti'm yn meddwl 'i fod o'r hogyn tlysa welis di 'rioed? 'Drycha ar 'i wallt o. 'I gyrls o. A'i lygaid o. Welis di rwbath tebyg yn dy fyw?'

'Larissa,' pwysleisiodd Margarita'n dawel.

'Dwi'n gwbod, dwi'n gwbod. Ma' gynnon ni i gyd ein ffantasïa. Hyd yn oed gwragadd priod.' Gwyrodd ei llais. 'Ond wir i chdi, oni bai 'mod i ... ti'n gwbod, wir, fasa 'mots gen i ...'

Cadw mewn grwpiau ar wahân wnaeth y doctoriaid a'r nyrsys, hyd nes y dechreuodd hwyrnosi. Roedd y criw o fyfyrwyr a ddaeth i mewn yn gynharach wedi hen adael am ffiri rhyw far arall.

Tua deg o'r gloch fe gamodd band bychan ar y llwyfan a dechreuodd y dawnsio.

'Paid â synnu os daw Erdmann draw.' Sugnodd Larissa ei choctel trwy welltyn. 'Ond ma' Bruno 'di cael gair yn 'i glust o.'

'Dwi fawr o un am ddawnsio fel ti'n gwbod.'

'Esgus i glosio 'di'r peth pwysica.'

'Be wyt ti a Bruno 'di'i ddeud wrth y dyn 'ma amdana i o ddifri?' Gwenodd ei chwaer a chodi ei haeliau.

'Lala, pam ti'n medliach yn 'y mywyd i?' Teimlai Margarita braidd yn biwis mwya sydyn.

'Trio edrach ar dy ôl di ydw i. Chdi sy'n cwyno bod gen ti neb.'

'Dwi'n hapus fel rydw i, diolch yn fawr iawn.'

'Ti heb ga'l neb ers Stanislav Markovich. A ma' 'na sbel ers hynny bellach. Pryd a'th o'n 'i ôl i Rwsia?'

'Dwi'm yn cofio,' atebodd Margarita, er ei bod hi'n cofio'n iawn.

'Rhaid bod 'na ddwy flynadd erbyn hyn. Oes 'na ddim?'

'A mwy.'

Rhyw fis ynghynt roedd hi wedi digwydd taro arno fo (er na soniodd hi 'run gair wrth ei chwaer), pan ddaeth Stanislav Markovich Feldman i Goleg y Gweithwyr Marcsaidd yn Berlin i ddarllen pennod o nofel roedd o newydd ei chyhoeddi. Darllenodd am bron i awr, a golau'r lamp ar y podiwm yn taenu cylchoedd duon, dyfnion o dan ei lygaid. Sylweddolodd Margarita o fewn dim mai gwaith hunangofiannol oedd hwn. Lenin oedd yn cadw'r cwbwl at ei gilydd. Disgrifiodd Stanislav y galar yng ngerwinder oer ei angladd yn Ionawr 1924, a chyferbynnu'r Lenin marw hefo'r Lenin byw roedd o ei hun wedi ei gyfarfod pan gafodd ei orfodi i fyw'n alltud ym Mharis cyn rhyfel 1914–1918. Soniodd am hoffter Lenin o farddoniaeth Pushkin, o gerddad y mynyddoedd ac o gerddoriaeth glasurol – Beethoven yn enwedig. Tynnodd ddarlun teimladwy o ddyn hael ond o natur gymhleth, rhywun a oedd wedi cysegru ei holl fywyd yn gyfan gwbwl er mwyn rhyddhau'r dosbarth gweithiol o'u gormes, a chreu cymdeithas newydd, un na welwyd mo'i thebyg erioed o'r blaen.

Cafodd Stanislav ei dynnu i wahanol sgyrsiau dros goffi. Closiodd Margarita ato fo bob yn dipyn. Yr hyn chwalodd garwriaeth y ddau yn y diwedd oedd fod Stanislav Markovich wedi 'laru byw o'r llaw i'r genau yn Berlin, a'i fod yn meddwl bod gobaith am waith ac amgenach dyfodol yn ôl ym Moscow. Hawdd oedd dallt hynny. Mae pawb yn cael ei swyno gan uchelgais, ac mae pob dyn yn teimlo rhyw londer wrth feddwl am yrfa a dyrchafiad. I'r mwyafrif, cadwyn o gyflawni ydi'r unig fywyd sy'n werth ei fyw.

Cadw golwg arno fo o bell wnaeth Margarita gan ddisgwyl ei chyfle. Sylwodd fod gwraig ifanc wallt tywyll yn sefyll yn ei ymyl.

'Lyuba, dyma Margarita Kozmyevna ... Margarita, dyma ngwraig i.'

Erbyn hynny, roedd o'n smocio'i getyn.

'Dwi 'di clywad dipyn amdanach chi,' gwenodd Lyuba.

(Roedd ganddi lygaid anarferol o wyrdd.)

'Petha da, gobeithio.'

'Dwi'm yn un i siarad yn fach yng nghefn neb,' dywedodd Stanislav yn bwyllog wrth syllu ar Margarita.

Roedd Stanislav a Lyuba wedi treulio rhai misoedd ym Mharis lle roedd o'n gwneud ei orau i ennill bywoliaeth fel nofelydd. Disgrifiodd eu bywyd bob dydd mewn gwesty digon gwachul ar Avenue du Maine, un hefo grisiau tywyll cul, coridorau drewllyd a stafelloedd digon llwm. O dan ffenast eu stafall roedd *pissoir*, a gerllaw hwnnw mainc bren, lle roedd cariadon ifanc yn dal dwylo, yn swsian wrth sisial maldod am oriau. Soniodd hefyd am dreulio nosweithiau yn y Rotonde, yn dal pen rheswm hefo Mayakovskii ynglŷn â pha mor anodd oedd atgynhyrchu realiti mewn llenyddiaeth. Yr unig obaith oedd fod y weithred o greu llenyddiaeth yn atgynhyrchu rhyw gymaint o egni realiti er mwyn troi llenyddiaeth yn rym dylanwadol ar fyw a bod pobol, a thrwy hynny, hybu math newydd o realiti comiwnyddol.

'Dydi bywyd bardd ddim yn hawdd o bell ffordd, mwy nag ydi bywyd nofelydd,' honnodd Stanislav.

'Mae o'n gorfod derbyn pob math o gomisiyna papura newydd,' ychwanegodd Lyuba.

'Sy'n cadw'r blaidd o'r drws.'

''Nes di'm aros yn Rwsia wedi'r cwbwl?' holodd Margarita'n chwilfrydig.

'Teithio'n ôl ag ymlaen ydi 'mywyd i ar hyn o bryd. Ddim *émigré* ydw i, ond dinesydd Sofietaidd. Dyna sy ar fy mhasbort i.'

'Mae hi'n braf gwbod lle mae rhywun yn sefyll yn y byd 'ma,' porthodd Lyuba.

'A be amdanach chdi?' holodd Stanislav, a oedd wedi synnu gweld Margarita ar gyfyl y ffasiwn le â Choleg y Gweithwyr Marcsaidd.

'Dwi ddim mor rhagfarnllyd ag o'n i'n arfar bod ynglŷn â'r Undeb Sofietaidd,' atebodd.

'Braf sgwrsio hefo chdi unwaith eto.' Tapiodd Stanislav ei getyn yn ei law.

'Braf sgwrsio hefo chditha hefyd.'

Daliodd Margarita gip sydyn arni hi ei hun yn y drych, a sylweddoli hefo rhyw chwithdod ei bod hi'n dlws. Weithia, fe fyddai hi'n syllu ar ei choesau a synnu bod ganddi rai o gwbwl. Eu cuddio nhw o'r golwg o dan sgerti hirion oedd hi gan amlaf. Pam roedd ganddi gymaint o gywilydd ohoni hi ei hun? Roedd ganddi gorff deniadol, ac fe ddylai wneud mwy ohoni hi ei hun, fel roedd Larissa yn ei hannog i'w wneud.

Teimlodd Margarita bwniad ysgafn ar ei braich.

'Falla gei di hwb fach heno,' gwenodd Larissa.

'Dwi'n abal ddigon i edrach ar ôl fy hun, diolch yn fawr iawn.'

Doedd dim byd tristach ym marn Larissa na gweld gwraig yn mynd i gyngerdd neu bictiwrs ar ei phen ei hun – fel roedd ei chwaer yn ei wneud.

''Drycha, hist, 'drycha, 'drycha – gwena, gwena – mae o'n croesi draw.'

Pan aeth Margarita ac Erdmann i ganol y dawnswyr, aeth Larissa i ista at Bruno.

''Nei di lacio 'ngholar i?'

Agorodd fotwm ei grys.

''Na welliant. Mam bach, ma' hi'n boeth 'ma,' chwythodd wrth ledu ei goesau a fflicio llwch ei sigarét.

Syllodd y ddau am rai munudau ar Erdmann a Margarita'n dawnsio.

''Dio 'di deud rhwbath?' holodd Larissa toc.

'Ddim rhyw lawar.'

'Ond mae o 'di deud *rhwbath*, siawns?'

'Ddim 'i deip o, medda fo wrtha i.'

Methodd Larissa â chuddio'i siom.

'Pam?' holodd.

'Ma'n well ganddo fo genod hefo mwy o bwysa fan hyn. Mae o'n meddwl bod dy chwaer braidd yn fflat. A phan ti'n sbio arni hi, mae hi hefyd.'

'Ddim bronna 'di bob dim.'

'I Erdmann ma' hynny'n bwysig. Ymysg petha erill, wrth reswm.'

'Ti'n meddwl 'run peth amdana i 'ta?'

Trodd Bruno ei focha'n chwyslyd i syllu arni.

'Ti'n meddwl bod gen i ddiffyg pwysa fan hyn?'

'Be sy'n gneud i chdi feddwl hynny?'

'Mi wyt ti, felly.'

'Nag 'dw ...'

'Alla i ddeud bo chdi.'

'Ddeudis i mo'r ffasiwn beth.'

''Na be 'nes di awgrymu, Bruno.'

'Naddo, 'nes i ddim. Sôn am dy chwaer o'n i.'

Roedd o wedi dechrau codi'i lais.

'A sôn amdana i. Dwi'n llai na hi. Dwi'm digon da i chdi. Dwi'n gwbod bo fi ddim.'

Pan ddychwelodd Margarita at eu bwrdd, roedd Larissa'n amlwg wedi bod yn crio er iddi fynnu fod pob un dim yn iawn. Ond chwerthin trwy ddagrau roedd hi.

Drannoeth, daeth y gwir i gyd i'r fei. Wedi bod yn feichiog oedd hi, ond ei bod wedi colli'r babi rai dyddiau ynghynt. Meddyliodd y gallai ddygymod â'r golled heb rannu hynny hefo neb.

''Di Bruno'n gwbod?' holodd ei chwaer wedi iddo fo adael am y 'sbyty.

'Nag 'di, diolch byth. A phaid â sôn gair wrtho fo chwaith. Dwi'm isio iddo fo feddwl 'mod i'n anobeithiol ...'

'Ti'm yn anobeithiol, siŵr.'

'Dwi'm yn gwbod weithia pam mae o wedi 'mhriodi fi. Fo o bawb. Priodi rhywun fel fi. Mae o'n haeddu rhywun gwell. Be welodd o yndda i 'rioed?'

'Paid â siarad fel'na, Lala ...'drycha, ti 'di ypsetio. Paid â phoeni. Dach chi'ch dau yn ifanc. Ma' 'na ddigon o amsar gynnoch chi eto.'

Penderfyniad Margarita trwy gydol gwanwyn 1926 oedd magu mwy o ddealltwriaeth am gomiwnyddiaeth. Yn niffyg unrhyw ddewis arall, daliodd ati i weithio fel model ac i droi allan i ddarlithoedd yng Ngholeg y Gweithwyr Marcsaidd. Trin a thrafod hefo Bi oedd hi gan fwya, er ei bod hi wedi closio at lawar mwy o bobol.

Bi ddysgodd iddi mai'r grym ceidwadol mwya dylanwadol ydi difaterwch.

'Byw ar yr wynab mae'r rhan fwya o bobol, yn lle byw'n ddwfn, trwy fynnu fod yn rhaid i betha newid.'

Difaterwch oedd yn atgyfnerthu ceidwadaeth wleidyddol, a thrwy hynny'n gwarchod breintiau'r dosbarth oedd yn cynnal anghyfartaledd cymdeithasol.

'Creadigaeth ddynol ydi pob trefn economaidd. A phob trefn wleidyddol hefyd o ran hynny. Does yr un drefn ddynol yn naturiol. Dyna pam mai rhywbeth hollol annaturiol ydi tlodi.'

Doedd neb yn byw y tu allan i'r broses hanes, gan mai gweithredu o'i mewn hi roedd pawb. Ar y sail honno, roedd hi'n hollol bosib i bobol newid eu bywydau – er gwell.

Ond er bod Margarita wedi dechra gweld y byd o'r newydd, roedd rhai cwestiynau'n dal i'w phoeni hi o hyd. Sut oedd unrhyw un yn gallu bod mor saff o'i bethau? Iddi hi, hap a damwain oedd bywyd. Efallai fod modd i bobol fyw fel tasan nhw'n rhydd, ond roedd yna ffiniau a grymoedd i ddad-wneud delfrydau a breuddwydion pawb a'u troi nhw'n llwch. Teimlai'n amal mai papur sidan oedd ei realiti hi ei hun.

'Be ydi democratiaeth?' holodd Bi. 'Hawl i fwrw pleidlais i bleidiau sy'n ddim ond dynwarediad di-liw o unffurfiaeth ei gilydd, a phleidiau sy'n gwneud dim ond anghytuno ynglŷn â'r ffordd o gadw cyfalafiaeth yn ei lle. I ni'r comiwnyddion, siwrna tuag at adnabod rhyddid ydi hanas y ddynoliaeth. A nod penna pob unigolyn ydi nabod ei hun fel y ddynoliaeth.'

Bi ddarbwyllodd hi i ymaelodi hefo'r Blaid Gomiwnyddol.

'Gweithredu 'di'r peth pwysica i bob comiwnydd.'

'Ti'n meddwl 'mod i'n barod i weithredu?' holodd hi.

'Siŵr iawn dy fod ti.'

'Ond dwi'n poeni 'mod i'm yn gwbod hannar digon eto.'

'Am be?'

'Am egwyddorion Marcsaidd. A pheth arall ... mae pawb sy'n ymuno hefo plaid wleidyddol yn gorfod ildio rhyw gymaint o'i annibyniaeth barn. Yn enwedig i gomiwnyddion, lle mae'r aeloda i gyd dan ddisgyblaeth y Blaid.'

Da o beth oedd hynny, yn ôl Bi. 'Does dim byd yn difetha unigolion yn fwy nag unigolyddiaeth,' dywedodd ar ei ben.

Man cychwyn pob math o gecru a sectyddu oedd annibyniaeth barn. Rhaid oedd wrth ddisgyblaeth lem er mwyn cadw'r Blaid Gomiwnyddol yn blaid unedig a chadarn.

''Drycha, dwi am ofyn un cwestiwn syml i chdi ... wyt ti am weld byd gwell yn cael ei greu?'

'Ydw, wrth gwrs 'y mod i.'

'Dwi'n falch o glywad. Ond y gwir amdani ydi na all neb greu'r byd hwnnw ar ei ben ei hun. All neb chwaith fyw ei fywyd ar draul bywydau pobol eraill. Y gamp i bob unigolyn ydi harneisio'i ewyllys yn un ag ewyllys y dosbarth gweithiol er mwyn ymroi i'r frwydr dros gydraddoldeb a chyfiawnder. Dwi'n cyfadda bod troedio'r llwybr comiwnyddol ddim bob amsar yn beth hawdd, ond pa ddewis arall sy gynnon ni?'

Sgrifennodd enw ar ddarn o bapur. 'Cer at hon – a deud wrthi mai fi yrrodd chdi.'

Camodd hogyn tew trwy ddrws glas golau i mofyn rhywun o'r enw Hedwig.

Ymhen sbel, daeth honno i'r fei, a chododd Margarita oddi ar y fainc bren.

''Sneb braidd byth yn 'y ngalw fi'n Hedwig – dim ond Mam a Bi. Galwa fi'n Vicki.'

Vicki, yn ddiweddarach, roddodd ei cherdyn aelodaeth iddi.

Daliodd Margarita fo ar gledr ei llaw, gan syllu ar yr ordd ddu a'r cryman bychan.

Dros ddwy sigarét, cafodd ei chroesawu'n ffurfiol gan Vicki i rengoedd Plaid Gomiwnyddol yr Almaen – y Kommunistische Partei Deutsch.

Roedd y cwbwl mor ddi-lol â hynny. Pam na fyddai hi wedi gwrando ar gyngor Bi cyn hyn? Pam na fyddai hi wedi camu dros y rhiniog ynghynt?

Camodd allan i'r heulwen haf dros Bülow-platz yn aelod llawn o'r KPD. Teimlai Margarita lawenydd yn ei chalon, ei chorff yn ysgafn a'i chamre'n gynt gan ei bod hi bellach yn perthyn i fudiad ac iddo fo bwrpas. A ddim mudiad â'i fryd ar ddoe, ond mudiad â'i fryd ar yfory.

Trwy law Vicki fe fenthycodd Margarita fwy fyth o lyfrau a phamffledi o'r brif swyddfa. Bob amser cinio byddai hi'n pori'n fanwl yn *Die Rote Fahne* ac yn ei adael o wedyn ar gyfer pwy bynnag arall oedd yn dymuno'i ddarllen o. Doedd hi ddim am fentro mynd â chopi 'nôl adra hefo hi, na chadw llyfryn na phamffledyn na dim a allai awgrymu i Bruno neu Larissa ei bod hi'n byw bywyd dirgel.

Bob nos Iau, cerddai i dafarn y Schünemann ar gornel Chausséestrasse ac Invalidenstrasse, lle roedd pwyllgor yn cael ei gynnal mewn stafall gefn am wyth o'r gloch.

Gwragedd ifanc yn eu hugeiniau fel Margarita oedd pedair ohonyn nhw, a thri o ddynion canol oed, dau ohonyn nhw'n ddynion priod. Athro Lladin dwys a oedd yn dysgu mewn ysgol yn ardal Lichtenberg oedd un o'r dynion. Tueddai i syllu'n graff ar bawb wrth gnoi ei bensal, er mai rhyw ddyn bach eiddil oedd o. Pump o ddynion gweddol ifanc oedd y lleill – rhai hefo teuluoedd i'w bwydo, a'r pump wedi bod yn ddi-waith am amser maith nes roedd olion newyn gweithwyr oedd wedi eu hamddifadu o'u llafur i'w deimlo'n amlwg yn nhrymder eu hedrychiadau.

Gwrandawai'r di-waith yn ddwys ar bob datganiad gan y KPD, a hynny hefo ufudd-dod didwyll dynion a oedd wedi profi pob math o drallodion. Yn eu mysg nhw hefyd roedd rhyw gyw newyddiadurwr, yn ogystal ag un hogan ifanc gringoch a oedd yn cael trafferth ista'n llonydd ac yn tueddu i bicio a neidio a chodi a cherdded o gwmpas, nes mynd ar nerfau'r aelodau hŷn. Roedd pawb ond dwy yn smocio.

Vicki oedd y cyswllt rhwng y gell a'r KPD yn ganolog.

Oherwydd bod Margarita mor frwdfrydig i ymroi i'r achos, roedd hi'n amal yn treulio'i boreau Sul yng nghwmni rhyw ddwsin o gomiwnyddion ifanc a oedd yn mynd o ddrws i ddrws yn ardaloedd dosbarth gweithiol Wedding a Neukölln yn gwerthu cyhoeddiadau'r KPD. Ambell waith roedd hi'n anodd peidio â chael caff gwag. Dro arall, roedd rhywun yn lwcus i ddengid am ei hoedal i lawr y grisiau, ar ôl dŵad o fewn hyd dwrn o gael waldras. Ar y cyfan, câi Margarita groeso. Teimlai ei bod hi'n dechrau ehangu ei gorwelion, ei bod yn dŵad i adnabod cylch ehangach o bobol o'r un anian â hi ei hun.

Wrth guro ar un drws daeth wyneb yn wyneb â hen ffrind iddi, gwraig nad oedd wedi ei gweld ers y dyddiau cynnar ym Merlin pan oedd hi'n gweithio yn y ffatri gacennau.

Cafodd groeso gan y ffrind, a'i gwadd i mewn, ond pan gododd ei gŵr, a Margarita'n egluro natur ei hymweliad, rhwygwyd ei phamffledyn yn ddau.

'O 'ma!'

'Aldrich,' crefodd ei wraig, a gwawr o gochni ym môn ei bochau.

'Oes raid i mi ofyn i hon eto?' Gwarsythodd wrth rythu arni, ei ddau ddwrn wedi eu weldio i'w ddwy glun a'i goesau ar led. 'O 'ma, medda fi.'

Cyn-filwr yn y Friekorp oedd o, yn casáu comiwnyddion, neu'r cochion fel roedd o'n eu galw nhw. Roedd yn gas ganddo fo sloganau celwyddog Iddewon Rwsia am ryw frawdoliaeth ryngwladol nad oedd yn bod. Sosialaeth y ffosydd, sef gwir sosialaeth y milwyr, oedd yr unig sosialaeth – lle cafodd brawdoliaeth ddyfnach ei geni ymhlith dosbarth gweithiol yr Almaen. Dal i deimlo'r frawdoliaeth hon hyd at fêr ei esgyrn roedd o o hyd, a theimlo casineb anfaddeugar yr un pryd tuag at y ffug-sosialwyr a'r Iddewon blysig a wthiodd eu cyllyll bradwrus i gefn y fyddin ar y maes yn 1918.

'Hegla hi o 'ma, a phaid ti byth â meiddio dangos dy hen wep hyll 'ma eto'r gont.'

Slamiodd y drws yn glep.

Yn ystod ei misoedd cyntaf o fyw hefo Bruno a Larissa, cuddiodd Margarita ei cherdyn aelodaeth o'r KPD mewn lle saff. Dysgodd fod yn rhaid iddi fod yn ofalus iawn a dysgu hefyd sut i frathu ei thafod rhag ypsetio neu ddigio Larissa, a roddai lety iddi am y nesa peth i ddim.

Wrth siarad hefo'i brawd-yng-nghyfraith, buan y sylweddolodd Margarita nad oedd Bruno mor wleidyddol ddiduedd â hynny. Cenedlaetholwr gweddol henffasiwn oedd o, yn bwrw'i bleidlais i'r Deutsche Nationale Partie, er nad oedd yn aelod ohoni. Cyn hynny, bu'n pleidleisio i'r Blaid Gatholig gan mai Catholigion oedd ei fam a'i dad a'i deulu i gyd. Cadwai faner fechan yn y tŷ – un wen, goch a du – ond doedd o ddim yn un i glochdar yn uchal am wleidyddiaeth: roedd dangos teyrngarwch i unrhyw blaid mewn modd cyhoeddus yn beth hollol ddi-chwaeth i'w wneud. Roedd yn gas gan Bruno sosialaeth, ond roedd o'n casáu comiwnyddiaeth yn fwy fyth, a hynny oherwydd iddo glywed yn y 'sbyty eu bod nhw wedi 'gwladoli genod yn Rwsia a'u bod yn eiddo i bawb'.

Pan roddodd Margarita fo ar ben ffordd, honnodd Bruno ei fod wedi clywed *fod* hynny'n wir.

'Yn lle glywis di?'

'Dwi'm yn cofio.'

'Ti'm yn cofio, achos 'i fod o'n gelwydd, 'na pam.'

Mynnodd Bruno daeru'n ddu-las iddo glywad y cwbwl o le saff iawn. Ei gas beth oedd colli dadl, hyd yn oed pan oedd o'n traethu ar dir simsan iawn. Mynnai gael y gair ola un bob tro.

Hawdd iawn oedd hidlo ei argyhoeddiadau gwleidyddol yn barsal bach taclus. Roedd yn anfodlon gweld gormod o rym yn cael ei osod yng nghôl y wladwriaeth ac roedd rhyddid yn bwysicach peth o'r hannar na chydraddoldeb. Gwladgarwr i'r carn oedd o, yn gadarn ei gred mewn sefydliadau traddodiadol, yn enwedig yr Eglwys Gatholig. Roedd ganddo amheuon ynglŷn â gallu dynion i berffeithio'u hunain, a chredai yn hawl y lleiafrif traddodiadol – *élite* addysgedig o ddynion o haenau uchaf cymdeithas – i arwain y genedl. Gwell oedd y gorffennol na'r presennol, a'r presennol na'r dyfodol. Ceisio sicrwydd mewn bywyd oedd yn bwysig wrth baratoi am y byd a ddaw.

Ai dyna oedd tu cefn i'w awydd i briodi mor ifanc, tybad, holodd Margarita ei hun.

'Wyt ti erioed am un eiliad, Bruno, wedi meddwl o ddifri pam wyt ti'n meddwl fel hyn?' gofynnodd iddo fo un noson.

'Am mai dyma sut mae pawb call yn meddwl,' atebodd ar ei ben.

'Fasa chdi'n lecio imi ddeud wrthach chdi pam?'

'Be?' holodd Bruno gan daflu edrychiad cam tuag at ei wraig. 'Ers pryd wyt ti mor hollwybodus mwya sydyn?'

Eglurodd Margarita fod llawer iawn o ddynion yn mynnu glynu at ryw orffennol ymddangosiadol berffaith mewn byd sy'n prysur newid ar wib. Gwell o'r hannar ganddyn nhw oedd alltudio'u hunain o'r presennol i ryw ffantasi o gymdeithas ddelfrydol mewn rhyw orffennol pell, gorffennol nad oedd wedi bodoli erioed. Ond yr hyn oedd yn gyrru dynion – hyd yn oed dynion digon deallus – i gredu fel hyn oedd ansicrwydd ac ofn.

'Fi? Yn ofnus?' wfftiodd Bruno.

Pan oedd yr ofn hwnnw yn smentio'i hun yn ddogma, bryd hynny roedd dyn mewn peryg o gamu i ffosydd cul iawn, lle roedd y brigwellt yn galad a'r brwyn yn oer. Ond y peth gwaethaf un yn y gors oedd ofn y werin bobol, ofn a seiliwyd ar y gredo na all dynion fyth fod yn gyfartal – a'r unig ateb oedd ateb yr Eglwys Gatholig.

'Am lol!' chwarddodd Bruno. 'Chlywis i'r ffasiwn lol yn fy myw!' Chwarddodd yn uwch.

Gofynnodd Margarita yn dawal, 'Pam na 'nei di feddwl am be dwi newydd ddeud?'

'Pwy sy wedi bod yn dy ben di? E?'

Dysgodd yn fuan iawn mai peth annoeth oedd dechrau tynnu ei brawd-yng-nghyfraith i'w phen. Yn amlach na heb, roedd hi'n ddoethach cau ei cheg.

Heb yn wybod i Margarita, roedd Vicki wedi awgrymu ei henw wrth ei bòs.

Darllenodd Erich Lange adroddiadau gan aelodau eraill amdani, ac yn sgil hynny awgrymodd enw Margarita wrth neb llai nag Ernst Thälmann, aelod o'r Reichstag a Chadeirydd y KPD.

Wrth i bawb adael ar ddiwedd cyfarfod cell un nos Iau, dywedodd Vicki wrthi fod disgwyl iddi fod yn bresennol mewn cyfarfod ym mhencadlys y KPD ar Bülow-platz drannoeth.

'Faint o'r gloch?'

'Hannar awr 'di chwech.'

'Pam?'

'Paid â holi – ty'd draw a gei di weld.'

Cyrhaeddodd Margarita yn gynnar, ymhell cyn chwech o'r gloch, ond bu'n rhaid iddi aros am bron i awr a hannar. Wrth i fysedd y cloc dynnu am wyth o'r gloch, roedd yr adeilad yn llawn o brysurdeb pobol – pawb yn mynd a dŵad, a dim golwg troi am adra ar neb.

Tywysodd Vicki hi i swyddfa ar y trydydd llawr at ddyn canol oed mewn gwasgod werdd. Ddywedodd o mo'i enw wrthi, dim ond ei fod o yno i'w chyf-weld.

'Cyf-weld?' holodd ei hun.

Daliodd Margarita lygad Vicki, a gwenodd hithau arni.

Pan gamodd y ddwy allan o'r adeilad yn ddiweddarach, dywedodd Margarita, 'Dwi'm yn siŵr iawn os ydw i'n barod i dderbyn ai peidio.'

Taniodd Vicki sigarét a'i gosod ar ei gwefus. 'Gwrthod cynnig fel hyn? Sut elli di?'

Roedd amheuon ynglŷn â hi ei hun yn atal Margarita.

''Sgen ti'm dewis ond derbyn. Meddylia am y peth. Fyddi di a fi o hyn ymlaen yn gweithio hefo'n gilydd. Ma' 'na betha mawr ar fin digwydd. Ma' 'na chwyldro ar droed. Ma' byw mewn cymdeithas fel hon fel byw mewn cymdeithas sy'n disgwyl codwm unrhyw eiliad. Ti'n meddwl bod cyfalafwyr yr Almaen yn poeni am eu gwlad? Ni 'di'r unig bobol sy'n poeni go iawn.'

A'i bysedd yn crynu, sadiwyd nerfusrwydd Margarita gan y mwg.

''Sdim pen draw ar flys dynion tebyg am elw a marchnadoedd. Tra ma' nhw'n llewyrchu ma' miliynau'n llwgu. Dydi'r farchnad gartra'n golygu dim, gan mai cynhyrchu i allforio ma' nhw. Yn sgil chwyddiant difrifol '23, ma' 'na ddigonadd o lafur rhad sy'n galluogi dyn fel Stinnes i gystadlu mewn marchnadoedd dramor, yn enwedig gan fod elw'r holl allforio'n cael ei fuddsoddi mewn banciau yn Zurich neu Paris, lle fydd ei bres o ddim yn colli'i werth. Ond mi rown ni stop arnyn nhw. Mi rown ni stop ar bob cyfalafwr trwy Ewrop gyfan. Dwi'n hollol grediniol o hynny.'

Roedd Margarita newydd gael cynnig gwaith llawn amser gan yr International Arbeiter-Hilfe, yr IAH, mudiad dan adain y KPD. Ond doedd ei chyflog hi'n fawr o beth.

Honno oedd y felltith fwyaf: os rhywbeth, roedd o'n gythreulig o bitw. Os na allai'r KPD drefnu llety arall iddi, doedd dim dewis ganddi ond dal i fyw o dan yr un to â'i chwaer a'i brawd-yng-nghyfraith.

Cododd y matar hefo Vicki.

'Yr un ydi cyflog pawb,' oedd ateb honno. ''Di'r KPD ddim yn graig o arian.'

Doedd dim dewis gan Margarita ond aros yn lle roedd hi am y tro. Fedrai hi ddim cuddio'r ffaith iddi gael gwaith. Ond pa fath o waith? Sut roedd egluro hynny? Dywedodd wrth ei chwaer ei bod yn gweithio mewn swyddfa insiwrans, dafliad carreg o Bülow-platz.

'Ti'n mwynhau?'

Oedd, roedd hi'n mwynhau ei hun yn fawr, roedd hynny'n berffaith wir. Er bod yr oriau'n hir, roedd y gwaith yn bleser pur – cyfuniad o waith pen mewn swyddfa a gweithredu gwleidyddol allan ar y stryd. Am unwaith yn ei bywyd, (Be oedd hi'n *nwdlian*? Am be oedd hi'n *fwydro*?) am y tro *cyntaf* yn ei bywyd, teimlai Margarita ei bod hi'n gwneud rhywbeth gwirioneddol werth chweil.

Cafodd ei hanfon allan i Potsdam, i achos llys rhyw Junker o'r enw Rittmeister Günther von Kunz, a gafwyd yn ddieuog o saethu gweithiwr ifanc yn ei wyneb. Unig drosedd hwnnw oedd pigo madarch gwyllt ar dir ei stad ar doriad gwawr. Ddim hwn oedd y tro cyntaf i'r aristocrat sefyll yn y doc, oherwydd rhyw gwta flwyddyn ynghynt roedd wedi stido rhyw ddwy ferch dlawd yn ddu-las hefo strap lledar am feiddio ag amharchu ei deyrnas trwy hel pricia tân i'w mamau. Be haerodd Rittmeister Günther von Kunz gerbron ei debyg? Na fasa fo byth yn saethu yr un person parchus, ond bod dim ots o gwbwl ganddo fo danio dau faril ei wn at fudreddi cymdeithas. Dinas deyrngar i etifeddiaeth hynafol Prwsia oedd Potsdam; roedd pawb yn gwybod hynny, ac yn gwybod hefyd fod pennaeth yr heddlu, y barnwr, y rheithgor a phob dyn arall o bwys yn y broses gyfreithiol yn rhannu'r un ddelfryd o gyfiawnder, sef mai ei bwrpas eithaf oedd gwarchod sancteiddrwydd eiddo a bod cyfiawnder yn ddim ond modd o sefydlogi'r drefn o blaid y rheiny oedd â'r mwyaf i'w golli.

Adroddiad o'r achos llys yn Potsdam oedd erthygl gyntaf Margarita yn *Die Rote Fahne*.

'Fydd 'na byth gymod rhwng hawlia eiddo a'r syniad o gyfiawnder a thegwch cymdeithasol,' dywedodd Vicki. 'Mae'r cynta wastad yn mygu'r ail bob un tro.'

Daliai Margarita i ryfeddu at egni ac ymrwymiad Vicki dros yr achos. Rhaid oedd iddi hithau ddysgu sut i weithio'n galetach gan fod ei bòs, Willi Münzenberg, yn gallu bod yn llawdrwm iawn os oedd o'n teimlo fod rhywun yn llaesu dwylo.

Pwyllgora oedd yn llyncu ei nosweithiau. Gwaith y dydd oedd trefnu cynadleddau a gwahanol gyfarfodydd, rhai dan do ac eraill allan ar y stryd. Cafwyd rhai mewn selerydd *jazz,* a'r rheiny'n drewi o chwys a chwerthin. Ynghanol y siarad a'r dadlau, y mân gecru a'r malais a oedd yn troi'n hen surdan o dan bob dim, roedd Margarita wrth ei bodd.

Pan ddaeth Larissa adra o'i shifft, roedd ganddi newyddion i'w hadrodd wrth ei chwaer.

'Choeli di byth pwy welis i heddiw.'

Wedi ei chludo i'r ysbyty yn gwaedu'n ddrwg oedd ei chyn-diwtores, y Dduges Lydia Herkulanovna Vors. Ei chamgymeriad oedd troi at ryw ddynas mewn stryd gefn yn Wedding.

'Ddylsa chdi fod 'di gweld y llanast 'naeth honno arni.'

''Sgen i'm isio clywad y manylion i gyd, diolch yn fawr iawn.'

Arbedwyd Margarita rhag y gwaetha, ond fe allai ei chwaer yn hawdd fod wedi dweud wrthi sut ddefnydd wnaeth y ddynas o ledwr metal, gan drydyllu'r groth, a mynd ati wedyn i wneud pethau'n saith gwaeth trwy ddefnyddio gefail i dynnu'r ffetws, a thynnu talp go dda o berfedd allan ar fwrdd ei chegin. Un ai roedd y ddynas yn chwil gaib neu o'r farn mai tynnu llinyn y bogail roedd hi, hyd nes iddi fethu dallt pam ei bod hi'n tynnu cymaint, ond roedd hi'n rhy hwyr erbyn hynny i unioni'r cam. Yn ei dychryn, fe stwffiodd y perfedd yn ei ôl i mewn i geudod yr abdomen, a rhedag nerth ei phegla i mofyn help gan gymdoges, dynas oedd yn yr un busnes â hi. Chyrhaeddodd yr un ambiwlans yn ddigon buan, ac oherwydd hynny, fe gafodd y Dduges Herkulanovna Vors ei rhuthro i'r ysbyty ar sedd gefn hen Hispano-Suiza oedd wedi gweld dyddia gwell. Roedd hi mewn poenau dirdynnol, ac yn ofni ei bod hi'n mynd i farw unrhyw eiliad.

Larissa oedd un o'r nyrsys oedd gerllaw pan godwyd hi o gefn y car ar stretshar. Cafodd ei chludo ar ei hunion i'r theatr lawdriniaethau, at gynaecolegydd o'r radd flaena un, gŵr oedd yn gallu gwneud gwyrthiau. O dano fo roedd Bruno'n hyfforddi, a Bruno gafodd y dasg o oruchwylio'r Dduges Herkulanovna Vors yn cael ei gyrru o dan chwythiadau oerion o ether. Unwaith roedd hi'n anadlu'n esmwyth, dechreuwyd ar y gwaith, ond bu'n rhaid torri ac ailosod bron i draean o'i pherfedd oherwydd heintiad, yn ogystal ag ail-greu'r groth trwy ei thorri yn ei hanner a'i hailbwytho. Erbyn hynny roedd y Dduges wedi colli cryn dipyn o waed, ac yn gwanio o eiliad i eiliad. Er mawr syndod i bawb, yn sydyn, dechreuodd fagu nerth. Lledodd ei llygaid yn llydan a gwelai ei gŵr yn sefyll o'i blaen – hwnnw gafodd ei lofruddio gan y Bolsieficiaid. Safai yno, yn waed drosto, yn cydio yn ei llaw, yn ei hannog hi i fagu egni er mwyn dal ati'n ddygn, i beidio ag ildio ac i frwydro am ei heinioes.

'Doedd neb ond fi'n 'i dallt hi am 'i bod hi'n siarad Rwsieg,' adroddodd Larissa yr hanas wrth ei chwaer. 'Bregliach trwy bob math o betha oedd hi, yn hychio fod rhyw gomiwnyddion yn mynd i ddwyn ei thrugaredda hi, yn poeni 'i bod hi'm digon da i'w gŵr, yn difaru am bob math o betha, yn crefu am 'i faddeuant o hefyd trwy dyngu llw ar boen ei bywyd y byddai'n aros yn weddw hyd ei bedd er mwyn parchu'r cof oedd ganddi hi ohonyn nhw ar ddydd eu priodas. Ti'm yn meddwl bod hynna'n drist?'

'Pwy oedd tad y babi?' holodd ei chwaer hŷn.

'Soniodd hi 'run gair am y peth.'

Ymhen deuddydd, aeth Margarita draw i'w gweld hi yn ystod ei hawr ginio. Ar gais Larissa, roedd cytundeb rhwng y ddwy mai oherwydd pendics roedd y Dduges yn yr ysbyty. Chymerodd Margarita ddim arni ei bod hi'n gwybod fel arall, er bod y tair yn sylweddoli nad oedd y gyfrinach yn gyfrinach o fath yn y byd.

Pan ddaeth i olwg y ward, roedd y Dduges yn ista i fyny yn darllan yn ei gwely.

'Margarita Kozmyevna annwyl, dyma ymwelydd annisgwyl. Doedd dim rhaid ichi, wir. Mmmmm. Hyfryd iawn.'

Aeth nyrs â'r blodau oddi yno. Doedd gan Margarita ddim awydd aros mwy nag oedd raid gan fod ogla'r lle yn codi pwys arni, ond erbyn hynny, roedd Larissa wedi dŵad i'r fei.

'Mae gen i gymaint o waith i'w 'neud,' dywedodd y Dduges. 'Dwi wrthi ar hyn o bryd yn trefnu cynhadledd ym Munich – cynhadledd y Monarchwyr – at ddiwedd Tachwedd neu ddechrau Rhagfyr eleni. Ma' isio digon o amsar arnon ni i drefnu'n iawn. Dwi i fod i gychwyn am Dde Ffrainc at ddiwedd y mis, yr holl ffordd i Antibes, i weld neb llai na'r Uchel Ddug Nicholas Nikolaevich er mwyn holi a wnaiff o ein anrhydeddu ni â'i bresenoldeb.'

Eglurodd mai hwn, o bosib, fyddai'r cyfla olaf un i ddod â phawb a oedd yn caru Rwsia at ei gilydd fel un, er mwyn trafod a gweithredu yn erbyn yr Undeb Sofietaidd.

Roedd y Dduges Herkulanovna Vors yn grediniol fod modd trechu'r gelyn o hyd – dim ond i bawb gyd-dynnu a gweithredu fel un. Wedi'r cwbwl, ddim y comiwnyddion bellach oedd yn gyrru'r chwyldro – y chwyldro oedd yn eu gyrru nhw. Dyna pam fod yr awydd am gydraddoldeb cymdeithasol yn y pen draw yn awydd am ddim byd. Ffantasi waedlyd oedd y cwbwl oherwydd mai calon paganiaeth fodern oedd ymdrechu i greu yn gydradd yr hyn a greodd Duw yn unigryw.

'Sy'n egluro pam na all bywyd fyth fod yn deg,' dywedodd y Dduges, yn ysbryd hyderus y diwtores ag yr oedd hi o hyd. 'Fydd yr un gymdeithas fyth yn gydradd oherwydd y ffaith syml na all neb ad-drefnu'n gyfiawn yr hyn na wnaeth dyn mo'i greu. Mae'r Undeb Sofietaidd yn porthi'n farus o gafn rhyw syniadau afiach am gyfiawnder cymdeithasol ag am warchod y tlawd a'r anghenus yn enw'r dosbarth gweithiol. Y gwir amdani ydi fod yr unigolyn yn neb a'r wladwriaeth yn deyrn. '

Roedd Margarita yn anghytuno hefo hi, ac yn gwingo wrth gadw ei meddyliau iddi hi ei hun. Roedd hi o'r farn ei bod yn gwbl bosib creu cymdeithas gydradd, y gymdeithas ddyneiddiol gyntaf yn hanas y byd. All yr unigolyn ddim ond dirnad ei hun trwy gymdeithas, ac felly, mae natur y gymdeithas honno o'r pwys mwyaf un. Pa fath o gymdeithas oedd y Dduges am fod yn aelod ohoni – un oedd yn magu blys hunanol mewn unigolion, neu un a oedd yn creu brawdgarwch rhwng pobol a'i gilydd, dim ond i bawb gyd-dynnu a gweithredu fel un ar sail gweledigaeth a delfryd?

Yn hongian ar flaen ei thafod roedd un cwestiwn roedd hi'n ysu i'w ofyn: 'Pryd oedd y tro dwytha i chi weld y cyfoethogion yn ciwio wrth ddrws siop fara?'

Anodd iawn fyddai i'r Dduges wadu hynny. Y cwestiwn nesaf oedd: a oedd hynny'n dderbyniol? A oedd yn rhaid i'r tlodion giwio o ganrif i ganrif hyd byth? Roedd pawb bellach wedi hen gynefino â gweld dinasyddion Berlin wrth ddrysau gwahanol siopau bwyd, a phob perchennog siop yn filiwnydd filwaith drosodd hefo'i biliynau yn ei ffedog. Ond er gwaethaf eu holl gyfoeth, doedd *marks* y tlodion i gyd hefo'i gilydd ddim yn ddigon i brynu hyd yn oed gewin o grystyn.

'Ddowch chi'ch dwy aton ni?'

'Wrth gwrs y down ni,' atebodd Larissa, gan ennill y blaen ar ei chwaer. ''Yn down ni, Margarita?'

'Na,' atebodd ar ei phen, 'dwi'm yn meddwl y galla i ddŵad i'ch cynhadledd chi yn Munich.'

'Pam?' holodd y Dduges braidd yn syn.

'Dim ond newydd ddechra mewn swydd ydw i ar ôl pwl hir o fod yn ddi-waith.'

'Falla gall Larissa ddŵad aton ni ar eich rhan chi'ch dwy.'

'Faswn i wrth fy modd,' atebodd hithau cyn ychwanegu, 'ond mi fydd raid imi ofyn i Bruno gynta.'

Cydiodd y Dduges yn llaw'r ddwy a'u gwasgu ati. 'Dach chi'ch dwy yn genod da, ag wedi bod felly erioed.'

Gwaith trefnu gwahanol ddigwyddiadau oedd yn llenwi wythnos waith Margarita. Doedd hyn yn gadael fawr o amsar iddi ddarllan. Astudio yn ystod y penwythnosau wnâi hi, a doedd dim dewis ganddi ond mynd â rhyw gymaint o lyfrau adra hefo hi. Yn yr hydref, penderfynodd fod cuddio'i llyfrgell yn fwy o drafferth nag o werth.

Agorodd gopi o *Das Kapital* un noson yng ngŵydd ei chwaer, ond sylwodd Larissa ddim. Ar ôl hynny aeth Margarita'n fwy eofn fyth. Dechreuodd ei silff lyfrau ymledu dros fisoedd y gaeaf i gynnwys gwaith Rozhitsin, Engels, Semkovskii, Plekanov, Tsiperovich, Lenin, Alexrod, Marx, Kurlov, Kanatchikov, Bukharin, Zinoviev a Rosa Luxembourg.

''Nes i 'i chyfarfod hi unwaith,' dywedodd Vicki un diwrnod, dros frechdan gaws a sigarét.

'Rosa Luxembourg? Pryd?'

'Pan oedd hi newydd ddŵad allan o'r carchar am godi ei llais yn erbyn y rhyfel imperialaidd.'

'Be ddeudodd hi wrthach chdi?'

'Diolch am y rhosod.'

Bruno sylwodd fod Margarita yn cloi ei hun fwyfwy o'u golwg. 'Un ai hynny, neu ma' hi allan yn rhwla bron bob nos ... Oes ganddi hi gariad?' gofynnodd i'w wraig.

'Dwi'm yn meddwl ... Neu os oes, mae hi'n cadw'r peth yn dawal iawn.'

Un diwrnod, daeth Larissa ar draws ei llyfrgell. Soniodd wrth Bruno wrth noswylio: 'Darllan er mwyn dallt meddwl y gelyn mae hi, medda hi wrtha fi.'

Tynnodd ei choban dros ei phen.

'Be sy 'na i'w ddallt am dacla fel'na?' holodd o, tra'n brwsio'i ddannedd a'i gefn tuag ati.

'Mmmmm.'

Pwmpiodd Larissa ei chlustog yn galad.

'Be?'

Tynnodd Bruno y brws o'i geg, a phoeri. 'Berliner da. Almaenwr bach diwyd. 'Na be sy 'i isio ar dy chwaer. Buan y basa hi'n rhoi'r gora i stwffio'i phen hefo rhyw hen sothach Marcsaidd wedyn.'

'Dwi'n mynd i losgi'r llyfrau 'na i gyd, os na cheith hi 'u gwarad nhw o'r tŷ 'ma.'

Doedd dim math o awydd caru ar Larissa pan ddiffoddwyd y golau, ond roedd Bruno'n teimlo'n flysig. Trodd hi ei chefn arno fo, ond gwthiodd ei law dan ei choban a mwytho'i bron, oedd wastad yn or-sensitif. Er iddi ddwedud wrtho droeon i beidio â'i gwasgu cymaint, doedd o'n gwrando dim, ac yn mynnu tylino'r un fath yn union bob tro.

Cododd Bruno ei choban dros ei chluniau, ei gwthio i fyny'n ddiseremoni dros fôn ei chefn, gwasgu ei godiad yn rhych ei phen-ôl, a gwasgu ei gorff arni. Dechreuodd symud yn ôl a 'mlaen gan lyfu a brathu ei gwar.

Dywedodd Larissa 'Paid!' yn ddiargyhoeddiad fel y gwnâi bob tro. Teimlai'n flin i gyd, ac yn rhy annifyr yn ei chroen i allu ymlacio; a gwyddai na fyddai Bruno'n gadael llonydd iddi nes y byddai'n ildio.

'Lali ...'

Ochneidiodd ryw ochenaid boenus gan rwbio'i fysedd dros ei thalcen ac i lawr hyd ei hwyneb. Gludiodd wlybaniaeth blaen ei goc ar groen ei boch a'i thrwyn. Gwasgodd hi'n dynn am ei chanol hefo'i fraich a gwthio dau o'i fysedd i mewn i'w cheg. Blasodd Larissa fo ar ei thafod, a gwnaeth yntau ei orau i'w chael hi i orwedd ar wastad ei chefn. Gwrthododd hi â throi, gan ymdrechu i dynnu ei hun o'i afael, ond tynnodd Bruno arni'n ffyrnicach.

'Na.'

'Pam?'

'Dwi'n meddwl 'mod i'n disgwyl.'

Fferrodd Bruno.

'Ond ma' hi'n ddyddia cynnar. Do'n i'm isio deud dim ... ddim tan ...'

Cyffyrddodd Bruno ei boch yn ysgafn â'i fys bach. 'Pam na fasa chdi wedi deud yn syth?'

'Roedd gen i ormod o ofn.'

'Ofn be?'

'Ofn ei golli fo ...'

Anwesodd Bruno hi, ei thynnu ato a'i chusanu'n dyner ar ei thalcen.

Roedd deuddeg mil o leisiau comiwnyddol yn y Sportplatz yn Berlin a'r lle o dan ei sang. Caffaeliad mawr i'r trefnwyr oedd eu bod wedi llwyddo i ddenu Kurt Weil i ganu – a gwnaeth hynny hefo arddeliad. Denodd ei enw filoedd ar filoedd o bobol draw. Y prif siaradwr oedd Heinz Neumann, a draddododd araith rymus, yn wahanol i Ernst Thälmann, oedd braidd yn herciog a di-fflach.

Os mai pwrpas y rali oedd codi ymwybyddiaeth, hybu achos y dosbarth gweithiol, lledaenu syniadau'r Blaid Gomiwnyddol, yn ogystal ag ennill mwy o aelodau, ac ennill pleidleisiau oddi ar y Blaid Ddemocrataidd Sosialaidd mewn etholiadau i ddod, talodd yr holl waith calad ar ei ganfed. Gweithiodd y trefnwyr yn ddiwyd bob awr o'r dydd a'r nos am wythnosau lawer – a Margarita'n fwy na neb.

Hi oedd y gyntaf wrth ei desg bob bora a'r olaf i ddiffodd lamp ei desg yn hwyr y nos. Unwaith, roedd hi wedi nogio cymaint nes iddi syrthio i gysgu a'i phen yn ei breichiau gan ddeffro yn yr oriau mân a'r adeilad yn hollol wag.

Ar bapur roedd trefnwyr y rali, yr International Arbeiter-Hilfe, yn fudiad annibynnol ar y KPD, ond Willi Münzenberg oedd wrth y llyw go iawn. Y KPD oedd yn rheoli'r cwbwl.

'Da iawn wir,' canmolodd Willi pan welodd hi yn y coridor.

Llonnodd ei chalon wrth dderbyn gair o gymeradwyaeth – er iddo fo ychwanegu, 'Ond nid da lle gellir gwell.'

Roedd y rali'n llwyddiant ysgubol: dyna oedd barn pawb.

Uchafbwynt y cwbwl i Margarita oedd y diwrnod cyntaf pryd y croesawyd dirprwyaeth o'r Undeb Sofietaidd ar y llwyfan, a gwraig ifanc benfelen o'r enw Masha Ivanova yn eu harwain.

Ar yr ail noson, cyflwynodd Masha ddwy ffilm o'r Undeb Sofietaidd yn y Mozart-Saal. Yr un a fwynhaodd Margarita fwyaf oedd y pictiwr o dirlun Odessa a Sevastopol, a oedd mor gyfarwydd iddi, a'r cwbwl yn edrach yr un ffunud â phan oedd ei chwaer Larissa, ei chefndar Alyosha a hitha'n arfer treulio hafau eu hieuenctid yn y Crimea. Bron na allai deimlo gwres yr haul ar ei gwar a blas yr heli ar ei gwefusau.

Syllodd yn llawn hiraeth ar donnau'r Môr Du, lle roedd ieuenctid Sofietaidd gwydn eu cyrff yn plymio i'r eigion ar ôl diwrnod calad o rwydo pysgod neu gynaeafu perllannau o eirin. Wedyn, Yalta ei hun. Mwydwyd hi mewn atgofion, nes roedd hi'n dyheu am gael cerddad ym marchnad fechan y dre unwaith eto, yn ling-di-longian ynghanol y gwragedd tewion a'u hwynebau cochion oedd yn ista ar eu stolion pren, a chroen eu bochau'n sgleinio ar ôl crasu yn y gwres: eu llewys wedi eu torchi, eu breichiau'n freision, eu pengliniau ar led, yn sgwrsio a hwrjo, chwerthin a chwipdinio rhyw blant bychan a oedd yn byseddu be bynnag hefo'u bacha budron, 'Hegla-hi-o'ma-cyn-ichdi-gael-celpan-a-phaid-â-meddwl-mynd-i-achwyn-at-dy-fam-achos-peltan-fydd-yn-disgwyl-honno-hefyd'. Bron na allai ogleuo stondinau'r perlysiau a'r pysgod ar eu cownteri sinc, yn gorwadd yn rhes ar res mewn halan bras, ugeinia ohonyn nhw'n sgleinio'n geg-agorad, llygaid crynion llonydd, llygaid duon, llygaid o niwl, llygaid o bob lliw a llun. Mecryll gwlybion mewn basgedi gwiail hefyd, a throliau'n llawn o geirios aeddfed, bricyll, afalau, bananas, orennau o Messina, baco Twrcaidd, fodca Groegaidd, a'r gwahanol leisiau'n gweiddi 'Ai-i, ai-i, ai-i!' 'Dowch ati, bobol – bwytewch a mwynhewch!' A'r *samovar* yn berwi, yr haul yn berwi'n waeth, a rhywun yn gwybod bod y môr gerllaw i drochi'r poethdar blin oddi ar groen y dydd ...

Trwy sgwrsio hefo Masha daeth Margarita i ddeall yn well nag erioed be oedd yn digwydd draw yn yr Undeb Sofietaidd.

Gobaith a hyder oedd yng nghalonnau'r bobol wrth i'r gymdeithas gamu'n fras tuag at y nod o sefydlu comiwnyddiaeth lawn. Realiti hollol newydd oedd realiti'r Undeb Sofietaidd, un na welwyd ei thebyg erioed o'r blaen, ac un oedd yn mynnu iaith newydd i'w disgrifio. Er bod rhwystrau amlwg, dim ond matar o amsar oedd hi cyn y byddai'r freuddwyd o gydraddoldeb yn cael ei wireddu ar lawr gwlad.

Roedd hanes bywyd Masha ei hun yn dyst i lwyddiant. Cafodd ei geni'n ferch i werinwr tlawd, yn un o dri o blant; roedd ganddi ddau frawd, Mishka a Boris. Gweithio i adran dai'r llywodraeth ym Moscow yr oedd Mishka, tra oedd Boris yn beiriannydd mewn ffatri yn Sverdlovsk.

Soniodd Masha am ei magwraeth. Soniodd am ei mam, a fu'n gweithio i'r Sofiet lleol ynghanol helbulon gwaethaf y Rhyfel Cartref. Ei gwaith oedd danfon negeseuon ar gefn beic, ond daliwyd hi gan y Gwynion ar ôl iddi gael ei bradychu gan gymdoges. Cafodd ei holi a'i churo a'i threisio, ond fradychodd hi mo'i chymrodyr. Yn y pentra bychan lle cafodd y teulu eu magu, roedd yr ysgol leol yn talu teyrnged flynyddol iddi trwy gyfrwng dawns a chân.

Eglurodd Masha amgylchiadau byw truenus y tri yn dilyn marwolaeth eu mam. Eglurodd sut y buon nhw'n byw o'r llaw i'r genau trwy gydol y Rhyfel Cartref, tri *bezprizovni* bach, tri o blant diaelwyd oedd yn bachu reid ar drenau, yn cymowta'r wlad, yn llochesu ym mha le bynnag oedd yn cynnig cysgod. Y Komsomol ddysgodd hunan-barch i'r tri, yn ogystal ag ystyr, gwerth a phwrpas bywyd. Oni bai i'r dosbarth gweithiol ennill y rhyfel yn erbyn y Byddinoedd Gwynion dan arweiniad y Blaid Gomiwnyddol a'r Fyddin Goch, roedd Masha'n grediniol y byddai ei bywyd hi ei hun wedi troi allan yn wahanol iawn. Ac yn salach peth o'r hannar.

'Ym mha gymdeithas arall yn y byd fasa tri phlentyn amddifad wedi cael cystal cyfla i wneud yn fawr o'u talenta?' gofynnodd.

Roedd hi, Masha, yn ferch i werinwr tlawd, yn arwain dirprwyaeth i gynhadledd ryngwladol yn Berlin. Rhyfeddod ynddo'i hun oedd hynny. Roedd hi'n cyflawni rhywbeth gwerth chweil, a hynny ar ôl diodda cymaint. Er budd y dosbarth gweithiol roedd hi a'i dau frawd yn gweithio mor galad. Roedd y diweithdra y clywodd y ddirprwyaeth gymaint o sôn amdano fo yn y gwledydd bwrgais wedi darfod am byth yn yr Undeb Sofietaidd. Roedd digonadd o waith ar gael i bawb, a'r croestyniadau a oedd yn gymaint o felltith mewn gwledydd cyfalafol yn prysur gael eu dileu.

Edmygai Margarita ei hunanaberth.

Edmygai ei ffydd yn y Chwyldro.

Edmygai aberth ei mam na fradychodd yr achos.

Tyst i'r gwirionedd ydi pob merthyr.

Galwodd Willi Münzenberg hi draw i'w swyddfa un bora. Eisoes, roedd o wedi meddwl am ddwsin a mwy o syniadau i hyrwyddo'r achos ymhellach a chael y maen i'r wal. Y gwaith roddwyd iddi hi oedd trefnu cwrs tridiau – dros benwythnos – i ddeallusion y mudiad er mwyn i bawb fod yn glir ynglŷn â'r dadansoddiad diweddaraf o'r sefyllfa ryngwladol.

Awgrym pennaf Willi oedd ei bod hi'n estyn gwahoddiad i Kai-Olaf.

Ar gyrion pentra bychan i'r gogledd o Torgau, ar ddorlan afon Elbe ym mis Chwefror 1927, y trefnodd Margarita i rentu tŷ, mewn llecyn gweddol anial allan yn y wlad. Dewis y fan yma wnaeth hi ar awgrym Vicki.

Ar y trên o Berlin bu'r ddwy yn smocio'n ddi-baid. Ond roedd Vicki'n anarferol o dawal, ac mewn dynas nad oedd byth yn brin o eiriau, roedd hynny'n beth diarth. Syllodd Margarita allan trwy ffenast y trên. Sut beth oedd tirwedd mewnol y Vicki breifat, tybed, dyfalodd yn dawal wrthi hi ei hun. Pa gyfrinachau roedd hi'n eu gwarchod yn ei chilfachau bychan?

Cyrhaeddodd y ddwy ddiwrnod yn gynnar er mwyn bod yno i groesawu pawb. Taflodd Margarita lygad dros y dodrefn, ac roedd pob dim i'w weld mewn trefn. Dotiodd at brydferthwch y lle. Roedd brigau'r coed yn noeth, er bod y gwanwyn i'w deimlo ar droed a'r gaeaf eisoes wedi dechrau llacio'i afael. Ar ôl byw cyhyd yn Berlin, roedd hi wedi anghofio pa mor dawel a thywyll y gallai'r wlad fod yn ystod oriau'r nos a'r ffurfafen uwch ei phen mor glir â meddwl angel.

Lle roedd hwylio bwyd yn y cwestiwn, roedd Vicki'n hollol ddi-glem, a thra oedd Margarita wrthi yng ngolau lamp baraffin yn gwneud rhyw damaid o datws a iau wedi eu ffrio, ista ger y bwrdd yn drachtio smôc yr oedd ei ffrind.

Roedd hi'n od o fud.

'Meddwl am fory?' holodd Margarita.

'Meddwl mwy am ddoe.'

Doedd Vicki ddim yn rhy awyddus i fwrw drwyddi a theimlai Margarita fod rhyw boen bersonol ar waith.

Gosododd y bwyd o'u blaenau. Hyd yn oed wrth fwyta roedd gan Vicki sigarét, un ai'n gorwedd nesa at ei phlât, neu ar erchwyn y bwrdd.

''Di'r gegin 'ma heb newid dim. Yr un trawstia, yr un cwpana, yr un platia'n union. Yn union fel y tro dwytha o'n i yma ... a'r un crac yn y gwpan 'ma – 'drycha.'

'Pryd oedd hynny?'

''Chydig flynyddoedd yn ôl. Dim ond fi, ar ben 'yn hun.'

Doedd Vicki byth yn mynd ar wyliau. Be, felly, oedd y rheswm?

'Heblaw am Emerick.'

Yn 1920 roedd Vicki ac Emerick yn aelodau o Blaid Annibynnol Sosialaidd yr Almaen. Hon oedd y blaid a ddaeth i fodolaeth oherwydd bod y Blaid Ddemocrataidd Sosialaidd wedi methu gwneud digon i wrthwynebu rhyfel 1914–1918. Roedd tyndra mawr, tyndra cynyddol, yn y rhengoedd oherwydd bod mwy a mwy o aelodau – yn sgil Chwyldro Rwsia yn 1917 – yn dymuno ymuno â'r Comintern.

Pan ddaeth cynnig ffurfiol o Moscow i sefydlu'r KPD, bu anghytuno ffyrnig a theimladau cryfion o blaid ac yn erbyn. Y peryg gwirioneddol oedd i'r Blaid Annibynnol Sosialaidd hollti'n ddwy.

Anghytunai Emerick yn chwyrn ynglŷn â derbyn amodau Moscow, tra oedd Vicki'n methu penderfynu pa un oedd y ffordd ora ymlaen. Achosodd hyn wewyr meddwl mawr iddi. Roedd hi isio amsar i feddwl, ymhell o hwrli-bwrli gwaith bob dydd.

''Na pam ddois i i fa'ma ar ben fy hun – i gael hoe o sŵn dadla pawb.'

Yn y diwadd, penderfynodd roi trefn ar ei meddyliau – a hynny ar ffurf pamffled.

Cofiai Vicki ei hun yn ista un noson ar dorlan yr afon yn gwrando ar sŵn y brogaod yn y brwyn. Oherwydd y tryblith yn ei phen roedd hi'n cael trafferth cysgu. Yn amal byddai'n gorwedd yn gwbwl effro ar doriad y wawr, yn gwrando ar ddau geiliog pell yn herio'i gilydd.

Yn nhawelwch y gegin, hefo un amod ar hugain Comintern Moscow o'i blaen hi ar y bwrdd, rhoddodd ei meddwl ar waith. Bod yn onast hefo hi ei hun a phawb arall – dyna oedd y peth pwysica. Aeth ei meddwl yn ôl dros y cwbwl oedd wedi digwydd ers dechrau rhyfel 1914–18. Y gwir amdani oedd fod chwyldro 1917 yn llwyddiant ar strydoedd Petrograd. Llywodraeth gomiwnyddol oedd bellach yn gweithredu ar dir a daear Rwsia, tra oedd ymdrechion gweithwyr yr Almaen wedi mynd i'r gwellt bob tro. Be oedd y rheswm dros y methiant?

Roedd proletariat yr Almaen yr un mor benderfynol, oeddan – ond doeddan nhw ddim yn ddigon calad. Cofiai Vicki ei hun ym mis Ionawr 1919, yn fuan wedi i forwyr Kiel godi'r faner goch, yn y cyfnod o gyffro pryd y cafodd y pwyllgorau sofietaidd cynta eu sefydlu ar hyd a lled y wlad. Cofiai ei hun yn arestio pennaeth heddlu Frankfurt, dyn y Kaiser o'i gorun i'w sawdl, dyn a oedd yn casáu sosialaeth. Be wnaeth hi? Ei gloi o mewn selar gwesty, a thrio dal pen rheswm efo fo, trwy ymresymu'n deg. I be? Be fasa Lenin wedi ei wneud? Ei saethu fo yn ei ben – ar ei ben. Gelyn i'w hachos hi, dyna be oedd o – a dim byd arall.

Ar ôl wythnos ar ei phen ei hun, galwodd Emerick heibio. Roedd o yn boenus iawn ynglŷn â derbyn 21 amod y Comintern. Be am annibyniaeth barn Plaid Annibynnol Sosialaidd yr Almaen? Sut oedd gwarchod honno? A heb annibyniaeth, lle roedd hynny'n gadael urddas plaid a fyddai wedyn ar drugaredd chwiwiau plaid estron a phlaid fwy o Rwsia? Ddim unbennaeth y dosbarth gweithiol fyddai trefn o'r fath, ond unbennaeth dros y dosbarth gweithiol gan *clique* biwrocrataidd pell o Moscow na allai weld sut roedd y gwyntoedd croesion yn chwythu trwy Berlin.

'Moscow 'di dinas ola Asia,' dywedodd o.

'Neu ddinas gynta Ewrop,' atebodd hi.

Methodd y ddau â chytuno ar ddim.

Aeth yr anghytuno o ddrwg i waeth – a hynny hyd berfeddion nos. Mynnodd Emerick ei bod hi'n darllen Rosa Luxembourg ar Lenin, ac wrth ffarwelio, gadawodd bamffled Rosa ar y bwrdd.

O fewn dim, roedd pamffled Vicki ei hun ar werth. Ei phrif ddadl hi oedd fod yn rhaid i Blaid Annibynnol Sosialaidd yr Almaen ymuno hefo'r Comintern – neu araf edwino a throi'n blaid ddi-ddim. Neu droi i fod yn blaid ddiwygiadol saff yn lle bod yn blaid chwyldroadol.

Diwygiadol oedd y gair budur.

Roedd Emerick yn gynddeiriog.

Gwendid pawb ydi meddwl mai eu gweledigaeth nhw o fywyd ydi'r ffordd ora o fyw. Neu, yn achos amball un, yr unig ffordd o fyw.

Aeth yn fwy cynddeiriog fyth pan ddechreuodd Vicki deithio o gwmpas canghennau'r Blaid Annibynnol Sosialaidd yn dadlau'n gry o blaid chwyldro – chwyldro yn union fel chwyldro Rwsia yn 1917 – trwy dderbyn amodau'r Comintern a chreu Plaid Gomiwnyddol yn yr Almaen.

Ym marn Emerick, roedd dyddiau'r rhamantu iwtopaidd ar ben – os buon nhw erioed. Karl Marx ei hun oedd wedi dadlau mai yn y gwledydd cyfalafol datblygedig roedd y gobaith gorau am chwyldro sosialaidd, ddim yn Rwsia dlawd a'i ffordd gyntefig o fyw. Fyddai dim lle i blaid unbenaethol, ormesol a threisiol pe bai dosbarth gweithiol diwydiannol nerthol yn bodoli yn Rwsia. Roedd profiadau a thraddodiadau gweithwyr Gorllewin Ewrop yn wahanol, a cham annoeth fyddai canlyn yn ôl troed Lenin. Gwell o'r hannar oedd canlyn llwybr arall tuag at sosialaeth a chyfiawnder cymdeithasol. Rhaid oedd derbyn y drefn gyfalafol a gweithio o'r tu mewn er mwyn ceisio'i newid gam wrth gam yn ara deg. Gwendid pennaf plaid o'r fath i Vicki oedd ei bod hi'n ddidwyll o blaid cyfiawnder ond yn rhy barod i gyfaddawdu. Oedd, roedd 'na bobol â gweledigaeth o fewn y Blaid Annibynnol Sosialaidd, rhai oedd â'u bryd ar ddefnyddio'r wladwriaeth i gynnig gwaredigaeth i broblemau cymdeithas. Ond roedd ynddi hefyd bobol nad oedd yn ddim byd mwy na mân fwrgeisiaid rhagrithiol ac uchelgeisiol a oedd yn gweld sosialaeth yn ddim ond ysgol i'w dringo i uchel-swyddi a breintiau o bob math.

Daeth y cwbwl i ben mewn cynhadledd ym mis Hydref 1920.

Dyfodol Plaid Annibynnol Sosialaidd yr Almaen oedd yn y fantol ac roedd yna deimladau cryfion o'r naill ochr a'r llall. Roedd o'n achlysur o bwys, yn ddydd o brysur bwyso, yn awr dyngedfennol – a daeth hyd yn oed Zinoviev ei hun yr holl ffordd o Moscow yn unswydd i annerch y cynadleddwyr am dros bedair awr. Y Menshefic Yury Martov siaradodd yn ei erbyn o, ond roedd o'n ddyn sâl, yn gysgod o'r hyn a fu.

Camodd Vicki ac Emerick i flaen y llwyfan – y ddau'n aelodau amlwg iawn, uchel eu parch, o'r Blaid Annibynnol Sosialaidd – a'r ddau mor hollol anghytûn ag y gallai dau berson fod.

Y ddau'n ŵr a gwraig.

Siaradodd Emerick o'r galon.

Siaradodd Vicki o'r galon.

Cerddodd y ddau oddi ar y llwyfan ar wahân.

Pan aeth y cynnig i bleidlais, derbyn amodau'r Comintern oedd dymuniad y mwyafrif llethol, ac o'r eiliad honno yn Halle, cafodd plaid newydd ei geni – y Kommunistische Partei Deutsch. Plaid Gomiwnyddol yr Almaen. Y KPD.

Fyth ers rali'r IAF yn y Sportsplatz yn Berlin, roedd rhai o'r wynebau'n gyfarwydd i Margarita, er bod rhai o'r cymrodyr a weithiai yn ninasoedd Stuttgart a Munich fymryn yn fwy diarth. Un o'r cyntaf trwy'r drws oedd Fritz Globig, dyn bychan ond hunanbwysig a chwerylgar a oedd yn ymhyfrydu yn ei allu i gicio nyth cacwn. Roedd ganddo enw drwg am gorddi'r dyfroedd a gyrru mwy nag un cymrawd i ffwndwr cynddeiriog. Cafodd Margarita ei rhybuddio gan Vicki, a phenderfynodd y byddai'n osgoi ei aeliau gwgus a'i ddifrïo cecrus.

Y nesaf dros y rhiniog oedd Peter Maslowski, ei wyneb wedi ei eillio'n lân ar wahân i'r mymryn lleiaf o gern wrth ymyl un glust. Dyn cefnsyth, ystwyth oedd o, yn ysgafn ar ei draed er ei fod ymhell dros ei drigain. Pan dynnodd ei facintosh a'i hongian, roedd o wedi troi ei wasgod i fyny nes roedd y leinin i'w weld yn glir. Dododd Ulrike ei bag i lawr. Hi oedd cariad ddiweddara Peter, ac yn iau na fo o bron i ddeugain mlynedd, er ei bod hi eisoes wedi priodi ac ysgaru ddwywaith. Pan gyfarchodd Margarita hi â chusan wrth y drws, roedd hi'n ogleuo o bowdwr wyneb.

Teithiodd amryw draw o wledydd pocad gesail bychan Ewrop – o Estonia, Latfia a Lithwania – a daeth un o Luxembourg. Llanc tal, tenau oedd Yannick, hefo cap pig coch ar ei ben, ysgwyddau llydan a gwallt melynaidd heb fawr o drefn arno fo. Llais chwalu creigia oedd ganddo fo, llais garw un oedd wedi arfer gweiddi ei ffordd trwy ddadleuon fel rhuo'r môr. Yn amal, byddai'n gweiddi mor uchal nes bod amryw yn ofni gweld y ffenestri'n dawnsio yn eu fframiau.

Cyrhaeddodd y gweddill fesul dau a thri ar ôl hynny.

Kai-Olaf oedd yr olaf i gyrraedd.

Bu Margarita'n holi Vicki amdano fo. Bellach roedd hi'n sylweddoli nad Kai-Olaf oedd ei enw go iawn, ond ei enw yn y Comintern. Doedd hi ddim mor naïf â dechra holi am ei enw go iawn. Yn ôl Vicki, roedd Kai-Olaf yn weithredwr profiadol iawn yn y maes.

'Pa brofiad yn hollol?' holodd Margarita.

'Gei di glywad o'i ena fo'i hun,' oedd yr ateb.

Aeth neb i gysgu tan doriad gwawr, bron.

Arafodd a thawelodd amser.

Roedd hudlusern o loer yn hongian yn yr wybren.

Dechreuodd rhywrai ganu, nes roedd pawb yn morio:

'Crwydrodd yn bell nes mynd ar goll yn y caeau,

Wrth i gysgodion y nos ddisgyn dros ei sodlau ...

Ond gwelodd y faner goch,

Gwelodd y faner goch,

Gwelodd y faner goch

Yn uchel ar dŵr y Kremlin ...'

Y cynta i stwna o gwmpas y gegin yn droednoeth fore drannoeth oedd Kai-Olaf, ei ddau lygad glas (y llygaid glasaf a welodd Margarita yn ei byw erioed), a'i ben oedd mor foel ag wy. Synnodd hi ei fod o mor egnïol ar ôl noson mor hwyr, yn enwedig ar ôl taith drên hir iawn o'r Eidal er mwyn cyrraedd Torgau y diwrnod cynt.

'Peth blinedig iawn 'di teithio,' dywedodd Margarita wrth rowlio sigarét o dun bach Vicki a oedd yn dal ar y bwrdd.

'Dwi byth yn blino.'

'Lwcus.'

'Ydw, dwi *yn* lwcus.' A gwenu arni.

Doedd dim byd yn wylaidd ynglŷn ag o: roedd yn ddyn ifanc rhyfeddol o hyderus.

'Dwi'n gwneud tipyn o ymarfer corff, er mwyn cadw'n heini.'

'Ma' nhw'n deud i mi bo' chdi'n barddoni,' mentrodd Margarita.

'Nhw?'

'Vicki.'

'Rhaid i chdi beidio gwrando ar bob dim ma' Hedwig yn 'i ddeud amdana i.' Cododd wên a'i gollwng yr un mor sydyn. Ddim gwên oedd hi mewn gwirionedd, ond rhyw fath o wynebgrychu. 'Dwi heb farddoni ers wn i'm pryd. Sut alla i? Dwi'n cael fawr ddim amsar. Leciwn i gael mwy. Ond i farddoni o ddifri, ma' dyn angan llonydd. Ond barddoni be wedyn? Sut ma' gneud cyfiawnder â'n hymdrechion ni?'

Clipio siarad roedd o.

'Wn i ddim pa mor berthnasol ydi barddoniaeth i ddim byd. Pan ma' rhywun yn darllan y stwff sy'n cael ei gyhoeddi, mae o mor henffasiwn, yn llawn o ryw atgofion pruddglwyfus. Dwi'n gofyn i mi fy hun yn amal, ydi'r bobol 'ma'n byw'n y byd go iawn? Oes ganddyn nhw lygaid? Clustiau? Ma'r rhan fwya o feirdd yn cael eu brifo i farddoni. Nhw 'di'r beirdd gora bob tro. Beirdd sy ar fin torri dan faich eu clwyfa. Ond gogor-droi'n sentimental yn y gorffennol ma'r rhan fwya, am fod hynny'n saffach. I mi, ma'r dyfodol yn fwy real na dim. I naddu rhyw werth o'r dyfodol, ma'n rhaid inni astudio'r presennol yn fanwl iawn. Ond wedi deud hyn i gyd, ma' gweithredu'n bwysicach.'

'Pam ddim y ddau hefo'i gilydd? Barddoni a gweithredu?'

'A phetha fel ag y ma' nhw ar hyn o bryd?'

Roedd Kai-Olaf o'r farn fod Ewrop yn wynebu rhyfel arall cyn bo hir.

'Pryd?'

'O fewn pum mlynadd? Llai. Wn i'm. Dyna pam mai'r peth pwysica i ni fel comiwnyddion ydi gneud pob un dim o fewn ein gallu i atal y cyfalafwyr rhag ennill.'

Hwyliodd Margarita frecwast i bawb. Y nesa i godi oedd Vicki. Rowliodd sigarét iddi hi ei hun a thynnu smôc cyn dechra siarad. Roedd hi'n edrach yn hollol legach, ac roedd hi'n pesychu'n ddrwg. Peter ac Ulrike oedd y ddau nesa i ddod i'r fei. Roedd o'n dioddda'n waeth na neb yn sgil miri'r noson cynt, ei lygaid yn goch a'i dafod yn sych. Hen ddyn yn dangos ei oed oedd yn bwyta wrth y bwrdd, ac yn niffyg ei ddannadd gosod – roedd o wedi methu dŵad o hyd iddyn nhw ac yn amau ei fod wedi eu colli pan aeth o allan i biso yn ystod yr oriau mân – roedd yn cael traffarth cnoi ei grystiau ac yn tueddu i'w cuddio nhw yng nghysgod ei soser.

Dilynwyd yr un patrwm dros y ddau ddiwrnod canlynol. Y pynciau trafod o bwys oedd y sefyllfa yn yr Undeb Sofietaidd, yr Almaen a China, ynghyd â'r posibiliadau chwyldroadol yn y ddwy olaf.

Cafwyd cyflwyniad gan Kai-Olaf ar sefyllfa fregus – a thanddaearol – y Blaid Gomiwnyddol yn yr Eidal. Hanfod ffasgiaeth ydi codi gwrthryfel yn erbyn rhyddid. Mussolini ei hun gyhoeddodd fod pobol wedi cael llond bol ar ryddid a'u bod yn crefu am sicrwydd – ystyr, trefn a phwrpas – ac mai'r rhyddid gorau i bawb oedd rhyddid mewn cyffion. Mewn gair, rhaid oedd aberthu rhyddid er mwyn gwarchod rhyddid, gan mai'r ffasgwyr oedd yr unig rai a oedd yn ddigon abal i atal comiwnyddiaeth. Chwyldro cenedlaethol oedd chwyldro Mussolini, a phrif bwrpas pob cenedlaetholdeb oedd gwrthwynebu undod y ddynoliaeth yn enw rhyw ryddid cul.

'Ma' ganddon ni dipyn o ffordd i fynd eto cyn y trechwn ni nhw,' pwysleisiodd Kai-Olaf.

Eglurodd sut yr oedd cyfalafiaeth wedi llwyddo i'w hadfer ei hun, a hyd yn oed wedi llwyddo i'w hatgyfnerthu ei hun trwy'r Eidal yn sgil y Rhyfel Imperialaidd, a hynny ar waetha'r holl anawsterau a fu. Wedyn, soniodd am yr Almaen. Crybwyllodd wrthryfel Spartacus yn Ionawr 1919, mwrdro Karl a Rosa gan y Freikorp a saethu Kurt Eisner ym Mai 1919 gan y Dug Arco-Valley; Cytundeb Versailles ym Mehefin 1919, a'r pris anferth roedd disgwyl i'r wlad ei dalu gan osod beichiau trymion ar bobol oedd eisoes yn gwegian. *C'est l'Allemagne qui paiera,* chwedl gwleidyddion y Quay d'Orsay – 'mi dalith yr Almaenwyr am bob dim'.

Ar waetha hyn i gyd, ar waetha chwyddiant a chwalfa '23, teimlai Kai-Olaf fod newid yn digwydd yn natur diwydiant, fod cyflogwyr wedi bod yn gyfrwys wrth hollti grym eu gweithwyr; credai eu bod nhw hefyd yn datblygu cysylltiadau trawsffiniol grymusach o ran dylanwad a bod grym cyfalaf yn lledu ymhellach ac yn ddyfnach nag erioed trwy Ewrop a thu hwnt trwy'i threfedigaethau yn nhiroedd Asia.

Defnyddiodd y gwerthwr arfau Basil Zaharov fel enghraifft. Er 1918 roedd economi Rwmania wedi crebachu'n ddim, a'r wlad mewn peryg o fynd â'i phen iddi. Dyna sut y cafodd y marsiandïwr marwolaeth wahoddiad gan y Prif Weinidog Vintila Bratianu i drafodaethau swyddogol o gwmpas y bwrdd. Yn sgil hynny, cafodd y llywodraeth fenthyciad o ddwy filiwn lei, i'w had-dalu o elw blynyddol rheilffyrdd y wlad.

Ar ôl hynny, holltodd pawb yn grwpiau er mwyn trafod ymhellach a llwyr wyntyllu'r pwnc. Gosodwyd Margarita yn yr un grŵp â Paul, er y byddai wedi hoffi bod yn rhan o gylch Kai-Olaf. Gallai ei weld ar ei gwrcwd heibio i gil y drws yn y stafall agosa. Yno roedd Vicki hefyd, a chlywodd

Margarita hi'n dweud na all yr un chwyldro lwyddo heb chwyldroi'r fyddin. A oedd gobaith i hynny ddigwydd yn yr Almaen?

Cafodd grŵp Margarita drafodaeth fywiog nes teimlai fod y dadleuon yn codi'r bendro arni. Pryder mwya pawb oedd y gwrthdaro anorfod a oedd yn siŵr o ddigwydd rhwng y gwledydd cyfalafol a'i gilydd, oni bai fod y gwledydd hynny – dros dro – yn bwrw eu hanghydweld o'r neilltu er mwyn mygu'r chwyldro yn ei grud gan fod bodolaeth yr Undeb Sofietaidd ynddo'i hun yn bwrw eu blingo a'u lladrata dan oleuni mwy llachar nag erioed o'r blaen. Draw dros y ffin roedd patrwm o gymdeithas a oedd yn cynnig gwrthbwynt clir i bawb, yn ogystal â chynnig dyfodol gwell i'r byd.

Y noson honno, traddododd Margarita bapur ar y pwnc 'Merched a Chomiwnyddiaeth' a oedd yn ailbobiad o erthyglau Alexandra Kollantoi. Iddi hi, roedd sosialaeth yn golygu llawer mwy na dim ond gwladoli diwydiannau trymion. Ers dros ganrif a mwy, ofn oedd emosiwn cryfaf Ewrop. Ofn syniadau newydd. Ofn newid. Ofn sosialaeth. Ofn hawliau merched. Dyna pam roedd rhai dynion yn mynnu glynu'n dynnach nag erioed wrth linyn ffedog hen gredoau fel Catholigiaeth neu Galfiniaeth. Prif bwrpas sosialaeth oedd trawsnewid yn sylfaenol y berthynas rhwng pobol a'i gilydd. Roedd yn rhaid i'r patrwm traddodiadol o deulu ddiflannu: y teulu lle roedd popeth yn eiddo i'r gŵr a dim byd yn eiddo i'r wraig – ddim hyd yn oed ei hewyllys ei hun. Cafodd Margarita dderbyniad gwresog, ac ôl i bawb swpera, y dynion aeth ati i olchi'r llestri.

Cadeirydd y prif sesiwn drafod drannoeth oedd dyn ifanc llwglyd yr olwg o'r enw Paul. Roedd ganddo fo lygoden fach wen hefo llygaid pinc a thrwyn bach smwt, a honno'n sgrialu o gwmpas ei war ac i lawr ei grys. Roedd gan Paul feddwl y byd o'i lygoden fach. Rosa oedd ei henw.

Roedd Margarita eisoes yn nabod Paul yn iawn, o gyfnod y Suliau a dreuliodd yn Berlin pan oedd y ddau'n curo drysau ardaloedd Neukölln a Wedding. Cafodd drafferth cymryd ato fo o'r cychwyn cynta un, er ei bod hi wedi gwneud ymdrech debol. Doedd Paul ddim wedi cymryd ati hitha chwaith.

Printar di-waith oedd o, yn hanu'n wreiddiol o Düsseldorf. Treuliai ei holl amser yn gweithio i'r KPD ac roedd wedi cysegru ei fywyd yn gyfan gwbwl ers blynyddoedd lawar i'r achos comiwnyddol. Doedd dim perthynas arall ganddo – heblaw am Rosa, roedd o'n ei maldodi. Awr o fuddugoliaeth i'r system gyfalafol oedd pob awr anghomiwnyddol i Paul. Dyna pam y gallai fod yn ffiaidd iawn ei dafod. Roedd wedi pechu llaweroedd o bobol – gan gynnwys Willi Münzenburg.

Os oedd y drafodaeth yn bygwth tin-droi, Paul oedd yr un i'w hysio yn ei blaen er mwyn cau pen y mwdwl. Gan nad oedd yn arbed dim arno'i hun, roedd yn disgwyl yr un ymroddiad gan bawb arall. Doedd dim byd casach ganddo fo na diogi neu ddiffyg ymrwymiad.

Trafodaeth ar y sefyllfa yn Ffrainc oedd dan sylw. Roedd Peter Maslowski yn llawdrwm iawn, ac Ulrike yn fwy llawdrwm fyth. Iddyn nhw, gogor oedd y Blaid Gomiwnyddol yn Ffrainc, yn colli ac ennill aelodau. Diffyg disgyblaeth oedd y drwg, hefo pawb yn mynd a dŵad yn ôl eu ffansi.

'Yn wahanol i'n cymrodyr Ffrengig, dwi'n disgwyl cant y cant gan bawb,' datganodd Paul, 'gan gynnwys Rosa.'

'Dyn cant y cant' roedd amryw yn ei alw fo yn ei gefn. Yn ystod yr ail brynhawn, sialciodd Ulrike 100% ar gefn ei wasgod.

'Pam dach chi'n chwerthin? Be 'di'r jôc? Mmmm? Be sy mor ddoniol?' Mwy fyth o chwerthin.

'Dowch 'laen, dowch 'laen. Ddaw'r chwyldro byth fel hyn.'

'Does dim plesar i mi mewn ennill dadl,' dywedodd Kai-Olaf wrth Margarita pan oedd y ddau'n plicio'r tatws y noson honno. 'Y plesar i gomiwnyddion hefo'i gilydd ydi gwerth y ddadl ei hun, wrth ddysgu rhwbath o'r newydd. Dim ond felly mae rhywun yn goleuo ei feddwl, yn aeddfedu ac yn sylweddoli faint o waith sy o'n blaena ni.'

Yn y gwely bync isa o dan Vicki roedd Margarita'n cysgu. Er bod pawb yn aros ar eu traed yn hwyr bob nos, yn trin a thrafod hyd berfeddion, hyd yn oed wedyn wrth ddadwisgo byddai'r ddwy yn dal i siarad hyd nes i huwcyn cwsg fynd yn drech na nhw.

Y noson gynta, pan gamodd Kai-Olaf trwy'r drws – a phlygu'i ben rhag ei daro, tynnu ei gap i ffwrdd, a rhoi ei fag lledar ar y bwrdd – sylwodd Margarita fod Vicki yn llygadu pob un symudiad.

Roedd rhyw afiechyd ar ei groen, ac yn amal roedd yn crafu ei ben moel y tu ôl i'w glustiau mor ddisylw ag y gallai.

Ei lygaid gleision oedd wedi ei swyno hi. Roeddan nhw mor anghyffredin o las.

Ar ôl y bora cynta, pan enillodd Margarita y blaen arni, Vicki oedd yr ail i godi, ar ôl Kai-Olaf. Âi allan trwy'r drws cefn i godi dŵr o'r ffynnon, hel wyau cynnes o gwt yr ieir, a rhoi help llaw iddo osod brecwast ar y bwrdd. Roedd pawb o'r farn fod Kai-Olaf yn chwip am wneud omlet.

Roedd gan Kai-Olaf dafod ffraeth – yn hollol wahanol i Paul, oedd yn trin pob pwnc hefo'r dwyster trymaf. Pan ofynnodd Margarita i Vicki a oedd hi â'i llygaid ar Kai-Olaf, atebodd honno ar ei hunion:

'Be sy'n gneud i chdi feddwl hynny?'

'Y ffordd ti'n bihafio o'i gwmpas o.'

'Be ti'n trio'i awgrymu?'

'Elli di mo 'nhwyllo i.'

'Ti'n dallt dim. Ma'r achos yn bwysicach i Kai-Olaf na chariad unrhyw ferch.'

Dros y tridiau, daeth y dwsin i nabod ei gilydd yn dda, a hynny ynghanol cawodydd eira. Bu'n pluo'n drwm am ddeuddydd, nes i rai ddechrau amau eu bod nhw'n mynd i gael eu cau i mewn. Ganol y pnawn Sul aeth hogyn bochlwyd lleol yn gwisgo cap heibio'r ffenast, yn holi a oeddan nhw'n iawn. At ddiwedd y pnawn, mud iawn oedd y wlad – a phan syllodd Margarita allan ar oleuni llachar ar ael y pellter cafodd ei hatgoffa o Rwsia.

Y noson honno, cafwyd parti.

Pan gerddodd Margarita i mewn i'r gegin, gwelodd Kai-Olaf wedi plygu fel gof yn pedoli, yn dal potal o Clos-Vougeot rhwng ei gluniau, ei gefn yn grwm a'r corcyn yn gwichian. Gwisgai ei ffrog werdd, ar ôl bod yn pendroni a oedd hi'n edrach yn dda mewn gwyrdd ai peidio. Cododd Kai-Olaf ei ben a phasio'r botal iddi – heb sylwi ar ei gwisg na'r modd roedd hi wedi gosod ei gwallt. Ar y bwrdd roedd *pâté* porc, menyn, caws a chacennau, sawl potal o rym a chatrawd o boteli gwin coch.

'Help?' cynigiodd.

'Dwi'n iawn.'

Sylwodd ei fod o'n cnoi *pimentos*.

'Siŵr?'

'Ydw.'

Llifodd y gwin a'r cwrw. Canodd Peter Maslowski ei fanjo yn frwd, er bod ei lais yn wan. Cydganwyd amrywiaeth o ganeuon, yn enwedig 'Utgorn y Chwyldro', a bloeddwyd y gytgan dro ar ôl tro.

Oerni gerwin oedd y tu allan i'r tŷ, ond bochau cochion oedd y tu mewn.

Bu llawar o chwerthin nes pesychu ynghanol yr hwyl a miri. Sylwodd Margarita ar arfer Vicki o daflu ei gwallt yn ôl o'i thalcan, ond fod hwnnw'n disgyn yn ei ôl i'w le bob tro wrth iddi siarad. Roedd pawb, bron, yn clebran fel olwyn melin, pawb heblaw am Ulrike, nad oedd byth yn siarad ond i bwrpas. Y noson honno doedd cyfalafiaeth yn ddim byd ond chwa o awel i'w chwythu i ffwrdd.

Aeth hi'n noson hwyr. Dechreuodd amryw o gwmpas y stafall egluro sut y daethon nhw'n gomiwnyddion. Eisteddai Margarita wrth ochor Vicki ac Ulrike, ynghanol ogla mwg baco, cwrw, gwin a chwys: arogleuon nosweithia hirion roedd hi bellach yn gynefin â nhw.

Amrywiol oedd y rhesymau. Gwrthryfel 1918, bloeddiodd Yannick ar frig ei lais. Brwydro Spartacus ar strydoedd Berlin yn 1919 dynnodd Ulrike i ganol y frwydr. Aberth Karl a Rosa oedd wedi argyhoeddi rhywun arall. Ynfydrwydd gwaedlyd y Rhyfel Imperialaidd. Ffieidd-dra Putsch Kapp yn 1920. Gorffwylltra chwyddiant 1923. Y streicio. Y newyn. Y tlodi a'r dioddefaint a'r diweithdra oedd yn difwyno bywydau miloedd. Neu Hugo Stinnes, y dyn fu'n sôn am ddiddymu'r Reichstag a chreu llywodraeth unbennaeth *bourgeois* nad oedd hyd yn oed yn cogio bod yn ddim byd mwy na chleddyf a tharian i'r Verband Eisen und Stahlindustriellen, cymdeithas o ddiwydianwyr tebyg i Stinnes ei hun. Clymblaid o'r pleidiau *bourgeois* fyddai llywodraeth o'r fath, un i wasanaethu buddiannau'r cyfalafwyr a'r cyflogwyr yn bur trwy impio rheolaeth filwrol ar y dosbarth gweithiol.

Daeth tro Margarita. Wedi i Vicki ail-lenwi ei gwydryn, adroddodd ei hanas. Soniodd am gyfarfod â Stanislav Markovich Feldman – gan neidio dros yr ochor emosiynol a chanolbwyntio ar yr Undeb Sofietaidd. Soniodd wedyn am Bi a'r darlithoedd a roddodd hi ar ben y ffordd. Dyna pryd y daeth i werthfawrogi cywirdeb y dadansoddiad Marcsaidd ac roedd darllen llyfr fel *ABC Comiwnyddiaeth* wedi bod yn ddatguddiad iddi am natur hanesyddiaeth faterol.

Sylwodd fod Kai-Olaf yn syllu arni hefo'i lygaid glas.

Ar ôl siarad, teimlai Margarita yn flinedig. Dododd ei boch i orwedd ar ysgwydd Vicki. Roedd y gwin wedi dechrau mynd i'w phen. Roedd rhywun arall yn traethu ei brofiad, ond chlywodd hi mo'r geiriau. Llethwyd hi gan ryw deimlad o dristwch. Meddyliodd am ei chwaer. Roedd hi'n amal yn cenfigennu wrth Larissa, yn cenfigennu gan y byddai hi'n fam ym mis Mehefin. Teimlai weithia mai dyna yn ei chalon oedd ei dyhead hitha hefyd.

Pan ddaeth tro Kai-Olaf, adroddodd ei hanes yn ddi-lol. Soniodd am ddyn o'r enw Jan. Roedd hi'n amlwg i Jan fod yn ddylanwad o bwys arno fo, ond doedd o ddim yn mynd i ailadrodd yr hanas hwnnw gan fod rhai o'r cwmni wedi clywed y cwbwl eisoes.

Roedd yna brofiad arall – profiad personol, rhywbeth a ddigwyddodd yn Galicia, a thu allan i Lemberg gynt, ond roedd bellach yng ngwlad Pwyl, ac wedi cael ei ailenwi yn Lvov.

Ar waith i'r Blaid Gomiwnyddol roedd Kai-Olaf, ac wedi gorfod aros yn y ddinas ar ei ffordd yn ôl i Berlin o Moscow. Rhyw bnawn Sul oedd hi, un o'r dyddiau rheiny sy'n aros yn y cof – yr awyr yn las heb ôl yr un cwmwl ar ei chyfyl, a'r haul fel petai o'n mynd i dywynnu am byth. Wedi mynd am bicnic efo nifer o fyfyrwyr a chomiwnyddion ifanc eraill yr oedd Kai-Olaf, picnic ar dorlan yr afon dan ddail y coed cyll a chyfla i drochi bodia traed a dal sili-dons.

Iddewon oedd y rhan fwyaf ohonyn nhw. Roedd dau neu dri wedi dechrau siarad am y sefyllfa yn Rwsia, a Kai-Olaf wrthi'n eu goleuo, pan glywyd rhyw dwrw dychrynllyd. Yr eiliad nesaf, roedd haid o lafnau'n gwisgo bathodynnau rhyw fudiad Catholig wedi rhuthro i'w canol nhw gan ddechrau cicio a cholbio pawb.

Roeddan nhw'n sgrechian fel dynion o'u coeau, eu cynddaredd yn ddi-ildio, yn stido a waldio nes troi'r picnic yn waed.

Rhuthrodd tri ar ôl Kai-Olaf a'i lusgo i ganol yr afon, dal ei ben dan y dŵr, gwasgu ei wep yn erbyn cerrig gwely'r afon gan floeddio fod yn rhaid iddo ddangos ei goc iddyn nhw.

Doedd o ddim yn Iddew, ond doedd y llafnau pabyddol ddim yn coelio yr un gair. Cael a chael wnaeth o i ddengid am ei hoedal y pnawn hwnnw.

Am fisoedd wedyn, teimlodd gywilydd oherwydd iddo'i arbed ei hun ar draul y gweddill.

Ond tyngodd y byddai'n hyrwyddo amcanion y Blaid Gomiwnyddol yn ffyrnicach nag erioed, hyd yn oed yn ffyrnicach na'r llw a dyngodd pan fu farw Jan. Hi oedd yr unig blaid oedd yn gwneud ei gorau i waredu'r byd o gasineb a wreiddiwyd mor ddwfn ym mhridd canoldir Ewrop – Gwlad Pwyl, Hwngari, Romania – a hyd yn oed yn Ffrainc a'r Almaen. Rhaid oedd chwalu'r ideoleg Gristnogol greulon yma. Rhaid oedd claddu casineb y grefydd erchyll yma unwaith ac am byth, casineb a oedd wedi cael ei fwytho a'i fagu am ganrifoedd gan sefydliad mor llwgwr ac mor aflan ag Eglwys Rufain.

'Be sy rhyngtha chdi a fo?' holodd Margarita wrth dynnu amdani y noson honno.

'Dim.'

'Vicki, dwi'm yn ffŵl. Paid â 'nhrin i fel un. Alla i ddeud fod rhwbath.'

Camodd i'w gwely. 'Pryd ddes di ar 'i draws o gynta 'rioed?'

'Ti wir isio gwbod rŵan hyn?'

Wrth gwrs ei bod hi, roedd ganddi ddiddordeb byw.

Gorweddodd y ddwy yn y tywyllwch.

Y tro cyntaf yr aeth Vicki i Moscow oedd ar gyfer cynhadledd y Comintern yn 1921. Ar yr un pryd, aeth Emerick i Gynhadledd Sosialwyr Ewrop, cyngres yn Fienna lle roedd o ac Otto Bauer, arweinydd sosialwyr Awstria, â'u bryd ar sefydlu Undeb Rhyngwladol y Gweithwyr fel gwrth-fudiad i'r Comintern. Er bod Vicki ac Emerick yn byw o dan yr un to fel gŵr a gwraig, prin roeddan nhw'n siarad hefo'i gilydd yn sgil cynhadledd Halle y flwyddyn cynt.

Cafodd Vicki ail wynt ym Moscow. Pan ddychwelodd i Berlin, cyhoeddodd erthygl flaen yn *Die Rote Fahne* yn condemnio Undeb Rhyngwladol y Gweithwyr – fel rhyddfrydwyr, mân-fwrgeiswyr, diwygwyr a ffyliaid. Yn sgil hyn, cafodd gynnig gwaith ar y papur.

Atebodd papur newydd y Blaid Ddemocrataidd Sosialaidd ei herthygl yn ddiflewyn-ar-dafod. Yn sgil hynny, dechreuodd y *Leipziger Volkszeitung* a *Freiheit*, papur newydd y Blaid Annibynnol Sosialaidd, ladd arni hefyd.

Pamffled Vicki oedd yn bennaf cyfrifol am hudo aelodau o'r Blaid Annibynnol Sosialaidd at y KPD a'r Comintern. Aeth Emerick i'w phen gan haeru mai pwdl bach i Lenin a Karl Radek oedd Vicki. Oherwydd ei safbwynt, roedd hi'n ei osod o mewn lle cas iawn.

Be oedd bwysica iddi? Y KPD neu fo?

Roedd Vicki'n grediniol mai pen draw'r Blaid Annibynnol Sosialaidd (hynny oedd yn weddill ohoni) oedd dychwelyd fel rhyw wennol fach unig i nyth clyd ei mam blaid – y Blaid Ddemocrataidd Sosialaidd.

'Oes rhaid i chdi frygowthan hyn o hyd ac o hyd?'

Roedd Emerick yn wyllt gacwn hefo'i wraig, ond yn methu bod yn rhy lawdrwm arni oherwydd ei salwch. Er pan oedd hi'n hogan fach, bu Vicki'n dioddda o'r diciâu.

Doedd dim dewis ganddi ond rhoi'r gorau i *Die Rote Fahne* a mynd i aros mewn sanatoriwm yn y Swistir, lle câi awyr iach a gorffwys. Doedd lladd ei hun yn gweithio i'r KPD yn gwneud dim lles i'w hiechyd. Roedd hi'n gyndyn iawn i fynd yno o gwbwl ond roedd Emerick yn mynnu.

'Mi all y chwyldro aros nes y byddi di wedi dechra mendio,' dywedodd wrthi.

Y KPD oedd yn talu am bob dim. Cafodd stafall hefo feranda – a golygfa na welodd erioed mo'i thebyg. Cribau uchel, cysgodion dyfnion a lleufer arian y lloer ar wastad y llechweddau eira yn llonyddu'r byd, a'r bydysawd maith uwchben yn frith o sêr liw nos.

Dal ati i weithio wnaeth Vicki yr un fath – gweithio o'i gwely, yn sgwennu erthyglau o bob math, yn enwedig rhai am Undeb Ewropeaidd Sosialaidd. Teimlai'n fwy argyhoeddedig fyth mai Lenin oedd yn iawn. Rhyfel cartref Ewropeaidd oedd yr unig ffordd ymlaen, yn hytrach na byw mewn gobaith y byddai trefn gomiwnyddol yn blaguro o bridd ewyllys da cyfalafiaeth. Ewyllys da criw o flingwyr? Byth. Meddylfryd undebaeth lafur oedd gan y gweithwyr, un yn llawn o fân amcanion byr-dymor, yn hytrach na dysgu craffu'n ddyfnach i'r dyfodol.

Dyna'r meddylfryd oedd gan Emerick.

Ond ogla lledar ffresh oedd ogla'r chwyldro – yn bur a glân.

Rhaid oedd dysgu oddi wrth gamgymeriadau'r gorffennol. Roedd ar gomiwnyddiaeth – gwir gomiwnyddiaeth – angen dynion a merched o gymeriad dygn, o weledigaeth glir ac o wroldeb diflino. Gobaith dyn ydi ei fywyd o ei hun. Oherwydd hynny, gobaith ydi nerth pob ymdrech yng nghanol rhythm y cread. Gan fod trefn y Kaiser yn fwy na pharod i ddefnyddio trais, rhaid oedd i gomiwnyddion ddefnyddio trais trymach. Rhaid oedd i gyfalafiaeth chwalu. Rhaid oedd dechrau o'r dechrau'n deg.

Aeth bron i ddau fis heibio. Haerai Vicki ei bod hi'n mendio. Mor hawdd oedd dweud celwyddau mewn llythyrau: doedd y rheiny byth yn cochi.

Yn sgil hyn, daeth Emerick heibio a'i gwadd i fynd hefo fo i'r Eidal. Dyheu am gael mynd yn ôl i Berlin yr oedd hi, ond roedd o'n hollol ddi-ildio lle roedd iechyd Vicki yn y cwestiwn. Pryd gafodd y ddau ohonyn nhw wyliau ddiwetha? Ddim ers eu mis mêl yn mis Ebrill 1919 – a dim ond cwta wythnos ym Mharis oedd hynny.

Roedd Vicki'n gwbod mai ymdrechu yr oedd o i achub eu priodas – yr ymdrech ola un.

Canol Awst 1922 oedd hi, a'r strydoedd yn chwilboeth.

Teithiodd y ddau i lawr i Napoli, Capri a Pompeii. Dringwyd i ben mynydd Vesuvius un bora: hi ar gefn asyn a fynta'n cerdded wrth ei hochor hi.

'Dwi'n dy garu di,' dywedodd Emerick ar y copa a'i lais yn codi nodyn yn uwch.

'Dwi'n dy garu di, Vicki,' dywedodd wedyn, yn is i lawr y llethrau.

'Dwi'n dy garu ditha hefyd ...' atebodd hi.

Pan gyrhaeddodd Emerick droed y mynydd, rhyw deimlad gwag oedd yn ei galon.

Ddechrau mis Medi, roedd yn rhaid iddo fo fynychu Cynhadledd Ffederasiwn Rhyngwladol yr Undebau Llafur yn Rhufain. Dyna oedd yn talu am y gwyliau. Undebwr arall o'r Almaen oedd yn aros yn eu gwesty oedd August Brey, llywydd Undeb y Gweithwyr Ffatri.

Wrth iddi gerdded ar ei phen ei hun un pnawn, pwy ddaeth i gyfwrdd Vicki ond Kai-Olaf. Doedd hi ddim yn hollol siŵr i ddechrau mai y fo oedd o. Bu'n rhaid iddi graffu arno fo ddwywaith neu dair, a'i llaw'n cysgodi ei llygaid rhag yr haul.

Doedd hi ddim wedi ei weld o ers mis Ionawr 1919, pan ddaeth o i Frankfurt – yn hogyn ifanc fawr hŷn na hogyn ysgol, hefo criw o longwyr o'r miwtini ar longau rhyfel yn Kiel er mwyn lledaenu'r chwyldro.

Adag o gynnwrf mawr oedd hi bryd hynny. Cofiai Vicki am y trafodaethau brwd yn y Schleisinger Eck, hen dafarn ar gornel Gallus-strasse. Cofiai ei hun yn mynd draw i farics y ddinas a rhyddhau'r milwyr rheiny a roddwyd dan glo am iddyn nhw wrthod ufuddhau i'w swyddogion. Cofiai eu llawenydd pan etholwyd sofiet. Lledodd hwyl a hyder pawb, ond roedd Berlin yn araf i ymateb. Magu stêm 1919 oedd chwyldro'r Almaen yn 1919, ond pam roedd y Blaid Ddemocrataidd Sosialaidd mor ara deg yn cynnig arweiniad? Pam roeddan nhw mor angheuol o bwyllog ym mhob un penderfyniad? Rhaid oedd cyhoeddi maniffesto. Y nhw yn y Schleisinger Eck wnaeth hynny ar ran Sofiet y Milwyr a'r Gweithwyr – sail y weriniaeth newydd.

Dosbarthwyd y maniffesto. Heidiodd miloedd ar filoedd o bobol i'r strydoedd – gŵyr, gwragedd, plant, pawb yn tyrru fel un i gaeau Osthafen ar gyrion y ddinas. Roedd torf o rubanau a baneri cochion ym mhobman, a phawb yn grediniol yn eu calonnau fod rhyw wawr ar dorri. Ni allai'r chwyldro ond llwyddo, yn enwedig os oedd trefn newydd yn cael ei gosod yn y fyddin a'r llywodraeth.

Ond wedi ei stancio yn erbyn gweriniaeth ifanc newydd yr Almaen roedd hen rym oesol stadau mawrion Dwyrain Prwsia – barwniaid haearn, glo a metal y Ruhr, a dynion fel Hugo Stinnes. Y cwbwl o'r cabál yn gwasgu fel gefail am wddw'r chwyldro, a oedd yn dechrau magu hyder ynddo'i hun.

'Gwendid 1919 oedd nad oeddan ni'n ddigon didrugaredd.' Roedd Vicki wedi dweud hynny fwy nag unwaith. 'Honno oedd y wers nes i 'i dysgu yn fwy na'r un wers arall.'

Fel arestio pennaeth heddlu Frankfurt, ond yn lle ei saethu'n syth, ei garcharu fo wnaeth Vicki, a thrio dal pen rheswm.

Mor naïf fuo hi.

Kai-Olaf oedd yn iawn.

Tasa fo ond wedi cael ei ffordd ...

Ar y Piazza Venezia, eisteddai'r ddau yng nghesail *trattoria* bychan er mwyn 'mochel rhag y gwres a oedd yn crasu'r sgwâr. Doedd dim rhaid i Vicki holi Kai-Olaf, roedd hi'n gwbod yn iawn mai yno ar waith y Comintern yr oedd o.

Adroddodd yr hanesion diweddaraf am Mussolini wrthi, gan esbonio sut roedd ffasgiaeth ar gerdded yn yr Eidal. Bu mewn tre fechan, uchal o'r enw Bibiena, lle diarffordd a braidd yn anial, heb fawr neb fyth yn galw heibio. Mewn *bottiglieria* clywodd hanas saer maen o'r enw Giulio a oedd newydd ddŵad yn ei ôl o America lle bu'n gweithio am dair blynadd er mwyn cynilo digon o bres i briodi. Un noson, roedd yn digwydd yfed yn yr un bar ag arweinydd ffasgwyr Arezzo. Dechreuodd hwnnw a'i griw dynnu arno fo. Aeth pethau o ddrwg i waeth, a mynnodd yr arweinydd fod yn rhaid i Giulio floeddio, 'Evviva Mussolini!' Ar ôl i'r llanc wrthod gwneud hynny am y trydydd tro, tynnodd y ffasgydd bistol o'i boced a'i saethu fo'n farw yn y fan a'r lle. Ymhen pythefnos, cafodd ei ryddhau'n ddigyhuddiad.

Y noson honno, gwelodd Vicki drosti ei hun y cythrwfwl rhwng y crysau duon a'r comiwnyddion ar y stryd ...

Dridiau'n ddiweddarach, yn y tren ar gyrion Berlin, dywedodd Vicki wrth Emerick fod eu priodas ar ben.

'Dwi'm yn synnu,' atebodd yntau, heb dynnu ei lygaid oddi ar y caeau oedd yn gwibio heibio'r ffenast fesul un.

Cyrhaeddodd Vicki y ddinas ar yr union fora y lladdwyd Walter Rathenau, Gweinidog Tramor Gweriniaeth Weimar, a hynny gan dri Natsi gefn dydd golau wrth iddo fo yrru heibio yn ei foto-car to agorad. Roedd Vicki yn gwbod bellach mai ei dewis hi oedd y dewis iawn. Magu asgwrn cefn oedd y ffasgwyr er mwyn torri esgyrn pawb arall.

Pwy oedd yn mynd i'w hatal nhw?

'Fi oedd yn iawn – ddim Emerick. Ni sy'n iawn, Margarita. Ffordd y comiwnyddion 'di'r unig ffordd.'

'Dwi'n cytuno,' atebodd hi. 'Ffordd y comiwnyddion 'di'r unig ffordd.'

I ymladd cyfalafiaeth a ffasgiaeth roedd yn rhaid wrth rym a phenderfyniad

– a dim ond yn y Comintern a'r KPD roedd yr argyhoeddiad penderfynol hwnnw i'w gael.

'Ond ti'n dal heb ateb 'y nghwestiwn i,' dywedodd Margarita.

'Pa gwestiwn?' gofynnodd Vicki mewn llais cysglyd.

'Be sy rhyngdda chdi a Kai-Olaf?'

'Dwi newydd ddeud.'

II

Yn y *café* Mahieu ar gornel Rue Soufflot, roedd Alyosha yn cyfarfod â Kolosov Leonid.

Y lle dwytha i'r ddau dorri i mewn iddo fo oedd tŷ hynafol ar y Faubourg Saint-Germain. Roedd ôl moethusrwydd ar y muriau – dwsin a mwy o luniau pastel o wragedd bonheddig o ryw lysoedd brenhinol a fu, gwragedd bochgoch, tlws hefo wigiau mawreddog, a phob un ohonyn nhw wedi ei hamgylchynu ag arfbais ei llinach. Ar y muriau hefyd roedd tapestrïau Gobelin, ac o gwmpas y stafall, cadeiriau mawr, sawl soffa, llenni trymion a dodrefn trymach.

Atgoffwyd Alyosha o'i hen gartra, y tŷ lle cafodd ei fagu yn Petrograd. Pe byddai ei ffawd wedi bod yn wahanol, efallai y gallai ynta hefyd fod wedi ofera ei fywyd mewn tai tebyg. Roedd gan Kolosov Leonid drwyn main iawn am bres, ond yn ddiweddar dechreuodd ei ffrind droi'n farus. Rheol aur y ddau oedd mai dim ond pres roeddan nhw'n fodlon ei fachu, waeth pa mor fach neu fawr oedd y symiau hynny.

'Be am hon?' holodd Kolosov.

Siarsiodd Alyosha fo i roi'r freichled arian yn ôl, ond roedd ei ffrind wedi mynd i hwyl.

'Paid â phoeni. Ga i fadal â hi'n hawdd.'

'Sut?'

''Mots sut.'

'Oes, *mae* ots sut. Aros ...'

Pocedodd Kolosov y freichled yn bendant iawn ei ffordd. Cydiodd Alyosha yn ei fraich.

'Paid! Gollwng ...'

'Fydd raid i chdi 'i gwerthu hi i rywun.'

'Gollwng, medda fi!'

'Mi all y rhywun hwnnw dy nabod di'n hawdd. Sut ti'n meddwl ma'r polîs yn rhoi dau a dau at 'i gilydd? E?'

Clywodd Alyosha ryw sŵn yn clepian yn nyfnderoedd y tŷ.

'Hist.'

Cliciad drws yn agor.

'O 'ma.'

Milwr ym myddin Anton Denikin oedd Kolosov Leonid yn ystod y Rhyfel Cartref yn Rwsia. Cyn hynny, bu'n peintio tai ym Moscow. Cafodd siwrna drafaelus ar draws Ewrop, yn trampio cerddad am gannoedd o filltiroedd o hen wersyll yn Gallipoli er mwyn cyrraedd Paris. Oedodd yma a thraw er mwyn hel ei damaid, a bu'n cloddio am ryw hyd mewn hen bwll glo yn Bwlgaria, yn lletya mewn hostel afiach ar gyrion Sofia, lle cafodd ei lorio gan falaria.

I ddyn a oedd wedi arfar treulio'i ddyddiau yn yr awyr iach, doedd dim byd yn gasach gan Kolosov Leonid na gorfod chwysu yn y tywyllwch. Ar ben bob dim, roedd ganddo fforman blin – rhyw hen nythgyw cegog a oedd yn dysgu lledu ei adenydd ac yn deud y drefn wrth rywun o'r glowyr rownd y ril. Gadael y pwll ar y cynnig cynta wnaeth o.

Cafodd waith fel mecanic mewn purfa siwgwr. Dringodd o isfyd o ddüwch i uwchfyd o ddisgleirdeb, ond roedd o'n dal yn anfodlon ei fyd. Teimlai fod mwy i'w fywyd na sefyllian uwchben crochanau anferth yn gwarchod sudd drewllyd yn mudferwi.

Ymlwybrodd i fyny lonydd cefn y Balkans yn ôl troed cyn-filwr arall nes cyrraedd dinas Trieste. Anelodd y ddau am Firenze, a dŵad o hyd i le i fyw mewn stafall â tho isel yn atig un o'r hen *palazzi* canoloesol yn Borgo Pinti. Byw ar y nesa peth i ddim roedd y ddau o ddydd i ddydd.

Roedd rhyw fath o uchelgais lac gan Kolosov Leonid lle roedd o'n gweld ei hun yn gwneud bywoliaeth hefo brws a phaent. Ond fel pob breuddwyd arall o'i eiddo, buan aeth honno i'r gwellt.

Dinas Paris oedd y stop nesa ar ei daith.

Roedd llwch hirdaith ar eu dillad a blinder yn eu crwyn.

O fewn dim, bu farw ffrind Kolosov. Am rai misoedd bu'n dihoeni mewn afiechyd wrth lusgo'i hun ar hyd y strydoedd, heb obaith o gael gwaith, nes dechra ama y byddai'n treulio'i oes gyfan yn gwneud dim byd ond dal pen rheswm hefo'i gysgod.

Roedd ei hiraeth am Rwsia yn saith gwaeth. Roedd yn deimlad ingol, yn deimlad a oedd yn gwasgu'n waeth o fis i fis nes bron â'i lethu. Am Moscow roedd ei sgwrs yn grwnian troi bob gafael, a phob tro byddai Alyosha yn ei weld o, byddai wedi teneuo fwyfwy, nes ei fod yn dechrau gwywo'n fain wrth i'w gorff sychu o bob gobaith.

Yr unig waith a gafodd Kolosov oedd fel *commis* mewn *hôtel-restaurant* ym mhen isaf Rue de Vincennes. Oherwydd mai y fo oedd yn gorfod gwneud y gwaith butraf, fel sgwrio a gloywi'r lloriau pren i gyd, yn ogystal â helpu i hwylio a golchi llestri ar gyfer tri eisteddiad, cafodd lond bol mewn dim o dro ar gael ei weithio mor galad ar gyflog mor ddi-ddim. I rwbio'r halan yn ddyfnach i'r briw, fe gafodd rhyw Ffrancwr ifanc (iau na fo beth bynnag) ei gyflogi i wisgo'r *frac* a dechrau arni fel gweinydd. Roedd o wedi llygadu'r job o'r cychwyn cynta un, ac wedi cael addewid ohoni fwy nag unwaith hefyd. Gwylltiodd yn gudyll, a theimlo'i hun yng ngafael dicter na theimlodd ei debyg erioed o'r blaen. Mynnodd ei gyflog. Ond wrth gefnu ar y lle am byth, bachodd bres y til.

Gwaith haws o'r hannar oedd torri i mewn i dai.

Wrth dynnu i fyny'r grisiau tywyll i'r llawr ucha ar y Rue de Montparnasse, roedd Alyosha yn dal i boeni fod y lle ddim digon rhad. Roedd llefydd rhatach ar gael ym Mharis – llawar iawn rhatach hefyd – yn hen hofeldai llawn chwain a chwilod, llefydd a fyddai'n andwyo iechyd rhywun am byth.

Confort moderne oedd y llythrenna bras ar dalcen y gwesty. Ond brolio gwag i daflu llwch i lygaid oedd y geiriau er mwyn cuddio trwch y llwch a oedd ar hyd y lle. Hen adeilad cyfyng oedd yr Hôtel de Nantes, yn llawn o ogla saim drewllyd a oedd wedi suro llenni les y cyntedd yn galedwch melyn.

Dyn twchlyd, byr ei wynt, oedd bia'r lle, dyn â'i glust yn agos at y weiarles a oedd yn grwnian yn rhywla o dan gowntar y cyntedd. Amball dro roedd hi'n creu rhyw synau fel wy mewn padall ffrio. Hannar gwrando arni roedd o nos a dydd, fel petai o'n disgwyl clywad rhyw genadwri o dragwyddol bwys. Yn gorwedd wrth ei draed roedd hen gi hyll, yn anialwch o flew, ben a chefn a chynffon – llymbar diog a oedd yn dda i ddim i neb.

Gwaith anodd iawn oedd byw heb fyd dyddia gwaith. Pwy mewn difri calon fyddai'n fodlon cyflogi Rwsiad hefo *visa* oedd yn dod i ben cyn diwedd yr haf?

Heliodd rhyw esgus, yn union fel ag y gwnaeth o efo'i gŵr ar ddiwadd y mis cynt pan ddaeth hwnnw heibio i setlo'i rent. Doedd dim amdani ond mynd allan unwaith eto hefo Kolosov Leonid.

'Un gwael am gofio enwa,' oedd y geiria a gafodd eu myngial o geg y tenant oedd yn sefyll yn droednoeth yn ei fest a'i drôns ym mhen y grisiau un noson. Newydd biso i'r bwcad sinc yn y stafall fach dywyll oedd o.

'Oeddach chdi yn y rhyfal cartra yn Rwsia, Alexei Fyodorovitch?'

Honnodd Alyosha ei fod o'n rhy ifanc i gwffio.

'Doedd neb yn rhy ifanc i gwffio'r anghrist.' Crafodd y dyn ei gesail hefo'i winadd budron. Bagiodd Alyosha gam neu ddau o'i wynt afiach o. 'Ty'd i'n stafall i.'

Obsesiynu am Rwsia wnaeth o, yn mynnu sôn amdani trwy fwrw 'nôl bob gafal i ferw'r Rhyfel Cartref. Roedd yn casáu ei alltudiaeth oherwydd mai gofalon a threialon oedd ei fywyd ym Mharis.

Tynnodd grib llau yn ara deg trwy'i wallt seimllyd.

'Pan ddes i yma gynta, fuo rhaid imi gysgu mewn stabal hefo rhyw hen geffyl nychlyd oedd wedi treulio'i oes yn tynnu pobol mewn cert dwy olwyn o gwmpas Paris.'

Siglodd ei ben yn ddiflas wrth gnoi ei eiria.

'Rwsia,' dywedodd.

Roedd o'n caru tirlun Rwsia yn fwy na dim.

Yn caru ei thywydd.

Yn caru ei phobol.

Yn amal, soniai am weld y machlud unwaith uwchben Sukhinichi, yn slemp waetgoch ar draws yr wybren pan oedd y cymylau wedi fferru uwchben pentra bychan Pruzhana ar gyrion coedwig fawr Belovezhsk, lle roedd caeau agorad yn ymledu dros y wlad, yn gaeau ŷd, caeau ceirch calad, caeau haidd a meysydd o fwstard gwyllt. Bu yno trwy gydol y dyddiau a'r nosweithiau wedi i'r hin dorri, pan ddechreuodd fwrw glaw mor galad nes roedd trochfa felen, piso hen stalwyn o law yn pistyllio dros eu pennau, yn gwlychu'r milwyr yn wlyb socian hyd at eu crwyn.

''Sdim byd gwaeth na dŵr glaw am ddrewi dillad milwr.'

A'u madru nes carpio dynion yn hannar noeth. Peth digysur oedd cawodydd trymion oedd yn bwrw fel o grwc, yn enwedig mewn tir corsiog oedd yn slogio o flaen y fyddin am filltiroedd, a'r fyddin yn slogio'n waeth, eu traed yn drymion, trwy goedydd llwydion, trwch o lwyni'r aethnen, trwch o dyfiant, trwch o chwyn dan awyr werddoer, a'r meirch a'r milwyr mor ddigysgod â'i gilydd, yn rhynnu'n anghenus, a'r gwynt didrugaredd yn eu herlid yn waeth na'r Fyddin Goch.

Ymlaen, ymlaen.

A'r Cochion byth ymhell o'u hôl.

Ymlaen, ymlaen.

Nes yn hwyr un pnawn, gwelwyd bod rhywun mewn llannerch, ei llygaid gwynion, mawr, ei gweflau ar led fel sgrech; gerllaw, rhyw gi a hogyn bach, ei brawd. 'Dos i mofyn dŵr o'r ffynnon.' Yntau'n rhwygo crys, rhwygo dau yn dri. Hogan ifanc yn ei dychryn – be sy'n digwydd imi? Torchi llewys. Be sy'n digwydd imi? Sgrech yn cripio'i geiriau, yn eu mygu'n wich wrth ei rhwygo hi o'r bôn i'r brig. Nos mewn fflamau;

gwreichion y wig, rhai cochion rhwng cysgodion a'i sŵn, a'i griddfan isel yn rhusio'r brigau; gwefusau gwynion, sychion a'i chwys ymysg yr adar, y tyrchod daear ac ogla main rhyw lwynog igam-ogam, nes tywalltodd rhywbeth pinc i'r gwellt fel mochyn bychan ...

Rhai felly oedd storïau Yury bron i gyd.

Dyna'r cwbwl roedd o'n mynnu ei drafod wrth ail-fyw brwydrau'r Rhyfel Cartref 'nôl yn Rwsia.

Y clwy nad oedd byth yn ceulo.

Cododd ei ben.

Am sbecyn o eiliad doedd dim clem o fath yn y byd ganddo lle roedd o, na faint o'r gloch oedd hi na dim.

Düwch dudew.

Ond dwrn diarth oedd yn cnocio'n galad ar bren ei ddrws.

Holltwyd y llenni.

Llifodd noson oleuloer ar hyd llawr ei stafall.

Roedd dau ellyll yn sefyll yno.

Tyrchodd am ei *visa*, ei *permis de séjour* a'i basbort Nansen o dan eu llygaid. Safodd yn gysglyd wrth i fysedd ei basio ei bapurach ôl a 'mlaen. Doedd dim golwg symud ar yr un o'r ddau – na gair o ymddiheuriad am ei droi o'i wely am dri y bora.

Roedd hi'n rhyw frith wawrio y tu allan i'w ffenast, ac egin o oleuni cynnar iawn yn dechra codi ei ben.

Cofiodd Alyosha dreulio dyddiau'n rhedag o un cowntar i'r llall, o swyddfa i swyddfa ar yr Alexanderplatz 'nôl yn Berlin yn crefu am gael y pasbort, un a grëwyd yn unswydd ar gyfer Rwsiaid di-wlad. Wedi'r holl giwio a chrefu, cafodd un yn hwyr un bora, ond doedd hynny ond megis dechra ei helbulon, a bu am ddyddiau wedyn yn trio hawlio *visa* yn swyddfa'r Conswl Ffrengig. Un wedi ei phrynu ar y farchnad ddu ym Mharis oedd ei *permis de séjour*.

Stamp rhybudd oedd i'r ymweliad. Doeddan nhw ddim am ei arestio a'i gyhuddo ('ddim y tro yma, beth bynnag'), ond roeddan nhw am iddo fo wybod eu bod nhw'n mynd i gadw llygad arno fo o hyn ymlaen. Wedi bod yn ymchwilio i ladrata o wahanol dai yn y cyffiniau roeddan nhw, ac roedd y si allan. Roedd o wedi cael ei enwi ...

'Gair i gall, cono.'

'Ga i'n *visa* 'nôl?'

''Di hon yn un gyfreithlon?' holodd y plisman heb liwyn o dystiolaeth i awgrymu fel arall.

Honnodd Alyosha ei bod hi.

'Ma' cymaint yn ca'l 'u prynu ar y farchnad ddu gan bob math o dacla.'

Pocedodd un o'r plismyn hi. 'Os ti isio hi 'nôl, mi fydd rhaid ichdi drefnu i weld y dyn yma.'

Yr enw ar y cardyn yn ei law oedd Superintendent Chenot.

'Sut fuon ni mor hurt â cholli Rwsia?' holodd Yury un noson.

'Pryd cawn ni i gyd fynd yn ôl adra, ti'n meddwl?' holodd rhyw noson arall. Rhyw noson wedyn, cribo llau o'i wallt uwchben powlan o ddŵr berwedig roedd Alyosha, pan grefodd Yuri, 'Alexei Fyodorovitch? Pryd ti'n meddwl ddaw yr awr?'

'Rhyw ddydd.'

'Sut elli di fod mor siŵr?'

Doedd o ddim yn siŵr o gwbwl.

'Oes Cesar 'di hon,' bytheiriodd y tenant ar ei gysgod ei hun, 'oes o waed a haearn a ninna'n cicio'r gwynt.'

Teimlai Yury yn amal ei fod o'n mynd o'i go. Teimlai'n ddi-rym ac yn ddiymadferth; teimlai ei fod o'n ddim byd mwy na'i sefyllfa ar y pryd, ac mai rhywbeth main iawn oedd ei ddyfodol.

Rwsia, Rwsia ...

Roedd gan Yury gi yn Rwsia ar un adag, amsar maith yn ôl, labrador o'r enw Karo a oedd yn sgut am gnoi postmyn.

Ei hoff aria oedd 'Cavaradossi'.

Cyn-filwyr yn y Fyddin Wen oedd ei gyfeillion ym Mharis bron bob un.

Un o'i ffrindiau pennaf oedd dyn unfraich, wyth ar hugain oed, o'r enw Fedot – milwr a oedd yn ymorchestu yn ffrwyth ei glwyfau, rhai dychmygol a rhai go iawn.

Meddwi'n chwil ulw gaib fyddai'r ddau bob tro wrth hel yng nghwmni ei gilydd. Hynny a hel atgofion i gyfeiliant gramoffôn hefo trwmped mawr coch yn canu arias o *Rigoletto*.

Doedd gan Alyosha ddim dewis arall. Heb *visa* gallai'n hawdd gael ei arestio ar y stryd yng ngolau dydd, a'i yrru dros y ffin mewn cyffion rhwng dau blismon. Roedd petha wedi mynd i'r pen ...

Gŵr dros ei hannar cant, mewn siwt dywyll a choler ei grys braidd yn rhy fawr o gwmpas ei wddw oedd yn ei wynebu pan gafodd ei dywys i swyddfa weddol o faint ar ail lawr y Préfecture de Police yn y Boulevard Palais.

Cododd Alyosha sigarét o gasyn arian.

Tri o lunia digon brychlyd oedd yn hongian ar y wal, yn ogystal ag oleograff glaslachar o'r Madonna o waith Raphael.

Wyneb wedi ei siafio'n lân oedd gan Superintendent Chenot, ei fochau cnawdol wedi magu pwysa ar ôl oes o fwyta a diota da. Roedd rhyw ddiffyg ar ei olwg, ei lygaid chwith wastad yn hannar cau, ac oherwydd hynny gwisgai bâr o lygadwydrau mewn ffrâm o asgwrn du, rhyw betha o ddiwadd y ganrif gynt a fu unwaith ar drwyn ei daid.

Roedd yn ŵr cyfeillgar, yn siarad yn rhadlon am y peth yma a'r peth arall a'r sgwrs yn llifo'n hamddenol wrth ei phwysau fel afon haf.

'Ti'n gwbod be 'di'n cyfrinach ni wrth blismona Paris?' holodd. 'Gad imi ddeud wrtha chdi, os 'nei di addo imi na sonni di 'run gair wrth neb arall.'

Trwy hollt y cwmwl, trawodd pelydryn o oleuni ar grib hen doeau llwydion y llofftydd uchel ar Quai Saint-Michel. Syllodd Alyosha draw tuag at droad torlan y Seine wrth iddi lifo tuag at Jardin des Plantes, a dal pennau twristiaid pell wrth iddyn nhw ymlwybro heibio stondinau'r *bouquinistes* a oedd yn rhedeg ar hyd muriau glan yr afon. Yn ogystal, roedd yna lifeiriant o draffig, yn dryciau, moto-ceir ac omnibysys o bob math, a'u sŵn yn fain.

'... ti'n gwrando arna i?'

Cliciodd Superintendent Chenot ei fys a'i fawd.

'Damweinia bach a dynion bach sy'n pobi digwyddiadau mawr.'

Mynnodd fod Alyosha yn cau ei lygaid wrth ddychmygu bod criw o ddynion yn ista mewn stafall mewn adeilad rwla ym Mharis ar yr union eiliad honno, yn cynllwynio rhyw anfadwaith. Am osod bom mewn *café*, 'falla. Neu rywbeth arall, gwaeth. Rhywbeth erchyll. Be oedd unrhyw un yn ei wybod am y dynion yma? Sut oedd posib eu hatal nhw? Trwy pa fodd? Be oedd yn rhaid i ddyn ei ddysgu amdanyn nhw? Yr hyn roedd Superintendent Chenot yn sôn amdano fo oedd y peth pwysica un i blisman: gwybodaeth.

Pan fo rhywun yn gwbod y cwbwl sydd i'w wybod am ei gyd-ddyn, mae'r dyn hwnnw mewn lle breintiedig iawn. Dyna oedd gwir rym. Trwy'r grym hwnnw, roedd hi'n bosib pobi digwyddiadau. Roedd hi hyd yn oed yn bosib ad-drefnu mymryn ar natur digwyddiadau, fel bod y canlyniadau'n cael eu harallgyfeirio – ond nad oedd neb, wrth gwrs, ddim mymryn dicach am natur y llaw oedd yn llywio'r cwbwl yn dawel yn y cefn.

Yn sydyn, chwarddodd – rhyw sŵn mawr o'r galon. 'Dy wep di, Alexei Fyodorovitch – 'drycha arni. Ha! 'Bictiwr!'

Wrth danio sigarét arall sylwodd Alyosha fod gwinadd y plisman wedi eu cnoi i'r byw.

'Be lecia chdi fod?' holodd yn hamddenol o'r tu ôl i'w asgwrn du.

Cododd Alyosha ei ysgwyddau'n ddi-hid.

'Ar wahân i fod yn lleidar.'

Gwadodd ei fod.

'Ti 'di gweld dy ffrind Kolosov Leonid yn ddiweddar? 'Sdim rhaid i chdi atab, achos dwyt ti heb. Ti'n gwbod pam? Am 'i fod o yma hefo ni – wel, ddim yma hefo ni yn hollol, ond draw mewn cell yn Santé. Cofia di, wn i'm faint o ffrind ydi o i chdi go iawn. Pan ddechreuon ni 'i holi fo, wrthi'n trio gwerthu rhyw fwclis draw ym marchnad Bois de Verrière roedd o, ond fod y stondinwr yn digwydd bod yn pobi i ni. Wrth reswm pawb, sgynnon ni'm tystiolaeth yn dy erbyn di fel sy gynnon ni yn 'i erbyn o. Ond wedyn ... sut ddoi di i ben yn Paris heb *visa*? Heb *permis de séjour*?'

Curodd migyrnau ar wydr barugog y drws a daeth dyn gwallt cyrliog hefo barf gringoch i mewn, yn llewys ei grys, a'i fresys yn tynnu ei drowsus i fyny dros ei fol. Gosododd ffeil ar ddesg Superintendent Chenot gan ddwy ed na allai o fynd dim pellach, hyd nes ei fod o wedi bwrw golwg drosti.

'Mi deleffonia i chdi pan fydda i 'di gorffan, Eric.'

Edrychodd Superintendent Chenot yn syth i wyneb Alyosha gan ddweud, 'Fyddwn ni'm wrthi'n hir iawn eto.'

Ciliodd y gwallt cyrliog i'r coridor.

'Ti'n nabod y dyn yma?' holodd y plisman gan ddal llun o'i flaen. 'Wyt ti?'

Nodiodd, 'Barwn Wrangel. Arweinydd y Fyddin Wen.'

'A be am hwn?'

Llun o Yury Kashivin.

'Sdim rhaid i chdi ddeud gair. Wn i bo' chdi. Dach chi o'ch dau'n byw yn yr Hôtel de Nantes.'

Cododd ddau neu dri o luniau eraill. 'Mae ganddon ni bob math o bobol yn pobi inni ym mhob math o lefydd – mi synnach chdi.'

Byddai nifer o ddynion o'r Soiuz Russkikh Ofitservo Uchastnikov Voiny – Undeb Uchel-swyddogion y Fyddin Wen ym Mharis – yn cyfarfod yn rheolaidd, ac Yury Kashivin yn eu mysg nhw. Dyletswydd heddlu Paris oedd cadw llygad ar bob grŵp estron, waeth befo pwy oeddan nhw. Y comiwnyddion. Y Gwynion. Eidalwyr oedd yn casáu Mussolini. Arabiaid. Armeniaid. Myfyrwyr melynion o Cochinchina oedd ar dân i wyr-droi'r drefn draw yn Saigon. Gwehilion gwahanol gyfandiroedd oedd yn llochesu yn Ffrainc, yn faw isa gwterydd holl wledydd y byd. Doedd neb yn mynd i droi'r Weriniaeth yn llwyfan i godi rhyw dwrw politicaidd a allai greu helyntion gwaeth trwy yrru pobol benben â'i gilydd. Oherwydd bod yr Undeb Sofietaidd a Ffrainc bellach wedi adfer perthynas ddiplomyddol iach, roedd unrhyw gynllwynio ar ran y Gwynion yn niwsans – os nad yn niweidiol – i fuddiannau'r wlad.

'Os 'nei di amball gymwynas i ni, mi fyddwn ni'n saff o edrach ar dy ôl di.'

Holodd Alyosha pa fath o gymwynas yn hollol oedd ganddo fo mewn golwg.

'Sôn wrthan ni be ma' dy ffrindia'n 'i drafod – fel y medrwn ninna 'u trafod nhw.'

'Dach chi am i mi fod yn Jiwdas?'

'Cynorthwyo'r Arglwydd Iesu er mwyn hyrwyddo arfaeth Duw yn y byd wnaeth Jiwdas. Fel fo, ddim bradwr fyddi di – ond cymwynaswr.'

Yr unig rai yn yr apartment oedd Zepherine, Bibi y babi a'r forwyn. Rhyw groeso digon llugoer gafodd Alyosha ganddi, yn enwedig pan gafodd hi ar ddallt mai wedi taro heibio i mofyn ffafr gan ei ewyrth Artyom oedd o. Roedd o ar hast i gysylltu â Milko Steiner unwaith eto er mwyn prynu *visa* newydd ar y farchnad ddu.

Cynigiodd sigarét iddi, ond gwnaeth Zepherine bwynt trwy godi un o focs pren wrth ymyl ei phenelin. Doedd hi ddim yn ddynas i hongian yn hamddenol ar sgwrs, mwy nag oedd hi'n un i siarad wrth ei phwysau. Pigo'i brawddegau'n biwis oedd hi bob gafael.

'Ti ond yn galw heibio pan wyt ti isio rwbath.'

Doedd dim atab parod ganddo fo iddi, dyna oedd y gwir. Diffoddodd ei fatsien rhwng bys a bawd a'i llithro i boced ei grys.

'Does 'na fawr o Rwsieg rhyngthach chdi a dy ewyrth ers sbelan go lew, yn nagoes? Ar gownt rhyw hogan ... rhyw forwyn yn Berlin ... be oedd 'i henw hi hefyd?'

Ei bryfocio fo roedd hi rŵan. Y gnawas. Mor oriog ei hwyliau oedd hi. Ond gan ei bod hi'n ddynas mor ddihiwmor, disgyn yn fflat oedd y ffug ddiredi. Gwenu wnaeth o a chymryd arno ei fod o'n chwerthin. Doedd o ddim yn teimlo ar ei ora gan fod ganddo fo wayw – rhyw gric poenus – ym môn ei gefn ers iddo godi'r bora hwnnw.

''Dydi dy ewyrth ddim yma, a chyn i chdi ddechra holi. Wn i'm yn lle mae o. I ffwrdd ar fusnas.'

'Pryd fydd o'n debygol o fod yn 'i ôl?'

'Dwi'm yn siŵr.'

''Na'th o'm deud?'

''Nes i'm gofyn.'

Roedd hi'n gwbod yn iawn, ond doedd hi ddim am rannu'r wybodaeth hefo fo.

'O's posib i negas ei gyrradd o?'

'Faint o ffisig holi 'nes di lyncu bora 'ma?'

'Isio cymodi hefo fo ydw i.'

'Cymodi? Wel, wel.' Sgubodd gudyn o wallt o'i llygad. 'Dyma be 'di tro ar fyd. Chdi? Isio cymodi hefo dy Ewyrth Artyom?'

'Ro'n i ar fai yn ei ama fo. Mam oedd yr un gafodd warad o Grete, dwi'n sylweddoli hynny rŵan.'

'Fuos di'n hir ar y naw cyn sylweddoli hynny.'

'Ro'n i ar fai.'

'Gobeithio bo chdi'm yn deud hyn wrtha i achos bo chdi isio help dy ewyrth unwaith eto.'

'Fel deudis i, ro'n i ar fai.'

'Sut ti'n byw? Ar be? Ar bres dy fam? Ti 'di cymodi hefo hi hefyd?'

Doedd o ddim yn mynd i gyfadda wrth Zepherine mai rhyw gardota byw ar ladrata oedd o. Gogr-droi yn ei hunfan wnaeth y sgwrs. Doedd gan Alyosha fawr o awydd gwagsymera yn ei chwmni hi. Heliodd ryw esgus er mwyn ei throi hi. Cyn iddo adael, rhoddodd Zepherine lythyr yn ei law o.

'Chdi pia hwn.'

Adnabu Alyosha y llawysgrifen yn syth.

''Ddaeth o yma, wn i'm – sbel yn ôl, dwi'm yn cofio pryd yn union. Gwell hwyr na hwyrach.'

'Diolch.'

Gwenodd hi ei gwên wneud. Teimlai yntau fod ei Ffrangeg yn rhydlyd.

'Ti am ddeud wrtha i lle ti'n byw y dyddia yma?'

Stamp Biarritz oedd ar yr amlen wen.

Ar fainc yng ngerddi'r Sorbonne y darllenodd Alyosha sgrifen traed brain ei fam. Hôtel Biarritz yn Biarritz. Pam roedd hi'n fan'no? Ac ers pryd? Ar wyliau? Neu oedd hi'n byw yno'n barhaol?

Syml a diflewyn-ar-dafod oedd byrdwn ei llythyr. Roedd Alexei Alexevich Dashkov wedi ei gadael hi am ryw ddynas arall. Aeth yn ei blaen am baragraff neu ddau i'w gyhuddo fo o fanteisio arni trwy ei blingo o'i phres. Honnodd mai dim ond un waldiad o hunanoldeb fuo ei ymddygiad tuag ati hi o'r cychwyn cyntaf un.

Hunandosturi oedd yn llifo trwy weddill y llythyr; roedd yn crefu ei faddeuant, yn crefu am gymod, yn crefu am gael ei weld o unwaith eto, yn meddwl amdano fo o hyd, yn poeni amdano fo, yn sylweddoli ei chamgymeriad ac ati ac ati a bla bla bla.

Pan oedd Alyosha ar fin taflu'r llythyr i ffwrdd, penderfynodd beidio.

Penderfynodd ei fod o'n mynd i'w hateb hi.

Creadur trist a hunandosturiol oedd Yury ar y gora, yn hel hen surni a chwerwedd o'i gwmpas o ei hun. Doedd o braidd byth yn chwerthin. Falla ei fod o wedi colli'r gallu i chwerthin, a'i unig ymateb i sylw ffraeth oedd dweud 'ha ha' a wnâi iddo swnio'n surach.

Un o'i hoff ymadroddion oedd, 'Hanesydd poen a dioddefaint 'di pob alltud.'

Roedd golwg ddigon nychlyd arno fo'n amal, ei ysgwyddau'n grwm a'i ddwylo wedi eu stwffio i fyny ei ddwy lawas fel petai o hyd yn oed yn rhynnu ar dywydd poeth. Teimlai fel dyn a oedd wedi ei hau ar led gan groeswyntoedd o bob math nes methu gwreiddio'i hun yn unman.

Teimlai Alyosha drosto fo— a theimlo'n gachgi ar yr un pryd.

Flynyddoedd lawer ynghynt, roedd Yury wedi cael ei siomi mewn cariad. Cafodd draffarth i ddygymod ag ing y gollad ac roedd o'n dal i fyw ei boen o hyd, yn yr haf fel y gaeaf, yn y dydd fel y nos, yn tin-droi yn ei unfan ynghanol llifeiriant dinas Paris.

''Sgen ti'm syniad gymaint ro'n i'n 'i charu hi.' Fel agor hen friw, roedd o'n mynnu murddringo'r atgof o hyd ac o hyd. 'Roeddan ni 'di dyweddïo. Dwi'n cofio rhoi'r fodrwy iddi.'

Yn Kiev adeg y Rhyfel Cartref ddigwyddodd y cwbwl.

''Drycha ...'

Tynnodd lun o'i logell.

'Be ti'n feddwl ohoni?' holodd gan wenu ar wynfa rhyw diniweidrwydd. 'Deud yn onast.'

'Tlws iawn.'

''Doedd hi?' Cusanodd Yury'r llun. 'Doedd neb tebyg iddi, nag oedd wir. Nes i'r ffwcin ffycar drewllyd 'ma o Iddew 'i dwyn hi reit o dan 'y nhrwyn i.'

Roedd y galar ar ei hôl yn gryfach na dim byd arall. Ar y pryd, roedd o'n rhedag theatr bypedau yn Kiev efo Tamara Bobrikov, yr hogan wnaeth ei adael o am ddyn arall – rhyw gyw newyddiadurwr o'r enw Stanislav Markovich Feldman. Yn sgil y chwalfa, penderfynodd Yury ymuno â'r Fyddin Wen a mynd i gwffio'r Cochion, a hynny pan oedd ias y gaeaf eisoes yn gyrru'r gwynt. Ceisiodd waredu'r poen a deimlai, gan hannar gobeithio y byddai Tamara Bobrikov yn gweld trwy'r Iddew, y byddai pethau'n newid er gwell, ac y deuai hi yn ei hôl ato fo ryw ddydd.

'Dyna oedd yr unig obaith wnaeth 'y nghynnal i trwy'r gaea hwnnw o fwd a gwaed.'

Ddim brwydro er mwyn Rwsia yn unig yr oedd o, ond brwydro er mwyn ennill Tamara'n ôl. Mynnodd lynu wrth y freuddwyd honno, breuddwyd lle roedd o'n ei weld ei hun yn dychwelyd i Kiev i anadlu llond enaid o awel y gwanwyn.

Awyr bur, yn llawn bywyd.

Ond colli Tamara Bobrikov am byth oedd ei hanas o. Ar waetha bwlch y blynyddoedd, roedd o'n dal i'w charu hi o hyd ac yn dyheu amdani, er nad oedd o wedi clywed siw na miw o'i hanas hi ers blynyddoedd. Y peth gwaetha un, yr hyn oedd yn ei frifo fo yn fwy na dim, oedd iddo fo 'i cholli hi i un o lofruddion Crist Iesu ei Waredwr, un o'r hil a hoeliodd Fab Duw ar y groes.

'Ro'n i'n arfar 'i nabod o,' cyfaddefodd Alyosha.

'Yr Iddew Feldman? Chdi?'

Nodiodd.

'Sut? Pryd?'

Soniodd Alyosha am ei drafferthion ei hun yn Kiev. Wedyn, dywedodd, 'Mi fuo fo'n canlyn hefo Margarita Kozmyevna, 'y nghyfnithar i yn Berlin, am sbelan.'

'Glywis di o'n sôn am Tamara o gwbwl?'

'Naddo, erioed.'

Yn sgil ei cholli tywyllodd calon Yury, difwynwyd ei reswm a drylliwyd ei bwyll. Doedd ryfedd ei fod yn gweiddi cymaint arno'i hun. Tu ôl i ddrws ei stafall, cadwai byped o'r diafol – un a brynodd mewn marchnad agored ym Moscow unwaith. Yn amal iawn, roedd y ddau'n sgrechian ar ei gilydd, nes codi arswyd ar bawb.

Yn y cyfamsar, roedd Alyosha yn dal i ailadrodd pob un gair wrth Superintendent Chenot.

Roedd gwres haf bach Mihangel 1926 wedi ceulo o fewn muriau'r Hôtel de Nantes, a chan fod y stafall mor ddiawel roedd Yury wedi syrthio i syrthni ar gadair bren ger y ffenast agored. Canai aria o *Rigoletto* ar y gramoffôn. Bob hyn a hyn, roedd rhyw druth o leisia'n codi o'r stryd, chwerthin plant o bell ynghyd ag amball chwiban.

'Ti'n ddi-ddeud iawn heno, Alexei Fyodorovitch,' sylwodd Yury.

Sefyll o flaen y drych bach yn eillio'i fochgernau yr oedd Alyosha. Roedd y llythyr a bostiodd at ei fam yn Biarritz wedi ei ddychwelyd ato y bora hwnnw, a'r amlen heb ei hagor. Ar ei chefn mewn inc coch haerodd rheolwr y gwesty fod Madame Dashkov wedi gadael – ond i lle, doedd o ddim callach. Doedd hi chwaith ddim wedi setlo'i bil.

Yng ngoleuni gwelw y lamp garbon fechan, cydymdeimlodd Yury. Oherwydd ei gonsýrn diffuant drosto fo, teimlai Alyosha yn fwy anghysurus fyth: gwaith budur oedd bod yn Jiwdas. Roedd o'n casáu holi Yury am swyddogion y Fyddin Wen, ac yn casáu bradychu ei bobol ei hun – dynion oedd wedi dioddef gwaed a gwewyr y Rhyfel Cartref, dynion oedd wedi colli'r cwbwl ac yn nychu byw mewn alltudiaeth.

'Ydi dy ddogfenna di i gyd mewn trefn?' holodd Alyosha.

''Sgen i'm *permis de séjour* ar y funud, ond dwi'n gobeithio cael un newydd 'di'i stampio at ddiwadd y mis. Ma'r petha 'ma'n cymryd amsar. Pam?'

'Well i chdi drio cael un wedi ei stampio cyn hynny.'

'Alla i'm fforddio un, ddim tan ga' i 'nghyflog.'

'Paid â bod yn dy stafall nos fory 'ta. Aros yn rhwla arall – trwy'r nos.'

Edrychodd Yury'n fwy amheus fyth pan fynnodd ei ffrind, 'Ma'n rhaid inni gadw'n glir o'r lle yma nos Iau.'

Doedd Yury ddim yn wirion. 'Pam? Be ti 'di glywad?'

Teimlai Alyosha yn hollol aflan.

'Ti mewn trwbwl? 'Sdim rhaid i chdi ddeud gair arall. Dwi'n gwbod bo' chdi. Ti mewn rhyw helynt, ma' hynny'n amlwg. Dylad? Dynas? Blacmel? Be?'

Sut oedd atab? Roedd poenau'r byd wedi gyrru Alyosha i ynys o unigrwydd lle roedd o'n methu rhannu ei bryderon hefo neb.

'Y polîs.'

'Be amdanyn nhw?'

'Ma' nhw 'di trio 'nhroi i'n glustia iddyn nhw.'

'Er mwyn achwyn ar bwy?'

Adroddodd yr hanas o'r dechrau i'r diwedd.

'Ti'n chwara gêm beryg bywyd.'

Roedd Alyosha yn sylweddoli hynny yn well na neb.

'Rhaid i chdi 'i miglo hi o 'ma. Rhaid i chdi ffendio rhwla arall i fyw. A chadw'n glir o'r cont Chenot 'ma. 'Dan ni 'di clywad amdano fo'n barod. Hen sliwan mewn mwd ydi o. Basdad slei. Mi 'na'th 'i ora glas i drio'n hudo fi ato fo llynadd, ond ddeudis i wrtho fo lle i fynd.'

Bu curo calad ar ddrysau stafelloedd gwestai'r ardal ar y nos Iau wrth i'r plismyn weithio'n ddiwyd i rwydo ffoaduriaid oedd heb ddogfennau swyddogol. Crwydro'r strydoedd wnaeth Alyosha ac Yury, gan lithro droeon i sawl bar a *café*. Yn y diwadd, budur-gysgodd y ddau ar fainc dan dderwen yn y Jardin du Luxembourg.

Doedd hyn ddim yn fywyd o fath yn y byd.

Roedd yn rhaid i bethau newid.

Daeth Alyosha o hyd i *visa* ar y farchnad ddu – un a gostiodd yn ddrud iawn iddo fo. I dalu amdani, rhaid oedd cael gwaith ar frys, a doedd hynny mo'r peth hawsa'n fyw.

Doedd ond un peth amdani. Penderfynodd dorri i mewn i apartment ei Ewyrth Artyom. Gwyliodd Alyosha y mynd a'r dŵad am rai dyddiau a sylwi mai mynd allan yn y pnawniau i siopa y byddai Zepherine gan amlaf.

Disgwyliodd nes gweld y forwyn yn mynd allan hefo Bibi yn y goets fach am dri.

Dringodd i fyny at un o'r ffenestri cefn. Yn ei wylio draw o gangen y fedwen roedd brân burddu, hefo llygaid melyn a'i phlu yn sgleinio. Malodd y gwydr a chamu i mewn i lofft.

Hon oedd y llofft y bu'n cysgu ynddi pan ddaeth yma o Berlin yng ngwanwyn 1924. Roedd bron iawn i dair blynadd wedi mynd heibio er pan gerddodd trwy'r drws hefo'i siwtces cardbord yn ei law. Ar y pryd, addunedodd na fyddai'n mynd ar gyfyl ei ewyrth. Ond gan nad oedd o'n gynefin â threfn fiwrocrataidd Ffrainc cafodd ei orfodi i fynd ar ei ofyn, er ei fod o'n casáu hynny.

Ac yn casáu Artyom yn waeth fyth.

Edrychiad cam iawn gafodd o gan yr hogan ifanc benfelen, fronnog – edrychiad oedd cystal â gofyn: 'Pwy ddiawl 'di hwn?' Bibi – babi bach tri mis oed, oedd ar ei braich hi.'

'Fy nai i, Alexei Fyodorovitch – Alexei, dyma Zepherine.'

Dim ond dros dro roedd o'n bwriadu lletya hefo nhw, eglurodd Artyom wrth ei gariad.

Cofiodd Alyosha fel y cafodd ei dywys i lawr rhodfa lydan o deils marmor du a gwyn, i mewn i stafall fyw sgwâr hefo nenfwd uchel a siandelîr mawreddog yn hongian yn ei ganol. O dan ei draed roedd carped wedi ei hoelio i'r llawr, a darluniau modern o liwiau amryliw yn hongian ar y muriau. Roedd digonadd o ddewis o gadeiriau yno. Camodd at y *divan* o dan y silffoedd – oedd yn amddifad o lyfrau ac yn hollol wag heblaw am bedair *vase*, a phot crwn â'i lond o rosod – ond penderfynodd anelu am un o'r cadeiriau breichiau pren oedd yn frith trwy'r ystafell. Erbyn hynny, roedd Artyom yn sefyll ger y cwpwrdd derw.

Daeth Zepherine draw a phwyso ei chlun ar erchwyn y *bureau*.

'Campari?' cynigiodd Artyom.

Cofiodd Alyosha ei hun yn ateb: 'I'r dim.'

'Zephie?'

Ei sad-gysidro fo oedd hi o hyd. Wedyn, holodd am faint yn union roedd o'n pasa aros.

'Tan ceith o 'i draed 'dano,' atebodd Artyom.

Roedd hi'n dal i edrach braidd yn biwis wrth i'r tri yfed eu diodydd.

Yng ngŵydd Alyosha, holodd ymhen sbel, 'Ydi hwn yn rwbath i'w 'neud hefo *hi*?'

Hi i Zepherine bob tro oedd Jeanette, gwraig Artyom.

'Na.'

Dysgodd Alyosha yn y fan a'r lle mai tewi oedd galla lle roedd crybwyll Jeanette a Dimitri, mab bach Artyom, yn y cwestiwn. Hogyn chwe blwydd oed oedd Dimitri, ond llac iawn oedd ymwneud y tad a'r mab â'i gilydd. Doedd fiw sôn gair am Jeanette na Dimitri os oedd Zepherine o fewn clyw. Dynas fileinig o genfigennus oedd hi ar y gora.

Doedd y stafall heb newid dim.

Ar ôl malu'r clo ysgafn bu'n sbaena trwy'r *bureau* a chwilota hwnt ac yma gan adael cymaint o lanast ag y gallai yn ei sgil. Taflodd amryw byd o bethau yn un pentwr blêr a gadael cynnwys yr holl gypyrddau, y droriau a'r silffoedd wedi eu sgubo yn dryblith dros y lle. Daeth o hyd i ryw gymaint o gelc – dim llawer, ddim hannar cymaint ag yr oedd o wedi gobeithio'i gael – a stwffiodd y cwbwl i mewn i'w bocedi.

Syllodd ar hen lun o'i fam a'i ewyrth yn blant yn crogi ar y parad.

Daeth o hyd i weithredoedd *villa* roedd Artyom wedi ei phrynu yn 1921. Enw'r *villa* oedd y Manoli Les Pins, ac roedd mewn llecyn i'r gogledd o Nice. Pocedodd y gweithredoedd gan wybod y byddai hynny'n debygol o achosi rhyw helynt rywbryd.

Roedd yn dymuno andwyo'i ewyrth, ei andwyo cymaint ag y gallai am ddwyn Grete o'i fywyd. Fyddai o byth yn maddau iddo fo am hynny.

Camodd allan yn dalog i fyny'r stryd a brasgamu yn ei flaen, heibio i hen sipsi fechan hefo baich o begiau ar ei chefn a'i gwisg yn llarpiau ar y gwynt. Dechreuodd benfeddwi ar ei lwyddiant a theimlai am unwaith fel rhywun oedd wedi gwneud diwrnod gonast o waith.

Cyn-filwr ddaeth o hyd i waith go iawn iddo fo yn y diwadd – dyn a fu'n cwffio yn erbyn y Cochion o dan y Cadfridog Pyotr Wrangel, ond a oedd bellach yn gweithio ar y lein gynhyrchu yn ffatri Renault yn Boulougne-Billancourt. Hwnnw hefyd glywodd fod stafall ar gael mewn bloc o fflatiau yn ardal Passy, yn yr XVI *arrondissement*, heb fod ymhell o'r Place de Costa Rica, y tu ôl i'r Trocadéro.

'Dwi'm yn meddwl bod 'y nhraed i'n drewi cymaint â hynny,' dywedodd ei gyd-letywr, 'ond os ydyn nhw, agor y ffenast.'

Drewi neu beidio, pa ddewis arall oedd ganddo fo?

Roedd yr haul yn cildywynnu wrth i Alyosha gario ei dipyn pac draw i Passy, ei ddadbacio a hongian ei ddillad yn y bwlch yn y wal – ei wardrob. Dododd *Protocol Hynafiaid Seion*, copi roedd Yury wedi ei ddwyn o Lyfrgell y Sorbonne, ar y silff fechan ger y ffenast, nesaf at gyfrol ei dad o gerddi Catwlws. Bellach roedd o'n berchen ar ddau lyfr, yn ogystal â gweithredoedd *villa* ei ewyrth ar gyrion Nice.

Oherwydd bod ei gyd-letywr allan bron bob nos yn gyrru tacsi, ychydig iawn roedd Alyosha'n ei weld o'r cyn-filwr ond roedd hynny'n ei siwtio i'r dim. Ymhen blynyddoedd, cip ar wegil yn diflannu heibio ben y grisia fyddai ei unig atgof ohono fo. Prin y byddai'n gallu cofio'i wyneb o gwbwl.

'Ti'm yn meddwl ei fod o'n eironig bod un o blant y *bourgeoisie* bellach yn broletariat?'

Bob tro roedd Yury yn ei gyfarfod ar ôl shifft yn y ffatri geir yn Bolougne-Billancourt, roedd yn mynnu tynnu ei goes.

'E? Meddwl am y peth o ddifri. Cyn bo hir y chdi a dy debyg fydd y dosbarth gweithiol. Pobol fel chi fydd yn etifeddu'r ddaear yn 'i gwynfyd paradwysaidd yn niwedd hanes hefo H fawr.'

Chwerthin at hurtni'r syniad wnaeth Alyosha.

'Taw â chwerthin. 'Di o'm yn wir?'

Un noson, aeth y ddau i gyfarfod lle roedd yr awdur Ivan Bunin – oedd yn gwisgo siaced sidan wen, hefo crys o'r un lliw a thei cul glas tywyll – a rhai llenorion *émigré* eraill yn darllen eu cerddi a'u straeon byrion. Pwrpas y noson oedd codi pres at elusen i helpu alltudion oedd yn byw mewn cyni ym Mharis. Roedd hi'n noson werth chweil, a'r lle yn weddol lawn. Yn ystod yr egwyl, perfformiwyd consierto Mozart i ddwy ffidil, yn ogystal â darn i driawd gan Schumann, a chantata gan Bach. Cafodd y cerddorion wrandawiad astud.

Ar ôl y darlleniadau swyddogol, dechreuodd pobol slotian a smocio a throi'n bruddglwyfus a'r awydd o hyd ar amryw i fynd frig-frig â'r comiwnyddion a chwalu'r Undeb Sofietaidd. Y rhain oedd y bobol roedd disgwyl i Alyosha fradychu eu cyfrinachau wrth yr heddlu. Teimlai'n falch iawn fod Chenot yn alltud o'i fywyd.

'Alexei Fyodorovitch,' mygodd brest fer iawn ei gwynt wrth glecian ei gyfarchiad. 'Gyfaill annwyl, mab annwyl eich tad,' pesychodd, 'sut mae petha? Ma'n dda gen i daro arna chi fel hyn ...'

Dyn mewn tipyn o oed oedd yr wyneb wedi suro o dan het groen dafad, sbectol arian a mwstás brith. Gwisgai siaced ffwr lwyd a fu unwaith o doriad da, a chariai friffces o ledar du wedi treulio o dan ei gesail.

Yn sydyn, cofiodd Alyosha pwy oedd o. Hwn oedd twrna ei dad am dros ugain mlynedd a mwy 'nôl yn Petrograd.

Ar un adeg bu Yevgeny Kedrin yn aelod blaenllaw o'r Seiri Rhyddion yn Rwsia, a hefyd o blaid y Kadet yn y Duma olaf cyn rhyfel 1914–18. Cofiai Alyosha fo'n glir o'r dyddiau gynt pan oedd o'n arfer dŵad draw i'r tŷ, lle roedd o bob amsar yn gallu ei glywad cyn iddo ei weld oherwydd ei lais main. Llais wedi gwywo'n arw oedd hwnnw bellach.

'Alexei Fyodorovitch, rydan ni'n dau mor lwcus ein bod yn nabod ein gilydd.'

Gafaelodd Yevgeny Kedrin yn ei law a'i gwasgu ato'n dynn. Tawelodd ei lais nes roedd bron yn fudan. Am gael gair preifat roedd o. Pesychodd, a chiliodd y ddau o'r neilltu. Yn y bôn, roedd o isio menthyg pres, ond doedd gan Alyosha ddim i'w fenthyg. Prin roedd ganddo fo ddigon at ei gynhaliaeth ei hun, heb sôn am roi i rywun arall.

Daliodd Yevgeny Kedrin ati i wasgu ei law, ond yn ffurfiol o gymedrol. Roedd o'n edrach yr un ffunud â llygodan fawr. Pan sylweddolodd nad oedd o'n mynd i unman, newidiodd ei gân. Dechreuodd sôn am Rwsia, yn y gobaith y byddai hynny'n meirioli rhyw gymaint ar deimladau Alyosha.

Ond dyn ar goll oedd Yevgeny Kedrin, yn crwydro strydoedd Paris yn ddiamcan o dan ei bwysau, yn berwi yn ei chwerwedd wrth chwilio am ryw ystyr i'w fywyd. Ymdrechu i atgyfnerthu rhywbeth ynddo'i hun oedd o, oherwydd ei fod wedi hen golli ei gymeriad er 1917. Roedd pobol eraill yn sôn amdano fo fel petai o'n ôl-rifyn o ddyn. Soniai Yevgeny yn amal am ddychwelyd ar awelon ei atgofion i stad ei daid yn Turkestan, lle'r arferai dreulio'i hafau pan oedd yn hogyn. Roedd o yn fyw iawn bob amsar i boen ei aflwydd presennol, a'r ffaith ei fod yn newynu ynghanol llawnder, yn methu lle y dylai fod yn llwyddo. Sut oedd posib i ddyn fel fo ddal gafael ar ei urddas mewn dinas estron? Roedd yn cael trafferth i guddio'r ffaith bod rhyw gadernid wedi sleifio o'i ysbryd. Hwnnw oedd yr unig eglurhad dros y ffaith ei fod yn cyhoeddi erthyglau piwis yn y wasg.

Wedi i Yevgeny Kedrin ffarwelio ag Alyosha, soniodd Yury sut y bu iddo dynnu cymdeithas *emigré* Paris gyfan i'w ben y flwyddyn cynt, pan fynnodd ddadlau ar dudalennau'r *Posledniia Novosti* fod Tolstoi wedi dwyn plot ei nofel fawr o waith Lermontov. Atebodd ei gyhuddwyr yn hyderus – a daliodd ei dir. Tynnodd fwy a mwy o bobol i'w ben – a phob un llythyr yn fwy blin na'r llythyr cynt, nes gyrru dynion i gynddaredd o ffraeo.

Yn y diwadd, trefnwyd cyfarfod i drin a thrafod y matar. Safodd Yevgeny Kedrin a siarad yn ymfflamychol o flaen tri chant o bobol, gan lynu fel gelen at ei farn. Dyn hollol ddiwyro oedd o, yn siaradwr cyhoeddus heb ei ail. Er iddo golli'r dydd, teimlai iddo wneud diwrnod da o waith gan fod ei enw bellach ar wefusau pawb.

Doedd Alyosha ddim am aros allan yn hwyr. Ffarweliodd ag Yury, ac er mwyn arbad pres cerddodd bob un cam o'r ffordd yn ôl i Passy.

Gwaith di-liw oedd brwsio milltir a hannar o loriau'r ffatri. Y pleser pennaf oedd cael treulio amsar ynghanol Rwsiaid, cyn-filwyr o fyddin y Barwn Wrangel gan fwyaf. Ond i Alyosha, y pleser uwchlaw pob pleser arall oedd clywed ei famiaith, oedd yn fyw o'i gwmpas ym mhobman. Buan yr aeth y brwsio'n waith dienaid iawn, a gwnaeth ei gŵyn yn amlwg i bawb.

Aeth i swnian at y fforman.

'Mhen rhyw bythefnos, cafodd ddyrchafiad. Sgriwio drysau ceir Renault i'w lle oedd ei waith o ar ôl hynny. Bu'n gweithio ar lein modelau'r 8CV, y 10CV a'r 18CV ymysg Twrciaid, Lwriaid, Georgiaid a Kwrdiaid, a'u barfau cyrliog, meddal yn gwisgo'u twrbanau *polkadot* traddodiadol am eu pennau. Roedd Babel o ieithoedd ar ei glyw, a chwibanu a chaneuon o bob math o'i gwmpas.

Glân ddiflasodd o fewn dim ar y sgriwio diddiwedd a chrefodd am waith arall. Dychwelodd at y fforman, ond gwrandawiad dipyn mwy swta gafodd o y tro yma. Dal ati i sgrwio wnaeth o, yn union fel y diwrnod cynt a'r diwrnod cyn hynny. Doedd ganddo fo ddim cragen i'w chrafu, ac oherwydd hynny doedd ond un peth amdani.

Ar ei ffordd i Passy y noson honno trodd i lawr stryd o dai unffurf, croesi sgwâr a galw heibio i siop ar Rue de Montparnasse. Llithrodd ei fysedd ar hyd y silff wirodydd, a phan nad oedd neb yn sylwi, gwthiodd botel gul o Cognac Salignac i fyny ei lawes.

Ar ôl i'r fforman flasu ei anrheg drannoeth, cafodd Alyosha ei symud i ben y lein lle roedd y ceir yn cael eu lliwio. Yn peintio'r moto-car o'i flaen a thu ôl iddo roedd dau arab o Khuzestani, eu hwynebau'n wag o emosiwn o dan eu hetiau crynion o ffwr gwyn.

Yn eistedd ar stôl fechan, hefo brws bychan yn ei law, roedd y Tywysog Yakov Sergeevich Peshkov – mab neb llai na'r Tywysog Gavril Sergeevich Peshkov gynt.

Doedd Alyosha ac yntau ddim wedi gweld ei gilydd ers y diwrnod pan adawodd y Tywysog y *dacha* yn y Crimea ar gefn ei geffyl yn ystod y Rhyfel Cartref. Yn cyd-farchogaeth ar farch arall hefo Swyddogion y Fyddin Wen roedd ei diwtores Ffrangeg o ddyddiau Petrograd gynt.

Pan benderfynodd Mademoiselle Babin ei adael ar ei ben ei hun, cofiai Alyosha y stwmp gwag a deimlai ym mhwll ei stumog. Mynnodd hi na châi o ddŵad i Petrograd am ei bod hi'n rhy beryglus iddo fentro ar y daith yn ôl.

Cofiodd ei hun yng nghysgod y drws, yn syllu ar eu cefnau'n trotian i lawr y lôn.

Hwnnw oedd y tro ola iddo weld Mademoiselle Babin.

Bu Alyosha ar ei ben ei hun, a hynny am y tro cynta yn ei fywyd, hyd nes y daeth yr hen drempyn hwnnw i'r fei a bu Leo yn cadw cwmni iddo fo – tan iddo wthio drws ei lofft un bora a gweld ei fod wedi marw.

Doedd y Tywysog Yakov Sergeevich Peshkov heb newid dim. Wyneb diflewyn oedd ganddo fo o hyd, ei fochau'n dal yn writgoch lân fel bochau offeiriad ifanc.

Tra oedd y ddau wrth eu gwaith, adroddodd y Tywysog Yakov Sergeevich Peshkov hanes Mademoiselle Babin wrtho fo.

'Roedd hi'n sôn dipyn amdanoch chi ... '

Amser maith yn ôl, arferai Alyosha loywi trwyddo wrth feddwl amdani, ond bellach roedd hi wedi llwydo fymryn yn ei gof.

'Gwraig ifanc addfwyn oedd hi. Mi bwysodd 'i phenderfyniad hi i'ch gadael chi ar ôl yn y *dacha* yn drwm ar ei chydwybod hi. Mi ddeudodd sawl gwaith fod ganddi gywilydd o'r hyn wnaeth hi i chi.'

Ei adael o ar ôl ar ei ben ei hun i fyw o'r llaw i'r genau.

'Sawl tro roedd arni awydd troi pen y march. Serch hynny, y fi wnaeth ei darbwyllo hi mai ffwlbri fyddai hynny, a ninnau wedi mynd mor bell o'r Crimea.'

Roedd ffordd y Tywysog ifanc o siarad yn ffurfiol iawn ac roedd o'n hynod barchus o bawb, waeth befo pwy oeddan nhw – hyd yn oed y rheiny a oedd yn brwsio'r llawr o'i gwmpas o.

Eglurodd sut y dychwelodd ei gatrawd a oedd yn anelu am y gogledd. Y bwriad oedd i'r Fyddin Wen ymosod ar Moscow. Erbyn hynny, roedd Anton Denikin wedi rhoi'r gorau iddi, a'r Barwn Wrangel yn ben, ond fe chwalwyd y Fyddin Wen. Ffoi wnaeth y milwyr er gwaetha ymdrechion y swyddogion i'w hatal nhw. Yn y diwedd ffoi wnaeth y Tywysog Yakov Sergeevich Peshkov a Mademoiselle Babin hefyd, a chael lloches mewn plasty yn y wlad, mewn ardal nad oedd tan hynny wedi blasu gwenwyn Bolsieficiaeth.

Noddfa dros dro oedd hi. O fewn dim, cyrhaeddodd corfflu o filwyr y Fyddin Goch ar gefn eu meirch.

'Dyna pryd wnes i ddechrau ofni'r gwaetha.'

Plasty ar gyrion Horlikva oedd o, ac yn eiddo i fasnachwr cyfoethog o'r enw Ryabinkin. (Ailadroddodd yr enw Ryabinkin fel petai'n dymuno ei roi ar gof a chadw.) Pan gyrhaeddodd y Tywysog Yakov Sergeevich Peshkov a Mademoiselle Babin, cafodd y ddau fwyd a diod, ond gan fod y ffrynt mor agos cytunwyd, er lles y teulu, i losgi ei lifrai a chladdu ei gleddyf. Roedd cosb drom iawn yn wynebu'r rheiny a oedd yn llochesu milwyr Gwynion. Cytunodd pawb ar stori wneud, sef bod y Tywysog a Mademoiselle Babin yn aelodau o'r teulu, ac yn perthyn trwy waed i Ryabinkin.

Pan glywyd twrw curo trwm ar y drws, dechreuodd Mademoiselle Babin grynu. Cydiodd y Tywysog Yakov Sergeevich Peshkov yn ei llaw, a gwyro ati i sibrwd gair neu ddau o gysur yn ei chlust. Ond roedd Ryabinkin eisoes wedi rhoi ei feddwl ar waith. Yn ei farn o, doedd ond un peth amdani.

Dwsin a mwy o filwyr llychlyd, budron oedd yn sefyll yno, yn sgwario sbecian dros ysgwyddau ei gilydd ar y teulu, a oedd wedi hel o gwmpas bwrdd hir. Disgynnodd llygaid milwyr y Cochion ar y wledd o gacennau a chrempogau a danteithion melys o bob math.

Traddododd Ryabinkin araith o groeso, a chymell pawb i ista. 'Waeth inni gydfwynhau bendithion y bwrdd. Dwi'n gwbod y byddwch chi, foneddigion, yn hawlio'r tŷ a'r oll sy ynddo fo ar gyfer y Sofiet, a gaiff ei sefydlu, yn ddi-os yn y cwr yma o'r byd ...'

Nodiodd y milwr cyntaf.

'... a bod y cwbwl oll o'm heiddo i, ar ôl heno, yn eiddo i'r bobol. Os mai eiddo pawb fydd o, dowch i bawb ei fwynhau o.'

Roedd golwg amheus iawn ar wynebau'r milwyr, a phob un yn amau rhyw drap *bourgeois*. Ond pan dywalltwyd y gwydryn cyntaf o fodca i lawr y lôn goch, ac y dechreuodd pawb sgwrsio trwy'i gilydd a chwerthin, bwytawyd ac yfwyd o'i hochor hi.

Dyn doniol iawn oedd Ryabinkin, dynwaredwr tan gamp hefo llwyth o straeon digri ar go a chadw am ryw droeon trwstan, a chafodd pawb eu difyrru. Roedd y milwyr yn eu dyblau. Ar ôl clecio'r fodca i gyd, agorwyd poteli o siampên, ac ar ôl gwagio'r rheiny dechreuwyd dadgorcio poteli gwin, a bu slotian fel na welwyd mo'i debyg. Cafwyd noson fythgofiadwy.

Blÿff oedd y cwbwl. Tra oedd y milwyr yn meddwi'n chwil ulw, bu dau o weision Ryabinkin wrthi'n ddyfal yn cuddio holl aur a diemwntau gwerthfawr y masnachwr mewn cuddfan bren mewn trol gyffredin. Trol ffarm i gario llwythi gwair neu dail oedd hi, a dau geffyl gwedd yn gyfystlys i'w thynnu hi.

Cyn iddi wawrio, a milwyr Lenin yn rhochian yn eu diod, dihangodd y teulu trwy'r drws cefn. Erbyn hynny, roedd pawb wedi newid o'u dillad swel i ddillad gweision a morynion.

'Aethoch chi a Mademoiselle Babin hefo nhw?'

'Mi es i.'

'Be amdani hi?'

'Dyna'r peth ...'

Taenodd y Tywysog ei frws yn ara ar draws drws y moto-car – blaen llyfiad ysgafn, ara, ara. Roedd o'n canolbwyntio'n ddwys.

'Roedd gan Ryabinkin dŷ mawr ym Moscow, ac yng ngwaelodion gardd hwnnw roedd o wedi claddu mwy fyth o aur a gemau. Doedd o ddim am adael Rwsia hebddyn nhw. Doedd o ddim yn gall. Roedd ei wraig yn crefu arno fo i ddŵad hefo'r teulu ar y drol, ond mi wrthododd. Roedd o'n meddwl y galla fo fod yn drech na'r Bolsieficiaid, ond gair arall am dynged dyn ydi egotistiaeth. Dyna oedd y cwbwl. Doedd Mademoiselle Babin ddim am adael Rwsia chwaith ac mi aeth hitha hefyd i Moscow, er mai Petersbwrg, a ddim Moscow oedd pen y daith. Dyna pryd y sylweddolis i mai wedi 'nefnyddio fi i bwrpas arall roedd hi. Mi ddeudodd – mi daerodd – ei bod hi'n dal mewn cariad hefo dyn arall, dyn o'r enw Kozma Mikhailovich Alexandrov.'

Fy ewyrth i, meddyliodd Alyosha. Ewyrth Kozma. Brawd fy nhad. Tad Margarita a Larissa.

Hwnnw oedd y tro ola i'r Tywysog Yakov Sergeevich Peshkov weld Mademoiselle Babin ar dir y byw. Be ddaeth ohoni wedyn? Doedd dim syniad ganddo fo o gwbwl.

Clywodd i'w dad gael ei lofruddio, a'i frawd hefyd yn ddiweddarach, mewn brwydr yn Ufa yn Siberia, er i'w fam a'i chwaer lwyddo i ffoi dros y ffin i Riga, ac o Riga ar long a oedd yn cario teirw i Malmo, ac o Malmo ar fferi i Bremen, ac o Bremen i Berlin, nes diweddu, maes o law, ym Mharis.

Llwyddodd yntau i ffoi dros y ffin i Lemberg, cyn bwrw yn ei flaen i Gorlice, ac wedi ffagio cerddad ym mhob tywydd ar draws gweddillion ymerodraeth Awstria-Hwngari, llwyddodd i gyrraedd dinas Fienna yn un darn. Trên a aeth â fo wedyn bob cam o'r ffordd i Baris.

Ond er iddo fo holi hwnt ac yma, chlywodd y Tywysog Yakov Sergeevich Peshkov 'run gair byth gan neb am y masnachwr Ryabinkin na'r Ffrances ifanc, brydferth, Mademoiselle Babin.

'Roedd Kozma Mikhailovich Alexandrov yn perthyn i mi,' eglurodd Alyosha. 'Fo oedd brawd 'y nhad. Dwi'n ama'n fawr os 'di'n dal ar dir y byw.'

Er iddo fo a'i fam a'i chwaer lwyddo i ddianc, yn anffodus i'r Tywysog Yakov Sergeevich Peshkov gadawyd holl gyfoeth y teulu ar ôl yn Rwsia, a chafodd y cwbwl o'u trysorau, eu lluniau a'u heiddo bydol, ei wladoli er budd y proletariat.

Noson ola leuad, sych oedd hi a lleufer glas a chlir yn llifo i'w stafell lom. Allan ar y stryd, roedd sŵn pesychlyd moto-car yn gwrthod tanio i'w glywed yn glir, nes yn y diwedd dechreuodd Alyosha grensian ei ddannedd mewn rhwystredigaeth. Yn sgil y diffyg, cafodd y moto ei fônhoncio'n ôl a blaen – ond i ddim pwrpas. Cododd rhyw lais meddw ato gan felltithio.

Roedd o'n gorweddian ar ei wely, yn rhy swrth i dynnu amdano. Ceisiodd lonyddu ei feddwl, ond roedd dynion o gwmpas y moto'n mynnu cadw miri. Aeth eiliad heibio. Yna un arall, ac un arall, ac un arall, ac un arall yn tic tocian yn ei glust.

Dechreuodd eu cyfri.

Trodd ar ei ochr a syllu ar y pared.

Ymhen hir a hwyr llwyddwyd i danio'r injan i floddest o leisiau, a'r moto'n chwyrnu ac yn chwyrnu ...

Trodd Alyosha ar wastad ei gefn, cau ei lygaid a cheisio mynd i gysgu, ond bu ar ddi-hun am oriau, yn pendroni am Mademoiselle Babin, a hiraethu am ddyddiau di-boen ei blentyndod gynt ...

Cofiodd bnawn yn Yalta amser maith yn ôl, pan oedd yn gorwedd ar hen hamog o dan gysgod dail y goeden balmwydd. Gwelodd ei hun yn hanner hepian yn y tes, yr hin yn drymaidd a'r byd yn llonydd boeth. Daeth Ivan Kirillich, *chauffeur* ei dad, draw hefo potal o gwrw oer yn ei law, yn ei hyfad ar lwnc, ac yn cynnig dangos iddo fo sut roedd injan moto'n gweithio. Cofiai fân flewiach melyn ei fraich yn sgleinio yn yr haul. Ivan Kirillich y Comisâr wedyn, wrth fedd agored yn Kiev liw nos mewn gwinllan dywyll, ond ...

Cofiodd am Mademoiselle Babin, a'i bronnau'n chwarae mig o dan ei blows. Yn llun ei feddwl, dychmygodd hi'n noethlymun, yn ei gymell ato ... Fflyrtio yn smala fudur yr oedd Ivan Kirillich, ond ei ddiodda fo oedd hi, er mwyn ei hudo i fod yn was bach iddi. Castia oedd y cwbwl. Roedd hi wrth ei bodd yn ei anfon o hwnt ac yma ar wahanol negeseuon – doedd dim byd mwy na hynny yn y peth. Yn ddistaw bach roedd hi'n casáu'r dyn – roedd Alyosha yn weddol siŵr o hynny – ac yn dyheu am iddo fo adael llonydd iddi. Roedd gan Ivan ryw ffordd unigryw o drin geiriau, ffordd a oedd yn cuddio rhyw wenwyn at y byd. Teimladau o ddig a chenfigen fuo gan Alyosha tuag ato fo erioed. Ond roedd yn difaru erbyn hyn na fyddai wedi cymryd y *chauffeur* ar ei air, a mynd ati i ddysgu tipyn am natur injan moto-car.

Roedd Alyosha yn cerddad heibio i glwydi ffatri Renault ar ddiwedd shifft yn mis Ionawr 1927. Ynghanol clepian clocsia pren y gweithwyr cafodd y teimlad annifyr fod rhywun yn ei lygadu. Pan glywodd sŵn gwadnau yn ei ganlyn, prysurodd ei gamre. Gwaith anodd oedd hynny gan fod ei esgid chwith wedi dechra gwisgo'i hun yn dwll. Tynnodd ei gap croen dyfrgi yn dynnach dros ei glustia, cap a gawsai'n anrheg Nadolig gan y Tywysog Yakov Sergeevich Peshkov.

Wrth droi congol stryd, daeth wyneb yn wyneb â dyn mewn côt law, sgarff wlân am ei wddw a het feddal am ei ben. Yr eiliad nesaf, roedd wedi cael ei wthio i gefn moto-car.

Gyrrodd hwnnw i ffwrdd ar wib.

Tri ohonyn nhw oedd o'i gwmpas o – un yn gyrru, un wrth ei ochor a dyn arall yn y cefn.

'Finna'n meddwl mod i 'di dy golli di am byth.'

Daliodd Superintendant Chenot ei gas arian o dan ei drwyn.

'Ti 'di mynd yn ddyn diarth iawn.'

Taniodd sigarét i'r ddau.

'Falla fod Paris yn ddinas fawr i rhywun fel chdi, ond pentra bach iawn ydi o i rywun fel fi.'

Dechreuodd fwrw glaw mân a rhwbiodd y weipars y ffenast flaen.

'Mi 'naethon ni daro bargian ein dau.' Tapiodd Superintendent Chenot ei fraich hefo'i fys wrth syllu arno fo trwy wydr ei asgwrn du. 'Be 'di'r broblam? Pam ti 'di bod yn f'osgoi i?'

''Sgen i'm isio achwyn ar fy mhobol fy hun.'

'Ond ma' rhywun o dy bobol di dy hun 'di bod yn barod iawn i achwyn amdanach chdi. Sut arall ti'n meddwl y dois i i wybod lle i ga'l gafael arna chdi?'

'Pwy fuo'n achwyn?'

'Dyn ifanc sy'n glustia i mi.'

'Pwy?'

'Rhywun sy'n agos iawn atach chdi.'

Llaciodd Superintendent Chenot ei goler a byseddu ei war.

'Rŵan 'ta, os na 'nei di gadw at y fargan, fydd gen i fawr o ddewis ond dy hel di o Ffrainc. I ba wlad fasa chdi'n lecio mynd?'

Roedd Alyosha yn ddyn mewn croglath, a'r weiran yn ei dagu. Y noson honno aeth at y Tywysog Yakov Sergeevich Peshkov a bwrw ei fol.

'Paid â mynd ar gyfyl y ffactri byth eto. Fiw i chdi.'

'Ond be 'na i am bres?'

'Gad i mi holi.'

Addawodd y Tywysog wneud ei orau drosto fo, a bu'n driw i'w air.

Dyna sut y llwyddodd Alyosha i gael gwaith yn amgueddfa'r Louvre.

Ganol Ebrill oedd hi pan sylwodd ar ferch benfelen a syfrdanodd rhyw ias ei groen. Wrth fwrw yn ei flaen, trodd Alyosha fwyfwy i'r Almaeneg gan siarad yn brestlog hyd nes i ryw Ffrancwr godi cwyn a phrotest. Doedd o ddim hyd yn oed wedi sylweddoli ei fod wedi newid iaith.

Roedd o wrthi'n tywys haid o dwristiaid trwy'r galerïau – Almaenwyr, Swediaid a dau gwpwl o'r Iseldiroedd – ac wedi drifftio i mewn i'w cwmni nhw roedd hi, yn rhyw wagsymera yn y cefn, fel na chafodd o siawns i dorri gair hefo hi.

Sylwodd arni yr un fath.

Merch benfelen, gwyn ei chroen a theg ei gwedd.

Hyd yn oed ar ôl iddo orffen traethu ynglŷn â sut roedd natur celfyddyd yn dyfnhau llawenydd pobol o fywyd yn wyneb treigl anorfod amser sy'n cipio'r cwbwl i ffwrdd, a hyd yn oed ar ôl iddo fo ddymuno'n dda i bawb, roedd rhyw lolyn o Strömstund yn mynnu gwerth ei bres, yn loetran er mwyn holi rhyw fân gwestiynau dibwys am y peth yma a'r peth arall. Wedyn, dechreuodd holi am y ffordd hwylusaf i gyrraedd lle bynnag oedd nesa ar ei daith.

Gyntad ag y gallodd o, bachodd Alyosha ar ei gyfla i fynnu gair hefo hi, ond roedd omnibws arall wedi dadlwytho haid newydd o dwristiaid, a'r rheiny eisoes yn disgwyl amdano fo.

Ei gwallt hi dynnodd ei sylw fo cyn dim byd arall: gwallt mor felyngry â blodau'r eithin. Wedyn, ei llygaid hi.

Teimlodd ryw gryndod yn torri trwy ei gorff: fel petai o'n sydyn yn sefyll o dan genlli oer y gaeaf. Ofn ei cholli hi oedd arno fo. Roedd ganddo fo gymaint o ofn i hynny ddigwydd: ofn iddi ddiflannu ar draws sgwariau Paris ac na fyddai o'n ei gweld hi byth eto.

Fel petai hi wedi rhedeg blaen ei bys ar hyd ei boen, a'i nabod i'r bôn, holodd hi pryd roedd y drysau'n cau, gan ddweud y byddai'n aros amdano y tu allan.

'Yma fydda i,' dywedodd Alyosha.

'Yma fydda inna hefyd,' atebodd hi.

Cyn iddi ddiflannu o'i golwg, holodd am ei henw.

'Ludwika.'

Ludwika.

Taflodd gip ar y cloc.

Ludwika.

Sut y treuliodd y ddwy awr nesaf, doedd dim math o go ganddo fo.

Ludwika.

Cofiai glywed ei hun yn siarad fel melin bupur, yn siarad bymtheg y dwsin, yn siarad er mwyn siarad, yn rwdlian yn y gobaith o dreulio'r amsar yn gynt. Ac amsar yn chwerthin am ei ben o. Roedd o wedi ei ddal mewn gwe o wahanol emosiynau, a phob un eiliad yn ei wawdio.

Ludwika.

Roedd ei feddwl yn drwm ond ysgafn oedd ei ysbryd – yn ysgafnach nag y bu ers hydoedd.

Ludwika.

Ym mhob llun, gwelai ei hwyneb o flaen ei lygaid. Wrth rowndio'i fysedd dros glun ambell gerflun, teimlai ryw ias ryfeddol yn rhedeg ar hyd ei groen. Teimlai awydd sydyn i sgipio. Gwelai siâp ei phen, troad ei gwddw, pont ei gwar, ei gwallt eurfelyn, hir. Ar ei hwyneb roedd rhyw olwg ddwys, er bod ganddi rhyw hanner gwên barhaus ar ei gwefus hefyd.

Gwyn oedd ei gwisg, a main ei chorff; ei gwasg yn feinach fyth a'i choesau'n hir. Roedd o eisoes wedi penderfynu y byddai'r wep galetaf yn toddi'n wên os deuai hi o fewn hyd braich iddi.

Pan welodd Alyosha hi, cafodd drafferth rhoi dau air at ei gilydd: roedd ei geg yn grimp, a'i feddwl yn slwj. Roedd o isio'i hyfed hi, isio'i gwasgu hi ato fo, ei chyffwrdd a'i chusanu hi. Roedd o isio pob un dim yr un pryd – a mwy.

'Ddim Ffrancwr wyt ti?'

'Mwy na chditha?'

'Na.'

'Na, o'n i'n ama.'

'Na,' dywedodd Ludwika wedyn hefo rhyw sbonc falchder sydyn.

Sylwodd Alyosha ar y blew mân-golau ar ei gwar. Methodd fagu digon o eiriau i ffurfio brawddeg – a gwenodd.

Tan wenu, holodd hitha, 'Ddim Berliner wyt ti chwaith?'

'Na.'

'Er bod gin ti chwip o acen.'

'Byw yn Berlin am sbel ddysgodd honno i mi.'

'O'n i'n ama ... Rwsiad?'

'Am 'y mhechoda.'

'Dach chi'r Rwsiaid ddim yn ddrwg i gyd.'

'Mwy na dach chi'r Pwyliaid.'

Ar fainc yng Ngardd Tuileries steddodd y ddau i siarad, ac aros yno trwy'r min nos. Lledodd y gwyll o'u cwmpas nhw heb i'r naill na'r llall sylwi.

Ling-di-longian i lawr at yr afon wnaethon nhw wedyn, a phwyso ar y wal a oedd yn dal yn gynnes wedi gwres y dydd a syllu ar ddau bysgotwr yn ista ar stolion bach islaw, mor llonydd â dau gerflun.

Wythnos ynghynt, ar brynhawn Gwener ola'r mis, cawsai Alyosha ei gyflog. Teimlai y dylai fynd â Ludwika allan am bryd o fwyd. Yn y Rue de la Cité roedd bwyty bychan, lle roedd y Tywysog Yakov Sergeevich Peshkov yn ei ailenwi ei hun bob nos yn weinydd byrddau, ar ôl bod yn peintio moto-ceir yn y ffatri Renault trwy'r dydd. Diffyg pres oedd ei unig reswm dros gynnal dwy job.

Gŵr priod oedd y Tywysog Yakov Sergeevich Peshkov, ond ei fod o a'i wraig yn byw ar wahân ers dros flwyddyn. Cofiai Alyosha ei chyfarfod hi unwaith – gwraig aristocrataidd hefo cwlwm o wallt gorddu ar ei phen a llygaid llwyd a'r rheiny wastad wedi gwlitho. Amdani roedd côt ffwr, un a welodd ddyddia gwell, a gwregys llydan am ei chanol – roedd hi'n feichiog ar y pryd. Llais distaw, braidd yn gysglyd, oedd ganddi, fel rhywun â'i bryd ar huno'n rhwla rhag poenau'r byd.

Erbyn hyn, roedd gan y Tywysog bump o blant i'w magu a'r cwbwl yn bwyta, yn byw ac yn cysgu mewn apartment cyfyng unllofft yn ardal Bois de Verrières, un o gonglau budron Paris. Ar ben pob dim, roedd rhyw nam meddwl ar y cyw melyn ola. Pitw iawn oedd ei gyflog yn y *restaurant*, ac roedd yn dibynnu ar gildwrn twristiaid i wneud yn iawn am y diffyg. Pitw iawn oedd cyflog Alyosha yn y Louvre hefyd ac roedd ynta'n dibynnu ar bob rhodd. Dyna pam roedd o mor ddiolchgar i'r Tywysog Yakov Sergeevich Peshkov am docio rhywfaint ar y bil y noson honno.

Trefnodd Alyosha i gyfarfod â Ludwika drannoeth. Cododd yn gynnar pan oedd clychau'r eglwys yn canu i gyhoeddi ei bod hi'n ddiwrnod cynta'r wythnos. Wedi gaeaf maith, roedd y gwanwyn wedi rhidio rhyw ffresni gloyw yng ngwynt y ddinas. Roedd y coed yn blaguro, y perthi'n blodeuo a'r gerddi'n llawn blodau. Ynghanol yr irddail a'r eirlysiau o flaen y Notre Dame, teimlai Alyosha fel rhywun wedi ei aileni, ac roedd o yno ymhell cyn yr amsar roeddan nhw wedi trefnu i gadw oed.

Ista ar fainc o garreg wnaeth o, yn gwylio'r adar – gwylanod tewion yn bochio'n hy yng nghanol heidiau o fân adar – a'r tyrfaoedd yn dechra magu o flaen yr eglwys gadeiriol.

Roedd o'n hannar disgwyl iddi edrach yn wahanol yng ngolau dydd i'r hyn oedd hi liw nos, ond pan welodd o hi'n dod o bell, yr unig wahaniaeth oedd fod ei gwallt wedi ei glymu i fyny. Cardigan a blows las-gola hefo sbotiau cochion oedd amdani, sgert werdd a sgidia uchal brown. Doedd dim math o rwysg yn agos ati. Hogan syml a dirodres oedd hi. Daeth y ddau wyneb yn wyneb a bu rhyw eiliadau o swildod cyn i hwnnw doddi a diflannu o fewn dim.

'Be 'nawn ni?'

'Be leciach chdi 'neud?'

Plethodd ei gwefus ucha dros yr isa. ''Mots gen i – deud ti.'

'Be bynnag ti isio ...'

Ar ben twr y Notre Dame, safodd y ddau i orffwyso ar ôl dringo i fyny'r grisiau tywyll. Tynnodd Alyosha hi ato trwy roi ei fraich amdani. Wrth syllu allan, teimlai fel ymwelydd ynghanol y clwstwr o Americanwyr a oedd yn siarad yn uchel o'u cwmpas nhw. Draw i'r gogledd roedd y Marais yn swatio heibio i'r Tour Saint-Jaques. I'r de, roedd yr ardaloedd rhwng y Rue de Bièvre a'r Boulevard St Michel, a dau dŵr pigfain St Clotilde yn codi yn y pellter. Toeau llwydion Les Halles. Rue Saint-Honoré. Tŵr Eiffel a Basilica du Sacré Coeur yn codi draw ar uchelderau Montmartre.

Cusanodd y ddau.

Teimlai Alyosha mor ysgafn â mis Mai ei hun, fel petai o wedi adfywio ar ôl hirlwm oer y gaeaf a'i wynt traed y meirw fu'n deifio ei ddedwyddwch.

Treuliodd y ddau weddill y diwrnod yn crwydro. Daeth yn amlwg o fewn dim fod Ludwika yn nabod y ddinas yn dda. Ei hoff le oedd y Café de la Paix. Ista tu allan wnaeth y ddau, yn rhannu cyfrinachau a chlosio wrth wneud hwyl am bennau pobol o'u cwmpas nhw – chwerthin yn llawn smaldod, yn chwerthin am ddim byd, chwerthin am eu bod nhw'n hapus. A chusanu. Dal dwylo hefyd, eu tafodau'n ddiatal, eu hysbryd yn rhydd. Mor galon-agored oedd hi. A chusanu eto, cusanu mwy wrth ddŵad i nabod ei gilydd yn well.

Erbyn y min nos, roedd Alyosha dros ei ben a'i glustia mewn cariad.

Byddai'n dal i gyfarfod â'i hen ffrind Yury Kashivin bob hyn a hyn, pan oedd o'n gallu, a hynny yn y Café du Musée-de-Cluny ar gornel Boulevard St Germain, lle roedd 'na wastad sgentiad go lew o lyshiwrs yn pwyso ar y bar sinc, a hen farman digon castiog o'r enw Bobo X yn gweini arnyn nhw. Ers iddo gyfarfod â Ludwika, aeth y cyfarfodydd yn llai ac yn llai.

Roedd yr wybren newydd ollwng cawod feddal dros wyneb y stryd. Pan gamodd ei gyfaill gwlyb i mewn, synhwyrodd Alyosha ar ei union fod rhywbeth o'i le. Roedd rhyw newid yn ei osgo, fel petai Yury yn ddim ond cysgod o'r hyn o'r hyn a fu. Roedd o hyd yn oed yn deneuach nag arfer, yn ddim byd ond cengal main o groen ac asgwrn. Cerddai'n ara deg, fel petai o'n cael trafferth i symud un droed heibio'r llall.

Tynnodd fodrwy ddyweddïo o bocad ei wasgod. Wedyn, aeth i'r boced arall, a byseddu modrwy briodas allan i olau dydd. Gosododd y ddwy ar y bar.

'Dwi am i chdi fod yn was imi.'

Ei wan-goelio fo wnaeth Alyosha. Oedd o'n meddwl priodi? O ddifri? Hefo pwy? Hyd yma, chafodd o erioed awgrym fod hynny ar fin digwydd.

'Chdi 'di'r unig ffrind s'gen i yn y byd,' sibrydodd Yury yn isel. 'Chdi 'di'r unig un alla i 'i drystio,' pwysleisiodd, a'i lais yn teneuo.

Wrth ei ben-glin roedd rhyw gi llygadlon wedi dŵad i mewn i chwilio am fwytha; ysgydwodd ei flew llaith wrth lyfu llaw Yury hefo'i dafod, oedd yn drewi o ogla cig marw. Yng nghlust y ci roedd dwy drogan goch a'r rheiny'n dew o waed ac ar fin disgyn.

'Be am Fedot? Pam 'nei di'm gofyn iddo fo?'

Llygadodd Yury o'n fain. 'Gofyn iddo fo? I ryw ddili-do hefo un fraich?' Craffodd i fyw llygaid Alyosha, craffu hyd at gyrion ei galon.

'Ar ddiwrnod pwysica 'mywyd i?' Edrychodd drosto fo'n chwerw, yn union fel petai Alyosha ddim yn hollol gall. 'Ti o ddifri?'

Cwestiwn nesa Alyosha oedd, 'Pwy ydi'r ferch lwcus?'

'Paid ti â meiddio sôn gair wrth neb.' Gwisgodd wên siriol ei wyneb, 'Ddim hyd yn oed wrth Ludwika. Ti'n addo imi?'

'Addo.'

Trodd Yury ei lygaid yma ac acw wrth sibrwd yn wyliadwrus, 'Dydi hi'm yn gwbod eto.'

Er mwyn osgoi siomedigaeth a chwerwedd, doedd hi'm yn syniad gofyn i'r ferch oedd hi'n fodlon derbyn ei gynnig yn gynta, awgrymodd Alyosha.

Doedd hi ddim yn mynd i wrthod: roedd Yury'n weddol saff o hynny. Mawredd hon oedd ei bod hi'n ferch oedd yn nabod ei hun yn dda. Bai'r rhan fwyaf o ferched oedd eu bod nhw'n treulio'u bywydau'n twyllo'u hunain ynglŷn â phwy oeddan nhw. Yng nghanol aflawenwch ei fywyd, roedd yn argyhoeddedig fod hon yn mynd i fod yn wraig driw iawn iddo fo am byth.

'Y ffyddlona geith unrhyw ddyn ...'

Tyfodd rhyw dynerwch gwylaidd trwy ei leferydd. Yn wahanol i Tamara Bobrikov a aeth i ganlyn Iddew sglyfaethus yn ei gefn o, doedd hon byth bythoedd yn mynd i wneud tro gwael hefo fo. Doedd hi ddim yn mynd i redag i ffwrdd hefo rhyw fochyn a thorri ei galon o'n glwy. Roedd Yury am i Alyosha ddŵad hefo fo er mwyn ei glywed yn gofyn iddi am ei llaw.

'Fyddai hi'm yn well i chdi 'neud hyn ar dy ben dy hun?'

'Fydd hi wrth 'i bodd yn dy weld di.'

Doedd Alyosha ddim mor siŵr.

'Ty'd yn dy flaen. 'Sdim isio i chdi boeni dim. Ma' hi'n gwbod amdana chdi. Dwi 'di sôn cymaint amdanon ni'n dau wrthi'n barod. Ma' hi'n gwbod y cwbwl o dy hanas di. Y da a'r drwg i gyd.'

'Dwi'm yn siŵr os 'di hyn yn beth call, Yury Kashivin.'

'Dyma'r peth calla 'nei di yn dy fywyd, Alexei Fyodorovitch.'

Cyrhaeddodd y ddau byrth eglwys Sant-Germain-des-Prés trwy'r pyllau glaw. Roedd Alyosha ar fin camu heibio pan welodd ei ffrind yn camu'n dalog i mewn, fel dyn yn gosod gwaelod cadarn o dan ei benderfyniad.

Pan ddaeth at yr allor, mynnodd Yury fod Alyosha yn penlinio o dan y ffenestri lliwgar. Gwnaeth ynta 'run fath. Tynnodd y fodrwy ddyweddïo o'i boced a'i dodi ar y ddaear o'i flaen. Plethodd ei fysedd at ei gilydd, eu gosod yn dyner mewn ystum pader o dan ei ên, a gofyn yn wylaidd i'r Forwyn Fair ei dderbyn mewn glân briodas.

Dinas yn rhodio yn yr heulwen oedd hi bellach, a'i gerddi'n gân i gyd. Peth hyfryd oedd ogla cawod felys o law mân mis Mai. Ogla gwahanol oedd i Baris yn yr haf, ogla clympia o faw ceffyl sych a rhosod.

Closiodd y ddau'n agosach fyth wrth dreulio bron bob eiliad yng nghwmni ei gilydd. Gweddnewidiodd Ludwika Baris yng ngolwg Alyosha, nes i'r ddinas ymddangos fel ail Eden pan ddaeth mis Mehefin i'r fei. Cafodd ei demtio fwy nag unwaith i roi'r gorau i'w waith yn y Louvre, ond Ludwika – neu Ludwisia, neu Wisia, fel roedd o'n ei galw hi'n annwyl – ddarbwyllodd o i ddal ati.

'Os rhoi di'r ffidil yn y to, be 'nei di wedyn? Mynd 'nôl i waith ffactri?'

'Alla i'm gneud hynny. 'Sdim byd gwaeth.'

Soniodd o'r un gair wrthi am Superintendent Chenot.

Codai gopi o'r *L'Echo de Paris* bob dydd er mwyn gweld be oedd ar gael. Doedd dim llawer, a llai fyth o waith a oedd wir yn apelio ato fo. Wisia welodd yr hysbyseb fechan yn *Le Matin*.

Aeth Alyosha draw ar ei union i'r Rue des Petites Ecuries, lle cafodd gyfweliad ar gyfer gwaith mewn ciosg cyfnewid pres tramor – ond heb fawr o lwc.

Rhyw fora Sadwrn tua diwadd y mis, digwydd cerdded i fyny'r Rue de Rivoli yr oedd y ddau pan welodd Wisia hysbyseb yn ffenast siop Galigani. Rhyw awran yn rhy hwyr oedd o. Newydd gynnig gwaith i hogyn ifanc – plentyn i bob pwrpas – oedd y llyfrwerthwr a heb dynnu'r hysbyseb i lawr. Teimlai Alyosha yn anghredadwy o fileinig tuag at yr hogyn, a oedd wrthi'n lapio papur llwyd yn daclus o gwmpas llyfr i wraig a safai wrth y cownter.

Yn swyddfa deithio Thomas Cook yr oedd ei ymdrech nesa. Ymffrostiodd yn ei wybodaeth trwy honni ei fod yn fab i ŵr a fu ar un adag yn gyfrifol am dynged economi Rwsia. Honnodd ei fod yn abal i weithio oria hirion ar ei draed heb deimlo blindar. Roedd ateb y rheolwr wyneb rhychiog yn ddiflewyn-ar-dafod. Chwilio am ferch i'w chyflogi roedd o, a hynny am y rheswm syml y gallai dalu llai iddi.

Doedd gwraig y Taverne des Brasseries Dumesnil Frères, ar Boulevard du Montparnasse, ddim yn lecio'i olwg o. Gwraig gloff ar fagl oedd hi, ac un goes yn llawar byrrach na'r llall.

'Dwi 'di gorfod diodda mwy na digon o 'ffernols di-ddim dros y blynyddoedd ...'

I gyfeiliant chwanag o eiriau sarrug, cafodd ei yrru dros y rhiniog. Oedd o isio gweithio i rywun fel'na? Clywodd wedyn fod ei gŵr hi wedi rhedag i ffwrdd hefo un o'r genod gweini, a bod hwnnw bellach yn gyrru o gwmpas Paris mewn moto-lorri, yn danfon blocia rhew mewn hen sachau i wahanol westai hwnt ac yma.

Chafodd o ddim gwell hwyl arni mewn tri bar arall chwaith. Rhyw addewidion ffalsi-ffalsiach na'i gilydd oedd ganddyn nhw bron i gyd, hefo'u 'galwa eto 'mhen rhyw fis i weld be allwn ni gynnig i chdi.' Teimlodd fod llanw ei obeithion yn dechra mynd ar drai. Y peth dwytha roedd am ei wneud oedd mynd ar ofyn ei Ewyrth Artyom am ddim byd. Doedd o ddim yn mynd i fegera pres gan ddyn a wnaeth gymaint o gam ag o. Ond os na ddeuai rhyw dro gwell ar fyd, efallai na fyddai fawr o ddewis ganddo ond mynd ar ei ofyn. Doedd petha heb ddŵad i hynny eto, diolch byth. Ddim o bell ffordd, cysurodd ei hun. Doedd o ddim wedi disgyn i'r gwaelodion eitha un – ddim eto, beth bynnag. Roedd ganddo fo ei waith yn y Louvre. Ond yn bwysicach na dim, roedd ganddo fo Wisia – ac roedd ei gwên yn gariad i gyd.

Roedd hi'n hanu o hen waedoliaeth aristocrataidd, ei theulu yn berchen ar stadau mawrion yng nghyffiniau Lvov. Dyn agos iawn at Marshsal Józef Pilsudski oedd ei thad, gwleidydd amlwg yn Warsaw, ac achos Gwlad Pwyl yn agos iawn at ei galon o.

Soniai Ludwika yn amal wrtho fo am wahanol arferion ei hardal. Disgrifiodd sut roedd plant bychain y pentre agosaf at ei stad wedi chwarae am dros ganrif a mwy o dan ganghennau hen goeden cnau Ffrengig ar ganol y sgwâr, yn yr union fan lle'r arferai dyn o Zagreb dywys arth ddof ar raff er mwyn i bawb fwynhau ei gweld yn dawnsio a mynd trwy'i champau. Taflu pres i het oedd dyletswydd y pentrefwyr, ac ar ôl diolch i bawb byddai'r arth a'r dyn yn cilio i lawr y lôn am flwyddyn arall.

Yn hwyr un pnawn, aeth Alyosha â hi i'r eglwys fechan a oedd nesa at ysbyty'r Maison de Santé Velpeau. Pan gamodd y ddau i mewn roedd y lle'n wag, ar wahân i un hen wraig mewn du yn penlinio wrth reilin yr allor. Yn hongian yn ddisymud dros y meini roedd arogldarth, ac ogla hen damprwydd y canrifoedd wedi mwydo rhwng y muriau. Ger yr allor nesa at Iesu a'r Forwyn Fair, mewn gwisg o efydd gwelw, safai cerflun o Jeanne d'Arc.

Dyna pryd y soniodd Alyosha wrthi am ei gyfaill Yury, a oedd bellach dan glo yn ysbyty meddwl Maison Blanc gerllaw.

'Oes gobaith ddaw o allan?'

'Dwi'n ama hynny'n fawr.'

'Be yrrodd o dros y dibyn?'

'Hiraeth.'

Yn ei chwmni hi y dysgodd Alyosha mai calon pob sgwrs go iawn oedd cydymdeimlad. Ar ei hail flwyddyn yn y Sorbonne yn dilyn cwrs athroniaeth a cherddoriaeth yr oedd Ludwika. Roedd ganddi wybodaeth am faterion oedd yn hollol newydd iddo fo. Doedd dim byd yn rhoi mwy o bleser iddi na rhannu ei llyfrau a'u trin a'u trafod. Lletya yn y Quartier Latin yr oedd hi, ond roedd gan Wisia hebogyn pen grisiau o landlordyn a oedd yn cadw llygad ar fynd a dŵad ei denantiaid. Rhythu ar ddirgelion ei gymdogion oedd ei ddiléit pennaf fo, ac roedd o'n amal yn clustfeinio yn nhwll y clo, yn gwrando'n slei bach yng nghil ffenestri liw nos, a hyd yn oed yn mynd mor bell ag agor eu llythyrau er mwyn cael sbecian yn ddyfnach i'w cyfrinachau. Roedd hi'n haws o'r hannar i'r ddau dreulio'r nos yn cysgu yn Passy.

Teimlai Alyosha gywilydd o'i stafall lom, a chredai fod Wisia yn haeddu gwell na'r moelni di-raen. Am beth amsar, bu'n gyndyn o ddangos ei hofal iddi. Dim ond ar ôl iddi hi bwyso a mynnu (a thynnu ei goes ei fod o'n cuddio rhyw hogan arall yno) y cytunodd i adael iddi hi alw heibio. Doedd Wisia ddim i'w gweld yn malio botwm corn am y muriau llwm a'r llawr moel: yn wir, i'r gwrthwyneb, roedd hi wrth ei bodd. Dim ond melysu rhamant eu perthynas yn fwy fyth wnâi cysgu ar fatras denau pan oedd ei gyd-letywr allan yn gyrru ei dacsi.

Daeth y ddau'n agos iawn. Dechreuodd Wisia ddysgu caneuon ei phlentyndod iddo fo. 'Pije Kuba di Jacob' oedd y gynta a'r ail un oedd 'Wilia naszych strumieni rodzica', am afon Wilia yn geni dyfroedd afonydd eraill – symbol o ymdrechion Gwlad Pwyl i'w geni ei hun o'r newydd ar ôl byw dan ormes Rwsia. Soniodd un noson sut y cafodd ei thaid ei yrru mewn cadwyni i Siberia yn sgil methiant gwrthryfel 1863. Cân werin dlos oedd y 'Seren Fechan' – 'O gwiazdecko' – a chân leddf iawn oedd 'Kujawiak' – hoff gân Wisia, cân o hiraeth am ei hen fro.

Ymfalchïai yn rhyddid Gwlad Pwyl yn sgil rhyfel 1914–18 ac roedd yn llawdrwm iawn ar Rwsia ac Awstria-Hwngari am gadw'r wlad dan draed am gynifer o flynyddoedd. Gwersyll sipsiwn o ymerodraeth oedd Awstria-Hwngari Franz Joseph, un a oedd wedi gorfodi pob math o genhedloedd i'w chorlan imperialaidd, a'r rheiny benben â'i gilydd, heb ddim lle i droi ac yn ysu am dorri'n rhydd trwy'r gwtar gul ym môn y mur. Doedd ryfedd fod canol Ewrop mor ferw aflonydd o bobol oedd yn gorfod byw yn biwis yng ngwynt ei gilydd.

Crwydro'r strydoedd a'r sgwariau oedd pleser y ddau, troedio ar hyd glannau camlesi, ac oedi ar amball gei. Roedd Alyosha fel petai o'n gweld Paris o'r newydd trwy ei llygaid hi, a hithau hefyd yn gweld y ddinas trwy ei brofiad o.

Paris oedd eu profiad ar y cyd. Fel mwyniant mewn tawelwch ar ôl sgwrsio'n hir.

Mynnai Wisia na ddylai Alyosha esgeuluso 'run manylyn wrth sôn wrthi amdano'i hun. Dymunai wybod y cwbwl oedd i'w wybod amdano fo. Doedd y peth lleia un ddim yn rhy ddibwys ganddi o gwbwl. Ei adnabod hyd at graidd ei enaid oedd y nod.

Tyrchodd Alyosha trwy'i atgofion, a'r rheiny'n gymysgfa o bleser a phoen.

Un o'r atgofion cyntaf erioed oedd teithio ar drên o Simferopol i Sebastopol. Hogyn bach chwech neu saith oed oedd o ar y pryd. Cofiai ddeffro a syllu allan ychydig cyn y wawr pan oedd wedi cynhyrfu gormod i gysgu ac wedi codi'n gynnar rhag iddo golli dim. Cofiai deimlo haul y bora'n cynhesu croen ei wyneb a'r arogleuon gwahanol, a natur wedi crasu a chrino drwyddi draw. Cofiai'r trên yn dŵad i stop, ac awelon o'r mynyddoedd yn stwyrian dail y coed gan godi eu brigau dros y platfform mewn cyfarchiad. Treuliodd ei deulu ddiwrnod mewn tref lle roedd gwyntoedd poethion y canrifoedd wedi cam-drin ei strydoedd yn ddidrugaredd. Dyna pam roedd cymaint o ffynhonnau'n tasgu ar ei sgwariau ac allan o furiau cul ei heolydd. Byw yng nghysgod miwsig dŵr yn tywallt oedd pleser pennaf pawb.

Cofiai fwyta cinio hefo'i fam a'i dad allan ar y feranda – un wydr, henffasiwn, braidd yn glòs – er bod y ffenestri led y pen ar agor bron bob un, a chanopi golau o dan y to. Feranda ar gefn *café* swnllyd oedd hi, a'r olygfa islaw o ddyffryn o gerrig tywod melyn dan doreth o lwyni drain duon trwchus. Filltiroedd ymhellach i lawr lôn y dyffryn hwnnw roedd dinas a oedd yn enwog am ei hogofâu, a'i channoedd ar gannoedd o ffenestri bach tywyll wedi eu naddu rywdro o wyneb y graig yn ystod yr oesau maith a fu, pan oedd gwareiddiad gwahanol o bobol yn byw ar gyrion y Môr Du. Parodd bywyd dirgel plant bach yr ogofâu i Alyosha gnoi cil ar natur y ddinas am flynyddoedd lawar. Treuliodd hi'n ei ddychmyg. Roedd yn amal yn dychmygu ei hun yn byw a bod yno, ac yn chwarae ynddi. Tynnodd luniau ohoni. Dymunodd lawer tro gael mynd yno ar ei wyliau, er na fuo fo erioed ar gyfyl y lle. Dinas y dychymyg fyddai hi iddo fo am byth.

'Ei di â fi yno ryw ddydd?'

'Taswn i'n gallu mynd 'nôl i Rwsia.'

Gobaith pell oedd hwnnw.

'Byth?'

'Go brin.'

I Wisia, roedd y syniad o beidio â mynd yn ôl i wlad ei mebyd yn un hollol ddiddeall.

'Peth digon chwithig 'di'n bywyda ni 'di bod ar ôl y Chwyldro.'

Sylwodd ar y diniweidrwydd yn ei llygaid hi; diniweidrwydd, meddyliodd, oedd prif angor ei chymeriad. Hynny, a phrydferthwch.

'Dwi'n siŵr ddaw 'na gyfla inni fynd 'nôl rywbryd.'

'Ddim a phetha fel ma' nhw draw yno ar hyn o bryd.'

'Biti.'

'Oni bai fod y drefn yn newid.'

Rhoddodd ei ddwy law i orwedd ar ei hysgwyddau hi – a synnu mor boeth oeddan nhw.

'Rho sws imi.'

Cusanodd y ddau yn hir.

Ysai hi am glywed mwy o'i hanas o er mwyn turio'n ddyfnach i'w hanfod. Roedd hi'n mynnu gosod ei chwyddwydr uwchben manylion a oedd yn ymddangos yn rhai hollol ddibwys iddo fo. Trysoryn gwerthfawr oedd pob manylyn iddi, i'w loffa yng nghist ei chof.

Bu'n ei holi'n fanwl am y forwyn, Aisha. Be welodd o ynddi? Pam oedd o'n meddwl ei fod o'n ei charu hi? *Oedd* o'n ei charu hi? Ai hi oedd ei brofiad rhywiol cynta fo? Neu a oedd rhywun cyn hynny, ond ei fod o'n gwrthod dweud wrthi?

'Hi oedd y gynta ...'

Gorfodwyd Alyosha i atgyfodi mwy o mwy ohono'i hun yn hogyn ifanc yn sgil ei holi di-baid. Synnai ei fod yn cofio cymaint – yn enwedig yr hafau a'r gwyliau yn ne Rwsia gynt, lle roedd trwyn o dir yn taflu ei hun i'r môr, ac mewn cilan yn ei gysgod angorai cychod hwylio o bob math. Cofiai long drimast yn tynnu i mewn i'r harbwr un min nos, a machlud lliwiau'r haul yn llond ei hwyliau. Arferai'r Môr Du ddringo hyd at riniog dinas Yalta. Cofiai ei thramiau, a'u deciau to agorad, a'r llongau rhyfel rheiny fyddai gan amlaf yn torheulo yn y gwres allan yn y bae fel haid o forfilod tewion.

'Leciwn i fynd hefo chdi i Yalta,' dywedodd hi.

'A fi hefo chdi – yn fwy na dim yn byd i gyd.'

Soniodd wrthi am y nosweithiau; wrth gerdded strydoedd Yalta gallai glywed darnau o sgyrsiau o'r tu mewn i'r tai pan oedd y ffenestri a'r drysau led y pen ar agor. Chwerthin plant, sgwrsio gwragedd, stŵr llestri, canu piano a sŵn cŵn yn coethi. Cofiai oglau coedydd almon – yr ogla puraf yn y byd i gyd – a hwnnw'n gymysg hefo ogla heli haul yr haf. Doedd dim byd yn well ganddo fo ar un adag nag ista ar un o'r meinciau pren yng ngwres min nos y cei. Roedd wrth ei fodd yn gwylio'r tawch yn gwanio'n euraid yn y machlud, wrth i hwnnw farw'n ara gan greu lliwiau arian igam-ogam ar y lli. Pan fyddai'r llewyrch wedi ei lwyr golli, mewn dim o dro byddai'r arian hefyd yn cilio, yn colli ei dryloywder. Byddai'r awyr yn glasdduo trwyddi, yn troi'n inc tywyll, yn rhywbeth y teimlai y gallai gymryd cegaid ohono, cyn twchu'n dywyllach na'r du duaf. Erbyn iddi lwyr nosi, dim ond sŵn tawel yr eigion oedd yn nodi byw a bod y môr. Hynny, ac amball ola mud o amball long.

Roedd ganddo ryw ddarlun ohono'i hun, ond er ei waethaf weithia roedd o'n methu atgyfodi'r *teimlad* o fod yn hogyn unwaith eto. Roedd yr union brofiad o brifio wedi darfod am byth. Doedd hynny ddim yn rhy annhebyg i gerdded trwy law mân, yn graddol wlychu nes, maes o law, roedd rhywun yn wlyb socian at ei groen. Rhywbeth tebyg oedd pob sylweddoliad newydd wrth dyfu i fyny, ond bod union eiliad y trawsnewidiad yn darfod mor ddisylw wrth i'r blynyddoedd lithro heibio.

Hefo gewin ei fys bach, cyffyrddodd Wisia â'i glust.

'Am be ti'n meddwl?' holodd. Meddwl amdani hi oedd o. 'Ti'n celu rhwbath, alla i ddeud ...'

Doedd o ddim.

'Dwi'n gwbod bo' chdi'n cadw rhwbath 'nôl. Be? Be ti'm yn ddeud wrtha i?'

'Dwi 'di deud y cwbwl wrthach chdi.'

'Bob dim?'

'Fesul tamad, do.'

'Ti'n siŵr? Be 'na'th ddigwydd i chdi hefo Aisha go iawn, 'ta?'

Mynnai ganlyn hanas yr hogan honno bob gafael fel petai hi'n genfigennus. Oedd hi'n genfigennus o rywbeth oedd wedi digwydd mor bell yn ôl? Dechreuodd 'laru ar ei holi.

'Ges di gweir gen 'i chariad hi? Y morwr hwnnw, Oleg?'

'Ddim yn hollol.'

'Be ddigwyddodd, 'ta?'

'Dwi 'di deud wrtha chdi unwaith.'

'Deud eto.'

'Fi dorrodd ei drwyn o mewn ffeit. O'n i mor gandryll ...'

'Er 'i fod o'n gryfach na chdi?'

'Llabwst o foi oedd o. Bolsiefic hefyd. Ond o'n i 'di gwylltio'n gacwn.'

Tyfodd rhyw ddistawrwydd rhwng y ddau.

'Ti'n un cenfigennus o ran natur?'

'Pwy sy ddim? Wyt ti?'

Gwenodd hi a gorwedd ar ei bol. Rhedodd Alyosha ei law yn ysgafn dros ei chefn noeth. Ailbobi ei atgofion oedd o, ond wrth wneud hynny, câi'r teimlad eu bod nhw dros amser yn cael eu haildrosi drachefn yn ei gof.

'Pam ti'm yn gneud dim byd hefo dy fam?' holodd Wisia.

Eglurodd Alyosha wrthi am y pnawn hwnnw, yn ystod yr haf cynt, pan oedd o'n digwydd cerddad i lawr Boulevard St Michel. Stopiodd yn stond, nes y bu bron i wraig faglu ar draws ei draed a phowlio yn erbyn rhyw ddyn a pheri i gi hwnnw goethi. Rhythodd ar y poster a oedd yn hysbysebu'r pictiwr *Allor Rwsia,* a llun o'i fam mewn gwisg sidan laes wedi ei chlymu gerfydd ei garddyrnau ar allor, ei phen yn hongian dros yr ochor a'i bronnau'n amlwg.

Uwch ei phen safai dyn ciaidd iawn yr olwg – cyfuniad o offeiriad Aztec a Trotskii – yn dal cyllell sgleiniog, finiog yn ei ddeuddwrn, yn barod i'w phlymio i'w mynwes wen. Craffodd yn fanwl dros bob un manylyn: doedd y poster ddim yn rhy annhebyg i'r llun o'r wraig yn hunllef Henry Fuseli, yr un a arferai grogi y tu ôl i ddesg ei dad yn ei stydi yn Petrograd gynt.

Mewn llai na hannar awr camodd allan o wyllni'r pictiwrs chwarter llawn. Roedd aer y stryd yn dawchlyd iawn, yn drwch cymysg o ogla tar y pafin pren a mygdarth petrol yr omnibysys deulawr a oedd newydd barcio er mwyn codi haid o dwristiaid Americanaidd.

Aeth yn ei flaen nes croesi Boulevard St Germain, a chamu i mewn i'r Café du Musée-de-Cluny. Roedd ei fam wedi gwneud ffŵl ohoni hi ei hun gerbron pawb. Sut gallai hi godi ei phen byth eto? Roedd mwy o ddawn actio yn yr haid o wydda y carlamodd hi a'i llystad trwyddyn nhw er mwyn osgoi'r Cheka, neu'r GPU, fel y cafodd yr heddlu cudd eu galw yn y ffilm. Edrychai'r rhain fel haid o ellyllon dieflig.

Yfodd yn dawel ar ei ben ei hun. Doedd o chwaith ddim yn ffilm rhad. Perfformiad hollol ddi-glem gafwyd gan ei fam, yn llawn o stumiau ystrydebol, a doedd y cyfanwaith yn ddim byd mwy na rhyw felodrama wael am ddau gariad yn croesi'r ffin i Rwsia er mwyn ymladd yn erbyn y drefn Sofietaidd ar eu pennau eu hunain.

Ymladd yn erbyn y drefn Sofietaidd ar eu pennau eu hunain, ailadroddodd wrtho'i hun. Petai bywyd fyth mor hawdd â hynny. Doedd o byth wedi gallu maddau i'w fam a'i Ewyrth Artyom am gael gwared â Grete o'i fywyd.

Dyna adroddodd o wrth Wisia. Cadwodd weddill yr hanes yn gyfrinach iddo'i hun. Soniodd o yr un gair wrthi am yfed mewn sawl bar. Am rhyw bwl fe gododd sgwrs hefo criw o hogia ifanc Ffrengig a'u chwerthin cefnog, ffwrdd-â-hi, yn ysgafn braf.

Roedd y rhain o'r un anian â'r disgyblion yn y *lycée* wrth ymyl ei westy ar y Rue de Montparnasse, disgyblion roedd o'n eu gweld yn heidio heibio i'r clwydi haearn-bwrw uchal i'w gwersi bob bora. Hogia wedi eu magu'n dda oeddan nhw, a graen o hyder yn amlwg ar eu crwyn a'u dillad. Ffrancod swnllyd a chenedlaetholwyr haerllug o doriad eu bogail bron bob un: y rhai hynaf eisoes yn aelodau o'r Camelot du Roi (oedd yn amlwg o'u bathodynnau bach), ac amryw wedi mopio ar nofelau'r *littérateur* sado-masocistaidd Maurice Barrés a llithoedd Charles Maurass, ac yn awchu am eu darllen bob bora yn yr *Action Française*. Atgyfodi'r un hen wenwyn fis ar ôl mis wnâi'r llithoedd golygyddol, er mwyn ei dywallt ar ben Iddewon Ffrainc. Roedd dirmyg y papur tuag at yr Almaen yn hawdd i'w ddirnad. Ond ganmil gwaeth oedd ei ddirmyg at Rwsia am gilio o'r rhyfel yn 1917 a 'bradychu Ffrainc yn awr ei chyfyngder'.

Wrth i'r noson fynd rhagddi, teimlai Alyosha fwyfwy allan ohoni. Criw o ffrindiau clòs oeddan nhw, eu bryd ar yfed coctels a thrin a thrafod merchaid, a buan y 'larodd o arnyn nhw.

Y cwbwl a wnaeth eu siarad am gnawd genod oedd codi ei flys. Dychwelodd i'r lle'r aeth Artyom â fo pan ddaeth i Baris o Berlin am y tro cyntaf 'nôl yng ngwanwyn 1924. Y Grégoire-de-Tours yn y Quartier Latin oedd y stryd, heibio'r ffenestri lliw eglwysig. Yr enw uwchben y drws oedd

Suzy. Bordelo bychan oedd o, un cwbl ddisylw oni bai fod rhywun yn gwbod yn wahanol. Dilynodd Alyosha yn ôl troed ei ewyrth trwy'r drws unwaith – a chanodd cloch wrth iddo agor.

Daeth dynes ganol oed dew i'r golwg a'u cyfarch. Canodd gloch ysgafn a galw mewn llais bloesg ar ei merched. Tywalltodd pistylliad o gnawd i'r stafall – y rhan fwya yn eu dillad isa, un mewn *kimono* ar hanner ei hagor, rhai'n gwisgo'r nesa peth i ddim, a dwy'n noethlymun, a'r cwbwl yn sefyll mewn rhyw fath o *tableau vivant* o'u blaenau. Penliniodd y tair fyrraf o flaen y merched talaf, a safai'n agos at ei gilydd fel bwa cwta, ac roedd gwên ar wyneb pob un ohonyn nhw.

Yr un oedd y drefn y tro hwn hefyd. Ond gan ei fod mor simsan ar ei draed, dododd Madam Prideaux ei braich o dan ei benelin. Ond câi Alyosha draffarth gweld y saith neu wyth, a doedd o ddim yn siŵr faint yn union oedd yno ...

''Di Grete yma?'

'Ma' 'na sawl Grete yma,' atebodd Madame Prideaux.

'Yn lle? Lle mae hi?'

'Dyma hi. Dyma Grete.'

'Grete dwi isio.'

'Gei di Grete. 'Drycha. Dyma hi.'

Yn ei fedd-dod, torrodd allan i chwerthin.

Mor simsan oedd ei afael o ar ddim, hyd yn oed ei feddwl ei hun. Be yn union oedd o'n ei gofio go iawn? Boddi mewn atgofion a breuddwydion mae bywydau pawb. Didoli'r digwyddiadau ydi'r gwaith anodda un. Roedd hyd yn oed y gorffennol agos, pan ddaeth o Berlin i Baris am y tro cyntaf, pan oedd o'n arfer mynd i hel diod yn y bariau a'r *cafés* yn ddim byd ond niwl o wahanol liwiau. Ceisiodd hoelio ambell noson yn glir yn ei gof, noson pan gafodd hwyl – cofiodd ambell gân ...

Pysgotodd yn ddyfnach i'w gof. Pa flwyddyn oedd honno pan wnaeth o ista i wylio'r machlud dros y Môr Du? Turiodd ymhellach. Oedd o wir yn cofio be ddeudodd neb wrth ei gilydd y noson honno yn yr Hotel Billo yn Yalta? Be ddeudodd o wrth Galina Vengerova? Be ddeudodd hi wrtho fo? Be gafodd ei ddeud gan unrhyw un? Gan ei dad? Gan Margarita? Gan Larissa? Yr unig beth roedd o'n gallu ei gofio'n glir oedd rhyw wraig sipsi yn dawnsio. Cofiodd bwysau ei bronnau; cofiai'r rheiny o hyd, yn gwasgu yn erbyn ei ysgwydd, gwlith ei phoer wrth iddi ganu ar groen ei foch a'i llais yn rhywbeth byw a phoeth. Cofiodd ei fam yn dawnsio trwy'r cysgodion ...

'Elli di mo 'nhwyllo i, Alexei.'

Pam roedd Wisia mor anfodlon i'w alw fo'n Alyosha?

'Achos mai fel Alexei ges di dy fedyddio.'

'Dda gin i mo "Alexei".'

Cerddad trwy'r llwydwyll pinc roeddan nhw, lle roedd goleuni bariau Paris eisoes yn llosgi'n llachar. Draw yn y pellter, ar Dŵr Eiffel, roedd y geiriau 'Citroën, Citroën' yn fflachio'n goch.

'Alexei fyddi di i fi am byth.'

Ei galw hi'n Wisia, oedd o.

'Dwi'n lecio chdi'n 'y ngalw fi'n Wisia.'

Ennyd o dawelwch.

'Mi ddigwyddodd rhwbath i chdi yn Kiev.'

Ddim holi oedd hi – ond datgan.

Wedi bod yn trin a thrafod ei helyntion wrth drampio ar draws Rwsia yn y blynyddoedd yn ystod y Rhyfel Cartref yr oedd y ddau.

'I'r dyn arall, 'ta? Y Stanislav Markovich Feldman 'ma?'

'Naddo.'

'Pam ti'n mynd mor dawal bob tro dwi'n gofyn i chdi?'

'Ar wahân i gael 'i arestio, ddigwyddodd dim byd iddo fo. Mi ddaru o ddengid o Kiev, fel miloedd ar filoedd o bobol eraill. Trwy un o borthladdoedd y Crimea. Mi welis i o yn Berlin ...'

'Ma'n anodd coelio'r cwbwl fuos di drwyddo fo.'

Oedd, roedd hi'n anodd coelio fod hen furiau ei fywyd gynt bellach yn garneddi.

'Ma' 'na gymaint 'di digwydd imi. Dwi'n amal yn meddwl am y rheiny oedd hefo fi yn Rwsia 'radag honno ...'

Roedd eisoes wedi sôn wrthi am Madmoiselle Babin, ei diwtores Ffrangeg a ddihangodd ar gefn ceffyl hefo'r Tywysog Yakov Sergeevich Peshkov, a oedd bellach yn yrrwr tacsi. Cyfarfu Wisia â fo pan oedd yn gweini ar ei bwrdd mewn *restaurant* bach yn yr Île de la Cité. Soniodd Alyosha wrthi am Masha, Mishka a Boris. Lle roeddan nhw arni erbyn hyn, tybad? Oeddan nhw hyd yn oed yn dal yn fyw?

'Dwi'n edrach 'nôl weithia a theimlo 'mod i 'di byw rhyw freuddwyd: y bydda i'n deffro rhyw fora, a ddim yma ym Mharis fydda i, ond 'nôl adra yn Petrograd, yn fy llofft fy hun, yn byw unwaith eto hefo 'Nhad a Mam a 'mrawd bach a Nain a Taid ac Ewyrth Kozma a Modryb Ella a Margarita a Larissa – y teulu i gyd yn gyfan fel roedd o gynt.'

Doedd dim un llun gan Alyosha. Cyfrol Catwlws ei dad oedd yr unig beth oedd ganddo ar ei elw. Ond doedd yr un dydd yn machludo nad oedd o'n dal i fwytho tirlun ei hen fywyd y tu mewn iddo'i hun. Gwnâi ei orau glas i gostrelu'r hyn a adawyd ar ôl, er mwyn ei gadw'n glir a glân. Ceisiodd angori ei hun mewn albwm taclus yn ei gof. Be oedd hanfod ei atgofion erbyn hyn, doedd o ddim yn hollol siŵr: aeth i deimlo fwyfwy fod ei ddoe i gyd yn cael ei ystumio yn ôl angen heddiw.

Sut galla fo gyfadda wrth Wisia ei fod wedi saethu *chauffeur* ei dad, Ivan Kirilich, yn farw mewn bedd agorad?

Doedd dim modd. Claddodd y cwbwl o dan bridd dyfnach ynddo'i hun. Doedd o erioed wedi trin a thrafod ei emosiynau mor onast hefo neb o'r blaen. Wrth rannu ei deimladau hefo Wisia teimlai ryw faich yn codi gan ei wneud yn ysgafnach person, yn ddedwyddach yn ei groen ei hun.

Roedd o ar ben ei ddigon ac yn caru Wisia yn fwy nag y dychmygodd y gallai garu neb. Teimlai y gallai ei angori ei hun yn dragwyddol ynddi, rhannu ei fywyd hefo hi, cyd-fyw profiadau, aeddfedu, a heneiddio, trwy gydgysoni realiti ei fodolaeth hefo rhywun a oedd yn ei garu fo, ac a fyddai'n rhoi cadernid a sicrwydd adnabod iddo fo'i hun.

Hefo'i gilydd, byddai'r ddau mor gry ag America yn erbyn y byd.

Noson ffair Montparnasse oedd hi, y strydoedd yn fwrlwm o stondinau, clowniau, acrobatiaid, jyglwyr, chwythwyr a llowcwyr fflamau tân. Yng nghanol y tyndra o bobol a oedd yn hel o gwmpas pob math o fân farsiandïaeth, doedd dim lle i droi. Gwaith dyrys braidd oedd torri llwybr trwy'r torfeydd. Gwthiodd y ddau heibio i boblach o bob math, y dirmygedig a'r sathredig ochor yn ochor â theuluoedd da eu byd.

Roedd Wisia yn anarferol o dawal.

Enillodd Alyosha gneuan goco, ac arth fach oren hefo trwyn smwt. Phlesiodd y naill beth na'r llall mohoni, na chodi ei hwyliau hi chwaith. Ateb pigog roedd o'n ei gael bob tro roedd o'n dechra holi be oedd yn ei phoeni hi.

'Pam ti'n 'i ddeud o fel'na?'

'Fel'na be?' atebodd yn swta.

Dynwaredodd hi, ond gwadodd Wisia fod dim byd yn bod.

Gadawodd Alexei lonydd iddi am bwl a gwthiodd y ddau yn eu blaenau. Yn cnichio yn slei ac yn swil ar gang o hogia ifanc hefo capia fflat wrth stondin saethu roedd criwia o genod ifanc wedi ymbincio o dan y bylbia coch a glas. Roedd un pen bach yn swancio'n goc i gyd, ond doedd o'n ddim byd mwy na wadin tin yn trio jarffio. Rhai garw oedd genod dosbarth gweithiol Montparnasse am sbeitio'i gilydd – yn cario clecs o'r naill glust i'r llall, a dyna pryd y gwelodd Alyosha, amball dro, gega gwyllt hyd at dynnu gwallt, a gwaeth.

Yn y man, cyfaddefodd Wisia fod rhywbeth yn gwasgu arni.

'Ty'd hefo fi.'

Doedd dim lle i sefyll yng nghanol y *mélée* o'i chwmpas hi.

Cydiodd yn ei law a'i dywys trwy'r dorf. Roedd hi'n magu mân esgyrn: dyna aeth trwy'i feddwl o ar wib boeth. Mae Wisia yn mynd i ddeud ei bod hi'n disgwyl babi, meddyliodd, gan deimlai rhyw lawenydd rhyfedd yn toddi trwyddo fo'i hun.

Camodd y ddau i mewn i'r Café de la Rotonde, oedd yn llawn o siarad llaith. Doedd dim lle i ista a bu'n rhaid iddyn nhw loetran ger y drws am sbel. O'r diwedd, daeth gweinydd draw a'u cymell nhw i'w ganlyn at fwrdd wrth y wal bella, o dan boster melyn a du o'r Moulin Rouge. Wrth gerdded ar ôl yr hogyn, tynnwyd sylw Alyosha at ei glustiau llaprog – fel clustiau mul. Roedd o'n methu peidio syllu arnyn nhw: welodd o erioed yn ei fywyd y ffasiwn glustiau tebyg.

Archebwyd dau gwrw Pietra.

'Ti am ddeud wrtha i? Neu oes raid imi ddyfalu?'

'Ar 'y mhen-blwydd nesa, mi fydda i'n un ar hugian oed.'

Roedd o'n gwybod hynny'n barod. 'Be arall?'

Tawelodd Wisia unwaith eto.

'Be arall ti isio'i ddeud wrtha i?'

Roedd trio cynnal sgwrs hefo hi fel tynnu geiriau trwy ddrain.

'Pam wyt ti mor drist?'

Plygodd ei thalcen a syllu ar ei bysedd.

'Os na ddeudi di wrtha i be sy'n bod, fydda i'm callach ...'

Ochneidiodd.

'Ti'n feichiog?'

Trodd i syllu i'w lygaid – a chwerthin. 'Be 'na'th ichdi feddwl hynny?'

Cododd ei ddwy ysgwydd a'u gollwng, 'Dwi'n meddwl am bob math o betha ...'

Chwarddodd yn ysgafn cyn gwgu. 'Ti'n gymaint o ffŵl weithia.'

Cydiodd yn ei llaw. 'Ma'n amlwg fod 'na rwbath yn dy boeni di.'

'Dwi'm yn disgwl.' Doedd dim sbonc yn ei hysbryd. 'Mi 'nes i addewid i rywun llynadd.'

Oherwydd iddi siarad mor dawel, doedd o ddim wedi ei chlywed yn iawn.

'Deud eto.'

Ailadroddodd Wisia yr un geiria.

'Pa addewid?'

Yn lle edrych i fyw ei lygaid o, edrychodd draw.

'Wisia, pa addewid?'

'Dwi 'di dyweddïo i briodi.'

Syllodd Alyosha arni'n hir, yn teimlo rhyw wasgfa ar ei galon, fel petai pwcedaid o goncrit yn pwyso'n drwm ar asgwrn ei frest.

'Ar 'y mhen-blwydd yn ugain oed.'

'Hefo pwy?'

'Mae o'n byw dair stad i ffwrdd, yn agos at gartra Nain. Ei deulu fo 'di'i chymdogion hi ... Alexei, paid, gollwng ... dy winadd di ... Ti'n brifo 'ngarddwrn i ...'

Doedd o'm yn dallt. Y gwir amdani oedd fod ganddo fo ofn dallt. Aeth Wisia ymlaen i egluro bod ei dyweddïad wedi ei drefnu yn unol â hen draddodiad teuluol. Eglurodd chwanag am ei dapar ddyweddi, Mateusz Kolodziejska, a oedd yn dilyn gyrfa fel *attaché* masnachol yn llysgenhadaeth Gwlad Pwyl yn Bucharest. Roedd yn ddyn ifanc uchelgeisiol o deulu da â'i fryd ar wneud ei farc a chreu enw iddo'i hun yn y cylchoedd diplomyddol.

'Ti'm yn gwisgo modrwy.'

'Pam, ti'n meddwl?'

Doedd o ddim yn gwbod be i'w feddwl.

'Ro'n i'n meddwl 'i bod hi ond yn deg i chdi gael gwybod.'

'Pryd welis di o ddwytha?'

'Adag y Nadolig ... pan o'n i adra.'

Teimlodd fel dyn ar radell yn rhostio.

'Dach chi'n llythyru?'

Yn amlwg, achos chafodd o ddim ateb.

Roedd rhyw ysictod yn corddi yng ngwaelodion ei stumog ac yn bygwth gwthio i'w gorn gwddw. Ers iddo ei chyfarfod hi, roedd Wisia wedi cerdded trwy ei enaid a chipio'r cwbwl oedd ganddo fo i'w gynnig. Am hynny, roedd o'n fythol ddiolchgar iddi. A rŵan, roedd hi'n dadlwytho hyn arno fo.

Pan oedd o'n byw yn Berlin, cofiodd iddo glywed sôn am ryw fardd mewn cariad, cariad gafodd ei wrthod. Bu'r llanc mewn gwewyr meddwl mawr, yn meddwl gwneud amdano'i hun, yn rhygnu byw o ddydd i ddydd yn llawn hunandosturi. Fe wnaeth bob un dim o fewn ei allu i ennill serch y ferch yn ôl, ond doedd dim byd yn tycio. Po fwya roedd o'n gwneud ati i'w denu hefo'i gerddi a'i gardiau, ei lythyru a'i fân anrhegion, mwya'n y byd roedd hi'n ei wrthod o, nes iddi ddechrau magu rhyw gasineb tuag ato fo.

Ryw gyda'r nos, fe aeth draw i'r *café* lle roedd hi'n gweithio, archebu gwin ganddi, pwyso'i ben yn ôl ac yfed y cwbwl ar ei dalcen cyn gwasgu'r gwydryn yn siwrwd yn ei ddwrn. Yr hyn a welodd pawb oedd dyn yn rhwbio'r gwydr mân i groen ei fochau er mwyn golchi ei boen i ffwrdd.

'Dwi'n gwbod be sy'n mynd trwy dy feddwl di.'

Syllodd arni trwy wewyr dryslyd.

Ochneidiodd hithau yn dawel, dawel.

Cododd yn sydyn, ond cydiodd hi yn ei fraich o.

'Paid â ... na, na, gwranda. Aros, gwranda ... paid â gwylltio. Mi fydda i'n un ar hugian oed 'mhen blwyddyn arall ... Alexei? Edrach arna i ... Yn ddigon hen i wbod be dwi'i isio ... ddim be ma' 'Nhad isio, na Mam, na be ma' neb arall o 'nheulu fi isio ond be *dwi* isio.'

Dal yn chwerw siomedig oedd o wrth ofyn be oedd hynny.

'Oes raid i chdi ofyn? Ti'n gwbod be ...'

'Dwi'm mor siŵr os ydw i.'

'Rho sws imi, 'nei di ... Alexei?'

Llifodd rhyw ffrwd feddal o deimlad drosto wrth iddo wyro tuag ati.

'Doedd honna'n fawr o beth ... un go iawn dwi isio.'

Haerodd Wisia ei bod hi bellach yn benderfynol o fyw ei bywyd ei hun. Gan iddi roi pellter rhyngddi hi a'i theulu trwy dreulio amser ym Mharis, sylweddolodd fod modd iddi fyw math gwahanol o fywyd. Doedd dim rhaid iddi ildio i arferion ei gwehelyth, na chanlyn rhigol traddodiad, na pharchu moesau henffasiwn ei llinach na phlygu glin i drefn gwaedoliaeth – mwy nag oedd yn rhaid iddi wrando ar eiriau offeiriad ei mam a'i nain, na hen ddynion â'u meddyliau'n dal dan glo yn yr Oesoedd Canol.

Yn ôl ei nain, dyletswydd gwraig oedd aros gartra, er ei bod hi'n honni yn yr un gwynt ei bod hi'n coelio yng nghydraddoldeb y rhywiau, ond ddim mewn cydraddoldeb arwynebol fel ennill hawl i fwrw pleidlais, neu fynd allan i weithio, er bod i hynny ei bwrpas. Gwir gydraddoldeb oedd fod i bob gŵr a gwraig eu lle ym mhatrwm y greadigaeth: fod y naill mor bwysig â'r llall ym mywyd y ddynoliaeth. Doedd y ferch ddim yn israddol i'r dyn, mwy nag oedd y dyn yn uwchraddol i'r ferch; roeddan nhw'n gydradd ym mhwysigrwydd eu hamcan yng ngolwg yr Iesu. Gogoniant y ferch oedd bod yn wraig ac yn fam; ei theyrnas hi oedd ei chegin, a'i gorsedd, ei haelwyd, oherwydd dyna sut roedd y wraig yn disgleirio, a pho ffyddlonaf y wraig i'w dyletswyddau priod, dedwyddaf oedd ei bywyd hi ei hun. Os mai'r gŵr oedd y brenin, y wraig oedd ei goron.

Welodd nain Wisia erioed fawr o lewyrch ar aelwydydd gwragedd cyhoeddus, y rheiny oedd yn uchel eu cloch ar lwyfannau'r wlad ac yn mynnu bod yn gegog wrth dynnu pawb i'w pennau ynglŷn â phynciau ffasiynol fel sosialaeth neu hawliau merched. I deulu fod yn ddedwydd, roedd yn ofynnol i'r wraig aros gartra a dysgu sut i ddistewi yn yr eglwys yn unol â gorchymyn yr Apostol Paul. Er gwaetha'r genod modern a'u syniadau penboeth a oedd yn plygu i'r byd yn lle plygu i Iesu, gwell o'r hannar gan y nain oedd gwrando ar wirioneddau'r efengyl; roedd hi'n grediniol y byddai Apostol Mawr yr Oesau mewn bri ymhell wedi i bawb anghofio am y gwrachod tanbaid a'u cynffonnau hirion.

'Dyna sut ma' 'nheulu fi i gyd yn meddwl yn y bôn,' dywedodd Wisia yn drist.

Pam mae gafael ffiwdaliaeth a Chatholigiaeth yn dal mor gry ar feddwl Ewrop o hyd? Hyd yn oed yn nechrau'r ugeinfed ganrif mae rhai dynion ar dân i gynnal y traddodiad yma o feddwl, i'w fawrygu a'i foli fel patrwm perffaith o fywyd. Ddim costrelaid o ddoethineb y canrifoedd ydi traddodiad. Mae a wnelo traddodiad â dilysu a chyfiawnhau grym. Mae rhai o'r anghyfiawnderau gwaetha erioed wedi eu cyflawni yn enw 'gwarchod traddodiad' ac mae'r Pwyliaid a'r Rwsiaid yn gwybod hynny'n well na neb.

Ond yn y Sorbonne dysgodd Ludwika am y syniad eangfrydig mai dyneiddiaeth oedd gwerth absoliwt yr unigolyn a oedd yn mynnu'r hawl i ryddid y dychymyg, a'r hawl hefyd i holi ac i amau mewn ysbryd o chwilfrydedd, a oedd yn groes i bob dogma grefyddol. Er mwyn datblygiad yr hil ddynol roedd hynny o'r pwys mwyaf, yn ogystal â rhoi byd-olwg gwahanol iddi hi ei hun. Roedd hi'n benderfynol o fynnu ei hapusrwydd, ac yn sgil hynny ei hapusrwydd o. Y rheiny oedd y geiria melysaf a glywodd Alyosha erioed.

Bwriad Wisia oedd byw yn wahanol trwy gefnu ar ei chefndir breintiedig. Doedd hi ddim am wadu ei gwir deimladau er mwyn plygu i ofynion ei theulu. Doedd dim rhinwedd i wraig hunanymwadu yn emosiynol yn enw rhyw aberth uwch. Trwy wneud hynny, pa obaith oedd ganddi o'i nabod hi ei hun?

Roedd rhialtwch y stryd wedi tawelu, a'r rhesi o fylbiau wedi eu diffodd.

Cerdded fraich ym mraich trwy adfeilion y ffair wnaethon nhw, gan oedi bob hyn a hyn i gusanu'n hir. Roedd eu breuddwydion am y dyfodol eisoes wedi dechrau nyddu'r ddau yn dynnach yn ei gilydd.

Wrth weld Wisia yn cerdded i'w darlithoedd, teimlai Alyosha chwithdod a cholled. Roedd blynyddoedd gorau ei fywyd, lle dylai fod yn gosod sylfaen gadarn iddo'i hun, yn madru rhwng ei fysadd. Yn ei galon teimlai mai yn y Sorbonne yn ennill gradd yr oedd ei le ynta hefyd. Ond sut yn y byd y gallai rhywun fel fo fwynhau bendithion addysg? Doedd ganddo fo ddim ffranc i'w enw, mwy nag oedd gan ei fam.

Ar boen ei fywyd, doedd o ddim am fynd i fegera *sou* gan ei Ewyrth Artyom. Er iddo dorri i mewn i'w apartment, a dwyn rhyw gymaint, roedd o'n gwneud ei orau i beidio â meddwl amdano fo. Doedd dim dewis ganddo fo ond dal i weithio yn y Louvre, lle bu'n lwcus i gael gwaith o gwbwl, er ei fod wedi hen ddiflasu ar ailadrodd yr un hen druth.

Gogor-droi yn ei unfan oedd o, tra oedd meddwl Wisia yn cael ei dywys i fyfyrio am nerth syniadau. Doedd dim byd yn rhoi mwy o bleser i Alyosha na'i chlywed hi'n trin a thrafod ei phwnc. Teimlai bryd hynny ei fod yn lledu ei orwelion ei hun.

Cerdded ar un o'r llwybrau trwy'r Jardin du Luxembourg un min nos yr oedd y ddau, ond fod hogia swnllyd yn beicio heibio ar wib. O'u blaenau, roedd paun yn lledu gogoniant ei gynffonblu. Daeth y ddau at fainc o dan hen dderwen, a'i changhennau praff yn lluchio cysgodion llydan dros y lle.

'Ti 'di clywed am Descartes?'

'Naddo.'

Hoff athronydd Wisia oedd René Descartes, a oedd o'r farn nad oedd y fath beth â sicrwydd absoliwt i'w gael. Doedd dim gwirionedd, dim ond gwirionedd cymharol gwahanol sefyllfaoedd, a oedd yn cynnig her i ddyn o ran dewis pa benderfyniad oedd orau wrth bwyso a mesur y ffordd ora o weithredu. Hyd yn oed os oedd dyn yn gweithredu'n dda, doedd dim modd gwarantu na fyddai canlyniad ei weithred yn terfynu mewn rhyw ddrwg. Sut oedd rhag-weld hyn? Trwy ba ewyllys? Be sy'n gweithio meddwl dyn? Be ydi ysbryd ei ysbryd?

Yn unol â'r trefniant a wnaethai Wisia hefo'i theulu adeg y Nadolig, doedd dim disgwyl iddi ddychwelyd adra dros y Pasg – roedd hynny'n ormod o draul. Manteisiodd ar ei chyfla i dreulio'i hamsar yn astudio'r lluniau a'r cerfluniau yn arddangosfeydd ac amgueddfeydd Paris. Roedd hi'n hoff iawn o ganu, yn llawn dawn gerddorol, a dysgodd ei hun i chwarae gitâr Hawaii. Roedd hi hefyd yn fedrus ar y piano, a phan glywai Alyosha ei llais contralto isal, câi ei atgoffa o'i fam.

'Ma' Chopin yn perthyn i mi o bell.'

'O ochor dy dad neu o ochor dy fam?'

'Mam.'

Yn amal iawn, roedd y ddau'n ista hefo'i gilydd i ganu'r piano. Hi ddysgodd o fod cerddoriaeth Chopin wastad mewn tri symudiad. Yn y cyntaf, roedd rhywun yn teimlo fod yr alaw'n llifo'n rhydd, heb ddim byd yn cyfyngu arni. Yn yr ail, roedd y nodau'n symud trwy ryw drofeydd dyrys, yn cael eu hatal ar eu taith gan bob math o rwystrau. Yn y trydydd symudiad, roedd nodau'r alaw yn hedfan dros weundiroedd a'r rheiny'n orlawn o oleuni, a phob tramgwydd yn toddi, pob dryswch yn diflannu, nes y gellid clywed unwaith eto swyn y nodau trwy'r symudiad cyntaf yn ailgodi mewn perthynas newydd, yn esgyn yn ysgafn hefo rhyw arddeliad grymus a oedd bron yn fuddugoliaethus, nes roedd rhywun yn teimlo fod y byd i gyd yn boddi yn y gân.

Parodd y tri symudiad i Alyosha feddwl am ei fywyd ei hun.

Rwsia oedd ei symudiad cyntaf.

Berlin oedd yr ail.

Paris oedd y trydydd.

Paris oedd y symudiad pwysicaf un, yr un ddylai fynd â fo yn ôl i'r dechrau, yn ôl i'w famwlad yn gryfach dyn.

Ai Wisia oedd yr un a fyddai rywsut yn gwneud hynny'n bosib?

Hel esgus dros beidio â throi am adra ym mis Gorffennaf wnaeth Wisia mewn llythyr at ei mam. Haerodd ei bod hi'n bwysig iddi ddal ati hefo'i haddysg a bod ei thiwtor wedi awgrymu'n gry fod cymaint i'w weld a'i brofi ym Mharis. Ond poen meddwl mwya Wisia oedd y byddai ei mam yn mynnu ei bod hi'n gorfod gadael a dychwelyd i Wlad Pwyl.

Am wythnos neu fwy daeth rhyw drymder drosti, aeth yn ddi-hwyl, er bod Alyosha yn gwneud ei ora i wneud iddi chwerthin. Cafodd ambell wên. Er mawr syndod, cyrhaeddodd llythyr gan ei mam yn dweud nad oedd disgwyl iddi fynd adra, ac yn well fyth, cafodd chwanag o bres at ei chadw.

Pan nad oedd o'n gorfod gweithio yn y Louvre, treuliai'r ddau yr oriau hefo'i gilydd. Teimlai Alyosha yn heini unwaith eto, yn llawn gobaith trwy gariad. Aeth i deimlo fwyfwy felly pan gerddai'r ddau trwy'r min nos ar hyd lan y Seine, a'i phontydd wedi hollti'r haul yn gysgodion ar wyneb y dŵr.

Ista am hydoedd fyddai'r ddau, yn dal dwylo, ac yn cusanu fel y degau o gariadon ifanc eraill, o dan ganghennau'r Place du Cloître Notre Dame.

Rhyw noson arall, ista ar deras y Closerie des Lilas ar y Place de l'Odéon yr oedd Wisia ac Alyosha, yn mwytho dau wydryn o frandi-soda wrth wylio'r byd yn rhwyfo heibio ar ôl iddyn nhw fod yn siarad, yn cusanu yng nghanol clindarddach pobol, chwerthin cyplau, sŵn cwpanau ar soseri, clincian gwydrau a thywallt gwin. O gwmpas Alyosha i gyd, roedd gwres tanbaid ei chariad.

'Be ti'n feddwl 'di'r gwirionedd?' gofynnodd Wisia wrth chwifio'r mân wybed a oedd yn cosi ei hwyneb i ffwrdd.

Doedd o ddim yn dallt.

'Oes y fath beth ag un gwirionedd? Neu dim ond gwirioneddau?'

'Elli di roi enghraifft imi?'

Pwyntiodd at ddau ddyn ifanc yn llewys eu crys. 'Deud bod y naill yn dechra taflu dyrna at y llall. Wrth i chdi 'u tynnu nhw ar wahân, mi gei di ddwy farn groes i'w gilydd ynglŷn â pham aethon nhw ati i gwffio yn y lle cynta. Mi fydd rheswm hollol ddilys gan y ddau, ac mi fydd y ddau yn llygad eu lle. Ddim matar o fod un ffrind wedi dehongli'r digwyddiad yn wahanol i'r ffrind arall mo hyn, na chwaith fod un wedi gweld un ochor i'r gwffas a'r llall wedi gweld rhyw ochor arall. Na, mae'r ddau wedi gweld yr un gwffas yn union. Ond eto, mae'r ddau wedi gweld rhywbeth hollol wahanol i'w gilydd. Does dim modd anghytuno hefo'r naill na'r llall, achos ma'r ddau'n deud y gwir.'

Syllodd Wisia i fyw cannwyll ei lygaid. 'Be, felly, 'di'r gwirionedd?'

Doedd dim syniad ganddo fo.

'Yn dy brofiad di? Oes y fath beth yn bod â gwirionedd gwrthrychol?'

Meddyliodd yn hir. 'A bod yn onest, Wisia, dwi'n meddwl bod pawb i radda yn gweld pob dim mewn bywyd o'i safbwynt o 'i hun.'

Cnoi cil am ennyd wnaeth Wisia cyn gofyn: 'Ydi hynny'n beth da? Neu'n beth drwg?'

'Oes gynnon ni ddewis?'

'Falla mai'r gwir gwestiwn i'w ofyn ydi pa mor wreiddiol ydan ni. Sut mae adnabod unrhyw beth fel ag y mae o ynddo fo'i hun go iawn? Pan 'nes i gyfarfod â Marshal Piłsudski am y tro cynta 'rioed, roedd o'n ddyn dymunol tu hwnt, yn gwrtais a hyfryd. Roedd o'n rhesymol iawn mewn dadl o gwmpas bwrdd cinio fy nhad, yn rhoi rhwydd hynt i bawb fynegi'i farn, ond ma' barn pobol sy'n 'i weld o o bell yn un hollol wahanol. Dwi wedi clywad amryw yn 'i ffieiddio fo, ag amball un yn honni 'i fod o'n ddyn dychrynllyd.'

'Dwi'n siŵr fod Lenin yr un fath pan oedd o'n fyw. Taswn i 'di'i gyfarfod o'n bersonol, ma'n siŵr y baswn i'n meddwl 'i fod o'n ddyn dymunol dros ben. Ti'n gorfod bod yn graff iawn i nabod y gwir am unrhyw un.'

Yn hwyrach y noson honno y dywedodd Alyosha wrthi ei fod o wedi hen alaru ar Baris ac yn dyheu am wythnos i ffwrdd o'r ddinas.

O'r Gare de Lyon aeth y Paris-Lyon-Méditarranée Express â nhw tua'r de. Wrth i'r trên fwrw'n ddyfnach i'r min nos, daeth rhigolau priddgleiog o boptu i'r fei, mân ddyffrynnoedd bychan yn llawn o suran cochion – rhai rhuddgoch tywyll, bron yn biws. Bob hyn a hyn, deuai darn o afon i'r golwg, ac weithiau amball lyn, ei lannau tywodlyd yn llwyd welw yn haul yr hwyr.

Y stop cyntaf ar eu taith oedd Arles, lle roedd y tywydd mor felltigedig o boeth nes y teimlai Alyosha fod yr haul yn stabio'r strydoedd, yn enwedig rhwng y muriau gwynion. Prynodd het wellt rad iddo'i hun.

Wedyn, deuddydd yn Montpellier, a thri diwrnod a thair noson arall ym mhorthladd bychan Sète, lle roedd genod ifanc pryd golau, a'u gwregysau main a llewys llydan, yn beicio'n ôl a 'mlaen ar hyd y cei dan chwerthin.

Un noson eisteddodd Alyosha a Wisia ar y traeth yn gwrando ar suo tawel y tonnau'n cusanu min y môr, tonnau tawel o dan olau'r lloer, a'r ddau'n gwlwm am ei gilydd. O dipyn i beth, tynnodd y llanw i fyny'n ara nes llenwi ogof fawr gerllaw mor ddistaw â llenwi cragen fach.

Un pnawn, ar y ffordd o'r traeth, tybiodd Alyosha iddo glywed rhywun yn galw'i enw.

Holodd Wisia pwy oeddan nhw, wrth weld gwraig mewn ffrog laeswen, ysgafn a het wellt lydan hefo blodau melyn o gwmpas ei chorun yn closio yng nghwmni rhyw hogyn a hogan hafaidd iawn yr olwg.

'Vladimir Sherbatov ydi o. Mae o'n ddisgybl yn y *lycée* wrth ymyl yr Hôtel de Nantes. Ro'n i'n arfer ei weld o'n mynd i'r ysgol, pan o'n i'n byw yno.'

Y wraig oedd ei fam o, Olga Sherbatovna – dynas ym mlodau ei dyddiau, ei hoen yn hardd, ei phryd a'i gwedd o dan wres yr haul wedi brownio'n ddwfn. Pan wenodd, dangosodd ddwy res o ddannadd gwastad.

'Dyma Erwana.' Cyflwynodd Vladimir ei gariad i'r ddau.

Dim ond rhyw hannar nabod y Llydawes wrth ei ochr o roedd Alyosha. Doedd o ddim chwaith wedi gweld cymaint â hynny ar Vladimir ym Mharis ers pan ddechreuodd o ganlyn hefo hi. Merch a oedd yn ddisgybl yn y Maison d'éducation de la Légion d'honneur allan ar gyrion y ddinas oedd Erwana, a'i bryd ar astudio yn yr École de Médicine, yn union fel ei thad. Merch i feddyg a chynghorydd lleol yn Plomodiern, uwchlaw Bae Douarnenez yn Finistère, oedd hi – merch ieuengaf dyn a gafodd y *Croix de Guerre* a'r *Légion d'honneur* ar ôl colli ei ddwy goes yn rhyfel 1914–18. Er gwaetha ei anabledd, a'r ffaith ei fod yn gaeth i'w gadair olwyn, roedd ei ysbryd yn rhadlon a rhydd. Roedd o'n dal ati i ddoctora o hyd, hefo'r agwedd meddwl iach mai her fuo'r byd erioed i bawb.

'A dyma Ludwika.' Cyflwynodd Alyosha hi i'r tri.

Roedd chwanag o deuluoedd Rwsiaidd yno ar wyliau, ac er nad oedd Alyosha yn nabod yr un ohonyn nhw buan y daeth pawb yn gwmni i'w gilydd.

Tuchan a phesychu fel hen fynach oedd un dyn o'r enw Rostislav.

'Ro'n i'n arfar nabod eich tad,' dywedodd wrth Alyosha.

Honnodd iddo fo unwaith ysgwyd llaw hefo Fyodor Mikhailovich Alexandrov yn Berlin rai blynyddoedd ynghynt, gan honni hefyd i afonydd o filiynau lifo trwy ei fysedd.

Havronya – dynas fawr, flonegog, fymryn dros ei hannar cant – oedd hefo Rostislav, er mai llais hogan fach chwech oed oedd ganddi. Pan glywodd Alyosha hi'n siarad am y tro cyntaf, cripiodd rhyw arswyd drosto fo.

Honnodd Havronya wrth Wisia ei bod hi'n casáu ei henw, ei bod hi'n casáu ei bywyd, ei bod hi'n casáu bod yn weddw, ac yn waeth fyth, roedd hi'n casáu canu'r piano mewn hen *brassiere-concert* digon budur yn Lille. Doedd dim dewis ganddi, gan mai hi oedd yn cynnal Rostislav.

Brawd a chwaer oedd y ddau, ond erbyn hyn roedd Alyosha wedi hen ddysgu nad peth doeth oedd holi gormod am fywydau neb sy'n alltud.

Y noson honno, trefnodd pawb i fwyta hefo'i gilydd mewn *café* rhad heb fod ymhell o'r cei. Doedd prin ddigon o bres yn weddill gan Alyosha a Wisia i dalu am ddim. Olga Sherbatovna setlodd y bil, er ei bod hi'n amlwg fod pethau'n fain arni hitha hefyd.

Sylwodd Alyosha mor ddi-ddeud oedd Wisia yng nghwmni pobol oedd yn ddiarth iddi. Prin yr agorodd hi ei cheg trwy gydol y pryd bwyd. Ar adegau felly roedd rhywbeth swrth yn ei hedrychiad oedd yn peri i rai pobol feddwl ei bod hi'n ara ei meddwl. Ar yr adegau hynny roedd Alyosha yn ama nad oedd hi wir yn ei garu o, a'i bod hi'n dymuno bod hefo rhywun arall.

Canu caneuon i'w gilydd wnaethon nhw, caneuon gwerin Rwsia, Gwlad Pwyl a Llydaw.

'Barbareiddiwch ydi colli traddodiad y canu gwerin,' cyhoeddodd Rostislav yn swnllyd ar draws y bwrdd. 'Barbareiddiwch ydi colli mamwlad a cholli iaith ac arferion gwledig. Dynion y dinasoedd ydi'r comiwnyddion sy'n malurio ein traddodiadau ni. Does gan y dynion yma ddim byd ond dirmyg at y werin bobol. Er eu bod nhw'n dyheu am gael uniaethu hefo nhw, dydi hynny'n ddim byd ond uniaethu hefo'r ddelfryd maen nhw wedi ei chreu o'r proletariat. Ffantasi ydi comiwnyddiaeth, ffantasi!'

'Taw,' gorchmynnodd llais yr hogan fach wrth ei ochr.

'Pam medda chi? Pam? Dyma'r bobol sy'n clochdar fwya o blaid gwladoli diwydiant ag eiddo. Pen draw gwladoli eiddo ydi gwladoli pobol, eu troi nhw'n gaethweision i'r wladwriaeth Sofietaidd, a'r wladwriaeth honno sy'n cael y llaw ucha bob tro.'

Gwichiodd ei chwaer. 'Rostislav, bydd dawal, neu mi gawn ni'n hel allan.'

'Yr unig ffisig sy gen y Marcswyr i unioni drwg y byd ydi rhoi hawl i'r wladwriaeth dros y dulliau cynhyrchu, a hynny dan reolaeth rhyw ddosbarth biwrocrataidd sy wedi canoli pob grym yn ei ddwylo ei hun – grym na welwyd erioed mo'i debyg mewn unrhyw gyfnod arall yn hanes y byd.'

Pan wthiodd Havroyna fo i'w gadair, claddodd ei wyneb yn ei ddwylo, a bu â'i ben yn ei blu am weddill y noson, yn edrach yn ddyfn iawn yn ei dristwch.

Cododd Erwana i ganu.

Roedd ganddi lais a allai dynnu pres o galon amball gybydd. Cafodd gystal hwyl arni nes roedd naws ei llais wedi swyno llu, a bu a mwy a mwy o alw am *encoré*.

Roedd un gân yn ffefryn arbennig gan bawb: hen gân werin leddf am ddynion mawrgryf yn cydaredig hefo'u cesig gwedd hyd haul yr hwyr, yn sychu pridd o dan eu clocsiau ar riniog eu bythynnod, yn union fel y gwnaeth eu hynafiaid ers cyn cof.

Yng nghanol Llydaw unwaith, yn nhre ddi-nod Loudéac, roedd rhyw hogan freuddwydiol yr olwg wrth gowntar *buffet* yr orsaf leol, hefo'i dwrn ar ei boch yn syllu ar ryw lipryn o hogyn hefo gwddw hir a chrys glas digoler yn bwyta bara ac yn yfad seidar wrth un o'r byrddau. Roedd o wedi gosod ei bladur i bwyso ar ffrâm y ffenast, ac roedd oglau haul cynhaeaf yn gry ar groen ei freichiau fo.

Ar ôl cael ei wala, fe gododd a chyfadda nad oedd ganddo fo yr un ffranc i'w enw, gan nad oedd y ffarmwr eto wedi talu iddo fo am ei waith medelu, ond ar ôl bora calad o lafur yn y gweundir, roedd o ar ei gythlwng. Roedd o'n ofni'r gwaetha, ac yn meddwl yn siŵr y basa'r hogan yn galw'r bòs, ac y basa hwnnw yn ei dro yn galw'r plismyn.

'Cana imi,' medda hi wrtho fo. 'Unrhyw beth. 'Mots gen i be, cyn bellad â bo chdi'n canu. Os 'nei di hynny, gei di faddeuant gen i.'

Doedd ganddo fo mo'r llais gora yn y byd, ond mi wnaeth ei orau nes roedd yr hogan yn wên o glust i glust. Doedd neb erioed wedi canu iddi hi o'r blaen, a dim ond iddi hi a neb arall, nes roedd y *buffet* i gyd yn gwrando.

Hyd y dydd heddiw, ar achlysur ei phen-blwydd, mi fydd o'n dal i ganu iddi, fel y gwnaeth o bob blwyddyn ers diwrnod eu priodas.

Nain a thaid Erwana oedd y ddau.

Diflannodd yr amsar yn rhy sydyn o'r hannar.

O fewn dim, roedd Alyosha a Wisia yn ôl ym Mharis.

Hydrefodd.

Dychwelodd Wisia i'w darlithoedd, ond o fewn pythefnos cyrhaeddodd llythyr o adra oedd yn ddim byd ond pentwr o annifyrrwch.

'Be sy?'

Siars gan ei mam oedd o, iddi droi am adra ar ei hunion.

'Ma' 'Nhad yn ddifrifol wael.'

Doedd dim math o awydd ar Alyosha i'w gweld hi'n mynd, ond roedd o'n sylweddoli bod yn rhaid iddi bacio'i phetha a'i chychwyn hi ar ei hunion; doedd dim eiliad i'w cholli.

Chysgodd yr un o'r ddau, dim ond siarad trwy'r oriau mân hyd berfeddion y bora bach. Roedd meddwl am orfod mynd i'w waith drannoeth yn codi pwys ar Alyosha. Ei daro ar y clwt neu beidio, doedd dim ots ganddo fo o gwbwl be fyddai'n digwydd. Teimlai'n hollol ddi-hid. Er mwyn ffarwelio'n iawn hefo Wisia, aeth draw hefo hi i orsaf Montparnasse.

'Yr eiliad y bydda i'n cyrraedd adra, mi wna i sgwennu atach chdi'n syth.' Siarsiodd hi i wneud.

Roedd hi'n siŵr o wneud.

Ond er i'r ddau addo postio llythyrau'n dyddiol at ei gilydd, roedd yn gas gan Alyosha ei gweld hi diflannu. Teimlodd rywbeth oer yn cerddad trwy ei esgyrn. Oedd yn rhaid iddi fynd?

'Oes rhaid i chdi fynd?' holodd.

Gafaelodd hi ynddo fo mor dynn a chranc a dweud. 'Paid â gneud petha'n anoddach na ma' nhw.'

Teimlodd Alyosha ei chnawd yn poethi ar odra ei gwallt, a'r gwrid yn lledu trwy ei bochau. Teimlai ei fod ar drugaredd rhyw dynged enbyd oedd yn hofran uwchben y byd.

Yn lle ffarwelio yn y Gare de Montparnasse, camodd y ddau ar y trên hanner awr wedi deg i Le Havre.

Roedd cymylau duon yn isel yn yr awyr uwchben Haute-Normandie. Erbyn iddyn nhw gyrraedd y porthladd roedd hi'n bwrw glaw. Lle digalon iawn oedd y dre, yn llwydaidd ei phobol a llwytach fyth ei strydoedd, a rhyw niwl pŵl yn hongian dros bob dim. Dechreuodd bistyllio at ddiwedd y pnawn, nes gorfodi'r ddau i fochel mewn bar hir o'r enw Lamartine.

Sniffiai Wisia braidd yn oerllyd, ac roedd blaen ei thrwyn yn wlyb. Roedd ei bochau wedi colli eu lliw, a'i gwallt yn hongian yn llywethau hirion dros ei hysgwyddau a'i gwar gan wneud iddi edrach yn dlysach nag erioed.

Gwasgodd Alyosha ei llaw a'i thynnu ato, a'i chusanu ar ei gwefusau oerion.

Am wyth o'r gloch y noson honno roedd yr *Adam Mickiewicz* i fod i godi angor, ond am ryw reswm – nam ar yr injan neu rwbath – doedd dim bwriad i'r llong droi allan o'r harbwr tan ddeg o'r gloch fore trannoeth. Doedd dim dewis gan y ddau ond chwilio am lety. Noswylio mewn *pension* bychan wnaethon nhw, tŷ oedd yn eiddo i Madame Bilbaut, gweddw ifanc hefo pump o blant ac a oedd wedi colli ei gŵr yn rhyfel 1914–18. Swpan o hen wreigan ddi-ddant o dan siôl ddu oedd ei mam, yn rhincian a rhocian mewn cadair siglo.

Gan fod y ddau heb gysgu fawr ddim (os o gwbwl) y noson cynt, doedd gan yr un ohonyn nhw ddigon o egni i siarad. Cydiodd Alyosha yn dynn am Wisia, ac aeth i gysgu â'i drwyn yn sownd ar groen ei gwar.

Drannoeth, teimlai fod ei fyd ar ben pan ddaeth yr eiliad iddi gerddad i fyny'r gangwe â'i siwtces yn ei llaw. Gwisgai Wisia het a wnâi iddi edrych yn hŷn na'i hoed. Cododd flaenau ei bysadd i'w gwefusau mewn ysbryd o gusan. Ar ben y gangwe, trodd a sefyll er mwyn taflu cusan arall tuag ato fo, yn yr un eiliad ag y taflodd yntau gusan ati hi.

Torrodd y ddau i chwerthin wrth daflu chwanag o gusanau at ei gilydd.

'Be?' gwaeddodd Alyosha gan gwpanu ei glust. 'Gwaedda'n uwch,' gwaeddodd wedyn wrth i'w eiriau ddiflannu o dan grawcian y gwylanod.

Trio'i siarsio fo i beidio â cholli ei drên yr oedd hi, er bod ganddo fo awr go lew cyn bod y trên nesa'n mynd. Er mwyn gwneud y gwahanu'n haws, cododd ei llaw a thaflu ei chusan olaf cyn camu ar y bwrdd a diflannu trwy ddrws i grombil y llong.

Pan oedd Alyosha ar fin cyrraedd yr orsaf, mewn un eiliad hollol honco hurt bost, trodd ar ei sawdl a rhedag ar wib – rhedag nerth ei begla yn ôl am y porthladd.

Hefo'i wynt yn ei ddwrn, rhuthrodd i mewn i swyddfa docynnau'r cwmni llongau – a oedd bellach yn hollol wag – a mynnu prynu tocyn ar gyfer y trydydd dosbarth. Clarc byr, tagellog, awdurdodol ei osgo oedd yn gweini yno, a hynny mor bwyllog â chloc.

Roedd Alyosha ar bigau'r drain, yn disgwyl clywed hwter y llong yn cyhoeddi ei hymadawiad unrhyw eiliad. Dechreuodd siarsio'r clarc i hastio gan ysu am gael gadael y swyddfa – yn ysu, ysu, ysu, brysia, brysia, brysia – ond gweithiai'r dyn yn dawel a phwyllog, mor araf, mor gythreulig o araf.

Hefo'r darn papur yn ei ddwrn, rhedodd Alyosha ar wib ar hyd y cei nes dŵad i stop, yn brwydro am ei anadl a'i wep yn boeth, wrth droed y gangwe.

Pan gafodd ei holi am basbort a *visa* Pwylaidd gan ryw swyddog trwyn main, blyffiodd ei ffordd ar y dec isaf trwy barablu yn Ffrangeg ei fod yn danfon rhywbeth at ffrind – myfyriwr yn y Sorbonne – ac y byddai'n camu oddi ar y llong mewn llai na chwinciad.

Aeth i wardio ar ei union. Cuddiodd o'r golwg dan darpwlin un o'r cychod achub bychain nes gweld bod muriau llwydion harbwr Le Havre yn diflannu yn y pellter. Profodd ryw eiliad dawel-hyfryd pan sylweddolodd fod y tir mawr wedi cilio'n llwyr, a bod dim byd ond môr o'i gwmpas ym mhob man.

Roedd yn mynd i ofyn i Wisia ei briodi fo.

Anadlodd yr awyr laith yn ddwfn i'w 'sgyfaint. Draw ymhell dros bellterau maith y môr roedd llwydwyll mud yn araf dduo'r gorwel.

Doedd dringo o'r trydydd dosbarth i fyny i'r dosbarth cynta ddim yn hawdd o bell ffordd. Aeth i chwilio am y ffordd hawddaf.

Rhyw lewyrch anwadal a daflai lampau'r llong, fel petai'r goleuni'n crynu byw mewn ofn y düwch, gan bylu a gwywo wrth ymgreinio'n llywaeth gerbron y gwyll.

Ar droed y nos penderfynodd droi allan o'i guddfan gan dybio mai gwaith haws o'r hannar fyddai dringo at Wisia yn y tywyllwch. Erbyn iddo adael y caban lle bu'n wardio yng nghwmni saith o ddynion drewllyd yng ngwaelodion y trydydd dosbarth, roedd hi'n tynnu at hannar nos.

Chwarae mig oedd camu ar fwrdd y llong o'i gymharu â chyflawni'r dasg o ddringo trwy ffrwd o wynt a oedd yn gwthio yn ei erbyn. Ofn llithro a cholli ei afael oedd arno fo, ofn disgyn a boddi. Fyddai neb ddim callach mai'r môr oedd ei fedd.

Teimlai mor agos ati ac eto mor bell. Ond dyn ifanc yn anterth ei nerth oedd o, ac roedd yn benderfynol o'i chyrraedd. Roedd yng ngafael rhyw lifeiriant emosiynol nerthol a fynnai ei gludo ymlaen yng ngherrynt ei benderfyniad.

Wrth ddringo'n uwch, dechreuodd fagu hyder. Y peth pwysicaf un oedd ei fod o'n gwbod be oedd rhif ei chaban. Roedd o bron â thorri ei fol isio cyrraedd Wisia, yn dychmygu ei hedrychiad wrth iddi agor ei drws. Y ddau'n chwerthin wrth gythru am ei gilydd, cusanu ei gilydd, caru. Roedd o ar dân i'w gweld, ar dân i'w chofleidio hi a'i chusanu hi. Ar dân i deimlo'i chnawd o dan ei law unwaith eto ...

Ar ôl dringo dros y reilin, camodd ar y dec uchaf. Gan wneud yn siŵr nad oedd neb o gwmpas, croesodd i'r ochor arall, agor y drws trwm a chamu i lawr rhesaid o risiau haearn bwrw. Welodd neb mohono fo, a murmur y llong fel grwndi tawel ar ei glyw. Dan ei wadnau roedd carped meddal, hir yn gyrru i lawr y coridor i ganol ogla olew yn gymysg â pholis cryf a hwnnw'n ogla gloyw, glân.

Dechreuodd gyfri'r rhifau, a chyflymu, wrth glosio at ei drws. Cerddai swyddog tal mewn iwnifform claerwyn hefo crafat glas golau am ei wddw yn hamddenol i'w gyfwrdd, ei law dde ym mhoced ei drowsus wrth iddo chwibanu 'Lindebaum' Schubert o dan ei wynt. Doedd gan Alyosha unman i guddio, a hanner trodd o olwg y swyddog a rhoi ei ddwylo yn ei boced, fel petai'n chwilio am oriad i agor drws.

Wnaeth y swyddog tal mo'i holi fo pam roedd o'n stelcian yng nghoridor y dosbarth cyntaf. Darfu sŵn ei draed. Clywodd Alyosha gnoc ysgafn, a'r swyddog yn diflannu. Diolch byth. Brasgamodd ar ei union tuag at ei nod. Roedd o'n sefyll y tu allan i'w drws. Stopiodd. Sylweddolodd mai trwy'r drws hwnnw yr aeth y swyddog tal.

26.

Syllodd eto.

26.

Hwnnw oedd o.

Chwerthiniad wedyn ...

Hi oedd hi, doedd dim dwywaith.

Fferrodd ei du mewn: roedd y drws ar glo. Cloffodd ei feddwl, er bod ei gorff yn gweithredu'n reddfol ar wahân. Torrodd ei feddwl allan i redag. Torrodd i redag yn gynt. Gollyngodd ei afael ar y bwlyn er mwyn cael cyfle i feddwl. Ond meddwl be? Be oedd o i fod i'w feddwl?

Heb os nac oni bai, llais Wisia a glywai. Roedd yn sicrach o hynny na dim. Hi oedd hi. Ei Wisia fo. Cripiodd rhyw gryndod dros ei wegil, fel petai o newydd gael waldras ar draws ei ben hefo pastwn. Roedd mor ddryslyd ei feddwl, a hwnnw'n mynnu plymio i ryw geudwll dwfn.

Cododd ddwrn i guro ar y drws, ond teimlai ar goll, yn llac mewn gair a gweithred, yn llacach fyth mewn ewyllys, oherwydd iddo sylweddoli pa mor dlodaidd roedd o'n edrach. Syllodd ar ei ddwy lawes, ar ei drowsus a'i sgidiau, a'r rheiny mor fudur a blêr, yn union fel petai o wedi bod wrthi'n rhawio lludw. Roedd ôl traul cyni drosto fo i gyd. Sigodd ei ysbryd. Pam oedd dyn fel fo yn y dosbarth cyntaf? Dyn y trydydd dosbarth oedd o. I'r dosbarth hwnnw roedd o'n perthyn, roedd hynny'n amlwg i bawb. Ond roedd o'n ei charu hi.

Penderfynodd aros ...

Aros wnaeth o.

Aros ac aros, a'r nos yn llusgo ei thraed yn araf trwy'r tywyllwch. Eiliadau, munudau'n bachdrofi'n oriau, a'r oriau'n gadael dim byd ond mwy o adflas drwg yn ei boer.

Rywdro yn nhrymder yr amser, agorodd y drws yn dawel a gwelodd y swyddog yn bagio allan gan daro'i gap ar ei ben. Roedd breichiau gwynion am ei wddw fo, breichiau a'i hanner tynnodd yn ôl i mewn.

Ni ddychmygodd Alyosha erioed yn ei fyw fod asgwrn penglog dyn yn beth mor galad. Dawnsiai pinnau bach trwy'i figyrnau ac i fyny hyd at ei benelin ...

Dowciodd pen y swyddog i'w ddwylo, a'r cochni o'i drwyn yn staenio pen-glin ei drowsus gwyn. Gwegiodd tua'r pellter ym mhen draw'r coridor.

Doedd dim byd ond tywal amdani, rhyw esgus pitw o dywal. Edrychiad chwilfrydig, nerfus oedd yn ei llygaid, ac eto, roedd o'n rhyw edrychiad braidd yn sorllyd hefyd, a drodd ymhen eiliad arall, ar ôl iddi dynnu ochenaid hir o'i mynwes, yn edrychiad eofn – edrychiad hurtffol, a oedd cystal â gofyn, *'Be ddiawl ti'n 'neud yn sefyll yn fa'ma?'*

Daeth awydd drosto i'w thagu, i'w darn-ladd; roedd am i'r llong suddo, am i'r byd foddi, am i'r bydysawd chwalu'n siwrwd racs. Doedd o ddim am i fory, nac unrhyw fory arall, fyth wawrio eto. Disgwyliodd iddi ddweud rhywbeth, i drio cyfiawnhau ei hun – esgusodi'r oriau a dreuliodd hefo'r dyn, neu gynnig rhyw fath o eglurhad, neu rywbeth.

Safodd y ddau mewn oerni diarth.

'Ti'n 'y nghasáu i gymaint â hynny, Ludwika?' clywodd ei hun yn gofyn iddi wrth glywed eco'r cwestiwn yn hel drachefn yng nghefn ei ben. Edrach yn swil a braidd yn ffwndrus wnaeth hi, cyn i'w gwedd newid a chaledu.

'Wyt ti?'

Newidiodd ei gwedd eto: roedd rhyw frithni gwan yn rhedeg trwy ei llygaid.

'Wyt ti?'

Mewn ffordd ryfeddol o ddifater, ysgydwodd ei phen.

Craffodd yntau arni gan ollwng glafoerion o deimladau drosti.

Yn sydyn, cythrodd yn ei bochau hefo bysedd ei ddwy law a gwasgu ei chroen yn dynn – a blasu'r ofn a dynnodd ohoni.

'Paid â 'mrifo fi ...' Cyffiodd ei chorff drwyddo.

'Pam?' gofynnodd gan ei hysgwyd yn hegar. 'Pam na ddylswn i dy frifo di?'

Ysai am ryw esboniad, ond ni ddaeth yr un. Pan ollyngodd ei afael ynddi, ciliodd ei hofn yn syth. Roedd o'n dal yn llawn o gasineb, yn berwi o erwindeb niweidio, a'r awydd i'w chosbi a'i threisio yn gorwedd yn stwmp poeth ar waelod ei stumog. Yr unig emosiwn arall a ddangosodd hi – a hynny trwy ryw un ochenaid fechan iawn – oedd ei bod hi'n teimlo braidd yn flin am iddo wneud rhywbeth mor ynfyd â tharfu arni mor ddirybudd.

'Pam?' poerodd arni. Methodd ganol ei hwyneb. Aeth o dan ei gên, i bant ei chorn gwddw – slomiad o fflemsan galad, yn llawn ing a siom.

Galwodd hi'n enw anfaddeuol.

Galwodd hi'n enw anfaddeuol eilwaith.

Trodd ar ei sawdl a cherdded i ffwrdd.

Swatiodd Alyosha fel rhyw anifail wedi ei glwyfo yn ei wâl. Trwy gydol y tridia o fordaith bu'n gaeth i gaban cyffyglyd, yn segur orweddian, yn gwan obeithio'i gweld hi. Dim ond ar ôl iddi dywyllu roedd o'n mentro allan am awyr iach. Briwiau anweledig oedd y briwiau gwaethaf un. Doedd o ddim haws â'u mwytho; doeddan nhw'n gwella dim. Wisia. Ei Wisia fo. Sut y gallai hi? Craig o gariad wedi troi'n awel o wynt. Fel baeddu drych hefo un anadliad. Un poeriad. Un brad. Dyna oedd yn brifo. Dyna oedd yn ei sigo, nes ei yrru at deimladau uchelwyllt o gasineb – teimladau na phrofodd o erioed o'r blaen yn ei fywyd.

Dychwelai i'r caban drewllyd wedyn at y Pwyliaid a'r ddau Latfiad, a dreuliai eu hamser yn chwara cardia, smocio a slotian am oriau bwygilydd heb 'laru dim. Cafodd gynnig troi ei law at gêm, ond gwrthodai bob tro. Doedd dim math o awydd arno fo i siarad hefo neb, a chadwodd ei hun yn alltud o'u sgwrs.

A ph'run bynnag, doedd ganddo fo ddim pres.

Ymdrechodd o ddim i weld Ludwika wedyn. Roedd wedi meddwl yn siŵr y byddai hi'n dŵad i chwilio amdano fo. Wnaeth hi ddim. Na gyrru neges. Na dim.

Bob tro roedd o'n meddwl amdani (ac roedd hynny bob un awr o'r dydd a'r nos), teimlai ei frest yn tynhau, a min cŷn o siom yn tafellu ei galon yn ddim.

Yn egwan uwch ei ben bob nos gallai glywed cerddorfa'r dosbarth cyntaf yn canu – y *tango*, y *waltz*, y *foxtrot* – a'u hamrywiol guriadau ar ei glyw. Yn llygad ei feddwl gwelai hi'n dawnsio o fraich i fraich, o swyddog i swyddog. Ac yntau yn y gwaelodion mewn caban llawn o ogla festia, tronsia budron a sana drewllyd, yn gwrando ar griw o weithwyr tlawd yn sbydu eu henillion prin.

Yr un oedd crawcian gwylanod Gdynia â chrawcian gwylanod Le Havre.

O ddec cul y trydydd dosbarth, gwelodd Alyosha hi'n cerdded yn bwyllog i lawr y gangwe fesul cam, a'r swyddog gafodd waldras ganddo fo yn ei thywys yn dyner. Maneg goch ar faneg wen. Gwisgai het a chôt laes, raenus ac roedd criw o bobol a edrychai yr un mor drwsiadus yn disgwyl amdani ar y cei.

Caeodd cyfarchion a chusanau amdani. Aeth i ffwrdd yn eu cwmni, a thusw o flodau ym mhenelin ei braich.

Sylwodd Alyosha ar y croeso a'r cariad a gafodd hi. Roedd hi yn ôl adra ymysg ei phobol ei hun. Dyna'r gwir noeth. Be fuo fo iddi hi? Ddim byd mwy na rhyw fflwffyn o gi bach i chwarae hefo fo yn y parc, i daflu brigyn o serch er mwyn iddo fo ei gario 'nôl ati – i'w wawdio.

Ai dyna fuo fo iddi? Rhywun i fynd allan gyda'r nos am dro, i'w difyrru a phasio'r amsar. Neu rywun a wnaeth Baris iddi hi, o bosib, fymryn yn fwy bohemaidd. Sut na welodd o mo hynny? Yn ei gariad dall tuag ati, roedd o wedi creu rhyw lun arall ohoni. Rŵan roedd o'n ei gweld hi am yr hyn oedd hi go-iawn; merch iddyn nhw oedd hi, i aristocratiaid ei gwlad ei hun. Iddyn nhw roedd hi'n perthyn – a ddim iddo fo.

Ac i'w dyweddi.

Roedd yn benderfynol o gael un sgwrs arall hefo hi. Rhuthrodd yn ei hyll o'r llong, ond er iddo chwilio amdani roedd hi eisoes wedi diflannu. Rhedodd ar hyd y cei tuag at yr adwy allan, ond daeth at gwt pren a sylweddoli fod yn rhaid mynd trwy rigmarôl pasbort a *visa*. Doedd ganddo mo'r naill na'r llall. Ceisiodd egluro'i mor onest ag y gallai, gan enwi Ludwika fel rhywun i eiriol drosto fo.

Daeth swyddog arall i'r fei. Trwy ffenast fewnol ei swyddfa bu'n cadw golwg o'i gadair ger ei ddesg, yn codi pen bob hyn a hyn i sbecian draw. Edrychodd y tri swyddog yn dawel hefo'i gilydd trwy dipyn papurau Alyosha – a oedd yn llai na dim.

'Dyna pwy ydw i.'

Cafodd ei dywys i stafall hefo cowntar a chwpwrdd a dwy gadair ynddi.

Wrth gymryd ei le gyferbyn â'r ddau swyddog a oedd ar fin ista i lawr, cododd Alexei ar ei draed pan welodd Ludwika yn plygu'i phen wrth gamu i mewn i gefn Rolls-Royce.

Rhuthrodd draw nes teimlo bariau'r ffenast yn gwasgu i gnawd ei fochau.

'Wisia!'

Trodd ei phen ryw fymryn, yn rhyw hannar edrach o'i chwmpas, ond caewyd drws y cerbyd.

'Wisia!' Gwaeddodd drachefn – gwaedd hirlaes, dorcalonnus a chwalodd yn deilchion racs. Bloeddiodd ei henw hi wedyn, ond gyrrwyd hi i ffwrdd.

Rhuthrodd drwy'r drws a rhedeg allan o'r cwt pren.

Daeth y Rolls-Royce i'w gyfarfod a chamodd yntau o'i flaen.

Cafodd ei ergydio i'r llawr, ac er iddo wneud ymdrech sydyn i godi, roedd rhywun yn gorwedd ar draws ei gefn.

Ni ddaeth ato'i hun am oriau.

Hyd yn oed ar ôl iddyn nhw ei arestio a'i garcharu, ni ddaeth ato'i hun yn iawn am rai wythnosau.

Roedd wedi colli'r awydd i fyw.

Dim ond yn ara bach y dechreuodd gropian tuag at olau dydd, wrth sylweddoli ei fod dros ei ben a'i glustiau mewn dyfroedd dyfnion iawn.

1927–1928

Bloc fflatiau modern yn codi'n hyderus ar lan afon ym Moscow oedd y Dom Pavitelstva. Soniodd Masha wrth Margarita yn Berlin ei bod hi'n teimlo'n freintiedig iawn yn cael byw mewn lle o'r fath – adeilad newydd sbon hefo'i siopau, ei le trin gwallt, ei bwll nofio a'i dŷ pictiwrs ei hun. Doedd dim rhaid iddi gerddad cam o'r fan i mofyn dim.

Pan welodd y swyddog ifanc ar y glwyd mai un o dramor oedd Margarita, ffoniodd rywun arall. Yn y man, daeth rhyw uwch-swyddog i'r fei a'i holi hi'n fanylach am natur ei hymweliad.

'Masha Ivanova?'

Oedd hi'n siŵr fod yr enw iawn ganddi hi, holodd yr uwch-swyddog.

Golwg lugoer oedd ar wep y milwr ifanc.

'Yma ddeudodd hi wrtha i 'i bod hi'n byw. Masha Ivanova. Apartment 407.'

Camodd gwraig ganol oed mewn het a chôt ffwr, a honno wedi ei botymu at ei chorn gwddw, heibio'r glwyd, a cherdded yn ei blaen heb oedi dim na dal llygad neb.

'Lle deudodd hi oedd hi'n gweithio eto?' holodd yr uwch-swyddog.

'I Adran Ddiwylliant y Llywodraeth.'

'Pam na holwch chi nhw'n fan'no?'

Wrth gerdded yn ôl i'r Hotel Moskva, roedd Margarita'n grediniol ei bod hi wedi ffwndro. Rhaid ei bod hi. Sut arall oedd egluro'r peth?

Caeodd ddrws ei hystafall ar ei hôl, tynnu ei chôt, ei beret a'i sgarff, a mynd ati i chwilota yn ei dyddiadur. Ailddarllenodd bob un gair yn bwyllog, ond eilio manylion yr hyn roedd hi wedi ei nodi ar ddalen felen y milwr ifanc wnaeth y cwbwl.

Sgrifen Masha oedd o'i blaen hi, yr hyn a nododd yng nghyntedd tŷ pictiwrs y Mozart-Saal yn Berlin pan ddaeth hi â dirprwyaeth draw ar gyfer y rali fawr yn y Sportplatz. Yn llun ei meddwl, gwelai Margarita ei ffrind yn clir. Cofiai hi'n cyflwyno'r ddwy ffilm o'r Undeb Sofietaidd. Ffilm hyfryd am Yalta oedd un, a ffilm arwrol oedd y llall – yn adrodd hanes miloedd o bobol ifanc yn codi argae anferthol ar draws afon yn Siberia fel rhan o'r cynllun i ddatblygu'r economi. Amlygwyd y rhwystrau a osododd Natur i'r gweithwyr – y rhew, yr eira a'r tywydd anhrugarog – ond oherwydd eu dycnwch, eu delfrydau a'u ffydd o dan ysbrydoliaeth ac arweinyddiaeth Plaid Gomiwnyddol yr Undeb Sofietaidd, llwyddwyd yn y diwedd i oresgyn pob un tramgwydd i ffrwyno grym afon Ob a'i dofi er lles dyn.

Swynwyd Margarita yn llwyr y noson honno nes peri iddi deimlo ei bod 'nôl adra yn Rwsia. Cofiodd – pan ddaeth yr egwyl a'r lle'n cael ei oleuo – fod dim math o awydd siarad Almaeneg arni o gwbwl. Gwell o lawar ganddi oedd nythu yn ei hatgofion a siarad Rwsieg hefo Masha.

Syllodd ar y llawysgrifen unwaith eto. Doedd hi ddim wedi drysu: roedd hi yn llygad ei lle. Masha Ivanova, apartment 407, Dom Pravitelstva.

Cofiodd Margarita am frwdfrydedd ei ffrind newydd, yn ogystal â'i hawydd i ddysgu am eu hymdrechion nhw yn Berlin. Mynnodd Masha wybod yn fanwl am waith y *betriebsräte* lle roedd y comiwnyddion yn gallu cynnig arweiniad ymarferol ym mhwyllgorau'r ffatrïoedd. Soniodd Margarita wrthi am eu brwydrau a'r streiciau. Soniodd fel y cafodd *Die Rote Fahne* ei gau i lawr gan y llywodraeth a'i wahardd rhag cyhoeddi dim am ryw hyd, ond anwybyddu'r gwaharddiad wnaethon nhw a'i gyhoeddi'n danddaearol. Soniodd fel y cafodd cynhadledd y KPD yn Württemburg ei hatal trwy orchymyn llys, a hynny mewn cyfnod pan oedd mwy a mwy o weithwyr yn cael eu taflu ar y clwt. Tacteg y cyflogwyr oedd sacio a chau allan – tacteg i dorri ysbryd, yn y gobaith o wneud y gweithwyr yn fwy cyndyn o streicio, heb sylweddoli y gallai hyn weithio yn erbyn y cyflogwyr ryw ddydd, gan mai byddin y di-waith ydi milwyr traed pob chwyldro.

Masha Ivanova, apartment 407, Dom Pravitelstva.

Hwn oedd ei chartra hi. Pam roeddan nhw'n honni ei bod hi ddim yno? Rhyfadd.

Doedd dim dewis gan Margarita ond holi ymhellach.

Y noson honno, croesawyd y ddirprwyaeth o'r Almaen, yn ogystal â dirprwyaethau o wledydd eraill, yn ffurfiol i Moscow – prifddinas y byd comiwnyddol – yn ystafell fwyta lydan Hotel Moskva, gan neb llai na Nikolai Bukharin, aelod o'r Politbwro a chyd-awdur *ABC Comiwnyddiaeth*.

Dyn main, gweddol fyr, hefo barf bwch gafr oedd o, ei dalcen yn llydan a phen o wallt tenau, cringoch, a hwnnw'n prysur foeli. Estynnodd groeso brawdgarol a chariadus i'r cymrodyr o bleidiau comiwnyddol tramor a oedd yn ymweld â Moscow, a hynny'n swyddogol ar ran Pwyllgor Canolog Plaid Gomiwnyddol yr Undeb Sofietaidd i ddathlu dengmlwyddiant y Chwyldro.

Tu ôl i'r bwrdd uchaf roedd baner ar y mur yn datgan:1917–1927

Gwledd draddodiadol oedd hi: *bortsch* a llaeth sur, *shashlik* a reis, poteleidiau o siampên, y fodca gwychaf a gwinoedd Abchasin, yn ogystal â dŵr byrlymus o Kislovodsk, a'r cwbwl yn cael ei yfed o wydrau grisial moethus.

Yn gweini ar y cannoedd o gwmpas y byrddau crynion roedd criwiau o hogia a genod ifanc mewn gwisgoedd gwyn a du. Roeddan nhw'n llu llawen, a phob un wên yn wên o groeso.

Dodwyd y chwe cwrs yn ddi-lol ar lieiniau claerwyn, ac roedd hwylustod a threfn yn gefn i'r wledd i gyd. Ar ddiwedd y pumed cwrs, cafwyd cais am dawelwch.

Fflachiodd dau neu dri o gamerâu.

Fesul un, gwahoddwyd arweinyddion dirprwyaethau'r gwledydd tramor i annerch o dan y baneri cochion oedd wedi eu gosod ar y muriau o gwmpas yr ystafell. Acenion Ffrainc, yr Eidal, Hwngari a Rwmania oedd ar glustiau pawb.

Daeth tro Margarita yn y man. Roedd hi ar bigau'r drain ers meitin, a phan gododd i gyfarch y meicroffon crwn crynai'r darn papur yn ei llaw. Diolchodd am y croeso, a mynd ati i dalu teyrnged i'r Undeb Sofietaidd – tarian pob gweithiwr a llwybr clodwiw i'r dosbarth gweithiol ei dramwyo er mwyn ennill grym iddo'i hun.

Llywodraeth yr Undeb Sofietaidd oedd y patrwm cyntaf yn hanes y ddynoliaeth o'r hyn y gallai llywodraeth fyd-eang ymdebygu iddo pan drechid cyfalafiaeth, a'r ddaear, pob tamad ohoni, yn byw o dan drefn gomiwnyddol.

Wrth fwrw yn ei blaen, magodd fwy o hyder. Teimlai'n falch o allu adrodd bod cynnydd dyddiol yng ngweithgareddau'r KPD, ac mai'r frwydr galetaf oedd rhoi'r farwol i'r Blaid Ddemocrataidd Sosialaidd – y ffug-sosialwyr oedd wedi bradychu proletariat yr Almaen dro ar ôl tro.

'Clywch, clywch!' cymeradwyodd Hella a Paul.

Cynyddu mewn dylanwad roedd y comiwnyddion mewn ardaloedd fel Saxony, Thuringia a Mecklenburg-Strelitz, ac roedd pob gobaith fod y chwyldro'n mynd i lwyddo, er bod yr orchwyl bellach yn un anoddach. Ar ran y cyflogwyr roedd gangiau o ffasgwyr yn bygwth saethu streicwyr, ac roedd y cwffio ar y strydoedd yn fwyfwy mileinig. Dal i gael ei gwaedu roedd yr Almaen, ond pa ots gan y cyfalafwyr? A'u pres yn magu bloneg mewn banciau tramor, doeddan nhw'n hidio dim. Bedair blynedd ynghynt, pan oedd chwyddiant a thlodi ar eu hanterth, roedd y Dresdner Bank yn dal i dalu difidend o 200% ar bob cyfranddaliad i'w buddsoddwyr bob chwe mis. Yng nghanol y llanast economaidd gwaetha erioed, toriadau oedd gair mawr llywodraeth Noske a Hilferding. Cri penawdau'r papurau dyddiol oedd na allai'r wlad ddal ati i fyw fel hyn gan na allai hi fyth gario'r ffasiwn faich o ddyled. Rhaid oedd wrth doriadau, a'r rheiny'n doriadau garw. Cyflogau, yn naturiol, oedd y petha cynta i gael eu torri a chynnydd yn y diwrnod gwaith o wyth awr i ddeg awr. Oherwydd hyn, galwodd posteri cochion y KPD trwy Berlin am streic gyffredinol yn Awst '23. Atebwyd yr alwad yn unfrydol gan y gweithwyr metal, gyrwyr trenau, gweithwyr ffatrïoedd Neumünster, glowyr Saxony, docwyr Hambwrg a miloedd ar filoedd o weithwyr eraill ar hyd a lled y wlad.

Erbyn hyn, roedd degau o bobl yn taro'u dyrnau ar wahanol fyrddau. Tawedog oedd Kai-Olaf, ei freichiau ymhleth ar draws ei frest, yn syllu i'w wydryn llawn.

Cododd Margarita ei llais.

'Mae'n rhaid inni drechu'r ffasgwyr. Mae'n rhaid trechu'r cyfalafwyr. Mae'n rhaid chwalu'r drefn yma a gosod trefn fwy cyfiawn yn ei lle hi. Hefo'n gilydd, fe gawn ni'r maen i'r wal. Rydan ni'n siŵr o lwyddo.'

Roedd cymeradwyo brwd yn cynyddu o gwmpas y byrddau i gyd.

'Cyn bo hir, fe welwn ni'r dydd yn gwawrio lle bydd baner goch uwchben y Reichstag.' Codwyd chwe chant o wydrau i fyny fel un. 'I ddengmlwyddiant y Chwyldro!'

Daliodd Bukharin ei wydryn yn uwch, 'I chwyldroadau eraill.'

'Chwyldroadau eraill.'

Derbyniodd Margarita dusw hael o rosynnau pinc a photel fechan yn anrheg – y sebon sent diweddara i gael ei gynhyrchu yn y ffatri newydd yn Yaroslavl.

Uwchben y bar gosodwyd y geiriau: 'Rydan ni'n hapus, rydan ni'n rhydd!' Byrlymai Babel o ieithoedd trwy stafelloedd yr Hotel Moskva, bregliach o bob cwr o Asia, Ewrop ac America. Roedd dau gymrawd hyd yn oed wedi teithio yr holl ffordd o Iles du Roi Georges yng nghanol y Môr Tawel, ynys fechan a oedd o dan fawd imperialaidd Ffrainc.

Wrth droi ymysg eneidiau hoff cytûn, teimlai Margarita ar ben ei digon. Roedd pawb mor groesawgar wrth ei llongyfarch, yn gwerthfawrogi hanesion ei hymdrechion dros yr achos, gan beri iddi hi deimlo'n ysgafn ei hysbryd. Mor braf oedd cael clod am unwaith, yn hytrach na dirmyg a chasineb. Cafodd y teimlad gorfoleddus ei bod hi'n hollol bosib i'r byd ddŵad i'w le, ac y gellid geni cymdeithas wahanol o groen yr hen un.

Mor bell yn ôl yr oedd Berlin, dinas y blys cyfalafol lle roedd y gweithwyr yn picedu a'r cyflogwyr yn pocedu. Meddyliodd am yr holl ysgolion truenus a'r ysbytai tlawd. Daethai o wlad lle roedd chwyddiant yn rhemp, lle roedd gwastraff a thrais, tlodi ac afiechyd, slymiau a streicio, llid yr heddlu a gwasg gelwyddog y cyfoethogion yn gwtera gwenwyn i lawr corn gyddfau pobol ddydd ar ôl dydd. Un ymdrech enfawr i gadw'r gweithwyr yn eu lle oedd y cwbwl.

Yn yr Almaen, doedd dim byd ond diweithdra a bywydau wedi eu naddu'n stympiau, lle roedd pob brigyn o obaith wedi ei blicio'n ddim. Dyheai eisoes am gael gweld drosti hi ei hun sut roedd trefn yr Undeb Sofietaidd yn mynd ati i fagu dyfodol gwell, un lle roedd ystyr a phwrpas a gwerth gwirioneddol i fywydau pawb.

Roedd Kai-Olaf yn ei elfen, yn sgwrsio hefo Hella Wuolijoki. Tynnai Moscow ryw haen arall o'i bersonoliaeth i ola dydd: roedd o'n siriolach dyn ac yn fflyrtio'n 'smala, a theimlodd Margarita bigiad o genfigen. Syllodd ar wallt llaesddu Hella, ei thrwyn smwt a'i choesau hirion, yn gangen fain o ferch. Ar y trên i Moscow y clywodd ei hanes hi.

Treuliodd ddwy flynedd ym Mhrifysgol Heidelberg lle bu'n dyst i gastia'r myfyrwyr cyfoethog, meibion aristocrasi stadau mawrion Prwsia, eu brodyr hŷn bob un wedi bod yn swyddogion yn Reischwehr Kaiser Wilhelm yn ystod rhyfel 1914–1918. Pleser pennaf rhai o'r rhain oedd taflu pres mân wedi ei boethi'n wynias o do'r brifysgol ar y stryd islaw, er mwyn cael yr hwyl o weld plant bach tlawd yn un gybolfa ar draws ei gilydd yn aw! aw! aw! wrth awchu am y darnau fel haid o gywion llwglyd, tra oedd y criw uwchben yn udlefu wrth eu gwylio dros wydrau o siampên.

Aeth Hella i gasáu'r lle gymaint nes penderfynu gadael a mynd i fyw i Baris. Er mwyn gwella ei Ffrangeg, mynychai ddosbarth nos yn y Lycée Condorcet, lle cyfarfu â chomiwnydd canol oed o'r enw Xavier, oedd yn arfer nabod Jean Jaurès. Trwyddo fo y dechreuodd hi ddarllen *L'Humanité*, papur oedd dan olygyddiaeth cefndar i Xavier. Darllenai o'n ddeddfol bob un bora, nes o dipyn i beth dechreuodd deimlo ei bod hi'n dechra gweld y byd a fu mor ddiddeall iddi gyhyd mewn goleuni newydd.

Aeth i ymddiddori fwyfwy mewn economeg, a mynd ati i astudio ar ei phen ei hun yn y Bibliothèque Sainte-Geneviève, yr hen lyfrgell enwog dafliad carrag o'r Panthéon. Yno, dan olau lamp werdd, y darllenodd hi *Das Kapital* am y tro cyntaf erioed. Roedd hi'n byw mewn apartment ger y Jardin du Luxembourg, yn gweithio fel ysgrifenyddes i bennaeth cwmni metal mawr Kleyer, cwmni Almaenig-Ffrengig. Bu raid iddi ddysgu llaw-fer, a ddaeth yn handi iawn yn nes ymlaen pan ddychwelodd i'r Almaen, gan mai hi oedd y prif gyswllt rhwng y KPD yn Frankfurt a'r brif swyddfa yn Berlin. Oherwydd y gwaith da a wnaeth yno y cafodd hi wahoddiad i ymuno â'r ddirprwyaeth i Moscow.

Sylwodd Margarita sut yr aeth Kai-Olaf o fwrdd i fwrdd yn ysgwyd llaw, gwasgu ysgwydd, slapio hwn a hwn ar ei gefn a chusanu hon a hon. Mor gyfeillgar oedd ei osgo, ei wyneb yn wên i gyd, ei lygaid glas hyd yn oed yn lasach; roedd fel dyn wedi llwyr ymlacio. Ynghanol ei ffrindiau, roedd o'n amlwg yn ddedwydd ei fyd.

Teimlai Margarita fymryn allan ohoni: doedd hi ddim wir yn nabod neb y tu allan i'w dirprwyaeth hi. Ond roedd hi'n benderfynol o fanteisio ar y cyfle i ddod i nabod cymaint o gomiwnyddion eraill ag y gallai yn ystod ei harhosiad.

Yng nghwmni'r Eidalwyr yr eisteddai Kai-Olaf. Doedd hynny ddim yn syndod gan mai ym Milano, Torino a Bologna roedd o wedi bod ar waith. Yno roedd y perygl o du ffasgiaeth waethaf. Parodd Mussolini i'r blaid gomiwnyddol orfod troi'n dwrch daear er mwyn arbed ei hun rhag cael ei ddarnio'n gyrbibion. Dim ond liw nos roedd hi'n saff i siarad, symud a threfnu bellach ac i'r de o'r Alpau, dynion y lonydd anial, y tai diarffordd a'r drysau cefn oedd pob comiwnydd.

Clywodd Kai-Olaf yn chwerthin ar ben jôc gan un o'r Eidalwyr, a gwelodd Hella yn hanner troi a gwenu arni. Oedd y ddau'n gyn-gariadon? Troi at rywun arall wnaeth Hella wedyn, pan dynnodd hwnnw ei sylw. Y gwir amdani oedd nad oedd dim syniad gan Margarita be oedd y cwlwm a oedd yn clymu'r ddau at ei gilydd.

Daeth wyneb yn wyneb â Lornena a Leida, oedd yn cadw cwmni i Max a Moritz.

'Am dy wely? Be? Rŵan?'

'Ddim eto siŵr ...'

'Pwy sy am ddiod arall?'

'Be ddeudodd hi?'

'I be? Paid ...'

Ochneidiodd y pedwar eu protest.

'Paid â mynd.'

'Ma' hi'n andros o gynnar ...'

'I be ei di *nŵan?*'

'Leciwn i aros, ond dwi 'di blino.'

'Ty'd 'laen.'

'Fydd 'na ganu a dawnsio cyn bo hir.'

'Gawn ni ddigon o hynny eto. Nos da.'

'Nos da 'ta.'

'Cysga'n dawel.'

'Nos da.'

'Triwch beidio â chadw gormodadd o sŵn.'

''Nawn ni'n gora,' winciodd Moritz .

Oedodd Margarita wrth droed y grisia wrth sylwi ar Nikolai Bukharin, a dau neu dri o ddynion ifanc mewn siacedi lledar yn amlwg yn ei warchod. Sgwrsio hefo hen gariad iddi hi oedd o – Stanislav Markovich Feldman a'i getyn yn ei geg.

Pendiliodd rhwng dau feddwl: oedd hi am dorri ar draws eu sgwrs ai peidio? Doedd dim rhaid iddi benderfynu oherwydd, trwy lwc, gwelodd Stanislav Markovich hi trwy gil ei lygaid.

Ista ar soffa o dan balmwydden wnaeth y ddau wedi i Bukharin adael. Aildaniodd Stanislav ei getyn, a gwrando arni'n egluro sut a pham y daeth hi i weithio yn llawnamsar i'r KPD.

Sylwodd Margarita ar y newid a fu ym mhatrwm ei leferydd ers y tro dwytha iddi ei gyfarfod hefo'i wraig, Lyuba, pan oedd yn pasio trwy Berlin. Erbyn hyn, tueddai i fwytho ei frawddegau: yn amlwg yn ddyn a oedd wedi dechrau dygymod â bod mewn awdurdod, rhoi gorchmynion a chael ei ffordd ei hun.

Daeth ei thro hi i'w holi fo. Oedd o'n dal i sgwennu ar gyfer y theatr o hyd?

'Amball sgript i amball bictiwr, pan ga i gyfla.'

'Hyd yn oed ar ôl y profiad chwerw ges di'n Berlin?' pryfociodd fo'n ysgafn. 'Ti'n cofio hynny?'

'Cofio'n iawn.'

Roedd o'n hynod o ddiolchgar na chafodd y sothach erchyll hwnnw y nesa peth i ddim sylw gan neb yn unman. Honnodd nad oedd o hyd yn oed yn gallu cofio enw'r ffilm.

'*Allor Rwsia.*'

Rwtsh-ratsh bwrgais oedd ei unig sylw.

'Faint o dy sgriptia di sy 'di ca'l 'u ffilmio?'

'Amball un ...'

Annelwig oedd ei dôn.

'Rhywbeth faswn i 'di'i weld?'

'Falla. Wn i'm be sy'n cael ei ddangos yn Berlin erbyn hyn.'

'Ma' 'na le bychan sy'n dangos pictiwrs o'r Undeb Sofietaidd.'

Wrth i'r ddau ymlacio, toddodd y sgwrsio a daeth yn haws o'r hannar hel atgofion.

'Wyt ti a Lyuba'n dal i fyw ym Mharis? Neu yma ym Moscow?'

'Paris. Ond dwi'n dal i deithio yn ôl a 'mlaen.'

Holodd Stanislav am ei chefnder Alyosha.

'Ym Mharis mae o hefyd. Ers dros dair blynadd bellach, bron i bedair.'

'Yn lle mae o'n byw?'

Doedd Margarita ddim yn hollol siŵr.

'Ydi Lyuba yma heno?'

'Na.'

Arhosodd Stanislav am ennyd yn ei blyg, wedyn tapiodd ei getyn. ''Dan ni wedi gwahanu. Llynadd. Aeth petha braidd yn ... I dorri stori hir yn fyr, ges i affêr. Wedyn, mi gafodd hi affêr. Ar ôl hynny, mi aeth petha braidd yn flêr. 'Naethon ni drio rhyw fath o gymodi. Symud i westy arall ym Mharis. Ond roedd rhwbath wedi torri. Ers hynny dwi wedi ailbriodi.'

'Be 'di'i henw hi?'

'Tatyana.'

'Hapus?'

'Hapus iawn.'

Tawelwch.

'Ma'n chwaer inna 'di priodi hefyd. Larissa. Ti'n 'i chofio hi? Ma' ganddi ferch fach sy'n flwydd a hannar erbyn hyn. Ella. Er cof am Mam.'

Roedd o'n ei chofio hi'n iawn – ond cododd Stanislav ar ei draed.

'Rhaid i chdi'n esgusodi fi.'

Cododd hithau, a theimlo'n lluddedig mwya sydyn.

'Un peth, cyn i chdi fynd ...'

Cyn i Margarita allu gofyn am gymwynas, daeth gweinyddes i glirio'r gwydrau gweigion oddi ar y bwrdd. Rhoddodd hynny hoe fach iddi dacluso'i meddwl.

'Dy dad?' holodd Stanislav.

Doedd hi ddim wedi clywed bw na be o'i hanas o ers blynyddoedd lawer. Pan oedd ei mam yn dal ar dir y byw, fe wnaeth honno ryw ymdrech i holi mewn gwahanol lefydd, ond heb fawr o lwyddiant.

Doeddan nhw ddim yn siŵr a oedd o hyd yn oed yn dal yn fyw – neu'n farw. Neu wedi ei garcharu. Beth bynnag oedd ei dynged o, doedd dim dal …

Roedd peidio â gwybod be oedd wedi digwydd iddo fo yn fwy o artaith na gwybod i sicrwydd ei fod o wedi marw, yn enwedig i Larissa, a oedd yn mynnu cadw'r cof amdano fo yn fyw o hyd. Hi oedd ffefryn ei thad – ac wedi bod erioed. Roedd ganddi feddwl y byd ohono fo. Eglurodd Margarita iddi addo i'w chwaer y byddai'n manteisio ar ei chyfla yn yr Undeb Sofietaidd i holi am Kozma. Oedd modd i Stanislav eu cynorthwyo?

Addawodd wneud ei ora drosti.

Datglodd Margarita ddrws ei hystafell a thynnu'i sgidiau. Wedyn, eisteddodd ar erchwyn y gwely a mwytho'i bodiau. Bu'n trampio strydoedd Moscow yn helaeth y diwrnod hwnnw.

Cafodd ei themtio i dywallt te o'r thermos. Sylwodd fod y bowlen ffrwythau wedi ei haildrefnu. Mewn bocs pren caead agorad ar y ddesg roedd tri dwsin a mwy o sigaréts yn ei chroesawu. Ger y ffenast safai ffiol o flodau iasmin ffresh, a osodwyd yno rywdro yn ystod yr oriau a fu. Ond roedd hi wedi blino gormod i werthfawrogi eu persawr.

Sblasiodd ddŵr y basn dros ei hwyneb. Tynnodd amdani rywsut rywsut, a lluchio'i dillad yn blith draphlith ar draws y gadair. Cyn iddi swatio o dan y cynfasau, chwistrellodd chwa o *Anadl Stalin* rhwng hafn ei bronnau a theimlo'i bigiad oer.

Safodd Alyosha yn yr hanner gwyll ym mhen y grisiau yn dal cyfrol Catwlws ei dad yn ei law. Doedd dim golwg o weithredoedd *villa* ei ewyrth Artyom: roedd o'n amau i'r rheiny gael eu llosgi.

Bellach, roedd tenantiaid newydd yn ei hen stafell yn Passy, teulu o Algeriaid.

Cafodd ei ail bâr o sgidiau'n ôl o law rhyw ffrwtyn main hefo dau lygad du.

Doedd dim sôn am ei gyd-letywr, y gyrrwr tacsi o gyn-filwr. I lle roedd hwnnw wedi mynd, doedd dim math o syniad gan neb. Roedd y stafall wedi cael ei hailosod gan y landlord rai wythnosa ynghynt.

Clymodd Alyosha gareiau ei sgidiau yn ei gilydd, a'u hongian dros ei war.

Caewyd y drws yn glep.

Safodd ar bafin ei hen gynefin gynt a theimlo gwres haf bach Mihangel Paris ar groen ei wyneb. Cerddodd yn ei flaen a sylwi fod llewyrch anarferol yng ngwe'r pryfaid cop yn nail y coed. Stori arall oedd sut y llwyddodd o i ddŵad o Wlad Pwyl yn ôl i Baris yn un darn. Stori hir a phoenus. Bu mewn magl, yn ddrwg ei dymer a byw yn boen, ac roedd si-so ei dreialon yn pwyso'n drwm arno fo o hyd, ac yn waeth fyth, roedd o'n teimlo fel tramp.

Tagwyd o gan deimlad o ddychryn pan aeth draw i seilam Maison Blanche.
'Dda dy weld di, Alexei Fyodorovitch.'
Roedd ei hen ffrind Yury Kashivin wedi dirywio'n arw.
'Lle ti 'di bod yn cadw? 'Ti'n 'y ngweld i wedi newid?'
Petrusodd Alyosha fymryn, cyn dweud nad oedd wedi newid dim.
Yury druan. Druan ohono fo. Syrthni araf oedd yn troi melin ei leferydd.
'Leciwn i fod â 'nhraed yn rhydd, hen gyfaill,' dywedodd fel hen ddyn.
Teimlai fel brigyn marw yn cael ei hyrddio o dorlan i dorlan, ond heb waredigaeth yn yr un aber fyth gan fod yr afon yn troi mewn cylch diddiwadd wrth lifo 'nôl iddi hi ei hun.
Penderfynodd Alyosha gadw'i hanesion yng Ngwlad Pwyl rhag clustia ei hen ffrind. Pam porthi ei freuddwydion hefo chwanag o hunllefau drwg? Pam ei fwrw i wallgofrwydd gwaeth? Roedd Yury eisoes wedi baeddu ei hun o dan bridd o baranoia ac yn cerdded ar hyd dibyn gwlad y gwae.
'Pan welwn ni'n gilydd y tro nesa, mi fydda i â 'nhraed yn rhydd,' sibrydodd, a'i fysedd meddal yn dal ei law. 'Hola di nhw ar dy ffordd allan rŵan a gei di weld.'
Wrth i'r ddau gerddad ar hyd rhodfeydd y gerddi a'r cerrig mân o dan eu sodlau, gwrthododd ollwng ei afael.
'Gei di glywad ganddyn nhw gymaint dwi'n mendio bob dydd. Ond os na cha' i 'nhraed yn rhydd, dwi'n mynd i ddengid o 'ma.'
Dyheu am ddengid roedd Alyosha hefyd.

Roedd Paris eisoes yn hydrefu, a'r gaeaf ar droed. Taflodd Alyosha olwg i fyny ac i lawr y stryd. Gaeaf arall, oer a gwlyb, dyna oedd o'i flaen. Methodd yn lân â chadw'i deimladau i lawr. Gaeaf arall o drio sychu dillad tamp o flaen tân gwan. Gaeaf arall yn gwylio'r strydoedd yn gwelwi. Gaeaf arall o annwyd, yn chwysu trwy nosweithiau o anfadwch nes byddai dilladach ei wely yn wlyb, ei fatras yn socian ac ynta'n gorweddian mewn hen oerni llaith, yn rhynnu a chrynu.

Aeth peth amsar heibio ers y pnawn hwnnw pan dywalltodd Yury baent melyn drosto'i hun o botyn roedd rhywun wedi ei ddwyn o ffatri Renault. Gwisgai het galad ar ei ben, un oedd wedi cochi fymryn yn yr haul. Am ei ddwrn roedd y diafol, a chynffon goch y pyped wedi lapio'n dynn am ei fraich, wrth i'r ddau gerdded trwy'r briwlaw i fyny Boulevard Saint-Michel, Yury yn hannar noeth a'r Gŵr Drwg yn ffieiddio pawb ar y pafin.

'Be 'di'ch poenau chi ochor yn ochor â 'mhoenau i?' udodd y diafol.

Fel cysgod ar eu cysgod, roedd rhyw gi bach ffansi yn coethi'n frwd ac yn fân. Ond pan aeth rhywrai ati i drio'i gornelu fo, neidiodd Yury ar gefn moto-lorri.

Cerddodd Alyosha o olwg y seilam, yn ddyn wedi ei ddal rhwng newyn a thlodi, yn byw mewn realiti oedd yn gwrthod blodeuo.

Wrth grwydro'r ddinas, treuliodd ei wadnau'n deneuach fyth. Teimlai ei hun yn darfod fesul tipyn, yn cilio i'r cysgodion wrth weld cymaint o gyplau grymus yn llond eu croen. Dro arall, roedd o'n wenwyn tuag at gariadon drwyn wrth drwyn, yn sisial yn glòs am galonnau ei gilydd. Dyn ynghanol drycin emosiynol oedd o, ond nad oedd y ddrycin honno byth yn marw. Mor braf fyddai gadael caledi'r ddinas a chanlyn llwybrau'r ffriddoedd i fyny i'r mynyddoedd, fry yn uchal i'r creigiau lle gallai glywed lli'r pistyll, chwyrnu cornant, trydar adar, a gweld gwenau'r haul.

Yn niffyg dim byd gwell i'w wneud, roedd o'n amal yn cael rhyw byliau o ddilyn yn ôl troed rhywrai i ben eu taith. Un bora, aeth i ganlyn dynas ifanc â chnwd o wallt lliw pridd yn ymgudynnu'n donnau hyd at fôn ei chefn. Gwraig brydweddol a hawddgar oedd hi, fel y byddai ei nain yn Rwsia yn arfer ei ddweud erstalwm.

Danfon neges ar ran rhywun roedd hi, parsel melyn. Dychmygodd Alyosha dorri ei chudynnau hirion a'u gadael yn sypiau ar y stryd.

Aeth i ddilyn gwalltiau eraill.

Gwallt goleurydd oedd un, a gwallt penfelyn oedd y llall. Am rai strydoedd aeth i ganlyn gwallt haearnlas, un wedi ei liwio'n drwchus. Tynnodd gwallt arianliw ei sylw fo hefyd. A gwalltiau brithion. Gwalltiau gwynion. Gwalltiau duon. Gwallt taclus. Gwallt blêr. Gwallt a oedd yn gwrthod gorwedd yn llonydd waeth befo faint o gribo ac o lyfnu a fu arno fo. Rhyfeddodd fod cymaint o walltiau yn bod yn y byd.

Ar ôl crwydro strydoedd y Quartier Latin, aeth draw un pnawn i Erddi Luxembourg. Gorweddodd ar y glaswellt, yn smocio a hel meddyliau. O'i gwmpas roedd adar bychain Paris yn trochi yn nŵr y ffynhonnau, yn neidio a hopian dan ysgwyd eu plu. Weithiau, clywai golomennod yn cwffio hefo'r piod, eu twrw annaearol yn crafu ar y toeau. A'r cathod wedyn, rhai duon, strae, yn tynnu ato'n amal i hel rhyw damaid ...

Dro arall, treuliai ei oriau'n gwylio gwragedd ar sodlau uchel yn tywys eu cŵn bychain, pwdl neu *chichiwawa*, rhai wedi eu gwisgo fel dandis – ac yn pawennu mynd ar ysgafn droed.

Âi oriau segur heibio.

Awelon mwythion oedd ym mrigau'r coed, yn rhusio'r dail yn isel.

Marw ganu'n dawel a wnâi gwres yr haul.

Yn niffyg dim byd gwell i'w wneud, ymlwybrodd trwy'r llwydwyll meddal at y Seine a'i dŵr melynfrown, yn gwylio'r badau hirion – badau haidd a gwenith, llongau glo, a llongau eraill o lwythi cymysg o ogledd Ffrainc, o wlad Belg, o Rouen, neu o Le Havre – yn hwylio heibio i'r Île de la Cité. Croesodd dros bont yr afon, a dal ati i gerdded, nes dringo fesul gris a gris i fyny strydoedd culion Montmartre at gyrion grisiau isaf Basilica Sacré Coeur.

Aeth heibio i ddrysau agored lle clywodd sgwrsio gwragedd a phlant. Clywai ogla macrell yn ffrio, ac amball dro ogla mwy moethus, fel sebon sent neu wynt tybaco da; dro arall, ogla drwg fel ogla llwyth o gachu ci. Dringodd heibio i erddi a oedd wedi eu hamgylchynu â bariau haearn, lle roedd chwyn tal o flodau gwynion, siâp ambarél, yn tyfu'n wyllt. Cyrhaeddodd y copa, ei geseiliau'n wlyb diferol, gwlybaniaeth cynnes ym môn ei gefn, a'i afl yn llaith.

Benthycodd leitar gan ddyn a oedd wedi ei wisgo mewn siwt o goch tywyll, gwasgod aur a sgidiau melyn. Barf gochlyd oedd ganddo fo, llygaid babi a rhyw grac yn ei lais. Cododd y ddau sgwrs. Pianydd mewn tŷ pictiwrs fuo'r dyn am sbel, nes mynd i ddiota gormod i gadw unrhyw job heb sôn am gadw tiwn.

Syllodd Alyosha draw dros y gwastadedd o doeau glaslwyd oedd yn lledu ymhell i'r gorwel, gan ddal ei olwg ar oleuadau tŵr radio enwoca'r byd yn wincio yn y pellter.

Smociodd drydedd a phedwaredd sigarét, nes duodd yr wybren.

Dechreuodd y llifoleuadau o frig Tŵr Eiffel rowlio'u llafnau hirion dros y nos.

O'i flaen roedd dinas ddiderfyn wedi carlamu i bob cwr, strydoedd ar strydoedd ohoni'n llamu allan i berfeddion y maestrefi. A'r fath bobol oedd yn morgrugo trwyddi – pobol o bedwar ban byd, a'r rheiny'n byw trwy'i gilydd ar gefnau'i gilydd. Cefnfor dyrys oedd Paris; roedd pawb yn gorfod dysgu nofio yn ei dyfroedd – rhai'n well na'i gilydd.

Bu'n lwcus iawn i gael dŵad yn ei ôl i Ffrainc o gwbwl. Oni bai am garedigrwydd un conswl Ffrengig yn Danzig, dyn roedd disgleirdeb ei ddaioni yn amlwg yn ei wên, roedd hi'n annhebygol y byddai Alyosha wedi gweld Paris byth eto. Roedd y Pwyliad yn amau ei fod o'n sbïwr, a'r Defensira yn bendant o'r farn mai dyna oedd o.

'Rhyw lol malu cachu am fod ar dy din ym Mharis. Ty'd o'na, 'nei di? Be ffwc ti'n feddwl ydan ni? Ffyliaid? Lle mae dy bapura di'r basdad bach?'

Treuliodd ddyddiau'n trio gwneud ei orau i'w darbwyllo nad oedd o wedi sleifio i wlad Pwyl liw nos. Ddim sbei ar ran yr Undeb Sofietaidd oedd o, ond hogyn mewn cariad.

Wisia.

A'i henw fel eco pell o fywyd rhywun arall.

Caeodd ei lygaid: ar ei glyw, roedd sgrechian yr hogan honno o hyd, y gomiwnyddes ifanc o Lvov na welodd o mohoni hi unwaith, dim ond clywed ei chyrnewian yn troi'n sgrechlefu trwy'r waliau brics. Fe wnaethon nhw'n siŵr ei fod o'n ei chlywed hi, wrth iddyn nhw fynd ati i'w gorfodi i ...

Pan gafodd ei hel o Wlad Pwyl, ei boen meddwl mwya oedd mynnu'r hawl i gael aros yn Ffrainc. I gael *permis de séjour* roedd yn rhaid iddo fo gael pres, yn ogystal â mynd trwy'r un rigmarôl biwrocrataidd eto fyth. Neu brynu un drutach ar y farchnad ddu. Heb stamp y ddogfen honno, doedd dim hawl ganddo i fyw yn Ffrainc, na gobaith o gael gwaith cyfreithlon.

Gwnaeth ei orau i wasgu'r profiad o gael ei gloi mewn cell yn Warsaw. Gwnaeth ei orau i wasgu Ludwika hefyd. Roedd hynny bron mor amhosib â charthu'r amsar a dreuliodd yng ngharchar Pawiak o'i feddwl. Mynnai ailfyw'r oria o hyd, yr oria pan fuo fo'n trio'u rhoi nhw ar ben y ffordd, trwy haeru'n gadarn ynglŷn â phwy oedd o go iawn.

Nhwtha'n bygwth torri asgwrn pob bys fesul un – snap, snap, snap.

'Ond dyna pwy ydw i.'

Er nad oedd neb yn ei goelio fo.

Lle bynnag roedd o'n gwagsymera ym Mharis, teimlai fod olion rhyw atgofion o Ludwika ym mhobman. Roedd y ddinas mor llawn ohoni. Wrth gerdded heibio i dai solat, parchus iawn yr olwg a oedd yn gwgu ar y stryd, teimlai fel curo ar amball ddrws a holi amdani. 'Ga i ddŵad i mewn? Ga i noddfa gynnas? Ga i fwyd a diod ganddoch chi? 'Newch chi fod yn ffeind wrtha i?'

I lawr yng ngwres sych y metro, a oedd yn anadlu pobol i mewn ac yn eu chwythu nhw allan, hanner disgwyliai y deuai ar ei thraws hi.

Ym Montmartre.

Yn y Louvre.

Ym Montparnasse.

Wrth gerdded drwy fynwent Père-Lachaise un pnawn yn oerni diwedd Hydref tybiodd iddo'i gweld hi, ond hogan yr un sbit â hi oedd newydd osod tusw o rosod gwynion ar fedd.

Deffrodd un nos o sŵn rhyw hunllef, lle bu'n rhuthro trwy res o hen dai wrth i anifail chwyrnu ar ei ôl ...

Hyd yn oed i lawr yng nghyffiniau parciau Meudon, Chavile a Bologne-Billancourt, teimlai ei bod hi yno. Wrth droi congol talcen amball stryd liw nos o dan y lampau melyn, roedd yn dal i hanner disgwyl dŵad wyneb yn wyneb â hi.

A'r hen le bach hwnnw yn y Rue de la Cité, lle treuliodd y ddau eu noson gyntaf gan raddol dawelu wrth syllu'n hirach i lygaid ei gilydd. Sut roedd o'n mynd i allu byw hebddi?

Roedd Stefanos Sourlis yn gweithio yng nghegin *brasserie* yn Rue des Abesses ym Montmartre. Cyn hynny bu'n slafio fel *plongeur* yn yr Hôtel de Nantes, cyn cael ei sacio pan aeth i'r afael â merch y perchennog byrdew i lawr yn y selerydd, rhwng dwy gasgan win.

Wrth i'r ddau ymrafael ar y llawr, cripiodd yr hogan o ar draws ei arlais. Pan ruthrodd ei thad i lawr y grisiau cerrig, roedd hi'n sgrechian am ei hoedal. Roedd hi'n gwffas hyll iawn, a'r dyn â'i fryd ar ladd Stefanos hefo'i ddwylo a'i draed, trwy ei ddyrnu i fyny'r grisiau a'i dindaflu allan i'r stryd.

Bu'n ddigon lwcus – lwc mul, a dim byd arall – i gael cynnig gwaith fel gwarchodwr personol i Signor Tornquist, penteulu y llinach fancio enwog o Buenos Aires a oedd yn gyrru o gwmpas Paris mewn Mercedes melyn.

Bellach roedd Stefanos Sourlis yn byw saith drws i fyny o'r Hôtel Terrass, mewn *logement* bychan yn uchal yng nghefn y pumed llawr, yn edrach allan dros gowt y cefn islaw. Doedd y lle fawr mwy na chell Alyosha yn Warsaw – un stafall wedi ei hollti'n ddwy i greu llofft gyfyng hefo darn o gegin, a dyna ni. Doedd o mo'r lle tawela, ond o leia roedd o'n cynnig cysgod i gysgu.

Pan âi Stefanos i ganlyn ei chwant, câi Alyosha lonydd tan y bora. Ond yn amlach na pheidio, byddai'n hudo rhyw bincan o hogan handi yn ôl adra hefo fo. Deffro a chael ei orfodi i godi a gwisgo amdano oedd hanas Alyosha wedyn, cyn troi allan i oerfal yr oria mân. Y rheiny oedd y nosweithiau gwaetha, pan oedd o'n ffagio a fferru o gwmpas y ddinas.

Un noson clywodd sŵn traed yn rhusio rhyw wichian i fyny'r grisia.

'Paid! Na, paid â phinsio 'nhin i! Stephi, paid!'

Rowliodd Alyosha o dan y gwely, a gorwedd yno'n fud, prin yn meiddio anadlu, hefo'i drwyn yn erbyn y fatras yn gwrando ar y ddau'n rowlio i mewn, yn stagro bob sut, yn siarad yn chwil, eu traed fodfeddi o'i drwyn, yn cusanu a chwerthin, yn disgyn wysg eu hochra i lymbeidian ar y fatras, i fustachu a thuchan wrth dynnu amdanyn nes dechra erthychu.

'Ffwcia fi, 'na chdi, fel'na, fel'na, 'na chdi, fel'na, ffwcia fi, ffwcia fi, 'na chdi, fel'na, ffwcia fi, 'na chdi, fel'na, fel'na, ffwcia fi, Stephi, ffwcia fi, ffwcia fi, o, 'na chdi, fel'na, fel'na, ffwcia fi, ffwcia fi, ffwcia fi ...'

''Nei di gau dy geg? Dwi *yn* ffwcio chdi.'

'Sbynj dwi'n galw peth fel hyn ...'

''Sa chdi'n siarad llai ...'

Tuthiodd yn drwsgwl.

'Cacan goc ...'

'Sym draw.'

'Da i ffyc ôl.'

'Chdi sy'n rhy boeth, sym draw.'

'Be wyt ti? E? Dyn ne' gadach llestri?'

'Cer i ffwcio dy hun.'

'Ffwcia *di* dy hun. Falla 'nei di well job ohoni na trio'n ffwcio fi.'

Ym mhen dim, rhochian trwm oedd ym mhant y fatras.

Er mai dim ond diwedd Tachwedd oedd hi o hyd, roedd prysurdeb y Nadolig eisoes yn amlygu ei hun yn arddangosfeydd amryliw ffenestri'r siopau mawrion. Teimlai Alyosha ei bod hi eisoes yn berfedd gaea, gan i gnwd o eira cynnar ddisgyn rai dyddia ynghynt a lluwchio'n weddol ddwfn. Doedd dim mor brydferth â chasnodyn eira, meddyliodd, yr amrywiaeth unigryw oedd i bob un, a phob un yn anghyffredin o dlws. Ond nid arhosodd yr eira yn hir. Dechreuodd fwrw glaw a chafwyd dyddia a nosweithia digon soeglyd nes dechreuodd ysu am weld y gaeaf yn hel ei draed a theimlo'r gwanwyn yn yr awel.

Roedd rhywbeth goruwchnaturiol yng ngoleuni siopau Paris. Yn amal iawn byddai'n cerddad trwy'r Galeries Lafayette er mwyn cadw'n gynnas, ac ogla clyd sebonau sent a gwêr canhwyllau'n mynnu ei atgoffa o ddyddiau gwell. Dro arall, safai y tu allan i ambell fecws yn sugno ogla *brioches* a *croissants* i'w ben.

O'i gwmpas roedd rhieni'n cerdded law yn llaw â'u plant, gwragedd yn tywys cŵn Pekinese neu Chiwawa rhynllyd yn eu cotiau bychain, neu ddynion ar eu ffordd adra o'r gwaith yn cario blodau wedi eu rhwymo â rubanau pinc, yn camu yn llawn hynt a hyder. Mae dyn hefo pres yn ei boced yn cerdded yn wahanol i ddyn heb ddim.

Un min nos, roedd pyllau'r stryd yn sgleinio yn waed-ddu ar ôl tasgiad sydyn o law. Rhodiai tryblith-tryblith o boblach o'i gwmpas o, yn croesi'r sgwariau'n gawodydd o gotiau. Wrth i lewyrch y ffenestri hofio ar eu hwynebau, cafodd Alyosha gipolwg sydyn ar ei fam yn ymlwybro draw drwy'r dorf tuag at fetro Vavin.

Ai hi oedd hi?

Syllodd drachefn.

Oedd o'n dechrau dychmygu petha?

Neu ai Inessa oedd hi go-iawn?

Craffodd yn fanwl. Pyslodd am eiliad: hi oedd hi, doedd dim dwywaith. Roedd o newydd weld ei fam yn y cnawd.

Rhuthrodd i lawr grisiau'r metro, gan gyflymu wrth weld ei bod yn closio at y clwydi. Gwasgodd ei braich. Trodd dau lygad ofnus i'w wynebu yn llawn dychryn: gwraig fregus yr olwg yn hanner disgwyl iddo fo drio bachu ei phwrs. Roedd hi ar fin yngan rhywbeth, ond sodlodd Alyosha hi fel wenci yn ei ôl i fyny i hwtsynau Montparnasse a'r nos unwaith eto yn oeri ei fochau. Sylweddolodd nad oedd o hyd yn oed yn gwbod lle roedd ei fam a'i frawd bach yn byw. Y cyfeiriad olaf a oedd ganddo fo iddi oedd yr Hôtel Biarritz yn Biarritz. Gwesty y gwnaeth hi ei adael heb setlo'r bil. Tybed yn lle roedd hi erbyn hyn?

'O'n i'n methu peidio clywad y sgwrs wrth y bwrdd brecwast bora 'ma, Gretushka.'

Hannar ffordd ar draws y Sgwâr Coch yng nghwmni Kai-Olaf yr oedd Margarita. Fel erioed, roedd o'n cario'i gwdyn bag dros ei ysgwydd, ei ddwylo'n ddwfn ym mhocedi ei gôt, a'i gap glas ar ei ben moel. O'u blaenau roedd Lorena a Leida yn camu hefo'i gilydd, a Rosa y llygoden fach wen yn rhedeg yn ôl a blaen ar hyd ysgwyddau Paul, a oedd yn cerdded rhwng Max a Moritz. Canolbwyntiai Margarita ar y ddaear o'i blaen, rhag ofn iddi droi ei ffêr ar y cerrig coblog.

'Ai'r un Masha ydi hon â'r Masha ddaeth draw i'r gynhadledd yn y Sportsplatz yn Berlin?' holodd Kai-Olaf yn ei lais mawr, cwmpasog, hannar ffordd rhwng bariton a bas.

'Yr un un yn union, Masha Ivanova.'

Gan syllu yn syth o'i flaen, holodd, 'Be 'di'r broblam?'

Pam roedd o wastad yn swnio mor ddiamynadd hefo hi?

'Cael traffarth cael gafael arni hi ydw i.'

'Mae'r fath beth â theleffon i'w gael ym Moscow,' syllodd arni hefo'i lygaid gleision.

'Dydi hi byth yn ateb ...'

'Pam?'

'Be wn i?'

'Ti'n siŵr fod y rhif iawn gen ti?'

Roedd ciw gostyngedig yn gwau ei ffordd yn dawal tuag at yr agoriad. O boptu'r sgwâr tywyll roedd dau filwr ifanc, stowt yn dal dau wn bidog sgleiniog o flaen eu trwynau.

'Ffordd hyn, dowch.'

Fel cysgod cwmwl, daeth eu tywysydd swyddogol i'r fei a'u cymell i'w chanlyn. Camodd y ddirprwyaeth yn ôl troed Irina Koslova, ond teimlai Margarita fymryn yn chwithig (teimlad a dyfodd yn gywilydd) wrth hastio heibio i'r rhesaid ddisgwyliedig. Nid ynganwyd yr un gair, a chafodd y ddirprwyaeth ddim byd mwy nag edrychiadau o ddirmyg mud.

Llyfnodd pawb ei ystum a thacluso'i osgo, a stwffiodd Kai-Olaf ei gap i boced ei gôt.

Roedd llain o olau melyn yng nghanol y gwyllni.

Un hen wreigan oedd yno, ei breichiau ymhleth ar draws ei brest, yn ista ar gadair bren a sŵn y byd wedi ei gau allan.

Kai-Olaf a Margarita oedd y ddau ola i gerdded heibio'r fan lle gorweddai prif bensaer yr Undeb Sofietaidd.

'Chei di'm ateb i dy gwestiwn ynglŷn â Masha, ddim gen hon,' sibrydodd Kai-Olaf yn ei chlust gan nodio at war Irina, oedd yn llithro o'u blaenau. 'Ddim os ydi dy ffrind di'n byw yn y Dom Pavitelstva.'

Prin roedd hi'n gallu ei glywed o. Gweision sifil? Dynion y fyddin? Dynion y llynges a'u teuluoedd? Câi pob ymholiad ei amau. Pam roedd hi'n holi am rywun oedd yn byw mewn adeilad oedd â chymaint o aelodau o'r llywodraeth yn byw yno? Roedd rhywun yn siŵr o ddrwgdybio'n syth bod Margarita ar ryw berwyl amheus, yn blysio am ryw wybodaeth arall, yn enwedig gan ei bod hi'n ddynes o dramor.

'Pam ddylian nhw ama 'nghymhellion i?' holodd braidd yn big. 'Dwi'n gomiwnyddes,' ychwanegodd, fel petai hynny'n cynnig ateb terfynol i bob dim.

'Faint o elynion sy'n cuddio y tu ôl i'r un mwgwd, 'sgwn i?'

Yng nghysgod Lenin, sylweddolodd Margarita fod Kai-Olaf o ddifri.

Sibrydodd wrtho fo mai y hi fasa'r ola ar wyneb y ddaear i fradychu'r Undeb Sofietaidd mewn unrhyw ffordd – ei phlaid, ei phobol, ei ffatrïoedd, ei gweithdai, ei labordai, neu unrhyw wybodaeth arall amdani, waeth pa mor ddibwys – wrth unrhyw un oedd yn elynion iddi. Holi i lle roedd ei ffrind Masha wedi mynd roedd hi – dyna'r cwbwl.

'Sssssh!' hisiodd yr hen wraig ar y gadair bren.

'Fasa hi 'di bod yn haws o'r hannar tasa chdi wedi gofyn i mi,' sibrydodd Kai-Olaf wrth ogleuo chwa o sent Stalin ar ei chroen.

Safodd y ddau i syllu.

Corff mewn siwt ddu a'r golau'n pincio brychni ysgafn ei groen, ei freichiau'n gorwedd o boptu a'i ddwylo yn ddau ddwrn. Talcan llydan oedd ganddo fo, barf gochaidd, trwyn twt a cheg gymen. Roedd bwlch eitha llydan rhwng ei lygaid bach, a'r rheiny ar slant. Melynllyd oedd y croen o gwmpas coler ei grys, a'i fochau'n gwyrog. Wrth rowndio'r ochor bellaf a'i fesur ar ei hyd, gwelodd Margarita mai un o gorffolaeth bychan oedd o. Gwyrodd er mwyn craffu ar ei frest, gan ddisgwyl gweld anadliad, curiad calon, rhyw egin bywyd ond wrth iddi gerdded yn ei blaen, gorweddai Lenin mor llonydd ag erioed.

Y grym yma unwaith yrrodd hi o Rwsia dros y ffin ar ffo.

A'r grym yma hefyd a'i hudodd yn ei hôl.

Bwrw i lawr Boulevard des Batignolles i'r Place Clinchy yr oedd Alyosha wrth anelu am y Rue Pigalle.

Camodd i mewn i far bychan Zimmer ar gornel Place Blanche. Ar ôl codi gwydryn o Calvados, pwysodd ei benelin ar y bar sinc. Tynnodd sigarét wedi ei rowlio'n barod o'r tu ôl i'w glust, a'i thanio hefo matsian. Trodd i wrando ar sgwrs pedwar wrth ei ymyl, lle roedd rhyw led awgrym gan un yn bwydo awgrym y llall. Llithrodd Alyosha ei law dros y bar, yn gwthio'i wydryn draw wrth ordro Calvados arall. Rhyw foi ceiniog a dima oedd y barman, dyn di-raen a chroen ei wyneb yn dyllau mân yn sgil rhyw aflwydd yr honnodd iddo'i ddal ym Mesopotamia.

'Lle wyt ti arni erbyn hyn?' holodd hwnnw wrth dywallt.

'Yn yr un fan ag erioed,' oedd ateb Alyosha.

'Fel ni i gyd.' Chwarddodd yn fyr, gan fynnu mai ffordd gam oedd bywyd i bawb yn y bôn.

'Iechyd da.'

Roedd naw ffranc yn weddill yng ngwaelod ei bocad o. Dafliad carreg o'r Pont Mirabeau yn ardal Auteuil, 'chydig oria ynghynt, roedd Alyosha wedi torri i mewn i *maison de retraite*, cartra i hen bobol weddol gefnog. Ond cyfoeth neu beidio, roedd y lle yn dal i ddrewi o ogla hen biso a marwolaeth. Cododd lond pocad o bres o ddrôr rhyw hen begor oedd yn hanner hepian mewn cadair freichiau. Clywodd o'n mwmian rhywbeth. Roedd o wedi hannar deffro, yn gwenu'n siriol, yn grediniol mai ei fab o oedd yno, mab roedd mor falch o'i weld ...

Am wyth ffranc, roedd Alyosha yn gwybod lle i gael llond ceubal o fwyd –*table d'hôte* hael o gig wedi ei ferwi, tatws, *salade Normande* a litr o *pinard*. Bron nad oedd o'n glafoerio wrth ddychmygu gweld plateidiau poethion yn cael eu sodro ar y byrddau, a chwsmeriaid yn awchu wrth godi eu cyllyll a'u ffyrc. Bu ar ei gythlwng ers oriau, a hwnnw'n hen boen llwgu drwg, a'i hatgoffodd o newyn y blynyddoedd pan fuo fo'n trampio ar hyd a lled Rwsia yng nghwmni Mishka, Boris a Masha Ivanova.

Ar ôl gwario am damaid i'w fwyta, un ffranc o newid oedd ganddo fo wrth gefn, digon i brynu coffi a dau *croissant* i frecwast drannoeth. Ond roedd o'n dal heb gael hannar digon i dorri ei awch i'r bôn.

Gyferbyn â'r Moulin Rouge roedd byrddau pren wedi eu gosod o dan ganopi, a thair rhesaid o flybiau noethion yn hongian ar frigau'r coed uwchben. Dan y goleuadau roedd talpiau crwn o Brie, Camembert a Roquefort, bariau o siocled, bisgedi, sebonau Marseilles, poteli pastis, poteli gwin gwyn a photeli gwin coch, grapa ac *eau-de-vie*, yn ogystal â thuniau o gig a physgod wedi eu stacio'n daclus ar ben ei gilydd ar siâp pyramidiau. Ogleuai'r nos o gnau castan wedi eu rhostio, ac yn sefyll wrth ei ymyl roedd rhyw sgragan o butain hegar yr olwg yn eu stwffio i'w cheg allan o gwdyn bag, yn union fel petai hi'n bwyta fferins.

Gerllaw roedd dyn du hefo het wen ar ei ben yn canu acordion wrth frefu i'r nos. Gwrandawodd Alyosha arno fo; ond methodd wneud na rhych na phen o'i iaith. Beth oedd hi, dyfalodd wrtho'i hun: un Senegal? Côte d'Ivoire? Y Congo?

Wrth gerdded tuag at y Rue Blanche cododd goleuadau cryfion i'w gyfwrdd. I fyny ac i lawr y stryd roedd gwahanol foto-ceir a thacsis yn stopio i ddadlwytho'u cyfoethogion. O flaen drws y Palais de Paris taenwyd canopi gwyrdd gola uchel i arbed cwsmeriaid rhag gwlychu wrth gerdded o'r cab i'r clwb. Safai porthor yno wedi ei wisgo mewn lifrai Cossack, er mwyn agor a chau drysau'r Bugattis a'r Hispanos.

Camodd dwy ferch ifanc allan o Rolls-Royce, yn gluniau i gyd, gan chwerthin wrth wegian ar eu sodlau main ar hanner gwib. Cerddodd dyn canol oed hefo barf frith o'r ochor bellaf i'r moto. Dyn praff oedd o, un mor hyderus ohono'i hun ag a welid mewn diwrnod, wedi ei wisgo mewn crys gwyn, dici bo melyn, siwt las o'r toriad gora, a sgidia o'r lledar drutaf. Ymlwybrodd yn ddiymdrech tuag at borth y clwb, yn hamddenol ei osgo, ei fawd yn nhwll botwm ei wasgod, ei sigâr yn ei geg, a'i law dde yn ei boced.

Wrth iddo ei basio, saliwtiodd porthor y Palais de Paris trwy daro pig ei gap â'i fysadd. Er iddo sefyll yn stond fel postyn, chafodd o ddim cildwrn chwaith.

Arhosodd Alyosha i'r Rolls-Royce yrru heibio cyn croesi draw a chyfarch y Cosac – Andrei Petrovich Venegrov o Petrograd, cyn reolwr-gyfarwyddwr Banc Masnachol Azov-Don gynt.

'Alexei Fyodorovitch, pa hwyl sydd ers tro byd?'

Cusanodd y ddau *à la Russe,* deirgwaith ar y foch.

Roedd croen y cyn-fancar yn dywyllach o dan ei lygaid, a'i wep yn feinach na'r tro dwytha y gwelodd Alyosha fo. Dywedodd Andrei Petrovich ei fod o'n debycach i'w annwyl dad bob tro roedd o'n ei weld o. Bagiodd ddau gam er mwyn llygadrythu trosto fo'n fanylach, a gwenodd wrth godi llygaid tros ei drwyn. 'Lle fuoch chi'n cadw erstalwm iawn?'

Doedd fawr o awydd ar Alyosha i fynd ati i sôn am ei gymhelri helbulus hefo'r Tajna Policya yn Gdynia, na hanes ei garcharu a'i gam-drin yng ngharchar Warsaw. Yn lle hynny, penderfynodd holi Andrei Petrovich am ei hanas o.

'Lampa dioddefaint sy'n goleuo Paris i mi.'

Roedd ei dôn yn drist.

Teimlai gywilydd mawr ohono'i hun, er gwaetha'r ffaith ei fod yn edrach yn gotymog yn ei lifrai swel a'i gap crand, yn enwedig pan fyddai ambell gyn-swyddog o'r Byddinoedd Gwynion yn cerdded heibio. Roedd Cosaciaid o'r iawn ryw yn casáu gweld dynionach fel fo yn paredio'u hunain o flaen clybiau nos Paris er mwyn difyrrwch rhyw riff-raff, gan ddwyn anfri ar eu henw da. Y gwir amdani oedd fod rhai Cosaciaid go iawn wedi darostwng eu hunain oherwydd cyni neu newyn, a rhai hyd yn oed yn gweithio ar lorïau lludw yn Nice a Cannes.

Dyna pam roedd Andrei Venegrov yn teimlo yn ddwbwl cogiwr, yn dwyllwr gwaeth na rhagrithiol, gan na fuo fo erioed ar gyfyl ceffyl, heb sôn am fod ar gefn un, na thrin cleddyf ar faes y gad. Yr agosaf a ddaeth o yn ei fywyd at y Barwn Pyotr Wrangel oedd wrth gyfansoddi cerdd o fawl iddo fo a'i fyddin, un a gafodd ei chyhoeddi mewn papur newydd o'r enw *Turel* yn Constantinopl yn 1920. Bellach, roedd wedi rhoi'r gorau i farddoni ers y diwrnod y claddwyd ei wraig yn Berlin. Doedd hynny'n ddim byd ond ffynnon newydd o alar.

'Ym mhridd yr un fynwent â'ch annwyl dad mae hi'n gorwedd, Alexei Fyodorovitch.'

Byd annedwydd oedd ei fyd o hebddi. Hi oedd ffynhonnell ei hapusrwydd a gwelai ei cholli hi'n ofnadwy. Roedd rhyw dwll yng ngwaelod ei fywyd a oedd yn sugno'i holl nerth, nes mygu pob swyn wrth i'r hiraeth ingol amdani gau ei hun amdano fo.

'Be dwi'n 'i golli yn fwy na dim ydi tinc bach melys ei llais hi. Roedd ganddi lais mor dlws.'

Oedd Alyosha'n cofio hynny?

Oedd. (Er nad oedd o ddim.)

Bu'r ddau mor driw i'w gilydd ag y gallai unrhyw ŵr a gwraig fyth fod. Doedd ganddo fo neb ar ôl yn y byd ond ei unig ferch, Galina. Soniodd o'r un gair am ei chwaer, Lazarevna Petrovna.

Stampiodd Alyosha ei draed gan fod blaen ei fodiau'n dechra teimlo braidd yn rhewllyd. Doedd o ddim isio meddwl am Lazarevna Petrovna – y ddynas a'i cyhuddodd o ar gam o drio'i threisio hi unwaith yn Berlin. Doedd arno fo ddim awydd holi am Galina chwaith. Cofiai ei bod hi wedi cadw cefn ei modryb yn ei erbyn o, ac wedi pardduo ei enw wrth bawb.

Canu clodydd ei ferch wnaeth Andrei Vengerov. Ganwyd merch fach o'r enw Roskana iddi ac roedd hi bellach bron yn flwydd. Cafodd ei henwi er cof am ei hen nain – mam Andrei. Ond amau nad oedd petha'n rhy dda rhyngddi hi a'i gŵr, Marcel. Awgrymodd fod y ddau wedi gorfod priodi er mwyn cuddio'r gwarth ...

Ffrancwr o doriad ei fogail oedd Marcel, hogyn dymunol; fasa neb yn dymuno gwell mab-yng-nghyfraith, ond doedd Galina erioed wedi bod yn un i rannu rhyw lawer hefo'i thad, er nad oedd Andrei Vengerov yn gwarafun hynny am eiliad – roedd hi'n agosach at ei mam.

'Am wn i fod pob merch yn agosach at ei mam,' dywedodd wedyn.

Roedd ganddo fo feddwl y byd o Roksana fach. Dim ond newydd ddechra siarad oedd hi.

'Fi yn daid. Pwy fasa byth wedi meddwl?' Goleuodd ei wedd wrth ganu clodydd ei wyres fach: roedd o'n amlwg yn dotio arni. 'Ond pwy a ŵyr be ddaw ohoni? Pwy a ŵyr be ddaw ohonan ni i gyd? Dwi'n poeni amal wrth feddwl pa fath o ddyfodol sy 'na o'i blaen hi.'

Wrth iddyn nhw gerdded heibio roedd criw o Ffrancod ifanc swnllyd yn bloeddio canu'n chwil.

'Dach chi'n dal i freuddwydio am fynd adra o hyd, Alexei Fyodorovitch?' gofynnodd y cyn-fancar.

Doedd dim mis yn mynd heibio nad oedd Andrei Venegrov yn dyheu am fynd 'nôl i Rwsia. Roedd o wedi dechrau mynd i'r eglwys ar Rue Daru yn ddefodol bob dydd Sul, yn rhannol er mwyn y gwasanaeth, ond yn bwysicach na dim, er mwyn y gwmnïaeth. O Sul i Sul, dechreuodd deimlo fod ffydd ei blentyndod yn tyfu'n bwysicach peth iddo fo.

Wrth i'r misoedd fynd heibio aeth i deimlo'n fwy defosiynol fyth ac edifarhau iddo esgeuluso cymaint ar addoli pan oedd o'n gweithio yn myd bancio 'nôl yn Petrograd gynt. Bellach roedd yn dyheu am gael bod yn Gristion bob modfedd, gan fod pob modfedd o Griston yn well na dwylath o ragrithiwr. Yn yr eglwys ar Rue Daru y cafodd Roksana ei bedyddio a'i derbyn i'r ffydd. Ar un adag fe fuo Galina yn dŵad hefo fo, ond ddim mor amal â hynny erbyn hyn.

Daeth moto-tacsi i stop o'u blaenau. Torsythodd y Cosac a chamu ar ei union i agor y drws.

Clywodd Alyosha sŵn waldio aneglur, a gwelodd fod gyrrwr y Citroën Cabriolet yn cledru gwydr ei ffenast flaen wrth iddo ymdrechu i fachu ei sylw.

Clodd y Tywysog Yakov Sergeevich Peshkov ei foto ar gongol Boulevard de Clichy a Rue des Martyrs. Roedd ei dacsi yn drewi o lwydni hen ledar, carpedi budron, cŵn gwlyb a surni mwg sigaréts. Yn yr wybren uwchben

Paris roedd smotiau brithion o oleuni bychain. Dau o'r gloch y bora oedd hi pan dynnodd ei shifft i ben ac roedd ei goesau wedi cyffio, ei fraich dde yn wayw o'i phenelin hyd at ei ysgwydd, a rhyw hen bigyn wedi hel ym môn ei gefn ar ôl ista am gyhyd.

Gwasgodd ei ben ar ei war, ei wthio yn ôl gymaint ag y gallai nes clywed rhyw fân esgyrn yn crician. Crensiodd ei ddannedd yn galad yn ei gilydd wrth felino'i freichiau tan ochneidio, er mwyn stwytho ychydig ar ei ysgwyddau blinedig.

Pymthag awr o yrru di-stop. Doedd ryfadd fod ei wynab yn bwrs o boen, ei fogfa wedi mynd o ddrwg i waeth a'i gorff yn crefu am orffwys. Golwg ddigon sbrachlyd oedd arno fo wrth gwyno fod rhywun yn mynd yn fudur wrth yrru mewn dinas, yn hel bawiach o dan ei winadd, llwch ar ei ddillad a budreddi o bob math mewn gwallt a chroen, nes ei fod yn amal yn dyheu am grafu ei hun fel bustach ar bostyn. Wedi deud hynny, fuodd y Tywysog Yakov Sergeevich Peshkov erioed yn un i swnian yn hir am ei anhwylderau ei hun – er ei fod o wedi hario. Mynnu fod picil pobol eraill yn waeth o lawar na'i bicil o 'i hun fyddai o bob tro, a'i bod hi'n bwysig i bawb gyfri ei fendithion, waeth pa mor wachul oedd ei amgylchiadau.

Roedd Alyosha ar ei gythlwng pan dynnodd gadair at fwrdd yn Chez Titine, yn dal i deimlo gwanc ac yn clemio am chwanag i'w fwyta. Cael digonadd o fwyd i'w ddigoni, dyna oedd ei unig ddymuniad o. Hawdd y gallai fod wedi stwffio'r lliain bwrdd i'w geg a'i lowcio'n sych er mwyn llenwi ei geubal. Sbydodd ei bres i gyd, a setlodd y Tywysog am weddill y pryd.

Soupe à l'oignon gawson nhw, hefo basgediad wiail fechan o fara a ddiflannodd o fewn dim, yn ogystal â photel o win coch y tŷ. Doedd hynny'n dal ddim yn hannar digon i Alyosha, hyd yn oed wedi iddo lyfu ei bowlen yn lân. Daeth y ddynas dew hefo sigarét yn ei cheg draw â chwanag o fara a chosyn crwn o gaws.

Wrth rowlio sigarét yr un i'r ddau ohonyn nhw, gwrandawodd y Tywysog Yakov Sergeevich Peshkov ar ei gyfaill yn adrodd hanas ei helyntion hefo Ludwika. Y fo oedd y cynta i glywed manylion trybini Alyosha yng Ngwlad Pwyl o'r dechrau i'r diwedd.

Ar ôl iddo fo gael ei arestio ym mhorthladd Gdynia, cafodd ei holi am ei ddiffyg pasbort a *visa*. Pan haerodd am y canfed tro mai ei enw oedd Alexei Fyodorovitch Khabotov, ei fod yn fab i neb llai na'r diweddar ddiwydiannwr

Fyodor Mikhailovich Khabotov o Petrograd gynt, cafodd beltan sydyn ar draws ei foch gan un heddwas, tra syllodd y ddau o'r Defensira yn ddifalio hollol arno fo.

Cafodd ei holi drwy'r nos hyd at doriad y wawr. Cafodd ei holi am y trydydd a'r pedwerydd tro trwy gydol y pnawn pan ddaeth chwanag o blismyn i mewn, ei holi a'i holi nes roedd ei lais o'n ddim mwy na gwich.

Sment oedd ei ben a'i goesau'n goncrit. Erbyn hynny, roedd yn hannar hepian ar ei draed, ond dal arno fo wnaethon nhw yr un fath a'i holi'n diddiwedd, ei holi'n sych tan wedi hanner nos.

Fel Rwsiad di-*visa* a di-basbort a oedd yn gweithredu ar ran y Comintern, cafodd ar ddallt mai'r gosb i ysbïwyr o'r Undeb Sofietaidd yng ngwlad Marshal Józef Pisudski oedd cael eu saethu.

Cafodd ei lusgo allan o'r stafall gerfydd ei wallt, ei dynnu i lawr coridor maith a'i daflu trwy ddrws cell. Aeth i gysgu ar ei union. Yn ddiweddarach, a hithau'n dal yn dywyll, cafodd ei ddeffro gan rywun ddaeth â mygiad o ddŵr a darn o fara iddo fo. Llowciodd y cwbwl. Ar ôl hynny, cafodd ei adael ar ei ben ei hun unwaith eto.

Methodd fynd yn ei ôl i gysgu. Poenai am weld y wawr yn torri. Poeni y câi ei lusgo allan i'w saethu. Doedd dim dwywaith nad oedden nhw o ddifri ynglŷn â hynny.

Rywdro yn yr oriau mân, agorwyd y drws drachefn.

O fewn dim, roedd yn ôl yn y stafall ddiffenast, yn ista ar y gadair bren o flaen yr un bwrdd, a dau dditectif o'r Defensira yn ista gyferbyn, yn union fel y diwrnod cynt.

Yn ystod mynd a dŵad yr oriau wedyn, fe gollodd gyfri faint ohonyn nhw a fu'n ei holi fo, ond yr un rhai oedd y cwestiynau i gyd.

Pam fuodd o'n byw cyhyd yn yr Hotel Adlon? Be'n union fuo fo'n ei wneud yn Berlin? Gan pwy gafodd o'r gorchymyn i symud i Ffrainc? Pwy yn union roedd o'n ei nabod ym Mharis? Pam dewis aros yn yr Hôtel de Nantes? Pam symud i fyw i Passy? Pwy oedd o'n nabod yn Passy? Sut lwyddodd o i fynd ar long yr *Adam Mickiewicz* heb na phasbort na *visa*? Ac ati ac ati, ac ati ac ati ... Cafodd ei holi mewn Rwsieg ac Almaeneg am yn ail. Cafodd hyd yn oed ei holi am bwl mewn Ffrangeg. Ysu am ei glywad o'n gwneud rhyw gaff gwag oedd yr haflug a oedd o'i gwmpas o, ond glynodd Alyosha at y gwir, er cymaint eu dyhead nhw iddo fo fradychu ei hun.

Clowyd o mewn cell do isel, lai na llathen a hanner o uchder, mewn düwch dudew am hydoedd. Dechreuodd rhyw lais diarth rowlio o gwmpas ei ben, a hynny ynghanol cloncian bwcedi gweigion yn clecian yn erbyn ei gilydd. Teimlai ei hun yn dechrau mynd i lawr yr allt. Dechreuodd golli nabod arno'i hun pan blethodd y tawelwch yn un â thawelwch tragwyddoldeb, nes dechreuodd glywed amser yn dripian fesul drop a drop o ben rhyw uchder nad oedd yn bod.

Roedd o'n cropian a chraffu'n hannar dall, yn methu gweld dim byd ond cysgodion aneglur yn gwau o'i gwmpas. Doedd o ddim hyd yn oed yn gallu gweld ei law o flaen ei drwyn. Ar ôl byw cyhyd yn y gwyll, dechreuodd amau ei fod wedi colli ei olwg.

Yn y diwedd, chafodd o mo'i hel yn ôl i'r stafall ddiffenast; cafodd ei yrru i fyny rhyw risiau, yna i ben draw rhyw goridor cynhesach, cyn troi i'r chwith.

Roedd bwrdd crwn gweddol fawr yng nghanol y stafall, dwy gadair freichiau, soffa fechan a chwpwrdd gwydr yn llawn llyfrau a dogfennau, a charped glas tywyll o dan draed. Ar y waliau roedd lluniau o wahanol ddynion barfog, eu gwalltiau wedi britho, pob un yn gwisgo dici bo ac yn syllu'n broffwydol i ryw orwelion pell. Dwy lamp baraffin oedd yn goleuo'r cwbwl.

Cafodd ei holi gan ddau ŵr na welodd o erioed mohonyn nhw o'r blaen, ond ddim am yn hir iawn.

Agorwyd y drws.

Sylwodd ar linyn poenus o hen ddyn yn cerdded yn drwm ac yn ara, ei ben ymlaen a'i 'sgwydda wedi crymu.

'Hwn ydi o?' holodd y smociwr ifanc ar y soffa.

Tawelwch.

'Hwn ydi o?' holodd yn uwch.

Doedd o'n ddim yn siŵr.

'Craffa.'

Ysgydwodd y llinyn ei ben.

'Yn nes i'r gola, draw i fa'ma, ty'd ...'

Cafodd Alyosha ei dynnu ar ei draed.

' ... fa'ma, er mwyn iddo fo gael dy weld di'n iawn.'

Wrth lyfu ei wefus ucha'n ara, craffodd y llinyn drosto fo'n ofalus.

'Ia? Na?'

Ysgydwodd yr hen ddyn ei ben.

Cododd y smociwr ifanc oddi ar y soffa a chamu at y bwrdd gan dynnu ar fresys ei drowsus.

Ar ôl noson o holi pellach cafodd Alyosha ei wthio 'nôl i'w gell ond methodd gysgu winc. Roedd o wedi ei lethu gan boenau o bob math. Er iddo fo gael mwy nag un swadan, roedd o wedi dechrau dygymod hefo'r boen honno i raddau, ond roedd yr holi di-drais, yr holi cwrtais, tawal, rywsut yn llawar iawn mwy sinistr. Roedd rhywbeth drwg iawn ar droed.

Y tro yma, roedd pump ohonyn nhw o'i gwmpas o: dau heddwas ifanc mewn lifrai glas, hogan ifanc o flaen teipiadur, a dau ŵr canol oed.

Y dyn byrraf ddeudodd, heb brin edrach arno fo, mai y fo oedd o.

Holodd Alyosha ei hun mewn hurtni: *am be oedd o'n sôn?*

'Am be dach chi'n sôn?' gofynnodd ar goedd.

Atebodd neb o.

'Fi 'di pwy?'

Taniwyd matsian.

'Fi 'di pwy?' holodd nhw wedyn.

'Deud y gwir wrthan ni.'

Chwythodd y ditectif talaf fwg o gil ei geg.

'Am be?'

Tic-taciodd teipiadur yr hogan ifanc.

'Y gwir am be?'

Honnwyd iddo gael ei weld yn y Café de l'Europe yn Warsaw ar y dyddiad a'r dyddiad. Cafodd ei weld yno o leia ddwywaith, yn ista wrth fwrdd hefo Kornel Makuszinski a Joseph Birkenmajier, pan fuo Eva Solska hefyd yn y cwmni.

Pan stopiodd y siarad, stopiodd y teipio.

'Dwi 'rioed 'di clywad am y dynion yma, na'r ddynas yma. Fues i 'rioed ar gyfyl y Café de l'Europe. Wn i'm hyd yn oed lle ma'r lle.'

Tic-taciodd y peiriant yr un fath.

'Does dim pwynt i chdi wadu, 'dan ni'n gwbod y cwbwl amdanach chdi.'

Y talaf o'r ddau dditectif oedd yn siarad. Cafodd Alyosha ei weld mewn *cabaret* yng nghlwb nos de Saxe, yn cynllwynio hefo dau aelod o'r Comintern ar y dyddiad a'r dyddiad a'r amser a'r amser.

Asiant i'r Kremlin oedd o, a'i lasenw oedd Gelendzhik.

'Be oeddach chi'n drafod yn y Café de Saxe?' holodd y smociwr ifanc.

'Fy enw i ydi Alexei Fyodorovitch Khabotov.'

'Ti'n honni hynny, ond fedri di ddim profi'r peth,' mynnodd un ditectif wrth stwmpio sigarét ar soser yn ei law. 'Yn lle hynny, be ti'n 'neud?' Cododd ar ei draed. 'Mmmm? Pedlera rhyw stori goc am neidio ar long o Ffrainc, achos bod gen ti fin calad am ryw hogan ti bron â marw isio'i dobio hi ...'

'Am mai dyna'r gwir.'

Tawelwch.

'Coc y ffwcin gath,' tyngodd y ditectif talaf yn dila o dan ei wynt, yn fwy mewn anobaith na dim byd arall.

Dododd un o'r plismyn mewn lifrai dudalen ar y bwrdd o'i flaen; cafodd gynnig pensal, ond gwrthododd dorri ei enw. Ynganodd neb yr un gair arall, na chodi llais na dim.

Amneidiodd un o'r Defensira ei ben, a chododd hogan ifanc y teipiadur gan ei ddal fel babi at ei mynwes cyn camu allan a chau'r drws ar ei hôl.

Toc, ar ôl cnoc, daeth hen heddwas mewn lifrai i mewn – dyn hefo ceg lydan a barf flinedig yn hongian hyd ei fochau, yn cario teciall a'r stêm yn troelli o'i big.

Eglurwyd yn ddi-lol wrth Alyosha fod asiant arall o'r Comintern o dan glo. Roedd hi wedi croesi'r ffin yn slei bach o Rwsia rai wythnosa ynghynt, er mwyn cynllwynio yn erbyn llywodraeth Józeph Pilsudski. Cyndyn oedd hitha ar y dechra i gyfadda mai ei bwriad oedd creu anhrefn yn ffatrïoedd Gwlad Pwyl, trwy drefnu streiciau er mwyn gyrru'r wlad drwyddi draw o dan draed cochion Moscow, ond, yn hwyr neu'n hwyrach roedd y gwir i gyd yn siŵr o ddŵad i'r fei.

Eglurwyd bod yr asiant yn y stafall drws nesa, wedi ei chlymu i gadair gerfydd ei choesau a'i breichiau.

Gosod twmffat efydd ar y bwrdd wnaeth yr hen blisman hefo'r farf flinedig.

Syllodd Alyosha ar y teip du.

Syllodd yn hir.

Doedd fiw iddo fo dorri ei enw ar waelod y gyffes roeddan nhw wedi ei llunio ar ei gyfer o. Roedd o'n ddigon o gwmpas ei bethau i sylweddoli y byddai hynny'n ddigon amdano.

Roedd o'n gwybod fod rhyw ferch yn y stafall nesa – yn y stafall agosa trwy'r drws canol – achos yr eiliad yr agorwyd hwnnw ogleuodd rhyw sent garw yn gymysg hefo ogla chwys a sgoth drewllyd.

Gadawyd y drws yn gilagorad a chlywodd rhywun yn yngan rhyw eiriau doedd o ddim yn eu dallt. Oedd hi'n siarad Almaeneg? Pwyleg? Wcraneg? Mygwyd ei lleferydd.

Cododd ei lygaid i edrach ar y ddau dditectif, a oedd yn dal i syllu arno fo o hyd.

'Dach chi'n 'i gorfodi hi i yfad dŵr berwedig?'

'Piso berwedig,' atebodd un.

'Ei phiso hi ei hun,' ychwanegodd y llall gan bigo'i drwyn, 'rhag ofn i neb feddwl bo' ni'n anifeiliaid.'

Trwy'r twmffat efydd clywai sŵn sblasio a gyrglo. Chlywodd o 'rioed yn ei fywyd y fath sgrechian, nad oedd, mewn gwirionedd, yn ddim byd mwy na chri amrwd am drugaredd.

Bu Alyosha'n ymrafael yn hir iawn hefo fo'i hun yn y gell.

Yn oriau mân y bora, penderfynodd y byddai, drannoeth, yn cyfadda mai ei enw go iawn oedd Gelendzhik. A'i fod yn asiant i'r Comintern.

Trwy'r bariau uchel torrodd y wawr yn gleisiau: roedd ei ddyddiau wedi eu rhifo. Cael ei ddwyn gerbron rhyw lys oedd y cam nesa. Wedyn, byddai ei enw yn y papurau newydd yn honni iddo gael ei ddedfrydu i'w saethu. A'i gladdu. A dyna ni, dyna fyddai ei ddiwedd yn saff.

Disgwyliai weld ei gyffes o'i flaen ar y bwrdd. Yn lle hynny, roedd y lle yn wag heblaw am un dyn mewn siaced lwyd a thei yn smocio cetyn. Roedd hwnnw ar ei draed yn barod i'w gyfarch o pan gerddodd i mewn. Cafodd Alyosha gynnig sigarét.

'Gad inni ista.'

Be oedd hyn? Gras cigydd yn cosi mochyn cyn ei ladd o?

Smocio'n hamddenol fel dau hen gyfaill yn hel atgofion wnaethon nhw. Yn y man, dywedodd y dyn fod camgymeriad wedi ei wneud yn ei achos o, eu bod nhw bellach yn ei goelio fo bob gair, a'i fod yn rhydd i adael y wlad ar ei union.

'Pam y newid meddwl mwya sydyn?' holodd Alyosha.

Anwybyddwyd hyn, ond roedd rhywbeth digon tebyg i gydymdeimlad yn llygaid y dyn. Aeth ati i fanylu ar y trefniadau a oedd eisoes ar y gweill i'w gludo dros y ffin.

O fewn rhai oriau roedd o yn Gdynia unwaith eto.

Y noson honno, rhoddwyd o ar fwrdd llong bysgota, a chroesodd y bae i ddinas rydd Danzig, a oedd, ers Cytundeb Versailles, o dan awdurdod y Cenhedloedd Unedig.

Llwyddodd i gael gair hefo'r conswl Ffrengig. Ar ôl iddo adrodd ei gybôl i gyd, cymerodd hwnnw drugaredd arno fo.

Y noson honno breuddwydiodd freuddwyd felys.

Drannoeth oedd y drwg.

Deffro o'i freuddwyd wnaeth o yn lle deffro o'i fywyd.

Ymhen tridiau, cafodd addewid o *visa* dros dro, fyddai'n caniatáu iddo fo ddychwelyd i Ffrainc.

Bu raid iddo aros deuddydd am long.

Mor braf oedd bod â'i draed yn rhydd.

Bob dydd.

Draw yn yr uchelion allan uwchben y môr roedd miloedd ar filoedd o sêr bychain yn wincio.

Ar ôl i gymylau'r bora gilio, goleuai'r dydd. Rhyw bnawn, cerddodd heibio i ddau forwr a oedd yn siarad Rwsieg, a nodau meddw'n cwafro o'u consartina. Yn sydyn, sylweddolodd Alyosha fod blynyddoedd wedi rhedag i ffwrdd ers iddo fo ffoi o Rwsia, 'nôl yn y dyddiau pan oedd sloganau'r dyfodol yn cael eu peintio ar waliau Petrograd.

Bu'n gwagsymera ar hyd y strydoedd. Yng nghanol synau. Yng nghanol pobol. Yng nghanol symud. Am yddfau'r meirch roedd clychau bychain a barai i'w sŵn ddechrau closio o bell cyn i neb eu gweld. Mor hardd oedd dwy eboles froc a basiodd heibio yn tynnu coets ar gagal-drot.

Aeth draw i'r llyfrgell a threulio peth amser yno. Pan agorodd dudalennau'r *Gazeta Polska*, fe welodd ei llun. Gan nad oedd o'n deall Pwyleg, aeth at y llyfrgellydd a gofyn yn garedig a oedd modd i rywun gyfieithu'r golofn i Almaeneg. Fe wnaeth y dyn hynny'n ddiymdroi. Darllenodd fod Ludwika, merch Dug a Duges Zawadzki, wedi priodi â Mateusz Kolodziejska, *attaché* milwrol Gwlad Pwyl, yn y llysgenhadaeth yn Bucharest, Rwmania.

Digwyddodd hyn oll y Sadwrn cynt.

Mangre baradwysaidd oedd hi, cwta ugain milltir y tu allan i Moscow, mewn llecyn cysgodol ynghanol coed pin a helyg, trydar adar, awyr iach a sŵn piano yn tincial o rywle yn y pellter. Roedd bwydydd maethlon yn cael eu hwylio – cigoedd, tatws a llysiau ffres o'r gerddi. Daeth Margarita wyneb yn wyneb â chogyddes ifanc yn y gegin – hogan ag ôl byw oer a chalad yn ei llygaid hi. Daliodd honno ei llaw chwith i fyny, gan honni iddi roi ei modrwy briodas i'r ymgyrch hel pres er mwyn hyrwyddo chwyldro '23 yn yr Almaen.

'Pam na chafwyd un? Pwy fradychodd y dosbarth gweithiol?' holodd.

Gwnaeth Margarita ei gora i ddal pen rheswm ond cododd y ferch gywilydd arni. Gwnaeth adduned bersonol y byddai'n gweithio'n galetach 'nôl yn Berlin i greu'r chwyldro roedd hi a gweithwyr eraill Rwsia yn dyheu amdano fo.

Cafwyd cinio hefo'r bobol ifanc yn yr ystafell fwyta. Roedd bron i dri chant yn ista ar y meinciau a'r byrddau, ffrwyth llafur y lle, a'u sgwrsio a'u chwerthin yn rhydd.

Bu'r cyfarwyddwr yn driw i'w air. Dyn nad oedd byth yn siarad rhyw lawar oedd o, dim ond yn atab trwy wenu – er bod ganddo fo lais hyfryd pan oedd o'n dewis gadael i bobol ei glywad o.

Y bobol ifanc eglurodd be oedd natur y weledigaeth y tu ôl i'r carchar. Yn yr Undeb Sofietaidd doedd mo'r fath beth â throseddau, dim ond gwendidau roedd modd eu hunioni. Doedd mo'r fath beth â chosb chwaith, dim ond mesurau a oedd yn gwarchod cymdeithas. Doedd dim mur. Doedd dim clo. Doedd dim cadwyni. Doedd dim hyd yn oed cell i gosbi. Doedd neb yn gorfod byw ar fara a dŵr yn Bolshevo. Doedd fawr o neb i'w gweld yn cadw golwg arnyn nhw chwaith.

Pam nad oeddan nhw i gyd yn ffoi? holodd Margarita.

Eglurodd y ferch wrth ei hymyl i'r carchar fod cystal lle iddi o ran newid ei chymeriad fel ei bod hi wedi gwneud cais i'w Sofiet lleol am ganiatâd i ddŵad yn ôl yno i dreulio tymor arall. Roedd hi mor hapus a phob un dim mor berffaith fel nad oedd dim curo ar Bolshevo yn unman. Daeth hefyd o hyd i ŵr yno, ac unwaith roedd ei dymor o ar ben, roedd hi'n fwriad gan y ddau i fynd i weithio mewn ffatri yn Perm, gan ei bod hi'n hanu'n wreiddiol o'r lle. Y cyfarwyddwr a'i staff fu'n gyfrifol am drefnu gwaith i'r ddau.

Dotiodd y ddirprwyaeth at y lle, yn enwedig Paul, yr unig un i dreulio amsar dan glo yng ngharchar Moabit yn Berlin am darfu ar heddwch rhyw gyfarfod o'r Blaid Ddemocrataidd Sosialaidd, pan dynnodd griw o stiwardiaid i'w ben a dechrau cwffas, llorio dau ddyn a gyrru dau arall i'r 'sbyty hefo'u hesgyrn wedi cracio.

Wrth ffarwelio, cyflwynwyd tusw o flodau amryliw i Margarita yn ogystal â model o'r carchar – un cywrain iawn a naddwyd o bren.

Yn oriel gelf Tretyakov ym Moscow y cynhaliwyd y derbyniad y noson honno. Aeth y gwaith cyfieithu i Max a Moritz, Lorena, Leida a Hella yn drech nag Irina. Oherwydd iddi fod ar ei thraed ers yn gynnar iawn y bora roedd hi wedi blino. Camodd Margarita i'r bwlch a rhannu'r gwaith, gan gyfryngu rhwng yr artistiaid a'r beirniaid a'i phobol hi ei hun. Rhoddodd y siarad diddiwedd straen pellach ar ei llais, a oedd eisoes yn gryg.

Bu'n ddiwrnod hirfaith arall. Diwrnodau hirion oeddan nhw bob un, a nosweithiau hirach, yn firi o brysurdeb rhwng y teithio a'r ymweliadau â'r theatr, yr opera, y *ballet*, yn ogystal â'r ymweliadau ag amgueddfeydd, ysgolion, *crèches* a ffatrïoedd o bob math.

Ar y bws yn ôl i'r Hotel Moskva, dechreuodd Margarita siarad hefo Irina am hanes Masha Ivanova, ond doedd hi heb glywed yr un gair gan neb amdani.

Cerdded ar hyd Faubourg Saint-Germain roedd Alyosha un bora pan benderfynodd droi trwy'r *porte cochère* addurnedig a chamu ar draws y cowt llydan ac i'w ben draw, trwy ddrws llyfrgell y Rwsiaid alltud.

Roedd cyn-newyddiadurwr o Rwsia yn gweithio yno, dyn hefo bochau melyn, pantiog, fel gwêr cannwyll. Ar un adag bu'n sgwennu i bapur newydd yn Kharakov, a deintydd wrth ei galwedigaeth oedd ei wraig, Faïna Abramovna, y ddau yn ddi-blant, ac yn alltudion ers sawl blwyddyn. Hi, bellach, oedd yn eu cynnal nhw gan mai pitw iawn oedd ei gyflog o yn y llyfrgell. Pader ei gŵr bob nos oedd, 'Diolch i Dduw fod dannadd pobol Paris mor ddrwg'.

Teimlodd Alyosha ei fod yn byw dau fywyd, ei fywyd dychmygol a'i fywyd bob dydd. Pa un oedd y mwyaf real? Roedd yn llawn gobeithion am grwydro'r byd, am gyflawni campau, caru efo merchaid diarth, cyflawni rhywbeth gwerth chweil a gwneud rhywbeth ohono'i hun. Sut beth fyddai byw bywyd fel un yr enwog Miklukho-Maklai yn fforestydd y Dwyrain Pell, a byw mewn byd di-ffin heb lyffetheiriau *visa* a phasbort i docio ar hawliau rhywun i dyfu yn beth bynnag roedd o'n dymuno bod?

Roedd o'n darllen llyfrau, papurau newydd a chylchgronau o bob math ond heb fawr o flas. Be oedd 'na i'w wybod? Be oedd 'na i'w ddysgu? Oherwydd nad oedd o bellach yn gobeithio am ddim, doedd dim nod i'w fywyd. Ers iddo ddychwelyd o Wlad Pwyl, bu'n trigo mewn rhyw lwydwyll emosiynol.

Trodd ei ben pan glywodd lais yn galw, 'Alexei Fyodorovitch.'

Cododd ar ei draed a dweud, 'Vladimir Sherbatov.'

'Sut ma' petha?'

Yn sefyll gerllaw, roedd ei fam, Olga Sherbatovna, hefo llyfr yn ei llaw. Oherwydd iddi droi ei ffêr yn hegar ar fin y pafin y diwrnod cynt, rhyw hoblan braidd yn gloff roedd hi.

'Braf eich gweld chi eto.'

'A chitha.'

''Naethoch chi fwynhau eich gwyliau yn Sète?' gwenodd Olga Sherbatovna.

'Do, diolch.'

'Sut mae Ludwika?'

'Iawn, am wn i. Ma' hi wedi priodi.'

'Priodi?' holodd Vladimir yn llawn syndod.

'Do.'

'Pryd?'

'Sbel yn ôl. Hefo rhyw Bwyliwr. 'Nôl yng Ngwlad Pwyl.'

Llygadlonnodd am eiliad wrth feddwl amdani a'i gweld hi'n glir yn llun ei feddwl. Cofiodd sut y cafodd ei waldio'n hollol greulon ganddi, ond erbyn hyn, pydru wnaeth pob teimlad tuag ati. Teimladau o'r tu chwith allan oeddan nhw bob un.

Aeth y tri i ista i'r Café de la Rotonde. Gosodwyd te Darjeeling o flaen Olga Sherbatovna, a choffi yr un i'r ddau lanc. Heibio i'r ffenast, pasiai llifeiriant symudol, bythol bywyd.

Roedd hi'n darllen Proust, ond yn cael fawr o flas ar gyfrol gyntaf ei nofel. Dynas gyndyn i ildio llyfr ar ei hannar oedd Olga Sherbatovna, waeth pa mor faith oedd o. Ond erbyn hyn, roedd hi wedi dechrau digio at yr awdur gan mai ychydig iawn o'i gymeriadau oedd yn osgoi ei lid a'i falais. Teimlai fod rhywbeth braidd yn annynol yn sgwennu Marcel Proust o'i gymharu â Lev Tolstoi; roedd ysbryd hwnnw'n lletach ac yn llawar mwy haelfrydig oherwydd bod gan y llenor o Rwsia fwy o gydymdeimlad tuag at y cyflwr dynol na'r llenor o Ffrainc.

Hen hanas oedd Erwana, merch y meddyg o Lydaw, hefyd.

O dipyn i beth daeth yn amlwg fod pethau'n fain iawn ar y weddw. Roedd addysg ei mab yn y *lycée* ar Rue Montparnasse wedi dirwyn i ben.

Er i Olga Sherbatovna ymdrechu ymdrech deg, doedd dim modd bellach iddi ddal ati i gynnal Vladimir mewn gwersi gan fod y gost yn ormod o faich iddi, a daeth yn bryd i'w hunig fab ddechrau talu am ei fagu.

Ers rhai misoedd bellach roedd hi'n gweithio yn hen selar tŷ rhad ar rent yn y Rue du Bac. Hannar dwsin o ferchaid oedd yn y gweithdy, *émigrés* i gyd. Yno, roedd doliau Rwsiaidd traddodiadol yn cael eu peintio trwy'r dydd, bob dydd – doliau lle roedd yr un oedd fymryn yn fwy yn llyncu'r un oedd fymryn yn llai, nes roedd pob doli yn ei thro wedi ei llwyr lyncu gan y ddoli fwyaf un. Y Tsar neu'r Tsarina oedd honno bob tro.

Matar gweddol hawdd oedd lliwio'r doliau ond gwaith anos o'r hannar oedd eu gwerthu nhw. Dyna'r orchwyl a gafodd Vladimir. Eu hwrjio nhw chwe diwrnod yr wythnos yn y siopau mawr oedd ei waith o, ond gan fod busnes mor llac penderfynodd fod yn rhaid iddo daclo'r siopau llai, yn enwedig y siopau twristaidd ar y Champs-Elysées.

Roedd ei gyflog yn fychan, ond wedyn pitw iawn oedd cyflog pawb. Gwan hefyd oedd golau'r seler – rhyw ddau fylb digalon – a'r dyddiau'n faith a'r oriau'n llusgo'u traed.

'Fyddwn ni'n siŵr o ddifetha'n golwg,' ochneidiodd Olga Sherbatovna uwchben ei chwpan wag. 'Ag yn ddall fel tyrchod daear.'

'Oes 'na le i werthwr arall?' holodd Alyosha yn obeithiol.

'Pam na holwch chi'r foneddiges? Hi bia'r cwbwl.'

Y foneddiges oedd neb llai na'r Dduges Lydia Herkulanovna Vors.

Roedd hi'n tynnu am wyth o'r gloch y nos, a'r selar yn hollol wag. Y Dduges Lydia Herkulanovna Vors oedd yr ola i adael bob nos, a'r gynta yno ben bora i ddatgloi'r drws, er mwyn hwylio'r cwbwl ar gyfer y merched. Doedd dim clem gan neb lle roedd hi'n byw.

'Alexei Fyodorovitch, ydach chi ar frys i fynd?'

Doedd o ddim ar frys i fynd i unman.

'Pam na steddwch chi? Mi leciwn i tasan ni'n dau'n cael rhyw sgwrs fach.'

Roedd Alyosha wedi bod yn gweithio yno ers bron i fis bellach ond doedd o erioed wedi gweld golwg mor flinedig arni. Sychai ei dwylo hefo hen gadach budur, a'i bysadd wedi'u baeddu hefo paent a oedd yn anodd ei sgwrio'n hollol lân. O'i chwmpas – fel erioed – roedd rhyw dristwch meddal, yn ogystal â rhyw naïfrwydd gwraig heb fawr o brofiad byw a bod.

Gwisg y weddw ifanc oedd amdani o hyd, ac er ei bod hi'n ddynas gefnsyth, dal, hardd ei gwedd, mynnai ddal ei hun yn ôl, drwy swatio mor dynn â malwen mewn cragen yn ei dillad galar. Cofiodd Alyosha i'w gŵr gael ei ladd yn y Rhyfel Cartref.

Roedd wedi sylwi eisoes fod y syniadau a fu mor sanctaidd iddi gynt wedi dechrau darfod, a bod hyd yn oed y Dduges Lydia Herkulanovna Vors wedi newid. Roedd ei gwallt wedi dechrau britho, ei gwisg yn cuddio'r tlodi a oedd wedi dechrau gwasgu arni ym Mharis, ac roedd hi hefyd wedi teneuo a'i hunan-barch wedi dechrau raflio o gwmpas ei ymylon. Dyna pam roedd hi wedi buddsoddi gweddill ei henillion yn rhentu hen selar damp a'i throi'n weithdy er mwyn rhoi rhyw fath o obaith am fywoliaeth iddi hi ei hun.

Bu'n breuddwydio am flynyddoedd am gael dychwelyd i Rwsia. Ar un adag, roedd pawb o'r farn mai rhyw ynfytyn lloerig oedd Bolsieficiaeth, y basa ei nerth hi yn siŵr o nogio dros amser, y basa pawb wedyn yn gallu ei thaflu allan o'r tŷ, a chael ei gwared hi am byth. Wedi hynny, fe fyddai'r Tsar yn dychwelyd i'w famwlad yng nghwmni ei deulu a'i gyfeillion hoff cytûn, er nad fyddai'n rhaid adfer yr orsedd. Doedd dim rhaid i hynny ddigwydd. Bellach doedd dim ots ganddi hi weld Rwsia dan lywodraeth ddemocrataidd.

I wraig fel y Dduges Lydia Herkulanovna Vors roedd hwn yn gyfaddefiad mawr.

Breuddwydiai o hyd am glywed tincial clychau'r sled i lawr y Nevskii Prospekt gefn gaeaf calad, a'r eira'n disgleirio'n we o risial pan oedd haul isel y gorwel yn taenu ei heulwen hwyrol dros dyrau aur Sant Petersbwrg. Dyheai am gael sawru awyr y Crimea hefyd, am orwedd mewn gardd unwaith eto, a honno'n ddwfn o beraroglau, lle gallai glywed crawcian adar y creigiau'n codi yn y pellter.

'Breuddwydion gwag ... dwi'n sylweddoli mai dyna ydyn nhw erbyn hyn.'

Doedd dim dychwelyd i fod – i neb. Rhaid oedd derbyn bywyd fel ag yr oedd o, gwneud y gorau o'r gwaethaf, a cheisio cynefino hefo byw ymysg dieithriaid. Er mwyn llwyddo i wneud hynny, rhaid oedd wrth gysuron eraill i gynnal enaid dyn i ben ei daith.

'Ga i rannu cyfrinach hefo chi, Alexei Fyodorovitch?' holodd, a'i bysedd yn dal yn baent o hyd. 'Ga i?' Gwyrodd ei hedrychiad.

Aeth ati i egluro bod Andrei Petrovich Vengerov wedi gofyn yn garedig am ei llaw mewn glân briodas. Vera Muromtseva-Bunina oedd wedi cyflwyno'r ddau i'w gilydd ar ddiwedd darlleniad cyhoeddus lle roedd ei gŵr, Ivan Bunin, yn un o'r beirdd oedd yn cymryd rhan. Iaith emosiwn y galon oedd barddoniaeth, ond iaith y meddwl a'r rheswm oedd rhyddiaith. Doedd ryfedd fod mawl i Dduw yn gweithio'n well mewn pennill nag mewn paragraff. Dyna ddywedodd Andrei Venegrov wrthi'r noson honno. Poen meddwl mwyaf y Dduges Lydia Herkulanovna Vors oedd barn ei mam. Doedd dim rhaid gofyn – roedd hi'n gwbod eisoes be fyddai ei barn, sef ei bod hi'n iselhau ei hun. Cyn-reolwr banc, wir!

'Dach chi'n ei garu fo?' oedd cwestiwn Alyosha.

Dal i rwbio'r paent glas oddi ar ei gewin yr oedd hi.

'Ma' priodi unrhyw un yn gam mawr. Mae 'na ddifrifoldeb moesol yn y penderfyniad.'

Dododd ei llaw mewn pwcedaid o ddŵr a'i sgwrio'n galad hefo brws bras.

'Fy ngŵr cyntaf i fydd fy unig wir gariad tra bydda i byw. Eto, dwi'n teimlo weithia mor ... Wn i ddim sut mae deud hyn heb ddechra swnio'n hunandosturiol. Ond weithia dwi'n teimlo mor unig. Yn enwedig pan mai dim ond Mama a fi sy wrthi'n darllen neu'n brodio gyda'r nos. Dim ond ni'n dwy, a sŵn y nodwydd yn tynnu edafedd trwy'r defnydd. Neu weithia pan dwi'n meddwl be fydd yn digwydd imi wedi i Mama fynd i'r bywyd nesa. Neu be fydd *ddim* yn digwydd imi. Wn i ddim pa un sy waetha ...'

Sychodd ei bysedd mewn hen glwt afiach.

'Gweddw ydi Andrei Vengerov ynta. Mae o, fel finna, yn nabod stafelloedd unigrwydd, ag mae o wedi gofyn yn weddus iawn am fy llaw i.' Gwenodd yn swil. 'Cofiwch chi, do'n i ddim yn gwbod be i ddweud pan wnaeth o ofyn. Do'n i ddim hyd yn oed yn disgwyl iddo fo wneud y ffasiwn beth ...'

Chwythodd ar ewin ei bawd.

'Achos faint sydd ers i'w wraig druan fynd i orwedd yn ei gwely o bridd? Peth annisgwyl oedd o, peth mor hynod, peth – sut alla i ei wrthod o? Ag os mai penderfynu ei wrthod o wna i, y cwestiwn y mae'n rhaid imi'i ofyn i mi fy hun wedyn ydi, a ga i fyth gynnig arall?'

'Os 'dach chi'm yn saff eich meddwl, 'sneb yn eich *gorfodi* chi i briodi.'

'Nag oes, neb. 'Sneb yn fy ngorfodi i i briodi, Alexei Fyodorovitch. Neb ond fi fy hun.'

Wedi penderfynu chwilio am gywair newydd i'w bywyd yr oedd hi, yn amlwg, beth bynnag fyddai ei gyngor o, a hynny er mwyn goleuo fflam ei ffydd.

Roedd Paul a'i lygoden fach, Rosa, yn ista wrth ymyl Margarita. Dau dwll coch oedd ei lygaid o a'i wynt o'n drewi fel gwtar lladd-dy. Ar ei draed yn hwyr bob nos y buo fo yn slotian gormod er ei les ei hun. Fel arweinydd eu grŵp roedd hi eisoes wedi cael gair yn ei glust ynglŷn â'r llymeitian a'r cadw twrw.

Yfed mwy wnaeth Paul yn lle yfed llai. Yfed yn fwriadol er mwyn herio Margarita.

'Ma' 'na newid yn y cynllunia,' dywedodd wrth gnoi ei frecwast yn swrthlyd.

Ama ei fod o braidd yn feddw o hyd wnaeth hi.

''Sneb 'di sôn wrtha chdi?' Roedd yn amlwg yn mwynhau ei hun. 'Ma' nhw 'di penderfynu'n hollti ni. Dwi i fod i arwain criw i Leningrad, a chdi sydd i fynd â'r gweddill i'r de.'

'Lle'n y de?'

Llyncodd Paul gegaid o goffi cyn ateb, 'Baku.'

Taflodd benbleth tuag ati, un y methodd Margarita ei chuddio.

'Azerbaijan, ia, dwi'n gwbod. Poeth a sych, hyd yn oed 'radag yma o'r flwyddyn. Yn ôl be dwi 'di glywad, ma'r aer yn drewi o ogla petrol. 'Sdim modd 'i osgoi o o gwbwl, nos na dydd.'

Oedd o i'w goelio? holodd hi ei hun. Falla mai tynnu arni roedd o, am ei bod hi wedi bod braidd yn llawdrwm arno fo. Teimlai'n ddig. Roedd hi wedi edrach ymlaen at y rhan hon o'r daith yn fwy na dim, gan y byddai'n ailymweld â hen ddinas ei phlentyndod. Wrth fynd i Leningrad, ymresymai y câi gyfla i holi ymhellach am ei thad.

'Pryd gafodd hyn 'i benderfynu?'

Tywalltodd y weinyddes fwy o goffi i gwpan Paul wrth i hwnnw ddweud, 'Ddim 'yn lle ni 'di holi.'

Sgrialodd yr hogan i ffwrdd ar wib pan welodd drwyn y llygodan fach yn dod i'r golwg o dan ei grys o.

Aeth Margarita i weld Kai-Olaf ar ei hunion.

'Be 'di hyn dwi newydd glywad?' holodd.

Roedd o o'r farn ei bod hi'n gwbod eisoes am y trefniant newydd.

'Nag o'n i, do'n i'n gwbod dim byd am Baku.'

Pan aeth hi'n fwy blin fyth, ei awgrym o oedd y byddai'n well iddi fynnu gair hefo Irina.

Yn ddiweddarach y bora hwnnw, daeth honno'n ôl ati i'w hysbysu bod y penderfyniad wedi dod o 'le uchel'.

'Mi fasa'n well o'r hannar gen i fynd i Leningrad na Baku. Pam na all Paul arwain y ddirprwyaeth i'r de?'

Un eiddil ei hosgo oedd Irina a'i chorff yn ddiymadferth, er bod ei llygaid yn sboncio'n wyllt o bryd i'w gilydd, fel petai hi'n gweld rhyw gysgodion rhyfadd yn rhusio o'i chwmpas hi. Roedd Margarita yn daer o blaid cael mynd ar y trên i Leningrad a gwnaeth hynny'n berffaith glir o'r cychwyn cyntaf un. Roedd hi wedi rhoi ei bryd ar gael mynd yno a doedd dim math o awydd arni i fynd i unman arall.

Roedd yr addewid i'w chwaer i holi ynglŷn â'i thad yn gori ar ei meddwl. Sefyll yn llwm wnaeth Irinia wrth wrando ar Margarita yn bwrw ei llid.

'Ma'r penderfyniad wedi ei 'neud.'

'Ers pryd?'

'Ers tro.'

'Pam na chlywis i 'run gair tan bora 'ma?'

Doedd dim syniad gan Irina.

'Oes rhyw ffordd o newid y penderfyniad?'

Hefo'i gwynt yn ei dwrn, aeth Margarita ati wedyn i holi'n uwch ond roedd y penderfyniad yn un di-droi'n-ôl. Mynnodd gael addewid y câi fynd i Leningrad ar ôl bod yn Baku. Pwysleisiodd pa mor bwysig oedd hynny iddi.

'Gawn ni weld be allwn ni 'neud,' oedd yr unig atab a gafodd hi.

Pan ddaeth Galina Vengerova, unig ferch y cyn-fancar Andrei Venegrov, i weithio yng ngweithdy doliau pren ei llys-fam, y Dduges Lydia Herkulanovna Vors, cymylau bochus y gaea roedd eisoes uwchben Paris. Roedd y dail wedi cael eu haf a'u heulwen, a bellach roeddan nhw wedi hen grino a disgyn a chael eu chwythu bob sut a modd i'w claddfeydd mewn conglau neu'n troi'n slwj ar ymylon y stryd.

Chwithig iawn oedd petha rhwng Alyosha a Galina i gychwyn. Doedd y ddau heb daro llygad ar ei gilydd ers yr adag pan oedd Inessa ac Alexei Alexevich Dashkov yn cynnig gwaith i Rwsiaid alltud yn y stiwdio y tu allan i Berlin. Cafodd Alyosha ei gyhuddo o geisio manteisio ar ei fodryb, Lazarevna Petrovna. Blacmel oedd hynny – a dim byd llai – oherwydd iddo fo wrthod smyglo morffia iddi yn y clinic lle roedd hi i fod yn mendio o'i chwant am y nodwydd.

Roedd Galina yn gyndyn i'w goelio fo ar y pryd, ac yn waeth fyth dechreuodd gega yn ei gefn wrth bawb ar lawr y stiwdio.

Cadwodd Alyosha rhagddi, ond roedd hi'n amlwg fod Galina yn dymuno iddyn nhw fod yn ffrindia. Er hynny, fe gymerodd hi dipyn o amsar cyn i'r teimlad annifyr doddi rhwng y ddau. A hyd yn oed wedyn, doedd Alyosha heb faddau iddi'n llwyr.

Vladimir Sherbatov oedd yr un a lwyddodd i dynnu'r ddau i gwmni ei gilydd. Gwnaeth hynny trwy eu gwadd nhw am ddiod ar ddiwadd diwrnod gwaith.

Tyfodd hynny'n arferiad o fewn dim.

Un gyda'r nos, cyfarfu'r tri â rhyw ddyn pryd tywyll o'r enw Camlo, a oedd yn hanu'n wreiddiol o Sardinia. Esgusododd Vladimir ei hun: roedd wedi blino ar ôl crwydro o siop i siop trwy'r dydd ac anelodd am adra. Roedd Alyosha wedi addo trefnu i gyfarfod y Tywysog Yakov Sergeevich Peshkov yn nes ymlaen, felly gadawodd Galina a'r dyn pryd tywyll wrth fwrdd crwn yn y Café du Quai-Voltaire, dafliad carreg o'r Pont du Carousel yn ardal Faubourg St-Germain.

Ymhen rhyw noson neu ddwy, cafodd Galina *aperitif* arall hefo Camlo yn yr un *café*. Roedd Alyosha yn dal yn y gweithdy yn y Rue du Bac pan alwodd ei gŵr hi heibio.

'Marcel ydw i,' dywedodd y llanc mewn ffordd braidd yn lloaidd.

Gerllaw, canodd cloch yr eglwys saith o weithiau.

O ganol rhyw dristwch llonydd, eglurodd Marcel ei fod yn poeni am ei wraig.

'Does dim rhaid, dwi'n siŵr ...'

'Dwi'm mor siŵr,' oedd ei ateb gonest. 'Ydach chi'n gwbod lle mae hi?'

Cragen frau oedd celwydd Alyosha. Roedd hi'n hawdd gweld fod Marcel heb wedi goelio yr un gair.

Tyfodd Galina i fod mor llon ag aderyn Mai mewn llwyn. Wrth i'r wythnosa fynd heibio, roedd hi ar ben ei digon, ei llygaid yn disgleirio a graen newydd ar ei chroen a oedd yn cuddio ôl pob migwrn ac asgwrn. Ar ôl geni ei merch roedd hi wedi magu pwysa ac yn cael traffarth i gael gwarad ohono fo.

Honnodd wrth Alyosha na chawsai gystal hwyl yng nghwmni yr un dyn ers na wyddai pryd. Câi gystal hwyl hefo Camlo fel y bu bron iddi anghofio mynd adra sawl noson i hwylio swper i Marcel a'i babi bach. Ei mam-yng-nghyfraith oedd yn gwarchod Roksana iddi yn ystod y dydd. Poen meddwl mwyaf Galina oedd y byddai ei darpar lysfam, y Dduges Lydia Herkulanovna Vors yn clywed am y dyn newydd yn ei bywyd ac yn achwyn wrth ei thad.

'Marcel druan.'

Roedd hi wedi bod yn gweld dyn arall ers rhai misoedd hefyd, rhyw glarc mewn banc o'r enw Yves. Ond Camlo oedd y dyn iddi rŵan.

Byddai'r ddau yn cyfarfod yn fwy rheolaidd fyth, a Galina yn bwrw mwy a mwy ar ei bol wrth Alyosha. Dyn a oedd yn gwybod sut i wrando ar ferch oedd Camlo, ac roedd yn ei gwerthfawrogi hi'n well na neb. Dyn a'i fys ym mhob briwas oedd o hefyd, yn dallt y dalltings am bob math o wahanol fusnesau, ond yn bwysicach na dim roedd Camlo o'r farn y gallai drefnu gwell gwaith o'r hanner iddi hi na pheintio doliau pren trwy'r dydd mewn hen seler damp.

I be oedd hi isio lladd ei hun? Gwneud ati i ruthro i'r dyfodol mae pawb sy'n lladd ei hun yn gweithio oedd barn Camlo. Dysgu byw er mwyn heddiw ydi'r nod, gan mai pleser ydi pwrpas bywyd, ac nid slafio o hyd ac o hyd.

O fewn dim, gadawodd Galina weithdy ei llysfam a mynd i weithio i glwb nos o'r enw y Flamant Rose.

Roedd ei chyflog yn uwch o dipyn, ond gan ei bod hi mor hoff o brynu pob math o wisgoedd newydd a dillad isaf ecsotig iddi hi ei hun, buan roedd o'n darfod.

Tua'r un pryd fe gafodd Alyosha gynnig gwaith arall hefyd. Oherwydd bod ei gyflog fel gwerthwr doliau'n dibynnu ar gomisiwn, pitw iawn oedd ei enillion. Teimlai ei fod yn gweithio'i hun yn wan am y nesa peth i ddim.

Awgrym gan y Tywysog Yakov Sergeevich Peshkov achubodd o. Clywodd hwnnw ryw si o gefn ei dacsi un noson eu bod nhw'n chwilio am staff mewn *restaurant* a oedd newydd agor ar y Boulevard Madeleine. Anogodd Alyosha i fynd amdani'n syth.

Aeth draw y pnawn drannoeth, pan oedd byrddau'r Grand Cercle Moscovite ar ganol cael eu hailosod ar gyfer cwsmeriaid y nos. Rwsieg oedd yr iaith a Rwsiaidd oedd y bwyd – *shashlik, côtelettes de volaille à l'impériale*, a rhywbeth a elwid yn 'bwdin y Romanov'.

Cyn-actor-reolwr o Gavrilovo, ar gyrion dinas Smolensk, yn ardal Sycherka, oedd perchennog y Grand Cercle Moscovite. Arweinydd côr eglwys y pentra oedd tad Aristarkh Aleksandrovich Kulikov, dyn a briododd am y trydydd tro yng ngolwg trothwy'r pedwar ugain. Roedd ei fam wedi marw ers blynyddoedd, a phob un o'r deg o blant ond dau wedi cefnu ar

Rwsia am Ewrop. Cafodd Aristarkh Aleksandrovich gyfnodau helbulus ym Moscow, Orel, Rostov, Sebastopol, Constantinopl, Athen, Fiena, Basel a Genefa cyn cyrraedd Paris heb yr un ffranc i'w enw. Bu'n cysgu allan yn yr awyr agorad am un haf, y fo a'i wraig, dan fwa Pont d'Auteuil.

Ar ôl crwydro yma a thraw yn curo ar wahanol ddrysau, cafodd gynnig gwaith yn canu piano mewn *cabaret*. Bu ar ben ei ddigon am rai misoedd, yn canu a chwibanu'n braf, hyd nes y digwyddodd rhyw fisdimanars ynglŷn â rhwbath neu'i gilydd a chafodd ei hel allan. O fewn dim, roedd wedi ei ailfedyddio'i hun yn dipyn o joni-bob-dim mewn *maison de passe* rhywla yn y Palais-Burbon. Ymhyfrydai Aristarkh Aleksandrovich Kulikov yn y ffaith ei fod yn Rwsiad o gig a gwaed, a digon carpiog oedd ei Ffrangeg ar y gorau.

Roedd o hefyd yn cynnal ei frawd, dyn anhwylus ei iechyd oedd bob amser yn cwyno am ryw salwch neu'i gilydd. Doedd o heb deimlo'n iach am fwy na deg diwrnod mewn deng mlynadd, a chan ei fod o mor glafychus doedd neb y tu allan i'r teulu agosaf wedi ei weld o erioed.

Mynnai Aristarkh Aleksandrovich fod pob gweinydd yn gwisgo blows Rwsiaidd hefo eryrod aur wedi eu gwnïo ar ei gefn, a throwsus du wedi ei wasgu i fotasau traddodiadol. Yr un oedd yn gyfrifol am gadw golwg ar staff y Grand Cercle Moscovite oedd dyn gwallt gwyn bywiog hefo wyneb gloyw o'r enw Efim Mosievitch Ovchinnikov.

Ar ôl iddo ei dywys o gwmpas y gegin, cafodd Alyosha ei gyflwyno i'r prif gogydd, rhyw ddyn wyneb gwelw, ddigon gwaed-oeraidd yr olwg.

Y Sarff roedd y staff yn ei alw fo yn ei gefn.

Tapiodd ysgwydd Alyosha yn ysgafn hefo'i lwy bren.

'Croeso aton ni.'

Adeilad modern wyth llawr oedd yr Hôtel Europa.

Ar y promenâd gyferbyn safai tŵr haearn main, uchal ac ar ei gopa roedd llwyfan o alwminiwm teirllath o led. Oddi ar hwn byddai llanciau a llancesi'n parasiwtio un ar ôl y llall yn rhes. Cafodd Margarita y pleser o'u gwylio'n dringo'r ysgol ar wib egnïol, nes cyrraedd y brig a hyrddio'u hunain i'r awyr. A pwff! Madarch claerwyn yn chwyddo'n osgeiddig wrth ddisgyn i bwll o dywod meddal islaw.

Draw dros y promenâd llyfai tonnau Môr Caspia yn erbyn ei fur, lle roedd rhywrai'n pysgota. Rai llathenni o gwr y lli roedd pysgotwr yn dal pen rhaff yn ei law chwith wrth chwyrlïo rhwyd o gwmpas ei ben hefo'i law dde.

Gwnâi tro ei arddwrn i'r rhwyd gylch-droi wrth ei bwrw draw, a phwysau'r plwm trwy rym canolfflo yn ei lledu allan, gan beri iddi ddisgyn ar led yn wastad dros wyneb y dŵr. O'i balconi ar y pumed llawr, craffodd Margarita draw dros y môr ar y llongau trymion, y tanceri hirion, a oedd yn araf hwylio i Krasnogarsk, neu i lawr tua'r de am borthladdoedd Persia. Cwpanodd ei llygaid wrth godi ei golygon tua'r gorwel. Am y tro cyntaf yn ei bywyd, sylweddolodd ei bod hi'n syllu i bellafoedd Asia.

Bwyta pob pryd bwyd yn eu gwesty oedd y drefn, a'i safon gystal pob tamaid â'r Hotel Moskva ym Moscow. Ond doedd Margarita ddim yn teimlo'n hollol hapus yn y Baku fodern. Os oedd cymaint o gyfoeth yn byrlymu o'r ddaear, pam nad oedd chwanag ohono wedi gadael ei ôl ar y ddinas? Pam nad oedd y gweithwyr petrol wedi etifeddu cyfoeth y cyfalafwyr a oedd wedi gwneud y fath ffortiwn ar eu cefnau yn ystod y blynyddoedd cyn y chwyldro?

Yn lle moto-ceir, camelod ac asynnod oedd lond y strydoedd, a brefu defaid a geifr oedd i'w glywed yn y sgwariau. O ran gwisg a gwedd ei hadeiladau, dinas gyntefig yn llawn blas byw y Dwyrain oedd hi, a diflastod llychlyd i'w deimlo ym mhob rhan ohoni.

Fflatiau gweithwyr y diwydiant petrol oedd y peth cyntaf roedd yn rhaid ei weld. Codwyd bloc modern ynghanol hofeldai nad oedd wedi newid dim mewn dros ganrif a mwy. Ymwelwyd wedyn â chlinig modern, un newydd sbon i famau a babanod. Ymwelwyd â phum ysgol hefyd – un Iddewig, un Azeri, un Armenaidd, un Dwrcaidd ac un Rwsiaidd. Eglurwyd y polisi tuag at leiafrifoedd ethnig, a chymaint roedd y llywodraeth Sofietaidd yn ei wneud dros ieithoedd brodorol er mwyn eu gwarchod a'u cadw'n fyw.

Siaradodd Margarita hefo cymaint o bobol nes colli nabod ar y rhan fwya ohonyn nhw, a llifodd eu henwau i ebargofiant. Wrth gael ei gyrru i ysbyty a arbenigai ar drin afiechydon trofannol, roedd yn ei chael hi'n anodd cynefino hefo'r hofeldai isel tlawd o fwd a oedd yn gartref i'r boblogaeth. Ar waetha'r bloc fflatiau newydd, digon llwm oedd y to uwchben y rhan fwyaf o'r gweithwyr o hyd. Holodd pam fod cynifer yn gorfod byw mewn llefydd mor wael, a hynny ddegawd ers y chwyldro. Yr ateb a gafodd (ac Irina yn eilio) oedd fod camau breision eisoes yn cael eu gweithredu, ac nad dros nos roedd unioni cam tair canrif o gam-lywodraethu ar ran llinach y Romanov.

Cerddodd trwy'r hen ddinas i Theatr y Turki. Gwnaeth hyn yn groes i ddymuniad y pwyllgor lleol a oedd wedi darparu dau foto-car ar gyfer y ddirprwyaeth.

Mynnodd Irinia gerdded hefo hi.

''Sdim isio, wir,' mynnodd Margarita.

'Leciwn inna gael dipyn o awyr iach hefyd.'

Ar gorneli'r strydoedd bychain eisteddai begeriaid mewn gwisgoedd llwm ond lliwgar yn ymbil yn enw Allah am gardod, bwyd neu bres.

'Dach chi a Kai-Olaf yn gariadon?' holodd Irina yn sydyn.

Stopiodd Margarita yn stond.

'Pam?' Tynnodd sigarét o'i cheg. 'Be 'nath i chdi feddwl ein bod ni?'

'Y ffordd dach chi hefo'ch gilydd ...'

'Cymrodyr ydan ni. Ddim byd mwy na hynny.'

Gwenodd Irina, ond roedd ei bochau wedi cochi. 'Mae'n ddrwg gen i, ond o'n i'n meddwl ...'

''Sgen ti gariad?'

Roedd Margarita yn awyddus i roi caead ar y pwnc.

'Ddim ar hyn o bryd, ond mi oedd gen i un llynadd ... myfyriwr.' Gwridodd yn waeth.

'Merch dlos fel chdi – dwi'n synnu na fasa gen ti rywun 'leni.'

Cyn i'r perfformiad ddechrau, cafodd y ddirprwyaeth dderbyniad siampên mewn stafell o'r neilltu a'u cyflwyno fesul un i Pamphylia Tanailidi – dynas dal, fymryn yn wargrwm, a oedd wedi ei mwydo mewn mwg baco. Smociai sigarennau bach o Persia, un ar ôl y llall. Eglurodd sut yr aeth hi ati i gyfarwyddo'r ddrama gan fawr obeithio y byddai'r cyfeillion o dramor yn cael rhyw gymaint o fwyniant o'r perfformiad.

Camodd gŵr blonegog draw, yn chwythog ei gnawd. Dyn pwysig oedd yr Azeriad – yn wir, hwn oedd y dyn pwysicaf yn Sofiet Baku, gan fod ganddo ryw fedwesyn ifanc wrth ei ochor i dendiad yn unswydd arno fo. Y modd roedd pethau wedi newid er gwell yn Azerbaijan ers y chwyldro oedd y sgwrs gan mwyaf. Canmolodd yr Azeriad y ffaith mai hi oedd y weriniaeth Fwslemaidd seciwlar gyntaf yn hanes y byd. Soniodd am bwysigrwydd y ddinas, a oedd ar y groesffordd rhwng y Dwyrain a'r Gorllewin. Roedd hi union hanner ffordd rhwng Moscow a Pahlevi, a'r ffordd hwylusaf o gyrraedd gogledd Persia oedd trwy Baku. Y flwyddyn bwysicaf oedd 1920 pryd yr unwyd Azerbaijan â'r Undeb Sofietaidd.

Cynhyrchiad lliwgar, llawn dawns a chân oedd Shah-Nameh, a'r prif digwyddiadau wedi eu seilio ar chwedloniaeth o'r Dwyrain Canol. Roedd ymateb y gynulleidfa i'r hen hanesion ar eu newydd wedd yn emosiynol amrwd. Edrychodd Margarita ar y gynulleidfa oddi tani, y rhan fwyaf yn bobol ifanc budur a blêr, ond bloesg a garw eu sŵn.

Yn ystod yr egwyl cafodd Margarita ei chyflwyno i ddyn arall, a chanddo wyneb main hefo mwstás du a gwinedd glân. Prin iawn oedd ei sgwrs, tra parablai'r Azeriad blonegog o huodledd ei awdurdod. Thynnodd y dyn wyneb main mo'i lygaid oddi arni am un eiliad. Wrth i bawb droi 'nôl am eu seddau, awgrymodd yn dawel y dylai hi alw i'w weld drannoeth. Teimlodd Margarita gerdyn bychan yn cael ei wthio i'w llaw.

Yr enw ar hwnnw oedd Azefttrust.

Er anrhydedd i'r ddirprwyaeth roedd adloniant wedi ei baratoi mewn bwyty o'r enw National, y drws nesaf i'r Hôtel Europa. Gwledd draddodiadol o fwydydd oedd hi: *antreco, ramchtex, estrugion kold,* cebabs *loola,* cywion ieir *tabacha* a *shashlik.* Roedd y pysgod hallt a fwytaodd Margarita wedi codi syched arni: yfodd ormodedd o siampên, a mwy fyth o fodca. Teimlai'n flinedig a fymryn yn benysgafn.

Grŵp o Dartariaid oedd y cerddorion, a dwsin o ferched mewn gwisgoedd eurlliw a melyngoch oedd yn dawnsio. Mynnodd yr Azeriad blonegog dywys Margarita i lawr y ddawns, ond câi hi drafferth symud i'r gerddoriaeth a oedd mor ddiarth i'w chlust. Ceisiodd ddynwared symudiadau ei phartner, a oedd mor heini ar ei draed â rhyw sbrigyn o hogyn. Clapiodd ei ddwylo uwch ei ben wrth gydganu'r geiriau, a'i chymell hi i droi fel chwrligwgan. Yn bownsio dawnsio yn chwil ulw o'i chwmpas, gan gicio'u coesau'n uchel, roedd Max a Moritz, ac Irinia rhyngddyn nhw – yn chwerthin o'r galon. Roedd eu crysau ar agor, eu hwynebau'n goch a'u cyrff yn diferu o chwys. Sylwodd Margarita ar Kai-Olaf yn eistedd ar ei ben ei hun wrth fwrdd draw yn y cysgodion, yn syllu arni dros wydryn hanner llawn o lefrith. Daeth y ddawns i ben.

Aeth i sefyll o flaen Kai-Olaf, ei gwddw'n llaith a'i bochau'n boethion. Estynnodd Margarita ei llaw, ond ysgwyd ei ben wnaeth o. Camodd ato, gwyro ei gwefusau at ei glust a gofyn a fyddai cystal â'i hachub rhag dawns arall hefo'r Azeriad blonegog.

Dawns ara oedd hi, a'r ddau wedi closio, ond gallai Margarita synhwyro rhyw ddieithrwch yn Kai-Olaf. Er ei fod o hefo hi'n gorfforol, doedd o ddim yno yn ei hanfod. Yr eiliad y daeth y ddawns i ben roedd yr Azeriad wrth ei hysgwydd, ei freichiau ar led, ei ben ar ogwydd mewn rhyw ystum o ffug wyleidd-dra hogyn-bach-ar-goll-cymer-drugaredd-arna-i. Doedd dim dewis ganddi ond camu i'w freichiau. Mewn llesmair caib o ganu ac o ddathlu, fe yfwyd trwy'r oriau mân.

Haul miniog oedd yn tywallt heibio'r llenni mosgito o boptu'r ffenast ar y mur. Teimlai Margarita fod ei phen yn hollti ac roedd ei cheg mor grimp â waliau heulsych Baku. Clywodd ochenaid, a oedd yn fwy o hanner chwyrniad, a chododd ar ei phenelin i syllu dros rimyn o ysgwydd, clust, boch a thrwyn. Yn anadlu yn drwm i'r glustog oedd Kai-Olaf. Syllodd ar ei ben moel. Cafodd bwl o bendro pan geisiodd godi ar ei thraed. Dyrnai'r cur yn ei phen yn erbyn ei llygaid. Sadiodd ei hun trwy wasgu cledrau ei dwylo ar y fatres a llonyddu ei chorff noeth. Cododd ei gên o'i brest pan deimlodd ei bod hi'n dechrau dŵad ati hi ei hun. Troediodd yn ysgafn – roedd arni ofn creu unrhyw sŵn, ond teimlai fel crachboeri. Ceisiodd ddatod trefn y noson gynt wrth wisgo amdani, ond er iddi wneud ei gorau ni allai ddwyn yr un manylyn i go. Nos ddu oedd y cwbl.

Doedd swyddfeydd Azefttrust ddim mor bell â hynny o'r Hôtel Europa, rhyw dafliad carreg i ffwrdd i lawr y *boulevard,* a cherddodd draw mewn dim o dro. Aeth heibio i'r gerddi llachar, lle roedd dynion mewn ofarôls a chapiau gwynion eisoes wrth eu gwaith yn dyfrhau'r blodau a thrin y planhigion. Gan ei bod hi mor hwyr yn codi, cael a chael wnaeth hi i gyrraedd mewn pryd ar gyfer cadw ei hapwyntiad, ac wrth iddi gamu i fyny'r grisiau roedd ei chur pen yn saith gwaeth a'i llygaid llosglyd yn binnau bach o boen.

Cyn cael ei galw i swyddfa Donbas Hajiev, gofynnwyd iddi eistedd y tu allan. Bu yno am ryw chwartar awr yn sgrafellu ei chof, yn profi plethwaith o deimladau, ond hyd yn oed wedyn, ni allai gofio sut na phryd yr aeth hi a Kai-Olaf i'r gwely ...

Roedd Donbas Hajiev mor ffres â'r dydd, ei wyneb wedi ei eillio'n lân a'i fwstás du yn daclus. Tynnodd gadair ato a diolchodd iddi am gadw amser. Diolchodd hithau am y ffan wen uwchben, un a ddiferai awelon oerion dros ei gwar a'i hysgwyddau noethion. Daeth rhyw fedwesyn â choffi i mewn – mewn dau gwpan bychan iawn – a'u gosod ar y bwrdd crwn ger ei bron. Roedd gan Donbas Hajiev duedd i dapio'i ben-glin wrth orffen brawddeg neu wrth ofyn cwestiwn. Câi Margarita drafferth i ganolbwyntio ar y sgwrs.

'Mwy o goffi?'

Canodd Donbas Hajiev gloch fechan ar ei ddesg. Daeth yn amlwg o fewn dim ei fod gwbod cryn dipyn amdani. Câi Margarita yr argraff – er na allai fod yn hollol siŵr chwaith – ei fod yn ciledrych bob hyn a hyn ar ryw adroddiad ar y ddesg o'i flaen. Ar ôl tair cwpanaid arall o'r coffi du, melys, dechreuodd deimlo ei bod yn dŵad ati'i hun yn ara deg.

'Mae gen i fusnas i'w drafod ...'

Wrth i'r sgwrs fynd rhagddi, ciliodd y mieri ym mhen Margarita a daeth tirlun cliriach i'r golwg. Ddim i draddodi areithiau – mwy nag ymweld ag ysgolion, fflatiau a chlinigau, mwy na cherdded wardiau ysbytai, na syllu i lawr llygaid meicrosgôp ar facteria malaria – oedd y prif bwrpas dros ymweld â Baku, ond hyn.

Clywodd Margarita lais Donbas Hajiev yn dŵad i stop. Os oedd hi isio chwanag o amsar i feddwl am y peth roedd o'n dallt yn iawn, ond roedd llawer iawn o waith i'w wneud a doedd amsar ddim o'u plaid. Roedd o hefyd wedi clywed canmol mawr iddi, ac amryw yn rhoi geirda dros ei hymroddiad i'r achos. Cyfla pellach oedd hwn i wneud cyfraniad o bwys. Sylweddolodd Margarita mai rhyw enw gwneud oedd Azefttrust, ac mai ffrynt i waith arall oedd y cwmni yn Berlin – i waith pwysig iawn, ond tu hwnt o gyfrinachol.

Fu dim rhaid iddi bendroni dim.

Atebodd ar ei hunion, 'Pryd fasa disgwyl imi ddechra?'

Yn ystod y dydd roedd disgwyl i'r wyth aelod o staff gyfiawnhau eu cyflog trwy fynd allan ar y strydoedd i ddosbarthu taflenni a oedd yn canu clodydd y bwyty. Llecyn poblogaidd i wneud hynny oedd y glanfeydd pren, lle roedd llongau pleser yn angori er mwyn palu ffrwd i fyny ac i lawr y Seine. Hwn oedd hoff le Alyosha. Doedd dim yn rhoi mwy o dawelwch meddwl iddo fo na gwylio'r goleuni yn disgleirio'n dyner ar wyneb y dŵr. Câi byliau o synfyfyrio, gan ymgolli mewn rhyw deimlad uchel-bleserus – teimlad a oedd yn llawn o atgofion annwyl am flynyddoedd maldod ei blentyndod.

Dychmygai'n amal ei fod yn syllu ar afon Neva. Er bod cannoedd o ddyddiau ei einioes wedi diflannu o'i go – rhai na welai fyth mo'u hôl, mwy nag y gwelai olion padlo llongau ddoe ar y Seine heddiw – roedd rhai eiliadau'n aros am byth, ac yn rhai i'w mwytho, gan eu bod yn pontio'i bresennol â gwynfa yr hyn a fu. Rhywun arall oedd o yr adeg honno. Roedd o'n sugno mwy o gysur o hynny erbyn hyn, yn y gred y gallai fod yn rhywun arall unwaith eto trwy ddal at y gobaith y gallai ei amgylchiadau newid, oherwydd y gallai o ei hun newid.

Man arall gwerth chweil i hwrjio taflenni i ddwylo pobol oedd o gwmpas omnibysys y twristiaid, a thu allan i'r Louvre ac amgueddfeydd eraill. Dyna oedd yn egluro pam mai heidiau o Americanwyr oedd yn powlio trwy ddrysau'r Grand Cercle Moscovite bob nos, yn enwedig pan oedd tymor ymwelwyr Paris yn ei anterth.

Rhyw fora digon niwlog, cafodd y criw gweini wersi actio yn y cefn gan Aristarkh Aleksandrovich Kulikov. Y gorchymyn glir a gafodd pawb o'r staff oedd eu bod i ddysgu tair stori ar gof a chadw am eu hanesion yn cwffio'r comiwnyddion adeg y Chwyldro neu'r Rhyfel Cartref. Roedd disgwyl i bawb orfod gwneud hyn, hyd yn oed yr hogyn ieuenga, nad oedd ond pymtheg oed. Amrywiol oedd y deunydd, er bod un thema gyson ar waith trwy'r cwbwl, sef pa mor greulon fuodd y Cochion a pha mor ddewrion fuodd y Gwynion. Ond y gwir amdani oedd na fuodd yr un ohonyn nhw ar gyfyl y ffrynt – mwy nag y bu Aristarkh Aleksandrovich ei hun – ar gyfyl unrhyw ffrynt: ond pa ots am hynny?

Caeodd Alyosha ei geg, rhag ofn iddo roi esgus i'r dyn ei daflu ar y clwt. Doedd neb yn hollol hapus, ond ni feiddiodd neb ag anghytuno chwaith.

Trefnodd Efim Moisevitch i gerddorfa fechan o sipsiwn ganu caneuon Rwsieg traddodiadol bob nos. Gwin Rwsiaidd oedd yn y gwydrau, ond gwin o winllannoedd bychain mwy diarffordd Languedoc oedd o go iawn, gan mai'r unig beth a newidiwyd oedd y labeli ar y poteli.

Roedd yr Americanwyr wrth eu boddau, yn enwedig pan gâi'r goleuadau eu pylu, a'r canhwyllau ar y byrddau'n llosgi'n fôn-isel, y sipsiwn yn hymian yn dawel, ac alaw'r ffidil yn y cefndir yn suo'n sydyn o'r llon i'r lleddf wrth gonsurio 'awyrgylch Rwsia'.

Roedd y pres yn tywallt i mewn i'r til fel dŵr o bistyll. Doedd dim yn bodloni Aristarkh Aleksandrovich Kulikov yn fwy na chael cau'r llenni, cloi'r drws ac ista i lawr yng nghwmni Efim Mosievitch hefo hannar potel o fodca i roi cownt am y cwbwl.

Cadw llwyddiant y bwyty yn gyfrinach oedd y peth pwysicaf un. Siarsiwyd y staff i beidio, ar boen bywyd, â sôn gair wrth neb arall am yr adrodd storïau. Ond gwyddai Alyosha cystal â neb fod y ffasiwn o gynnig 'blas ar Rwsia' eisoes wedi sgubo trwy ddrysau hanner dwsin a mwy o fwytai Rwsiaidd eraill Paris. Roedd y storïau 'codi gwallt eich pen', a adroddid rhwng yr *hors d'oeuvre* a'r coffi a'r port, wedi tyfu hyd yn oed yn fwy eithafol trwy gael eu hailadrodd mor aml nes magu blas chwedloniaeth waedlyd iawn. Straeon am ddynion yn cael eu claddu'n fyw. Straeon eraill am ddynion yn cael eu llosgi'n gols. Yn ogystal â straeon arswydus am wragedd ym mhen eu tennyn yn raselu gyddfau eu plant eu hunain i'w harbed rhag i'r Bolsieficiaid gael eu bacha budron arnyn nhw ...

Cafodd llwyddiant y Grand Cercle Moscovite ei ddynwared o fewn dim. Mewn bwytai eraill gwelid dynion yn dawnsio fel Cosaciaid yn plethu eu breichiau ar draws eu brestiau, cicio'u coesau a bloeddio 'Whoa!' Er mwyn bod ar y blaen, roedd yn rhaid i'r Grand Cercle Moscovite feddwl am gimic arall. Un noson, taflodd Aristarkh Aleksandrovich gyllyll deuddeng modfedd o hyd o gwmpas corun yr hogyn pymtheg oed, oedd yn crynu'n lwmp o galchan yn erbyn y wal. Ond rhoddwyd y gorau i hynny o fewn dim, am resymau amlwg ...

Roedd eira slwj, budur o dan draed pan ddringodd yr hetiau, y sgarffiau a'r cotiau duon i ben y *mausoleum* lle roedd Bukarin, Vorosilov, Kalinin, Kujbysev, Molotov, Stalin, Rykov, Rudzutak, Tomskii a'r gweddill yn sefyll yn rhes. Ar y chwith eithaf, ond yn is i lawr fymryn yng nghanol eisteddle'r newyddiadurwyr, roedd Stanislav Markovich Feldman yn ei gôt a'i het a'i fenig lledar am ei ddwylo.

Canwyd yr 'Internationale' dros yr uchelseinyddion. Pan ddarfu'r gymeradwyaeth, martsiodd rheseidiau o filwyr traed, yn stampio-martsio, stampio-martsio yn rhes ar ôl rhes hefo'u gyddfau ar dro tuag at y Pwyllgor Canolog. I'w canlyn, bobiai gwŷr ar feirch ynghanol clecian cannoedd o bedolau ar y cerrig coblog. Wedyn, clywyd grymial y tanciau a chwyrnu'r loriau trymion a dynnai'r artileri a'u bariliau'n sgleinio'n loyw. Yn eu sgil, gorymdeithiodd cynrychiolwyr y ffatrïoedd, a'r naill garfan ar ôl y llall yn falch o arddel parthau amrywiol yr Undeb Sofietaidd. Ar eu sodlau hwy, llifodd cannoedd ar gannoedd o golofnau sosialaidd – hogia a genod ifanc y Komsomol, yn eu crysau gwynion a'u hancesi cochion, eu baneri yn chwifio'n uchel ac yn bloeddio nerth esgyrn eu pennau.

Un llwyfan anferth oedd bob modfedd o'r sgwâr. Yn hongian yn gochfawr ar dalcen canolfan siopa'r GUM roedd baneri llaes o Engels, Marx, Lenin a Stalin.

Ni welodd Margarita y fath wên ar wyneb neb erioed â'r un ar wyneb Paul. Roedd yn ei seithfed nef ac wedi codi'n gynt na'r arfer ac yn swigio o

177

botel fodca bob hyn a hyn, un a gadwai ym mhoced gesail ei gôt i'w arbad rhag yr oerni.

Gweithwyr y ffatrïoedd a'r melinau mawrion oedd o'u cwmpas ym mhobman, yn ogystal ag aelodau o wahanol adrannau'r llywodraeth ac unigolion a oedd, am ba bynnag reswm, wedi bod yn ddigon breintiedig i gael eu dewis i fod yn bresennol. Cerddai pawb yn bwrpasol hefo baneri yn eu dwylo ac yng nghanol dirprwyon o wledydd eraill y dodwyd y ddirprwyaeth o Berlin i ista. Eisteddfan werth chweil oedd hi, lle roedd hi'n bosib gweld y gorymdeithio i gyd. Rhewllyd iawn oedd y tywydd, ac wedi dwy awr o stampio traed yn yr oerfel roedd bodiau pawb yn dechrau fferru.

Dechreuodd fwrw eira. Powliai ysbrydion gwynion trwy'r plu, ond roedd y mabolgampwyr oll yn herio'r oerni. Er bod eu gwefusau wedi dechrau glasu, roedd eu gwenau'n llawn o hwyl o hyd. Saliwtiodd a bloeddiodd comiwnyddion y dirprwyaethau tramor eu gwrogaeth a'u gwerthfawrogiad o'm campau yn adeiladu pyramidiau dynol wrth gamu heibio.

Cododd Paul ei fys yn frwd a throdd Margarita ei phen i weld Stalin yn taflu pelan eira at rywun islaw, a phwy bynnag oedd oddi tano fo'n taflu pelan eira 'nôl a'r Politbiwro'n chwerthin.

Trwy gydol yr amser roedd cerddoriaeth ddi-dor i'w chlywed dros yr uchelseinyddion. O bryd i'w gilydd, cydganai'r gynulleidfa hefo'r gorymdeithwyr. Canodd Margarita ei hun yn gryg. Teimlai'n rhan o frawdoliaeth gynnes, brawdoliaeth fwy o lawer pan oedd hi'n troi i feddwl am y miliynau o gomiwnyddion eraill y tu allan i ffiniau'r sgwâr a oedd hefyd yn cydganu hefo nhw.

Ni welwyd mo Kai-Olaf tan ganol y pnawn pan ddaeth i eistedd yn y lle priodol. Cymerodd rai eiliadau i Margarita sylweddoli bod rhywbeth yn pwyso ar ei feddwl.

'Bob dim yn iawn?' holodd.

'Mi wn i rŵan pam gafodd dy ffrind Masha 'i charcharu,' sibrydodd yn ei chlust.

Oherwydd bod y stŵr o'i chwmpas yn fyddarol, doedd dim posib iddi ei glywed yn glir.

'Deud wrtha i eto,' gwaeddodd.

Arhosodd Kai-Olaf hefo hi, gan sefyll wrth ei hochor, ei gap wedi ei dynnu'n isel dros ei glustiau a'i ddwylo'n ddwfn ym mhocedi ei gôt. Ni soniodd air am Baku. Dim un ebwch. Yn union fel petai dim byd wedi digwydd o gwbwl. Be oedd o'n ei deimlo tuag ati? Oedd o'n teimlo unrhyw beth? Doedd Margarita ddim yn gwybod be i'w feddwl na be i'w wneud ac yn hannar gobeithio y byddai o yn dweud rhywbeth, ond hyd yma doedd o wedi dweud dim byd – yn union fel tasa dim byd wedi digwydd o gwbwl.

Rhagddo yr aeth y dathlu am awr arall. Gwibiodd dwsin o awyrennau draw dros y Kremlin. O eangderau'r wybren, dynesodd sŵn arall wrth i bedair awyren arafach droi mewn cylchoedd. Cododd pawb eu llygaid fry i'r awyr lwyd; yn y man, fel conffeti cochion, gosgeiddig, disgynnodd pedwar dwsin o ddynion o geubal pob un. Lledodd eu parasiwtiau: pwff ... pwff ... pwff ... pwff.

Ond roedd un dyn bach yn gwingo ... yn clecian din-ben-dros-ben wrth freichio am ryw gangen anweledig.

Daliodd y sgwâr ei wynt.

Roedd hyd yn oed y Pwyllgor Canolog fel haid o gywion cegagored wrth rythu fry.

Diflannodd y dyn ac aeth y dathlu yn ei flaen.

'Welis di ...?' holodd Margarita.

Nodiodd Kai-Olaf heb edrach arni. Ffurfiodd y parasiwtwyr gylch ar ganol y sgwâr. Ar y gair, saliwtiodd pawb y *mausoleum* fel un – ond roedd hi'n hwyrhau, a'r dydd yn tynnu tua'i derfyn. Wrth i'r gerddoriaeth ddŵad i ben ac i'r sgwâr wagio, roedd hi eisoes wedi dechrau tywyllu. Ond roedd goleuadau ynghynn, a'r milisia wrthi'n cynnau twmpathau o goelcerthi i gadw'r pererinion yn gynnes ar eu taith.

O nerth i nerth yr aeth rhiatlwch yr Hotel Moskva, ynghanol y gwledda, y dawnsio a'r canu. Y tu allan, tawelwch oedd yn teyrnasu – ond y tu mewn roedd goleuni'r siandeliriau cain yn llewyrchu'n wychach nag erioed. Dawnsiai Paul, Max a Mortiz mewn cylch cyfyng, eu pennau wedi plygu mewn addoliad i'w gilydd, eu breichiau wedi eu hieuo ar draws ysgwyddau'r naill a'r llall. Llygadodd Margarita y cilfachau lle roedd y byrddau wedi eu gosod ar hyd ymylon y stafell. Doedd dim golwg o Irinia, nac o Kai-Olaf chwaith.

Pan glywodd Margarita be oedd gwir hanes Masha, collodd yr awydd i gwmnïa. Cafodd Kai-Olaf wybod o le saff ei bod wedi ei gyrru ar long o Vladivostock i Magadan ar ôl iddi gael ei dedfrydu i ddeng mlynedd o garchar yn Siberia. Ei throsedd oedd ysbïo ar ran yr Almaen. Roedd ei hymweliad â Berlin yn gyfla perffaith i drosglwyddo cyfrinachau am botensial diwydiannol y Donbas i elynion yr Undeb Sofietaidd, ac roedd ei dau frawd hefyd yn rhan o'r cynllwyn. A'r ddau, fel hithau, bellach o dan glo.

Cafodd Margarita drafferth coelio fod yr hyn roedd o newydd ei ddweud am Masha yn wir. Masha Ivanova? O ddifri? Yr un Masha ag a fu'n siarad mor ffrwd am ddyfodol ei mamwlad, am y delfrydau comiwnyddol roedd hi'n eu harddel mor gadarn? Ond cafodd ei chyhuddo, cafodd achos llys, a chafodd ei charcharu am fradychu'r cwbwl a oedd yn sanctaidd i filiynau. Celwydd oedd pob gair a ddaeth o'i genau.

Er bod Margarita yn llawn o amheuon, doedd Kai-Olaf yn amau dim.

'Tasa chdi ond 'di'i chyfarfod hi ...' dechreuodd hi.

'Pa wahaniaeth fasa hynny 'di'i 'neud?' holodd o.

'Ei chlywad hi'n siarad fel roedd hi'n siarad y noson honno ar ôl iddi gyflwyno'r ddwy ffilm yn y Mozart-Saal. Alla i ddim coelio y basa hi'n gneud rhwbath fel hyn.'

'Ma' pobol ddauwynebog fel Masha yn gallu bod yn glyfar iawn.'

'Be tasa'r OGPU 'di gwneud camgymeriad?'

'Mewn achos mor ddifrifol â hwn? Dwi'n ama.'

'Ti byth yn gwbod ...'

'Ma' nhw wastad yn gwbod be ma' nhw'n 'neud.'

Parodd drygioni twyllodrus Masha Ivanova i Margarita ddechrau ama ei chrebwyll ei hun. Teimlai iddi fod yn hollol naïf yn wleidyddol.

''Dan ni i gyd yn dysgu o'n camgymeriadau,' cysurodd Kai-Olaf hi.

Be petai Masha wedi ei gweld hi'n dŵad o bell? Oedd hi wedi manteisio arni fel rhyw fath o fwgwd i guddio'r hyn roedd hi wir yn ei wneud yn Berlin? Sut y buo hi mor wirion?

'Dwi 'di bod yn gymaint o ffŵl,' dywedodd wrth deimlo baich o gywilydd yn gorwedd arni.

'Paid â phoeni,' siarsiodd Kai-Olaf hi. ''Neith Masha ddim chwanag o ddrwg i neb. Falla, pwy a ŵyr, y bydd hyn yn achubiaeth iddi. A hyd yn oed os ydi hi wedi cael ei charcharu ar gam, cam o fewn cyfiawnder proletaraidd ydi o. Nod y weriniaeth Sofietaidd ydi atal dyn rhag blingo'i gyd-ddyn trwy greu cymdeithas ddiddosbarth. Dyna pam y gallwn ni esgusodi'r cam heb deimlo fod rhaid i ni gondemnio'r system. Cofia bob amser fod comiwnyddiaeth wedi ei sylfaenu ar gredo hollol wahanol i gyfiawnder y gwledydd cyfalafol; mae'r rheiny'n hollol ragrithiol, hefo un gyfraith i'r tlodion a chyfraith arall i'r cyfoethogion.'

Wrth eirio'r cwbwl fel hyn, teimlai Margarita fymryn yn ddedwyddach.

'Credo'r *bourgeoisie* ydi fod be bynnag sy'n hyrwyddo cyfalafiaeth yn dda, a fod be bynnag sy'n rhoi stop arno fo yn ddrwg. 'Na pam mai hosanna gwag 'di'r mawl ma' nhw'n ei ganu i ryddid a chyfiawnder.'

Derbyniodd Margarita gyngor Kai-Olaf i fod yn llai parod i dderbyn pobol ar yr wyneb, heb yn gynta ddysgu mwy amdanyn nhw a dŵad i'w nabod nhw'n well, ond hyd yn oed wedyn, rhaid oedd bod yn wastadol effro. Pobol ddichellgar iawn oedd gelynion sosialaeth. Ysai rhai cylchoedd yn fwy ffyrnig nag erioed am weld gweriniaeth gyntaf y gweithwyr yn cael ei thanseilio, ei threchu a'i chwalu trwy ba bynnag ddull neu fodd. Dyn felly oedd Henry Deterding o Royal Dutch Shell, a oedd byth a beunydd yn llawn o rhyw gastia stumddrwg. I ddynion fel fo, doedd Moscow yn ddim byd ond afiechyd marwol ar groen Asia.

Diwrnod hir a blinedig fuo fo. Codwyd Margarita i'r entrychion gan ddathlu'r Sgwâr Coch, a suddodd i'r gwaelodion pan gafodd ei dadrithio wrth sylweddoli ei bod, o bosib, wedi cael ei defnyddio gan sbïwr.

Wedyn, cafodd ddadrithiad gwaeth.

Ar y llawr dawnsio roedd Kai-Olaf a Hella Wuolijoki. Roedd hi'n gwisgo sgert werdd, blows olau a siaced denau, a'i gwallt melyn yn llifo dros ei chefn. Methodd Margarita guddio brath ei siom. Syllodd Kai-Olaf arni trwy ei lygaid gleision.

Syllodd Margarita yn ôl arno ynta: roedd ganddo ên gadarn o doriad da. Pam roedd hi'n teimlo fel hyn? Doedd dim hawl ganddi. Emosiwn bwrgais oedd cenfigen. Pa hawl oedd ganddi i hawlio unigolyn yn gyfan gwbwl iddi hi ei hun? Ei herio hi i herio hi'i hun yr oedd o. Dyna roedd Kai-Olaf yn ei wneud, roedd hynny'n hollol amlwg. A sylweddolodd Margarita fod ganddi dipyn o ffordd i fynd eto cyn y gallai ei galw ei hun yn gomiwnyddes.

Teimlodd yn ddihyder mwya sydyn. Heb gerrig milltir, heb ddeallltwriaeth o ddim – ddim hyd yn oed ohoni hi ei hun – roedd hi ar goll. Oedd hi wedi cam-ddallt y cwbwl? Dechreuodd deimlo'n ddig tuag ato fo. Be oedd hyn? Pryfôc? Neu her? Neu oedd hi wedi bod yn rhy hir heb neb, yn methu hyd yn oed darllen yr arwyddion, yn methu deall y peth symlaf un am ddynion?

Roedd hi'n dymuno ei wneud o'n hapus, ond doedd o yn amlwg ddim yn teimlo'r un fath. Ac yntau wedi ei gwrthod hi, be rŵan? Roedd ganddi ei ffrindiau yn y KPD, ei chwaer, ei hiechyd – pethau a oedd yn bwysig. Ac eto, doedd hynny ddim yn ddigon – roedd arni angen mwy. O leia roedd hi'n ddigon gonest i gydnabod hynny iddi hi ei hun. Roedd arni angen rhywun yn ei bywyd, rhywun i fynd i gysgu hefo fo bob nos ac i godi hefo fo bob bora. Oedd hynny'n debygol o ddigwydd byth? Oedd rhywun yn mynd i'w charu hi? Rhaid oedd peidio â gwangalonni. Roedd digon o achos tristwch yn y byd fel roedd hi heb iddi hi suddo i'r pwll hwnnw hefyd. *Rhaid* oedd dal at obaith. Os oedd ystyr clir i hanes, roedd ystyr hefyd yn gorfod bod i'w bywyd hi. Eto, o'i safbwynt hi ei hun, peth annelwig iawn oedd fory ...

Trodd a gweld Stanislav Markovich trwy'r drws yn siarad hefo rhyw hogyn ifanc a oedd wedi gofyn am ei lofnod. Wedi i hwnnw fynd, aeth Margarita ato fo.

'Ti'n edrach wedi blino,' dywedodd wrthi. 'Alla i'm aros yn hir. Dwi wedi addo cyfarfod Panait Istrati. Ti 'di clywad amdano fo?'

'Naddo.'

'Awdur o Rwmania, sy'n awyddus iawn i mi ei gyflwyno fo i Mayakovskii. A dwi 'di addo trefnu hynny, felly fiw imi dorri 'ngair.'

Aeth y sgwrs yn ei blaen, nes i Stanislav ddweud, 'Dwi wedi clywad hanas dy dad.'

Disgwyliodd Margarita iddo danio'i getyn cyn cario 'mlaen.

''Sgen i'm newyddion da, ma' arna i ofn.'

Roedd hi wedi ofni'r gwaetha ers amsar.

'Mae o 'di marw?'

'Rhyw wyth mlynadd yn ôl. Wrth arwain rhyw ddewislu – byddin fechan o fewn y Fyddin Goch, y tu allan i Lvov – yn erbyn y Pwyliaid. Ma'r union amgylchiada braidd yn annelwig ... Ond mi gafodd ei saethu a'i gladdu yno.' Pesychodd yn sych. 'Pob clod iddo fo. Roedd o'n swyddog ymroddgar, uchel ei barch. Mi wnaeth ei orau dros yr achos.'

Petrusodd Margarita cyn holi dim byd arall: roedd y newyddion mor syfrdanol. Holodd pryd yr ymunodd ei thad â'r Fyddin Goch. A oedd o wedi ymaelodi hefo'r Blaid Gomiwnyddol? A ymunodd o hefo'r Fyddin Goch o'i wirfodd? Neu yn groes i'w ewyllys, tan orfodaeth neu be? Cofiodd gymaint roedd ei thad â'i lach ar y Bolsieficiaid.

Sylweddoli mai'r Bolsieficiaid oedd unig achubwyr posib Rwsia wnaeth Kozma. Dyna hefyd oedd barn Stanislav. Hebddyn nhw fe fyddai'r ymerodraeth wedi chwalu'n llanast o dan draed y cyfalafwyr. Doedd yr un

Rwsiad am weld cwmnïau tramor a banciau America, Ffrainc, Lloegr neu'r Almaen – neu'n waeth fyth, Japan – yn blingo'r wlad o'i chyfoeth naturiol: glo, olew, aur ac arian. Roedd digonadd o goedwigoedd yn y *taiga* i fodloni awch y byd cyfalafol am genedlaethau.

'Falla fod Kozma Mikhailovich wedi sylweddoli ei bod hi'n bwysicach gwarchod y nwyddau crai yma at wasanaeth y bobol, a ddim i lenwi pocedi rhyw griwia bychan o ddynion blysig.'

Ai dyma sut roedd ei thad yn meddwl erbyn diwedd ei oes? Yn meddwl fel roedd hi bellach yn meddwl? Pwy oedd i wybod? Biti na allai'r ddau fod wedi cyfarfod. Doedd dim modd gwbod bellach be oedd ei resymau gwreiddiol o dros newid ei feddwl. Y gwir amdani oedd i'r ddau ohonyn nhw sylweddoli gwerth yr achos, a'u bod nhw wedi camu drosodd at y comiwnyddion er mwyn cyfrannu at greu cymdeithas amgenach na'r hen un.

Theimlodd Margarita ddim ing na galar, dim ond rhyw ollyngdod mewnol. Teimlai yn emosiynol wastad, lle y dylai, o bosib, fod wedi teimlo rhywbeth arall. Tynnodd Stanislav fenig am ei ddwylo a gwthio'i fysedd i'r pen, eu gwthio cymaint nes gweld rhyw led fai ar y lledar am wrthod ildio chwanag o le.

'Pan ei di 'nôl i Berlin, dwi'n dallt dy fod ti'n mynd i weithio i Azefttrust.' Ddim gofyn wnaeth o – ond dweud.

Roedd rhyw olwg lyfasog ar ei wefusau fo. Be welodd hi ynddo fo erioed?

'Sut glywis di hynny?'

'Rhywun yn y Kremlin oedd yn sôn.'

'Ti 'di bod yn holi amdana i?'

Yn lle ei hateb, cydiodd yn ei phenelin (y tro cynta iddo fo ei chyffwrdd ym Moscow) gan ddatgan bod angen pobol o'r radd flaenaf yn y llefydd mwyaf hanfodol ar gyfer y frwydr a oedd eto i'w hymladd yn Ewrop.

'Mae gen ti gyfraniad pwysig i'w wneud.' Gwasgodd ei braich drachefn. 'Ag mae ganddon ni bob ffydd yndda chdi.' Roedd ei groen yn lludlyd a'i lygaid yn wag.

Cynnwrf mwyaf drannoeth oedd gweld y llun yn *Pravda*: llun o'r *mausoleum* a Stalin yn cael lle amlwg. Ar gyrion isa llun arall mynnai Paul ei fod yn gallu gweld ei hun. Wedi hynny, dechreuodd Max a Moritz weld eu hunain hefyd ymysg yr wynebau llwydion o dan yr hetiau ffwr duon.

Cyfieithodd Margarita yr adroddiadau, ond er iddi ddarllen yn ddyfal i fyny ac i lawr y colofnau, doedd dim gair ar gyfyl *Pravda*, mwy nag oedd ar gyfyl *Izvestia*, na'r un papur newydd arall, am y ddamwain a ddigwyddodd a'r dyn a laddwyd.

Disgynnodd mwy fyth o berswâd ar ben Alyosha i gymryd arno ei fod yn dywysog oedd yn perthyn i'r diweddar Tsar, a'i fod yn un o'r rheiny a lofruddiodd Raspwtin a chael gwarad â'r corff trwy ei stwffio trwy dwll yn y rhew i ddüwch afon Neva. Ond gwrthod ar ei ben â chael ei hudo gan fys rhyw ddrwg i dwyllo neb wnaeth o.

Pen draw'r saga oedd pechu'r bòs. Gan fod hwnnw mor ffyrnig am warchod ei fywoliaeth – yr un mor ffyrnig ag roedd Alyosha i warchod ei enw da – tyfu'n fwy diamynadd fyth wnaeth Aristarkh Aleksandrovich. Ben-ben oedd y ddau bob dydd, nes i'r dyn wneud i Alyosha deimlo ei fod ar fai am gael ei eni o gwbwl. Doedd o'n hidio dim am raffu rhyw lol-mi-lol am gwffio'r comiwnyddion ar faes y gad, ond roedd cyfadda mai y fo oedd un o'r rheiny oedd yn gyfrifol am fwrdro Raspwtin yn fatar arall. Doedd hynny ddim i'w drin yn ysgafn.

Roedd yn well o'r hannar gan Alyosha gwmni gwraig Aristarkh Aleksandrovich Kulikov. Dynas ddiymhongar iawn oedd Marya – pwtan addfwyn, braidd yn dew, hefo bochau crynion, rhai bychan cochion fel tlysni rhosyn brith. Gwisgai'r un ffrog ddu hefo trimin gwyrdd, waeth pa adag o'r flwyddyn oedd hi. O'r braidd y byddai'n ei gweld hi yn y bwyty, gan mai yn y gegin hefo'r Sarff yr oedd hi'n byw ac yn bod, yn llafurio o fora gwyn tan nos. Gweithiai'n ddiflino, yn sgwrio a sgwrio, fel petai hi'n ceisio gwaredu â holl nerth ei breichiau ryw dristwch annioddefol, tristwch a oedd y tu hwnt i'r tristwch gwaethaf un. Achos, mewn gwirionedd, dyna'n union be oedd o.

Yng nghanol *kitsch* anonest y bwyty, roedd rhyw symlrwydd didwyll yn perthyn iddi hi, fel rhywbeth wedi ei hidlo'n bur a glân. Yn hwyr tawel un noson dywyll, clywodd Alyosha yr hanes i gyd ganddi.

Dŵr calad oedd dŵr Paris. Am bymthag awr y dydd, bob dydd, byddai'n trochi ei freichia ynddo fo at ei ddau benelin, ond gwaith amhosib oedd golchi'r llestri, y gwydrau a'r cwpanau'n hollol lân gan fod angan nerth bôn braich dyn a oedd yn bwyta'n iach i llnau'r saim i gyd. Ar ôl i Alyosha sefyllian ar ei draed cyhyd roedd ei goesau'n swp o wayw a'i gefn ar dân.

Yn sgil y ffradach rhyngddo fo ag Aristarkh Aleksandrovich, cafodd ei ddiraddio o weini byrddau i fod yn *plongeur*. Fo bellach oedd baw isa'r doman. Dyna oedd ei gosb am wrthod ufuddhau i'r perchennog. Llai o gyflog, llai o gildwrn: roedd o ar ei gollad yn arw.

Newydd wthio drws y gegin wysg ei chlun yr oedd un o'r genod gweini, hefo dau blât yn gwasgu'n boeth rhwng ei bodiau a'i bysedd. Diflannodd i niwl o fiwisg, i rowndio pennau a oedd yn yfed pleser, yn smocio siarad, yn chwerthin a chwedleua yn llawn huodledd uwch eu bwyd. Wedyn, caeodd y drws.

Cododd Alyosha ei lygaid o'r sinc a gweld bod Efim Mosievitch Ovchinnikov yn dal yno. Roedd o wedi bod yno ers meitin, yn edrach yn hyll – ei wynab fel gwynab ci tarw. Doedd o braidd byth yn y gegin yn ystod y gyda'r nos, oni bai fod rhyw achos i gega ar rywun. Fel arfer, safai ger prif ddrws y bwyty er mwyn croesawu pobol i mewn, derbyn eu cotiau a'u tywys at eu cadeiriau.

Lle digon afiach oedd y gegin, ar waetha holl sgwrio Marya – y llawr yn un sglyfaeth o hen lysnafedd, a sosbenni budron ar bennau'i gilydd ym mhob man, a'r lle yn llawn 'nialwch, saim a drewdod. Cegin gyfyng oedd hi, heb hannar digon o le i droi a phawb dan draed ei gilydd – yn bigog a blin.

Agor a chau'r drws i'r gweinyddion oedd gwaith Efim Mosievitch. Roedd o wedi bod wrthi bellach am awr a mwy wedyn dychwelodd i'r *restaurant* ei hun.

Wedi i Marya ei alw ati, syllodd Alyosha heibio i gil y drws i ganol y stafell fwyta, lle gwelodd wydryn o *vermouth-cassis* yn codi at wefusau. Wedi ei gwisgo mewn ffrog las golau *décolleté* roedd Zepherine, ei gwallt wedi'i drefnu ar ei phen a'i chlustdlysau yn hongian o'i chlustiau yn llawn o gryndod goleuni. Cododd ei llygaid yn ara ddiog dros rimyn y gwydr wrth syllu ar y gŵr a oedd yn ista gyferbyn â hi.

Trwy wawl gwan y gannwyll ar y bwrdd a oedd prin yn goleuo ei gwedd, craffodd Alyosha arni – ond craffodd yn fanylach ar y dyn. Bu'n rhaid iddo syllu eilwaith, cymaint roedd o wedi newid. Roedd blew ei fochau'n gyrliog frith, ei farf yn drwch o dan ei ên, ei drwyn yn gochach a'i dalcen yn amlycach – fel petai ôl tywydd ar ei wyneb.

Fo oedd o, doedd dim dwywaith amdani.

Ei Ewyrth Artyom.

Gogwyddodd Alyosha ei ben er mwyn clustfeinio, ond roedd y ddau fymryn yn rhy bell yng nghanol dwndwr pobol iddo ganlyn trywydd eu sgwrs, er bod llais ei ewyrth i'w glywed yn weddol hyglyw bob hyn a hyn, a chydiodd mewn amball air.

Chwiliodd Alyosha gonglau ei galon wrth i'w feddwl redag ar wib: be oedd o'n mynd i'w 'neud? Oedd o'n mynd i dorri gair hefo fo? Oedd o'n mynd i faddau iddo fo am gael gwared â Grete o'i fywyd?

Syllodd ar y ddau a'u penelinoedd ar liain gwyn y bwrdd, a'r les coch wedi crosio'n fân ar hyd ei ymylon.

Daliai Artyom sigâr rhwng ei fys a'i fawd ac roedd o wedi mwytho ei hun i'w gadair ar ôl mwynhau llond bol o fwyd. Amdano roedd siwt o doriad da, un wedi ei gwneud o'r brethyn gora.

Aeth y sgwrs i gyfeiriadau hapusach gan i Zepherine dorri allan i chwerthin yn uchal mwya sydyn, nes clapio'i llaw dros ei cheg.

Syllodd Alyosha arno fo. Hwn oedd y dyn a dorrodd ei galon a chwalu ei freuddwydion yn llwch. Hwn oedd y dyn a drodd ei fywyd yn gragen wag, yn alltud bach rhyw don. Doedd o byth wedi gallu madda iddo fo am fynd â Grete i ffwrdd.

Fyddai o *byth* yn mynd i fadda iddo fo.

Ar ôl iddo orffan golchi'r llestri budron yn y Grand Cercle Moscovite, byddai Alyosha'n amal yn hel ei garcas draw i'r Flamant Rose. Trwy law Galina, roedd o'n cael mynd i mewn am ddim. Gweini'r bar neu'r byrddau oedd ei gwaith hi ac roedd hi'n amal yn morol gwydryn o *gin-fizz* a'i osod o'i flaen – a gwrthod ei bres, gan siarsio, 'Yfa fo'n ara deg ...'

Yn sefyll yn ei ymyl ger y bar y noson honno roedd Gaston Prieur, doctor a oedd yn cynnal tri chlinig i drin damweinia yn y gweithle. Roedd yn ddyn a oedd yn fwy na pharod i dalu bonws da i wahanol weithwyr am gamu trwy ei ddrysau, a hynny er mwyn eu cael nhw i dorri eu henwau ar ffurflenni. Gallai yntau wedyn hawlio iawndal gan gwmnïau insiwrans trwy honni ei fod o'n trin gwahanol ddynion a oedd wedi torri breichiau, coesau neu be bynnag oedd yn mynd â'i ffansi fo ar y pryd. Talodd fonws i Alyosha unwaith am 'dorri ei arddwrn'. Doedd o byth yn gofyn i'r un bobol ddwywaith, rhag ofn iddo gael ei ddal, ond trwy osod amball blastar ar amball fys, neu osod braich mewn sling roedd o'n gwneud ei ffortiwn.

Doctor Prieur gyflwynodd Alyosha i Giuseppe Albatino – Pepito – a oedd yn canlyn hefo Josephine Baker. Trwy Galina, roedd Alyosha eisoes yn nabod ei gefndar o'n iawn, dyn o'r enw Zito. Bwyta'i hun yn dew a dawnsio'i hun yn dena oedd steil Zito. Ar y pryd, roedd Pepito a Zito yn ymdrechu i drefnu cytundebau i Josephine hefo Pernod – gwaith ffilmio hefo dwy neu dair stiwdio, a rhai slotiau dawnsio pellach mewn clwb nos ar y Rue Pigalle.

Clwb Harot a Léonard oedd L'Imperial – dau frawd tawel o gefndir tywyll a oedd yn rhannu diléit mewn hela llwynogod ar weundiroedd y Vendée ar gefn ceffylau hefo haid o gŵn. Heliwr arall oedd y Viscount – ei enw iawn oedd Henri Dupont – cynhyrchwr mân arfau ar y Rue Lafayette a oedd â chyfri banc sylweddol yn y Crédit de France. Dirprwy yn Siambr Gweriniaeth Ffrainc oedd Henri Dupont, ac roedd y si yn dew fod ei wraig wedi cael affêr hefo rhyw hogyn ifanc yn yr Hôtel de Paris yn Monte Carlo ryw flwyddyn neu ddwy ynghynt, ond ei fod wedi llwyddo i gladdu'r sgandal trwy dalu'r *gigolo* i gau ei geg.

'I fod yn addas at y gwaith, ma'n rhaid i chdi fod yn sylfaenol annidwyll,' dywedodd wrth Alyosha un noson. 'Dydi gwleidyddiaeth yn ddim byd ond defodaeth, rhagrith a chyfaddawd.'

Cenedlaetholwr brenhinol oedd y Viscount, yn rhannu dyheadau Charles Maurras, sef mai adfer gorsedd y Bourbon oedd yr unig ffordd ymlaen i Ffrainc. Yn amal iawn, byddai'n cadw cwmni i Bepp a Gladys, dwy ddawnswraig o America a ddaeth draw o Sherry yn Efrog Newydd i Paris am dymor.

Welodd Alyosha fawr ar Galina y noson honno. Hen din mwnci o foi oedd y pen barman a doedd fiw iddi ista'n hir i sgwrsio hefo fo os oedd hwnnw o gwmpas. Roedd o'n trin y clwb fel ail gartra, gan ei fod o'n byw mewn llofft isal o dan y to.

Byddai Galina bob amser yn falch o'i weld, ac roedd hi wedi dechrau meddwl am Alyosha fel rhyw fath o frawd mawr, yn enwedig gan mai unig blentyn oedd hi.

Cafodd ei gyflwyno i ddwy ffrind iddi. Y gynta oedd hogan a hanai o dref fechan i'r gogledd o Limoges a rhyw olwg freuddwydiol arni, a'r ail oedd Adelina, a awgrymai ei bod o dras aristocrataidd, ond doedd hi ddim. Merch o gyrion rhyw bentra di-ddim ym mherfeddion mynyddoedd y Vosges, rywle yn Alsace, oedd hi. Y tu ôl i'w gwên sili-ffrit, roedd ei hwyneb crwn fel soser wen ac yn amddifad hollol o bersonoliaeth.

Yn ôl Galina, roedd y ddwy â'u llygaid arno fo.

'Cer amdani ...'

Holodd o pa un.

'Tria'r ddwy, a gei di weld p'run sy ora gen ti.'

Gweddnewidiodd chwerthin Alyosha yn wên.

'Be sy'n gneud i chdi feddwl mod i'n ffansïo'r un ohonyn nhw?'

'Ti'n chwilio am rywun, does bosib.'

'Dwi'm yn siŵr os ydw i ...'

'Wrth gwrs bo' chdi. 'Sneb yn gallu lapio'i hun mewn siom am byth. Ma' pawb isio cael ei garu.'

Poen meddwl mwyaf Galina oedd ei gŵr, Marcel. Ers tro bellach, roedd hi wedi cael mwy na llond bol arno fo ac yng nghwmni Alyosha roedd hi'n trafod ei phroblemau.

Sut oedd hi'n mynd i gael gwarad ag o, a'r dyn yn mynnu ei dilyn fel rhyw gi bach – waeth pa mor greulon o ddifalio roedd hi'n ei drin o?

Roedd Yves yn dal yn y ffrâm hefyd, a'r clerc banc yn awyddus iddi ysgaru Marcel a'i briodi fo.

A'r dyn o Sardinia – Camlo – roedd hwnnw'n dal i sbaena yn ei bywyd hi, ond ei fod yn tueddu i fynd a dŵad. Hynny oedd yn ei chynddeiriogi'n waeth na dim, ac roedd Alyosha yn ama mai siarad er mwyn siarad oedd hi. Doedd eu trin a'u trafod yn mynd fawr pellach o wythnos i wythnos oherwydd nad oedd modd dŵad o hyd i ffordd daclus o ddatrys dim.

Soniodd Alyosha eisoes am y gwewyr a gafodd hefo Ludwika.

Ei galw hi'n 'bitsh' wnaeth hi.

Synnodd fel y cafodd ei frifo gan y gair.

'Hen bitsh 'di hi,' ailadroddodd Galina fwy nag unwaith, 'yn enwedig os 'nath hi dy drin di fel'na. 'Swn i'm hyd yn oed yn poeri arni.'

Oedd o'n ei charu hi o hyd? Gwaith anodd oedd lladd y teimlad hwnnw. Bob tro roedd o'n trafod Ludwika roedd Alyosha yn teimlo yn gorfforol sâl, fel petai rhyw ddwrn yn gwasgu ei galon o'n grin.

Cofiodd Wisia'n sôn un noson, pan oedd y ddau ar eu gwyliau yn Arles, am hanesyn bychan a glywsai mewn darlith ar Descartes, lle roedd gan ellyll maleisus reolaeth lwyr dros fywyd un dyn. Bob eiliad o bob dydd a nos roedd pob un modd oedd gan y dyn o brofi'r byd o'i gwmpas yn cael ei reoli yn gyfan gwbwl gan yr ellyll. Mor llwyr oedd ei afael o drosto fo nes peri i'r dyn gredu ei fod yn byw mewn byd real. Un ciwt, llawn castia, oedd yr ellyll – un diflino hefyd, nad oedd am un eiliad yn caniatáu i'r dyn amau ei fod yn cael ei dwyllo. Ond byw mewn bydysawd unig oedd y dyn mewn gwirionedd, lle roedd o'n hollol ar ei ben ei hun. Yn wyneb y fath frad, sut gallai'r dyn fod yn saff fod y byd yn bod? A bod pob un dim o'r hyn roedd o'n ei feddwl amdano'i hun yn wir ai peidio?

Sylweddolai Alyosha erbyn hyn mai Wisia oedd ei ellyll o.

Un noson, adroddodd Alyosha hanes Marya wrth Galina. Fisoedd lawer yn ddiweddarach fe fyddai'n difaru ei enaid iddo sôn gair o gwbwl wrthi am be ddigwyddodd 'nôl yn Rwsia unwaith yn ystod y Rhyfel Cartref ...

Doedd Larissa prin wedi ei gweld ei chwaer oherwydd bod oria gwaith y cwmni'n hir. Oeddan nhw'n ei gweithio hi'n rhy galad? Lwc fod ganddi waith o gwbwl oedd ateb Bruno. Poeni roedd Larissa yr un fath. Doedd hi ddim yn hollol siŵr be yn union roedd Margarita yn ei wneud yn Azefttrust. Roedd hi'n un o ddwy ysgrifenyddes i gadeirydd y cwmni, Rwsiad o Simferpol o'r enw Osip Petrovich, gwyddai gymaint â hynny. Enw'r ysgrifenyddes arall oedd Natalya.

Ar ben-blwydd Ella yn ddwy oed ym mis Mehefin 1928, Natalya ddanfonodd anrheg a chardyn draw ar ran Margarita.

'Ond mi ddeudodd hi y basa hi'n dŵad,' cwynodd Larissa. 'Mi fydd Ella wedi'i siomi. Ma' ganddi feddwl y byd o'i modryb.'

'Oes, dwi'n gwbod. Ma' llun o Ella ar ddesg Margarita yn y gwaith,' atebodd Natalya, gan deimlo braidd yn annifyr.

Bruno holodd be yn union a gadwodd Margarita draw o'r parti.

'Oedd 'na gyfarfod yn y gwaith, un roedd hi'n methu 'i osgoi ...'

'Pa gyfarfod?'

'Cyfarfod pwysig.'

'Allach chi ddim fod wedi gallu cymryd ei lle hi?' holodd Bruno, fymryn yn drahaus.

Hogan swil oedd Natalya. Achubodd Larissa ei cham trwy ddiolch iddi am ddanfon yr anrheg a'r cerdyn draw.

Ond doedd Margarita ddim hyd yn oed yn Berlin.

Roedd hi wedi cael ei hanfon draw i Hambwrg, i gyfarfod â rhywun o'r Woerman Line mewn tŷ yn un o'r maestrefi. Ei gwaith hi oedd trosglwyddo swm o bres o Moscow er mwyn i hwnnw yn ei dro ei drosglwyddo i rywun o Undeb Morwyr y Ffindir.

Rhyw ben bob mis, byddai Margarita'n gorfod teithio hwnt ac yma ar basbort ffug. Ei gwaith ran amlaf oedd danfon nawdd neu negeseuon i gelloedd comiwnyddol. Byth ers iddi ymuno ag Azefttrust, torrodd pob cysylltiad swyddogol â'r KPD. Roedd hyn yn fwriadol, a phawb yn dallt ei gilydd.

Bu mor bell â'r Eidal unwaith. Mewn *questura* llawn ar y Piazza Annunziata yn Genoa, rhoddodd ddiemwnt bychan yn nwylo morwr ar long o Panama ar gyfer y chwyldro yn Brasil.

Un tro, aeth i Budapest lle roedd hi i fod i godi rhyw becyn er mwyn dŵad â fo'n ôl hefo hi i Berlin. Pecyn bychan oedd o, fawr mwy na'i dwrn. Wrth ddychwelyd i'r gwesty, dechreuodd amau bod rhywun yn ei chanlyn ac oedodd ger ffenast *café* ar stryd Andrassy. Yn yr un eiliad, fe oedodd dau ddyn ar y pafin yr ochor bella i'r stryd. Dechreuodd ei chalon guro a brasgamodd yn ei blaen. Yn y man diflannodd un o'r dynion, ond roedd y llall wedi croesi ac yn ei dilyn rhyw ddeg llath y tu ôl iddi. Closiodd at arhosfan y tram, gan adael i'r cynta basio heibio, a llamu'n sydyn ar y nesa, ond llamodd y dyn arno fo hefyd. Teimlodd ei hun yn gwegian. Bodiodd y pecyn bychan ym mhoced ei chôt. Camodd lawr yn y stop nesa ac anelu am y siop agosa. Tu cefn i'r cowntar roedd hogyn mewn côt wen newydd dendiad ar gwsmer. Holodd Margarita yn frysiog a oedd o'n siarad Almaeneg – ond doedd o ddim. Ffrangeg? Rhyw gymaint. Aeth ati ar hast i egluro bod rhyw ddyn yn ei dilyn, ei fod yn ceisio aflonyddu arni, a'i bod hi'n wraig barchus ac yn fam i dri o blant. Tywysodd yr hogyn hi ar ei hunion i'r cefn a'i chymell trwy ddrws i gowt oedd yn agor i stryd arall. Addawodd y byddai'n sodro'r dyn yn ei le, doedd dim rhaid iddi boeni dim.

Er iddi honni wrth Larissa ei bod hi wedi cefnu ar y KPD, mewn gwirionedd roedd Margarita yn dal i gyhoeddi erthyglau ar yr Undeb Sofietaidd yn *Die Rote Fahne,* a hynny o dan enw arall.

Dyna sut y gwelodd ei chwaer trwy'r twyll, pan ddaeth ar draws erthygl ar ei hannar yn llawysgrifen ei chwaer mewn cuddfan yn ei llofft.

Doedd hi ddim yn wirion.

Sylweddolodd Larissa nad oedd ei chwaer wedi newid ei lliw o gwbwl, a'i bod hi'n dal i ymhél â'r comiwnyddion.

Noson *gala* a dawns oedd hi, a'r band *jazz* yn ei anterth – y pianydd, y feiolinydd, y corned a'r drwm yn cydganu'n egnïol, a'r miwsig yn goferu i bob modfedd o'r lle. Roedd Alyosha yn ista ar ei ben ei hun yn y Flamant Rose yn yfed gwydryn o gwrw; ar y bwrdd wrth ei ymyl roedd cwpwl hapus yn dathlu rhyw achlysur cofiadwy hefo *magnum* o siampên, a hwnnw'n nythu'n oer mewn pwcad arian o rew.

Y Barwn a'r Farwnes Eklund o Sweden oedd y ddau (neu dyna, o leia, be roedd Galina yn eu galw nhw). Roedd o'n smocio sigâr, a hitha'n smocio sigarét mewn holder *meerschaum* hir, a'r ddau'n cyfarch neu gydnabod pawb yn serchog. Cwpwl ecsentrig yn byw fel cwpwl priod oeddan nhw, er na chafodd modrwya eu cyfnewid erioed. Doeddan nhw byth yn brin o ffranc neu ddwy, ond doedd neb yn hollol siŵr pwy oeddan nhw go iawn, nac yn wir be oedd tarddiad eu cyfoeth. Ym marn Doctor Prieur, dyn di-fodd oedd y Barwn Eklund, un gafodd ei daflu'n ifanc ar drugaradd perthnasau pell. Oherwydd y profiad hwnnw, roedd yn benderfynol o fod yn rhywun o bwys yn y byd.

Un arall o'r un anian oedd Manon de Sainte-Estèphe (neu Marie Nérichon fel y cafodd ei bedyddio). Yn ôl Galina, roedd si iddi unwaith wenwyno ei chariad yn Capri – tenor addawol o Rufain – a bu bron iddo fo farw. Roedd hi bellach yn cael ei chadw mewn apartment ar y Rue Chaptal gan berchennog ffatrïoedd sidan o Lyon. Unwaith bob tri mis byddai Monsieur Bougremel yn ymweld â Pharis ar fusnes, ac yn crefu arni hi bob tro i symud yn nes ato fo. Hel esgus wnâi Marie, a'i droi o rownd ei bys bach. Y gwir reswm dros beidio â symud i lawr i Lyon oedd ei bod hi'n cadw cwmni ers blwyddyn neu ddwy i Don Alonso de Zamora y Tinto, dyn anabal a oedd yn byw yn Avenue Kléber hefo'i fwtler, hogyn mud a byddar o Montenegro. Am ei chymwynasau roedd y Sbaenwr wedi addo *château* ar gyrion Nîmes iddi, yn ogystal â thair miliwn ffranc mewn cyfri ym manc y Crédit Lyonnais yn ei ewyllys. Doedd hi fawr o syndod fod Marie yn dyheu am weld y dyn yn mynd i'w dranc.

'Ond,' dywedodd Galina, 'mae hi 'di clywed si gan rywun fod rhyw ddynas arall yn galw heibio ers rhyw fis.'

Sipian *menthe à l'eau* trwy welltyn wrth y bar roedd Marie.

'Be mae hi'n pasa'i 'neud?'

'Pam ti'n meddwl mae hi'n sgwrsio hefo *fo*?'

Fo oedd Jean-François Ooterelle, dyn ar ffo o wlad Belg (am gam-drin plant ei chwaer yn rhywiol, yn ôl y sôn), ond doedd neb yn hollol siŵr chwaith gan fod y stori wedi hollti yn sawl stori dros y blynyddoedd. Roedd o'n byw o dan enw arall ym Mharis – Jean-Jean Flageolet oedd un ohonyn nhw – ac yn hel ei damaid trwy fân ladrata a mân dwyllo. Bob hyn a hyn, roedd o i'w weld yn y Flamant Rose a'r Café de la Paix. Ond pan fydda petha'n dechrau poethi, fe fyddai Jean-Jean yn diflannu am rai wythnosau i Libya hefo'i gariad, Yvette de Merlanges, athrawes ysgol a oedd yn grediniol o'r farn mai fo oedd y dyn mwya diniwad a di-nam yn y byd, a'i fod o byth a hefyd yn cael y bai ar gam gan rywun neu'i gilydd.

Gan ei fod o braidd yn gloff yn ei goes chwith, pwysai Jean-Jean ar ffon, a hynny oherwydd iddo fo daflu ei hun trwy ffenest ei apartment er mwyn trio gwneud amdano'i hun rhyw ddeg mis ynghynt. Disgynnodd ar ben ci – a'i ladd. Er iddo dorri ei glun, cafodd ei achub gan y Doberman – ond chafodd o ddim cydymdeimlad o gwbwl gan ei landledi, a llai byth o faddeuant. Cafodd ei hel allan. Y peth dwytha roedd hi am ei weld oedd pobol ansad eu meddwl yn byw o dan yr unto â hi. Os oedd rhywun o ddifri ynglŷn â lladd ei hun, honnodd mai'r cwbwl oedd raid iddo fo 'i wneud oedd dal y trên i lawr i Dubrovnik, cerdded i mewn i'r bar agosa, gosod mwstás du o dan ei drwyn, a honni ei fod o'n Serbiad. Rhyw awr neu lai fasa hyd einioes dyn felly. O'r ffordd roedd Marie a Jean-Jean wedi closio at ei gilydd ger y bar, roedd yn amlwg fod rhyw drin a thrafod mawr yn mynd ymlaen ...

''Sdim byd hawsach yn y byd na lladd dyn mewn cadair olwyn,' dywedodd Galina gan chwythu modrwy o fwg uwch ei thalcan. 'Grisia uchal, un sgwd sydyn, a dyna ni. 'Swn i'm yn synnu os mai dyna sy'n cael 'i drafod. Pan ma' pobol isio rhwbath o ddifri, ma' nhw'n fodlon gneud rhwbath i'w gael o.'

Noson neu ddwy yn ddiweddarach, roedd Galina mewn tipyn o ffrwcs oherwydd bod Camlo heb gadw at ei air. Wedi i'r Flamant Rose gau ei ddrysau bu'n disgwyl am dros awr a mwy iddo fo gyrraedd, a chadwodd Alyosha gwmpeini iddi ym mar y Rat-Mort, ar gornel Rue Pigalle a Rue Victor Masse. Roedd fan'no ar agor fwy neu lai trwy'r nos.

Soniodd Galina fod Marcel wedi cytuno i gael ysgariad o'r diwadd. Roedd Yves y banc yn dal mewn cariad hefo hi ac am iddyn nhw briodi. Be oedd cyngor Alyosha iddi? Roedd o'n teimlo fwyfwy fod Galina yn mwynhau ymdrybaeddu mewn rhyw chwydfa emosiynol, gan fod hynny'n rhoi rhyw ystyr ddyfnach i'w bywyd hi.

Dros goffi arall, dechreuodd Galina ffieiddio Camlo. Doedd o ddim yn hwyr fel arfar. Oedd rhywbeth wedi digwydd iddo fo? Sychodd ei thrwyn hefo cefn ei llaw gan edrach yn lythiog ar Alyosha.

'Dwi'n siŵr ddaw o.'

'Ddim heno. Gen i deimlad na ddaw o ddim.'

'Os 'di o 'di deud ...'

'Ddaw o ddim.'

'Sut elli di fod mor siŵr?'

'Coelia fi.'

Crafodd amser heibio, a Galina yn anniddigo mwy bob eiliad. Roedd hi hefyd wedi blino. Wrth i'w thrwyn ddechra rhedag yn waeth, dechreuodd grefu am gael ei weld o.

Yn ei llais hogan fach gofynnodd, 'Ei di i chwilio amdano fo?'

Gwneud llygaid arni wnaeth Alyosha.

'*Be?*'

'Paid â dechra ... Ti'n gwbod be ...'

'Ti am fynd i chwilio amdano fo neu wyt ti ddim?' Sniffiodd yn waeth. 'Wel?'

Ochneidiodd Alyosha yn dawel a hannar troi ei ben am draw.

'Paid 'ta!'

Cododd Galina yn sydyn a gwegian wrth hanner disgyn yn ei hôl i'w chadair.

'Gad i fi fynd! Gollwng!'

Doedd fiw i Alyosha adael iddi grwydro strydoedd Paris ar ei phen ei hun gefn nos. Oherwydd hynny, roedd Galina'n gwybod yn iawn y byddai o'n siŵr o ildio iddi'n hwyr neu'n hwyrach.

'Y tro dwytha un. A dwi'n 'i feddwl o'r tro yma.'

Stwffiodd ei phres i'w boced din a chamu allan i'r nos.

Mewn clwb nos o'r enw Buffe ym Montmartre y daeth Alyosha o hyd i Camlo. Difyrru rhyw wraig briod roedd o, ac wrth ei weld yn pasio pecyn bychan o dan y bwrdd sylwodd Alyosha ar ei fys bach, ar y fodrwy a'r garreg *solitaire*, yn bum carat o leia.

Roedd Camlo yn enwog trwy sawl *arondissement* am ei allu i gael gafael ar beth bynnag i bwy bynnag – hashish, morffin, cocên – unrhyw awr o'r dydd neu'r nos.

Trwy hwn a'r llall, daeth Alyosha i glywed mwy a mwy o'i hanas. Ymysg dynion a yfai ym mariau'r cyffiniau roedd Camlo yn destun cenfigen, yn ogystal â bod yn destun rhyfeddod, a hynny oherwydd ei lwyddiant wrth ddenu twristiaid i'w wely – yn enwedig gwragedd o Ganada, a oedd yn croesi'r cefnfor ar longau gwynion, llachar i chwilio am ramant y 'Paris go iawn'.

Winciodd Camlo, a'i gyflwyno i'r wraig benfelen o Oslo, hogan hardd ryfeddol hefo'i llygaid glas-effro o'r enw Halldora. Bachwyd sylw Alyosha wrth i fysedd y ddynas redeg ar hyd gwar y sipsi o dan ei walltiach seimllyd.

Dychwelodd ar ei union i'r Rat-Mort, ond roedd Galina wedi diflannu. Holodd amdani, ond doedd neb yn gwybod dim o'i hanes hi. Arhosodd yno am ryw awran arall. Doedd dim golwg ohoni, felly dychwelodd i stafall Stefanos Sourlis. Trwy lwc, cafodd y gwely iddo'i hun trwy'r nos.

Bu'n rhaid i Galina adael y Flamant Rose oherwydd diffyg cownt y til. Un nos Iau, roedd hi dros bymtheg ffranc ar hugain yn fyr. Taerodd yn ddu las, taeru hyd at ddagrau, fod a wnelo hi ddim byd â'r lladrad, ond methodd neb na dim ei hachub.

Roedd Alyosha yn dyst i'w dirywiad, a blerwch ei bywyd yn ei boeni fo fwyfwy. Er ei fod yn hoff iawn ohoni, rhedeg ar y goriwaered i lawr yr un rhiw serth â'i modryb Lazarevna Petrovna yr oedd hi ...

Pedlerodd Galina gelwydd noeth wrth Andrei Vengerov a'i llysfam, y Dduges Lydia Herkulanovna Vors. Daeth hynny'n amlwg o'r sgyrsiau a gafodd Alyosha hefo'i thad. Câi'r argraff fod ei ferch wedi cael cynnig gwell gwaith yn rhywla arall, a heb amau am un eiliad fod dim byd o'i le.

Gwelai Alyosha sut roedd Camlo yn chwarae mig hefo Galina, ac roedd hynny'n ei gynddeiriogi'n waeth na dim. Weithiau roedd o'n bodloni i ateb ei blys, ond dro arall yn cadw draw. Byddai hithau'n ynfydu, yn pendilio rhwng gobaith ac anobaith. Ar adegau felly, byddai Galina yn fodlon talu unrhyw bris i unrhyw un.

Diduedd iawn oedd y Tywysog Yakov Sergeevich Peshkov pan soniodd Alyosha wrtho fo am helyntion Galina. Ei farn yn onest oedd mai peth peryg oedd medliach rhwng aelodau teulu a'i gilydd. Yn amlach na heb, gallai medliach o'r fath godi drwgdeimlad gwaeth. Ei gyngor o i Alyosha oedd y dylai gadw hyd braich a pheidio ag ymyrryd dim.

'Rhyngthi hi a'i photas,' oedd ei gyngor di-hid. A hynny er bod Galina yn amlwg yn crefu am help. 'Pam roedd hi'n ei hudo fo i ganol ei helbulon hi?'

'Dwi'n ffrind iddi. Yn 'i nabod hi ers pan oeddan ni'n blant ar wylia yn Yalta erstalwm.'

Wfftiodd y Tywysog. Roedd ganddi gyn-ŵr a darpar ŵr, Yves, llanc ifanc (iau na Marcel) roedd Alyosha wedi ei gyfarfod erbyn hyn. Roedd o'n rhy ddiog i siarad yn glir, a hawdd gweld mai clarc mewn banc fyddai o am byth. Ond roedd gan Galina blentyn i'w fagu – Roksana. Ac ers priodas ei thad, roedd ganddi lysfam i ofalu amdani. Oedd y Dduges Lydia Herkulanovna Vors yn gwbod am ei thrafferthion hi? Roedd ganddi bobol a oedd yn ei charu ac yn fodlon ei gwarchod hi. Doedd dim rheidrwydd o gwbwl ar Alyosha i wneud dim byd mwy na dal ati i fod yn ffrind iddi.

Un noson yn niwedd Awst roedd Alyosha yn gorwedd yn hollol effro yng ngwely Stefanos Sourlis. Erbyn hynny roedd ei ffrind yn cysgu'n rheolaidd yng ngwely gwraig a oedd yn briod â chapten ym myddin Ffrainc, gan fod hwnnw hefo'i gatrawd ym Morocco. Y tu allan dechreuodd storm fagu sŵn, murmur grymus yn berweddu wrth nesáu'n wyllt gan rwygo stŵr ymysg y sêr: mellt a tharan, crac ar grac yn hollti'r wybren a oedd wedi ei llwyrdrwytho mewn dicter mor ofnadwy nes ei fod o'n dychmygu gweld mynyddoedd mawr yn lludw mân.

Sut y gallai sefyll o'r neilltu a pheidio â gwneud dim, a bywyd Galina yn mynd o ddrwg i waeth? Bob tro roedd y ddau'n cyfarfod, roedd hi'n llithro ymhellach o'i olwg. Doedd dim dewis ganddo fo ond ymyrryd. Dyna sut y penderfynodd fod yn rhaid iddo ddweud y gwir wrth Andrei Vengerov, er mwyn i hwnnw ymdrechu i fod yn gefn i'w ferch. Ond doedd o ddim am wneud hynny mewn ffordd dan-din. Aeth ati i hysbysu Galina o'i fwriad. Doedd dim ots ganddi hi. Aeth mor bell â'i herio i achwyn yn ei chefn.

'Hen snichyn bach anghynnas fuos di 'rioed ...'

Wrth ei chlywed yn siarad fel hyn, cafodd ei friwio'n yfflon, er ei fod yn dallt pam.

'Erstalwm, roedd yn well gen i Margarita a Larissa na chdi.'

'Galina, 'drycha ...' Ymdrechodd i dynnu'r colyn o'i lid. 'Ti'n cofio ni'n dau yn mynd ar y trên i Potsdam? I'r clinig hwnnw i weld dy fodryb?'

'Na ...'

'Wyt, mi wyt ti – paid â gwadu.'

'Dwi ddim ...'

'Ti'n cofio be ddudis di wrtha i ar y ffordd 'nôl i Berlin?'

Cododd ei gwrychyn i'r entrychion nes yr aeth yn hollol honco hurt bost.

'Pwy ddiawl ti'n feddwl wyt ti i ddechra pregethu wrtha fi?'

Sythodd Camlo draw yn bimp i gyd, ond chwyrnodd Alyosha arno fo.

'Poeni amdanach chdi ydw i.'

'Poena am rwbath gwell.'

O dan ganopi clwb y Palais de Paris roedd y Cosac yn ei lifrai llawn yn falch iawn o'i weld. Chwarddodd Andrei Vengerov yn ysgafn wrth dynnu blwch corn o wasgod ei boced a chodi baco o hwnnw er mwyn rowlio dwy sigarét. Roedd o wedi hannar gobeithio y byddai Alyosha wedi taro heibio cyn hyn, oherwydd bod ganddo fo newyddion gobeithiol iawn iddo fo.

'Dach chi'n gwrando'n astud, Alexei Fyodorovitch?'

Atebodd Alyosha ei fod yn glustiau i gyd.

'Sut leciach chi ennill llond pwcad o bres?'

'Pwcad neu pocad?'

'Pwcad.'

''Swn i wrth 'y modd. Pwy fasa ddim?'

'Yn hollol. Pum can ffranc y mis? Sut fasa hynny'n plesio?'

Tynnodd chwiban hir dros ei dafod: mi fyddai hynny'n plesio'n well na dim.

Wrth chwerthin, dangosai Andrei Vengerov ei ddannedd duon, a oedd yn madru yn ei geg.

'O'n i'n meddwl y basa clywad hynna yn gneud i chi godi'ch clustia.'

'Sut?'

Trwy ddysgu sut oedd ateb y teliffon, llythyru, cadw cofnodion, cadw apartment yn gymen, cadw wardrob yn dwt, bod yn daclus a thrwsiadus – ond yn bwysicach na dim, bod ar alw bedair awr ar hugain y dydd.

'Am bum cant ffranc y mis, dydi hynny yn fawr o aberth, yn nag ydi?'

'Gwell cyflog o'r hannar.' Roedd yn gyfla gwerth chweil i gefnu ar olchi llestri budron yn y Boulevard Madeleine.

'Mi faswn i 'di mynd amdani fy hun oni bai am un peth ...' dywedodd Andrei Vengerov.

'Be 'di'r rheswm hwnnw?'

Dim ond dyn ifanc oedd yn abal i gael ei gyflogi.

'Wel, Alexei Fyodorovitch, be amdani?'

Yn ias y posibilrwydd o gael cynnig cystal gwaith, aeth y sôn am Galina yn angof.

Am dri o'r gloch y pnawn, sefyll y tu allan i borth carchar yr oedd Artyom pan agorwyd y porth bach yn y porth mawr.

Aeth i ganlyn yn ôl troed y swyddog trwy arogleuon chwerw-felys llysia wedi eu gorferwi a chachu meddal. Cafodd y clwydi haearn eu cloi a'u datgloi cyn y cafodd trwch o ddrws trwm ei agor i mewn i stafall damp a thywyll.

Yno, o dan y ffenast uchel, roedd bwrdd hirsgwar plaen a dwy fainc bren. Yn ista ar un o'r meinciau, yr ochor bella i'r bwrdd, mewn dillad llwyd a chlocsiau pren a'i ben wedi ei siafio'n foel, roedd L'Oreille, yn edrach fel rhywbeth wedi ei nych-fagu. Ar ôl datgan fod rhaid cyfyngu'r sgwrs i bymtheg munud, bagiodd y swyddog i sodro'i ben ôl ar gadair ger y wal. Plethodd ei freichiau a tharo ei ben ar ogwydd, er mwyn gallu clustfeinio'n well.

Holodd y dyn bach ar ei union: 'Sut glywis di 'mod i'n fa'ma?'

'Dona Rossa ddeudodd.'

Clywodd Artyom am ei helbulon wrth far y Stockholm. Bu L'Oreille yn rhan o sgam i smyglo coffi o Columbia. Roedd pob un dim yn mynd fel rhuban i gychwyn, gan fod swyddogion y dociau wedi cael eu prynu, tafodau wedi eu tewi, yr amseru'n berffaith a phawb o'r criw yn cyd-dynnu. Dyna pam roedd noson y dathlu yn barti hollol fythgofiadwy, a phob aelod o'r gang yn hollol saff eu bod nhw ar dir sych. Sgam werth chweil oedd hi, un hollol berffaith, oherwydd bod y coffi mewn bagiau'n barod, ei bwysau'n isel ond ei bris yn uchal, a gwaith di-lol iawn oedd cael ei wared o – a hynny heb adael dim o'i ôl.

Tawelodd pethau, ond rhyw dawelwch annaturiol oedd o. Y math o dawelwch sydd mor glòs a thrymaidd nes peri i drydar yr adar farw cyn i fis Awst droi'n derfysg gwyllt. Cyn toriad y wawr un bora, a hitha'n dal yn dywyll, chwalodd y *flics* ddau ddwsin o ddrysau ar hyd a lled Marseille yn siwrwd racs hefo llafnau bwyelli. Cysgu yn y gwely hefo un o'i ferchaid oedd L'Oreille pan glywodd y pren yn hollti.

'Hefo'r llall ddylswn i 'di bod. 'Swn i 'di bod hefo hi, fasa hi byth bythoedd 'di gwichian amdana i. Isio dysgu gwers imi. 'Na be 'di achos hyn i gyd, yr ast.'

'Merchaid,' twt-twtiodd Artyom mewn tôn o gydymdeimlad.

''Does fiw imi gymaint â sbecian ar dits hogan arall na'i bod hi'n mynd yn ffwcin wallgo a dechra lluchio petha o gwmpas. 'Di'r gont ddim hannar call. Ti'n gwbod be 'na'th hi lai na mis yn ôl? Rhoi llwyad o wenwyn llygod yn 'y mwyd i o ryw hen dun ddaeth rhywun 'nôl hefo fo o'r ffosydd yn 1918. Rhaid 'i fod o 'di llwydo a cholli'i gic, achos chafodd o fawr o effaith arna fi, ar wahân i 'neud i fi bibo 'fatha mul.'

Gwenodd Artyom wrth chwythu mwg dros ei wefus ucha.

''Di hyn yn poeni ffadan ffwc arna i chwaith. Be fedar y plismyn brofi? Dwi 'di cyfadda i ddim. Ar ben bob dim, ma' gin i chwip o dwrna, ond fod y cont yn costio.'

'Dwi'n gwbod. Ges i sgwrs hefo fo. 'Na sut ges i ganiatâd i ddŵad i mewn 'ma heddiw i dy weld di. Ti'n dŵad i ben?'

''Di'm gwaeth yn fa'ma nag oedd hi yn Viterbo.'

Sôn roedd L'Oreille am y chwe mis a dreuliodd yng ngholeg y Jesiwitiaid yn hogyn pymtheg oed. Llafnyn ifanc prydweddol oedd o yr adag honno, blewyn o hogyn a oedd yn denu sylw'r offeiriaid eraill heb orfod gwneud dim byd mwy na gwenu. Dyna pam roedd mwy nag un o'r brodyr hŷn yn gofyn iddo fo wenu llai. Peth anodd iawn i laslanc hapus oedd hynny, llanc oedd wedi teimlo bodlonrwydd wrth feddwl bod ei fywyd wedi ei gysegru i wasanaethu Duw. Ond liw nos, roedd dau neu dri o'r brodyr â'u bryd ar ei wasanaethu fo.

Dechreuodd L'Oreille gasáu'r lle. Ar ôl bygwth mynd â'i gŵyn at offeiriadaeth uwch, cafodd ei symud i goleg arall, un mwy, yn Rhufain, ond o fewn dim digwyddodd yr un peth yn union yno. Cafodd ei ddadrithio, ac yn ei siom penderfynodd gefnu ar yr eglwys.

Aeth i fyw i Perugia a phriodi hogan leol – y decaf o genod Umbria – ond un diwrnod annisgwyl ym mis Rhagfyr 1918, fe ddychwelodd ei dyweddi yn ei ôl yn fyw o'r rhyfel a fu ar lethrau'r Alpau ac aeth pob dim ar chwâl. Fel L'Oreille, roedd pawb yn Perugia o'r farn fod y milwr wedi ei ladd ers misoedd. Pan glywodd am y briodas rhwng L'Oreille a'i ddyweddi, aeth yn ddyn lloerig o ddifaddeuant, gan dyngu y byddai'n gwneud bywyd y ddau yn uffern.

Surodd y briodas a dychwelodd L'Oreille i Ffrainc. Dilynodd ei wraig o ond, gwaetha'r modd, dilynodd y milwr hefyd. Ar un noson braf o haf bu sgarmes hefo cyllyll y tu allan i glwb y Stockholm. Cafodd y milwr ei glwyfo, a bu ar ddibyn angau am rai dyddiau. Arestiwyd a charcharwyd L'Oreille. Teimlai'n ddiolchgar ei fod wedi ei gloi mewn cell. Am y tro cyntaf ers sbelan go hir o amser, teimlai ei fod o'r diwadd mewn lle saff. Clywodd o fewn tridiau fod ei wraig wedi saethu'r milwr, cyn ei saethu ei hun trwy ei chalon.

Gwasgodd amsar ar gorn y sgwrs.

'Be sy 'di dy hudo di 'nôl lawr 'ma? Arfa?'

'Dwi 'di rhoi'r gora iddi. *Gorfod* rhoi'r gora iddi.'

'Chdi? Wyt ti?'

'Ar ôl i ffactri fy mrawd-yng-nghyfraith yn Petrograd gael 'i dwyn gan y Bolsieficiaid, dydi petha ddim wedi bod yn hawdd. 'Nes i drio gwerthu ar fy liwt fy hun yma yn Ffrainc, hen stoc 1914–18 o'r Almaen, i bwy bynnag, ond roedd Cytundeb Versailles yn gneud hynny'n anodd.'

'Gêm beryg.'

'Oedd.'

'Ar be ti 'di bod yn byw, 'ta?'

'Dablo ar farchnad stoc Paris. Ma' rhei yn llwyddo, lleill ddim. Gambl ydi hi. Ond ddim dyna lle ma'r pres mawr i'w 'neud.'

Sibrydodd Artyom o dan ei wynt wrth sbecian drach ei ysgwydd, ''Na pam ma' gen i ffansi croesi i'r ochor draw.'

Roedd y swyddog yn hollol effro o hyd, yn dal ei ên i fyny mewn osgo herfeiddiol.

'Peth peryg 'di dilyn dy drwyn mewn lle fel'na,' atebodd y dyn bach yr un mor dawal. 'Ma' busnas yr ochor draw yno'n wahanol i fusnas ym mhob man arall.'

Holodd am sigarét arall a thaniodd Artyom ei leitar.

'Pobol wedi eu concro ydyn nhw ac wedi bod dan draed pobol erill am ganrifoedd. Yr Eifftiaid, y Persiaid, yr Arabiaid, y Groegiaid, y Twrciaid, y Saeson a ni. Ond pa ddylanwad gwirioneddol mae Ffrainc wedi ei gael? Gair heb fawr o goel yn perthyn iddo fo 'di urddas i bobol fel'na. Wedi cael eu gorfodi i fyw'n ddichellgar trwy fanteisio ar ddylanwad perthnasau ma' nhw, neu bwy bynnag allan nhw grafu'u tina nhw i agor pa bynnag ddrysa. Teips dan-din 'di pawb sy 'di ca'l 'u concro.'

Tynnodd Artyom fwg yn ddwfn i'w ysgyfaint cyn ei chwythu allan.

'Ti 'di codi mwy fyth o flys arna i i fynd draw 'no rŵan.'

'Ti'n gwenu! Ffwcin hel. Lembo 'styfnig wyt ti, Artyom. Wn i ddim be ddaw ohona chdi.'

Tapiodd L'Oreille y bwrdd hefo'i fys.

'Os ti'n benderfynol o ladd dy hun, cer i'r Place de l'Opera gynta, i'r Café de la Terrasse, lle sy'n cael ei gadw gan Madame Trigano, a hola hi am Pierre. Deud wrtho fo bo' chdi 'di bod yn siarad hefo fi. Roith o chdi ar ben y ffordd.'

'Pryd ma' dy achos di?'

'Sdim dyddiad eto.'

'Oes 'na rwbath ti am i mi 'neud?'

'Na. Diolch am ddŵad i 'ngweld i.'

'Diolch i chdi am y sgwrs.'

'Ti'n dal yn gont gwirion.'

Pan gyrhaeddodd Artyom ym Marseille, doedd dim stafall sbâr yn yr Hôtel de Princes, ond teleffoniodd merch y dderbynfa westy arall lle cynigiodd y rheolwr *une belle chambre* iddo am bris rhesymol. Cynnig cip ar ddwy stryd wnâi'r olygfa o'i ffenast ar ail lawr yr Hôtel de Castille et de Luxembourg, un ffenast yn agor allan ar Rue St-Ferréol a'r llall ar Rue Jeune-Anacharsis. Doedd y stafall ei hun ddim yn ddrwg o gwbwl, er bod y fatras braidd yn galad. Roedd hynny'n ei siwtio fo, ond roedd matras galad yn gasach na dim gan Zepherine. Trip busnas oedd hwn, doedd dim croeso iddi p'run bynnag. Roedd y cyfleusterau fymryn yn fwy modern na rhai'r Hôtel des Princes, a digonadd o ddŵr poeth ar dap. Wedi tynnu amdano, camodd i mewn i'r bàth a molchi ei hun yn lân.

Cerddodd i lawr y Boulevard de Madeleine. Doedd dim llawer ers iddo fo yrru ar hyd y stryd, ond teimlai fod hynny rywsut ymhell yn ôl. Ceisiodd ail-fyw'r profiad o yrru i'r Rue Noailles ac ymlaen i'r Rue de Rome – lle gallai fod wedi troi i'r chwith, a chyrraedd ei gwesty yn gynt. Ond roedd o fewn tafliad carrag i'r Vieux Port ar ben eithaf Rue Cannebière, y stryd roedd trigolion y ddinas yn hoff o'i brolio, 'Si Paris avit une Cannebière, ce serait un petit Marseille'. Teimlai Artyom ei fod yn dychwelyd i hen gynefin pan welodd hwylbrennau'r cychod bychain yn yr hen harbwr fel fforest noeth, ddi-ddail.

Yn ystod rhyfel 1914–18 bu yno droeon yn disgwyl am sawl cargo o ffatri arfau ei frawd-yng-nghyfraith yn Rwsia. Ei waith oedd goruchwylio'r craeniau wrth iddyn nhw ddadlwytho perfeddion y llongau i drenau ar y cei, er mwyn anfon yr arfau i'r *dépôt* mawr yn Avignon, a'r *dépôt* mwy yn Clermont Ferrand.

Ymwelai'n gyson â dociau Marseille, gan ei bod hi'n bwysig bod wrth law, er mwyn 'sgafnu baich y dreth, a buan y dysgodd Artyom pwy oedd pwy ymysg swyddogion y Bassin de la Joliette. 'Radag honno roedd o'n gyfarwydd â'u triciau nhw i gyd, a phwy oedd pwy o ran cynnig cildwrn. Mawredd Marseille oedd fod cymaint o ddynion mor barod eu cymwynasau ac yn nabod y *milieu*.

Milltiroedd ar filltiroedd o stordai oedd ar hyd y ffrynt. Roedd o'n borthladd nerthol ond tacla drwg oedd y docwyr, a'r dynion oedd i fod i warchod y docia yn dacla gwaeth. Peth prin iawn oedd dyn gonast yn eu mysg nhw ac roedd y rhan fwyaf yn perthyn i gangiau. Petha afreolus oedd y rheiny yn amal, yn ddi-drefn a ffyrnig o annibynnol, ond eto'n hyblyg ddigon ar chwiw pan oedd addewid am bres yn chwythu tuag atyn nhw. Tueddai'r aelodau i fynd a dŵad wrth ganlyn gwahanol alwadau.

Rhai hawdd eu pechu oedden nhw hefyd, ac yn fwy na pharod i ddal dig am genedlaethau. Cyn belled ag yr oedd y plismyn yn y cwestiwn, roedd pawb mor fud â'r bedd. Roedd hogia'r gangia yn nabod y *flics*, hyd yn oed y rheiny yn eu dillad eu hunain fyddai'n holi a stilio. Yn amlach na heb, hogia o'r un teuluoedd oedd yn y gangia – yn enwedig o Corsica – a'r rheiny wastad yn llawiach yn yr un baria. Peth hwylus oedd cildwrn er mwyn 'sgafnu pob gwaith papur yn bluen ar y gwynt.

Dyn bogynog heb fawd ar ei law chwith ddaeth i ista gyferbyn ag o yn y Café de la Terrasse. Syllai wyneb brechlyd arno fo o dan gap glas, ac roedd y tyllau yn ei groen yn dyst i salwch difrifol o ddyddiau plentyndod. Er bod wyneb Pierre yn esgyrnog, sgwyddau llydan fel sgwyddau morwr oedd ganddo fo. Morwr oedd ei dad, ac roedd dipyn o frolio yn Marseille o hyd am ei daid fel dyn a allai drimio hwyliau mewn hyrddwyntoedd mawrion a mesur gwichian yr hwylbrennau mewn stormydd ar y môr. Doedd Pierre ddim patsh ar yr un o'r ddau. Gweithio fel gof efydd oedd o, yn treulio'i amsar yn trwsio boeleri llongau oedd wedi docio, a hynny ers iddo fo 'fadal â'r ysgol i'w brentisio i'r grefft yn hogyn naw oed. Rhoddai hynny'r hawl iddo fo gamu ar unrhyw long heb orfod gofyn caniatâd.

Ista yng nghysgod dwy lamp yn stafell Artyom yn y gwesty yr oedd y ddau.

'Lle ti'n cael gafael ar y stwff 'ma erbyn hyn?' holodd Artyom gan sniffio gewin o bowdwr i fyny ei ffroen.

'O Beirut. Haws o'r hannar rŵan nag oedd hi yn 1916,' atebodd Pierre. ''Radag honno roedd y llywodraeth yn llawdrwm iawn, am atal pob dim rhag dŵad i mewn i'r wlad am y galla fo yrru'r hogia yn y ffosydd yn ulw. Cr'aduriaid bach. Gollis i dri cefndar yn Verdun. Da?'

'Mmmm.'

'Ers y rhyfal ma' 'na alw mawr am stwff o bob math. Morffin. Hashish. Heroin. Rhwbath i bylu'r boen a'r galar, y colledion mawr a'r soldiwrs sy'n rhacs o hyd. Ddaw 'na amball lwyth trwy Corsica weithia, Trieste dro arall, ond o Beirut gan fwya, ar ôl bod ar draws Syria. Yn Twrci ma'r rhan fwya yn cael ei dyfu, mewn llefydd fel Afyom.'

Ymlaciodd Artyom yn ei gadair wrth holi, 'Pam 'ma opiwm o Twrci yn gorfod dŵad trwy Beirut? 'Di hynny'm braidd yn ddyrys? Ti'n gorfod croesi dwy ffin ...'

'Tair,' atebodd Pierre. 'Os wyt ti'n cyfri croesi o Beirut i Marseille hefyd.'

I smyglo unrhyw beth o Twrci i Beirut, rhaid oedd croesi i Syria, wedyn dros y ffin i Libanus, a oedd yn dipyn o draul. Bu rhai dynion wrthi ers cenedlaethau lawar, ac mewn amball le hen arferiad teuluol oedd o, lle roedd y wraig a'r plant yn rhannu'r baich fel criw o fulod, tra oedd y dynion yn sefyllian o gwmpas yn gneud dim byd ond cnoi tamaid o faco a fflemio i'r tywod. Ond y nhw oedd yn nabod bylcha a llwybra'r ffin i gyd, yn enwedig mewn llefydd fel Kilis. Oherwydd eu bod nhw'n nabod eu hardal, roeddan nhw'n gallu prynu a smyglo yn haws o'r hannar nag y gallai'r Ffrancod fyth wneud eu hunain.

'Pwy ti'n nabod, Pierre?'

''Rochor yma? Neu yn Beirut?'

'Beirut.'

'Yr enw glywi di amla ydi Abou Salim Mallouke.'

'Smyglar?'

'Plisman. Prif ddyn y Sureté.'

I wneud ei bacad, roedd Mallouke yn hel comisiwn ar bob cargo a oedd yn pasio dan ei drwyn o. Doedd dim byd gwell i leidar na chael byw yng ngwynt plisman dall. Honno oedd y ffordd i ffortiwn fawr.

'Os 'di'r Abou Salim Mallouke 'ma'n gneud cymaint â hynny o bres, sut mae o'n cuddio'r cwbwl? Ydi o'n bancio yn Beirut?'

'Fel pawb call.'

Roedd Artyom yn gwbod cystal â neb bod cyfraith y wlad yn gwarchod cyfrinachedd rhifau'r cyfrifon i gyd dan glo clap o fudandod. Doedd neb byth yn meiddio holi dim gan nad oedd fiw bradychu tryst rhag colli chwanag o fusnas tramor. Gallai rhywun ddadlwytho faint fyd a fynno fo, gan wybod na ddeuai'r un smic o'i fusnas byth i ola dydd. Dyna pam roedd cymaint o afonydd o aur ac arian yn llifo i aber banciau gwlad Libanus o bob cwr o'r byd. A'r bancwyr, fel y dynion yn y canol, yn pesgi ar gomisiwn pob gweithrediad ariannol. Pawb yn elwa, pawb yn hapus. Doedd ryfedd fod Beirut yn baradwys ar y ddaear.

Sniffiodd Artyom, 'Meddwl am 'i bensiwn mae Abou Salim Mallouke, siŵr gen i.'

Chwarddodd Pierre yn ysgafn. 'Siŵr o fod. 'Sneb ohonon ni'n mynd dim 'fengach. Lle ti'n meddwl aros yno?'

'Dilyn 'y nhrwyn.'

Tapiodd Pierre ei fawd ar ei baced sigaréts a mynd yn ei flaen i ddisgrifio ardal yn Beirut, lle roedd yr Armeniaid a oedd wedi ffoi rhag llid y Twrciaid wedi setlo. Gwnaeth Pierre hi'n berffaith glir trwy air ac ystum ei fod yn casáu pob un Twrc, ac mai basdardiaid mewn croen oedd pob un wan jac ohonyn nhw. Tynnodd fap amrwd ar y bwrdd. O ganol y ddinas, o'r Place des Martyrs lle roedd y Rue al Nahr a'r Rue Gourand yn llifo i'w gilydd, dylai Artyom ddal tacsi fyddai'n mynd â fo i ogledd y ddinas, i'r pen eithaf fwy neu lai, nes cyrraedd torlan afon Nahr. Stryd fechan yn fan'no, un na allai gofio'i henw, ond roedd hi'n agos at y Rue de Paris – a oedd yn enw crand ar lôn fwd rhwng hofeldai ddigon di-nod. Yn y stryd fechan, Cave du Roi oedd enw'r bar, ac yno gallai Artyom holi am ffrind i Pierre, dyn o'r enw Elias Faroukian.

Doedd Sebastien byth yn codi o'i wely tan o leia ddau o'r gloch y pnawn. Wedyn, byddai'n sgwrio'i hun yn y bàth marmor crwn du a gwyn, gan hanner hymian neu ganu, 'Je cherche après Titine' am o leia awr.

Disgwylid i Alyosha osod dau dywel pinc ar gyfer yr eiliad pan safai ei fistar ar ganol llawr y bathrwm yn tynnu ei stumog i mewn er mwyn gwneud ymarferion plygu: cyffwrdd bodiau ei draed hefo blaenau ei fysedd wrth edmygu ei hun yn y drych hirsgwar. Sychai ei hun yn fanwl-fanwl fesul modfedd, yn oedi bob hyn a hyn i graffu'n hir arno'i hun, gan rwbio rhyw ran o'i gorff yn ara bach.

Treuliai awr a hanner y dydd, bob dydd, yn gwisgo amdano, yn dewis ac ailddewis y crysau sidan roedd Alyosha yn eu dal fesul dau o'i flaen. Doedd o byth yn mynd i siopa gan fod y nwyddau i gyd yn dŵad ato fo. Unwaith y mis, bob mis, galwai dau deiliwr draw o'r enwog La Grande Fabrique i'w fesur a'i fodio, gan hel clecs ac yfed coctels (rhywbeth arall y bu'n rhaid i Alyosha ddysgu eu cymysgu). O fewn ychydig ddyddiau, danfonid crysau a siwtiau newydd draw, ac yn amlach na heb, byddai Sebastien yn eu gyrru nhw'n ôl, os nad oeddan nhw wrth fodd ei galon o.

Dyn oriog oedd o, yn llawn o chwiwiau od ac yn ofni pryfed cop.

Hwnnw oedd ei ffobia gwaetha.

Rhyw ben bob wythnos, derbyn bocsys o'r Parfums d'Orsay ar y Boulevard des Italiens, wedi eu clymu hefo rhubanau pinc, oedd gwaith Alyosha, neu dro arall, o'r Houbigant ar Rue du Farbourg St-Honore – bocsys yn llawn o fflasgiau bychain, sebonau sent amryliw, jariau gwydr o bomadau, pastiadau a hufenau ar gyfer croen yr wyneb a'r dwylo, a golchdrwythau bychain mewn gwydr glas a pheli peraidd. Pwysleisiodd Sebastien wrtho fo ar y dechrau fod trefn arbennig wrth eu gosod ar ei drawsfwrdd o flaen ei ddrychau lle treuliai oriau'n ireiddio'i groen.

Bysedd hirion, gwynion iawn oedd ganddo fo – stribedi main o galch – a'r ewinedd wedi eu tocio'n gywrain. Gwelw oedd ei wedd, a'i groen yn glaerwyn, ond doedd o ddim yn ddyn eiddil. I'r gwrthwyneb, cwlffyn gwydn oedd o, oherwydd iddo fo dreulio blynyddoedd yn *corps de ballet* y Grand Opera ar ôl gadael yr ysgol yn gynnar. Cymerodd y *première danseuse* ffansi tanbaid ato fo – *ballerina* oedd hi, yn prysur glosio at yr oed pryd roedd yn rhaid iddi ddechra meddwl am roi'r gorau i ddawnsio a dechrau dysgu'r grefft i eraill.

''Y mlodyn aur i, rho sws i Mami.'

Nes tyfodd ei chwant o ddrwg i waeth.

'Fy hogyn i ...'

Mynnai ei gael yn gyfan gwbwl iddi hi ei hun, gan mai y fo oedd ei nwyd yn y gwely. Dwy ar bymtheg oedd o ar y pryd, a hithau bron yn ddeugain. Cenfigennai hi hyd at gynddaredd wrth ddychmygu sut y gallai rhai o'r genod eraill gael eu bysedd chwantus arno fo. Wrth i hynny dyfu'n bosibilrwydd cryf, tywyllu wnâi ei golwg, ei hewyllys yn dechrau pallu, y byd o'i chwmpas yn duo, a phwysa un wythïen yn pwmpio cymaint o waed hyd nes y teimlai'n amal fod ei thalcen ar fin chwalu dros ei thrwyn.

'Fy lwmpyn melys i ydi o, a siwgwr lwmp neb arall,' mynnai, wrth dynnu cefn ei llaw yn dyner dros ei foch.

'Ti'n lasyn bach mor dlws,' mwmiodd wrth frathu ei wefus isa yn dyner rhwng ei dannedd.

'Fynta'n mynd i'w gilydd i gyd, yn enwedig yng ngŵydd pobol eraill.

'Peidiwch ...' dywedai'n dawel dan ei wynt wrth droi ei wyneb draw.

Hitha'n holi, 'Sebi, pam? Pam wyt ti mor gas wrth Mami?'

Parai ei swildod iddi ei awchu'n daerach. A'i groen. Ei groen oedd yn rhoi rhyw ail wynt iddi, nes gwneud iddi deimlo fel hogan deunaw oed. Dychmygodd hi ei hun yn eillio blewiach coch ei afl a'i geilliau i gyd. Ac un noson, fe wnaeth hi hynny, gan ddweud yn llawn edmygedd wedyn, 'Ma' nhw fel dau wy ar fy llaw i.'

Yr eiliad y gadawodd hi'r Grand Opera, hudodd Sebastien i'w chanlyn. Y bwriad oedd byw hefo'i gilydd hyd byth.

Hidlodd pedair blynedd heibio.

Treulio'r amser yn gyrru ar hyd a lled Ewrop mewn moto to agorad wnaethon nhw. Budapest, Bucharest, Berlin, Stockholm, Warsaw, Copenhagen a Madrid, er mai Paris oedd cartra'r ddau o hyd. Er gwaetha'r gyrru a'r gwario, doedd byw a bod yng ngwynt ei gilydd o ddim lles i'r naill na'r llall. Y gwir amdani oedd fod Sebastien wedi hen alaru ar yr haelioni hunanol a oedd yn mynnu hawlio'i gorff bob nos.

Teithio er mwyn osgoi wynebu realiti ei sefyllfa yr oedd hi.

Yr unig beth roedd o'n ei garu oedd eu ffordd o fyw: y dawnsfeydd, yr operâu, y dramâu a'r partïon. O dipyn i beth, dechreuodd hi ama ei fod o'n tynnu oddi wrthi. Fel llong yn di-angori'n dawal bach, a hithau'n dal ar y cei. Tyfodd ei chrefu i'w charu yn waeth fyth, gan beri i Sebastien ei chasáu yn fwy. Aeth pob emosiwn o'i heiddo hi yn drech na'i rheswm. Gallai greu'r halibalŵ cyhoeddus mwyaf ofnadwy – a hynny bron ar fympwy. Doedd o'n ddim ganddi godi ffrae o flaen pawb ym mwyty'r Ritz, neu daflu llond gwydryn o Sazerac i wyneb Sebastien ym mar y Theâtre Français, neu stompio allan yn gweiddi gwae'r farn o'r casino yn Cannes.

Doedd o erioed wedi ei charu hi.

Dyna oedd y gwir noeth.

Aeth byw yn ei chwmni yn fwy fyth o boen.

Yn hwyr un pnawn, deffrodd mewn *villa* yn Livorno lle tyngodd iddo'i hun y byddai, cyn bo hir, yn chwilio am borfeydd mwy bodlon ond yr un mor fras.

Ym Monte Carlo y digwyddodd hynny.

Mewn dawns i ddathlu dyfodiad y flwyddyn newydd yn yr Hôtel de Paris, mopiodd gwraig y gwleidydd Henri Dupont ei phen amdano fo nes gwirioni ei hun yn hurt. Heliodd esgus wrth ei gŵr fod Sebastien yn bwriadu dysgu'r *foxtrot* iddi. Tanllwyth o garwriaeth oedd hi, ac aeth y sôn amdani ar hyd a lled Paris. Fel pob affêr, roedd y wraig wedi mopio cymaint yn ei blys tuag at yr hogyn fel ei bod hi'n ddigon diniwed i ddychmygu nad oedd neb yn sylwi, ond roedd y rhan fwya o bobol eisoes yn dafodau.

Ymhen dim o dro, daeth yr hanes i glustiau dynion a gwragedd yn salonau *arondissement* 1af Paris – ac ar ôl i'r stori gyrraedd clustiau pawb arall, cyrhaeddodd glustiau'r Viscount.

Edliw a ffraeo oedd pob dim wedyn.

Y peryg mwya un oedd i'r sgandal fagu cymaint o draed 'dani nes byddai ei heco yn clecian ar hyd coridorau grym y Quay d'Orsay. Doedd fiw i hynny ddigwydd.

'Dydi hynny *ddim* i ddigwydd,' gwaeddodd Henri'n gynddeiriog, pan glywodd trwy gyfaill o is-olygydd ar y papur newydd fod *Le Figaro* yn cynnig pres i Sebastien am ei stori. Roedd hi o'r pwys mwyaf fod y cwbwl yn cael ei gladdu. O dan yr amgylchiadau, doedd ond un ateb.

Danfonwyd amlen felan hefo rhimyn du (amlen cydymdeimlo hefo teulu mewn galar) at Sebastien trwy law rhyw ffrind i ffrind i'r Viscount. Roedd o wedi disgwyl rhyw gymaint o gelc, ond pan agorodd hi, cafodd ei syfrdanu gan faint y taliad.

Ar ôl hynny, doedd dim troi 'nôl i fod ac aeth dysgu'r *foxtrot* a'r tango yn ffordd o fyw. Ffordd o'i gadw uwchben ei ddigon oedd hyn, a doedd wybod chwaith pa fath o fanteision eraill a ddeuai i'w gyfwrdd o ar y ffordd. Doedd o ddim yn un o'r *gigolos* rheiny – ac roedd mwy nag un ym Mharis – oedd yn mynnu cael ei dalu mewn doleri yn unig. Ymhyfrydai yn ei allu i alw ei hun yn Ffrancwr, i arddel ei wlad a'i hiaith a'i thraddodiadau, ac roedd yn fwy na bodlon talu ei drethi i'w choffrau er mwyn ei chynnal yn ei gogoniant. Byddai ceisio twyllo'r weriniaeth o'r hyn oedd yn ddyledus iddi yn hollol wrthun iddo fo.

Doedd dim ots ganddo fo sut roedd o'n cael ei dalu. Iddo fo, roedd sieciau o fanciau tewion Boston neu Berne neu Liechtenstein yn hollol dderbyniol. Câi ei dalu hefyd mewn cesys sigarennau, rhai addurnedig a chywrain, yn amal o aur neu arian, neu fodrwyau a chlustdlysau cain. Cafodd ddiemwnt bychan gan chwaer-yng-nghyfraith Arlywydd Paraguay un tro, am ei chadw'n ddiddig tra oedd ei gŵr yn prynu gynnau o ffatri yn Rouen.

Doedd ryfadd ei fod mor fodlon ei fyd.

Doedd ryfadd chwaith fod Alyosha yn casáu Sebastien cymaint gan mai pitw oedd y pum can ffranc a enillai. Hawdd y gallai ei fistar dalu deg gwaith yn fwy na hynny ac ni fyddai'r twll yn ei gyfri yn y Crédit Lyonnaise ar y Champs-Elysées yr un fodfedd yn llai.

'Os byddi di'n deg hefo fi, mi fydda inna yn deg hefo chdi,' haerodd ei fistar, ond ar yr un pryd yn mynnu gwerth ei bres o groen ei *valet* trwy oria hir o lafur.

Ar ôl codi'n gynt nag arfer un pnawn yn ei apartment yn y Bois de Bologne, gorchmynnwyd Alyosha i bacio dillad Sebastien a'i drugareddau angenrheidiol i gyd.

Roedd y ddau i adael Paris am apwyntiad pwysig iawn.

Ar gefn moto-beic hefo seidcar du a gêr tri-sbid oedd yn llithro i'w le y croesodd Artyom y ffin rhwng Libanus a Syria. Roedd y peiriant yn ei atgoffa o o'r un a yrrodd rhyw ddyn o'r enw Holtz i'r Almaen sawl blwyddyn ynghynt, a'i lun a'i stori'n llenwi dalen flaen pob papur newydd am dorri rhyw record neu'i gilydd. O fewn llai na diwrnod arall o yrru herciog, roedd yn nesáu at y ffin rhwng Syria a Thwrci, a phoethwynt sych yr anialwch yn crasu ei gorn gwddw.

Paris fechan oedd canol Beirut – dynwarediad o bob math o bensaernïaeth, siop a ffasiwn oedd yn y brifddinas fawr draw dros y môr. Strydoedd culion dioleuni o dai blêr a *stucco* modern oedd allan ar y cyrion, a ffos o ferddwr drewllyd yn llawn o 'nialwch a budreddi oedd afon Nahr. O'i chwmpas, taflwyd siantis yn blith draphlith at ei gilydd. Armineg oedd i'w chlywed gan fwya, ac yno, ymysg y tlodion a'r alltudion, roedd Elias Faroukian yn byw fel brenin.

Wedi iddo fo grybwyll enw Pierre, roedd Faroukian, yn ei grys llewys llydan o galico, yn hael ei groeso. Estynnodd wahoddiad i Artyom dynnu ei sgidiau ac eisteddodd yntau fel teiliwr â'i goesau wedi'u croesi oddi tano. Afrosgo oedd ei Ffrangeg, ond pan fyddai'n troi i siarad ei iaith ei hun, a sŵn ei Arabeg mor rhugl, câi Artyom y teimlad yn syth ei fod yn ymlacio ac yn esmwytho trwyddo.

Dyn gweddol ifanc, llyfn ei groen oedd Elias Faroukian, hefo dau lygaid gorddu mewn wyneb hir. Roedd ei osgo'n hamddenol a benywaidd a'i dwylo'n feddal. Mwslim oedd o, ond roedd hi'n amlwg ei fod yn gwisgo'i Islam yn ysgafn.

'Faint o lwyth elli di'i drin?'

'Faint bynnag o lwyth ddoi di i mi.'

Manylodd Artyom. 'Be 'taswn i'n smyglo hannar tunnall o Twrci?'

'Hawdd.'

'Tunnall?'

'Dim problam.'

'Dwy?'

'Ti'n siarad fel dyn sy'n amlwg heb weld y ffin.'

A'r broblem oedd y ffin.

Y ffin.

Y ffin.

Mae yna wastad ryw ffin.

Rhyw fur.

Rhyw wal.

Rhyw ffens.

Rhyw glawdd.

Rhyw glwyd.

Dyna oedd y drefn ym mhob gwlad trwy Ewrop ers y Rhyfel. Dyna oedd natur newydd y ganrif. Doedd hi ddim yn arfar bod fel hyn erstalwm. Sut aeth hi mor rhemp mor sydyn a phawb am y gora i warchod ei dipyn daear? Mewn byd delfrydol, fe ddylid gosod gwaharddiad ar wledydd, a chael dim byd ond llefydd.

Wrth ei weld y ffin yn nesáu yn y pellter, arafodd ei foto-beic, nes dŵad i stop. Ar hyd y pedwar can milltir a mwy o ffens, roedd catrodau o filwyr, swyddfeydd o weision sifil, caerau o swyddogion a heddweision yn gwarchod y terfyn uchel, a'r cnwd trwchus o weiran bigog, ddeg llath a mwy o led, o boptu.

'Ma' hyn yn amhosib,' meddyliodd Artyom wrtho'i hun.

Tynnodd y map garw o'i fag a rhedeg ei ewin yn araf o'r môr i'r mynydd. Syllodd ar y ffin. Doedd o'n nabod neb. Falla y byddai'n haws smyglo i Syria dros fynydd Saman Dagi. Gyrrodd at borth y tollau, lle roedd cadwyn o gamelod o'i flaen yn ogystal â chriw o ffermwyr, rhai hefo tir y naill ochor a'r llall i'r ffens. Gallai dynion felly fod yn gaffaeliad.

Yn syth o'i flaen roedd moto-lorri, a dau ddyn ar feic. Y tu ôl iddo fo daeth hen ŵr gwargam i'r fei yn dondio gyr o fulod brithion, yn clecian ei dafod a tharo blaen ei ffon ar grwpar amball un er mwyn eu cadw nhw ynghyd.

Araf oedd trefn y ffin.

Disymud a digysgod.

Sylwodd fod y swyddogion yn morgruga wrth eu pwysau dros y moto-lorri ac ar eu cefnau oddi tani. Roedd y gyrrwr wedi mynd i fochal yn y cysgod, yn ista ar ei gwrcwd â'i gefn at y wal wen yn ffanio'i hun. Roedd yr haul yn llethol a'r llwch yn waeth, yn llond ei geg a'i ffroena. Pigodd Artyom ei drwyn a rhwbio'r llysnafedd gronynnog llwyd oddi ar sawdl ei esgid.

Daeth ei dro. Byseddodd y swyddog gwinadd budron ei basbort a'i *visa*. Bob hyn a hyn, codai ei lygaid o dan big ei gap i graffu'n fanwl ar wyneb Artyom. Roedd rhyw hen gosi o dan ei geilliau, ond er bod arno awydd, feiddiodd o ddim crafu ei hun nes roedd wedi gyrru rhai cannoedd o droedfeddi a mwy dros y ffin i Dwrci. Camodd at ochor y lôn, gollwng ei drowsus a chrafu o'i hochor hi fel hen gi. Oedd o'n magu llau?

Wedi lloffa'r enw ym mhoced ei feddwl yr oedd o, gan i Elias Faroukian nadu iddo'i gofnodi ar bapur, yn yr un modd ag yr oedd o wedi nadu iddo sgwennu enw Kiva Han yn nhre Kilis.

'Kilis ydi Marseille Twrci, ond heb y docia,' oedd geiriau olaf Elias Faroukian wrth i'r ddau ffarwelio.

'Dwi'n gobeithio y gwelwn ni'n gilydd eto.'

'Dwi'n ffyddiog y gnawn ni.'

Tri deg saith milltir o siwrna oedd hi.

Cerdded encyn y tu allan er mwyn stwytho'i goesa wnaeth Artyom. Roedd llwch melyn yr anialdir yn dal i grensian rhwng ei ddannedd pan gamodd i mewn i dŷ coffi Kiva Han. Trodd pob un llygad yn y lle i edrach arno fo. Holodd yn Ffrangeg am Celebi, ond atebodd y dyn chwyslyd hefo trwch o aeliau blewog nad oedd o wedi gweld Celebi ers rhai dyddiau.

Gwan iawn oedd y croeso.

Gwrando'n llonydd wnâi pob dyn arall, dynion mud a'u hwynebau wedi cracio fel mwd ar waelod gwely afon grin.

Pwyntiodd y dyn at frest Artyom gan ofyn pwy oedd yn holi.

'Does dim ots.'

Edrychai'r dyn chwyslyd fel mwnci wedi ei ferwi.

'Mi alwa i eto,' dywedodd Artyom

Roedd ogla dychrynllyd i'w glywad allan ar y stryd, fel ogla plentyn marw. Heliodd haid o hogia bach o gwmpas ei foto-beic, a'i fyseddu'n nerfus; roedd un wedi tynnu llun o wyneb plentyn llon yn y llwch ar ochor y seidcar. Cododd Artyom ryw lun o sgwrs: doedd ganddo ond ychydig eiria o Dwrceg – 'diolch yn fawr', 'bora da' a 'nos da'. Prin iawn oedd Ffrangeg yr hogia, gair neu ddau – 'diolch yn fawr' a 'bora da'. Siaradodd yn ei famiaith, ond doedd 'run gair o Rwsieg gan y plant, er iddyn nhw ei ddynwared. Ar dalcenni blaen y siopau roedd amball arwydd, a gwnaeth Artyom ymdrech i'w hynganu.

Chwerthin am ei ben o wnaeth y plant.

'Be dwi'n 'neud yn sefyll yn fa'ma, fel rhyw goc oen mewn twll o dre yng nghanol nunlla? Be ddaeth dros 'y mhen i i feddwl y gallwn i smyglo opiwm i Ewrop? Pwy wyt ti'n feddwl wyt ti, Artyom? Mewn difri calon? 'Ti'n dechra colli arni?'

Y gwres: hwnnw oedd y drwg. Gwres melltigedig a oedd yn toddi ei grebwyll, nes gyrru ei reswm i redeg i lawr trwy'i drwyn.

Dim ond iddo fo gael rhyw bwt o gysgod ac fe ddeuai ato'i hun.

'Celebi?' holodd Artyom.

'Celebi?' holodd yr hogia bach gan ddynwared ei ynganiad chwithig a chwerthin.

Neidiodd un neu ddau i fyny ac i lawr gan rowlio chwerthin a chadw twrw. Chwarddodd Artyom hefo nhw: cyd-chwerthin yn llawen, nes teimlo'i hun yn 'sgafnu trwyddo.

'Celebi, Celebi,' dawnsiodd yr hogia gan gogio wardio wrth danio gynnau ar ei gilydd.

Chwarddodd Artyom yn uchal gan ymhyfrydu yn eu hafiaith a'u hegni.

A barnu yn ôl y croeso a gafodd Sebastien, roedd hi'n amlwg ei fod wedi aros droeon o'r blaen yn yr Hôtel de Belmont et de Bassano ar gyrion Orange. Prin roedd Alyosha yn gallu diodda edrych ar ei aeliau na'r ffordd roedd o'n mynnu rhedeg ei fysedd trwy ei wallt cyrliog, du, na'r ffordd roedd o'n mynnu chwarae hefo'i fwyd, na'r ffordd roedd o'n pantio'i stumog a mynnu – gan ryw egin chwythu – fod gwarchod ei bwysau o'r pwys mwya un. I ddyn a fu ar un adag yn byw trwy newyn yn Rwsia, tân ar ei groen oedd clywed bregliach tebyg.

O dan y sgwrsio am nerth y ddoler a gwendid y ffranc, am ddiflastod a diffygion Americanwyr fel gwŷr, eu rhemp yn y gwely, eu camp mewn bancio a syrffio a phêl fas ac ati a bla bla bla, dechreuodd Sebastien drafod pa un oedd y ffordd ora i swyno gwragedd i'r gwely.

'Sisial agos, tawel yn y glust fewnol – dyna'r gyfrinach i lwyddiant bob un tro.'

Dyna oedd yn denu merched, nid y bodio a'r byseddu er mwyn eu hawchu'n farus (trwy fustachu a chwysu fel gorila mewn tes) ond trwy garu â geiriau. Y caru mwya erotig yn bod oedd hwnnw a fwythai'r byd y tu mewn i'r pen.

'Y dychymyg ydi'r grym grymusa'n fyw, Alexei Fyodorovitch.'

Trwy'r dychymyg gall dyn greu unrhyw fath o realiti. Neu dorri'n rhydd o realiti. Aeth Sebastien yn ei flaen i ddadlau mai dyna oedd hanfod pob crefydd. Ffantasi sy'n bwydo ar ryw hen angen cyntefig oedd pob crefydd a fu erioed.

Yn nes ymlaen, aeth y sgwrsio'n ddwysach fyth. Cyn hwylio i glwydo, penderfynodd Sebastien ei fod am gynnig ffordd newydd o fyw i'w was bach o Rwsia.

Pum can milltir oedd o'i flaen o cyn cyrraedd Afyom, a gyrrodd Artyom yn ddi-fai am ddeuddydd, er bod y ffyrdd yn amal yn rhai geirwon ac anwastad. Weithiau doedden nhw'n ddim byd ond lonydd trol a cheffyl, ac weithiau'n ddim lletach na llwybr rhwng cloddiau cerrig sychion. Ar lethrau rhai o'r bryniau tyfai perllannau ffigys, coed olewydd a rhesi unionsyth o winllannoedd cywrain roedd rhywun yn fawr ei ofal drostyn nhw. Dro arall, doedd dim byd i'w weld ond gwelltiach garw, chwyn diddiwadd a thyfiant gwyllt.

Igam-ogamodd ar draws meysydd a thros afonydd, ar hyd a lled dyffrynnoedd a thros fynyddoedd, a gwynder y creigiau calch yn ddisglair yn y pellter. Bu'n edifar ganddo fwy nag unwaith na fyddai wedi canlyn ffordd well, ond hirach, yr arfordir trwy Adana. Anelu am Gaziantep wnaeth o, gan feddwl bod honno'n fyrrach ac yn hwylusach ffordd i gyrraedd pen ei daith.

Tre weddol fawr oedd Gaziantep, yn lledu rhwng dau fryn, a milwyr mewn lifrai i'w gweld ym mhobman. Arhosodd o yno fawr ddim. Gyrrodd yn ei flaen nes dringo fesul milltir dros fynyddoedd y Taurus a stopio i gael bwyd mewn pentre bach di-nod o'r enw Silifka, a oedd heb newid dim mewn deg canrif. Gwasgodd ei hun i'r cysgod i fwyta bara, caws gafr ac olifau gwyrddion mewn rhyw hylif sur. Yfodd dair cwpaned o de o wydryn bychan oedd fawr mwy na'i fawd. Methodd â thorri ei syched a chododd y caws hallt fwy byth o chwant yfad arno fo. Teimlai ei fod yn ynfydu, ond roedd arno ormod o ofn codi dŵr o waelodion y ffynnon rhag ofn iddo gael ei daro gan ryw aflwydd.

Gyrrodd trwy dirlun sychlyd. Teithiodd trwy ryw gynfyd cyntefig, nes ysu'n sydyn am weld strydoedd a sgwariau Paris unwaith eto. Gyrrodd trwy wlad oedd yn llawn o olion cyfnod y Beibl, ac oesau cynharach fyth, oesau o gyn-oesau araf, oedd i'w gweld ym mywydau bob dydd y bobol.

Roedd o'n gyrru trwy Asia.

Welodd Artyom mo Celebi ond cafodd syniad gwell.

Dyna sy'n digwydd yn amal mewn bywyd. Cafodd gystal syniad nes rhoi ail wynt iddo'i hun, a phrysurodd ar ei ffordd, ac asbri o dan ei wadnau.

Yng nghanol llwch blin, croesodd baith maith Anatolia nes cyrraedd Konya. Aksehir oedd y lle nesaf – tre mor farwaidd â'r dre nesaf, Caj.

Ar ôl hynny, daeth i Afyom. Yn codi o ganol y dre roedd mynydd caregog, uchel – mil o droedfeddi a mwy – ac adfeilion hen gaer yn gorwedd dros ei gorun. Hwn oedd Castell Du y Mynydd Opiwm.

Doedd dim amser i oedi, a gyrrodd Artyom ar draws y sychdir heb weld fawr neb o gwbwl, dim ond amball fugail yn gwarchod ei braidd. Wrth yrru heibio i ddarn o glogwyn, gwelodd y pentra islaw.

Arafodd wrth yrru i lawr yr unig stryd, heibio i res o dai unffurf, isel – tai o fwd, lle roedd coed dellt, canghennau, drain a manwydd wedi eu nyddu'n do trwy ei sadio hefo cerrig a'i guro'n wastad a'i lyfnu hefo clai. Aeth heibio i ddau dŷ coffi a phedair siop cyn dynesu at Fosg bychan a'i finarét arian yn dal yr haul.

O gil eu drysau, syllai gwragedd wedi eu dilladu mewn du o'u corun i'w sawdl, eu llygaid swil yn sbecian o'r tu ôl i'w feliau. Craffu'n bwyllog wnâi wynebau hen ddynion y cysgodion, tra safai plant bach budron yng nghanol eu chwarae i'w wylio, a dechreuodd ddau gi ei ddilyn.

Degirmendere. Pentre tlawd ynghanol y meysydd pabi.

Cefnodd Artyom ar Degirmendere.

Istanbwl bellach oedd pen y daith.

Wedyn, Athen.

Mae dau a dau yn gwneud pedwar.

Teimlai'n llawen.

Teimlai'n orfoleddus.

Dechreuodd ganu ar dop ei lais.

Canodd nerth esgyrn ei ben: ni fu ei ddyfodol erioed mor olau. Teimlai fel dyn oedd yn hollol ffyddiog y byddai ei fywyd yn dŵad i drefn, gan fod ei gynllun yn mynd i weithio.

Yn yr Hôtel de la Méditerranée sefyll yn y ffenast agored mewn *suite* yn wynebu'r môr yr oedd Alyosha. O ddewis, byddai Sebastien wedi mynnu eu bod nhw yn aros yn yr Hôtel Negresco, ond roedd o'n gyndyn o gymysgu busnes a phleser. Yn ogystal â'i ddefodau bach personol, ei arferion ofergoelus a'i ffobia am bryfed cop, roedd honno'n rheol aur nad oedd o'n meiddio'i thorri fyth.

Un rheol bwysig arall oedd peidio byth â gweithio ar y noson gyntaf wedi siwrna faith. Roedd angen cynilo egni er mwyn annog y cnawd i ymroi'n llwyr. Bod yn lân ac effro oedd yn bwysig, yn hollol ffres ym mhob ffordd, gan mai'r pechod mwyaf un oedd dangos blinder. Doedd fiw gwneud hynny byth, gan mai dangos blindar oedd y peth roeddan *nhw* yn euog ohono fo. Pa fath o fywyd oedd bywyd gwraig briod pan mai'r cwbwl roedd ei gŵr yn ei wneud oedd gweithio er mwyn lloffa pres i'w gyfri banc, bwyta er mwyn stwffio'i fol, golffio, rhochian a rhechu?

Ddim mistar a gwas oeddan nhw bellach, ond dau ddyn ar yr un perwyl. Yn lle ista yng nghefn ei foto-car fel y gwnaeth o Baris i Orange, eisteddodd Sebastien wrth ochor Alyosha yn y blaen am weddill y daith. Roedd ganddo fo ddau apwyntiad yn Nice. Alyosha drefnodd y cynta, Americanes ar wyliau. Sebastien ei hun drefnodd yr ail: ond doedd dim posib i hyd yn oed merchetwr tan gamp fel fo ddisgwyl ei dal hi mewn dau le yr un pryd.

Cododd Alyosha sigarét Maryland i'w geg o'r casyn aur roedd Sebastien yn ei ddal ar agor.

'Pwy ydi hi?'

Gwraig i fasnachwr cyfoethog o Tunis. Ar fusnes yn rhywle neu'i gilydd yn Provence yr oedd ei gŵr hi, ond gwell o'r hannar gan y wraig a'i merched oedd treulio'u hamsar yn Nice, yn mwynhau'r heli a gwres yr haul. Pa esgus gwell oedd ar neb ei angen?

'Be amdani?'

'Os ga i 'nhalu,' atebodd Alyosha yn bwyllog.

'Siŵr iawn gei di dy dalu.'

Doedd Sebastien ddim yn disgwyl iddo fo wneud cymwynas fel hon am ddim. Mynnodd ei fod yn torri ei wallt, yn gorweddian mewn bàth llawn sebon sent, yn tocio'i 'winedd ac yn twtio'i hun. Doedd dim yn bwysicach yn y byd na chadw safon uchal o lanweithdra.

Fin nos trannoeth, roedd Alyosha yn barod i fynd i'w waith.

Hefo cyngor Sebastien yn cwyro'i glustiau, ymlwybrodd ling-di-long yn ei gwmni tuag at yr Hôtel Negresco. Roedd hi'n noson fwynaidd, a Nice wedi gordyfu mewn sŵn pobol a symud.

Wrth gerdded ar hyd y Promenade des Anglais clywodd lepian y tonnau ar y traeth a cherrig min y lli yn crafu ar ei gilydd. Cerddodd clown o ddyn heibio hefo mwnci bychan ar ei war, ei gynffon yn syth i fyny a'i ben yn fflicio'n ôl a 'mlaen.

Sylwodd Alyosha ar ferch ifanc ddolurus o hardd yn cerdded yn araf i'w cyfwrdd gan gynnal braich rhyw hen ddyn, a hwnnw yn ei gwman o dan bwysau'r blynyddoedd. Dyfalodd mai ei nyrs o oedd hi, ond synnwyd Alyosha pan oedodd Sebastien i'w cyfarch – a chusanu cefn llaw'r ferch wrth foesymgrymu.

Cyflwynwyd Alyosha i'r Tywysog a'r Dywysoges Miguel de Santa Rocca.

'Ar eu mis mêl?' holodd yn anghrediniol wrth i'r ddau gerdded yn eu blaenau.

'Pedwar ugain a phedair ydi o, a hitha prin yn ddwy ar hugain,' eglurodd Sebastien.

Hyd at ryw bedwar mis ynghynt, arferai Tatiana ddawnsio ym Mharis, ond ar derfyn y perfformiad un noson derbyniodd rosyn gwyn yn ei hystafell wisgo a chafodd wahoddiad i swpera hefo rhyw ŵr fu'n ei gwylio.

Yn y moto-tacsi yn nes ymlaen, aeth pethau'n hyll a blêr pan wthiodd y dyn ei law yn hy i fyny rhwng ei chluniau. Gan stwffio'i dafod i'w cheg, gwthiodd ei hun yn drymach a bu ymrafael trwsgwl rhwng y ddau. Gorfodwyd Tatiana i gripio Monsieur Gaudet ar draws ei foch, a gwnaeth hynny mor arw nes tynnu gwaed.

Cafodd telegram blin iawn ei yrru drannoeth gan Monsieur Gaudet i'r Palais de Folies, at neb llai na Madame Grand ei hun. Galwyd y ddawnswraig ifanc i gyfri a gwnaeth Tatiana ei gorau i achub ei cham, ond oherwydd iddi bechu Monsieur Gaudet o bawb cafodd ei thaflu ar y clwt. Doedd gan Tatiana druan ddim byd wrth gefn ac roedd ar ei chythlwng o fewn dim.

Meistres y gwisgoedd yn y Palais de Folies oedd Anastasia. Pan gyfarfu'r ddwy am y tro cyntaf, doedd Tatiana'n gwbod fawr ddim o'i hanes hi, ond dysgodd yn fuan mai barwnes o Rwsia oedd Anastasia yn ei hen fywyd, un a gafodd ei gorfodi i ffoi dros y ffin yn sgil chwyldro 1917. Roedd Anastasia yn byw yn gynnil ac yn dawel iawn ym Mharis, a hynny yn bennaf er mwyn cynilo ei phres oherwydd iddi golli ei chyfoeth i gyd.

Unwaith y flwyddyn, bob blwyddyn, byddai Anastasia yn gadael Paris am dair wythnos o wyliau ym Monte Carlo, a hynny yn unswydd er mwyn ail-fyw hen ogoniant ei bywyd gynt. Oherwydd bod Tatiana druan mor benisel yn sgil colli ei lle yn y Palais de Folies, penderfynodd y gyn-farwnes gynnig mynd â hi am hoe i'r Hôtel Eden.

Cafodd y ddwy amser wrth eu bodd. Ond o fewn tridiau roedd Tatiana dros ei phen a'i chlustiau mewn cariad hefo gwas sifil ifanc, galluog o'r Quay d'Orsay, o'r enw Zacharie Laroche. Treuliodd y ddau eu hamser yn lolian ar y traeth a'u nosweithiau'n dawnsio – nes mewn dim o dro doedd yr un o'r ddau yn gallu a byw heb ei gilydd. Yn naturiol, roedd Zacharie o'r farn ei fod o'n canlyn merch barwnes gyfoethog iawn o Rwsia. Ddatgelodd Tatiana mo'r gwir amdani hi ei hun, mwy nag y gwnaeth Anastasia. Pwysicach peth o'r hannar oedd eu bod yn byw eu tair wythnos o ffantasi ym Monte Carlo heb bryder yn y byd.

Yn ôl ym Mharis, aeth y garwriaeth o nerth i nerth nes troi'n un llawn cariad ysol.

O fewn rhai misoedd, gofynnodd Zacharie Laroche i Tatiana ei briodi fo. Doedd dim rhaid iddi feddwl ddwywaith: derbyniodd ar ei hunion; roedd hi wedi darnwirioni. Teimlai yn orlawn o hapusrwydd, a hapus iawn oedd Zacharie hefyd.

Ond deuddydd cyn y briodas fe ddigwyddodd rhywbeth i Tatiana, daeth rhyw newid sydyn drosti. Aeth yn fewnblyg, yn dawel a phell.

Heb yn wybod i Zacharie nac Anastasia, roedd hanes priodas Tatiana wedi cyrraedd clustiau Monsieur Gaudet – a hynny trwy dafod maleisus Madame Grand o'r Palais de Folies.

Un min nos, pan agorodd ei drws, gwelodd Tatiana Monsieur Gaudet yn sefyll yno. Oedd hi ddim am ei wadd o i mewn? Roedd o'n nabod ei darpar ŵr, Zacharie Laroche, yn dda – er ei fod o 'i hun, wrth gwrs, yn dipyn uwch na fo o ran gradd yn nhrefn henffasiwn gwasanaeth sifil Ffrainc. Oherwydd ei fod yn teimlo mor chwerw o ddialgar, ac mor chwantus tuag at Tatiana o hyd, addawodd Monsieur Gaudet gadw hanesion ei gorffennol o dan glo. Ond ar un amod ...

Gan ofni'r gwaetha, holodd pa amod yn union oedd honno.

'Unwaith yr wythnos bob wythnos mewn stafall yn yr Hôtel de l'Odéon.'

Llegach iawn oedd ei hewyllys hi, ond wyneb yn wyneb â blacmel o'r fath doedd dim dewis ganddi ond galw'i bl ff, ei herio fo, a thrwy wneud hynny codi ei wrychyn yn waeth. Oedd hi o ddifri yn meddwl y byddai mam a thad Zacharie yn hapus eu byd pe deuen nhw i glywed y gwir am ryw hoedan benchwiban 'fatha hi, fu'n lledu ei chluniau noeth gerbron y byd?

At Anastasia yr aeth Tatiana ar ei hunion. Be oedd hi'n mynd i'w wneud? Hefo'r briodas wedi ei threfnu roedd Tatiana wedi cyrraedd pen ei thennyn. Gwaetha'r modd, chafodd hi fawr o gysur. Roedd Anastasia o'r farn na fyddai Zacharie yn rhy hapus pe bai o'n dŵad i glywed y gwir am hanesion ei ddarpar wraig yng nghorws dawnsio'r Palais de Folies. Yn enwedig gan fod ei yrfa o'r pwys mwyaf un iddo fo a'i deulu. Daeth hynny'n amlwg iawn i'r ddwy o'u sgyrsiau hefo fo ym Monte Carlo.

'Hyd yn oed yn bwysicach na 'nghariad i?'

Methodd Anastasia gynnig atab i'r cwestiwn hwnnw.

Honno oedd y gambl.

'Yn bwysicach na 'nghariad i?' holodd Tatiana eto, yn daer.

'Pam na fyddech chi wedi deud y gwir wrtho fo cyn hyn, 'y mach i?'

''Nes i drio, fwy nag unwaith, ond methu bob tro.'

Roedd Anastasia yn llygad ei lle.

Cyhuddwyd Tatiana gan Monsieur a Madame Laroche o hudo eu hunig fab er mwyn ei briodi am ei bres. Pam arall roedd hi wedi celu'r gwir amdani hi ei hun? Ac yn waeth fyth, os oedd hi wedi cynnal celwydd cyn priodi, pwy oedd i ddweud na fyddai hi'n gwneud yr un peth eto? A chuddio celwyddau llawer iawn gwaeth?

Crefodd Tatiana ar Zacharie i gadw'i chefn, a gwnaeth ei gorau i'w ddarbwyllo o'i gonestrwydd. Mynnodd fod yn rhaid iddo wneud safiad a herio Monsieur Gaudet, er ei bod hi'n gwbod yn ei chalon y byddai'n haws dweud na gwneud. Be oedd bwysica yn ei olwg o – ei yrfa yn y gwasanaeth sifil, neu hi?

Addawodd Zacharie gnoi cil dros y cwbwl.

Drannoeth, rhoddwyd amlen yn llaw Tatiana.

Hanfod y llythyr oedd cyfaddefiad ar ran Zacharie Laroche na allai feiddio â thramgwyddo Monsieur Gaudet – rhag baeddu ei ddyfodol. Roedd o eisoes ar restr fer ar gyfer rhyw ddyrchafiad pwysig yng Ngweinyddiaeth y Trysorlys, ac ar ben hynny, mynnodd fod ei ddyweddi yn cynnig ymddiheuriad llawn i Monsieur Gaudet gan fod creithio gŵr bonheddig o'r fath yn beth anfaddeuol i'w wneud.

Gyrrodd Tatiana ei hateb ato fo hefo troad y post.

Ond teimlai'n amddifad heb ei modrwy ar ei bys, a buan y suddodd i ryw dristwch dwfn nes methu codi o'i gwely.

Ymhen rhai dyddiau, cafodd hi ymwelydd annisgwyl. Ei enw oedd y Tywysog Miguel de Santa Rocca. Cofiodd ei bod wedi cael ei chyflwyno iddo unwaith yn barod, a hynny gan y Farwnes Anastasia ar feranda'r Hôtel Eden ym Monte Carlo. Trwy amrywiol bobol ym Mharis, roedd o wedi clywed fod ei phriodas â Zacharie Laroche wedi mynd i'r gwellt a mynnodd godi ei hwyliau trwy fynd â hi i'r theatr. Wedyn i gyngerdd. Ar ôl hynny, i'r opera. Ac ar ôl hynny, i'r rasys ceffylau yn Longchamp. Aeth â hi am swae o brynu dillad newydd, gemau a mwclis. Ailgododd ei hen asbri, ac enillodd Tatiana ei hunanhyder yn ôl.

Yn hwyr un nos, pwysodd yr hen ŵr ei dalcen ar ei phen-glin a thorri i wylo. Crynai fel rhywbeth llipa o'r llyn, wrth gyfadda ei fod mewn cariad hefo hi, a hynny o'r eiliad y'i gwelodd hi o dan haul y Côte d'Azur.

'Ond dwi *ddim* yn eich caru chi,' atebodd Tantiana yn onest.

Roedd y Tywysog yn ddigon hirben i sylweddoli mai peth anodd iddi hi oedd ewyllysio'i hun i'w garu o, ond gofynnodd yr un fath – gofyn mewn gobaith, yn fwy na dim.

'Allwch chi ddim ymdrechu ymdrech deg? Weithia ma' arfer yn gallu magu teimladau o gariad. Dydi bwlch blynyddoedd rhwng dau sy'n caru ei gilydd yn ddim.' Gwasgodd ei bys wrth ofyn, 'Sut ellwch chi fod mor saff o'ch teimladau, Tatiana?'

'Achos 'mod i'n nabod fi fy hun.'

'Does neb ar y ddaear yma'n nabod ei hun.'

'Ma'n wir ddrwg gen i. Dach chi 'di bod yn ffeind iawn tuag ata i, yn ffeindiach na'r un dyn arall dwi 'di 'nabod erioed. Ond ma'n rhaid imi fod yn ddiflewyn-ar-dafod. Alla i ddim ... alla i byth mo'ch caru chi.'

Rhyw bnawn, pwy welodd Tatiana yn camu trwy ddrws troi Bon Marché i'r Rue de Sèvres, yn orlwythog o fagiau llawn dilladach a hetiau o bob math, ond Zacharie, ei fam, a rhyw ferch ifanc ar ei fraich o – hefo modrwy ddyweddïo ar ei bys.

Y noson honno, penderfynodd Tatiana roi ateb i'r Tywysog Miguel de Santa Rocca.

Ar un amod ...

Wylodd yr hen ŵr ddagrau o lawenydd. Ac felly y bu ...

Ac felly roedd hi o hyd, yn ôl Sebastien, a oedd yn gwbod y cwbwl. Yn nhyb y Tywysog Miguel de Santa Rocca roedd hynny'n well na dim – yn wir, roedd yn baradwys ar y ddaear. Fel gwraig gyfreithlon iddo fo roedd Tatiana yn tynnu amdani bob nos, ac yn sefyll o'i flaen yn hollol noethlymun heb iddo fo gymaint â chyffwrdd blaen gewin ynddi, dim ond syllu arni cyn mynd i gysgu yn llawn breuddwydion melys.

Safai'r ddau gyferbyn â thalcen pedol binc a melyn yr Hôtel Negresco. Siarsiodd Sebastien o i beidio â rhuthro, rhag ofn iddo fo ddechra chwysu. Pwyll oedd pia hi.

I fyny yn ei hystafell hi roedd Artyom i fod i'w chyfarfod.

'Be am ei merchaid? Lle ma'r rheiny heno?' holodd.

''Sdim rhaid i chdi boeni, mi fydd hi 'di cael eu gwared nhw.'

Curodd unwaith wrth edrach eilwaith.

Wedyn, bagiodd gam. Stafell 305.

Ond roedd o'n sefyll yn rhy agos at y drws, a bagiodd hanner cam arall er mwyn bod yn saff.

Cafodd ei siarsio gan Sebastien i beidio â meiddio bod yn rhy ymwthgar. Teimlai'n boeth i gyd, ei goler yn dynn ac yn crafu croen ei wddw. Roedd ei ddwylo'n chwyslyd, ei gnawd yn dechrau slempio, a'i geseiliau'n boeth. Lle roedd hi? Pam roedd hi'n oedi cymaint? Oedd hi wedi ailfeddwl? Neu a fyddai o'n dŵad wyneb yn wyneb â'i gŵr hi?

Agorwyd y drws.

Kimono glasddu hefo rhimyn orenaidd oedd yno o'i flaen. Gan fod ei gwallt wedi ei glymu i fyny ar ei phen, meddyliodd ei fod yn syllu ar brint Siapaneaidd.

Roedd hi'n haws o'r hannar bwrw chwithdod yng nghanol llond ystafell o bobol nag ar eu pennau eu hunain. Anodd oedd gwybod be arall i'w wneud. Hyd yn oed wedyn, cafodd yr hyn roedd angen ei ddweud ei adael i bori'n ara o dan y geiriau.

Llaciodd Alyosha fotwm ei grys a theimlo rhyw ryddid bychan.

Wrth ista gyferbyn â hi, teimlai ei fod yn actio mewn pictiwr, yn ysu am i'r lampau eirias uwch ei ben ddiffodd fel y gallai gerdded allan i'w fywyd bob dydd.

Roedd wyneb ei fam wedi pesgi, ei gên a'i gwddw'n dewach nag y buon nhw. Gwisgai Inessa fwy o golur, ac roedd ei minlliw hefyd o liw gwahanol. Fesul tipyn, dechreuodd Alyosha sylwi ar fwy ohoni: doedd ei dannedd hi ddim mor wynion chwaith, ac yn y bwlch lle collodd un, roedd dant aur.

Â'i phen ar fymryn o ogwydd, rhoddodd edrychiad *'Ar be ti'n sbio?'* iddo fo. ''Ngweld i wedi heneiddio wyt ti?'

'Stumiodd ei wefus isa o dan ei ddannadd wrth godi un ysgwydd.

'Er gwell neu er gwaeth?'

Roedd ei llygaid gwyrddolau mor harddloyw ag erioed, ond sylwodd fod dwy linell wedi dechrau rhychio o boptu ei cheg hyd at ei thrwyn. Wrth chwythu cusan ysgafn tuag ati, roedd henaint eisoes wedi dechrau cerdded i'w chyfwrdd.

Pan wenodd Alyosha wên breifat, darfu gwên ei fam a chododd rhyw arswyd i'w llygaid.

'Am be ti'n meddwl? Mmmm? Alexei? Deud wrtha i – am be ti'n meddwl?'

Achubwyd nhw am y tro: roedd Georgik yn destun trafod saff, a chydiodd Inessa hefo arddeliad yn hanesion ei frawd bach.

'Ddim hogyn bach ydi o erbyn hyn. Synna chdi gymaint mae o wedi prifio ...'

Roedd o'n ddeuddeg oed, ac wedi hen roi'r gorau i wisgo trowsus cwta. Ymhen llai na phythefnos roedd i ddychwelyd ati er mwyn treulio'r Pasg, cyn mynd yn ei ôl i'w ysgol yn Le Rosey. Bregliodd Inessa yn ei blaen wrth sôn cystal roedd o wedi setlo, cystal oedd ei waith o, pa mor ganmoliaethus oedd ei adroddiadau diwedd tymor, ei farciau'n fendigedig; roedd yn neidiwr naid hir tan gamp, ac yn chwaraewr tennis tebol, yn boblogaidd hefo'r disgyblion a'r athrawon fel ei gilydd. Roedd Georgik yn hollol fodlon ei fyd.

Gwrandawodd Alyosha arni'n dawal, cyn holi, 'Ma' gen i lystad o Tunis a dwy lyschwaer, felly?'

'Nag oes ddim,' atebodd yn rhy sydyn, cyn cywiro'i hun. ''Sgen ti'm llystad o gwbwl.'

Cododd wydryn o Vouvray a'i sipian.

'Dewis,' gan ei gymell i fwrw golwg dros y fwydlen frown.

Holodd y gweinydd toc, 'Chwanag o amsar i benderfynu, Madame?'

'Dwi'n barod,' atebodd Inessa. 'Wyt ti?'

Unwaith y diflannodd y bwydlenni, bu tawelwch. A dyfodd yn dawelwch maith.

'Ti 'di darllen fy hanas i, siŵr o fod?'

Crychodd Alyosha ei dalcan. 'Pa hanas?'

Roedd ei gwallt yn wahanol iawn, yn gochach ei liw, a'i haeliau'n fwy trwchus, nes ei hamddifadu o ryw rywioldeb a oedd yn eiddo iddi pan oedd ei haeliau'n ddau fwa main. Hefo'r mymryn lleia o ôl llenwi yng ngodra ei bochau, roedd ei hwyneb dros y ddau ddegawd nesa eisoes yn llunio'i hun, a chanol oed cynnar yn murmuro'i gwedd ac yn dechrau amlygu'r newid anorfod oedd i fod, waeth befo faint o eli a lyfnai ar hyd ei chroen. Does neb yn heneiddio'n waeth na gwraig a fu unwaith yn hardd.

'Ma'n rhaid mai chdi 'di un o'r 'chydig rai trwy Ewrop gyfa sy heb glywed be ddigwyddodd i mi ...'

Wrth wrando ar ei fam yn sôn yn frwd am weithio ar bictiwr newydd, syllodd Alyosha ar rimyn o oleuni pelltreiddiol yng ngorwel main y môr. Yn nes ato, ar y Promenade des Anglais, safai pymtheg ar hugain o wŷr a gwragedd mewn tipyn o oed ar un goes fel haid o fflamingos, gan ara droi eu breichiau, a nodwydd o ddyn Tsieineaidd yn arwain ar y blaen.

Dal ati i siarad am gyrraedd Rhufain wnâi Inessa, am Alexei Alexevich Dashkov yn mynd â hi'n syth o'r orsaf dren i'r Hotel Campo de Fiori. Roedd ganddo fo ryw newyddion iddi – newyddion drwg, yn anffodus, ond newyddion roedd yn rhaid iddo ei rannu hefo hi cyn neb arall, a hynny achos ei bod hi'n golygu cymaint iddo fo.

Cofiai ei eiria fo o hyd.

Cofio'i anonestrwydd, a aeth drwyddi fel malaria.

'Ti'n gwrando arna i? Neu ai dim ond siarad hefo fi'n hun ydw i'n fa'ma?'

'Dwi'n gwrando.'

Ddim poeni amdani hi roedd Alexei Alexevich Dashkov o gwbwl, ond poeni am ei groen llechwraidd ei hun. Rhyw ddwy awr ynghynt roedd golygydd *Il Tempo* wedi anfon telegram trwy swyddfa'r stiwdios ffilm i'w hysbysu ei fod ar fin torri'r stori mewn print.

Drannoeth, tywalltodd y sgandal trwy strydoedd Rhufain.

'Ti'n siŵr bo' chdi heb glywad dim am hyn?'

Ysgydwodd Alyosha ei ben.

'Siŵr? Ddim hyd yn oed am y Piazza San Marco, lle cafodd y ddau ohonyn nhw eu gweld hefo'i gilydd am y tro cynta? Yn Fenis, lle roedd o wedi gaddo mynd â fi fwy nag unwaith ond 'nath o byth, a go brin 'neith o bellach ...'

Treiglai rhyw waradwydd tawel trwy ei llais.

'Choeli di byth y celwydda ma'r dyn yna wedi eu rhaffu wrtha i dros y blynyddoedd.'

Pan gododd ei gwin i'w sipian, gwythiennau gleision oedd ar gefn ei llaw.

'Marchioness Mariani Eugenio, dyna'i henw hi. Cyfnither i deulu Delfrante, sy'n perthyn i Mussolini. Gen i barch o'r mwya ato fo, ond 'sgen i'm byd i'w ddeud wrthi hi.'

'Mam?'

Stopiodd.

Roedd o eisoes wedi gofyn cwestiwn plaen iawn iddi, ond hyd yn hyn osgoi'r cwbwl wnaeth hi.

''Newch chi'n atab i?'

Cododd Inessa ei llais (rhag iddo fo dorri ar ei thraws hi eto) a honni nad y ffaith i'r actor ei gadael hi oedd y golled waetha un. Roedd hi wedi hen syrffedu ar ei gastia slei o ymhell cyn hynny – ei slotian parhaus, ei ferchéta di-baid – ond i'w chytundeb hefo'r stiwdio Rhufain gael ei dorri. Hynny oedd wedi ei brifo hi.

'Sut feiddien nhw? Finna'n actores enwog o un pen i Ewrop i'r llall – a thu hwnt.'

Doedd cenfigen merched at actoresau'r sgrin fel hi yn ddim byd ond gair arall am chwant. Rhaid oedd i bobol enwog fel hi ddisgwyl helbulon a chenfigen. Honnodd mai gair arall am unigrwydd oedd enwogrwydd. Honnodd hefyd mai peth annidwyll rhwng dau berson oedd priodas, ac mai'r peth gwaetha y gallai unrhyw ddyn ei wneud oedd pitïo gwraig, ac nad oedd unrhyw gyfeillgarwch yn ddyfnach na chyfeillgarwch rhwng dwy ddynas a oedd yn casáu yr un dyn.

Bu'n prepian am ei 'gyrfa', gan ddweud mai er mwyn actio roedd hi'n byw. Actio oedd ei ffon fara, ei bara beunyddiol, ei bara menyn, ei hunig gynhaliaeth, ei hunig fywoliaeth – a'i hunig uchelgais oedd cael byw a bod o flaen y camera. Roedd hyn i gyd wedi digwydd ar gefn y pictiwr *Allor Rwsia*.

Canmolodd Inessa y pictiwr, yn mynnu iddo fod yn llwyddiant ysgubol mewn rhai gwledydd fel Albania, Montenegro a rhannau o gefn gwlad Groeg. Am rai misoedd roedd hi wedi disgwyl i ddrysau agor, ond ychydig iawn o ffilmiau Rwsiaidd a gynhyrchid yn Berlin erbyn hyn, os o gwbwl. Roedd yn anodd i wraig hefo'i hacen hi gael gwaith mewn ffilmiau Ffrangeg, er ei bod hi'n siarad yr iaith hefo Georgik rhag ofn i hynny ei atal 'rhag dŵad ymlaen yn y byd'.

Melltithiodd y rhagfarn yn Ffrainc yn erbyn pob Rwsiad, a rhagfarn y Ffrancod yn erbyn pawb arall. Cenedl o bobol senoffobig a hunanol oeddan nhw i gyd. *La France est lumière du mond*. Ffrainc ydi goleuni'r byd, wir! Doedd ryfadd fod Louis XIV yn cymharu ei hun i'r haul ac yn meddwl mai y fo oedd yr ymgnawdoliad dwyfol o'r deyrnas, wrth iddo fo osod ei ffon fesur ar wledydd eraill y byd. Peth peryglus mewn cenedl ydi pwyso a mesur pob cenedl arall yn unol â'r glorian sydd ar ei chowntar hi ei hun.

Teimlai Alyosha yn dristach nag erioed.

'Dwi'n benderfynol o lwyddo,' mynnodd hi.

Dodwyd potel arall o Vouvray yn y bwced rhew ar ôl i Inessa ei flasu.

'Mam, pryd dach chi'n mynd i atab 'y nghwestiwn i?'

Roedd hi'n benderfynol o roi dau dro am un i bawb a fu'n ddigon hy i haeru ei bod hi'n methu actio. Petai hi'n byw yn Rwsia heddiw gallai fod yn seren y sgrin – ond wedyn, pa ddiben oedd gwneud ffilmiau yn fan'no erbyn hyn? Pwy oedd isio talu i weld pictiwr am ddyn mewn cariad hefo'i dractor? Neu hanas criw o bobol ifanc hefo hancesi cochion am eu gyddfau'n canu ar doriad gwawr wrth fynd allan i blannu cae o datws? Dim ond adar oedd i fod i ganu ar doriad gwawr. Lle pobol ifanc oedd cysgu yn eu gwlâu er mwyn prifio a thyfu i fyny'n iawn.

Siaradodd ei hun yn hesb.

Syllodd ar ei phlât: roedd ei bwyd wedi hen oeri.

Hefo'r hen addfwynder ffug hwnnw a gofiai Alyosha mor gry o ddyddiau ei blentyndod, clywodd ei fam yn dweud, 'Sonia amdana chdi dy hun.'

'Fi'n hun?' holodd ei hun.

'Fi fy hun?' pyslodd wedyn. Am gwestiwn rhyfadd. Sut oedd atab hynny?

Ar un adag yn ei fywyd, roedd o'n arfer meddwl ei fod o'n gwbod pwy oedd o ei hun ond erbyn hyn doedd o ddim mor siŵr. Oedd o erioed wedi cyfarfod â fo'i hun? Wrth fynd yn hŷn daeth i sylweddoli fwyfwy fod ei fodolaeth wedi ei chyfyngu bob un cam o'r ffordd gan brofiad byw y foment. Ffŵl amser ydi bywyd, sy'n gwyrdroi pob penderfyniad o funud i funud, nes 'stumio'i fywyd mewnol a'i fywyd allanol fel nad oedd modd am eiliad fyth i asio'r ddau yn un.

Y cwbwl roedd o'n ei wybod i sicrwydd oedd fod Georik yn ysgol Le Rosey, ger Lausanne. Y cwbwl roedd o'n ei wybod i sicrwydd oedd fod ei fam – er ei bod hi'n honni ei bod yn dlawd – yn gallu talu am addysg ei frawd, ac am stafell yn un o'r gwestai drutaf ar y Côte d'Azur. Daliodd ei llygaid gan wybod o'i hedrychiad ei bod hi wedi darllen ei feddwl.

Magodd ryw ddicter yn ei llais, 'Hyn? Pwy ti'n meddwl sy'n talu am hyn heno?' Gwasgodd goes y gwydryn yn galad yn ei dwrn. 'Fi.'

Patrwm tywod mân ym min y môr oedd crychni ei llygaid. Bu ganddi bantyl erioed – un bychan a roddai ryw anwyldeb ifanc i'w gwedd – ond roedd hyd yn oed hwnnw wedi darfod, ac yn lle hynny roedd dwy grychieden fechan wedi magu yn ei bochau.

Gwyrodd fymryn tuag ato fo ar draws y bwrdd.

'Dwi'n byw o'r llaw i'r gena,' sibrydodd o dan ei gwynt gan sbecian drach ei chefn rhag ofn fod rhywrai ar fyrddau eraill yn gwrando. 'Oni bai imi werthu modrwy briodas fy annwyl fam – y peth dwytha imi ei werthu o f'eiddo prin i gyd, allan ar y stryd faswn i erstalwm. Dim ond am un noson dwi'n aros yn fa'ma.' Mygodd ddagrau. 'Tasa chdi ond yn gweld y lle dwi'n byw ynddo fo o ddydd i ddydd ...'

Eto, roedd hi'n gallu talu am *gigolo* i fynd â hi i'r gwely. Fuodd hi erioed yn gyndyn o wario ar ei phleserau hi ei hun.

Syllodd Alyosha tua'r gorwel, lle roedd terfysg yn magu uwchben y môr: sbarciau meinion gwynion yn sboncio trwy'r cymylau, a rhyw oleuni egwan, goleuni mud o'r ochor bella i'r byd, a'r wybren ddu yn gwneud ei gora i'w foddi.

Fel petai hi wedi cael rhyw bwl sydyn o edifeirwch, addfwynodd Inessa. 'Be amdana chdi?'

Edrychodd Alyosha arni a gofyn, 'Pam 'naethoch chi 'rioed 'y ngharu fi, Mam?'

Sythodd yn ei chadair wrth glywed y symlrwydd didwyll yn ei gwestiwn. Aeth ati i achub ei cham hefo arddeliad, trwy honni iddi ei garu o'r cychwyn cyntaf un, ei garu erioed, er fod rhyw ddryswch yn ei llygaid. Ei garu o'r crud, ei garu o'n cropian, yn cerdded, yn rhedeg. Ei garu cymaint, os nad yn fwy, nag y carodd hi Georgik.

Collodd Alyosha ei limpyn mwya sydyn. Roedd wedi cael mwy na llond bol ar ei chelwyddau, ar ei thwyll a'i hunan-dwyll.

'Mam, ma'n rhaid inni siarad yn onest hefo'n gilydd am unwaith.' Roedd o'n benderfynol o dynnu'r gwir ohoni.

'Oes, dwi'n gwbod. 'Nei di wrando arna i?

'Dwi 'di gwrando digon arna chi. Pam na 'newch chi wrando arna i am unwaith?'

'Ddim hefo'r hen dôn atgas 'na'n dy lais di, na 'na i ddim ...'

Goleuwyd lampau'r stafall fwyta.

'Casáu rhwbath yndda chdi dy hun wyt ti,' sibrydodd. ''Na pam ti'n mynnu bod mor greulon tuag ata i heno ...'

Siglodd Alyosha ei ben mewn anobaith. 'Chi sy'n teimlo'n euog, Mam.'

'Dwi'n teimlo'n euog am ddim ...'

'Ylwch ...'

''Sgen i'm byd i deimlo'n euog amdano fo, a 'nei *di* o bawb ddim gwneud i mi deimlo'n euog am ddim byd arall chwaith.'

Ond roedd o'n benderfynol o lusgo'r gwir ohoni, hyd yn oed os byddai hynny'n ei phechu am byth.

Daliodd arni.

Be am garu ei dad?

'Be am garu dy dad?'

''Naethoch chi 'rioed 'i garu fo.'

''I garu fo? Ro'n i'n 'i addoli fo.'

'Mam, 'di *hynna* ddim yn wir.'

'Mi rois i gymaint o gariad i'r dyn yna, 'sgen ti'm syniad.'

'Dwi'n gwbod yn wahanol. 'Sdim rhaid ichi ddeud clwydda wrtha i.'

Rhythodd Inessa ar ei mab. 'Iawn. Y gwir i gyd. Os ti isio'r gwir i gyd, mi gei di o gen i. Dyma'r gwir i chdi bob gair. 'Nôl yn 1915, roedd fy nhad – dy daid ti – dros 'i ben a'i glustia mewn dyledion gamblo trymion, yn wynebu trafferthion difrifol. Roedd petha wedi hen fynd i'r pen; mi welodd fy mam – dy nain – gyfla i arbad trybini trwy 'mhrodi fi hefo dyn hŷn, dyn a oedd wedi bod â'i lygad arna i ers tro. Do'n i heb sylwi, wrth reswm, achos 'mod i'n rhy ifanc i sylwi ar betha o'r fath, ond mi sylwodd hi. Fel ti'n gwbod, doedd neb yn fwy penderfynol ag unplyg na dy nain pan oedd hi'n rhoi'i meddwl ar waith. Dynas felly oedd hi. Dyna sut gafodd petha 'u trefnu. Yn ferch un ar bymtheg oed, ches i fawr o lais yn y penderfyniad.'

Gwaniodd dicter Alyosha fymryn ond clywodd ei hun yn dweud, ''Di hynny'n dal ddim yn esgus dros y ffordd 'naethoch chi 'i drin o ...'

'Mi fuos i'n ffyddlon iddo fo trwy gydol y briodas.'

'Be am y dynion rheiny fuoch chi'n eu canlyn?'

Gwadodd iddi ganlyn yr un: bu'n ffyddlon i'w dad hyd y bedd.

'Sut allwch chi ddeud hyn i 'ngwynab i?'

Honnodd mai wedi dychmygu'r cwbwl yr oedd o. Peth rhyfedd a rhyfeddol ydi cof plentyn.

'Be am dystiolaeth dyddiadur? Ffrwyth dychymyg 'di hynny hefyd?'

Tawelwch.

''Nes di be?' holodd Inessa yn isal.

A'i gwrychyn wedi ei godi, roedd hi ar fin gwylltio'n gandryll. Tynnodd yr wybodaeth allan ohono fo am yr hyn a wnaeth o yn hogyn tair–ar–ddeg oed, tua'r un oed â'i frawd, Georgik heddiw.

'Sut meiddia chdi, Alexei?' ffromodd. 'Sbaena trwy 'mhetha preifat i? Roedd y cwbwl o dan glo.'

'I fod, oedd. Ond matar bach oedd dŵad o hyd i'r 'goriad ...'

'Darllan fy nyddiaduron i?'

'Pob un. Mita Golitzin. Swyddog o Ysgol Feddygol y Fyddin. Ddaeth o ddim yn ôl o'r rhyfel, yn naddo?'

Oherwydd iddi hi ei frifo fo, doedd dim ots ganddo fo ei brifo hi.

'Coffi a *cognac?*'

Bu'r gweinydd yn oedi wrth eu bwrdd ers meitin.

'Ddim eto ...'

Mynnodd Inessa gael potel arall o Vouvray.

'Er mwyn cael ateb i gwestiynau, Mam. 'Na'r unig reswm pam es i ati. Er mwyn trio dallt be o'n i i chi. Be o'n i wedi'i 'neud i'ch pechu chi. Ro'n i'n meddwl mai arna i roedd y bai. 'Mod i wedi gwneud rhwbath anfaddeuol. Mai dyna pam roeddach chi mor oeraidd tuag ata i, yn mynnu 'nghadw fi hyd braich.'

'Alexei annwyl,' dywedodd yn dosturiol wrth osod ei llaw dros ei law. ''Y mabi annwyl i ...'

''Mots be dach chi'n 'i honni'n fa'ma heno ... ond 'naethoch chi 'rioed 'y 'ngharu fi. 'Naethoch chi ddim, Mam.' Teimlai ei hun yn mynd dan deimlad. 'Ddim fel ma' mamau erill yn caru eu meibion. Ddim fel roeddach chi'n caru Georgik, ag yn dal i'w garu fo. Mae o'n cael addysg, a ches i ddim ... 'Di hynny'm yn deud y cwbwl?'

Aeth pob dim yn drech na fo.

Cododd i adael.

'Paid â mynd ... Ddim eto ... Alexei, aros ... Paid â 'ngadael i ... Ddim rŵan ... Ma' 'na un peth pwysig iawn dwi am ichdi 'neud i mi heno.'

Band *jazz* yr Hollywood Club oedd yn chwythu ei fiwsig trwy stafell ddawns yr Hôtel Negresco – 'Choo choo gotta hurry home'. Roedd parti anfarth yn ei anterth o dan y siandelîr *baccarat*. Fel noson gala'r pictiwr yn Berlin, roedd y lle'n orlawn i'r ymylon, a'r drysau led y pen ar agor.

Wrth ganlyn yn ôl troed ei fam, ymledodd y gorffennol yn fyw o flaen Alyosha a theimlodd fel petai'n camu ar hyd galeri o wynebau o'i lencyndod, er bod llaweroedd erbyn hyn yn haf bach Mihangel eu bywydau. Rwsiaid oedd y mwyafrif llethol yno, a rhai yn blant a fu'n rhedeg hefo fo i fyny ac i lawr coridorau'r Hotel Adlon yn Berlin gynt.

O'i gwmpas roedd gyddfau gwynion estynedig yn codi o ysgwyddau noethion, lle roedd ffan wrth ffroen, a llygaid gwragedd hŷn yn sylwi ar bob dim. Gwisgai'r merched eu gwalltiau yn unol â'r ffasiwn ddiweddaraf, a'u ffrogiau i gyd wedi eu codi at y pen-glin. Ddim y merched a'r meibion yn unig oedd yno, ond eu mamau a'u tadau, eu neiniau a'u teidiau hefyd.

Gwelodd Iarlles Witte – a oedd yn gwisgo dillad gweddus, ei gwallt wedi'i blethu a'i glymu'n dwt ond yn ddiaddurn ar ei phen – yn sgwrsio hefo Iarlles Natalia Eristova, dynas a oedd bellach wedi ailbriodi cyn iddi brin sychu'r dagrau ar ôl ei gŵr cynta.

O'i flaen roedd Iarll Chichagor, dyn a oedd yn proffesu sancteiddrwydd, er mai hen fwncath hunanol oedd o mewn gwirionedd, a'i iechyd yn boddi mewn diodydd poethion. Roedd o'n dechra slotian mewn bariau strydoedd cefn am ddeg y bora erbyn hyn. Yn ei olwg ei hun roedd o'n ddyn galluog a gwreiddiol, yn yfed dŵr o ffynnon ei feddwl ei hun heb deimlo'r angan i agor tap neb arall. Pan gyfarchodd Alyosha, roedd rhyw egni afreolus yn ei lygaid o hyd, yn rhythu fel rhywun wedi ei lyncu mewn rhyw syndod parhaus. Sefyllian wrth ymyl un o'r ffenestri agorad yn smocio sigârs cochion oedd ei ddau fab.

Am hannar nos, pan oedd y lloer ar ei chorn yn entrychion yr wybren, canwyd 'Duw Achubo'r Tsar' ar drwmped a symbalau'r band. Mynnwyd tawelwch, gwastadedd calon a chlustiau i wrando. Cyn torri'r gacen ben-blwydd, traddododd y Tywysog Maktuyev araith fer – un emosiynol, lle roedd ei lais ar dro yn ddewr, ond dro arall yn ddolurus. Safodd fel rhyw ben capten, ei goesau ar led a golwg ddigon sarrug ar ei wep.

Siaradodd ar ran y llu trwy ddatgan pa mor galad oedd bywyd. Cydymdeimlodd hefo pawb a oedd yn gorfod ymrafael hefo cymhlethdodau eu ffawd. Teimlai ei hun yn amal yn hen, yn ddiymadferth, a hanes wedi pydru yn ei freichiau, ac roedd hi'n anochel y byddai'n sôn am Rwsia. Heb wlad i'w galw'n wlad, dienaid ar y gorau oedd ymrafael yr alltudion, heb ewyllys i wneud fawr ddim ohoni gan mai nychu yn eu dycnwch oeddan nhw, a phob penderfyniad i gael pa bynnag faen i'r wal yn cael ei chwalu'n llwch. Yn amlach na heb, roedd y weithred symlaf un y tu hwnt i'r cryfaf mewn gwlad estron. Breuddwydion siwrwd oedd eu breuddwydion oll.

Gwaniodd ysbryd rhai o'r gwragedd a thorrodd amball un i wylo'n dawel.

'Be dâl gwangalonni? Be dâl anobeithio? Be dâl gosod ein gobeithion ar law dynion eraill am ein llwyddiant? Mae'n rhaid inni weithredu, a gweithredu o hyd!'

Cododd y Tywysog Maktuyev ei lais i'w lawn awdurdod.

'Mae'n rhaid inni feddu ar y ffydd y daw Rwsia weledig ac anweledig yn ôl i ni ryw ddydd.'

O'r cefnau, cododd llais i heclo, 'Os oedd honno'n ffordd mor werthfawr o fyw, pam 'naethoch chi ddim cwffio hyd at angau i'w gwarchod hi?'

'Mi wnaethon ni,' cododd y Tywysog Maktuyev ei nerth. 'Ond pwy sy'n llawn sylweddoli gwerth unrhyw beth tan mae o wedi darfod?'

'Rhagrithiwr! Dyna be dach chi a phawb arall sy 'ma!'

Aflonyddodd rhywrai wrth ei hisio i dawelu.

'Dwi'n cytuno â'r gŵr bonheddig.'

'Na, dach chi ddim! Dach chi ond yn deud hynna er mwyn cau 'ngheg i.'

Doedd dim tawelu ar y dyn.

'Gwell o'r hannar gan y Rhufeiniwr oedd wynebu marwolaeth na byw bywyd diurddas.'

Roedd o'n amlwg wedi ei dal hi.

'Er bod ganddon ni i gyd resymau da dros gasáu'r Bolsieficiaid,' llefarodd y Tywysog ar ei draws, 'ddylsen ni mo'u casáu nhw ond yn hytrach, fel mae'r gŵr bonheddig acw'n ei awgrymu, casáu ein hunain ddylsen ni am ildio Rwsia mor rhwydd. Dydi hynny ddim yn golygu na ddylai pob un ohonon ni, hefo pob un gewyn o ewyllys, ymroi i'w hadennill hi o hyd, a dyletswydd pob un ohonon ni a fu yn rhengoedd y byddinoedd Gwynion ydi dal ati i frwydro hyd nes y bydd ein dwylo ni wedi eu trochi'n goch yng ngwaed y comiwnyddion.'

Dawnsiodd y stafall i'r 'Creole Love Call' gan yr Hollywood Club, cân a oedd yn cael ei chanu hefo arddeliad heintus. Ar y balconïau uwchben, dadlwythodd fflyd o bobol ifanc lond rhwydi o falwnau, bwcedi o gonffeti amryliw, stribedi euraid a nadreddai o'r nenfwd i lawr. Chwythai amryw o'r dawnswyr chwibanau bychain – fflich-mich, fflich-mich nes gwichlefu trwy'r *jazz* yn gymysgfa o firi aflafar.

Yn glystyrau o gwmpas Alyosha roedd gweddillion y llys brenhinol – perthnasau pell y Tsar, ei gyn-weinidogion, tywysogion a thywysogesau, masnachwyr olew o Baku gynt, cyfalafwyr gobeithiol ac anobeithiol, amball gyn-werthwr arfau, dawnswyr ac actorion, merched o sawl noson dywyll ar eu sodlau uchal, a dynion o nosweithiau gwaeth, yn gymysg â phedlerwyr opiwm, *gigolos* a genod ifanc iawn oedd bron â marw isio bachu gŵr er mwyn achub eu rhieni rhag trueni gwaeth.

227

Bu dawns ar ôl dawns, sgwrs ar ôl sgwrs, a phobol yn fflitio hwnt ac yma mor ysgafn â phlu.

Roedd pawb yn rhy dlawd i gynilo, yn benthyca ar hyd y bedlan, a hynny'n amlach na heb ar gorn eu hachau aristocrataidd. I bobol a oedd wedi arfar ymwledda'n foethus, eu hunig achubiaeth mewn bywyd oedd dal ati i addoli'r llo aur mewn ffydd a gobaith.

Yn stafelloedd diadnabod y strydoedd cefn y treuliai'r rhan fwya eu hamsar, eu meddyliau wedi blino o dan bwysau byw a bod bob dydd. Mynnai mwy nag un fod yn rhaid dal ati i fyw eu bywydau yn union fel o'r blaen, a gwario hefo arddeliad fel pe na bai fory'n bod. Yn anffodus, *roedd* fory'n bod, a phob fory arall, ac o'r herwydd gorfodwyd amryw eisoes i werthu eu palasau a'u hen stadau yn Rwsia am brisiau isel iawn. Er mwyn hawlio'u heiddo, roedd bancwyr Ewrop fel haid o fleiddiaid yn ysu am i gomiwnyddiaeth ddarfod, ond byw oedd comiwnyddiaeth yr Undeb Sofietaidd, a marw oedd gobeithion y rheiny hefyd.

Daeth palff o ŵr afrosgo i'w gyfwrdd – cawr mawr barfog, trwsgwl ei gam, yn rhyw hannar siglo 'nôl a 'mlaen. Gafaelodd yn dynn ym mhenelin Alyosha er mwyn sadio'i hun.

'Pwy wyt ti?' holodd yn boethlyd i'w wyneb, fodfadd neu ddwy o'i drwyn. Roedd rhesaid o fedalau ar ei frest a dystiai iddo fod yn uchel-swyddog ym myddin y Cadfridog Nikolai Yudenich, ac roedd epaletiau ei ddwy ysgwydd mor felyn â bol caneri. Soniodd am ei brofiadau yn yr ymosodiad ar Petrograd yng nghanol rhew ac eira Tachwedd gerwin 1919, a'r ffaith i'r fyddin ddŵad o fewn trwch blewyn i drechu'r Bolsieficiaid. Oni bai am frad y Cadfridog Gustav von Mannerheim, a addawodd i Yudenich – 'addo ar boen bywyd ei fam'– y byddai yntau hefyd yn ymosod hefo'i fyddin o'r Ffindir ar yr union awr honno, fe fyddai'r ddinas wedi ei chipio, doedd dim dwywaith amdani. Am ryw reswm na ddaeth erioed yn hysbys, 'chadwodd Mannerheim mo'i air.

'Alli di ddychmygu'r siom?' oernadodd y dyn, a'i anadlu'n byrhau y tu ôl i'w farf frithlwyd. 'Alli di ddychmygu sut roeddan ni'n teimlo, ugian mil ohonan ni o dan y sêr, yn rhynnu ar y rhew?'

Bwriodd ati i drafod ei syniadau ynglŷn â'r ffordd ymlaen, gan siarad o'r galon am ennill ei wlad yn ôl.

'O wledydd y Baltig, o'r fan honno, gyfaill annwyl, ma' isio inni 'mosod ar Rwsia heddiw.'

Heno, bagio roedd o, nes disgyn wysg ei gefn i ganol bwrdd o wydrau rhywrai eraill yn hannar chwil.

Tywysodd y Tywysog Maktuyev ei wraig draw i ganol y llawr dawnsio. Yno roedd Inessa; cododd y Tywysog ei llaw a'i chusanu. Ildiodd hithau gyrtsi fechan, fel y gwnaeth y gwragedd eraill a safai o boptu iddi, ond dawnsiwr braidd yn garbwl oedd y Tywysog, yn drwsgwl ar ei draed er ei fod yn ymdrechu'n galad i'w gynnal ei hun.

Cof hogyn oedd gan Alyosha o'r Tywysog Maktuyev. Cofiai ei weld unwaith yn yr opera, yn y bocs nesaf at focs y Tsar a'i deulu yn Petrograd, a phawb bryd hynny o'r farn ei fod o'n ddyn anfeidrol mewn hunanoldeb. Clobyn o ddyn byr oedd o, ond ei fod yn dal ei hun yn gefnsyth ac yn codi'i ên yn uchel wrth gamu mor urddasol at ei bwrpas â dyn dwylath at ei dasg. O'i gwmpas symudai gwariau ac ysgwyddau noethion, a'r rheiny'n cyferbynnu hefo diffyg cnawd y dynion chwyslyd, a fynnai ddawnsio yn eu siwtiau tinfain, gan ddilyn esiampl y Tywysog. Hyd nes y byddai o'n diosg dilledyn, wnâi neb arall chwaith. Pam na allai'r dynion fod yr un mor noeth â'u gwragedd? Byddai'n gymaint brafiach ar bawb.

Cyflwynodd Inessa ei mab i amryw o bobl. Mathilde Kshessinskaya oedd un, cyn-feistres Tsar Nicholas II, a chyn *prima-ballerina* Theatr Mariinskii, a oedd bellach yn weddw wedi iddi gladdu ei gŵr, yr Uchel Ddug Andre Vladimirovich Romanov rhyw bymtheg mis ynghynt. Yn ei thro, cyflwynodd Mathilde Kshessinskaya y ddau i'r Dywysoges Vera Meshcherskii, a oedd â'i bryd ar agor tŷ i Rwsiaid alltud yn Saint-Geneviève-des-Bois. Teimlai'n llawn tosturi at drueiniaid y byd wrth ddal i sôn am ryw erchylltra a welodd ym mhorthladd Izmit yn Nhwrci yn fuan ar ôl iddi hwylio o'r Crimea yn 1920. Gwrthododd ddweud be yn union oedd achos ei gwewyr, ond roedd y peth yn amlwg yn pwyso'n drwm iawn arni o hyd.

Bu Inessa yn sgwrsio hefo'r Tywysog Alexander Buxhoeveden, a oedd newydd symud hefo'i deulu o Baris i Nice er mwyn setlo ar y Côte d'Azur. Ym Mharis bu'n byw mewn tlodi, a'i ddyddiau'n ddigon diffaith. Bellach, roedd wedi dechrau dablo mewn prynu a gwerthu tai a fflatiau, *villas*, cychod hwylio, moto-ceir ac ati. Teimlodd fod rhyw lwc godidog wedi dechrau ei godi, ei gyfoethogi a'i lawenhau yn helaethach nag y gallod erioed ei ddychmygu. Symud i'r de oedd y peth gora a wnaeth o ers gadael Rwsia, ond ar yr un gwynt, roedd o hefyd yn effro i'r ffaith y gallai ei lwc newid unwaith eto. Roedd o'n siarad fel dyn a oedd wedi derbyn drwg o law'r dydd, yn ogystal â'r da. Ar un adeg roedd yn hoff iawn o ddawnsio, ond cwyno roedd o nad oedd yr un grymyn yn ei goes chwith, a bod ei goes dde wedi dechra cloffi yn yr un ffordd. Ei ofn mwyaf oedd mynd yn gripil ac yn faich ar ei deulu.

Ar yr un bwrdd, roedd y Tywysog Felix Yussupov a'i wraig Irina – gwraig addfwyn yr olwg hefo wyneb hir – yn ista yn smocio'n hamddenol hefo'r Uchel Ddug Dmitri Pavlovich Romanov. Gwrandawodd Alyosha ar ragrith eu mân sgyrsiau a oedd yn llawn o falais adnabod – a hwnnw'n taro i'r byw. Y nhw eu dau fu'n gyfrifol am lofruddio Raspwtin a thaflu ei gorff i afon Neva amser maith yn ôl ...

Ddim sbeit a gwenwyn oedd y cwbwl. Roedd yno hefyd ysbryd gwamal, sgwrsio mwythus, chwedleua bywiog, fflyrtio, caru a hel clecs. Crwydrodd ei lygaid draw at y gwragedd eraill hefo'u meibion ifanc. Hogia fel fo oedd yno ar waith i gynnal breichiau a dwylo gwragedd a allai'n hawdd fod wedi eu geni. O gwmpas byrddau ger muriau'r ystafell roedd llaweroedd o bobol oedrannus yn gwylio'r cyplau, ac yn hel atgofion am ddawnsfeydd y blynyddoedd a fu. Syllodd ar eu hwynebau mud, gan feddwl wrtho'i hun fod rhyw brydferthwch yn perthyn i henaint sy'n amddifad mewn ieuenctid.

Dawns araf oedd hi, a chydiodd Inessa ym mysedd ei mab er mwyn gosod ei law yn wastad ar fôn ei chefn. Dros ei hysgwydd daliodd Alyosha lygaid Sebastien yn dawnsio'n glòs hefo gwraig benfelen – yr Americanes – ond bod ei llygaid o'r un lliw â dyfnder y nos. Teimlodd gorff ei fam yn pwyso'n drymaidd arno fo nes tynnu'r gwres o'i groen yn un â'i gwres hi. Gan ei bod hi wedi yfed cymaint, roedd y siampên a'r gwin wedi hen fynd i'w phen hi.

Sylweddolodd pa mor bwysig i'w fam oedd iddi gael ei gweld gan bawb – ac ennyn eu hedmygedd. Dyna oedd prif atyniad yr achlysur, doedd dim dwywaith. Roedd hi mor atyniadol ag erioed, yn rhoi sioe ohoni hi ei hun gerbron cymdeithas, yn cyflwyno'i hun fel y tybiai y dylai wneud wrth ddymuno cael ei chydnabod.

Sibrydodd yn ei glust ei fod yn hogyn mwy golygus na neb arall a oedd yno.

Dywedodd wedyn ei bod hi mor falch ohono fo heno.

Codai chwys ei chorff yn gryf ohoni, a surni'r gwin a'i sent yn gymysg. Teimlodd bilipala ei bysedd ar groen chwyslyd ei war. Trodd y ddau a gwelodd Alyosha Sebastien yn dal ei lygaid – a gwenu. Trodd Inessa drachefn nes bod ei chefn tuag ato. Taflodd ei breichiau i fyny, ei dwylo'n llyfu i fyny ac i lawr ei fochau, ei llygaid ynghau a'i gwefusau'n symud i eiriau'r gân.

Ogleuodd Alyosha ei gwallt, ond teimlai'n annioddefol. Roedd wedi magu rhyw hen fin dŵr annifyr, a oedd yn mynnu rhwbio yn erbyn ei frethyn.

Ei helpu hi oedd y bwriad, a'r amod hwnnw oedd sylfaen ei benderfyniad i'w thywys hi i'w llofft. Ond gwegiai ar ei thraed a baglu ar y grisiau, a phan gyrhaeddodd ei stafall, rhoddodd hi i ista ar erchwyn y gwely. Teimlai ei fod o rywsut wedi lledu allan ohono'i hun, ei fod yn edrach i lawr ar ddau arall a sŵn y môr yn torri ar y traeth ...

Ceisiodd dynnu ei hun yn rhydd, ond roedd hi wedi cydio yn ei wallt – llond dau ddwrn ohono fo. Tynnodd hi ei ffrog yn drwsgwl dros ei phen, ei wthio ar y gwely gan orwedd arno a'i gusanu. Cydiodd yntau ynddi, bodio'i chefn, ei gwasgu ato a'i chusanu'n galetach. Palfalodd hi ym motymau ei falog, ond bu'n rhaid iddo wneud hynny drosti a'u bysedd yn baglu ar draws ei gilydd. Crafangiodd drosto a chydio yn ei godiad, ond methodd ei wthio i mewn iddi. Rhoddodd y gorau iddi gan geisio'i gusanu a brathu ei glust. Gwthiodd Alyosha hi ar wastad ei chefn. Mewn hanner dicter, hanner dychryn, a'i flys yn codi wrth grafangu rhwng ei chluniau, gwasgu ei wefusau ar ei gwddw, ei gên, ei cheg, ei thrwyn, cusanodd ei llygaid a'i thalcen. Cwpan o law am ei gerrig a'r llaw arall yn ei halio, ond roedd ei hewinedd yn ei grafu'n arw ar ei groen. Methodd ddal. Methodd ddal. Yn sydyn roedd y tu mewn iddi ...

Anadlai hi'n llafurus yn ei glust. Rhedodd ei hewinedd yn araf hyd ei gefn nes gyrru iasau i gosi hyd ei wegil ac i fyny am ei gorun. Tynnwyd y chwant ohono yn sgil ei sbydu. Rasiodd ias o reswm oer i'w ben. Symudodd hi fymryn, cyn troi ar ei hochor. Gorweddodd y ddau heb yngan yr un gair, a dim ond cripian ysgafn, ysgafn ar ei groen oedd i'w glywed, fel sŵn adenydd gwybed yn y gwyll.

Roedd rhywrai'n sgwrio'r byrddau a brwsio o dan gadeiriau o flaen y *cafés* yn y Marche aux Fleurs a'r Place Gautier. Rowliodd troliau heibio, a llafnau mewn ffedogau llwydion yn dadlwytho blodau a bwydydd ar gyfer y farchnad, tra oedd dynion a merchaid eraill wrth eu gwaith yn gosod trefn ar eu stondinau yn awyr oer y bora bach.

Doedd ganddo ddim awydd loetran yn eu canol, a cherddodd yn ei flaen i lawr strydoedd culion yr hen dref. Gwasgwyd haul ifanc y wawr o furiau cyfyng y Rue des Serruries, ond theimlodd o mo nerth gwan y gwres cynnar hyd nes y daeth o allan ym mhen sbel o'r oerni i'r goleuni yn y Place du Carret.

Pasiodd lorri ludw heibio yn ara deg. Ychydig iawn o bobol oedd o gwmpas – amball ddyn a'i gi, amball foragodwr yn cadw ei hun yn heini. Camodd ar draws y Promenade des Anglais, i lawr y grisiau cerrig, a phicio'i ffordd ar draws y traeth caregog at gwr y lli, a tharth ysgafn y bora yn codi o wyneb y môr. Ar ei bol yr oedd ei fam pan gododd, yn cysgu hefo glafoer bychan – y mymryn lleiaf erioed – yng nghil ei gwefus, a cholur ei llygaid wedi goferu hyd ei boch. Doedd fawr o ddim byd drosti; syllodd eiliad ar ei hanner noethni cyn gwisgo amdano'n dawel.

Yn yr awyr bell, roedd gwawr o gochni o hyd.

Yn yr Hôtel de la Méditerranée, byddai Sebastien yn disgwyl amdano fo.

Dychwelodd i'r farchnad, ista wrth y bwrdd tu allan i gaffe, ac yfed cwpanaid o goffi.

Wedyn, cerddodd yn ddiamcan i lawr y Rue Droite.

Rhwng cwsg ac effro, cofiodd gordeddu mewn chwys a gwres. Cofiodd drymder ei chorff ar ei gorff, blas croen ei bronnau, heli ei cheseiliau y bu'n eu sugno. Golchodd ei ddwylo, ei wyneb a'i war yng nghawg carreg pistyll bychan oedd yn tywallt o geg gargoil – babi bochdew hefo gwefusau blysig a oedd wedi hannar geni ei hun o fur yr eglwys. Roedd ei gnawd yn ogleuo o'i sebon sent o hyd. Gwasgodd ei fysedd i lawr gafl ei drowsus, bodiodd ei goc a chodi ei fys a'i fawd i'w hogleuo.

Trwsiwr cychod pleser roddodd bàs iddo fo yn ei foto-car. Siaradai'r dyn yn hwyliog er mai prin roedd Alyosha yn ei ddallt gan ei fod yn mynnu siarad ar gymaint o wib.

Cyrhaeddodd dref arall ac aeth i lawr tua'r harbwr lle roedd criw o hen ddynion yn ista wrth fwrdd dan barasôl yn chwarae dominos.

Toc, daeth dynes hefo ffedog las draw ato, ac archebodd wydraid o ddŵr.

Ogleuodd ei fraich. Yna ei arddwrn. Roedd hi ar ei groen o hyd.

Teimlai nerth y goleuni yn brifo'i lygaid. Er mai dim ond diwedd Hydref oedd hi, roedd hi'n taro'n boeth. Teimlodd ei dalcen yn cochi a gwyddai y byddai'n dal lliw haul.

Ar ôl hynny cerddodd gryn swrn o bellter. Eisoes roedd naws y noson cynt wedi dechrau stumio, plygu a chilio i ryw fan arall yn ei gof: baldordd y band; wynebau'r dawnswyr; pobol a oedd wedi datgysylltu eu hunain oddi wrth unrhyw realiti heblaw'r realiti o fyw er mwyn pleserau'r eiliad. Chwarae mig oedd pob dim bellach. Gêm, mwynhad, sbort a sbri, rhyw freuddwyd felys o fyw – a'u bodolaeth bellach yn un presennol parhaus gan fod eu gorffennol wedi diflannu fel niwl o afael nant. Sut gallai unrhyw un fyw mewn presennol parhaus? Hawdd. Dyna roedd o'n ei wneud. Pa ddewis arall oedd ganddo fo? Hogyn y genhedlaeth goll oedd o, heb wlad, heb wreiddiau, heb ddim. Faint o egni roedd o wedi ei afradu yn cadw realiti mewn cornel? Doedd ryfedd fod Rwsiaid ar y Riviera yn byw bywydau mor ddi-drefn wrth chwilio am ryw ias i ddianc rhag y difancoll a'u tynnai'n ddyddiol yn nes at ddibyn dim.

Roedd yr enw Manoli les Pins wedi ei naddu ar garrag. Tir cleiog, calad oedd y rhibyn lôn at y *villa*, ac ar ôl tynnu i fyny ati, teimlai'n fyr ei wynt. Ynghanol y coedydd sychion roedd amryw o *villas* gwynion hefo'u toeau teils cochion yn britho'r llethrau. Doedd o heb fwyta briwsionyn drwy'r dydd: roedd o ar ei gythlwng, yn teimlo'n wantan a'i goesau'n nogio.

Safai Manoli les Pins ar fan uchal, iach ond braidd yn anial. Ar y teras gwelodd hogyn bach yn chwarae pêl. Stopiodd i syllu ar Alyosha wrth iddo fo glosio at y grisiau. Peidiodd hen wreigan mewn cadair â'i siglo. Agor pys i mewn i bowlen hefo gewin bawd oedd hi.

Daeth gwraig ifanc i'r fei.

Cyflwynodd Alyosha ei hun ac atebodd hithau, 'Jeanette Vassilovich ydw i.'

Aeth yr hogyn i sefyll wrth ymyl gwraig Artyom.

'Dyma fy mam, Madame Madeleine Theodore.'

'Mae'n dda gen i'ch cyfarfod chi, Madame.'

'A dyma Dimitri.' Gosododd Jeanette ei llaw ar gorun yr hogyn.

Roedd Dimitri wedi ei wisgo mewn trowsus cwta glas tywyll, ac edrychai'n iau na'i naw oed. Craffodd Alyosha a gweld bod tri chrwban yn cropian o gwmpas ei draed.

'Be ti'n galw dy hun? Alexei?'

'Alyosha.'

'Galwa fi'n Jeanette.

Aeth pawb i'r *villa*.

Pan gafodd ar ddallt ei fod o wedi dod yno o Nice, holodd, 'Be oeddach chdi yn 'neud yn fan'no?'

'Ddim llawar o ddim byd ...'

'Ydi dy fam yn dal i fyw yn Berlin o hyd?'

'Biarritz, dwi'n meddwl ...'

'Ti 'di'i gweld hi'n ddiweddar?'

Siglodd Alyosha ei ben a theimlo'i hun yn drwm.

'Be am dy frawd, Georgik?'

'Dwi heb 'i weld o ers blynyddoedd.'

Ar ôl swpera, aeth y pedwar i ista ym mhrif stafall y *villa*, Alyosha, Dimitri a'r ddwy wraig, un ganol oed â'i gwallt mewn *chignon* henffasiwn, a'r llall yn ei hugeiniau. Dal i sbecian arno fo hefo rhyw chwilfrydedd rhyfedd oedd Dimitri. Hogyn swil iawn oedd o, un wedi ei fagu yng nghwmni gwragedd.

Pan gamodd Alyosha i mewn i stafell lydan yn llawn cysgodion meddal roedd hi eisoes wedi dechrau nosi. Rhyw liw rhuddgoch rhedynaidd, bron yn borffor, oedd i bob dim. Carped cochddu oedd o dan ei draed, a rhimyn o lwydni main yn rhedeg trwyddo, a phapur tywyll oedd ar y waliau. Yn pwyso ar un parad roedd *chiffonier* mahogani. Ar y parad gyferbyn roedd desg fechan a chadair bren, a llathen neu lai draw i'r dde roedd llond cwpwrdd gwydr o lestri – llestri te gan fwya, cwpanau, platiau a soseri hefo patrymau blodau bach glas gola a rhimyn aur i bob un. O gwmpas canol y llawr roedd cadeiriau esmwyth a *chaise-longue*. Roedd ffrâm o farmor cadarn, du o gwmpas y lle tân, a chloc o farmor gwyn wedi ei osod ar ganol y silff uwchben. Goleuid y cwbwl yn isel hefo lampau gwyrddion ar y muriau.

Sgwrsio diddrwg didda gafwyd nes y canwyd y gloch.

'*Bonne nuit, Dima.*'

Cusanodd y fam ei mab. 'Cysga'n dawal.'

'*Bonne nuit, Mama.*'

Cusanodd Madame Theodore ddwy foch Dimitri a gwasgu ei fysedd.

Wedi i'r hogyn fynd am ei wely, holodd Jeanette a oedd Alyosha'n ei weld o'n debyg i'w dad. Roedd o wedi methu gweld unrhyw debygrwydd o gwbwl, ond plesiodd hi trwy ddeud ei fod o'r un ffunud ag Artyom.

'Mae o'n un bach annwyl iawn,' gwenodd ei fam yn dyner.

Aeth y sgwrs yn ei blaen nes i Jeanette ddechrau ypsetio, a chamodd Madame Theodore ryw hannar cam tuag at ei merch.

'Na, Mam – wir. Peidiwch â dŵad ata i. Dwi'n iawn.' Sychodd ei llygaid hefo hancas a dynnodd o'i llawas. 'Dwi byth 'di medru dygymod â'r ffaith 'i fod o wedi mynd a 'ngadael i.'

Wrth i Alyosha syllu o'i gwmpas, doedd dim ôl fod ei Ewythr Artyom wedi byw yno erioed.

'Er bod tipyn o amsar wedi mynd heibio erbyn hyn ... does, Mam?'

Nodiodd Madame Theodore.

'Dal i drio dygymod â be sy 'di digwydd imi ydw i o hyd … Mae bai mawr arno fo am y ffordd 'ddaru o 'nhrin i.'

Aeth rhagddi i ddeud bod ganddi hi achos da i achwyn am be wnaeth ei gŵr iddi. Ei thwyllo hi am flynyddoedd – dyna oedd o wedi ei wneud, hyd yn oed cyn iddyn nhw briodi; pan oeddan nhw'n canlyn roedd o'n cael affêr yn slei bach yn ei chefn hi hefo rhyw 'hi'. Rhyw ddynas o rwla neu'i gilydd – gwraig briod oedd hi, roedd hi'n gwybod cymaint â hynny.

'Un o'r merched 'ma sy'n ca'l blas ar chwantu gwŷr gwragadd erill. 'Sgen i'm hyd yn oed isio deud 'i henw hi; 'neith hynny ond gadael blas cas yn 'y ngheg i. Well gen i anghofio'r cwbwl amdani.'

Plygodd rhyw dristwch drosti.

'Ti'n gwbod sut ddois i i wbod y gwir am 'i giamocs o?'

Ysgydwodd Alyosha ei ben.

'Gad imi ddeud y cwbwl wrtha chdi.'

Mynnodd ei fod yn clywad pob un manylyn, er mwyn iddo fo sylweddoli pa fath o sgiamp di-ddim oedd ei Ewyrth Artyom mewn gwirionedd.

'Trwy ŵr yr hŵr 'ma o Sbaen, neb llai – dyna sut y dois i i glywed am yr affêr. Rhyw saith mlynadd yn ôl bellach …'

Gollyngodd y ffrwyn ar ei theimladau wrth egluro sut y daeth hwnnw i Baris un gyda'r nos, gan yrru yn ei gynddaredd yr holl ffordd o lle bynnag y daeth o. Fe ddaeth o hyd iddyn nhw heb draffarth o fath yn y byd.

Y forwyn agorodd y drws. Yr eiliad y camodd y dyn i mewn, roedd o'n waeth na rhwbath hannar pan. Miglo ar ei union o'i olwg o wnaeth Artyom, a'r dyn ar ei sawdl yn udo'n llawn llid.

Dyna pryd y sylweddolodd Jeanette fod gan y Sbaenwyr bistol yn 'i ddwrn, un roedd o wedi dechra'i danio i bob cyfeiriad. Teimlai ei heinioes yn sgrialu o dan ei thrwyn. Sut cafodd hi ei hun o dan fwrdd y gegin, doedd hi ddim yn hollol siŵr hyd y dydd heddiw, ond yn fan'no y buodd hi'n sgrechian nerth esgyrn ei phen.

'Roedd y cwbwl mor hollol erchyll.'

Adleisiodd Madame Theodore y gair 'erchyll' o dan ei gwynt.

Dychrynwyd Jeanette am ei hoedal. Be tasa'r fwlad wedi lladd Dima? Babi bach dwy flwydd oed oedd o ar y pryd, yn chwarae hefo'i flocia pren. Oni bai i'r Sbaenwr fachu blaen ei esgid yn y carpad, cael codwm ar ei hyd, a chnocio'i ben yn erbyn braich y gadair, mi fasa fo'n saff o fod wedi saethu Artyom.

'Da o beth fasa hynny 'di bod hefyd.'

Gorodd am eiliad yn ei dicter.

'Hyd yn oed wedi i Artyom gael 'madal ag o, roedd gan dy ewyrth yr hyfdra i wadu'n ddu-las i 'ngwynab i ei fod o wedi gneud dim byd o'i le. Oedd o'n meddwl mai ddoe ges i 'ngeni? 'Na be ddeudis i wrtho ... "Artyom, wyt ti o ddifri yn meddwl mai ddoe ces i 'ngeni?" "Nag ydw siŵr." "Pam ti'n mynnu 'nhrin i fel tasa chdi?" "Dwi ddim ..." "Paid â'u rhaffu nhw, ti'n gwbod yn iawn dy fod ti." Un o'r dynion rheiny ydi dy ewyrth na 'neith byth gyfadda i ddim byd – na thrafod dim byd chwaith – os bydd hynny o anfantais iddo fo. Gwarchod 'i les ei hun 'neith o bob tro, 'mots pwy mae o'n 'i drin a'i drafod.'

Sefyll trwy gydol y cwbwl wnaeth Madame Theodore, yn pwyso un benelin ar y pentan, hefo rhyw olwg sorllyd ar ei hwyneb. Dim ond unwaith yn unig yr agorodd ei cheg, a hynny o achos blindar. Roedd ei dannedd yn ddrwg, fel pytiau o hoelion wedi eu gadael allan i rydu yn y glaw.

Trwy gydol yr amser y bu Jeanette yn bwrw ei bol – yn cega ar Artyom yn y modd mwya melltigedig, yn ei alw'n bob math o enwau ofnadwy ac yn ei ffieiddio – y tu allan i'r ffenest gallai Alyosha glywed trydar adar y coed yn ysbeidiol wrth glwydo.

Chwythodd Jeanette ei thrwyn.

'Ers iddo fo fynd i fyw at y Zepherine goman 'na – model i Coco Chanel oedd hi, medda nhw wrtha i – dwi 'di teimlo dim byd ond dicter. Hynny, a chynddaredd a chwerwedd a dialedd. Dwi ar goll. Dwi 'di colli blas at fyw, blas at 'neud dim byd. Dwi 'di colli'n hwyl i gyd. Dwi'n smocio mwy, yfad mwy. Tydw, Mam? Does gen i'm nerth at ddim, ddim hyd yn oed i ddysgu'r piano i Dimitri yn iawn. Mae o'n chwara mor dlws. Weithia dwi'n teimlo 'mod i'n cerddad trwy ryw ... wn i'm be ddaw ohona i.'

Chwythodd ei thrwyn yn galetach.

"Y mhriodas i oedd bob dim i mi. Ro'n i'n teimlo mor saff. Roedd gen i gymaint o gariad tuag ato fo. A be 'na'th y cythral? Taflu'r cwbwl i 'ngwynab i. Fydd petha byth yr un fath eto. Ma' pob un dim rŵan wedi ei rwygo a'i ddifetha a'i faeddu. Wn i'm sut ddo' i dros rwbath fel hyn.'

Gwrandawodd Alyosha ar Jeanette am sbel; roedd hi'n amlwg wedi ei chlwyfo i'r byw, ond roedd hi hefyd yn ddynas siaradus, a thra bu wrthi'n blagardio'i ewythr cafodd yntau gyfle i graffu arni. Rhyw wyth ar hugain oed oedd hi, yn fychan o ran corff a braidd yn fochfain a gwelw. Roedd ganddi wallt cyrliog melyn wedi ei dorri'n gwta ac un llygad fymryn yn uwch na'r llall, nes peri i rywun feddwl bod rhyw nam bychan arni. O dan ei masgara roedd ei llygaid yn llawn gwewyr. Bob hyn a hyn taflai ryw edrychiad poenus tuag at ei mam, gan ddisgwyl i Madame Theodore eilio neu ategu'r hyn roedd hi newydd ei ddweud, ond roedd honno mor llonydd â chrib mynydd.

'Ma'n ddrwg gen i,' ymddiheurodd Jeanette yn hesb. 'Dwi'n teimlo c'wilydd rŵan. O'n i ar fai'n dadlwytho'r cwbwl arnach chdi fel hyn heno, a ninna ond newydd gyfarfod. Dwi ar fai.'

''Mots gen i o gwbwl ...'

'Mae o'n dal yn ewyrth i chdi. Ond fedrwn i'm atal fy hun. Tria ddallt.'

'Well gen i wbod sut ma' petha ...'

''Sdim bai arnach chdi am y ffordd ma' dy ewyrth 'di bihafio ... Y ffordd mae o wedi 'nhrin i ... Y cwbwl ges i ganddo fo oedd y *villa* 'ma ... Hawl i roi to uwch 'y mhen ... Y fo bia'r lle 'ma o hyd. Dwi'n ama mai ffordd dan din o gael fy ngwarad i o Baris oedd cynnig y lle yma i mi – a dim byd arall. Madda imi am feddwl mor isal ohono fo, ond mae o'n ddyn ofnadwy.'

Cafodd bwl sydyn o edifeirwch. 'Ti'n siŵr bo' chdi 'di ca'l digon i'w fwyta? Dwi'n poeni bo' chdi'n dal ar lwgu ...'

'Dwi 'di ca'l 'y ngwala, diolch.'

Tu ôl i'w chroeso, roedd calon gynnas. 'Os ti'n siŵr.'

Canodd Jeanette y gloch ac ni fu eiliad ddioedi na chlywyd sŵn ôl troed yn hastio at yr alwad.

'Dyma hi.'

Gwthiwyd drws y llofft ar agor. Dododd y forwyn lamp ar gadair wrth erchwyn y gwely. Wedi dymuno noson dda o gwsg iddo fo, aeth allan mor dawel â physgodyn.

Caewyd y drws.

Tynnodd Alyosha ei esgidiau a'i sanau a theimlo meddalwch y carpad o dan ei wadnau. Roedd olion chwys a baw yn ei glustia, a gwyrodd ei ben tuag at y basin er mwyn ymolchi ei wyneb a'i war. Gynt, roedd o wedi nogio a'i feddwl wedi dechrau mynd yn ddiafael, ond bellach roedd y blindar hwnnw wedi bwrw heibio, ac roedd o'n hollol effro.

Syllodd ar ddarlun ar y parad o hydd ifanc yn llamu'n ddramatig o lannerch mewn coedwig dywyll yng ngolau'r lloer.

Gorweddodd ar y gwely, ond cododd o fewn dim a mynd i sefyll draw at y ffenast. Agorodd hi, a gweld reilin y balconi bychan yn glwstwr o flodau. Teimlai'n annifyr i gyd. Doedd o ddim yn mynd i allu cysgu. Byddai ar ddihun am oriau, yn troi a throsi, ei ben yn berwi trwy'r oriau mân.

Aeth i orwadd ond teimlai ei fod wedi cuddio gormod arno'i hun. Pam wnaeth o hynny? Pam na wnaeth ei hun yn gliriach i Jeanette, a dangos nad oedd o yn doriad o'r un brethyn â'i ewyrth? Ei fod o'n rhywun gwahanol, yn rhywun gwell?

Pyslodd yn ddyfnach.

Pam oedd o heb deimlo yn ddigon digonol ynddo fo'i hun?

Teimlodd ddyfroedd o fethiant yn llifo trwyddo fo.

Teimlai ei fod mor ddi-ddim â diferyn yn y môr.

Daeth ei fam i'w feddwl.

Ei ddymuniad ar un adag – yn fwy na dim – oedd i Wisia ac ynta fod mor berffaith yn eu cariad. Honno oedd yr her fwyaf ... a'r siom eithaf.

Cofiodd ei hun yn prynu cwrw rhad ym marchnad Bessarabka, pan oedd o'n gweithio i'r Cheka yn Kiev. Aeth ar sgowt nes cyrraedd canol y ddinas, y lloer lwyd uwchben y brigau noethion, eu dail wedi rhewi ac yn crensian dan draed. O gwmpas y Bazaar Galitskii roedd y prif swyddfa recriwtio ar gyfer y Fyddin Goch, lle roedd hwrio diddiwedd yn digwydd nos a dydd. Cofiodd un noson iddo brynu gwraig ifanc mewn hwyrwisg las tywyll – gwisg a fu unwaith yn hardd iawn – dynes hefo dau lygad sipsi, llygaid cul a'i hwyneb wedi ei bowdro'n drwch, ei gwefusau'n gochion.

Roedd hi'n noson anghyffredin o oer. Gyrrodd hynny nhw i'r *café* agosa i yfed dau wydraid o de o *samovar* hefo dwy sleisan o lemwn ym mhob un. Ar ôl hynny, aeth y ddau yn ôl i'w stafall o a oedd fel ogof, tynnu amdanyn a swatio o dan y cynfasau gan rincian dannedd. Roedd ei bysedd hi'n rew a'i goc yn nychu o dan bob cyffyrddiad. Doedd dim ots be roedd o'n ei ddweud na'i wneud, chwerthin am ben pob dim wnaeth hi, ac ar ôl treulio hyn-a-hyn o amsar yn ei chwmni, cafodd y teimlad annifyr ei bod hi'n chwerthin am ei ben.

Teimlodd yn ddig mwya sydyn tuag at Jeanette am fod mor hunanol, a mwydro siarad cymaint amdani hi ei hun trwy'r nos. Y cwbwl wnaeth hi oedd haffio'r sgwrs i gyd iddi hi ei hun. Holodd hi fawr ddim o'i hanas o. Hawdd gweld pam fyddai rhywun fel ei ewyrth wedi 'laru arni.

Cododd a chroesi draw at y ffenast drachefn, gan syllu allan i dduwch y nos ar amlinell o hen dderwen fawr a'i brigau ar led dros y coed eraill i gyd.

Cwsg aflonydd gafodd o.

Breuddwydiodd am esgyrn y meirwon, fforest o sgerbydau'n codi a cherddad, yn 'mestyn eu breichiau wrth gau o'i gwmpas ...

Clywodd Madame Theodore yn deffro byth a hefyd, gan dasgu piso yn nerthol i mewn i bot.

Drannoeth, cododd yn gynnar a'i fryd ar adael, ond roedd Madam Theodore eisoes wedi cael y blaen arno fo, ac yn cerdded yn ôl a blaen trwy'r *villa*.

Hwyliodd y forwyn frecwast. Wedyn, dechreuodd redag cadach dros bob dim er mwyn tynnu llwch.

Cnôdd Madame Theodore ei thost.

Di-ddweud iawn oedd y sgwrs rhwng y ddau. Wrth iddi gnoi, sylwodd Alyosha ar y dannedd rhydlyd yn ei cheg. Yn y man, cododd Madame Theodore a chroesi llawr y stafall. Tynnodd lun o ddrôr a'i osod ar y bwrdd o'i flaen.

'Dwi'n siŵr fod hwn o ddiddordeb i chi,' dywedodd. 'Ydi o?'

Taniodd sigarét, drachtiodd arni, a sefyll wrth ei ysgwydd efo'r ffag mewn dwrn wrth ei chlun.

'Ydi, mae o.'

Llun wedi ei dynnu yn llofft ei hen gartra yn Petrograd gan ei Ewyrth Artyom oedd o. Cofiai Alyosha y diwrnod yn glir. Syllodd ar wynebau ei nain, ei daid a'i deulu. Sut roedd o wedi anghofio bod mwstás gan ei dad yr adag honno? Mwstás baco melynllwyd? Astudiodd Margarita a Larissa ifanc, ei Ewyrth Kozma anwydog, ei Fodryb Ella bruddglwyfus.

Syllodd ei fam i'w lygaid.

Methodd ag anadlu am hannar eiliad a theimlodd ei hun yn mygu.

Y teulu i gyd: roeddan nhw yno'n grwn. Aeth rhyferthwy o gryndod drwyddo fo. Cerddodd allan o'r *villa* ac ista ar y grisiau. Roedd hi'n blygeiniol o hyd a tharth ysgafn y bora yn hongian dros frigau'r coedydd pin islaw. Yma ac acw roedd toeau cochion *villas* eraill i'w gweld, a Nice draw yn y pellter ar gyrion y môr lle roedd hwyliau gwynion cychod mud i'w gweld allan ar y môr. Doedd dim i'w glywed ond cogar cynnar yr adar – a rhyw gi yn coethi ymhellach i lawr y llethrau. Drib-drabiodd rhyw deimlada chwithig trwyddo fo. Doedd fiw iddo adael i'w emosiynau redag yn rhydd. Dal gafael arno'i hun. Dyna oedd yn bwysig.

Roedd yn rhaid iddo fo adael. Gadael ar ei union. Gadael rŵan hyn. Allai o ddim aros i wynebu chwanag o dristwch Jeanette. Roedd hynny'n amhosib gan na fyddai hi'n gwneud dim ond gogor-droi o gwmpas ei hanffawd. Doedd dim blys gan Alyosha i hyd yn oed meddwl am ei deulu. Dyheai am gael bod ar ei ben ei hun. Am gerdded trwy gysgodion dyfnion a oedd yn gorwedd ar draws unigeddau anial, lle roedd mwsog a brwyn roedd o; mewn ambell gilfach, byddai chwaon peraroglus eu hestyll yn aeddfedu mewn lle heb bobol ar ei gyfyl o gwbwl. Mewn lle felly roedd o'n dymuno bod.

Dechreuodd fodio.

Bu'n bodio trwy weddill y bora, a'r haul yn magu mwy o wres.

Ar ôl bod yn cicio'i sodlau ar ochr y ffordd am awr a mwy, golchodd rhyw sylweddoliad drosto. Pam roedd o'n mynd yn ôl i Baris? I be? Be oedd yno'n disgwyl amdano fo?

Wrth nesáu at ryw deulu a oedd yn bwyta picnic ger eu moto-car, tybiodd am un eiliad eu bod yn siarad Rwsieg hefo'i gilydd. Troediodd yn rhy agos a hanner trodd y fam a'r tad i edrach arno fo. Mor glust-effro oedd pob alltud wrth chwilio am seiniau cyfarwydd, ac ambell waith ar strydoedd Berlin a Pharis dychmygodd ei fod wedi clywed ei famiaith lle nad oedd hi, gan orfod ymddiheuro i rywrai wrth deimlo'n ffŵl.

Daeth moto-lorri yn cario poteli Pastis i stop. Pan holodd y gyrrwr pa mor bell roedd o'n pasa mynd, chwarddodd wrth glywed ei ateb. Gan wthio'r gêr i'w le, dywedodd nad âi o â fo i Berlin, ond roedd yn hapus iawn i fynd â fo cyn belled â Fontainebleau.

1928–1931

Cerdded yn ei blaen wnaeth Larissa, nes dŵad i olwg lôn goediog a oedd yn hollti'r parc yn ddau. Roedd hi'n noson gymylog, a blas glaw ar y gwynt, ac oherwydd bod y llwybr mor wag, cyflymodd ei chamre. Clywai sŵn ei hanadlu hi ei hun a sŵn ei thraed yn stwnsio trwy slwj budur mis Tachwedd.

Dychmygodd iddi glywed cri. Sbeciodd dros ei hysgwydd. Ond dim ond cysgodion hirion oedd yn ei chanlyn hi ym mhobman.

Hastiodd ei chamre nes dechrau brasgamu wrth i gwmwl fygu wyneb y lloer.

Roedd hi wedi bod yn ymweld â ffrind, nyrs o'r dyddiau gynt pan oedd hi ei hun yn nyrsio cyn iddi roi'r gora iddi. Cafodd groeso a bu'r ddwy yn hel atgofion a ...

Doedd yr un o'i thraed hi ar gyfyl y ddaear, cerddai trwy wagle a dail y llwyni yn llyfu heibio iddi. Ymdrechodd i godi gwaedd, ond methodd – roedd ei llais ar glo yn ei chorn gwddw. Ceisiodd wingo ond roedd ei afael yn rhy dynn amdani, ei freichiau'n rhy arw, ei gryfder yn rhy nerthol iddi fedru torri'n rhydd. Gwthiwyd hi draw; disgynnodd hitha yn erbyn rhisgl coeden gan faglu'n drwsgwl a chripio'i garddwrn wrth drio arbad ei hun. Llosgai ei chnawd ond cydiodd ynddi gerfydd ei gwallt, llond dau ddwrn ohono, a'i llusgo ar ei phenglinia nes iddi deimlo gwlybaniaeth y glaswellt yn treiddio trwy ei sanau hyd at ei chroen.

Chwifiodd fflach o flaen ei llygaid. (Rhyw ellyll?) Doedd dim wyneb, dim llygaid, dim. (Cap? Gorchudd?) Gorchmynnodd y gyllall hi i dynnu amdani. Pwniodd hi yn ei bron wrth harthio arni. Dim ond rhusio anweledig oedd ar ei chlyw a'i gwaed yn rasio ...

'Dwi'n disgwl babi,' crefodd.

Pan ruodd arni, teimlodd boen yn ei braich. Gwaed. Roedd o wedi ei thrywanu hi. Aeth cryndod trwyddi. Roedd hi'n mynd i farw. Gan ei bod hi'n mynd i farw, doedd ganddi ddim i'w golli ...

Sgrechiodd nerth esgyrn ei phen. Neidiodd y düwch amdani, ei gwasgu ar y ddaear, ei ben-glin ar ei stumog, ei fraich ar draws ei gwddw cyn gaflio dros ei brest fel epa cynddeiriog er mwyn gwasgu ei ddwy law i lawr dros ei cheg. Daliodd ati i sgrechian ...

Gwibiodd seren trwy'r gwyllni, yn crasio tuag ati. Roedd Larissa eisoes ar ei phengliniau a'i dwylo wedi'u lapio am ei bol pan ddaeth y beiciwr ati. Penliniodd wrth ei hymyl, a gofyn yn dyner os oedd hi'n iawn.

Dywedodd ei bod, ond doedd hi ddim.

Pan ddaeth Bruno trwy'r drws a gweld Simon yn sefyll o'i flaen, holodd be oedd o'n ei wneud yn ei dŷ? Wedyn, gwelodd fod Larissa yn welw, yn fwy gwelw nag y gwelodd hi erioed yn ei fyw. Sylwodd wedyn ar y ddau *Schupo*. Ailadroddodd Larissa yr hanas wrth Bruno, a sut y bu i Simon ei hachub wrth ei chlywed hi'n sgrechian ...

Cafodd y doctor bwl o gydwybod ddrwg. Ceisiodd gysuro'i wraig, ond roedd y niwed wedi ei wneud. Ceisiodd ei darbwyllo i orwedd, ond mynnodd Larissa aros ar ei thraed hyd nes y clywai sŵn allwedd Margarita yn nhwll y clo.

Gallai hi fod wedi marw.

Trwch blewyn.

A'r babi.

O drwch blewyn.

Drosodd a throsodd. Dyna aeth trwy feddwl Bruno y noson honno ar ei hyd. Byth eto. Fyddai o byth eto yn caniatáu i unrhyw beth beryglu ei wraig a'i blentyn.

Bellach roedd hi'n tynnu at un o'r gloch y bora. Ista hefo'r ddau wnaeth Simon.

Wrth hebrwng Simon at y drws, cydiodd Bruno yn ei law yn dynn a diolch iddo o waelod calon. Byddai yn ei ddyled am byth, ac os oedd unrhyw beth y gallai ei wneud drosto, doedd ond rhaid iddo ddŵad ar ei ofyn ac fe wnâi bob un dim o fewn ei allu.

Dim ond ar ôl i Simon droi cefn ar y tŷ y dechreuodd Larissa droi tu min at ei gŵr. Dechreuodd edliw iddo fo. Pam na wnaeth Bruno mo'i chyfarfod hi er mwyn dŵad hefo hi i weld ei ffrind, fel roeddan nhw wedi trefnu? Be cadwodd o? Lle roedd o? Roedd Bruno wedi penderfynu eisoes nad oedd o'n mynd i hel esgusion, ei fod yn mynd i gyfadda'r gwir, ond pan ddaeth hi i'r pen – methodd. Gwylltiodd, a haeru nad oedd hawl ganddi hi i reoli ei fywyd.

'Be taswn i'n 'di ca'l fy mwrdro heno?'

Cyhuddodd Bruno hi o fod yn felodramatig, ond erbyn hynny roedd Larissa wedi blino gormod i ffraeo. Doedd ganddi mo'r nerth i'w herio'n hwy. Roedd hi isio mynd i'w gwely, ond roedd arni hefyd isio gweld ei chwaer.

Ar ôl i'r pictiwrs ddarfod, roedd y ddwy mewn cystal hwylia nes penderfynu mynd yn eu blaena i far-caffi lle roedd dynion yn chwarae biliards. Yn y stafelloedd cefn roedd byrddau lle gallai cwsmeriaid ista i ddiota. Heblaw am y ddynas y tu ôl i'r bar, y nhw oedd yr unig ferchaid ar gyfyl y lle, ond oherwydd eu bod nhw wedi bod yno droeon o'r blaen fe gawson nhw lonydd. Taniodd Margarita sigarét iddi hi ei hun. Doedd Natalya ddim yn smocio.

Tram 99 Mariendorf aeth â nhw yn eu blaenau wedyn trwy Lichtenrader Chausse, Tempelhof, Hallesches Tor, Hedwigskirche, Rosenthaler Platz, Badstrasse, a'r ddwy yn dal i ail-fyw doniolwch pictiwr Charlie Chaplin. Wrth eu hymyl roedd rhyw hen begor penllwyd yn ista yn ei gwman. Bob hyn a hyn roedd o'n llithro'i law i'w boced er mwyn sleifio fflasg ohoni – un fach arian, sgwarog – gan roi winc ar y ddwy wrth wneud.

Cyn cyrraedd Seestrasse, ar gongol Togostrasse, roedd Margarita a Natalya wedi cael eu harestio.

Syllu'n ddifater trwy agar y ffenestri wnaeth y teithwyr eraill wrth iddyn nhw orfod camu i lawr i'r oerfel o flaen gŵr ifanc mewn het feddal a chôt law lwyd. Yn od iawn, roedd dyn y gôt lwyd eisoes wedi tynnu sylw Margarita pan gamodd o ar y tram yn Rosenthaler, a hynny oherwydd bod ganddo fo ben rhy fawr ar gorff rhy fain.

Pan ddaeth o draw i holi ym mha iaith roeddan nhw'n siarad, pwffian chwerthin wnaeth Natalya, gan feddwl fod y dyn yn trio fflyrtio. Ond roedd Margarita eisoes wedi ama'n wahanol. Dyna pryd y tynnodd y llanc ifanc ei fathodyn lledar o'i bocad gesail.

Croesodd Margarita lawr y gell a churo ar y drws. Roedd hi wedi 'laru ista heb ddim byd i'w wneud, a churodd drachefn – yn drymach ac yn hirach y tro yma. Ym mhen amsar, daeth rhyw law fud â chwpanaid o ddŵr iddi.

Pan gafodd ei holi'n ddiweddarach, dywedodd y gwir amdani hi ei hun – heblaw am y ffaith ei bod hi'n aelod o'r KPD.

Dim ond un peth a ysgogodd ymateb, 'Azefttrust?' Cododd y plisman ei ben. 'Ers pryd ti'n gweithio iddyn nhw?'

''Di hynny'n erbyn y gyfraith?'

'Llai o'r geg.'

Yn lle dweud y gwir, bu Natalya yn paldaruo rhibidirês o gelwyddau. Trwy wneud hynny fe wnaeth bethau'n saith gwaeth iddi hi ei hun, a chafodd ei holi am hydoedd.

Yn oriau mân y bora, newidiodd Natalya ei stori sawl gwaith. Teimlai wedi blino ac yn ddagreuol, ac roedd y *Schupos* wedi codi ofn arni. Gan ei bod hi'n ddinesydd Sofietaidd, mynnai fod ganddi hawl i weld rhywun o'r llysgenhadaeth.

Tua hanner awr wedi pump y bora, fe gyrhaeddodd conswl o'r Llysgenhadaeth Sofietaidd hefo briff ces o dan ei gesail a llond pen o annwyd.

Eglurwyd y sefyllfa. Wedi chwanag o waith papur, chwanag o alwadau, chwanag o stampio gwahanol ddogfennau, cytunwyd y câi Natalya a Margarita fynd â'u traed yn rhydd.

Cerddodd y ddwy i awyr iach y bora toc wedi saith o'r gloch. Yn disgwyl amdanyn nhw roedd moto-car o eiddo Azefttrust, un swyddogol Osip Petrovich, y Cadeirydd. Gyrrodd y dreifar nhw yn ôl i'w cartrefi.

Ceisio gwneud yn ysgafn o'r cwbwl wnaeth Margarita, a hyd yn oed chwerthin fymryn er mwyn codi hwyliau ei ffrind, ond dechreuodd Natalya wylo'n dawal i'w dwylo.

''Di petha ddim mor ddrwg â hynny.' Gwasgodd Margarita hi trwy osod ei braich am ei hysgwydd. ''Dan ni'n iawn,' cysurodd hi wedyn. 'Chawson ni mo'n cyhuddo o ddim byd.'

Ond dim ond ailadrodd yr un peth drosodd a throsodd wnaeth Natalya trwy ddweud, 'Dyma 'i diwadd hi i mi.'

Wrth osod ei chôt a'i *beret* ar y bachyn, sylwodd Margarita pa mor welw oedd ei bochau. Craffodd yn agosach i ddyfnder y drych; roedd hi'n edrach yn llegach iawn.

'Lle ti 'di bod tan rŵan?'

Bruno oedd yn sefyll yno yn ei gardigan a'i slipars, yn edrach fel dyn wedi ei glwyfo o'i ben i'w draed.

'Pam? Be sy?'

Eglurodd y cwbwl a rasiodd Margarita ar ei hunion i fyny'r grisiau.

'Lala?' holodd wrth agor y drws.

Roedd y llenni ar gau, a'r llofft mewn hannar gwyll. Gorweddai ei chwaer hefo'i chefn tuag ati ar y gwely.

'Ti'n iawn?'

Cydiodd y ddwy yn dynn yn ei gilydd a chydorwadd.

Daeth cnoc ar y drws a'r forwyn oedd yno.

'Ma' rhywun ar y teleffon.'

'Deud y bydda i'n eu ffonio nhw 'nôl.'

Diflannodd y ferch i lawr y grisia.

'Be 'na'th ddigwydd?'

Dechreuodd Larissa egluro, ond o fewn dim roedd pen y forwyn wedi ailymddangos unwaith eto heibio cil y drws.

'Be sy?' holodd Margarita yn biwis.

'Ma' nhw'n mynnu bod rhaid iddyn nhw siarad hefo chi.'

Byrdwn y neges ffôn oedd bod disgwyl iddi hi fynd draw i Azefttrust y bora hwnnw. Ar ei hunion.

'Gorffwysa,' sibrydodd wrth ei chwaer, oedd eisoes yn hanner cysgu.

Wrth iddi dynnu ei chôt amdani, daeth Bruno i sefyll wrth ei hymyl hi.

'Ti am edrach ar 'i hôl hi heddiw?'

'Dwi 'di hysbysu'r ysbyty,' a'i edrychiad yn euog o hyd.

'Da iawn. Dwi'n falch o glywad.'

'Ddim 'y mai i oedd o,' dywedodd wrth iddi agor y drws.

''Nes i honni hynny?'

Yn y swyddfa yn Azefttrust, doedd dim golwg o Natalya. Doedd hynny'n fawr o syndod, ond roedd Margarita wedi synnu'n arw o weld bod ei desg yn foel.

'Am 'i bod hi wedi mynd 'nôl adra,' eglurodd Osip Petrovich gan edrach i fyw cannwyll ei llygaid.

'I Rwsia?'

'Lle arall 'di adra?' gan ddal i edrach arni.

Roedd Osip Petrovich yn ddyn dwys, a thuedd ganddo fo i lygadu pawb a phob un dim yn hir a phwyllog. Llyfodd ei stribyn o fwstás du , oedd wastad wedi ei dorri'n dwt uwchben ei wefus.

Yr wythnos ganlynol daeth hogan newydd i ista wrth y ddesg gyferbyn â hi – hogan llawer mwy tawedog na Natalya, a llai o hwyl yn perthyn iddi. Roedd Margarita'n colli ei ffrind, ond ni chlywodd na bw na be ganddi er ei bod hi wedi disgwyl y byddai'n derbyn llythyr yn weddol ddiymdroi.

Pan holodd Margarita ei bòs am gyfeiriad Natalya ym Moscow, dywedodd hwnnw nad oedd o'n gwbod lle roedd hi'n byw.

Chlywodd hi mo'i hanes hi byth wedyn. Bob hyn a hyn, byddai'n dal i siarad am Natalya hefo aelodau eraill o'r staff, ac o bryd i'w gilydd holai hwn a'r llall o Rwsia a oedd ar ymweliad â Berlin amdani. Doedd neb i'w weld yn gwybod dim.

Ar adegau, câi Margarita y teimlad annifyr fod Natalya wedi cael ei llyncu'n fyw gan yr Undeb Sofietaidd.

Ni chafodd hithau ei gyrru ar chwanag o deithiau tanddaearol chwaith; yn hytrach câi ei chadw yn y swyddfa. O fewn mis, symudwyd hi i'r adran farchnata, lle roedd hi'n un o dair. Diflas oedd y gwaith. Pan holodd hi Osip Petrovich ynglŷn â'i dyfodol, digon amwys oedd ei ateb.

Sylweddolodd Margarita fod ei rôl yn Azefttrust ar ben. Oherwydd hynny, fe ddychwelodd fwyfwy i gylchoedd y KPD.

Yr hysbyseb leia erioed yn y *Berliner Tageblatt* fachodd sylw Alyosha. Lwc fod ei olwg o cystal gan fod y print mor fân. Cynta i'r felin oedd hi, ac aeth amdani'n syth.

Cafodd ei holi gan ddyn ifanc, fawr hŷn na fo'i hun. Holodd hwnnw ei berfedd yn fanwl ynglŷn â pha brofiad oedd ganddo fo at y gwaith. Daeth wyneb Andrei Vengerov yn ei lifrai Cosac o flaen y Palais de Paris yn glir i'w feddwl. Honnodd iddo weithio mewn amryw byd o glybiau yn Ffrainc. Cyflwynodd ei hun fel dyn profiadol, a synnodd pa mor fyw oedd ei ddisgrifiad o'i waith yn y Flamant Rose ym Montmarte. Yn llun ei feddwl, gwelai Galina yn gweini'r byrddau ...

'Pam 'nes di adael Paris 'ta?'

Rowndiodd y dyn ifanc y ddesg a sodro'i ben-ôl ar yr erchwyn. Plethodd ei freichiau ar draws ei frest, ac roedd croen ei wyneb mor llonydd â gwep dyn dall o'r crud.

'Aeth petha o chwith, braidd ...'

Yr un hen stori ... dyna ddarllenodd Alyosha yn llygaid y dyn.

''Sgen ti record?'

Ysgydwodd ei ben.

''Rioed 'di bod mewn trwbwl hefo'r polîs?'

'Naddo.'

Doedd o ddim am ddechrau sôn wrtho fo am ei helyntion yn Warsaw.

''Rioed 'di bod yn y jêl chwaith?'

'Na.'

'Biti.'

Ysgydwodd ei law.

Clwb i hoywon ar gornel Martin Lutherstrasse oedd yr Havana. Ar yr un stryd roedd pedwar clwb arall, tri ohonyn nhw'n glybiau i lesbiaid.

Roedd y drysau yn agor am hanner awr wedi naw bob nos. Erbyn deg, roedd y band yn dechrau canu. Gwaith Alyosha oedd atal y *drogenhandler* a oedd yn gwerthu hashish neu gocên rhag dŵad i mewn. Dim ond y rheiny oedd yn talu comisiwn i'r Havana oedd yn cael yr hawl i werthu i gwsmeriaid y clwb. Eglurwyd wrtho fo yn gynnar iawn, ac yn fanwl iawn, pwy oedd pwy. Pwy i'w groesawu, a phwy i'w droi draw.

Doedd y wraig a oedd yn berchen yr Havana byth yn dŵad ar gyfyl y lle, a doedd y rheolwr gweithredol ddim yno bob nos chwaith. Yn amlach na heb, doedd o ddim i'w weld ar lawr y clwb am wythnosau bwy'i gilydd, dim ond yn rhyw bicio i mewn ac allan yn ôl ei fympwy. Alyosha oedd yr unig awdurdod byw.

Mewn dim o dro daeth y gangiau i gyd i glywad am 'ddyn newydd yr Havana'. Dechreuodd rhyw riff-raff hel draw o bob cwr o Berlin: Croatiaid, Serbiaid, Rwmaniaid a Phwyliaid. Tynnodd dynionach o bob math ato fo hefo'r bwriad o'i brynu; cafodd gynnig pres, cafodd gynnig sleisan o'r elw, cafodd gynnig genod, cafodd gynnig hogiau, cafodd gynnig plant ifanc iawn. Ar ôl i bob ymdrech fethu, cafodd ei flacmelio. Ac ar ôl i hynny hefyd fethu, cafodd ei fygwth.

'Rasal ar draws dy wep ...'

Cododd un o'r barmyn i ddangos ei ddwylo. Ar draws ei fysedd roedd rhimyn coch yn pontio llaw a llaw.

'Menig lledar hefo mesh o haearn ar y tu fewn arbedith chdi,' eglurodd.

Trwy ffrind i ffrind i'r barman y llwyddodd i brynu pâr, ond cafodd Alyosha drafferth cynefino hefo nhw. Teimlai fel rhyw groesgadwr yn nhywod Palestina wrth i'r haearn mân grafu croen ei figyrnau. Crensiai ei fysedd. Doedd dim yn gasach ganddo fo na chicio'i sodla tu allan i'r drws, yn cadw llygad ar bob mynd a dŵad cyn câi roi'r gora iddi a throi am adra yn yr oria mân.

Job dros dro oedd hi i fod, p'run bynnag. Neu felly roedd o 'i hun wedi ei gweld hi o'r cychwyn cynta un – rhywbeth i lenwi bwlch hyd nes deuai rhywbeth gwell i'r fei.

Astudiai'r *Morgenpost* a'r *Vossishezeitung* bob bora a'r *B.Z. am Nittag* at y min nos pan ymddangosai ar y strydoedd. Rhaid oedd chwilio am waith gwell rywsut neu'i gilydd, ond doedd dim byd ar gael. Ei boen meddwl mwyaf oedd osgoi dyledion – i'r graddau ag yr oedd hynny byth yn bosib.

Wrth bwyso ar y bar er mwyn troi dalennau'r papurau, gallai deimlo deng miliwn o lygaid llwglyd yn craffu dros bont ei ysgwydd yr un pryd.

Gwnaeth gais am waith tu ôl i'r bar. Cynigiodd am unrhyw waith arall heblaw bod yn blisman drws yr Havana. Mater o amser oedd hi cyn y byddai rhywun yn mynd amdano fo.

Daeth i glywed am borthorion eraill oedd wedi cael eu raselu. Cafodd amryw eu creithio'n ddrwg. Collodd un ei olwg. Yn ôl y sôn, gwelwyd ei lygaid yn blobran i'w ddwylo a'r gwaed yn rhidyllu trwy ei fysedd. Penderfynodd Alyosha, er ei les ei hun, y byddai'n cadw cyllell i fyny ei lawes – rhag ofn.

Doedd o ddim hyd yn oed wedi amau ei fod mewn peryg y noson honno. Dim ond newydd gau drysau'r clwb roedd o, ac ar ei ffordd yn ôl i'w stafall. Daeth dwy ferch ifanc i'w gyfwrdd, fraich ym mraich, yn cil-chwerthin wrth faglu fymryn yn chwil ar draws ei gilydd.

Wrth iddo'u pasio, swingiodd un ei bag ar draws ei war, bag oedd mor galad â bricsan simdda. Rhyw niwl dyfrlliw, di-liw oedd yn serian ar draws ei lygaid pan fesurodd y pafin.

Cododd y ddwy eu sgertiau'n uchel dros eu cluniau 'tebol. Ddim lleisiau genod a glywai wrth iddyn nhw ei gicio fo ond lleisiau dynion geirwon yn eu hoed a'u hamsar yn ei alw'n 'ffwcin cont bach, basdad bach, cont bach, basdad bach ...'

Côt wen cyn laned â goleuni oedd amdano fo, er ei bod hi'n drewi fymryn o ogla iodofform. Fel pob doctor prysur, siaradai Bruno Volkmann mewn ffordd hollol ddi-lol. Bron nad oedd o wedi camu at y claf nesa cyn gorffan ei druth. Teimlai Alyosha ei fod fymryn yn sych a swta. Yn ôl cleifion eraill y ward, natur braidd yn haerllug oedd gan Bruno a'r teimlad cyffredin oedd y gallai fod braidd yn ffroenuchel, yn amharod ei gymwynas a mymryn yn anystyriol (a hyd yn oed yn angharedig) pan oedd rhywun yn orweddog ac yn crefu am air o gydymdeimlad. Os oedd problem, gwell oedd mynd ar ofyn nyrs neu ddoctor arall.

Cododd Alyosha ei ben a gweld Larissa yn cerdded ar hyd y ward. Roedd ei hwyneb yn fwy slip, a chan fod ei gwallt wedi ei dynnu'n ôl a'i glymu, edrychai ei thalcen yn dalach ac yn lletach nag a gofiai. Roedd hi'n feichiog iawn.

Cofleidiodd y ddau.

'Aw! Aw!'

Bagiodd Alyosha a gwenu. Gwenodd hithau. Teimlai mor falch o'i weld o. Doedd y ddau heb daro llygad ar ei gilydd ers amser maith. Er gwanwyn

1924, pan benderfynodd Alyosha gefnu ar Berlin a mynd i fyw ym Mharis ...

Roedd cymaint i'w ddeud a chyn lleied o amser, gan mai dim ond hannar awr o ymweliad a ganiateid. Mynnu cael clywad ei hanas i gyd wnaeth Larissa.

Wedi ei arhosiad yn y 'sbyty, mynnodd ei fod yn dŵad i aros ati hi, hyd nes câi ei draed dano. Cytunodd yntau'n ddiolchgar.

'Sut ydan ni'n gallu fforddio lle fel hyn mwya sydyn? Sut gei di bres i'w brynu fo?'

'Ma'n lwc i tua'r Bourse wedi dechra troi. Dwi wedi cael naw mis na welis i mo'u tebyg.'

'Peth anwadal 'di lwc, Artyom. Be tasa fo'n newid eto? Ninna'n mynd heb ddim, fel ddigwyddodd i ni ryw bedair blynadd yn ôl. Dyledion mawr yn gwasgu arnan ni, a dynion ar dy ôl di, yn mynnu cael eu pres.'

''Neith hynny'm digwydd eto.'

'Sut wyt ti mor saff o dy betha? Cofia fod gen ti fi a dwy o ferched bach i edrach ar 'u hola nhw rŵan.'

Roedd hi'n amhosib cyfadda'r gwir wrth Zepherine. Fis ynghynt, cawsai Bibi chwaer, merch fach o'r enw Karina. Bu poenau esgor Zepherine yn ddidrugaredd, ac aeth rhagddo am bron i bump awr ar hugain.

Sefyll y tu allan i *villa* yng nghanol cefn gwlad Les Yvelines, ardal i'r de-orllewin o Baris roeddan nhw, yn bwrw golwg dros y lle hefo'r bwriad o'i brynu. Roedd Artyom eisoes wedi ymweld â'r lle ar ei ben ei hun, ac wedi dotio, er na soniodd o 'run gair am hynny wrth Zepherine. Roedd y wlad o gwmpas Paris, yn enwedig tua'r de, yn ei atgoffa o gefn gwlad Rwsia.

Cymerodd arno ei fod yn gweld pob un dim o'r newydd. O stafall i stafall, rhyfeddu fwyfwy wnaeth hi, nes dechrau closio at y syniad o symud yno i fyw. Er hyn, roedd hi'n dal i boeni am y baich ariannol, tra oedd Artyom yn gwneud ei orau i'w darbwyllo hi fod pob dim yn iawn. Doedd ganddi hi ddim achos i boeni o gwbwl.

'Alla i'm coelio fod lle fel hwn o fewn ein cyrraedd ni.'

Roedd Artyom yn berffaith saff ei fod o.

'Sut?'

''Mots sut.'

Trodd Zepherine ei chorff mewn cylch ynghanol y *salon* a'i ffenestri hirion a datgan yn llawen, 'Ma'r lle 'ma'n ddigon o ryfeddod.'

Gwingodd Artyom. Roedd o'n casáu'r ymadrodd 'digon o ryfeddod'. Hwnnw oedd un o hoff ddywediadau ei fam. Am ryw reswm, roedd o wastad yn taro'n chwithig yng ngenau Zepherine. 'Digon o ryfeddod' oedd digon o ryfeddod, waeth be oedd yr iaith, Rwsieg neu Ffrangeg. Efallai ei fod yn casáu'r ymadrodd am ei fod yn un mor henffasiwn.

'Dwi bron â marw isio dangos y lle 'ma i fy chwaer.'

Ar ôl bwrw golwg dros y gerddi, roedd Zepherine yn ei seithfed nef. Bu'n glawio drwm y bora hwnnw, ond cododd y tywydd pan oedd y ddau'n cerdded o gwmpas y *villa*. Tyfodd y lle arni.

Roedd ei chân hi'n un wahanol iawn ynghynt yn y dydd. Wrth adael eu hapartment, honnodd nad oedd unrhyw awydd arni i adael Paris er mwyn 'byw yn y wlad'. Merch y ddinas oedd hi. Roedd clywed buwch yn brefu, heb sôn am weld un yn ddigon i godi arswyd arni. Pam roedd Artyom yn mynnu mynd â hi i le nad oedd dim math o ddiddordeb ganddi ynddo fo o gwbwl?

''Sdim modd inni brynu lle mwy ym Mharis?'

'Arhosa i weld y lle cyn i chdi ddechra barnu.'

Distaw iawn fu'r siwrna i Les Yvelines, a Zepherine mewn sylc.

Dyn o Marseille oedd ei thad; capten a foddwyd ym Mae Biscay pan gafodd ei long ei waldio gan dorpedo ym mis Tachwedd 1916. Dim ond dau lun oedd gan Zepherine ohono fo. Yn un, safai'n gefnsyth yn ei gap a'i lifrai, ei law ym mhoced ei siaced o flaen hwylbren rholbraff. Yn y llall – llun a gafodd ei dynnu mewn rhyw *bal musette* – roedd o'n wên o glust i glust a choler ei grys ar agor, ei fraich yn gorwedd yn hamddenol ar hyd cefn cadair ei wraig, ei fysedd tewion yn hongian dros yr ymyl, a sigarét rhwng bys a bawd. O dan ei locsyn roedd egin gwên fach 'smala, a chwerthin yn ei lygaid. Oherwydd hynny, hwn oedd ei ffefryn hi. Gwyddai fod ei mam a'i thad yn gwpwl hapus a chytûn.

Neu dyna a feddyliodd Artyom, hyd nes i'r gwir ddŵad allan. Stori wneud oedd hi. Ei chwaer, Avril, ddatgelodd y twyll un noson, pan drodd sgwrs y ddwy yn ffrae sydyn, ddi-sail a gododd o ddim. Doedd dim syniad gan Zepherine pwy oedd eu tad go iawn. Doedd dim enw ar dystysgrif geni y naill chwaer na'r llall. Er pan oedd y ddwy yn genod bach, roedd y fam wedi gweu rhyw chwedloniaeth ramantus ynglŷn â'r 'Capten Llong o Marseille', gan eu darbwyllo mai hwnnw oedd eu tad. Dyna sut dysgodd Zepherine i greu rhyw rith-chwedlau amdani hi ei hun, nes ei bod hi'n amal yn methu gwahaniaethu rhwng y gau a'r gwir.

Ar y ffordd yn ôl i Baris, doedd dim taw ar ei pharablu. Roedd hi wedi cynhyrfu'n lân, ac eisoes yn darlunio sut y byddai'n papuro, peintio a dodrefnu'r *villa*. Doedd dim rhaid i Artyom ddweud gair, dim ond gwrando – a gwenu.

Doedd dim syniad gan Zepherine be roedd Artyom yn ei wneud go iawn – na sut roedd o'n ennill ei bres.

Ers misoedd lawer bu'n gwneud sioe fawr ohono'i hun – dim brolio'n rhy fostfawr, na gormod o jarffio – dim ond creu digon o sŵn yn y mannau hynny lle byddai pawb yn sylweddoli ei fod wedi dychwelyd i gylch y Gyfnewidfa Stoc. Fe wnaeth yn saff fod pawb yn gwbod ei fod 'nôl yn gwerthu a phrynu, a'i fod bellach yn frocer i sawl cleient pwysig, ac un neu ddau o dramor. Ddim Zepherine oedd yr unig un i weld y gweddnewidiad mawr a ddaeth drosto, ond ei hen gyfoedion hefyd.

'Braf gweld yr hen Artyom yn 'i ôl,' dywedodd mwy nag un.

'Ma' hi'n braf cael bod yn ôl,' oedd ei ateb o.

Gweithiodd ei dwyll i'r dim.

Tameidiau fesul tipyn o hanesion Alyosha a gafodd Larissa, er ei bod hi ar dân i odro'r cwbwl am ei fywyd ym Mharis i'r pen. A'r un tameidiau, fwy neu lai, gafodd ei chwaer hŷn, ond roedd diddordeb ysol gan Margarita hefyd i wybod holl hanes ei chefnder. Soniodd sut yr oedd o wedi bod yn crafu byw yn Ffrainc oherwydd diffyg pres.

Beio chwitchwatrwydd yr amserau wnaeth Bruno, a chytunodd Alyosha. Soniodd o 'run gair am Ludwika nac am ei fam. Soniodd fwy am Georgik, er na wyddai'r nesa peth i ddim amdano fo go iawn – dim ond ei fod yn ddisgybl yn ysgol Le Rosey.

Dotiai Bruno ar ei ferch fach, Ella. Roedd o wedi gwirioni ar fod yn dad, ac yn falch dros ben fod ei wraig yn feichiog eto, a bod babi arall ar y ffordd – mab y tro yma, gobeithio. Doctor parchus, solat ei argyhoeddiadau oedd gŵr Larissa; roedd hi'n hawdd nabod ei hyd a'i led, meddyliodd Alyosha.

Ym Margarita y gwelodd y newid mwyaf. Roedd ei hwyneb yn feinach, ei gwallt yn fyrrach (er nad oedd o wedi ei dorri yn unol â'r ffasiwn, chwaith), ond roedd hi'n gwisgo fel merch ifanc broffesiynol. Merch ifanc broffesiynol, dyna'n union be oedd hi. Un ddwys a difrifol fuo hi erioed, yn pwyso a mesur ei barn yn ofalus iawn, yn enwedig o'i chymharu hefo Larissa, oedd yn llawar mwy afieithus.

'Cwmni o Rwsia ydi o,' eglurodd.

'Yn gwerthu be?' holodd o.

'Dydan ni yn Azefttrust yn gwerthu dim. Dim ond hwyluso masnachu rhwng yr Undeb Sofietaidd a chwmnïau a chorfforaethau o'r Almaen. Olew o Baku gan fwya. Peiriannau amaethyddol hefyd, tractorau ag ati ...'

'Ti'n gweithio i gwmni comiwnyddol?' edrychodd Alyosha braidd yn hurt. 'Be sy o'i le ar hynny?'

Roedd ei hedrychiad yn herfeiddiol o'r cychwyn cynta un.

'Paid â siarad yn wirion, ti'n gwbod yn iawn be sy o'i le ar hynny.'

'Dwi o'r farn mai comiwnyddiaeth ydi'r unig ffordd ymlaen,' atebodd hi ar ei phen.

Edrach tua'r siandelîr bychan wnaeth Bruno, gan chwythu ei fochau.

'Deud mai tynnu coes wyt ti ...'

Edrychodd Alyosha i wyneb Larissa unwaith eto, ond di-ddweud iawn oedd hitha hefyd.

Methodd atal ei hun, a dechreuodd arni: roedd o'n benderfynol o gael mynd at lygad y ffynnon, er mwyn trio dirnad be oedd wedi digwydd.

''Allwn ni'm trafod rhwbath arall?' holodd ei gyfnither.

'Na, be am drafod hyn? Be am drafod *n'fan hyn*. Ma'r peth yn ynfyd.'

Ochneidiodd Margarita.

'Ma' comiwnyddiaeth yn gneud perffaith synnwyr i mi,' dywedodd yn dawal. 'O dan gyfalafiaeth mae gen ti ddwsin o wartheg yn eiddo i un dyn. Mae gan y dyn bump o weision i'w godro nhw, eu porthi nhw ag edrach ar eu hola nhw. Am eu gwaith mae'r pump dyn yma'n derbyn cyflog, er mwyn eu galluogi nhw i brynu cynnyrch y gwartheg – llefrith, caws, menyn ag ati. Eiddo preifat i unigolyn ydi'r gwartheg, petha y gall o 'neud fel fyd fynno fo hefo nhw. Cyfalaf ydi'r gwartheg, a chynnyrch y cyfalaf hwnnw ydi'r llefrith, y caws, a'r menyn y gall pobol eu prynu, os oes ganddyn nhw'r modd i wneud hynny, a derbyn hefyd fod y perchennog yn fodlon gwerthu iddyn nhw. Trwy'r drefn yma, un dyn sy'n gwneud elw.'

Tuthiodd Bruno rhwng ei ddannadd.

'O dan gomiwnyddiaeth, mae chwe dyn yn berchen ar y gwartheg. Mae'r gwartheg yn eiddo i'r gymdeithas gyfan. Maen nhw'n cael eu rheoli gan y gymdeithas honno, yn unol â'i hanghenion hi. Cyn belled ag ma'r cynnyrch yn y cwestiwn, does dim elw. Y cwbwl sydd yn digwydd ydi fod y cynnyrch yn cael ei rannu'n deg ymysg y chwe dyn, yn unol â chynllun sy'n dderbyniol i bawb. Pam ma' hyn yn beth mor afresymol?'

Roedd Margarita o'r farn fod yn rhaid i Ewrop newid.

'Does fiw i'r cyfandir lithro 'nôl i'r hyn oedd o cyn rhyfel 1914–18, i fyd brenhinwyr, eglwyswyr ag aristocratiaid a'u diplomyddiaeth gudd dros frandi a sigârs, i fyd dynion sy'n fodlon tynghedu miliynau o ddynion, gwragadd a phlant i boen a dioddefaint.'

'Fel tasa pob dim mor ddu a gwyn â hynny,' bochiodd Bruno yn stowt o ben y bwrdd.

Be ddaeth dros ei phen hi? Oedd hi wedi dechrau colli arni? Roedd Alyosha yn methu hyd yn oed dechra dallt y peth o gwbwl. A pham roedd Larissa mor ddifatar ynglŷn â'i chwaer?

Bob bora, âi Artyom draw i'w hen gynefin, lle byddai'n brecwasta, darllen y papurau newydd, telegramio, teleffonio, a cherdded draw i'r Bourse er mwyn bidio, prynu a gwerthu. Trwy'r cwbwl, rhyw chwarae mig ar y farchnad oedd o er mwyn cadw ei big i mewn. Yn bwysicach na dim, gwnaeth ei orau i fagu enw am fod yn hael, ac yn amal iawn fe fyddai'n setlo cinio chwech wrth fwrdd, neu weithiau wyth a mwy – yn enwedig os byddai hi'n ben-blwydd ar rywun neu'i gilydd.

Trwy hyn, fe hudodd gyfeillion newydd ato'i hun – dynion iau, a oedd yn tueddu i'w edmygu ac yn chwannog i ofyn ei gyngor o. Peri iddo deimlo braidd yn henaidd a doeth wnâi hyn i gyd, ond doedd dim ots: roedd o ar ben ei ddigon. Ac roedd smocio'r sigârs drutaf yn siwtio'r Artyom newydd i'r dim.

Rhyw ben bob yn eilddydd, yn hwyr y prynhawn gan amlaf, byddai Artyom yn galw heibio i swyddfa Elusen yr Anghenus.

Monsieur Theberge oedd uwch-reolwr y swyddfa a phrif gyfarwyddwr gweithredol yr elusen. Y Sant roedd Artyom yn ei alw fo. Bu hynafiaid Monsieur Theberge yn rhedag *trattoria* bychan wrth ymyl y Gare de Lyon am flynyddoedd, ond doedd dim awydd arno fo i gynnal y traddodiad teuluol. Bu'n hogyn defosiynol erioed (yn hynny o beth, roedd wedi etifeddu anian ei fam), ac ar ôl gadael yr ysgol roedd â'i fryd ar fynd yn genhadwr i Cochinchina. Ond nychodd ei iechyd, ac ar ôl iddo fendio bu'n gweithio am gyfnod fel dyn mopio lloriau yn y Maison des Religieuses Augustines de Meaux, cyn cael gwaith fel clerc mewn cangen o'r Société Général ar Rue Halévy, lle dysgodd sut i drin pres pobol eraill. Daliai i deimlo'n ysbrydol anniddig, ac yn awyddus i wasanaethu ei gyd-ddyn. Wrth iddo fo ddisgwyl am y tram un bora, mewn cawod o law mân cafodd alwad gan Dduw. Ymddiswyddodd o'r banc a daeth i weithio i'r elusen.

Dyn diwyd iawn oedd Monsieur Theberge, un gorchwylus a manylgraff, ac fel pob sant roedd yn gwthio'i hun i'r pen heb arbed dim arno'i hun. Y

Sant oedd y cyntaf trwy'r drws bob bora a'r dwytha i adael bob nos. Yn amal iawn, byddai'n gweithio trwy sawl bwrw Sul ac yn hepgor ei wyliau i gyd.

Pan oedd Artyom a Zepherine yn digwydd gyrru heibio un noson ar ôl bod yn y theatr, gwelodd y ddau fod golau yn ffenest y swyddfa. Stopiodd Artyom ei Duesenburg a diffodd yr injan.

Dweud y drefn wnaeth Artyom oherwydd bod y dyn yn dal i weithio wrth ei ddesg, a hithau mor hwyr. Cynigiodd bàs adra iddo fo, ond gwrthod yn garedig wnaeth y Sant.

Trodd bywyd Artyom yn fêl ac yn fwytha i gyd. Roedd o hyd yn oed wedi closio at Zepherine y byddai'r ddau'n mynd allan yn amlach, yn swpera mewn bwytai, yn mynychu'r opera a'r theatr. Doedd dim arddangosfa newydd yn agor nad oeddan nhw yno, a dechreuodd Artyom ymddiddori mewn prynu gwaith artistiaid unwaith eto.

Cofiodd iddo brynu llun yn y Café de la Rotonde a'i roi'n anrheg i'w frawd-yng-nghyfraith adag y Nadolig 1916; prynodd dri llun arall gan Picasso iddo'i hun, a'u rhoi nhw i grogi yn ei *villa* yn Les Yvelines.

Dechreuodd fopio fwyfwy ar ei ddwy ferch fach – Bibi a Karina. Er dydd eu geni, roedd rhyw deimlad ysgafn-fodlon wedi peri bod Artyom yn hapusach dyn, yn sioncach ei gamre. Yn sgil ei lwyddiant newydd, un o'r petha cynta wnaeth o oedd prynu dau foto-car newydd iddo'i hun – Rolls-Royce, model arian y Phantom I, a'r Duesenberg model X – a'r camera Kodak diweddara.

Roedd mor llewyrchus nes penderfynu ei bod hi'n hen bryd iddo gyflogi *chauffeur*. Meddyliodd y gallai gynnig y gwaith i'w nai, ond doedd o heb weld Alyosha ers amser maith, ac yn gwbod llai fyth o'i hanes ...

'Ma'n braf dy weld di mor hapus, Artyom.'

'Alla 'mywyd i ddim bod yn well.'

Cusanodd dalcen Bibi a Karina, yna cusanodd Zepherine. Doedd hyd yn oed ei chwaer, Avril, ddim mor annioddefol ag y buo hi pan oedd petha'n feinach arno fo. Aeth mor bell â chynnig gwaith iddi yn swyddfa Elusen yr Anghenus.

Yn well fyth, doedd dim rhaid i Artyom hyd yn oed godi bys bach. Y Sant oedd yn trefnu'r cwbwl. Roedd hynny'n ei siwtio'n well na dim. Gwell o'r hannar gan Artyom oedd peidio â gorwthio'i hun i ganol y llwyfan. Digon iddo fo oedd gwbod bod y bobol oedd yn cyfri yn sylweddoli mai fo oedd y motor yn injan yr apêl gychwynnol.

Denodd eu hymgyrch 'Angen alltudion Smyrna/Izmir yng ngwlad Groeg' gefnogaeth pob math o bobol o gylchoedd cyhoeddus bywyd. Awgrymu yn unig roedd Artyom yn ei wneud, a'r Sant yn gweithredu.

Pledodd y Sant y wasg hefo nythaid o erthyglau ynglŷn â gwaith da'r elusen a'i gobeithion hirdymor. Pan gafodd golofn fisol yn y *Le Petit Parisien,* enynnwyd diddordeb papurau newydd eraill Paris yn y gwaith da, a gyrrodd *Le Journal* a *Le Matin* newyddiadurwyr draw i'w holi.

Cafodd llithoedd pellach eu cyhoeddi mewn cyfnodolion a chylchgronau eraill, a chafodd rhai o'r rheiny eu syndiceteiddio, nes bod sôn am 'Angen yr alltudion yng ngwlad Groeg' yn cael ei brintio yn rhai o brif bapurau newydd dinasoedd eraill Ffrainc, a hyd yn oed yn y wasg dramor – yn Sbaen, Portiwgal a'r Iseldiroedd yn enwedig.

Yn sgil y cyhoeddusrwydd, cysylltodd nifer o eglwysi a mwy fyth o gymdeithasau ac unigolion – rhai'n ddienw – ac roedd pawb yn frwd o blaid cynnig help. Cynyddodd swmp y rhoddion nes bod tunelli o wahanol drugareddau'n cael eu gyrru ar gyfer trueiniaid a orfodwyd i adael Smyrna gan greulondeb anfaddeuol y Twrciaid, a fu'n gefnogol i'r Almaen yn ystod rhyfel 1914–18.

Cyrhaeddodd cymaint o gyfraniadau o bob cwr fel y cafodd Artyom ei orfodi i rentu warws, hen ffatri goco-matin gynt yn ardal Bobigny. Hyd yn oed wedyn, gwaith anodd oedd cael lle i'r cwbwl a oedd yn cyrraedd yn ddyddiol, ac roedd mwy o hast i yrru'r rhoddion i Marseille er mwyn eu llwytho ar long i wlad Groeg.

Gan fod y Sant yn ddyn mor ddeddfol, roedd yn benderfynol fod yn rhaid rhoi cyfri am bob un rhodd a phob un ffranc, a dyna pam roedd o'n cadw cofnodion mor fanwl. Roedd ei gyfrifon, a nodwyd yn ei lawysgrifen gain, yn werth eu gweld ac ar gael i bawb.

'Gwaith di-fai,' canmolodd Artyom.

'Dach chi'n rhy garedig o'r hannar,' oedd ateb gwylaidd y Sant.

Matar o amsar yn unig oedd hi cyn y deuai rhyw wleidydd neu gyw-actor i fanteisio ar ei gyfla trwy hoelio'i enw ar hwylbren yr ymgyrch. Ymdrech debol oedd cogio dangos cydymdeimlad didwyll lle nad oedd o'n bod, ac roedd rhai gwleidyddion yn well na'i gilydd am wneud hynny. Ond doedd neb tebyg i actorion neu actoresau am ddangos eu teimladau pan oedd tlodi a thrueni wedi sigo'u hysbryd. Wylodd amryw a churo'u brestiau'n gyhoeddus, ac aeth un mor bell â melltithio dydd ei eni gan addo hanner ei gyflog i'r elusen am flwyddyn gron.

Gwell fyth oedd gweld y ffasiwn emosiwn ar dudalen flaen *Le Monde Illustré*. Unwaith y tynnwyd llun o Albert Sarraut, y Gweinidog Cartref, buan iawn y daeth yr aelodau eraill o Siambr Dirprwyon y Weriniaeth i guro ar y drws 'er mwyn cynnig help'. Daeth Kodak newydd Artyom yn handi iawn, talodd amdano'i hun sawl gwaith drosodd. Tynnodd luniau o wleidyddion o bob lliw a llun – a daeth llun o Aristide Briand, y Gweinidog dros Faterion Tramor, yn ysgwyd llaw â'r Sant y tu allan i'r swyddfa wrth drosglwyddo siec am ddwy fil ffranc, yn un eiconig. Cafodd ei atgynhyrchu gannoedd o weithiau a'i brintio drosodd a throsodd mewn gwahanol bapurau newydd a chylchgronau.

Yn well fyth, trefnodd carfan trawsbleidiol swper mawreddog i godi pres. Bu'r achlysur yn llwyddiant ysgubol a llifodd chwanag o bres i'r coffrau. Gwnaeth y Sant yn siŵr fod pob un ffranc yn cael ei galw i gyfri. Cadwodd gofnod manwl yn ei lyfr cyfrifon a oedd ar gael i bawb ei astudio. Dim ond tâl comisiwn bychan, cost rhedeg y swyddfa a thalu cyflogau llwm, oedd yn cael ei hawlio gan Elusen yr Anghenus. Dadleuodd mwy nag un o gymwynaswyr yr elusen fod y swm hwn yn warthus o isel, ac nad oedd disgwyl i ddyn fyw ar y fath gyflog pitw, yn enwedig gweithiwr mor ddiflino â'r Sant oedd yn treulio pob awr o'i einioes yn gwneud ei orau i leddfu poen trueiniaid. Roedd o mor uchel ei barch gan bawb.

Allai dim byd fod wedi plesio Artyom yn well.

Un noson cafodd syniad, a thrannoeth aeth i weld y Sant.

'Gwneud y cyfrifon yn hysbys?' holodd hwnnw.

'Fel bod neb yn gallu amau dim,' atebodd Artyom. 'Pam peidio â'u cyhoeddi nhw?'

Pendronodd y Sant am ryw hanner munud cyn dweud, 'Wela i ddim fod rheswm dros wneud hynny. Ma' croeso i unrhyw un gael eu gweld nhw yma.'

Doedd Artyom ddim yn mynd i bwyso arno i weithredu.

'Diolch am yr holl waith calad,' dywedodd gan daro'i het ar ei ben.

'I chi ma'r diolch.' Gwenodd. 'Diolch i chi am roi cyfla imi wneud rhyw ychydig dros fy nghyd-ddyn.'

'Ddim i mi mae'r diolch ond i chi,' atebodd Artyom yn ddidwyll, am unwaith.

'Gweision yng Nghrist Iesu ydan ni,' oedd sylw syml y Sant.

Roedd Alyosha yn cael hwyl wrth chwarae pêl hefo Ella, a honno'n codi mwy o fownd wrth ei thaflu 'nôl a mlaen.

'Rhesymu hefo hi? I be?' holodd Larissa wrth wylio'r ddau. ''Neith hi'm gwrando gair. Hyd at ddagra, ma' Bruno a fi, y ddau ohonan ni, 'di gneud 'yn gora glas i wthio rhyw fath o sens i'w phen hi.'

'Be oedd gynni hi i'w ddeud?'

'Cogio bo' hi'm yn clywad ma' hi bob gafael. Waeth i chdi heb â thrio dal pen rheswm hefo hi, achos 'neith hi'm newid 'i meddwl.'

Pyslodd Alyosha am ennyd. 'Mae hyn mor ... od.'

'Dwi'n gwbod. Margarita o bawb.'

Meddyliodd Larissa am ei chwaer fel roedd hi yn Petrograd erstalwm. Soniodd fel y bu'n rhaid i'r ddwy ohonyn nhw droi allan i dendiad milwyr a oedd wedi eu clwyfo, dan oruchwyliaeth y Farwnes Wrangel. Ond roedd Margarita fel petai hi wedi anghofio am hynny i gyd. Daliai Larissa i gofio'r cwbwl fel ddoe, fel roedd ei chwaer yn methu dygymod hefo gwaith ysbyty o gwbwl gan fod gweld gwaed yn ddigon i godi pwys arni, yn peri iddi benysgafnu a llewygu ...

Yn y dyddiau pan oedd gwaed i'w weld bob dydd yr oedd hynny. Pan oedd y troliau'n cyrraedd o'r gorsafoedd trenau o awr i awr – troliau gwynion clonciog hefo'r groes goch ar y tarpwlin gwyrdd a gynigiai rywfaint o gysgod i'r dynion a oedd ar wastad eu cefnau, a'r rheiny'n griddfan yn eu clwyfau. Roedd cannoedd ar gannoedd o filwyr ar strydoedd Petrograd – rhai ar faglau, rhai heb freichiau, rhai heb drwynau, eraill yn ddall â'u llaw ar ysgwydd y milwyr nesa atynt, yn cerdded mewn cadwyn o ofarôls brown a sliperi duon di-hosan ...

Wedyn, daeth y flwyddyn 1917 i'r fei.

Dyna pryd y collodd Larissa ei chartra.

Colli ei thad i'r Cheka.

Ei thad na welodd hi mohono byth mwy.

Cofiai Larissa ffoi o Rwsia ar drên yn perthyn i'r Groes Goch. Hwnnw aeth â'i mam a Margarita a hitha tuag at y ffin â Latfia, ac o Latfia draw i Wlad Pwyl. Ond oherwydd peryglon y daith, cafodd y tair eu cynghori i wisgo lifrai nyrsys, ac i gario dim mwy na dau gês rhyngddyn nhw rhag tynnu sylw at y ffaith eu bod nhw ar ffo ...

Siwrna enbydus oedd hi, a'r trên yn nogio byth a hefyd. Lanterni hwnt ac yma hefo canhwyllau ynddyn nhw oedd yn goleuo'r cerbydau, a'r rheiny'n diffodd bob gafael. Peth anhwylus iawn oedd gorfod eu hailgynnau, ac roedd Larissa a Margarita yn eu gwaith yn cerdded yn ôl a blaen trwy'r wyth goets hir er mwyn cadw pob fflam ynghynn. Doedd fiw i'r trên ildio'i hun i ddüwch y nos gan mai codi arswyd ar y clwyfedigion wnâi tywyllwch o'r fath, nes peri i amryw feddwl eu bod nhw wedi marw. Gwaith arall gafodd hi oedd sgrwbio'r lloriau hefo carbolig cry nes bod oglau hwnnw ar bob dim – ei gwallt, ei chroen, ei dillad ...

Ond roedd Margarita fel petai hi wedi anghofio hyn i gyd.

'Ma'n rhaid fod 'na rwbath allwn ni 'i 'neud.'

'Gwranda, Alexei. 'Sdim byd elli di na fi na neb arall 'i neud. Gadal llonydd iddi fasa ora, a falla rhyw ddydd 'neith hi gallio a dŵad at 'i choed.'

'Dwi'n mynd i *fynnu* 'i bod hi'n gwrando arna i.'

Dododd Larissa ei dwy law i orwadd ar ei bol beichiog.

'Bob tro dwi'n meddwl am Tada, meddwl be 'sa fo'n ddeud tasa fo'n gwbod be ma' hi 'di'i 'neud, dwi'n ypsetio i gyd.'

'Fasa Ewyrth Kozma yn gandryll hefo hi.'

''Sa fo'n wyllt gacwn. 'Na pam dwi'n trio peidio meddwl am be mae hi 'di 'i 'neud. Mi fasa chdi'n meddwl y basa ganddi ddigon o barch i'r coffa amdano fo, a'r cwbwl wnaeth o sefyll drosto fo. Y Tsar. Yr Eglwys. Y Fyddin Imperialaidd. Trwy gydol ei fywyd. Hen werthoedd Rwsia fel oedd hi yn 'i gogoniant gynt.'

Roedd Alyosha yn cytuno'n llwyr.

'Dyn da oedd Tada, dyn defosiynol, Cristion i'r carn. Credwr mawr yng ngrym gweddi. Dyna be fydda fo'n arfar 'i ddeud pan oeddan ni'n fach. Ti'n cofio?'

'Ma'n chwith fod petha 'di dŵad i hyn.'

'Paid â siarad chwanag amdani, ne mi fydda i'n dechra ypsetio eto.'

Person arall y clywodd Alyosha amdano gan Larissa oedd rhywun o'r enw Bi – darlithydd Hwngaraidd o Goleg y Gweithwyr Marcsaidd. A rhyw wraig gul a phengaled o'r enw Vicki. Rheiny a'u tebyg oedd yn amlwg wedi drysu ei phen hi'n stwnsh.

Blagardiodd Larissa eu henwau, a honni mai eu dylanwad nhw oedd wedi achosi'r drwg mawr. Y nhw fuo wrthi'n 'stumio meddwl ei chwaer, nes ei wyrdroi yn llwyr. Fel rhyw falwod gwenwynig, yn gadael eu llysnafedd drosti.

Y peth pwysica i Alyosha oedd ennill Margarita yn ôl, a phuro ei meddwl o bob budreddi comiwnyddol. Sut oedd gwneud hynny, dyna'r cwestiwn.

Newid arall yng nghymeriad Margarita oedd ei bod hi wastad yn gwneud ei gora i fachu'r blaen ar bawb a'i bod bellach yn llawar iawn mwy hunangyfiawn mewn dadl. Ond yr hyn roedd Alyosha yn chwilfrydig i'w ddeall oedd ei siwrna fewnol at gomiwnyddiaeth. Sut y gallai rhywun o'i chefndir hi gofleidio rhywbeth mor wrthun â Marcsiaeth?

Hon oedd y gredo a oedd wedi creu cymaint o boen diangen trwy Rwsia, Ewrop ac Asia. Heb sôn am greu cymaint o ddioddefaint i'r cannoedd ar filoedd eraill, y ddwy filiwn a mwy o Rwsiaid a orfodwyd i droi'n alltudion o'u gwlad. Sut oedd mesur poen pobol yn Harbin? Shanghai? Berlin? Prâg? Paris? Nice? Cannes? A phob man arall o San Francisco i Buenos Aires, o Sydney i Paraguay? Llanast erchyll oedd 1917, blwyddyn pryd y gorfodwyd cenhedlaeth gyfan i gefnu ar eu cartrefi er mwyn rhygnu byw ar drugaredd dieithriaid mewn gwledydd estron.

'Be ydi pob comiwnydd? Mmmm? Rhywun rhagrithiol sy'n mynnu fod pawb yn aberthu ei ryddid personol yn enw rhyw gydraddoldeb na ddaw byth i fod. Ma' nhw wastad â'u bryd ar ryddhau pobol sy ddim yn dymuno bod yn rhydd. A ma' nhw hefyd o'r farn eu bod nhw'n gwybod be sy orau ar gyfar pawb. Ond pwy roddodd yr hawl i chwyldroadwyr weithredu yn enw neb? Grym er mwyn y bobol, meddan nhw. Na, grym er eu mwyn nhw'u hunain. Dyna be oedd 1917. 'Drycha pa fath o bobol sy'n rheoli Rwsia heddiw. Os 'di rhywun yn cynhyrfu dŵr llyn, be ddaw i'r wyneb bob tro ydi mwd y gwaelodion, nes baeddu glendid y dŵr drwyddo. Adeg y chwyldro Bolsieficaidd, ddim y dynion gora ddaeth i'r brig, ond deallusion ymhongar a oedd yn fethiant truenus bron bob un, yn ffanaticiaid cul eu meddylia fel Lenin.'

Gwenu'n dosturiol ar ei chefndar wnaeth Margarita, a gofyn a oedd o wedi gorffan bwrw trwyddi.

'Cymdeithas newydd? Yr Undeb Sofietaidd? O ddifri? Neu gymdeithas sy wedi tynnu pob math o sothach tuag ati, yn lladron a llofruddion ...'

Wfftiodd hi mewn tôn a awgrymai 'ty'd o 'na, 'nei di'.

'Tra oedd y Tsar a'i linach – a oedd ddim yn berffaith o bell ffordd, dwi'n cyfadda, ond wedyn pwy sy'n berffaith? – ddim ond yn gwneud eu gora o dan amgylchiada anodd iawn ...'

Drachtiodd Margarita ei sigarét.

'Y nhw oedd dosbarth llywodraethol cyfreithlon Rwsia, nhw oedd cynheiliaid traddodiada gorau'r wlad, ei dysg, ei chrefydd a'i hurddas hi ...'

' ... ei chrefydd a'i hurddas hi, wir! '

' ... y cwbwl oedd yn anhunanol yn yr hen gymdeithas cyn y chwyldro.'

'Ti 'di bod yn hel ati i'n herio fi, yn do? Alla i ddeud o'r ffordd ti'n siarad, Alexei. Ti 'di bod yn meddwl ynglŷn â be ti isio'i ddeud wrtha i. Doeddach chdi 'rioed yn arfar siarad fel hyn.'

'Dyma'r bobol, teuluoedd cyfan o bobol, fel 'yn teulu ni, gafodd eu chwalu i bedwar ban. Ond pobol ydan ni sy'n gwrthod ildio ar chwarae bach. 'Dan ni'n styfnig. 'Dan ni'n benderfynol. 'Dan ni'n ymdrechu o hyd i ddŵad â phawb at ei gilydd, i adfer mawredd Rwsia i'w gogoniant a fu, a hynny trwy greu mudiad sy'n mynd i ddal ati i gwffio'r comiwnyddion.'

Chwerthin yn ysgafn wnaeth Margarita.

'Yn lle?'

Gwgodd o.

'Na, o ddifri, Alexei, yn lle mae'r cwffio mawr 'ma erbyn hyn? Oedd o yn y gynhadledd druenus honno drefnodd y Dduges Lydia Herkulanovna Vors yn Munich sawl blwyddyn yn ôl? O ddifri? Neu dim ond mwy o wag siarad glywson ni gan y Monarchwyr?'

'Mae llanw a thrai, dwi'n cyfadda ...'

'Mae mwy na hynny, bydd yn onast.'

'Fiw inni ddigalonni.'

Clywodd adlais pell o'r noson honno yn yr Hôtel Negresco yn Nice.

'Hyd yn oed tasan ni'n methu. 'Di hynny ddim am eiliad yn deud fod yn rhaid i neb ohonon ni dderbyn yr Undeb Sofietaidd fel realiti.'

'Fel hyn ro'n i'n arfar meddwl ar un adag, ond rhagfarn anaeddfed 'di'r cwbwl.'

Gwywodd dicter Alyosha mwya sydyn a theimlodd yn drist ac yn anobeithiol.

'Faint wyt ti'n 'i wbod am be sy'n digwydd go iawn draw yn yr Undeb Sofietaidd heddiw? Faint o *wir* ymdrech wyt ti wedi ei 'neud i ddallt? A gneud hynny hefo meddwl agorad, mewn ysbryd o gydymdeimlad?'

'Ti'n meddwl fod y gallu gin i i 'neud hynny o ddifri?'

Stwmpiodd Margarita ei sigarét.

'A'r wlad yn gorwadd yn llwch o dan eu traed nhw?'

'Pwy sy'n honni hynny?'

'Dyna dwi 'di'i glywad.'

'Gan bwy, Alexei? *Émigrés* chwerw Paris a Berlin? Pobol sy 'di colli'r cwbwl o'u heiddo ac yn teimlo'n ddialgar?'

'Pobol sy'n diodda clefyd, amarch a thlodi, a'r hiraeth bron â'u llethu nhw.'

'Mae pob croeso iddyn nhw fynd adra –'neith neb 'u hatal nhw.'

'A chael eu harestio'n syth? A'u saethu?'

'Medda pwy?'

'Sawl papur newydd.'

'Rhyw hen hel clecs maleisus 'di peth fel'na. Corddi'r dyfroedd heb fod dim math o isio ...'

'Ma' bron pob papur newydd yn cwyno am ddiffyg democratiaeth o dan y comiwnyddion.'

'Oedd 'na ddemocratiaeth o dan y Tsar?'

'Ddim trechu'r Tsar wnaeth y Bolsieficiaid, ond trechu llywodraeth Alexander Kerenskii – llywodraeth dros dro oedd yn mynd i gynnal yr etholiadau cyntaf yn hanes Rwsia tasa'r comiwnyddion heb orfodi'r Cynulliad Cyfansoddiadol i gau trwy rym arfau a hel pawb adra.'

'Oedd 'na ddemocratiaeth o dan y Tsar?'

'Falla ddim. Ond addewid fawr Lenin a'i griw oedd gaddo trefn newydd, un well na'r hen un.'

'Ma' hi *yn* drefn newydd sy'n well o'r hannar na'r hen un.'

'Ydi hi'n ddemocrataidd? Fasa hi yr un mor ddemocrataidd â'r hyn fasa wedi digwydd tasa'r Cynulliad Cyfansoddiadol wedi cael ei ethol?'

'Ma'n dibynnu sut ti'n diffinio democratiaeth.' Taniodd Margarita sigarét arall.

'Ydi hi'n ddemocrataidd?' Pwysodd Alyosha am ateb.

'Ti'n cau dy feddwl eto. Bydd yn fwy agored i ffyrdd erill o fyw. Pam mai dim ond dy ffordd di sy'n ddilys? Os 'na i egluro wrtha chdi be ydi gwir natur comiwnyddiaeth, 'nei di addo gwrando arna i heb frygowthan dy ragfarna?'

Heb iddo hyd yn oed ei hateb, bwriodd Margarita ati.

'Ma' 'na wahaniaeth clir rhwng democratiaeth fwrgeisiol a democratiaeth broletaraidd. Ma'r gynta 'di'i sylfaenu ar y syniad o ewyllys y genedl, sy'n uno ewyllys pob un dosbarth o fewn y wladwriaeth. Y gwir amdani ydi fod mewn gwladwriaeth fwrgeisiol sawl dosbarth hefo buddiannau gwahanol ... Dwi'n siarad o brofiad. Pan ddes i i Berlin gynta, mi ges i waith am bwl –

wn i'm os ti'n cofio ai peidio – mewn ffatri 'neud cacennau. Ar y lein yn fan'no welis i am y tro cynta yn 'y mywyd sut roedd y system gyfalafol yn gweithio. Pam lladd dy hun yn gweithio oria hirion er mwyn rhoi mwy o elw yn eu pocedi nhw oedd uwch ein penna ni? Doedd gweithio mwy nag wyth awr y dydd o ddim lles i ni fel gweithwyr.'

'Rhaid fod 'na undeb yn y ffatri?'

'Un da i ddim byd. Trio gwasgu mwy o waith ohonon ni, er mwyn creu mwy o elw trwy dalu cyn lleiad ag oeddan nhw'n gallu, oedd *raison d'être* y bosys. Dyna *raison d'être* bosys pob gwlad. Bob tro. Dyna pam 'u bod nhw'n gwneud môr a mynydd wrth ganu clodydd gweithlu hyblyg. Ma' cymod, gwir gymod rhwng dosbarthiadau cymdeithas fwrgais mor amhosib â thorri blys pac o fleiddiaid mewn ffridd o ŵyn. Greddf naturiol y blaidd ydi sglaffio'r oen, a dyna pam 'sdim dewis gan yr ŵyn ond amddiffyn eu hunain. Os mai dyma ydi realiti'r sefyllfa sydd ohoni, ma'n rhaid i ninna ofyn i ni'n hunan – a dwi'n gofyn i chdi – ydi hi'n bosib i'r oen a'r blaidd rannu ewyllys gyffredin?'

Wrth iddi hi ddal ati i ddatgan mor hyderus, holodd Alyosha ei hun pam roedd pob comiwnydd yn swnio fel colofn bapur newydd?

'Dwi'n falch bo' chdi'n cytuno hefo fi.'

Sugnodd yn ysgafn ar ei sigarét.

'Anodd peidio pan ti'n peintio llun fel'na.'

'I bawb call, ma' sôn am ewyllys gyffredin yn ffwlbri noeth. Yn y bôn, ma'n rhaid i ewyllys y naill ddosbarth neu'r llall drechu a gorchfygu yn y frwydr fawr derfynol rhwng y bleiddiaid a'r ŵyn. Does dim ffordd ganol, mwy nag y mae 'na ryw drydedd ffordd allan ar y ffridd. Bywyd gwyllt a garw ydi o. Yr un 'di'r sefyllfa ym myd dynion. Rhwng y *bourgeoisie* a'r proletariat, lle mae'r ewyllys sy'n gyffredin? Un ai mae'r *bourgeoisie* yn trechu a gorchfygu neu mae'r proletariat yn trechu a gorchfygu ac yn impio'i ewyllys dros y wladwriaeth, nes ei throi hi maes o law yn weriniaeth gomiwnyddol, yn gymdeithas sy'n gweithredu er lles pawb ac nid er lles rhyw griw bychan cyfoethog. Ti'n dawel iawn.'

Pendroni roedd o.

'Ti am rannu dy feddylia hefo fi?'

Tawelwch arall.

'Ti'm yn anghytuno hefo be dwi newydd ddeud?'

Teimlai Alyosha yn ddryslyd. Doedd o ddim yn gwbod be i'w ddweud na'i 'neud hefo hi. Lledodd Margarita fwlch hirach o dawelwch er mwyn i'w chefnder allu cnoi cil dros ei geiriau.

Ond toc, dywedodd, 'Dwi'n gallu gweld yn dy wynab di fod be dwi newydd ddeud yn gneud sens perffaith i chdi. Does dim yn gyfriniol nac yn gymhleth mewn comiwnyddiaeth. All unrhyw un ei ddallt o. Cwestiwn oesol sy'n gofyn am ateb i broblem y cyflwr dynol ac i ddryswch hanes ydi Marcsiaeth. Dal ati i feddwl ...'

'Am be?'

'Pa ddosbarth sy'n cynnig gobaith a gwaredigaeth rhag hen ormes a thrawsnewid y byd er gwell? A pha ddosbarth sy isio atgyfnerthu'r hen gaethiwed? Ond yn bwysicach na dim, meddylia ar ba ochor i'r clawdd fasa chdi'n lecio sefyll. Hefo'r oen? Neu hefo'r blaidd?'

Roedd o'n gorwedd ar ei wely pan glywodd sŵn drws yn agor a lleisiau'n croesi'r cyntedd. Cododd ar ei ista er mwyn clustfeinio. Cerddodd allan o'i lofft ac ar hyd pen y grisiau, ond doedd dim byd i'w glywed. Neu os bu lleisiau, roeddan nhw wedi tawelu.

Cerddodd i lawr a sefyll ennyd wrth droed y grisiau, ond doedd dim siw na miw. Ar ei droed chwith roedd ganddo wythïen dew – fel rhyw falwen las o dan ei groen. Pris trampio strydoedd Paris oedd honno. A thrampio ar hyd a lled Rwsia hefyd, misoedd ar fisoedd o gerddad hefo Mishka, Boris a Masha Ivanova am gannoedd ar gannoedd o filltiroedd.

Doedd dim bw na be i'w glywed o hyd. Camodd tuag at y parlwr. Clustfeiniodd. Agorodd y drws. Safodd Alyosha yn stond wrth weld y ddau yn hollti ar wahân. Gwridodd ei gyfnither, cochi hyd at ei fôn ei chlustiau, wrth hanner troi ei hysgwydd a'i bol beichiog yn amlwg o'i blaen.

Safodd y dyn ifanc yn ei unfan. Daeth awydd dros Alyosha i ddweud rhywbeth, ond methodd ddweud dim. Ffwndrodd Larissa i godi cwpan a deud, 'O'n i'n meddwl bo' chdi'n mynd allan am y pnawn.'

'O'n i wedi meddwl mynd am dro, ond yn lle hynny, mi es i i orwadd.'

Safodd pawb yn ei unfan yn teimlo'n annifyr, a neb yn gwbod be i'w ddweud na'i 'neud. Mor chwithig oedd y darlun o'i flaen: gwraig briod feichiog a'i chariad.

Alyosha benderfynodd dorri'r ias trwy ddweud, ''Sdim isio ichi boeni, achos ... ddeuda i ddim byd.'

'Ddim hyd yn oed wrth Margarita?' holodd Larissa, fymryn yn rhy frysiog.

'Ddim hyd yn oed wrthi hi ...'

'Alexei, dyma Simon – Simon, Alexei, 'y nghefndar i ...'

'Dwi 'di clywad cryn dipyn amdana chi,' atebodd gan ysgwyd ei law.

Barnodd Alyosha fod y ddau ohonyn nhw tua'r un oed â'i gilydd. Gan fod y forwyn yn mwynhau ei gwyliau hanner diwrnod, Larissa hwyliodd de i'r tri. Digon herciog oedd y sgwrs.

Gweithio fel meddyg yn Ysbyty Charité roedd Simon Schlünz.

'Na, ddim o Berlin. Dwi'n dŵad o le o'r enw Schwalmstadt yn Hessen. Mae 'na gastell yno.'

'A'r Ffair Wanwyn,' porthodd Larissa.

'Enwog iawn. Yn gwerthu pob math o betha ...'

Sylwodd Alyosha ar y modd roedd ei gyfnithar yn hongian ar bob gair.

'... potia, platia, cnau, ffrwytha a bwydydd o bob math.'

Edmygedd a chariad oedd yn ei hedrychiad. Hawdd gweld o'i gwedd ei bod hi'n falch o allu rhannu hynny hefo rhywun arall.

'Be amdanach chi?' holodd Simon toc. 'Gawsoch chi'ch curo'n ddrwg?

'Ma'r petha 'ma'n digwydd.'

'Mi ddigwyddodd hynny i mi,' dywedodd Larissa, 'rhywun yn 'mosod arna i. A heblaw am Simon, dwi'm yn meddwl y baswn i yma rŵan.'

Gwenodd y ddau ar ei gilydd, ond teimlodd Larissa wayw wrth i'r babi gicio.

Babi Bruno neu Simon? holodd Alyosha ei hun.

Teimlai ei fod yn tresbasu ar eu hamsar hefo'i gilydd, felly heliodd esgus a mynd allan o'r tŷ.

Bruno dynnodd y pwythau o'i ben, ond poen fwyaf Alyosha o hyd oedd Margarita. Cawsai rybudd gan Larissa i osgoi trafod comiwnyddiaeth rhag codi gwrychyn ei gŵr. Fuo dim trafodaeth bellach rhwng y pedwar ar ôl hynny.

Roedd hi'n tynnu at chwarter i dri y bora, ac roedd Artyom wedi'i dal hi. Doedd o heb sylwi ei fod o'n drewi o sebon sent merchaid eraill, ac ogla y Peau d'Espagne yn gryfach na'r un arall. Bu'n rhyw rwbio cluniau wrth y byrddau, ac yn swsio garddyrnau a breichiau ger y bar wrth ymdrechu i drio bachu sws go-iawn i wahoddiad pellach gan ddynes hardd, ond o anian eiddil ac o ysbryd braidd yn ofnus. Er ei bod hi'n ysgytwol o brydferth, edrychai fel petai'n crynu byw o fis i fis, yn ofni llid ei gŵr, ond yn ysu yr un pryd am waredigaeth gnawdol.

Cafodd Artyom y teimlad – ac roedd hyn ar sail hen brofiad – y byddai eu caru'n gocwyllt. Roedd o wedi blasu digon o wragedd tebyg dros y blynyddoedd, gwragedd a oedd wedi eu llwgu'n rhywiol. Ond daeth ei gŵr i'r fei hefo gwydryn o Tzuica yn ei law, yn llond ei groen, ei fochau'n gochion fel rhyw Gristion wedi ei bwmpio yn llawn o ras arbennig. Pen bach. Surllyd a diseremoni oedd eu sgwrs. Cofiodd Artyom ei daid yn honni wrtho fo unwaith fod dynion hefo meddyliau bach yn debyg iawn i boteli hefo gyddfa main: po leia o sylwedd oedd ynddyn nhw, po fwya'r sŵn wrth dywallt allan.

Tynnodd y dyn ei wraig draw at y bwrdd *roulette*, lle cafodd Artyom y pleser o'i weld yn colli. Digon di-blwc oedd ei lwc o 'i hun; doedd o ddim yn canolbwyntio. Dal i ganlyn chwant ei lygaid oedd o o hyd, ond ei fod o'n rhy chwil i wneud dim byd ynglŷn â'r peth. Fel erioed, roedd ei chwant yn drech na'i reswm.

Yn groes i'w ewyllys – ac yn teimlo'n big hefo fo'i hun – y gadawodd Glwb Haussmann ar ei ben ei hun. Digiodd wrth ei *chauffeur* pan wnaeth hwnnw ei orau i'w arbed rhag taro'i ben wrth blygu i gefn y Rolls-Royce. Theimlodd o mo'r lwmp poeth ar ei dalcen nes iddo groesi rhiniog ei *villa*.

Ymlwybrodd yn sigledig i fyny'r grisiau a simsanu yn yr hanner gwyll, yn trio tynnu amdano ar ganol y llofft.

'Lle ti 'di bod?'

'Sssshhh.'

'Faint o'r gloch 'di hi?'

Roedd o wedi sgwrsio'i hun allan o lais. Clewtiodd yn noethlymun ar fraich Zepherine, a dechrau suddo ar ei union i gwsg meddw. Dyna'r cwbwl roedd o'n dymuno'i wneud. Pan na chafodd hi ateb, gwaethygodd ei dicter nes codi'n stranc a sterics. Cafodd ei bwnio yn ei ysgwydd a'i gefn, cyn iddi ei gicio yn ei glun.

'Paid ...' mwmiodd.

'Lle ti 'di bod tan rŵan?'

'Isio cysgu ...'

'Artyom? Ti 'di bod yn mocha hefo rhywun, alla i ddeud ...'

Trodd ar ei ochor, ei gefn tuag ati.

'Pwy?' holodd gan ddal ati i'w bwnio. 'Ti'n drewi ohoni. Pwy oedd hi? I lle es di? Alla i 'i chlywad hi arnach chdi ...'

Cnoc ar y drws. Roedd rhywun ar y teleffon yn holi am Monsieur Artyom.

'Adag yma o'r nos? Pwy? Hi?' holodd Zepherine.

Ciliodd cymylau meddwdod Artyom yn rhyfeddol o sydyn pan ddywedodd y forwyn pwy oedd yno. Camodd heibio i'r hogan debol, weddol dew. Doedd o heb drafferthu dod i'w nabod gan mai Zepherine fu'n gyfrifol am ei chyflogi. Cafodd ei dewis o'r hanner dwsin am mai hi oedd y forwyn fwyaf plaen ei gwedd, os nad braidd yn hyll, ac yn annhebygol o fod yn fygythiad o fath yn y byd i wraig y *villa*. Go brin y byddai morwyn fel hon yn hudo ei chwant.

Yng ngwyll ei stydi, gwnaeth ymdrech i glirio'i ben a chymryd hoe fach i gael ei wynt ato cyn atab yr alwad. Parsel o newyddion drwg oedd yn aros amdano fo. Be arall oedd galwad ganol nos?

Rhyw lais bach unig oedd yng ngwaelodion y lein.

'Pam? Be sy'n bod?'

Eglurodd.

'Pa fath o broblam?'

Yn y cefndir, clywai leisiau rhyw straglars brith yn camu i'r nos. Yn llun ei feddwl, gallai Artyom weld Pierre yng nghhornel y Café de la Terrasse ar y Place de l'Opéra, a bron na allai glywed ogla unigryw Marseille yn ei ffroenau.

Bwriodd Pierre iddi. Roedd rhyw fyrbwylltra yng ngwead ei gymeriad, ac roedd Artyom eisoes wedi sylwi ar hyn – coctel peryglus mewn dyn fel fo. Yn amal roedd Pierre yn dychryn ar y llygedyn lleia, nes peri iddo redag ar wib o flaen pob gofid a mynd i banig dall.

Mynnodd Artyom ei fod yn pwyllo. 'Dwi'm yn dallt be ti'n trio'i ddeud.'

Eglurodd Pierre fel roedd L'Oreille wedi trefnu i'w gyfarfod yn ôl ei arfer y diwrnod cynt, ond doedd dim golwg ohono fo.

'Pam? Lle a'th o?'

Cafodd y bwthyn lle roedd L'Oreille a Louis Albertini, y cemegydd, ei losgi'n ulw i'r llawr. Roedd rhywun wedi taflu potel o betrol trwy'r ffenast. Cael a chael i ffoi o'r fflamau wnaeth y ddau.

'Hefo pwy arall ti 'di siarad?'

Bellach roedd Pierre wedi siarad hefo L'Oreille ei hun.

'Lle mae hwnnw rŵan?'

Heblaw am ryw fân losgiadau ar eu dwylo, roedd o ac Albertini yn saff. Y poen meddwl gwaetha un oedd fod y llwyth diweddara wedi ei losgi. Roedd hyd yn oed yr offer wedi ei losgi'n ulw a'r *flics* ers oriau'n sbaena trwy'r lludw, yn chwilio o gwmpas gweddillion y bwthyn am unrhyw dystiolaeth. Roedd meddwl Artyom dros y lle i gyd.

Tyfodd llais yng nghefn ei ben, un a fu'n bell i ffwrdd ers amsar maith: llais ei dad yn ei atgoffa mai tywydd beunyddiol dynion sy'n mentro'r cwbwl ydi trwbwl.

Holodd Pierre a oedd o wedi setlo hefo nhw – pwysleisiodd y 'nhw' – fel roedd o wedi gaddo gwneud.

'Nhw' oedd Francois Spirito a Paul Carbone. Am bob llwyth o opiwm gâi ei smyglo trwy ddociau Marseille, roeddan nhw'n hawlio comisiwn gan bawb. Heb orfod baeddu eu dwylo eu hunain, roedd hi'n ffordd giwt o wneud pres. Nhw oedd yn rheoli'r dociau. Ar un adeg, pan oedd y ddau yn iau, fe fuon nhwtha wrthi'n smyglo, ac roedd ganddyn nhw labordy i droi'r opiwm yn heroin mewn *château* bychan ym mhentre Bandol. Dim ond 12 milltir o Bandol, a 17 milltir o Marseille, mewn bwthyn di-nod ar gyrion Aubagne yr oedd labordy Artyom.

Y labordy nad oedd bellach yn bod.

''Nes di setlo hefo nhw?' holodd Pierre mewn llais tawel.

'Dwi 'di setlo hefo nhw bob tro.'

Heb iddo fo orfod egluro chwanag, roedd yn amau ei fod yn gwbod pwy oedd yn gyfrifol am y tân. Ers rhai misoedd bellach roedd tiriogaeth gang François Spirito a Paul Carbone yn cael ei herio gan gang arall, fwy, Lolole a Meme Corse ac roedd sawl dyn wedi colli ei fywyd eisoes. Yn y Fatican fach – ardal o'r Hen Borthladd, a oedd fel dinas fechan o fewn dinas fwy ac a fu o dan fawd gang Spirito a Carbone ers blynyddoedd – roedd pobol yn ofni'r gwaetha. Gan fod pawb yn nabod pawb, doedd neb yn meiddio smicio dim.

Gwta fis ynghynt, cafodd nai i François Spirito ei stabio yn ei lygaid y tu allan i glwb Nantique. Yn sgil hynny, cafodd dau lanc arall ar y cei eu colbio i farwolaeth. Hawdd iawn oedd poethi gwaed dynion ifanc; ac roedd pethau'n saff o fynd yn boethach, ac yn siŵr o losgi i'r pen, cyn y byddai'r naill gang yn difa nerth y llall, a phob dim yn dechra setlo unwaith eto. Cyn hynny byddai mwy o glwyfo, mwy o ladd a mwy o dywallt gwaed. Heb sêl bendith y naill gang neu'r llall, roedd cynnal ei fusnas yn hollol amhosib. Dyna pam roedd Artyom wedi ei ddal yn y canol, yn y tir neb rhwng y ddwy gang, ac yn sefyll mewn lle peryg bywyd.

'Pwy sy 'na?'

Roedd Zepherine wedi camu ato fo, ond hanner trodd ei gefn arni.

'Mi ddo' i i lawr drennydd.'

Holodd Pierre pam na allai ddod ynghynt.

'Alla i ddim. Ma' gen i betha ma' rhaid i mi 'neud yma ym Mharis. Drennydd, dwi'n addo.'

Syllodd Zepherine arno fo'n rhoi'r teleffon ar y bachyn.

'Be?' holodd a'i feddwl yn chwyslyd.

'Ti'n meiddio trio deud wrtha i bod dim byd yn mynd 'mlaen?'

Yn niffyg ateb, cerddodd Zepherine o'i olwg. Ista'n dawal wnaeth Artyom wedyn i bendroni. Dal i bendroni yn ei gadair roedd o ar doriad gwawr, a swn y tân yn clecian yn ei feddwl, a phob un syniad o'i eiddo yn cael ei losgi'n ulw.

Er mawr siom i Bruno, merch fach oedd y babi newydd a chafodd ei bedyddio'n Clara.

Draw i far o'r enw Bauer ar gornel Friedrichstrasse yr aeth o ac Alyosha i ddathlu, a chyfarfod pedwar neu bump arall – doctoriaid o'r ysbyty oeddan nhw bob un – cyn mynd yn eu blaenau i edrych ar rasys beicio yn Plötzensee. Dechreuodd Bruno sôn wrth Alyosha am y genod bach, cymaint roeddan nhw wedi goleuo ei fywyd o. Soniodd am 'fy Larissa i' a chymaint roedd o'n ei charu hi – ac na fasa fo'n gwbod be i'w wneud tasa rhywbeth yn digwydd iddi. Neu pe bai o'n ei cholli hi.

Trwy gydol yr amser, roedd ei fraich dros ysgwydd Alyosha, a honno'n trymhau po hiraf roedd hi'n gorwedd ar draws ei war o.

''Sdim byd ddylswn i 'i wbod, oes 'na?' sibrydodd yn ei glust.

'Gwbod am be?' (Gan wybod yn iawn ...)

'Ti yn y tŷ y rhan fwya o'r dydd. Fwy neu lai. Paid ag edrach mor ddi-glem.'

Ysgydwodd Bruno ei ysgwydd bella hefo'i fysedd.

'Fasa chdi'n deud wrtha i? Mmmm? Dyn wrth ddyn?'

'Pam? Be ti'n 'i ama?

'Ama dim, dim ond holi ...' (Er ei fod o'n ama'n gry ...)

'Nag oes, siŵr.'

''Sdim byd yn mynd ymlaen? Ti'n siŵr?'

'Be sy'n gneud i chdi feddwl hynny?'

Teimlai Alyosha ei fod o mewn lle annifyr, ond holodd Bruno ddim chwanag.

Roedd o wedi aros yn rhy hir ar yr aelwyd – dyna oedd y penderfyniad y daeth iddo fo y noson honno. Doedd o ddim am fanteisio chwanag ar garedigrwydd ei gyfnithar. Roedd o wedi arfer byw ei fywyd ei hun, dan bwysau ei wadnau ei hun, ac roedd o'n gweld colli ei ryddid.

Parciodd y *chauffeur* yng nghysgod un o'r nwydd-dai a chael gorchymyn pendant i beidio â gadael y Rolls-Royce o'i olwg. Cerddodd Artyom heibio i hosteli criwiau'r llongau a swyddfeydd y morwyr oedd yn chwilio am waith.

Yng nghanol babel y bar, cyfarchwyd o gan Doña Rosa, y bladres o Sbaenes a oedd yn rhedag y clwb hefo'i mab, Camilo José. Doedd o ddim llawn llathan, ond roedd yn ddigon dymunol, tan i rywun godi ei wrychyn o. Wedyn, roedd o'n beryclach na dyn gwyllt o'r coed, yn rhochian wrth stampio pen pwy bynnag yn uwd.

Mawredd y Stockholm fel man cyfarfod oedd ei fod yn lle hollol saff. Welodd Doña Rosa erioed ddim byd na ddylai. Ac fe glywodd lai. Os oedd rhywun am ryw reswm wedi digwydd clywed rhywbeth na ddylai, erbyn i'r job ddwyn ffrwyth, byddai'r morwr hwnnw yr ochor arall i'r byd. Sut oedd posib i'r *flics* gael tystion, pan nad oedd tystion yn bod?

Cyrhaeddodd y dyn bach. Tynnodd gadair at y bwrdd a thaniodd Artyom ei sigarét. Roedd dwylo L'Oreille mewn dwy fanag lwyd er mwyn cuddio'i losgiadau.

Doedd ganddo fawr o newyddion da.

'Ma' rhai o'r docwyr 'di dechra mynd yn farus,' eglurodd.

Oherwydd hynny, roedd Spirito a Carbone wedi penderfynu dysgu gwers i brif undebwr llafur y docia, Jean Carre, er mwyn dangos pwy oedd pwy a datgan eu hawdurdod. Gyrrwyd dyn draw i dŷ Jean Carre, a chodi ofn ar ei wraig a'i blant o.

Roedd hynny yn gamgymeriad mawr. Aeth Carre yn gynddeiriog ac roedd yn benderfynol y byddai Spirito a Carbone yn talu am ei fygwth. Oherwydd bod Jean Carre yn rheoli dros bedair mil o ddynion, doedd fiw ei groesi fo. Yn waeth fyth, penderfynodd ochri hefo gang fechan – ond penderfynol – Lolole a Meme Corse yn erbyn gang Spirito a Carbone.

Bu ambell gwffas ddigon ffiaidd hefo cyllyll a bwyelli bychain, bilwg ac amball drosol. Cafodd dau dŷ eu deinameitio a llosgwyd dau arall i'r llawr. Mewn un apartment cafodd wyth eu lladd gan ryw gyd-bryfed o ddynion, ac wedyn, aeth si ar led fod rhai o brif ddynion Spirito a Carbone eisoes wedi hwylio i hela morfilod yng nghyffiniau Newfoundland.

'Mi fedri di fod i ffwrdd am ddeunaw mis i ddwy flynadd ar longa felly,' dywedodd L'Oreille yn ei ffordd ysgafn sinicaidd. 'Erbyn i chdi ddŵad yn d'ôl adra mi fydd petha 'di tawelu, a dynion 'di dechra anghofio'r rheswm pam yr es di i ffwrdd yn y lle cynta. Cofia di, joban goc 'di hi. Dim ond dynion despret gei di ar longa fel'na. Ti'n siŵr Dduw o golli bodia dy draed, neu dy ddwylo, neu dy bwyll, achos 'i bod hi mor ffwcedig o oer.'

'Be ti'n meddwl sy'n mynd i ddigwydd yn y docia?' holodd Artyom.

'Ma' hi'n ta-ta ar Spirito a Carbone. Ma' pawb yn gwbod hynny. Os wyt ti am ddal ati, a dwi'n gwbod bo' chdi, sgen ti fawr o ddewis ond mynd at y lleill er mwyn dallt y dalltings.'

Swpera ar ei ben ei hun wnaeth Artyom y noson honno. Roedd o'n dal i gorddi ynghylch Zepherine, oedd wedi mynd yn fwy cwerylgar, yn fwy edliwgar ac yn fwy cenfigennus. Doedd fiw iddo fo gymaint ag edrach ar ddynas arall na fyddai hi'n dechra ensynio 'i fod o isio mynd i'w dillad isa hi. Yn amlach na heb, wrth gwrs, mi roedd o.

Pa fusnas oedd hynny iddi hi, os oedd o'n dal i'w chadw hi uwchben ei digon, yn ei bwydo a'i dilladu hi, ac yn peidio â dwyn gwarth arni trwy gadw'r cwbwl yn dawal? Dyna roedd bron bob dyn arall roedd Artyom yn ei nabod yn ei wneud a'u gwragedd nhw'n derbyn y cwbwl yn ddi-gŵyn. Gallai ddioddef ei wythnos waith gan fod trefn i'w ddyddiau, a gwaith a chyfarfodydd yn mynd â fo o'r *villa* – ond y penwythnosau oedd waetha, yn enwedig y Suliau. Roedd y rheiny'n gwbwl annioddefol.

Roedd pob dydd Sul fel drws yn agor ar stafall o emosiynau blin fu'n ceulo o dan yr wyneb, nes codi crachan a phigo ffeit gan droi'r aer yn rhy sur i'w hanadlu.

Be yn y byd mawr dwi 'di'i 'neud i haeddu byw fel hyn? holai ei hun bob bora Llun. Sut alla i ddiodda wythnos arall? Mis arall? Blwyddyn arall? Po fwya o sylw roddai iddi ac anrhegion roedd o'n eu prynu iddi, po ffeindia oedd o wrthi, gwaethygu roedd amheuon Zepherine. Yn ei meddwl hi doedd hyn yn ddim byd ond codi clawdd i guddio be bynnag oedd yn mynd ymlaen yn y cae arall o'i golwg hi. Weithia, roedd o'n dal i feddwl am ferchaid eraill ...

Wrth feddwl am y cwbwl, cododd ei flys.

Talodd, a cherdded i'r nos.

Ar y wal gyferbyn roedd rhywun wedi peintio slogan mewn paent coch mai argyfwng Ewrop oedd argyfwng y byd.

Gorchmynnodd i'r *chauffeur* ei ddanfon i stryd yn y 7fed *arrondissement*, ychydig islaw basilica Notre-Dame-de-la-Gare, at dŷ tri llawr hefo rhosod yn tyfu dros ei dalcen.

Safodd wrth ddrws addurnedig, henffasiwn. Cododd gurwr haearn bwrw du ar lun pen llew â'i safn ar agor, a churo deirgwaith.

Tywyswyd Artyom gan y forwyn at wraig dal, fain yn ei thridegau hwyr. Cydiodd yn ei ddwy law a chusanu ei ddwy foch. Doedd Mila heb newid blewyn, a bron nad oedd hi'n gwisgo yr un math o ddillad: blows wen a ffrilen ddu o gwmpas ei gwddw, a sgert felen olau, un laes hyd at ei sodlau. Ar ôl cyfnewid cyfarchion a mân siarad, honnodd yn hyderus ei bod hi'n ei gofio'n glir. Doedd Artyom ddim yn amau hynny am eiliad: roedd ganddi gof fel eliffant.

'Be sy wedi dod â chi 'nôl 'ma i Marseille? Neu 'sgen i ddim hawl holi?'

'Busnes.'

'Ma' busnes yn beth da.'

Cytunodd Artyom fod busnes yn beth da.

'Pan mae busnes yn dechrau llacio, dyna pryd mae pethau'n dechra mynd yn rhemp.'

Dynas a oedd yn hoff o siarad mewn ystrydebau oedd Mila. Doedd dim rhithyn o rinwedd yn perthyn iddi, ac roedd ei sgwrs bob amser yn frith o bob math o sentimentaleiddiwch.

Ogleuodd Artyom bolish cwyr gwenyn yn gymysg â thybaco cryf. Roedd dau neu dri o ddynion yn ista yn y bar, yn smocio a sgwrsio'n uchal, a'r pedair neu bump o ferched o'u cwmpas nhw bron mor ddistaw â'r gwlith.

Trodd un gŵr mewn siaced felfed las tywyll a botymau cochion i edrach arno fo, cyn troi ei sylw'n ôl at y ferch wrth ei ochor. Cofiai Artyom y bar bwa: doedd o heb newid dim.

A chofiodd ryw hen begor unwaith yn trio dysgu sbanial i ddawnsio ar ei ddwy bawen ôl wrth iddo ganu aria iddo fo. Cafwyd miri mawr, ac aeth pawb i dipyn o hwyl. Cofiodd chwerthin mor galad nes teimlo'i fol yn dechra corcio a'i bledran yn llacio, a bu ond y dim iddo biso yn ei drowsus.

Cafodd ei gyflwyno fesul un i'r saith oedd yn y tŷ y noson honno.

Y ferch wallt coch.

Gwely, cadair, basn a jwg o ddŵr. Doedd dim Ffrangeg o gwbwl gan Pavlina. Un o Bratislava oedd hi, ond roedd ganddi ryw gymaint o

Almaeneg, mwy o dipyn nag oedd gan Artyom, a thrwy wahanol stumia ac amball air daeth y ddau i ddallt ei gilydd.

Ar ôl iddi dynnu amdani hi ei hun, tynnodd amdano yntau. Teimlai fel plentyn unwaith eto. Plygodd a gosod ei ddillad yn daclus ar y gadair. Gorweddodd ar y gwely. Wrth ei gwylio'n cyrcydu i olchi ei hun, meddyliodd Artyom pa mor undonog a thragwyddol oedd ei chwant. Tywalltodd y ferch lond gwydryn o ddŵr oer a gwydraid o ddŵr poeth, a'u rhoi ar fwrdd bychan wrth erchwyn y gwely lle gofynnodd iddo fo orwadd ar ei hyd. Penliniodd rhwng ei gluniau. Gweithiodd flaen ei thafod dros ei gorff, gan ddechra'n ara deg o dan ei ên, ei frest, ei fol. Bob hyn a hyn byddai'n oedi i sipian, er mwyn llyfu'r dŵr yn araf dros ei gnawd, o fodiau'i draed i fyny hyd at ei glustiau, nes tiwnio'i gnawd yn binnau bach i gyd. Ond pan lyncodd hi ei godiad mewn cegaid o ddŵr poeth, pallodd ei ewyllys; ni allai ei gwrthsefyll a gwagiodd ei hun i'w cheg.

Yr Artistic Bar oedd y 'drop' ar gyfer rhoi negeseuon i'r ddau frawd o Corsica. Canlyn cyngor Pierre wnaeth Artyom, ac aros yn ei stafall i ddisgwyl yr alwad.

Yn hwyr y pnawn, cododd o'i gadair i atab cnoc ar ei ddrws. Ffrancwr o dras Eidalaidd oedd Zampa. Roedd Artyom yn ei gofio'n iawn o'r dyddiau pan oedd yn mewnforio arfau ei frawd-yng-nghyfraith trwy ddociau Marseille yn ystod rhyfel 1914–18. Gweithio fel gyrrwr moto-lorri i gang y Trois Canard oedd yn Zampa yr adag honno, a chriw garw oeddan nhw, y lladron cynta yn y byd i wisgo balaclafas. Yr unig reswm dros hynny oedd oherwydd eu bod nhw'n gorfod cicio'u sodla yn yr oerfel wrth ddrilio o selar tŷ trwy wal rhyw fanc.

Aeth gwisgo balaclafas yn beth ffasiynol, hyd yn oed yn yr haf pan oedd croen rhywun yn cosi. Fuo lladron erioed yn ddynion gwreiddiol iawn, gan fod pob dwyn neu smyglo ar drugaredd ffasiwn – fel pob drwgweithredu arall. Mynd a dŵad roedd eu chwiwiau i gyd yn eu tro. Os câi un gang syniad am sgam newydd, o fewn dim roedd pob gang arall yn dueddol o'i dynwared, gan hwyluso gwaith y plismyn.

Ar lafar y cafodd Artyom y neges gan Zampa. Roedd o wedi dechra chwyddo, yn enwedig o gwmpas ei ganol, ac yn twchu hefyd o gwmpas ei ên. Yr un olwg slei oedd yn ei lygaid o hyd. Mewn stafall gefn yn y Cave de Falcion am wyth o'r gloch y noson honno cyfarfu Artyom â Lolole Corse.

Ei fesur o'n fanwl wnaeth Lolole wrth sôn am bysgota, ei brif ddiléit. Soniodd am y dyfroedd o aig a oedd eto i'w dal. Smociodd y ddau. Roedd y Cave de Falcion yn llawn o bob math o bobol, yn babel o ieithoedd, o Morocco, Sardinia, Algeria, Ffrainc, yn ogystal â llond dwrn o dwristiaid ac amball gi.

'Dwi'n dallt bod dy frawd, Meme, yn sefyll mewn lecsiwn?' holodd Artyom yn y man.

Oedd, mi roedd o, eglurodd Lolole, dros etholaeth yn Zicavo. Ewyrth iddo fo, brawd ei fam, oedd cynghorydd Zicavo. Ardal gyntefig iawn oedd hi, ond wedyn ynys gyntefig oedd Corsica. Godidowgrwydd y lle oedd fod pawb yn nabod ei gilydd.

Roedd acen ddeheuol yr ynys yn dew trwy Ffrangeg Lolole. Doedd hi ddim bob amsar yn hawdd ei ddallt o'n siarad. Dyn byr, pryd tywyll, mewn trowsus melfaréd a bresys glas dros grys tennis gwyn, dilewys oedd o, yn foliog a thagellog – y math o dagall oedd yn crynu fel jeli ar soser. Câi Lolole draffarth anadlu – asmatig oedd o, yn fwy na thebyg – nes peri i'w wefus isa hongian fymryn.

Aeth Lolole ati i sôn sut yr oedd ei frawd wedi annerch cyfarfod awyragored mawr yn Ajaccio rai dyddiau ynghynt ac wedi cael croeso mawr. Ond busnas drud oedd cwffio 'lecsiwn.

Roedd trwch deuddydd o flew garw ar ei fochau, ac roedd ei wep yn gigfrown. Oherwydd hynny, roedd gwyn ei lygaid yn ymddangos yn wynnach. Gallai Artyom ogleuo ôl yr haul ar ei groen, ac ogla llwydni Paris arno fo'i hun. Wrth i Lolole godi ei wydryn *pastis* at ei wefusau, sylwodd ar datŵ o gwmpas ei arddwrn – môr-forwyn las golau hefo pen sarff coch a thafod du.

'Mi faswn i'n hapus i gyfrannu i'r coffra.'

Roedd Lolole'n siŵr y byddai Meme yn ddiolchgar iawn.

Roedd ganddo ddau lygad mor galad â dwy lain rosari yn ei ben, fel llygaid a gafodd eu berwi rywdro a'u gadal i oeri, a'r oerni hwnnw ynddyn nhw o hyd.

Aeth Lolole ati wedyn i ddweud bod Meme ac yntau'n edmygu Artyom am ddangos tipyn o ddychymyg. Peth prin iawn oedd hynny yn Marseille erbyn hyn.

Ail-lanwyd eu gwydrau. Er ei fod yn gwrtais ddigon ar yr wynab, gwyddai Artyom o hen brofiad mai cuddio trais a rhagrith wnâi cwrteisi o'r fath.

'Pam 'naethoch chi losgi fy labordy i 'ta? Pam na fasach chi 'di siarad hefo fi gynta?'

Ddim y nhw wnaeth hynny.

Oedd o'n dweud y gwir?

Y nhw gafodd y bai. Roedd Spirito a Carbone wedi gwneud pob math o betha i ddynion erill – dynion fel Artyom oedd yn talu comisiwn iddyn nhw – a rhedag y si ar led mai'r ddau frawd o Corsica oedd wrthi. Weithiodd o ddim. Roedd pawb yn gwbod y gwir.

'Ma'r *flics* isio inni roi stop ar y miri. Mi 'nawn ni hefyd.'

'Dwi'n ddyn gonast sy'n cadw at ei air,' dywedodd Artyom.

'Dwi'n siŵr bo' chdi.'

Wedi i'r ddau gytuno ar dâl comisiwn ar bob llwyth, llaciodd petha rhyngddyn nhw.

Os oedd Artyom yn onast, doedd ganddo fo ddim achos i boeni dim amdanyn nhw. Na'r *flics*. Ei ddynion o 'i hun fyddai'r drwg. Ddim ar hyn o bryd, ond 'mhen blwyddyn neu ddwy. Roedd bod yn ben ar fagad o genfigan yn boen meddwl i bawb.

L'Oreille a'i dri.

Pierre a'i ddau.

Albertini a'i broblam hefo'r botal.

Oedd o'n gwbod am honno?

Doedd o ddim, ond dywedodd ei fod.

Po fwya o bres fydd yn llifo trwy eu dwylo nhw, mwya fydd y blys am fwy ohono fo. Barus ydi pawb, ac i rai dynion, does byth ddigon i'w gael.

Cododd Artyom i adael. 'Diolch am y cyngor.'

Dymunodd Lolole yn dda iddo, ond ni chynigiodd ysgwyd ei law.

Doedd y ffaith mai dyn diarth oedd Alyosha yn Berlin yn helpu dim ar ei achos.

'Ma'n well ganddon ni roi gwaith i'n pobol ni'n hunan yn gynta.'

Dyna oedd yr ymateb ym mhob man. Aeth yn ei flaen 'run fath i chwilio am waith, ac roedd hynny fel chwilio am ryw blanhigyn prin ynghanol cors. Drwyddi draw roedd yr Almaen mewn diffyg a dyled o hyd, ond roedd o'n fodlon troi ei egni at werthu papurau dyddiol mewn ciosg neu ar sgwâr, neu'n sbydu unrhyw beth i bwy bynnag – 'mots be na dim, cyn belled â'i fod yn cael rhyw fath o gyflog yn ei law.

Gwnaeth gais am joban yn gwerthu moto-ceir. Wedyn, cynigiodd ei hun fel gwerthwr hwfers.

Cafodd ei gyflogi am dair awr bob pnawn yn y Palast Hotel ar Leipzigerplatz, lle bu wrthi'n crafu parddu sosbenni hefo cyllall, a'u sgwrio'n galad hefo graean mewn cadach gwlyb wedi ei wasgu nes bod y cwbwl yn sgleinio'n loyw. Roedd gwaith o'r fath yn gofyn am nerth bôn braich, ond gwaith diflas ar y naw oedd o, a llethol o undonog, a'r unig reswm y cafodd o ei gyflogi o gwbwl oedd oherwydd bod pawb arall o staff y gegin yn gyndyn o ymroi i waith mor ddiddiolch. Yn eu golwg nhw roedd crafu parddu sosbenni yn is na gorfod plicio sachaid o datws.

Daeth o hyd i ryw fath o fywoliaeth, ond gwaetha'r modd doedd y pedair awr yr wythnos o ddiwtora ddim yn ddigon i gadw'r blaidd o'i ddrws. Yn waeth fyth, roedd y wraig ffwndrus yn ei yrru'n dw-lal. Roedd hi'n drysu amser pob berf Rwsieg roedd o'n ei dysgu iddi bob gafael, nes ei yrru'n honco, yn union fel roedd hi wedi gyrru pob tiwtor arall a oedd wedi ymdrechu i'w rhoi ar ben y ffordd. Wrth glosio at ei thŷ un noson gymylog, a min y storm ar fin torri trwy'r llwydwyll, daeth rhywbeth drosto rhwng dau olau stryd, a rhedodd i ffwrdd am ei hoedal.

Roedd o wedi rentu hen hofal o stafall iddo'i hun yn ardal Rüdersdorf.

Dechreuodd deimlo'n isal ei ysbryd. Roedd o mewn peryg o syrthio i dwll digalondid, ac o fethu codi o'i wely; gorweddai yno drwy'r dydd gan fynd yn fwy di-hid ohono'i hun.

Gwelodd yn y drych rhyw fora fod ei wep wedi teneuo, a byddai'n troi allan llai a llai. A bob tro roedd o'n mentro i'r byd, âi yn fwy snaplyd ei hwyliau. Wrth glywed sŵn pobol iach yn cerdded o dan ei ffenast, teimlai'n debycach fyth i glaf.

Trodd ei bryd a'i wedd yn biglwyd, ei esgyrn – yn enwedig ei asennau – yn gwthio o dan ei gnawd gan mai ei gynhaliaeth ddyddiol bellach oedd un pryd o fwyd. Er ei fod o yn eiddilo mwy bob dydd, roedd o'n dal i fod yr un mor 'stumongar, yn llowcio o'i hochor hi pan gâi'r cyfla i wneud hynny. Oherwydd bod pethau mor fain arno fo – a'i fod mewn peryg o lwgu – derbyniodd job yn gwerthu pacedi sigaréts mewn clwb nos o'r enw Mexico ar Geisbergstrasse.

Ar draws wyneb bochiog von Haumer blodeuodd syndod yng ngolau'r fflam wrth iddo fo danio blaen ei sigâr. Tynnodd y Barwn ei ên yn ôl, corcio'i fonocol, ac er mwyn gallu llygadu'r hogyn yn llawn gwthiodd Alyosha draw hyd braich hefo blaen ei ffon yn wastad ar ei frest. Craffodd y Barwn von Haumer drosto fo'n fanwl, ei edrychiad yn un llymsur, ond doedd dim dwywaith nad fo oedd o. Roedd o'n ei gofio fo'n glir o ddyddiau'r Hotel Adlon gynt, a chafodd drafferth cuddio'i syndod bod rhawd mab Fyodor Mikhailovich Alexandrov, o bawb, wedi troi'n ffasiwn lanast.

Addawodd wneud ei orau i'w osodl yn ôl osod ar ei draed. 'Mi wna i 'ngora glas drosta chdi, 'sdim rhaid i chdi boeni dim,' a'i lais yn gras.

'Diolch yn fawr,' oedd ateb diffuant Alyosha.

At amser cinio drannoeth, pan gliriodd hangofyr y Barwn von Haumer, roedd sgwrs y noson cynt wedi mynd yn hollol angof. Oedd, roedd ganddo ryw frith go iddo fo siarad hefo rhywun, ond ni allai hyd yn oed ddwyn ei enw i gof ar waetha ei duthian a'i bwffian.

Chlywodd Alyosha yr un gair ganddo a chafodd ei demtio i fynd i chwilio amdano fo. Ond be tasa fo'n codi cywilydd ar y dyn trwy fynnu ei fod yn cadw at ei air? Be wedyn? Y llaeth mwnci oedd wedi siarad, fwy na thebyg. Mor barod eu cymwynasau yr oedd dynion yn eu cwrw.

Clwb mewn selar isal, hirgul oedd y Mexico. Ar hyd y muriau rhedai rhesi o oleuadau cochion bychain, a'r rheiny'n meddalu'r papur wal rhosliw yn welw, wan. Gwnâi'r lle ymdrech 'debol i greu enw da iddo'i hun trwy fagu tipyn o steil wrth ddenu *habitués* hefo gwell graen ar eu gwalltiau a'u gwisgoedd nag amryw o glybiau eraill y cyffiniau.

Yn hwyr un nos Sadwrn y daeth Alyosha wyneb yn wyneb â'r Barwn von Haumer, pan oedd y lle o dan ei sang ac yn sïo o sŵn.

Mynychwr rheolaidd arall oedd Freiherr von Cramm, a'i set o gynffonwyr hardd, a oedd yn codi siampên fesul tair a phedair potal, weithiau fesul hanner dwsin a mwy ac yn ista'n glòs hefo'i gilydd fel haid o gathod bychain yn sgwrsio'n swnllyd wrth smocio'n drwm ac ogla'r hashish yn twchu o'u cwmpas nhw'n drwch. Roedd si ar led ers dipyn eu bod nhw – ar ôl gadael y clwb yn yr oriau mân – yn mynd i dŷ diarffordd allan yn y wlad er mwyn dal ati i fwydo'u pleserau. Tŷ yn ardal Freienwalde oedd o, ar gyrion corsydd yr Oder, a bryniau coediog y Märkische Schweiz yn codi yn y cefndir. Ar bob noson ola leuad lawn, byddai pawb yn tynnu amdanyn i fwynhau orji. Neu dyna oedd y sôn. Rhyw nos Sadwrn, ar ôl i'r Mexico gau, cafodd Alyosha ei wadd i fynd hefo nhw. Codwyd ei flys, ond cafodd ei siomi gan mai'r unig beth wnaethon nhw oedd canu recordiau *jazz* ar gramoffôn, meddwi chwanag, dawnsio mymryn a smocio mwy.

Un noson, chwyrlïodd hen feistres ei lystdad, Alexei Alexevich Dashkov, i lawr grisiau'r Mexico mewn ffrog ddi-strap o sidan du a gwyn hefo trimin gwyrdd, a sgidiau cochion sodlau uchel am ei thraed. Dal i frolio'u hunain wrth bawb roedd bronnau Miss Gosovska. Hi oedd yr actores a achosodd gymaint o gur pen i'w fam, ond erbyn hyn roedd hi wedi dechrau dangos ei hoed, er ei bod hi'n gwisgo'n iau o lawar na'i hanner cant a thri. Roedd ei gwallt wedi ei liwio trwyddo yn rhyw sglein gneuen felen.

Hen gadfridog o fyddin y Kaiser oedd yn cadw cwmni iddi, gŵr herciog a'i law yn gorwedd ar garn aur ei ffon, ac yn yr un gwmnïaeth roedd Hermann Goering a'i wraig eiddil, Carin. Siaradai'r pedwar yn frwdfrydig am berfformiad o *Parsifal* roeddan nhw newydd ei weld yn y Deutsches Operhaus. Dodwyd potel o siampên yn y bwced ger eu bwrdd. Roedd Miss Gosovska yn llawn direidi, yn cosi gên ei chariad.

'Fy ffliffyn bach gwirion i ...'

Dyna glywodd Alyosha hi'n galw'r Cadfridog wrth iddi ista ar ei lin yn sisial rhyw smaldod i'w glust. Codwyd y gwydrau, a'r pedwar yn wên o glust i glust wrth i gamera fflacholeuo eu cilfach dywyll fel mellten mewn ogof. Dannadd cryfion, da oedd ym mhob ceg, rhai gwynion, gwastad, yn enwedig pan oedd y pedwar yn chwerthin, ac roedd hynny'n digwydd yn amal y noson honno. Prynodd Goering ddau bacad o sigaréts oddi ar hambwrdd Alyosha – a'i siarsio i gadw'r newid.

'Diolch yn fawr.'

Ni sylwodd yr actores arno fo. Sylwodd hi ar neb na dim ond y Cadfridog wrth iddi lyfnu ei falog hefo cefn ei llaw.

Ar ennyd pan roedd Alyosha wedi ei hollti rhwng dau feddwl p'run ai i'w gyflwyno ei hun ai peidio, tynnodd rhywun arall ei sylw fo. Ond erbyn iddo fo graffu'n iawn roedd hi wedi diflannu i fyny'r grisiau – ac allan. Ai hi oedd hi? Ai Galina Vengerova welodd o?

'Be 'di hanas yr hogyn hwnnw? Be oedd 'i enw fo hefyd?'

'Am bwy ti'n sôn?' holodd Artyom.

'Dy nai di.'

'Alexei Fyodorovitch?'

'Hwnnw. Ti'm yn cofio? Ddois di â fo yma unwaith. Pan oedd o newydd gyrraedd o Berlin, rhyw dair neu bedair blynadd yn ôl. Mi fuo yma unwaith ar ôl hynny hefyd, ar 'i ben 'i hun.'

'Dwi heb ei weld o ers amser maith.'

'Pam?'

'Ma' hi'n stori hir. Yn y bôn, 'na'th o byth faddau imi am fod yn llawiach hefo'i fam i gael gwarad â rhyw forwyn oedd ar ôl 'i bres o.'

''Sdim byd newydd o dan haul.'

'Oedd o 'di mopio'i ben amdani. Ond yn methu gweld trwyddi. Doedd o ddim yn gweld petha yn yr un ffordd â'i fam a finna. Ca'l madal â Grete er 'i les o 'i hun 'naethon ni.'

'Mi fydd yn diolchgar iawn ichdi ryw ddydd.'

Pan oedd Artyom yn galw ar Madame Prideaux, byddai hi'n ei groesawu i'w pharlwr bychan, nesa at y cyntedd, lle roedd un neu ddau o'i chwsmeriaid chwannog yn segura. Chwarae cardiau roedd y ddau, gan sipian Haut-Brion, y gwin coch o Bordeaux roedd hi mor hoff ohono fo. Gwraig gwrtais iawn oedd Madame Prideaux, yn barchus iawn wrth holi am hwyl ac iechyd pawb.

'Gobeithio'i fod o'n cadw'n iawn.'

'Dim clem,' oedd ateb Artyom wrth danio matsian.

Dim ond wedi i'r cwsmer olaf ddiflannu i'r nos y byddai'r ddau'n trafod busnes. Rhaid oedd cloi'r drws, a chlirio'r bwrdd er mwyn gwneud lle i rai miloedd o ffrancs gael eu tywallt drosto fo. Cyn gadael, roedd Artyom bob amsar yn gofalu setlo'i chomisiwn hi.

Trefniant wrth fodd calon oedd hwn, un oedd yn plesio'r ddau i'r dim. Ddeng niwrnod ar ôl i bob llwyth gyrraedd Paris o Marseille, ar foto-lorri cwmni 'Pastis de Marseille' gan amlaf, byddai Artyom yn galw i'w gweld. O warws Elusen yr Anghenus roedd yr heroin yn cael ei ddosbarthu i nifer o wahanol werthwyr mewn gwahanol ardaloedd yn y brifddinas. Byddai'r pres i gyd wedyn yn cael ei hel gan ddau hogyn ifanc a'i ddanfon at Madame Prideaux.

'Fydd hi'm yn bosib i chdi gael defnydd y lle 'ma am lawar hirach eto, Artyom.'

Y *Sûreté* ddaeth i'w feddwl o yn syth.

'Be? Ma'r plismyn yn bygwth galw?'

'A finna'n cadw tŷ mor dwt?'

Cogio ffug-syndod oedd ei dull arferol hi o ymddangos yn symlach gwraig nag oedd hi mewn gwirionedd. 'Twt twt, Artyom. Ma' hyn yn ganmil gwaeth. Ma'r lle 'ma 'di newid dwylo.'

Parodd hyn iddo sad-gysidro am eiliad: dyma be oedd newyddion.

'Ers pryd? Pwy 'di'r prynwr?'

'Rhywun o Algeria, ond sy'n byw ym Marseille. Ffrancwr, yn naturiol. 'Sa'n gasach na dim gen i feddwl bod rhyw hen Arab 'di gosod 'i hen facha budron ar y lle 'ma.'

Oedd hi'n gwbod enw'r prynwr?

Nac oedd. Ond doedd o ddim am iddi aros. Roedd ganddo fo rywun arall mewn golwg i redag y lle.

'I lle ei di?'

'Lle ei *di* 'di'r cwestiwn.'

Cafodd Artyom y teimlad ym mêr ei esgyrn mai'r ddau frawd o Corsica oedd y tu ôl i hyn. Lol gwneud oedd sôn am brynwr o Algeria. Lolole a Meme Corse oedd yn gosod eu cysgod drosto fo, cystal â deud nad oedd o'n bell o'u gwynt ac y gallai'r ddau ddilyn ei daith i'r pen. Clywsai ddigon gan L'Oreille i wybod nad chwalu oedd dull y Corsicaniaid o danseilio pob cystadleuaeth ym Marseille ond, yn hytrach, drwy gymryd pob dim drosodd. Rhywbeth i'w osgoi ar bob cyfri oedd gwrthdaro. Gwaeth fyth oedd tynnu helynt i'w pennau heb fod rhaid. Doedd codi twrw ddim ond yn gorfodi'r *flics* i wthio'u trwynau i le na ddylan nhw fod. Doedd hynny'n ddim lles yn y byd i neb.

Gwyddai Artyom na allai wedyn dwyllo'r Corsicaniaid o 'run ffranc, a gwyddai y byddai'r ddau'n mynnu dod yn gyd-bartneriaid llawn. Rhannu mwy fyth o'i elw fyddai diwedd y gân. Doedd o ddim am i hynny ddigwydd. Roedd o'n talu mwy na digon iddyn nhw yn barod, ond teimlai fod eu bysedd yn dechrau gwasgu am ei gorn gwddw.

Roedd hi'n ista ar stôl uchel ger bar y Mexico. Cyn camu draw gwnaeth yn berffaith siŵr mai hi oedd hi; craffodd eilwaith, yn hirach y tro yma, trwy hanner gwyllni'r mwg tew. Roedd lliw ei gwallt yn wahanol, a'i hosgo rywsut yn fwy main a nerfus. Syllodd drachefn ar ei gwar a'i chefn esgyrnog, ond hi oedd hi – doedd dim dwywaith.

Sbonciodd rhyw lawenydd yn ei llygaid pan ddaeth o i sefyll wrth ei hymyl.

'Alexei!'

Rhoddodd gusan dwyfoch iddo fo a gwasgu ei ddwylo'n dynn.

Ers dros ddau fis (neu falla dri, doedd hi ddim yn cofio'n union), roedd Galina Vengerova wedi bod yn byw yn Berlin. Doedd dim byd i'w chadw hi ym Mharis, penderfynodd.

Holodd Alyosha am ei thad a'i llysfam.

'Ma' nhw'n iawn, diolch i chdi am ofyn.'

Gwenodd. 'Braf dy weld di eto.'

'Braf dy weld ditha hefyd.'

Haerodd ei bod wedi cefnu ar Montmartre, a mynnu yn yr un gwynt ei bod hi wedi rhoi'r gorau i'r cocên. Roedd hi hefyd wedi rhoi'r gorau i focha hefo Camlo hefyd, a'i bryd hi bellach ar ddechrau byw ei bywyd unwaith eto.

'Dwi 'di gneud cymaint o ffŵl ohona fi'n hun, choeli di fyth.'

Oherwydd iddi dreulio rhai blynyddoedd yn Berlin yn nechrau'r 1920au, roedd hi'n nabod y lle cystal ag unman.

'Dwi am 'neud rhwbath gwerth chweil ohona fi'n hun y tro yma.'

Roedd hi'n benderfynol o droi dalen newydd ac aeth ati i fanylu am y profiad a gawsai'n gweithio yn y Galeries Lafayette ym Mharis.

'Nes imi ddechra arni, 'nes i 'rioed feddwl bod gen i gymaint o allu i fflawntio'n hun. 'Na'r cwbwl oedd disgwyl imi 'neud, ond trwy 'neud hynny, ro'n i hefyd yn fflawntio stwff y siop.'

Sipiodd ei diod. 'Ddylsa chdi fod wedi 'ngweld i wrthi'n gneud sioe o'n hun – o'n i'n werth 'y ngweld.'

Cafodd ei gwobrwyo ddwywaith gan yr uwch-reolwr, Monsieur Girard, am fod yn werthwraig sebon sent orau'r mis. Dododd hwnnw sash glas dros ei hysgwydd, i'w wisgo gydol yr wythnos waith, hefo'r geiriad mewn coch: 'Gwerthwraig Sebon Sent Orau'r Mis'. Yn ogystal, cafodd rwydd hynt i ddewis potel yn anrheg fechan iddi hi ei hun.

'Be bynnag sy'n mynd â dy ffansi di, dim ots p'run, dewis di.'

Dyna oedd geiriau Monsieur Girard, a'i wynt yn drewi o arlleg, wrth batio'i phen-ôl. Rheolwr diarhebol o gnawdol oedd o, a'r hanesion am ei gwna yn ffritio fel awelon trwy bob llawr yn y siop o'r bôn i'r brig. Eau de Cologne oedd ei dewis hi bob tro. Crispiodd yn chwaon o wlithlaw dros ei chnawd, yr ogla'n ei hatgoffa o'i modryb Lazarevna Petrovna, chwaer ei thad. Roedd gan Galina Vengerova feddwl y byd ohoni ers pan oedd hi'n ddim o beth, oherwydd ei bod hi'n bictiwr o wraig mor soffistigedig.

Cofiodd Alyosha eu trip dydd Sul ar y trên, pan deithiodd y ddau ohonyn nhw i'r clinig gwledig hwnnw ar gyrion Potsdam, er bod blynyddoedd lawer ers hynny bellach. Yno roedd Lazarevna Petrovna yn ymdrechu i dorri ei blys at forffia. Cofiodd fel y gwnaeth ei gorau i'w flacmelio fo trwy honni ei fod wedi cymryd mantais ohoni yn ei gwendid a'i ...

'Ti'n gwrando arna i?'

Er bod ei feddwl ymhell i ffwrdd, nodiodd.

'Gwerthwraig Sebon Sent Orau'r Mis. Dipyn o anrhydedd, 'sti. Ddim un mis chwaith, ond – ' Cododd dri bys o flaen ei drwyn. 'Dipyn o record, i mi gael brolio dipyn arna fi fy hun.'

Doedd neb o'r genod eraill wedi dŵad yn agos at gyflawni camp debyg. Dyna oedd yn egluro pam roedd rhai ohonyn nhw â chymaint o wenwyn tuag ati hi, dwy neu dair yn deud petha cas ofnadwy amdani yn ei chefn, ac amball un i'w gwynab hi hefyd.

'Paid â holi be, ti'm isio gwbod.'

Dywedodd yn union fel petai Alyosha wedi gofyn iddi. Yn enwedig un hogan sbeitlyd a'i hen ffrind dew, y ddwy mor hyll â'i gilydd. Doeddan nhw byth yn gallu ca'l cariadon – dyna be oedd achos yr halibalŵ i gyd – a nhw wnaeth yn siŵr ei bod hi'n cael y sac.

Aeth ei hasbri ar goll i gyd.

'Hyd yn oed rŵan, mae o'n 'y mrifo fi ormod i hyd yn oed sôn am be na'th ddigwydd.'

Newidiodd ei thôn wrth iddi ddechra sôn fel roedd hi'n caru actio – yn caru hynny'n fwy na dim yn y byd i gyd. Oherwydd iddi gael rhan fechan iawn ym mhictiwr Inessa ac Alexei Alexevich Dashkov, roedd y profiad wedi magu blas ynddi am fwy nes tyfu i fod yn uchelgais roedd hi'n ysu i'w gwireddu.

'Ti'n cofio 'ngweld i wrthi?'

Dywedodd ei fod.

'Ti ddim!' Slapiodd o'n chwareus ar ei fraich. 'Paid â chogio bo chdi'r cenna! Ti'm yn cofio fi'n actio o gwbwl, deud yn onast.'

'Ma' gen i ryw go amdana chdi ...'

Doedd dim math o gof ganddo fo o gwbwl.

Yn hannar cynta'r pictiwr, roedd hi'n sefyll mewn ciw o aristocratiaid a oedd yn ffoi o Rwsia. Roedd hi fwy neu lai ym mhen blaen y ciw, ond bod yna un dywysoges arall, cyfnither i'r Tsar, yn sefyll o'i blaen hi – gwraig go fras mewn paball o ffrog, a hitha ar flaena'i thraed yn ceisio sbecian heibio i'w hysgwydd hi. Ond roedd rhyw foi blin hefo cap a megaffon yn mynnu ei bod hi'n sefyll ar y llinall felan oedd ar y llawr o dan eu traed nhw i gyd. Doedd hi ddim yn siŵr a oedd Alyosha yn cofio ai peidio, ond roedd 'na olygfa arall, lle roeddan nhw i gyd yn gwneud eu gorau i wthio ar long yn Yalta, a phawb mewn panig yn crafangio ar draws ei gilydd. Yn fan'no roedd hi, yn un o'r dorf ar y cei a oedd yn gorfod sgrechian nerth esgyrn ei phen. Gwasgodd ei dwylo ar ei dwy arlais a rhoi sgrech annaearol o fud dros y bar.

'Ti'n cofio'u ceffyla nhw? Petha gwyllt go iawn! Golygfa ddramatig iawn oedd honno, o'n i'n meddwl. Ti'n cofio Alexei Alexevich Dashkov yn lladd y Bolsieficiaid, a nhwtha'n disgyn fel pryfaid wrth ei draed o? Dega, os nad ugeinia, ohonyn nhw – doedd o mor ddewr? Roedd o'n ddyn mor olygus, a dy fam yn ddynas mor lwcus, ac ro'n i mor genfigennus ohoni. Mewn golygfa arall – ti'n cofio? – ro'n i'n y clwb nos 'ma, yn Istanbwl – be oedd 'i enw fo hefyd?'

Yn llun ei feddwl, gwelai gefn noeth ei fam a glafoer yng nghongol ei cheg.

'Wyt ti'n 'y nghofio fi'n fan'no?'

Goleuodd ei gwedd.

'Ti'n 'y nghofio fi'n Istanbwl?'

'Mmmm?'

'Alexei? Ti'n gwrando arna i?'

'Roedda chdi wrth ryw fwrdd ...'

'Ista wrth fwrdd o'n i, ti'n iawn. Yn gwylio pobol yn dawnsio'r *foxtrot*. O'n i wedi 'ngwisgo'n grand i gyd, fel tywysoges yn llys y Tsar, hefo modrwya a mwclis a chlustdlysa, ond ro'n i'n drist, achos bo' fi bellach wedi colli 'nheulu i gyd, ag yn gorfod byw ymhell o 'ngwlad. "Edrycha'n fwy trist," 'na be ddeudodd Alexei Alexevich. Hwnnw oedd un o'r unig ddau dro iddo fo siarad hefo fi. "Ti'm digon trist. 'Nei di edrach yn dristach?" Dyna ddeudodd o wrtha i wedyn. Ar ôl inni orffan, ddaeth o ata i a ti'n gwbod be arall ddeudodd o?'

Teimlodd Alyosha strap ei hambwrdd sigaréts yn tynnu chwys o'i war.

''Mod i 'di actio rhywun trist yn dda iawn. Mai fi oedd y person trista gora roedd o 'rioed 'di'i weld yn 'i fywyd.'

Edrychodd am eiliad fel petai hi wedi cael ei llyncu gan ryw deimlad gwag. Camodd dyn canol oed draw at Alyosha a phrynu dau bacad o sigaréts ganddo fo.

'Dwi'n cofio Istanbwl ...' Mwya sydyn, roedd Alyosha yn cofio'r cwbwl yn glir. 'Enw'r clwb nos oedd y Rose Noire.'

'Y Rose Noire. Ti'n iawn! 'Gen ti andros o go da.'

'Sgafnodd ei hwyliau. Aeth Galina ati i holi a oedd o'n gallu ei chyflwyno hi i rywrai yn y busnes ffilmiau? Clywsai fod amryw byd o actorion, actoresau, cynhyrchwyr a chyfarwyddwyr yn galw heibio'r Mexico ryw ben bob wythnos, yn enwedig ar y penwythnosau. Dyna pam roedd hi yno, yn ista ar y stôl.

'Dim ond newydd adael mae Miss Gosovska ...' dywedodd wrthi.

'Fasa dim byd yn rhoi mwy o wefr i mi na bod yn debyg iddi hi.'

Addawodd wneud ei orau drosti.

'Diolch, Alexei. Ti'n gariad,' a tharo pluan o gusan ar ei dalcen. 'Werth y byd i gyd yn grwn. Ddeudodd Mam a Dad flynyddoedd yn ôl y dylswn i fod wedi priodi rhywun fel chdi'

Teimlodd ryw dosturi tuag ati.

'Byth yn rhy hwyr, nag 'di?'

Sipiodd ei choctel trwy welltyn.

'Pam ti'n gwenu?'

Gwasgodd Galina ei drwyn rhwng ei bys a'i bawd a'i ysgwyd.

'Dwi o ddifri. Yn lle priodi'r ddau lob 'na, fasa chdi 'di gneud gwell gŵr o'r hannar i mi.'

Roedd hyn yn newydd iddo fo.

'Ti 'di priodi eto?'

'Yves. Y clarc o'r banc. Ti'n 'i gofio fo? Ar ôl i Marcel gytuno i ysgariad. Do, 'naethon ni briodi, gwaetha'r modd i fi – a fo.'

Ond roedd hi'n gweld isio'i phlant o hyd, yn enwedig Roksana ...

Welodd Alyosha mo Galina Vengerova tan ryw nos Sadwrn arall tua diwedd y mis. Roedd hi tuag un ar ddeg o'r gloch, a gwnaeth y bwlch o amsar wahaniaeth iddi; edrychai'n arwach, ei llygaid yn rowlio, ei gwallt yn aflyfog a'i cholur a'i minlliw wedi ei daenu bob sut. Ar ôl codi Martini, crwydrodd o gwmpas ffordd yma, ffordd acw, fel rhyw rolen laesdro yn chwilio am rywbeth i'w bachu. Oherwydd ei fod o mor ddiwyd yn gwerthu sigaréts, collodd Alexei olwg arni am sbel.

Wrth gamu o gwmpas yn hwrjio pacedi o'i hambwrdd, a'r strap lledar yn boeth ar ei groen, daeth ar ei thraws mewn cilfach dywyll ger un o'r byrddau, ei bysedd ar glun Barwn von Haumer. Gan fod ei draed yn boenus, cymerodd Alyosha hoe ac ista gerllaw er mwyn moeli'i glustiau i wrando ar Galina yn bwrw trwyddi. Ar ganol adrodd rhyw hanas amdani hi ei hun yn ôl yn Rwsia yr oedd hi ...

... fel y bu farw cannoedd ar gannoedd o'r teiffws ar y ffordd o Petrograd i Kiev, pan oedd y Cochion ar eu gwarthaf. Cymerodd y siwrna drên i Kiev yn agos at dri mis, ac fe gymerodd hi dri mis arall i gyrraedd Odessa. Roedd ei thad yn llwyd a gwelw, ei obeithion yn fain, a'i awydd i ffoi yn darfod fesul awr. Ei boen meddwl mwya, serch hynny, oedd amdani hi a'i babi bach ...

Babi bach? Gwrandawodd Alyosha yn astud. Doedd dim babi bach gan Galina yn Rwsia – am be oedd hi'n mwydro?

Cwffio'r Cochion yn Vladikavkaz oedd y Gwynion ar y pryd. Doedd dim llong i hwylio neb o'r ffoaduriaid allan o'r porthladd, ac yn waeth fyth, doedd dim lle i aros. Ar ôl helyntion di-ri, llwyddodd ei thad i rentu hannar stafall am grocbris, a hynny gan ryw hen werinwraig oedd yn ennill ei thamaid trwy gorddi llaeth enwyn yn hannar arall y stafall.

Dim ond un gwely oedd ar gyfyl y lle, a Galina Vengerova a'i mam gafodd hwnnw. Yn cysgu rhwng y ddwy roedd ei babi, merch fach o'r enw Alyona – a oedd yn iach, ond am ba hyd? Roedd ar y tri ofn iddi ddal teiffws, colera neu'r dwymyn ddu, gan fod pob un dim o'u cwmpas nhw mor afiach a budur ...

Un noson, deffrowyd y teulu ym mherfeddion nos. Ar gyrion y dre roedd y Fyddin Goch yn closio'n gyflym, clywyd curo cynddeiriog ar ddrysau a lleisiau brysiog yn hwrjio pobol i hastio. Cael a chael wnaeth Galina a'i mam i bacio'u bagiau, ond erbyn iddyn nhw gyrraedd yr orsaf sylweddolodd Galina ei bod hi'n brin o ddŵr i'w babi. Gadawodd Alyona yng ngofal ei rhieni tra rhuthrodd i lawr y platfform, ond roedd y tap yn sych. Ar chwyth y chwiban clepiwyd y drysau ynghau. Neidiodd ar y trên. Ond sefyll yn ei hunfan wnaeth y rhan honno tra aeth yr hanner blaen i lawr y lein, ei mam a'i thad a'r babi hefo fo, a'i gadael hi ar ôl ...

Ar ôl helbulon lawar, fe lwyddodd Galina i ddŵad o hyd i'w rhieni a hynny mewn ysbyty, lle roedd y ddau'n ddifrifol wael. Bu raid iddi hi redeg yn ôl ac ymlaen, a daeth yn anoddach iddi fagu Alyona, nes un bora diffygiodd ei nerth. Ofnai hefyd y byddai'r babi'n dal rhyw salwch yn un o wardiau'r ysbyty, a theimlai'n saffach wrth ei rhoi dros dro yng ngofal rhyw wraig leol.

Pan fendiodd ei mam a'i thad, aeth y tri i chwilio am y wraig. Yr eiliad gwelodd Galina hi'n siglo babi yn ei breichiau fe redodd ati. Adnabu wên Alyona, ei thalcen, ei bochau, ei gwefusau, ei gwallt a chiliodd ei holl dreialon. Cadw'r babi rhagddi wnaeth y wraig. A chan mai un o dras Ingush oedd hi, doedd siarad ddim yn hawdd. Mynnodd fod babi Galina wedi cael ei chymryd yn wael, a'i bod hi wedi marw.

Mynnodd Galina fod y wraig yn dweud celwydd.

Aeth ei thad i'w bocad a chynnig pres iddi – hynny o bres a oedd arno fo – tra crefodd mam Galina trwy ei dagrau am gael ei hwyres fach yn ôl.

Ysgwyd ei phen wnaeth y wraig, a honni bod y *mullah* wedi cynnig prynu ei merch fach trwy gynnig dau oen a thair iâr amdani, ond iddi hi wrthod ei gwerthu. Mynnodd y wraig na fyddai wedi rhoi Alyona i neb ond i'w mam waed.

Mynnodd Galina Vengerova mai hi oedd ei mam waed, mai ei merch hi oedd hi, a bod rheidrwydd moesol arni i'w rhoi'n ôl iddi. Ond taeru wnaeth y wraig mai ei merch hi oedd hi, ac mai ei henw hi oedd Aabish.

'Fy mabi fi ydi hi.' Daliodd Galina ei thir, 'a'i henw hi ydi Alyona.'

Ciliodd y wraig i'w thŷ. Dychwelodd yn y man hefo dillad bychain ei merch, ei blancedi, ei mân drugareddau a'i doli glwt. Rhoddodd y cwbwl yn nwylo Galina, a'i chymell i'w chanlyn.

Cerddodd ei thad a'i mam a hithau i lawr rhyw lwybr trwy winllan o goed ceirios, ac ar yr ochor bellaf roedd twmpath o bridd yn codi ar fedd bychan.

Penliniodd Galina a churiadau ei chalon i'w clywed hyd yr wybren.

Ond hyd y dydd heddiw, doedd hi'n dal ddim mymryn callach, ai byw neu farw oedd ei merch ...

'Ma'n rhaid ichdi'n helpu fi.' Crefodd Galina Vengerova tan grio.

'Alexei, chdi 'di'r unig un alla i droi ato fo.'

Powliodd y cwbwl o'i stori allan. Roedd hi wedi cefnu ar Baris er mwyn ffoi rhag ei dyledion, a ffoi hefyd o olwg helyntion llawar gwaeth.

'Ma' Camlo isio'n lladd i ... 'Na be oedd ei union eiria fo ... Ag os 'dio 'di deud 'i fod o am 'yn lladd i, mi neith o hefyd ... 'Sgin ti'm syniad sut un ydi o ...'

'Sycha dy drwyn hefo hon.'

'Diolch. Fuos i at y doctor ddoe, hen sglyfath brwnt, ond dwi byth yn gorfod talu dim byd, ddim os dwi'n ... Stwffiodd yr hancas i fyny ei llawes, '... ond mi ddeudodd hwnnw fod *syphilis* arna i. Goeli di?'

'*Syphilis?*'

Chwarddodd Galina trwy'i dagrau. 'Fel'na'n union ddeudis i o hefyd ... *syph-ilis?*'

Sychodd ei llygaid hefo'i llawas. ' "Ti'n siŵr?" Hwnnw oedd y cwestiwn nesa 'nes i ofyn iddo fo.'

Doedd y doctor ddim isio'i dâl arferol, felly roedd hi'n weddol saff ei fod o'n siŵr. Doedd Galina heb fod yn hollol onest hefo hi ei hun. Doedd y newyddion ddim yn syndod, mewn gwirionedd, gan ei bod hi ei hun wedi rhyw hanner ama fod rhywbeth o'i le cyn mynd draw i'w weld o.

'Be dwi i fod i 'neud rŵan? 'Na'r peth nesa 'nes i ofyn i'r 'sglyfath brwnt ...'

Cafodd rybudd pendant i roi stop ar ei gwaith yn syth – hwrjo'r pimp neu beidio – hyd nes y byddai hi wedi gwella ac wedi dŵad ati hi'i hun yn iawn.

' "'Di rhwbath fel hyn ddim i'w drin yn ysgafn." 'Na be ddeudodd y mochyn.'

Doedd hynny ddim yn mynd i dycio dim hefo Camlo, a oedd wedi gadael Paris a dŵad i Berlin i fyw. Mynd yn wyllt gacwn, dyna oedd o'n bownd o'i wneud. Roedd o'n saff o'i chosbi hi, yn saff o'i cholbio hi hyd nes y byddai hi'n gleisia du-las drosti.

'Er imi addo bod yn hogan dda i'r doctor brwnt, ma'n rhaid imi ddal ati i weithio medda Camlo ...'

'Ddim os ti'n sâl ...'

''Sdim dewis gen i, Alexei.'

Ond roedd o'n ama bod rheswm dyfnach. Os oedd Galina yn gwrthod gweithio byddai Camlo yn ei hamddifadu o'r blawd bach gwyn.

''I fai o 'di hyn. Fo sy'n 'y ngorfodi fi ...' Sniffiodd. 'Ti'm yn dallt. Bob nos mae o'n disgwyl imi ddŵad â hyn a hyn yn ôl hefo fi. Os dwi ddim, mae o'n rhwbio tsili poeth yn fa'ma ... nes dwi'n sgrechian ... a 'di rhoi dŵr arno fo ddim ond yn 'neud y llosgi'n waeth.'

Gwasgodd ei bysedd rhwng ei chluniau. 'Gen i gymaint o ofn mynd yn ôl ato fo, Alexei ...' Sniffiodd. 'Sawl tro, dwi'n fyr ohoni ... ma' rhai dynion yn fodlon talu mwy am 'i chael hi'n noeth ... a weithia, pan dwi dan bwysa ... ddiwadd nos ... pan dwi 'di blino ...'

'Rhaid i chdi gael 'i warad o. 'Sgen ti'm dewis.'

Gwenu'n llesg wnaeth hi. 'Dwi 'di trio unwaith yn barod. Pam arall ti'n meddwl ddois i 'nôl yma i Berlin? O ddewis?'

Sniffiodd eto.

'Dim ots lle rheda i. Enwa di unrhyw ddinas yn y byd ... neu unrhyw wlad yn y byd o ran hynny. Yn hwyr neu'n hwyrach, mi fasa Camlo'n siŵr o ddŵad o hyd imi – 'mots pa mor bell faswn i 'di dengid rhagddo fo. Fel rhyw hen lwynog, mi fasa'n siŵr o ganlyn fy ogla i i bellafoedd daear.'

Clowyd drysau'r clwb am hannar awr wedi pedwar y bora. Cyn hynny, bu Alyosha yn pyslo'n hir ynglŷn â be i'w wneud hefo hi. Ar ôl pendroni chwanag, doedd ganddo fawr o ddewis ond cynnig lle i Galina aros hefo fo dros nos.

Wrth i'r ddau gerdded trwy'r glaw mân, gwthiodd hi ei braich trwy ei fraich o.

'Ti'n gwbod mod i'n dal i freuddwydio am gariad o hyd?'

Mynnai Galina ddal ati i'w thrin a'i thrafod ei hun, er ei bod hi wedi blino.

'Wyt ti?'

'Dwi'm yn siŵr ....'

'Dwi isio teimlo'r teimlada 'na o gariad trwy'r amsar, achos dyna'r unig deimlada sy o unrhyw werth i fi. Dim ond yn ddiweddar dwi 'di dechra gweld fy hun am be ydw i go iawn. Ers pan o'n i'n hogan fach iawn, mor bell yn ôl â dwi'n gallu cofio, 'nes i ddysgu sut i drin dynion. Falla mai ar lin Mam 'nes i ddysgu hyn. Bob tro roedd Mam isio rhwbath newydd, rhyw ffrog neu rhyw ddodrefnyn, roedd hi wastad yn swcro Tada ar ôl iddo fo ddŵad adra o'r banc. Gan amla, roedd hi'n cael ei ffordd. Yn nes ymlaen 'nes i ddysgu am fanteision dobio er 'mod i ddim cweit yn dallt be o'n i'n 'i 'neud hannar yr amsar, na'r effaith roedd hynny'n 'i ga'l ar amball ddyn. 'Nes i 'mond priodi Marcel er mwyn gwneud i Yves sylweddoli be oedd o'n 'i golli. Yn lle dal yn ôl, chwarae'n galad trwy 'i gadw fo hyd braich a gneud i Yves chwantu amdana i fel dyn a oedd ddim yn gall, ond be 'nes i oedd ildio iddo fo heb ennill yr un fantais. Roedd Camlo yn chwarae hefo fi – roedd o'n nabod rheola'r gêm yn well o'r hannar, doedd? Ddaeth o ddim ar 'y nghyfyl i o gwbwl, ddim tan o'n i reit yn y gwaelodion ...'

Disgwyliodd y ddau i dram gwag fynd heibio cyn mentro croesi'r sgwâr.

'Erbyn hyn, ma'n well o'r hannar gen i fynd i'r gwely hefo merchaid na dynion. Dwi'n meddwl yn amal mai dyn ydw i go iawn, ond 'mod i'n byw mewn corff dynas. Paid â chwerthin ...'

'Dwi ddim ...'

'O leia dwi'n gallu dŵad hefo dynas, sy'n fwy na alla i 'i ddeud am yr un dyn dwi 'di bod hefo fo erioed, a dwi 'di cysgu hefo 'dwn i'm faint o ddynion erbyn hyn. Hefo dyn yn y gwely, ti'n gorfod bod mor ofalus – awgrymu'n dyner pam na 'nawn ni hyn, neu pam na choda i 'mhen-ôl fel hyn, neu cer di fel hyn odana i, neu fel arall, neu sut bynnag. Ond profiad digalon 'di godro cerrig i'r pen. Ti'n gwbod be?'

Roedd Alyosha bron â chysgu ar ei draed.

'Dwi wastad 'di bod yng nghanol rhyw brofiad neu'i gilydd heb inclin o fath yn y byd am be dwi'n 'neud go iawn. A wedyn, pan dwi 'di rhyw ddechra'i ddallt o, dallt be sy'n digwydd imi, ma'r profiad 'di pasio heibio. Does dim un ffordd o'i ail-greu o yn union 'run fath ag oedd o cynt. Dwi'n teimlo'n amal 'mod i 'di byw fel rhyw gi fuo'n rhedag i ganlyn 'i gynffon, yn trio llenwi'r gwactar 'ma dwi'n deimlo tu mewn i fi'n hun. Ti'n gwrando arna i?'

'Mmmm-hmmm ...'

'O ddifri?' Pwniodd hi o'n ysgafn hefo'i chlun. 'Neu dim ond cogio wyt ti?'

'Na, na. Dal ati. Dwi'n dal i wrando arna chdi.'

'Ma' gen i gymaint o ofn. Ofn be ddaw ohona i, Alexei. Ofn pobol. Ofn Camlo. Ofn 'mod i 'di gneud camgymeriad mwya un 'y mywyd trwy beidio â chwffio'n galetach i gadw Yves.'

'Difaru 'di'n hanas ni i gyd.'

'Difaru 'di'n hanas i yn bendant. Ti'n iawn. Alla i, mwy na elli di, ddim troi'r cloc yn ôl, ond dwi'n dal i obeithio y daw 'na rywun i'r fei rywbryd. 'Sgin ti'm syniad gymaint dwi'n crefu am rywun i lenwi 'mywyd i hefo cariad. Cariad go iawn. Alla i'm diodda bod ar ben 'yn hun. Dwi'n casáu 'y nghwmni'n hun. Ma' meddwl am fynd yn hen ar ben fy hun fel Modryb Lazarevna Petrovna yn codi arswyd arna i. Ti'n cofio sut oedd hi'n y clinig hwnnw yn Potsdam?'

'Sut alla i byth anghofio?'

'Oedd o'n anfaddeuol be 'na'th hi, dy flacmelio di fel'na ...'

'Oedd.'

''Swn i byth yn gneud rhwbath fel'na i chdi ...'

Ar y pryd, ochri hefo'i modryb wnaeth Galina, trwy bwyso ar ei gair hi yn erbyn ei air o. Ond atgoffodd Alyosha mohoni hi o hynny.

Doedd ei stafall o yn Rüdersdorf yn fawr o beth.

'Cysga di'n y gwely. Gysga i ar lawr.'

'Cysga hefo fi.'

'Na, Galina, ma'n well i chdi gysgu ar dy ben dy hun.'

Cofiodd Alyosha y bora pan gerddodd i'r stafall am y tro cyntaf erioed – mor wag a moel oedd hi, heblaw am wely haearn, wardrob, desg a chadair bren. Roedd hen ogla llwydni'n codi o'r carpad tenau, a'r blew ci oedd dros bob un dim yn peri i'w drwyn gosi nes iddo ddechrau tisian.

Hyd yn oed mewn stafall wag, roedd olion bywyd rhywun arall yno o hyd. Ar waelod y wardrob gwelodd hen doriadau o bapurau newydd: adroddiadau am awyrennau'r Undeb Sofietaidd yn torri record y byd am hedfan dros yr Arctig.

Awgrymai'r toriadau mai dyn fu yno o'i flaen, oherwydd yn eu mysg daeth ar draws cerdyn post gan ferch o'r enw Zelda. Yn ei neges, dywedodd ei bod hi wedi ailfeddwl, ac nad oedd hi am adael ei bwthyn yn y Sedan-Platz am ddeufis arall a'i bod hi isio chwanag o amsar i feddwl am eu priodas. Llun dau ewig ifanc yn pori mewn llannerch olau oedd ar flaen y cerdyn. Enw'r dyn oedd V.

Pendronodd Alyosha dros y neges fer. Tybad a aeth V at Zelda i'w bwthyn yn y wlad yng nghanol coedwig Barnsdorf? Neu ai dychwelyd ato fo fu ei hanes hi? Oedd y ddau yn briod o hyd? Ni allai Alyosha lai na dyfalu. Darllenodd y cerdyn sawl gwaith drosodd cyn ei osod ar y wal uwchben ei wely, a'r brawddegau byrion fel esgyrn rhyw stori fer ymysg y miloedd o straeon byrion bach y byd.

Vicki soniodd am y si a glywsai hi. Fel arweinydd ei chell, galwodd Margarita gyfarfod brys a phenderfynwyd bod yn rhaid gweithredu'n syth.

Aeth y gair ar led fel tân gwyllt. Mewn dim o dro, cafodd aelodau eraill eu rhybuddio fod dros dri chant o *Sturmtruppen* yr SA yn mynd i ymosod ar y bloc. Ers i Margarita adael aelwyd Bruno a Larissa roedd ganddi apartment bychan ar ail lawr bloc oedd ar y ffin â Kreuzberg yn ardal Neukölln. Roedd ei thaith i swyddfa Aznefttrust yn fyrrach, ac yn fwy hwylus.

Ond y fantais fwyaf oedd gallu gadael tŷ ei chwaer a'i brawd-yng-nghyfraith. Aeth byw o dan yr un to â Bruno yn hollol syrffedus.

Ar wahân i Margarita, llu o gomiwnyddion oedd yn byw yn y bloc, a rhai'n aelodau o staff *Rote Fahne*. Fel pawb arall, teimlai ddyletswydd i amddiffyn ei chartre. O fewn dim, roedd ynghanol y gwaith trefnu.

Tyfodd si gryfach fod gangiau o Natsïaid yn mynd i ymosod mewn nerth y noson honno. Rai nosweithia ynghynt, gyrrodd car yn llawn o'r Roter Frontkampler Bund – criw arfog o gomiwnyddion – heibio i'r selar gwrw lle roedd rhai o'r SA wrthi'n cynnal cyfarfod. Arafodd y car wrth basio heibio, a thaniwyd tri gwn. Lladdwyd dau Natsi a chlwyfwyd saith, dau yn ddifrifol. Roedd bron i ddeugain yno, a synnodd pawb na chafodd chwanag eu lladd. Dial oedd nod yr ymosodiad ar y *Bierstuben*, oherwydd i'r SA ymosod ar *Org-beiter* – cell stryd y KPD – dridiau cyn hynny.

Daeth dros gant a hannar o ddynion o'r RFB draw. Erbyn wyth o'r gloch y nos roedd holl ddrysau'r bloc fflatiau yn cael eu gwarchod, a grwpiau o gomiwnyddion yn cuddio mewn gwahanol ystafelloedd hwnt ac yma. Aeth rhai ar y to, er mwyn cadw llygad ar y strydoedd islaw. Brodiai goleuni'r bariau ymylon y sgwâr gan adael y cerflun yn y canol mewn plethwaith o gysgodion.

Wrth gamu i lawr y grisiau er mwyn anfon neges i ddau a safai wrth y ffenast, daeth Margarita wyneb yn wyneb â Kai-Olaf a oedd ar ei ffordd i fyny ac yn mynd ar wib fel pry hefo ci ar ei sodlau. Doedd y ddau heb weld ei gilydd ers sbel oherwydd ei fod wedi bod i ffwrdd yn yr Eidal. Gwahoddodd Margarita fo i'w stafall, a dywedodd y byddai'n galw yn y man, ond roedd arno fo isio gweld rhywun arall yn gynta.

Edrychodd y ddau ar ei gilydd am eiliad cyn gwasgu llaw – a gwahanu.

Ar ei gwrcwd roedd Paul, y printar di-waith, yn bodio cefn rhesaid o'i lyfrau mewn rhyw ffordd ddifeddwl hefo'i fawd. Cododd Rosa, ei lygoden fach wen, ei llygaid i edrach ar Margarita pan gerddodd i mewn.

'Oes 'na rywbeth yn digwydd?' holodd yn ddidaro.

'Ddim eto. Mae hi'n dal yn dawal tu allan.'

''Dan ni'n siŵr o'u clywad nhw pan ddôn nhw. Ma' 'na wastad rhyw dwrw o gwmpas yr SA.'

Dychwelodd Kai-Olaf yn y man a gosod ei fag lledar ar y ddesg fechan. Tynnodd ei gap a chrafu ei ben. Roedd golwg wedi blino arno fo; roedd 'na wastad olwg wedi blino arno, fel dyn oedd newydd gyrraedd adra ar ôl cyfres o gyfarfodydd tanddaearol dwys. Yn amlach na pheidio, dyna oedd y gwir reswm pam roedd o'n cysgu ar ei draed.

Un o'i gas betha oedd cael ei holi, ac roedd Margarita bellach wedi hen ddysgu peidio â gwneud. Gadawai i Kai-Olaf ddatgelu'r hyn roedd am ei ddatgelu, neu ddim, a hynny yn ei amser ei hun.

'Oes rhaid iddi ddŵad i hyn? Ti'm yn meddwl bod y cwbwl yn llanast?'

Roedd goslef wahanol yn llais Kai-Olaf: un a barodd syndod iddi.

'Oes 'na ddewis arall gynnon ni?'

'Pwy sy wedi creu'r sefyllfa yma?' oedd ei ateb o.

Oedd o'n beth doeth i siarad mor blaen o flaen Paul? Gwelodd Margarita fod meddwl Kai-Olaf yn dryblith a'i fod am fwrw i'r dwfn.

'Dwi isio i bawb ohonan ni siarad yn onast.'

'Siarad yn onast,' atebodd Paul. ''Sneb yn dy stopio di.'

''Nei di'm lecio clywad be s'gen i i'w ddeud.'

'Deud. Neu fydda i ddim callach os dwi'n lecio neu beidio ...'

'Be 'dan ni'n y KPD yn 'i 'neud? 'Mosod ar y sosialwyr yn yr SPD. Enllibio nhw, pardduo nhw ... galw nhw'n ffasgwyr ... yn lle'n bod ni'n cwffio hefo'n gilydd yn erbyn y ffasgwyr go-iawn. Dwi'n meddwl bod be 'dan ni yn 'neud ... ag wedi bod yn 'i 'neud ... yn hollol ynfyd.'

'Ma' rhwbath wedi dy ypsetio di, ma'n amlwg?' holodd Margarita.

'Oes.'

Dywedodd Kai-Olaf iddo ddarllen stori yn *Die Rote Fahne* am *Schutzpolize* Prwsia yn cynnal cyrch ben bora ar bencadlys yr SA. Cafwyd hyd i hanner dwsin o fomiau llaw, llond atig o fwledi, gynnau a chyllyll. Cafodd wyth o ddynion eu harestio. Yn sgil y cyrch, penderfynodd yr awdurdodau wahardd gwisgo lifrai Natsïaidd. Yn lle llongyfarch yr awdurdodau, be wnaeth *Rote Fahne*? Cynnal y lein. Be oedd y pennawd drannoeth? Fod Plaid Ddemocrataidd Sosialaidd yr Almaen yn dal i swcro'r Natsïaid.

Shifftiodd Paul yn ei gadair.

'Mae ganddon ni fel Plaid Gomiwnyddol bolisi hirdymor tuag at yr SPD,' dywedodd Margarita yn glir. 'Pam fod raid inni newid hwnnw ar sail un digwyddiad bach?'

'Am fod yr un digwyddiad bach yn dangos yn gliriach na dim fod yr SPD yn gweithredu yn erbyn y Natsïaid.'

'O ddifri? Ti'n meddwl hynny o ddifri?' Paul oedd wrthi.

'Ydw, mi ydw i,' oedd ateb Kai-Olaf.

Cuchiodd Margarita.

'Gretushka, ffeithia 'di ffeithia!'

'Ma'n dibynnu sut ti'n dehongli'r ffeithia. Pam ydw i'n gorfod deud hyn wrtha chdi o bawb? Ti 'di pregethu hynny droeon dy hun. Be os mai twyll oedd cyrch yr heddlu? Ti 'di meddwl am hynny? Be os mai honni gweithredu oeddan nhw er mwyn cuddio'r ffaith eu bod nhw law yn llaw hefo'r Natsïaid?'

Ochneidiodd Kai-Olaf yn dawel.

'Hyd yn oed os ydi rhai o arweinyddion yr SPD yn oddrychol yn wrthffasgaidd, yn wrthrychol ma' nhw'n gwisgo'r un sbectol â'r Natsïaid,' dechreuodd Paul. 'Mi faswn i'n mynd hyd yn oed yn bellach ... '

'... ia, ia, dwi'n gwbod be ti'n mynd i ddeud nesa, s'gen i'm isio clywad chwanag o ...'

'... am 'u bod nhw'n honni mai sosialwyr ydyn nhw, y nhw ydi'r gelynion perycla sy gynnon ni. Ma' nhw mor ddauwynebog, mor anonast, mor ffwcin rhagrithiol ... '

' ... am eu bod nhw'n hollti pleidlais y dosbarth gweithiol. Medda chdi! Medda pawb! Wrth ailadrodd rhwbath fel pader bob dydd, bob nos, bob wythnos, bob mis, bob blwyddyn, yn hwyr neu'n hwyrach mi ddaw pawb i lyncu'r cwbwl yn ddigwestiwn. Ond mae gen i go' hirach. 'Nôl yn 1919, y KPD, ni – y Blaid Gomiwnyddol – aeth ein ffordd ein hunain. Ni holltodd oddi wrth y sosialwyr.'

'Paid â gadal i neb arall dy glywad di'n siarad fel'ma, Kai-Olaf,' rhybuddiodd Margarita.

'Siarad fel'ma am be?' holodd Vicki.

Newydd gamu i mewn oedd hi, hefo sigarét yn ei cheg.

Bu tawelwch heblaw am sŵn Rosa yn pitran-patran yn ysgafn dros y silff lyfrau.

'Be?' Edrychodd Vicki yn ddryslyd. 'Be oeddach chi'ch tri'n drafod?'

Shifftiodd Paul ar ei gadair.

'Dim,' atebodd Kai-Olaf.

'Be?' gwefusodd Vicki ar Margarita.

Ysgydwodd hi ei phen.

Sefyll yn llonydd hefo'i gefn tuag atyn nhw ger y ffenast wnaeth Kai-Olaf wedyn.

Agorodd Vicki ei chôt laes: yn hongian am ei chanol roedd pedwar Dreyse, dau MP.26 a phistol Walter newydd sbon. O'i phocedi mewnol tyrchodd dair rhesaid o fwledi. Rhannwyd yr arfau, ac aeth Paul, Margarita a Kai-Olaf â nhw i wahanol rannau o'r adeilad.

Pan ddychwelodd Margarita, roedd Vicki wrthi'n rowlio sigarét arall ger y ffenast gan gadw golwg ar y sgwâr yr un pryd. Trwy gil ei llygaid, sylwodd fod ail ddrôr ei desg ar agor fymryn – ddim rhyw lawer, dim ond y llygedyn lleiaf, ond digon iddi hi sylwi bod rhywun wedi ei hagor a'i chau ar frys. Cadwodd Vicki ei chefn tuag ati wrth ddrachtio ar ei sigarét.

Daeth Kai-Olaf yn ei ôl.

Pylodd Margarita oleuni'r lamp ac eisteddodd y tri wedyn i aros. Vicki oedd yr agosa at y ffenast, a bob hyn a hyn byddai'n sbecian allan. Sgwrsiai'r tri, ond ysbeidiol iawn oedd hynny – fel petai pawb yn ceisio arbed ei nerth. Ni allai Margarita lai na phendroni: oedd Vicki wedi bod yn sbaena trwy ei phethau? Neu ai Paul fuo wrthi? Neu ai dim ond hi oedd wedi dychmygu bod rhywun wedi bod yn byseddu cynnwys ei drôr?

Byth ers ei thaith i'r Undeb Sofietaidd, roedd rhyw newid cynnil wedi bod yn y berthynas rhwng y ddwy. Pan fyddai Margarita yn cyflwyno erthygl – yn amal o dan enw arall – i *Die Rote Fahne*, byddai Vicki yn ddi-ddweud iawn ac roedd rhyw esgus ganddi dros beidio â'u darllen nhw bob tro. Hyd yn oed pan gyhoeddodd Margarita gyfres o erthyglau yn *Die Rote Fahne*, cafodd amal i air o ganmoliaeth neu ambell sylw gan hwn a'r llall oedd yn gwybod pwy oedd y tu ôl i'r glasenw – ond gan Vicki, dim un gair. Gallai rhywun yn hawdd feddwl ei bod hi heb hyd yn oed weld yr erthyglau, heb sôn am eu darllen.

Roedd Margarita yn gwbod nad oedd neb arall – heblaw am Paul – yn darllen *Rote Fahne* hefo'r fath arddeliad â Vicki. Awchai i'w lyncu bob dydd – a gallai gofio holl fanylion llu o erthyglau ar wahanol bynciau hyd at dair neu bedair blynedd ynghynt. Roedd ganddi gof rhyfeddol at fân ffeithiau.

Arhosodd y tri ar eu traed trwy'r nos. Ni chafwyd ymosodiad, ond bu'n noson o sylweddoliad i Margarita. Deallodd un peth pwysig iawn: doedd yr hogan a fu'n gymaint o ffrind mynwesol iddi ar yr un adeg bellach ddim yn ffrind o gwbwl. Roedd Vicki yn genfigennus ohoni – yn genfigennus o'r parch a roid iddi, yn ogystal â'i pherthynas hefo Kai-Olaf.

Roedd Margarita yn amau ei bod hi'n gwybod pam roedd Vicki wedi bod yn chwalu trwy'i phethau; roedd hi'n chwilio am ryw damaid o dystiolaeth, unrhyw beth a allai beri niwed iddi yng ngolwg y KPD. Roedd Vicki am ei gweld yn cael ei thynnu i lawr, neu hyd yn oed ei diarddel. Ddim ffrind adawodd ei stafall y bora hwnnw, ond gelyn. Byddai'n rhaid iddi fod yn fwy gofalus o hyn ymlaen.

Doedd dim rhaid i Camlo gymaint â chodi bys bach i fynd i chwilio am Galina Vengerova. Pam trafferthu troi allan, ac ynta'n gwbod ei bod hi, yn hwyr neu'n hwyrach, yn saff o ddŵad yn ei hôl ato fo fel ci bach am fwytha? Gwnaeth Alyosha ei ora i ddal pen rheswm hefo hi, gan droi at bob rhyw ystryw er mwyn ceisio darbwyllo Galina mai dyna'r peth gwiriona un y gallai hi ei wneud.

'Ti'n gwrando arna i?'

Doedd hi ddim. Roedd hyd yn oed meddwl y ffasiwn beth yn ffwlbri. Pryd wrandawodd hi ar yr un gair ddeudodd o wrthi hi o erioed?

'Galina, glywis di be dwi newydd ddeud wrtha chdi?'

Dechreuodd gau amdani hi ei hun.

'Ti'n dallt be dwi'n trio'i ddeud?'

'Gad lonydd, 'nei di,' gwylltiodd yn sydyn, 'yn lle'n hambygio fi trwy'r amsar.'

Roedd Alyosha'n siarad calon y gwir a sylweddolai hithau hynny, ond roedd rhai petha hyd yn oed yn gryfach na'r gwirionedd.

Tyfodd Galina yn uffern yn ei fywyd. Mynnodd gael aros yn ei stafall. Daeth i gasáu ei hun yn waeth, efo'i hwyneb main, esgyrnog, a'i chroen sych oedd yn edrach yng ngola dydd fel penglog angau. Doedd dim dal sut hwyliau fyddai arni hi o un awr i'r llall.

Gan amla, byddai'n gorweddian yn y düwch dan bwysau'r felan, neu dro arall yn myllio wrth ddychmygu bod Camlo yn byseddu cliciad y ffenast, yn llithro i mewn i'w mygu yn ei chwsg ...

'Os doi di 'nôl 'ma a dŵad o hyd imi'n gorff, mi fyddi di'n gwbod pwy fuodd wrthi.'

Dro arall, roedd hi'n gwrthod yn daer i Alyosha ei gadael hi o gwbwl.

'Ma'n rhaid imi fynd. Ma' gin i waith ...'

'Alexei, aros!' gan wasgu ei hun yn erbyn y drws.

'Galina, alla i ddim ...'

'Paid â mynd ...'

'S'gen i'm dewis ...'

'Paid â 'ngadal i!'

'Mi ddo i 'nôl.'

Hunllefai'n ddi-baid. Yn amal, byddai'n deffro yn sgrechian enw Roksana – neu weithiau, enw Yves. Un noson, dychmygodd fod ei mam yn sefyll wrth droed ei gwely mewn pais laes yn ei dwrdio, yn peri iddi deimlo'n euog am esgeuluso'i thad.

'Tada,' criodd am oriau. 'Tada, Tada.'

Ceisiodd fyw heb yr eira. Gwnaeth ymdrech enbyd, gan gwffio hefo holl nerth ei hewyllys i beidio â chwantu'r stwff bach gwyn. Aeth yn biwis i gyd. Crefodd ar Alyosha i ddŵad â'r mymryn lleiaf yn ei boced hefo fo o Mexico. Ildiodd unwaith, er mwyn ei thawelu – a'i stopio rhag malu'r ffenast. Roedd o'n nabod barman, oedd yn 'nabod rhywun arall ...

Pan ddychwelodd Alyosha o'i waith yn flinedig yn oriau mân rhyw fora, methodd yn lân â datgloi'r drws. Gan feddwl bod Galina'n cysgu, curodd yn drymach.

Agorwyd cil y drws a gwelodd ei llygaid: roedd rhywun hefo hi.

Eisteddodd Alyosha ar ben y grisiau'n hannar hepian yn erbyn y mur oer. 'Mhen sbel camodd coesau heibio i'w ysgwydd, a diflannu ar wib lechwraidd i'r gwyll islaw, gan adael ogla sebon lafant ar ei ôl. Trodd du min go iawn ati a dweud y drefn yn ddiflewyn-ar-dafod. Ond hefo'r eira yn y gwaed, roedd Galina eisoes yn llithro o'i afael ...

Pan gafodd y drws ar glo am y trydydd tro, mynnodd Alyosha fod yn rhaid iddi adael. Roedd o wedi hario'i hun yn lludw, ac wedi cael mwy na llond bol ar ei giamocs hi i gyd. Hel ei phac a gadael drannoeth oedd y gorchymyn a roddodd o iddi. Pan ddechreuodd hi dynnu'n groes, torrodd ar ei thraws.

'Dwi'm isio clywad yr un gair arall.'

'Fedri di mo 'nhroi fi allan ... I lle a' i?'

'Dy broblam di fydd honno.'

'Alla i'm bod yn saff yn nunlla arall.'

Crefodd yn ei llais hogan fach, 'Paid â bod mor gas tuag ata i ...'Sgin i mo'r help ... Cofia be 'na'th ddigwydd i mi ... Alyona, y babi bach 'nes i orfod ei gadael ar ôl yn Rwsia – hefo'r wraig Ingush honno 'na'th 'i dwyn hi 'ddarna i.'

Gwylltiodd hyn o yn fwy na dim.

''Nes di 'rioed adal babi bach ar ôl yn Rwsia!'

'Do, mi 'nes i!'

'Naddo, 'nes di ddim! Fi ddeudodd hanes Alyona wrtha chdi 'nôl ym Mharis. Ti'm yn cofio?'

'Fi ddeudodd yr hanes wrthach chdi!'

'Galina, ti'n drysu ...'

'Chdi sy'n drysu!'

'Dwi'n drysu dim!'

'I fi 'na'th o ddigwydd!'

'I Marya 'na'th o ddigwydd. Hi ddeudodd y stori wrtha fi yng nghegin y Grand Cercle Moscovite un noson. 'I hanes hi bob gair oedd hanas Alyona. Rhag dy gywilydd di'n dwyn ei galar hi, er mwyn hel cydymdeimlad atach chdi dy hun. Dwi'n 'difaru 'mod i 'di agor fy ngheg wrtha chdi 'rioed.'

Dolefu dagra wnaeth Galina; ond ni lwyddodd hynny i feddalu dim ar deimladau Alyosha tuag ati y tro yma. Teimlai'n gwbwl gynddeiriog, ond dal ati i gerian crio fel plentyn wnaeth hi. Doedd dim cydymdeimlad ganddo fo ar ôl – roedd hi wedi ei sbydu i gyd. Methodd â madda iddi. Gwyrdroi profiad rhywun arall er ei mwyn ei hun – roedd y peth yn waeth na gwarthus. Oedd ei bywyd mor ddiystyr â hynny? Neu, a oedd gan alltudion yn eu trueni yr hawl i yfed o'r un pwll profiad er mwyn ennyn tosturi?

'Waeth i chdi heb ...'

'Be dwi'n mynd i 'neud?'

'Dy broblam di fydd honno.'

Wedyn, cafodd Alyosha saith diwrnod o notis gan y landlord.

'Dwi'm yn y busnas o rentu stafelloedd i hwrgwn a hwrod,' haerodd yn blwmp ac yn blaen pan aeth ei denant ato i ddadla ei achos.

''Sgin i nunlla arall i fynd.'

'Tyff. Ma' 'na ddigonadd o le i bobol fel chdi gynnal 'ych budreddi allan ar y stryd.'

Rhwbiwyd yr halen yn ddyfnach i'r briw pan sylweddolodd Alyosha fod Galina wedi ei dwyllo ar hyd y bedlan. Doedd hi erioed wedi stopio gweithio i Camlo.

Ar ryw wedd, roedd hi mewn cariad hefo fo o hyd. Fel yn achos pob cariad, roedd hi'n glustfyddar i reswm ac yn llawn o hunan-dwyll. Roedd hi wedi gwneud ffŵl ohono fo o'r cychwyn cynta un. O'i hachos hi, collodd ei lety. O'i achos o. O achos Camlo.

Camodd Alyosha trwy fwlch rhyw ddadrithiad. Aeth i gasáu ei hun am fod mor naïf. Casâi Galina hefyd, ond roedd yn casáu ei phimp hi yn saith gwaeth. Aeth i gasáu'r ddau gymaint â'i gilydd. Hawdd y gallai ddychmygu Camlo yn chwerthin am ei ben am roi llety a gwely gwaith i'w hŵr.

Dechreuodd ferwi. Ni allai feddwl am ddim byd heblaw'r cam a gafodd o dan law'r ddau. Roedd y cwbwl yn ei gorddi a'i gynddeiriogi.

Dechreuodd ddychmygu sut y gallai ddial ei gam yn fwy na dim. Roedd o am weld Camlo yn cael ei gosbi, a châi bleser wrth ddychmygu gwahanol sefyllfaoedd lle roedd hwnnw ar ei liniau o'i flaen o yn crefu am drugaredd. Dychmygodd ei hun yn ei glymu mewn sach a'i daflu i afon Spree. Dychmygodd y mwynhad a gâi o'i weld yn boddi. Daeth awydd drosto i ddysgu gwers gan lyncu pob awydd arall, nes un noson sleifiodd i mewn i gegin y Mexico a dwyn un o'r cyllyll.

At y min nos drannoeth, anelodd Alyosha am y Nollendorfplatz.

Cynyddai ei gynddaredd hefo pob cam. Rhaid oedd unioni'r cam. Unioni cam, unioni cam, llafarganodd wrtho'i hun ynghanol sŵn y tramiau a'r torfeydd. Fu dim rhaid iddo aros yn hir. Gwelodd y dyn ei hun yn dod o bell.

Daeth Camlo i'r fei wedi ei wisgo mewn côt lwyd gwta hefo coler oposwm a wnâi iddo fo edrach fel rhyw sgweiar ifanc yn cerdded ar hyd ei dir ar noson braf o haf. Ers dyddiau Montmartre gynt, roedd o wedi newid rhyw fymryn. Nid yr un dyn y cofiai Alyosha ei weld yn pwyso ar ei Cadillac Coupé Convertible, ond dyn a edrychai fel rhywun ar i fyny, er bod ei wallt fymryn yn llaes dros ei goler o hyd a'i fysedd yn dripian o aur.

Gwelodd Alyosha Galina a rhyw ferch arall yn ymlwybro tuag ato fo. Taniodd Camlo sigarét iddo'i hun. Ni chlywodd Alyosha eu sgwrs. Camodd dros y tarmac.

Sylwodd fod llafnau'r haul yn taro ar ambell fan gan greu pyllau o oleuni gwan.

Teimlodd ei hun yn cael ei dynnu'n nes ac yn nes, nes ei fod yn cael ei sugno'n gynt a chynt gan ryw rym anferthol tuag at fan lle na ddymunai fod.

Holltwyd Alyosha yn ddau – yn dri, yn bedwar, yn bump.

Sgrechiodd Galina ...

Cyrcydodd y ferch arall gan lapio'i dwylo dros ei chorun.

Teimlai'r eiliadau nesa fel cerddad trwy dywod ar wely'r môr. Cofiodd Alyosha yr edrychiad ar wep Camlo, dros ei esgyrn boch uchal: syndod, rhyfeddod, ing.

Ni ollyngodd ebwch.

Ni ollyngodd ddeigryn.

Ni ollyngodd waedd.

Ni ollyngodd ddim.

Gollyngodd Alyosha garn y gyllell, ond arhosodd hi yn yr union fan lle y gosododd hi.

Powliodd rhywrai o i'r pafin cyn iddo lwyddo i redag llath.

Doedd pethau erioed wedi bod cystal rhwng Zepherine ac Artyom, yn wir, fuo pethau erioed yn well. Aeth pethau'n well fyth pan ddywedodd Artyom ei fod newydd fwcio *suite* yn yr Hôtel Metropole, ac yn yr un gwynt addawodd syrpréis arall iddi. Er i Zepherine holi'n daer, gwrthododd â datgelu be oedd hwnnw.

'Ond 'sgen i'm byd i'w wisgo.'

Cafodd Zepherine a'i chwaer, Avril, esgus i fynd am swae, a threuliodd y ddwy dridiau'n llithro o siop i siop yn llwytho bag ar ôl bag i ddwylo'r *chauffeur* yn y Rolls-Royce.

'Ti 'di gadael rhwbath ar ôl i bobol erill Paris?'

'Amball beth,' serennodd Zepherine yn ddedwydd gan ddal ffrog haf flodeuog o'i blaen.

'Artyom?'

'Be?'

Gwefusodd ei bod hi'n ei garu fo.

Roedd o newydd ddŵad adra ar ôl bod yn gweld yr optegydd, a'r dyn wedi cadarnhau be roedd o 'i hun yn ei amau, sef ei fod yn fyr ei olwg yn ei lygad dde. Er hynny, roedd o'n gyndyn i wisgo sbectol – doedd sbectol rywsut ddim yn gweddu i ddyn fel fo.

'Mynd o ddrwg i waeth 'neith o.'

'Rhwbath i hen bobol sy bron yn ddall 'di sbectol,' mynnodd Artyom wrth godi o'i gadair.

Dangosodd yr optegydd gas melfed porffor iddo a gofyn, 'Pam na wisgwch chi hon?'

Yn gorwedd yn y cas roedd monocol hefo ymyl aur. Cododd Artyom y darn rhwng bys a bawd a'i wasgu i'w lygaid. Craffodd arno'i hun yn y drych sgwâr gan deimlo bod y gwydryn bychan yn rhoi rhyw *gravitas* iddo fo.

'Wel? Be ti'n feddwl?'

Sad-gysidrodd Zepherine o, ei phen ar ogwydd.

'Mmmm. Siwtio chdi.'

'Fuos di'n hir cyn deud.'

'Ti'n atgoffa fi o rywun ...'

'Rhywun enwog?'

'Rhywun o'n i'n arfer canlyn hefo fo unwaith pan o'n i'n gweithio i Coco Chanel.'

'Rhywun faswn i'n 'i nabod?'

''Mhell cyn dy amsar di. Doedd o'm yn ddyn neis iawn, ddim hannar mor neis â chdi.'

Rhoddodd Zepherine y forwyn ar ben y ffordd ynglŷn â be i'w bacio, a gyrrwyd y rhan fwya ar y trên, hefo Bibi a Karina yng ngofal dwy forwyn. Ond yn eu moto-car newydd – *tourer* to-agored o liw gwin, a rhimyn arian o'i gwmpas mor loyw nes disgleirio'n llachar – y gyrrodd Artyom a Zepherine i Monte Carlo.

Roedd wybren Awst yn crasu'r wlad yn grin ac o boptu'r ffordd roedd meysydd yn danlli o flodau'r haul a natur yn penwynnu drwyddi yn y gwres. Roedd y meysydd ceirch a haidd yn melynu'n barod, ac yn prysur droi eu lliw po ddyfnaf roedd y ddau'n teithio tua'r de, lle ymledai eangderau maith o dir tua'r gorwel dan entrych glas yr haf. Cododd yr haul eu hwyliau nes codi eu hysbryd a'u hasbri, a gwneud y ddau'n ddedwyddach fyth yng nghwmni ei gilydd.

Dafliad carreg o erddi'r casino roedd yr Hôtel Metropole. Wrth gamu trwy'r drws i'w *suite* o ystafelloedd, teimlai Zepherine fel merch ar ei melrawd. Eu hystafall nhw oedd y stafall fwya, a'r ddwy forwyn, hefo Bibi a Karina, yn lletya drws nesa mewn stafall lai. Yn ôl ei arfer, doedd Artyom ddim wedi dweud y cwbwl wrthi. Doedd o heb sôn gair am brynu apartment i'w chwaer.

Ar yr ail ddiwrnod, pan aeth Zepherine i siopa, aeth Artyom i alw ar Inessa.

Hogyn ifanc a'i tywysodd i ganol stafall wen, un lydan olau, hefo dodrefn modern ynddi. Roedd y drysau gwydr ar agor led y pen i'r balconi, a dŵr yr harbwr islaw yn disgleirio'n finiog yn erbyn gwynder y cychod hwylio nes briwio'r llygad.

Gwyn oedd ei ddillad i gyd: crys gwyn, trowsus gwyn ac *espadrilles* gwynion. Gydol y sgwrsio roedd yn mynnu troi raced dennis ar ei lin. Hogyn swil iawn oedd ei nai, Georgik, ac yn amlwg yn cael trafferth i fod ar ei ben ei hun yng nghwmni rhywun arall. Crymai ei ysgwyddau. Roedd ganddo glustiau pinc bychan, fel clustiau mochyn bach, a'i wallt golau wedi ei dorri'n gwta.

'Fydd Mam yn ôl 'ma cyn bo hir.'

'Wedi picio allan?'

'Wedi mynd draw i'r orsaf.'

Crinodd y sgwrs. Roedd rhyw sblasio egwan i'w glywed o bell.

'Gynnoch chi olygfa braf 'ma. Ti a dy fam yn setlo'n iawn?'

'Ydan, diolch, Ewyrth Artyom.'

'Sut ma'r ysgol? Dy fam yn deud wrtha i bo' chdi'n gneud yn dda.' Steddodd ar gadair gyferbyn â'i nai. 'Cael marcia uchal yn dy arholiada, yn uwch o dipyn na'r hogia ma' Ffrangeg yn iaith gynta iddyn nhw yn 'u cael ...'

Cochodd Georgik.

'Ydi hynny'n wir?' cododd Artyom bryfôc. 'Neu dim ond tynnu 'nghoes i ma' dy fam?'

'Dwi prin yn gallu siarad Rwseg. Ffrangeg ma' Mam a fi yn siarad hefo'n gilydd ers blynyddoedd.'

Ffliciodd Artyom forgrugyn du a oedd yn crafangu dros ei ben-glin.

'Ti 'di clywad rhwbath gan dy frawd mawr o gwbwl?'

'Ddim ers sbel go lew.'

'Dim llythyr na dim?'

'Dim byd.'

'Na finna chwaith. Biti fod Alexei 'di torri'i hun i ffwrdd o'r teulu. Wedi'r cwbwl, ni 'di'r unig rai sy gynno fo ... pobol sy'n poeni amdano fo.'

Gwingodd Georgik a chladdu ei bersonoliaeth yn ddyfnach o dan haenau o swildod.

'Chwith garw. Dwi'n gwbod bod dy fam yn poeni'n arw amdano fo. Wedyn, wel, dyna ni. Mae gan bawb hawl i fyw 'i fywyd 'i hun, am wn i ...'

Ffliciodd forgrugyn arall oddi ar ei lawes.

'Os 'dio'n mynnu torri 'i gwys 'i hun, pwy ydan ni i ddeud wrtho fo am 'neud yn wahanol? Mae o'n ddyn yn 'i oed a'i amsar bellach.'

Wrth dynnu atgof, gwenodd Artyom wrtho'i hun. 'Dwi'n cofio Dolig 1916. Cofio gyrru'r holl ffordd o Baris yn ôl adra i Petrograd. Babi yn dy glytia oeddach chdi 'radag honno.'

Croesodd gwên swil ar draws wyneb yr hogyn.

'Faint oedd d'oed di, Gosha?'

'Dolig 1916? O'n i prin yn flwydd, Ewyrth Artyom.'

'A faint fasa dy frawd mawr 'di hefyd? Deuddeg? Tair ar ddeg?'

'Tair ar ddeg.'

''Na chdi. Tair ar ddeg.'

Ebychodd. 'Tair ar ddeg. Bobol bach! Ma' Alexei rŵan yn ... faint? Chwech ar hugian?'

'Bron â bod ...'

'Pwy 'sa'n meddwl? 'Tydi amsar yn sleifio heibio heb inni sylwi? Cofia di, dim ond dechra byw wyt ti. Ti'n llechan lân heb 'i sgriffio eto, Gosha. Ond yn gynt nag wyt ti'n 'i feddwl, ma'r hen fyd 'ma'n gadael 'i greithiau arnach chdi.'

Doedd fawr o ddiddordeb gan yr hogyn yn ei sgwrs, er na sylwodd Artyom ar hynny.

'Ma' 'na lun o Ddolig 1916 gen i o hyd yn rhwla. Llun 'nes i dynnu hefo camera newydd sbon o'r teulu i gyd. Dy fam, dy dad, dy nain, dy daid, dy frawd. Pawb hefo'i gilydd.'

'Ddim hwnnw gafodd 'i dynnu yn y llofft?'

''Na chdi. Ti 'di'i weld o?'

Cochodd y bachgen yn ddyfnach.

'Am fod cymaint o drwch eira wedi lluwchio tu allan, roedd llewyrch goleuni'r haul yn taro'n gryfach yn y llofft nag yn y salon lawr llawr. Dy daid, dy nain – go brin bo' chdi'n 'u cofio nhw o gwbwl. Ar ôl y chwyldro, dewis aros yn Rwsia wnaethon nhw, er 'mod i 'di mynd i draffarth mawr ym Mharis i drefnu *visas* ar 'u cyfar nhw – mi fuo'n rhaid imi dalu'n ddrud iawn amdanyn nhw, achos bod 'na gymaint o bobol debyg i mi yn trio'u gora i gael eu hanwyliaid allan yn saff. Fy nhad oedd y drwg. Newid 'i feddwl ar y funud ola. Am aros oedd o, wir. Ar y pryd, ro'n i'n gandryll. Dwi'n cofio gyrru telegram reit beth'ma ... reit swta atyn nhw. Dwi'n gwbod y basa Mam wedi dŵad o 'no ar ei hunion, oni bai amdano fo. Roedd dy daid yn gallu bod yn hen ffŵl gwirion ar adega.' Gwenodd. 'Cofia di, roedd o'n un garw am fynd i saethu chwyaid gwylltion. Pan o'n i'n hogyn, tua'r un oed ag wyt ti rŵan, ro'n i'n arfar mynd allan hefo fo weithia ar Lyn Ladoga. Dim ond ni'n dau am bnawnia, yn gorwadd ar ein bolia yn y brwyn a ...'

Fel pob hogyn yn ei arddegau, doedd gan Georgik ddim math o ddiddordeb mewn clywed am ryw hen atgofion o erstalwm. Erstalwm oedd erstalwm. Oes arall, yn llawn o bobol doedd o prin yn eu nabod nhw a phobol a oedd bellach wedi marw. Peth diflas ar y naw oedd siarad am betha felly. Sylweddolodd Artyom hyn a thewi.

''Drycha, gan fod dy fam ddim yma ...'

Ar gledar ei law, daliai becyn bach llwyd.

'Rhwbath i chdi. Anrheg go sbesial gan dy hen ewyrth, yli, yr holl ffordd o le bach y gwn i amdano fo ym Montmartre.'

Pasiodd o draw a wincio ar ei nai.

'Paid â meiddio sôn gair wrth dy fam. Os daw hi i wbod, mi wada i'n ddu-las fod a 'nelo fi ddim byd â'r peth.'

Winciodd eto.

'Diolch,' atebodd yr hogyn braidd yn ddienaid.

'Ti'm am 'i agor o?'

Agorwyd y drws. Wrth i Inessa gerdded i'w gyfwrdd, cododd Artyom a sylwi bod rhyw gysgod hir yn ei chanlyn hi.

'Gosha, 'ngwas i, cer i nôl gwydryn o rwbath oer imi. Tomya, ti yma.'

Bochgusanodd y ddau ei gilydd ddwywaith.

'Mmmm. Ti'n ogleuo o'r haul. Ogla da. Ges di groeso gan Georgik? Gosha, dwi'n gobeithio i chdi neud i dy ewyrth deimlo'n gartrefol.'

'Do, Mam,' atebodd braidd yn llywaeth.

'Be ti'n guddio tu ôl i dy gefn?'

'Dim byd,' dywedodd gan gochi a diflannu i'w lofft.

'Gobeithio bo' chdi'm yn meddwl 'mod i'n rhy anfoesgar trwy beidio â bod yma i dy gyfarfod di, Artyom, ond ro'n i 'di trefnu ymlaen llaw i gyfarfod ...'

Trodd a chyfeirio'i llaw agored at y dyn tal wrth ei hysgwydd.

'Tomya, dyma Philippe – Philippe, dyma fy mrawd bach i.'

Ysgydwodd y ddau ddwylo.

'Plesar eich cyfarfod chi,' nodiodd y dyn tal.

'A chitha yr un fath.'

'Yn fwy i mi nag i chi, dwi'n siŵr,' a dowciodd y dyn fymryn wrth wyro ymlaen ryw fodfedd neu ddwy ar flaena'i draed. 'Dwi 'di clywad cryn dipyn o sôn amdanach chi.'

'Be? Dy chwaer? Dyna dy syrpréis di?'

Wrthi'n pwyso a mesur pâr o glustdlysau ger ei dwy glust o flaen y drych roedd Zepherine.

'Dŵad â fi yr holl ffordd o Baris i Monte Carlo i dreulio noson hefo honna o bawb?'

'Fory gei di dy syrpréis di.'

'Ti'n cofio'r noson ofnadwy honno gawson ni hefo hi ym Mharis unwaith? Hefo'r gŵr hwnnw? Hwnnw aeth i Hollywood ag yfad ei hun i farwolaeth? Pam mae hi'n mynd am y math yna o ddynion?'

''Sdim dal sut un ydi Philippe.'

'Be mae hi'n 'neud 'ma, p'run bynnag?'

'Dathlu'i dyweddïad.'

'Py!'

'Py! Be?' Cododd ei olwg o'r *Carte Bécherel* roedd o'n ei ddarllen yn noeth ar y gwely.

'Ma' honna'n dyweddïo'n amlach na dwi'n newid 'y nillad isa.'

Daliodd Artyom gip sydyn o edrychiad gwibiog yn ei llygaid, rhywbeth rhwng dicter ac anhapusrwydd dwfn.

'Sawl dyn ma' hi 'di bod efo fo ers i'r actor ceiniog a dima 'na 'i gadal hi?'

'Cofia bo' chdi'n siarad am fy chwaer i, ddim rhywun-rywun.' Aeth Artyom yn ei flaen i roi cerydd ysgafn iddi. 'Pa bynnag ffolineb 'neith hi, mi fydd hi'n dal yn perthyn i mi trwy waed am byth.'

''Tydi hi'n fawr o chwaer i chdi,' daliodd Zepherine ati. 'Chdi sy'n 'i hachub hi o bob trybini bob un tro, waeth pa mor ddyfn 'di'r twll mae hi'n palu 'i hun i mewn iddo fo.'

Trodd i wynebu Artyom hefo un clustdlws yn hongian a'r llall yn ei llaw.

'Ti heb dalu am le iddi hi aros yn y gwesty 'ma, gobeithio?'

Clepiodd ei lyfr mapiau ynghau. Doedd fiw iddo fo gyfadda mai fo oedd wedi prynu'r apartment i'w chwaer.

'O, Artyom, ti'n gymaint o ffŵl.'

'Dwi heb dalu am le iddi aros yn y gwesty 'ma, naddo.'

'Dwi'n gwbod bo' chdi. Paid â dechra gwadu.'

'Wn i'm yn lle mae hi'n aros. Y cwbwl wn i 'di bod Inessa wedi'n gwadd ni i gyfarfod â'i darpar ŵr hi.'

Daeth cnoc ysgafn ar y drws.

Ni thrafferthodd Artyom i dynnu tywel dros ei afl, hyd nes i Zepherine guchio arno fo.

'Mewn.'

Cerddodd y ddwy forwyn o'r ystafell nesa i mewn i'r *suite* hefo Bibi a Karina yn eu breichiau.

'Nos da.'

Cusanodd Zepherine ei dwy ferch yn dyner ar eu talcen. Ar ôl bod yn y bàth, a'u gwalltiau'n dal yn llaith, roedd y ddwy yn ogleuo'n beraidd.

'Nos da.'

Patiodd Artyom Bibi yn dyner ar ei phen a rhedeg ei fys bach dros foch Karina. Aeth y morynion â nhw o'u golwg.

'Well i ni'n dau feddwl am 'i chychwyn hi.'

Taniodd Artyom sigâr.

'Dwi'm isio cadw Inessa a Philippe i ddisgwyl amdanon ni.'

Sylwodd Zepherine ei fod yn plygu i syllu arno'i hun.

'Ma' gen i flewyn gwyn yn fa'ma.'

'Mynd yn hen wyt ti.'

Camodd ati. ''Drycha.'

Hefo siswrn bach, torrodd Zepherine y blewyn. 'Mae gen ti un arall ... yn fa'ma ... a fa'ma,' ychwanegodd, gan dorri'r rheiny hefyd.

'Ti'n lecio fo o hyd? Pam na 'nei di o'n galad?'

Pwysodd Zepherine ei goc rhwng dau lafn y siswrn.

'Hyn ti'n 'i haeddu go iawn.'

Syllodd y ddau ar ei gilydd am ennyd, cyn i Artyom blygu, ei chusanu'n ysgafn ar ei thalcen a mynd i'r bathrwm, lle roedd dŵr yn dal i dywallt i mewn i'r bàth crwn. Clywodd Zepherine o'n cau'r tapiau, ei fysedd yn mesur gwres y dŵr, ac yn chwibanu wrtho'i hun pan gamodd i mewn. Clywodd 'chwaneg o ddŵr yn tywallt bob hyn a hyn.

'Pam na ddoi di ata i?'

Syllodd arni hi ei hun yn y drych. Oedd olion ei bod hi wedi bod yn crio i'w gweld ar ei chroen? Craffodd yn agosach, ond sigodd ei hysgwyddau: roedd hi'n teimlo fel beichio crio unwaith eto.

'Zephie?'

'Na.'

Fe ddylai hi fod wedi torri ei goc o i ffwrdd pan gafodd y cyfla.

Yn gynharach yn y dydd, pan ddychwelodd Zepherine i'r Hôtel Metropole am ginio ar ôl bora o siopa, brasgamodd dau borthor draw i gludo'i bagiau o gefn y tacsi. Wrth iddi groesi'r cyntedd tuag at droed y grisiau, clywodd lais yn galw arni.

Dyn ifanc y dderbynfa oedd o, hogyn yn gwisgo siwt las golau a thei pinc, a chnawd ei wep mor dynn â drwm dros esgyrn cryfion ei ben. Dododd amlen yn ei law: llythyr o Baris i Artyom. Ni fyddai Zepherine wedi meddwl ddwywaith am y peth, ond ar ei ffordd i'w hystafell, clywodd oglau sebon sent diarth ar ei gwinadd. Talodd gil-dwrn brysiog i'r ddau borthor am ei hebrwng a dadlwytho'i bagiau ar y *chaise-longue*. Yr eiliad y caewyd y drws, rheibiodd yr amlen.

Llythyr gweddol fyr oedd o, ond roedd ei ystyr yn hollol glir. Yr unig beth nad oedd yn hollol glir oedd yr enw. Doedd gwaelod y dudalen heb ei lawnodi.

'*Je t'aimerai toujours. P.*'

Craffodd ar y 'P'.

P?

Crychodd uwchben y llythyren.

Pwy oedd hi? P, oedd yn mynd i garu Artyom hyd byth?

Teimlodd Zepherine ei chalon yn marw o'i mewn.

I lawr grisiau gwynion yr Hôtel Metropole, min nos mwynaidd oedd yn eu croesawu ym Monte Carlo. Doedd Zepherine ddim mewn hwyliau i fwynhau ei hun, heb sôn am ddathlu dyweddïad dynes doedd hi erioed wedi gallu cymryd ati. Er gwaetha pob un dim, fe dyfodd hi'n noson well o'r hannar nag y dychmygodd y basa hi. Aeth hyd yn oed y llythyr a ddarllenodd, ond na ddangosodd hi mohono fo i Artyom, yn angof. Byddai cwmni newydd wastad yn llwyddo i dynnu Zepherine allan ohoni'i hun.

Ar deras yr Hôtel de Paris y cyflwynodd Inessa ei dyweddi, Philippe, iddi. Cogiodd Artyom mai hwn oedd y tro cynta iddo daro llygad ar y dyn. Smociodd y pedwar eu sigaréts a'u sigârs. Holodd Inessa am Bibi a Karina a holwyd am Georgik, a oedd wedi mynd i chwarae tennis.

Gorweddai goleuni hwyrol yr haul yn isel ar wyneb y môr. Roedd yn fin nos i'w fwynhau, a hyd yn oed pan ddodwyd pedwar gwydryn o siampên o'u blaenau, ni ollyngodd Inessa a Philippe ddwylo ei gilydd. Yfwyd llwncdestun i'r cwpwl hapus.

'I Inessa a Philippe!'

'Inessa a Philippe.'

Roedd yr aer yn drymaidd a chlòs, nes peri i'r gwlâu blodau o flaen y casino ildio'u peraroglau dyfnion. Edmygodd Zepherine y fodrwy, a chan fod Inessa uwchben ei digon, hi gariodd faich y sgwrsio ar ei thafod.

Dyn dwylath o daldra a fymryn yn hŷn na hi oedd Philippe. Er ei fod yn ŵr canol oed, roedd ganddo wyneb ifanc, un gloyw glân, trwch o wallt du a mwstás trwsiadus. Er bod ei lais fymryn yn drwynol roedd yn barod iawn i chwerthin ar y mymryn lleiaf ac roedd cael hwyl yn agos iawn at ei galon. O'r ffordd y byddai o bryd i'w gilydd yn taflu edrychiad at Inessa, roedd yn amlwg hefyd ei fod yn ei haddoli.

Eglurodd Inessa sut gwnaeth y ddau ohonyn nhw gyfarfod.

'Wedi mynd i theatr yr Odéon ym Mharis o'n i ryw ddau fis yn ôl ...'

Cafodd glyweliad ar gyfer sioe, a'r gŵr a wrandawodd arni'n canu ei dwy gân oedd Firmin Gémier. Cyfieithiad newydd o ryw ddrama Americanaidd oedd ar y gweill, un lle roedd dawns a chân a chorws yn rhan amlwg o'r cynhyrchiad.

Ar ôl gorffen canu'r pennill olaf, safodd Inessa ar ganol y llwyfan.

'Diolch yn fawr,' cyhoeddodd rhyw lais diwyneb o'r tywyllwch. ''Nawn ni gysylltu cyn bo hir.'

Chlywodd hi 'run gair.

Disgwyliodd am bythefnos a mwy, ac erbyn hynny roedd hi fel dynas ar bigau'r drain. Galwodd heibio'r theatr a chael ei siomi.

'Hynny a fu ...'

Gwasgodd Inessa law Philippe yn dynnach wrth iddo wenu arni. Digwydd bod yn trimio'i gwallt yn salon Valentin ar y Rue Royal, rai dyddiau'n ddiweddarach, yr oedd Inessa, yn trafod ei siom hefo'r ferch ifanc â'r siswrn yn ei llaw. Roedd honno'n llawn cydymdeimlad ac yn ei chysuro y deuai rhyw dro gwell ar fyd, ond doedd Inessa ddim yn teimlo hannar mor obeithiol.

Tra oedd hi'n disgwyl i'w gwallt sychu, cododd gopi o *Figaro*, a darllen hanas menter ddiweddara cwmni drama a oedd newydd ei sefydlu. Comedi o'r enw *L'Argent n'a pas d'Odeur* oedd eu cynhyrchiad cyntaf, ond yr hyn a dynnodd sylw Inessa oedd fod dau Rwsiad alltud, Georges Piteor a'i wraig Ludmilla, yn rhan o'r fenter. Cofiodd eu henwau o'r cylchgronau roedd hi'n arfer eu prynu a'u darllen yn Petrograd gynt. Ar un adag bu'r ddau'n gweithio yn Theatr y Celfyddydau ym Moscow, yn cael eu cyflogi gan Stanislavski, ac wedi cyfarfod droeon ag Anton Tsiecoff ei hun.

Penderfynodd fynd i guro ar eu drws.

Yn sgil hynny, cafodd ei gwadd i swpera hefo Georges Piteor a Ludmilla, a oedd yn gogyddes o fri. Yr unig rai eraill roedd Inessa yn eu nabod o gwmpas y bwrdd oedd yr actor Marcel Herrand a Paulette Pax. Diddordeb melysaf y rheiny, fel y daeth hi'n amlwg o fewn dim, oedd ceisio godro clecs am Alexei Alexevich Dashkov. Roedd gan y ddau ryw ddiddordeb ysol, ond braidd yn afiach, yn hynt a helyntion ei fywyd rhywiol a hanas ei farwolaeth yn Hollywood. A oedd y peth yma a'r peth arall yn wir? Neu ai dim ond y wasg oedd yn gneud ati i beintio mwy o liw ar bethau er mwyn cynnal y sgandal? Doedd dim math o awydd ar Inessa i drin a thrafod ei chyn-ŵr. Gwell o'r hanner ganddi oedd ei thrafod hi ei hun, gan fod hynny'n bwysicach peth o'r hanner.

Trodd i sgwrsio hefo'r person wrth ei hymyl. Philippe oedd hwnnw.

'Be 'dan ni'n gobeithio'i greu ydi cwmni amlieithog.'

Honno oedd yr unig ffordd ymlaen yn yr Ewrop a oedd ohoni. Actorion ac actoresau o wahanol wledydd yn hel at ei gilydd i ffurfio cnewyllyn, a chydweithio hefo'r bwriad o greu undod a brawdgarwch: math o Genhedloedd Unedig theatrig.

'Dyna'r union gwmni i mi,' atebodd Inessa.

'Ym mha iaith fyddwch chi'n perfformio?' holodd Artyom. 'Ffrangeg?'

'A Sbaeneg, Eidaleg, Almaeneg, Saesneg a Rwsieg ...'

'Ond ym Mharis fyddwch chi'n perfformio fwya?' holodd Zepherine braidd yn ddiamynadd.

'Y bwriad ydi teithio cymaint ag y gallwn ni ar hyd a lled y gwledydd,' atebodd Philippe.

Yn stafall *baccarat* y casino, newidiodd Artyom arian am dalebau i bawb tra gosododd Zepherine ei hun ar stôl i wylio'r gamblo. Hen bobol oedd wrthi gan mwyaf – dynion â chernflew hyd eu clustiau, mewn siacedi swpera a dici bos, a hen wragedd mewn gwisgoedd llaes a mwclis mawr, a'u crwyn blinedig yn hongian ar esgyrn eu cyrff. Di-feind oedd yr hen bobol a'u hosgo at golli mor llonydd o'i gymharu â sioncrwydd chwim y *croupiers* ifanc. Llanciau main oedd y rheiny, eu gwalltiau duon wedi eu seimio'n wastad nes peri iddyn nhw edrach yr un ffunud â'i gilydd.

Ar ôl chwarae am ryw hyd, daeth awydd ar Inessa i drio'i lwc ar y bwrdd *roulette*. Eisteddodd y pedwar yn y brif *salle de jeu,* ar gadeiriau uchel wrth yr erchwyn mahogani. Mewn dim o dro daeth dau jin a thonic, a dau wisgi a soda i'r fei.

Betio ar rifau dwbwl oedd steil Zepherine, ar ôl i Inessa gyhoeddi y byddai hi'n betio ar rifau sengl yn unig.

Colli oedd hanes y ddwy.

Heliodd Philippe docyn o dalebau ato'i hun, eu trefnu'n dri phentwr a gosod cledar ei law dros y cwbwl. Mynd a dod oedd ffansi Artyom: ennill, colli, ennill, colli ac ennill unwaith eto. Erbyn hynny, roedd Philippe wedi colli'r cwbwl i'r banc.

'Pam na chadwi di nhw?' holodd Zepherine.

Roedd llygaid pawb wedi eu hoelio ar Artyom.

'Dyna fasa galla.'

Tynnu'n groes wnaeth Inessa trwy herio'i brawd i drio'i lwc.

'Cer amdani.'

Gwgodd Zepherine a gwasgu ei benelin. 'Cadwa nhw. Rho syrpréis bach neis i fi. Rhwbath i gofio am Monte Carlo.'

'Gei di dy syrpréis di fory.'

Hoeliodd Artyom ei olwg ar yr olwyn.

'Cer amdani, Tomya,' pwysodd Inessa arno fo. 'Cer amdani ...'

Galwodd y *croupier* at y bwrdd i osod eu betiau.

'Dwi'n gwbod y gnei di ennill, ma' rhwbath yn deud wrtha fi y gnei di ...'

Gwthiodd ei dalebau i gyd ar rif 3.

'Dwi'n teimlo'n lwcus heno,' cusanodd Artyom Zepherine yn ysgafn, ond ffromi wnaeth hi.

Chwyrlïodd yr olwyn; rhedodd y bêl ar wib cyn dechrau clecian clecian, a bownsio naid neu ddwy i stop.

Ar rif 3.

Llamodd Zepherine o'i chadair, gwasgu ei deuddwrn at ei gilydd a'u codi at ei cheg.

'Ti 'di ennill!'

Cododd Inessa ar ei thraed.

'Be ddeudis i?'

Ysgydwodd Philippe law Artyom,

'Llongyfarchiada.'

Roedd y bwrdd ar binnau, yn disgwyl i weld be roedd o'n pasa ei wneud nesa – ond dewis cadw ei enillion wnaeth o.

Roedd hi'n noson glòs a thrymaidd y tu allan i'r Frères-Provençaux ar y cei, a'r harbwr yn agor o'u blaenau i wyll y môr tu hwnt i'r cychod hwylio. Teimlai Zepherine yn wynepboeth, a'i chefn yn binnau bach annifyr, er iddi ffanio awel fechan hefo'r fwydlen wrth drafod ei dwy ferch fach hefo Philippe.

Roedd y brawd a'r chwaer yn siarad hefo'i gilydd.

'Dwi mor hapus, Tomya.' Doedd Inessa heb gael cystal noson ers amsar maith. 'Yn hapusach na dwi 'di bod ers sbel.'

Dywedodd Artyom ei fod yn falch iawn drosti.

'Titha'n amlwg yn hapus hefyd. Sut alla chdi beidio â bod, a chditha'n gneud cystal ar y farchnad stoc? Pwy fasa 'di dychmygu bod y fath allu gen ti? I lwyddo i wneud y ffasiwn ffortiwn mewn cyn lleiad o amsar. Ti 'di dysgu sut ma' gamblo ...'

Parodd rhywbeth roedd Philippe newydd ei ddweud i Zepherine dorri allan i chwerthin.

'Fel'na'n union mae o hefo fi.' Gwenodd Inessa wrth danio sigarét. 'Dwi yn fy nybla trwy'r amsar.' Diffoddodd y fatsien yn nŵr du yr harbwr. 'Mae o'n 'y ngharu i ... a dwi'n gwbod 'mod i'n 'i garu fo.'

'Er bo' chi ond 'di nabod eich gilydd ers cyn lleiad o amsar?'

'Be 'nelo amsar â chariad?'

Penderfynodd Artyom beidio â holi chwanag ond roedd arno awydd gofyn y cwestiwn a fu'n hongian yn rhydd ar flaen ei dafod: a oedd Philippe wedi bod yn briod o'r blaen, ac a oedd ganddo blant ai peidio. Yn hud a mwynder noson fel heno, gallai cwestiwn o'r fath aros tan ryw noson arall.

'Fo 'di'r un i mi. Dwi 'di meddwl erioed, ers pan o'n i'n hogan fach iawn, bod 'na un person arbennig i bawb mewn bywyd.'

'Mmmmm.'

'O'r diwadd, dwi 'di dŵad o hyd i f'un arbennig i ...'

'Dwi'n falch iawn drosta chdi,' dywedodd Artyom wrth dapio lludw ei sigâr i'r soser.

'Fi 'di'r ddynas hapusa yn y byd i gyd. Dwi'n teimlo 'mod i'n haeddu rhyw gymaint o hapusrwydd. Dros y blynyddoedd dwi wedi diodda llawar, a madda llawar mwy er mwyn cadw cariad dynion a oedd prin yn dŵad yn agos at 'i deilyngu fo. Ag ar ben pob dim – '

Pan sibrydodd, lledodd gwên dros wyneb Artyom: wedyn, chwarddodd.

'Mor dda â hynny?'

'Hyd yn oed yn well.'

'Am be dach chi'ch dau'n sibrwd yng nghlustia'ch gilydd?' holodd Zepherine.

'Dim,' atebodd Artyom.

Draw yng ngwyllni pell y môr roedd tair rhesaid o oleuadau mân i'w gweld.

'Weli di'r llong acw?' holodd ei chwaer.

Cododd Artyom ei fonocol i'w lygad.

'I lle ti'n meddwl ma' honna'n hwylio heno? Tangier?'

Craffodd.

'Ydi fan'no ym Morocco? Fuos di'm yno rywdro?'

'Rhywdro, do ...'

'Ti'n meddwl mai i Morocco mae hi'n mynd?'

'Falla 'i bod hi'n mynd i Cairo neu Alexandria. Neu i Oslo neu Copenhagen, falla, neu 'mhellach fyth i fyny'r Baltig hyd yn oed, i Rwsia. Pwy a ŵyr? Alla honno heno fod yn mynd i unrhyw borthladd yn y byd.'

Chwythodd fwg ei sigâr i'r nos gan feddwl wrtho'i hun mai llwybr pob llong ar y môr oedd llwybr y sêr liw nos.

'Be 'di enw prif borthladd Morocco? Hwnnw fuos di yno fo?'

Doedd dim blys trafod Morocco ar Artyom.

Dywedodd Inessa fod goleuadau'r llong yn ei hatgoffa o fod yn Yalta unwaith, amser maith yn ôl, pan fuo hi yno ar wyliau un haf.

Mis Awst crasboeth oedd hwnnw, pan oedd yr haul mor galad â charrag nes sugno nerth pob dim byw yn grimp. Doedd dim awydd arni i wneud dim byd, a wnaeth hi ddim byd chwaith, ar wahân i fwyta, slotian a gorweddian ar y tywod, a mynd i 'drochi pan fyddai ei hwyl yn codi, neu pan fyddai ei chorff yn gorboethi yn y gwres.

'Yr unig beth alla i gofio am yr haf hwnnw – a ma' gen i gymaint o gywilydd wrth feddwl am y cwbwl rŵan – 'di teimlad o gasineb. Casineb pur at Fyodor druan, a finna'n dymuno iddo fo ddisgyn yn farw. Elli di ddychmygu? Hyd yn oed rŵan, mi alla i gofio'r noson y teimlis i hynny'n glir. Ista wrth fwrdd ar deras yr Hotel Billo oeddan ni i gyd. Fuos di yno erioed?'

Aeth ei chwestiwn at wraidd ei galon. Am rai eiliadau, methodd ei hateb; roedd fel petai rhywun wedi llowcio'i wynt i gyd.

Daliodd Inessa ati i siarad, yn suo-adrodd bron, mewn llais mor swynol, ond chlywodd Artyom yr un o'i geiriau hi. Yn wahanol i'r rhan fwyaf o Rwsiaid alltud, doedd o byth yn teimlo hiraeth, ond heno, am ryw reswm na allai ei ddirnad, y teimlad hwnnw blymiodd drwyddo fo.

Teimlodd awydd dirdynnol am gael gweld ei famwlad unwaith eto. Doedd o heb fod adra ers blynyddoedd. Roedd hi'n annhebygol y câi fynd adra fyth eto i fwytho cynefin ei blentyndod, strydoedd Petersbwrg a sgwariau Moscow gefn gaeaf gwyn. Aeth o dan deimlad dwysach.

Dal i siarad yr oedd ei chwaer.

'Fan'no oeddan ni – Fyodor, finna, Andrei Petrovich Vengerov a'i wraig, y ddynas dal honno oedd yn cael affèr hefo rhyw fardd neu'i gilydd, alla i'm cofio pwy ... a'u merch nhw, be oedd enw honno hefyd? Hogan braidd yn dew? Roedd Margarita a Larissa yno hefo ni hefyd ... A'r byrddau eraill yn llawn, a'r cwbwl oedd ar fy meddwl i oedd fod pawb yn cael mwy o sbri na fi, a 'mod i'n ewyllysio i Fyodor Mikhailovich ddisgyn yn gelain gorff. Y noson honno, ro'n i am 'i weld o'n marw yn y fan a'r lle. Ro'n i hyd yn oed yn dychmygu fy hun ar lan ei fedd o. Dwi'n sylweddoli rŵan mai rhwbath arall oedd wrth wraidd yr awydd hwnnw ...'

Edrychodd Artyom arni.

'Proffwydoliaeth oedd hi.'

Daliodd i edrach arni.

'Faint o fywyd oedd gan Fyodor yn weddill tan fuo fo o farw yn Berlin? Cwta bum mlynadd. Faint o fisoedd sydd mewn pum mlynadd? Y noson honno, heb yn wybod i fi fy hun, ro'n i wedi cael rhyw gip sydyn ar fy nyfodol ...'

Mynnodd mai dyna oedd y tair rhes o oleuadau mân a welodd ymhell allan ar y Môr Du y noson honno. Drwgargoel oedd y llong. Ymhen dim, teuluoedd fel nhw fyddai ar ei bwrdd hi, a byrddau llongau tebyg, wrth i bawb orfod ffoi o Rwsia i nos dinasoedd diarth.

Wrth weld ei chwaer yn simsanu, rhoddodd ei fraich amdani.

'Dwi 'di colli golwg ar betha, Artyom,' sibrydodd Inessa. 'Dwi 'di gneud rhwbath anfaddeuol ... rhwbath hollol anfaddeuol ... alla i'm deud wrtha chdi ... alla i'm deud wrth neb ... ond 'nei di fadda imi?'

'Madda be?'

Erbyn hynny, roedd sgwrs y ddau arall wedi distewi.

Dechreuodd Inessa wylo.

Cododd Philippe a chamu draw ati, penlinio wrth ei chadair, a dal ei dwylo wrth sibrwd yn ei chlust.

Noswyliodd y ddau yn fuan ar ôl hynny.

Wrth droi'n ôl am eu gwesty, sylwodd Artyom fod y lleuad wedi llunio rheilffordd arian ar wyneb y lli.

Holodd Zepherine, 'Be oedd y siarad mawr 'na gen dy chwaer heno?'

'Wedi cael gormod i yfad oedd hi.'

Roedd y bae mor dlws yn nawns y lleufer, ac awelon ysgafn yn cario arogleuon o gyfandiroedd pell. Yn erbyn y cymylau, roedd hwylbrennau hirfain y cychod yn cystadlu ymysg ei gilydd. Ond dal i lingran fel melynwch hydref yn ei ben o hyd yr oedd ei hiraeth am ei famwlad. Dringodd ar lin rhyw feddyliau eraill, a'r rheiny hefyd yn llawn o'r felan. Cerddodd yn ei flaen yn fud, gan gerdded hefyd yr un pryd trwy ôl-daith ei atgofion.

Wrth i dalcen gwyn yr Hôtel Metropole dynnu i'r golwg fesul cam, ceisiodd gydio yn ei llaw. Ond mynnu cerdded ar wahân wnaeth Zepherine.

Gwelodd Artyom yn fuan fod sawl dyn arall o dan groen ei frawd-yng-nghyfraith. Pwy feddylia fod dyn mor rhwydd-galon ar un adeg wedi bod yn anarchydd penboeth?

''Na be o'n i cyn rhyfel 1914–18. Pan oeddan ni i gyd yn ifanc, a phawb yn ysu i fod yn fwy radical na'r person nesa wrth drio newid y byd ...'

Chwarddodd yn ysgafn wrth daflu ei enwair.

'Amsar maith yn ôl.'

Arferai gynnal cwmni llwyfan *avant-garde* yn Théâtre du Vieux-Colombier yn y Quartier Latin. Philippe a dau fyfyriwr arall o'r Sorbonne oedd wedi ei sefydlu yn 1913. Theatr fechan oedd hi: bocs tywyll o le, yn llawn ogla tamprwydd, hefo lle i ryw ddau gant o bobol ista ar feinciau pren anghyfforddus. *Raison d'être* y cwmni oedd creu stŵr trwy gyflwyno dramâu heriol. Os nad oedd y ddrama wedi gyrru pobol benben â'i gilydd, ac yn well fyth, i ddyrnu ei gilydd, teimlad y tri oedd fod y cynhyrchiad wedi methu.

Roedd y wasg yn wgus iawn o'r cychwyn cynta un, yn enwedig papurau newydd ceidwadol fel *Le Gaulois* a *Le Matin*, a phapur Catholig cenedlaetholgar fel *L'Echo de Paris*, a oedd yn lladd ar eu hanfoesoldeb. Aeth pethau o ddrwg i waeth gan fod y theatr yn enllibio mwy a mwy o wleidyddion. Yn sgil pob cynhyrchiad newydd, roedd rhyw fath o sgandal yn berwi. Daeth Lenin i fwy nag un perfformiad a'u mwynhau'n fawr. Clywodd Philippe o'n chwerthin yn uchel, a chafodd lythyr unwaith trwy law ei wraig, Nadezhda Krupskaya, yn eu llongyfarch am fod mor eofn, er bod ei gŵr yn casáu anarchiaeth.

'Pan aeth hi'n rhemp yn 1914, roeddan ni'n benderfynol o ddal ati i godi llais yn erbyn y rhyfel. Aethon ni ati i gomisiynu pob math o bobol. Rwsiad alltud, *émigré* Bolsiefic o ryw fath oedd un – hogyn ifanc hefo gwallt hir yn gwisgo dillad melfed a sombrero du. Do'n i'm yn synnu pan gafodd o ryw hogan i drwbwl. Stanislav Markovich Feldman. Dyn ifanc hefo digon o blwc, ond fawr o glem, ond yn ddigon addfwyn o ran natur hefyd. Doedd dim drwg yn perthyn iddo fo, neu dyna oedd yr argraff ges i, beth bynnag ...'

'Ro'n i'n nabod o hefyd,' dywedodd Artyom wrth fflicio'i sigâr i'r môr. Eglurodd mai Stanislav Markovich ddarbwyllodd o i brynu llun gan Picasso i'w roi yn anrheg i'w frawd-yng-nghyfraith 'nôl yn 1916. Roedd y ddau yn arfar gweld ei gilydd yn amal yn y Café de la Rotonde ym Mharis. 'Hogyn drewllyd ar y naw.'

'Pwy? Picasso?'

'Na, Stanislav Markovich.'

'Oedd, mi roedd o, wedi i chi ddeud.'

Chwarddodd Philippe. 'Peth diarth iawn oedd 'molchi iddo fo – peth diarth inni i gyd 'radag honno, a phawb yn smocio cetyn hefyd, hyd yn oed rhai o'r genod; dyna oedd y ffasiwn. A thyfu'n gwallt ia'n hirion. Bohemiaid oeddan ni, neu o leia yn trio bod. 'Sgwn i be ydi hanas Stanislav Markovich

Feldman erbyn hyn? Mi glywis i ryw si iddo fo fynd yn ei ôl i'r Undeb Sofietaidd? Oes rhyw goel ar hynny?'

Doedd Artyom ddim callach ynglŷn â'i hanas o.

'Dwi'n cofio fo'n sôn wrtha i am 'i hiraeth am Rwsia cyn 1917. Radag honno, roedd yr Okhrana am 'i waed o ...'

Camodd y ddau draw at y *buffet* a baratowyd gan weinyddion mewn lifrai gwynion. Codai haul y pnawn yn wresog o dan y canopi, a hwnnw'n dechrau taro'n boeth. Poethodd bwrdd y llong cymaint nes doedd fiw i neb fentro camu'n droednoeth ar ei hyd. Chwilio am gysgod roedd pawb, er bod amball un yn dal i folaheulo ar y cadeiriau hirion.

'Llwyfannu *cabaret* gwrth-filitaraidd roddodd y farwol i'r Théâtre du Vieux-Colombier. Ma'n rhaid fod rhyw dditectif 'di cael ei yrru i'r noson gynta, achos ar ganol yr ail berfformiad mi ruthrodd 'dwn i'm faint o blismyn ar y llwyfan, a hynny i gymeradwyaeth fyddarol. Roedd y gynulleidfa i gyd yn meddwl eu bod nhw'n rhan o'r sioe.'

Chwarddodd Artyom.

'Do'n i fy hun ddim cweit yn dallt be oedd yn digwydd tan iddyn nhw ddechra chwalu'r set yn siwrwd, a dechra arestio'r actorion. Wrth i bawb gael eu halio allan, mi 'nes i fynnu'u bod nhw'n fy halio inna hefo nhw. Mi fynnodd fwy na hannar y gynulleidfa gael yr un driniaeth. Doedd dim digon o wagenni i fynd â phawb i'r celloedd, a fuo rhaid morol chwanag. Pan ges i 'ngollwng yn rhydd drannoeth, roedd drysau'r theatr wedi eu cloi hefo cloeon trymion a'r ffenestri wedi eu bordio.'

'Ti'n dal i fod yn anarchydd o hyd?'

'Pasia'r bom a gei di weld.' Gwenodd Philippe. 'Ma' gen i gydymdeimlad hefo ymdrechion pobol ifanc sy ar dân i newid y byd. Rhan o ddyletswydd yr ifanc ydi hynny, yn 'y marn i. Ond erbyn heddiw, dwi'n tueddu i weld ymdrechion felly am be ydyn nhw ...'

'A be ydyn nhw?'

Eglurodd fod dyn, wrth heneiddio, yn dŵad at ei goed ac mai dim ond ffordd arall o gydymffurfio oedd anarchiaeth. Doedd hi ddim yn athroniaeth oedd yn mynd i newid dim ar sylfaen waelodol cymdeithas.

'Taswn i'n llwyfannu rhai o'r dramâu wnes i eu comisiynu cyn rhyfel 1914–18 heddiw, go brin y baswn i'n gwerthu yr un tocyn. Dramâu yn perthyn i'w cyfnod oeddan nhw, rhai sy bellach wedi dyddio. Ma'r byd 'di newid a ma' 'nghenhedlaeth i 'di newid. Be ma' pobol heddiw isio ydi anghofio diflastod byw bob dydd, a chael adloniant. Pwy sy â'r 'mynadd i ista trwy ryw druth hefo negas? Be ydi hynny ond pregethu a moesoli, pwyntio bys at wendidau pobol eraill a gwneud i chi'ch hun deimlo'n fwy hunangyfiawn? Dwi 'di dysgu er sawl blwyddyn 'i bod hi'n bwysig parchu be mae cynulleidfa yn dymuno ei gael. Heb roi pleser iddi, be 'di pwrpas theatr?'

Doedd Artyom ddim yn ddyn theatr o gwbwl: yr unig bethau roedd o'n eu mwynhau oedd comedïau a ffarsys, clywed jôcs doniol a chael llond bol o chwerthin. Mynd i'r theatr o ran cael ei weld allan roedd o: cael cyfle i droi ymysg dynion busnes o'r un anian â fo'i hun. Y pethau pwysicaf oedd y ddwy egwyl yn y bar a'r pryd bwyd ddiwedd y nos.

Ers diwedd y rhyfel, cawsai Philippe ei gyflogi fel cyd-gyfarwyddwr Théâtre Albert Ier, cyn penderfynu sefydlu ei gwmni ei hun. Sefydlu Cynghrair y Cenhedloedd oedd yr hwb: dyna daniodd ei ddychymyg ynglŷn â'r math o gwmni y carai ei weld ar lwyfannau'r byd. Cafodd grant sylweddol. Wedi erchyllra rhyfel 1914–18 roedd o'n gefnogwr brwd i amcanion y Gynghrair, gan ei fod yn sefydliad Ewropeaidd o bwys: un a allai wneud cyfraniad clodwiw trwy atal rhyfel arall.

Roedd y cwmni eisoes wedi perfformio yn Theatr y Parc Brenhinol, Brwsel, a'r Grand Theatr yn Genefa. Ar ôl Genefa, teithiodd i Lausanne, Montreux, cyn mynd draw ar daith i'r Iseldiroedd – yr Hague, Amsterdam, Rotterdam, Leyden a Haarlem. Coron y cwbwl oedd perfformiad yn Theatr y Stadschowberg yn Antwerp, pan ddaeth y Dywysoges Juliana i gefn y llwyfan i longyfarch Philippe yn bersonol. Ar ôl hynny, aeth y cwmni yn ei flaen i Sofia, Kovno, Breslau, Warsaw, Fienna a Budapest.

'Teithio o gwmpas Ffrainc yn unig 'naethon ni'r gaea' dwytha, er mwyn cael bod yn nes adra. Peth braf iawn oedd hynny hefyd. Dinard, Le Touquet, Trouville, Deauville, cyn mynd i lawr i'r Vendée.'

'Ymateb da?'

'Ymateb gwych ym mhob man. Ma' cynulleidfaoedd Paris yn gallu bod mor snobyddlyd. Dwi'n cofio un *matinée* llynadd pan oeddan ni 'nôl yn Théâtre Albert Ier, a llond y lle yno – roedd hyd yn oed y bocsys i gyd yn llawn. Yn un o'r rheiny roedd Brenin a Brenhines gwlad Groeg, a'i chwaer-yng-nghyfraith hi, y Dywysoges Helen a'r Dywysoges Olga, y Dywysoges Eugénie, a'i brawd hi, y Tywysog Peter. Hefo nhw hefyd roedd Bazil Zaharov a'i wraig, Maria de Pilar Antonia-Angela-Patrocinio-Simonade Muquiro y Beruette. Y gwerthwr arfau enwog Bazil Zaharov oedd yn tywys y teulu brenhinol o gwmpas Paris. Fe gafon nhw eu plesio gymaint nes estyn gwahoddiad i ni ymweld ag Athen.'

'Ewch chi?'

'Mae'n fwriad ganddon ni fynd rywbryd. Ond leciwn i fynd ymhellach. I ogledd Affrica. Ddeudodd Inessa i chdi fod yno rywdro?'

'Unwaith.'

'I Morocco? 'Na be ddeudodd hi? Pryd oedd hynny? Yn ddiweddar?'

'Sbel yn ôl.'

'Sut le 'di o? Dwi 'di clywad petha cymysg ...'

Doedd dim rhaid i Artyom ateb oherwydd i Inessa gamu draw ar yr union eiliad honno.

Segurodd y gwesteion yn hir yng ngwres y pnawn.

Gostegodd y gwres at y min nos pan gododd awelon ysgafn dros y môr, a chodwyd mwy fyth o wynt pan sgothodd motor y *cabin cruiser* forwys o ewyn wrth dorri cwys wen tua'r tir mawr.

Georgik oedd wrth y llyw, ei glustiau a'i fochau'n gochach ar ôl dal yr haul. Sylwodd Artyom ar Inessa a Philippe yn sefyll â'u breichiau am ei gilydd ger y reilin ôl, lle roedd baner Ffrainc yn clecian yn y gwynt.

Canai grwndi'r injan nes rhoncio'r dec yn dyner o dan ei draed.

''Nes di fwynhau dy syrpréis?'

Enw Zepherine oedd ar ochor y llong, mewn llythrennau cochion bras. Am y rheswm hwnnw, hi gafodd y fraint o'i llywio allan yn gynharach yn y dydd, o geg yr harbwr i'r môr, a darnwirionodd wrth i'r tri dwsin a mwy o westeion ei chymeradwyo.

Bellach roedd y gwres llethol wedi dechrau dweud arni, ac eisteddodd ar gistan yn y cysgod.

'Dwi'n falch na ddaethon ni ddim â Bibi a Karina hefo ni. Fasa heddiw 'di bod yn ormod i'r ddwy. Aros yn y gwesty hefo'r morynion oedd ora iddyn nhw.'

Syllu ar y tonnau wrth eu cynffon oedd yn mynd â bryd Artyom. Mor sydyn roedd y môr yn dŵad ato'i hun; bellach, dim ond amball smotyn gwyn ymhell o'u hôl oedd i'w weld mewn tinc a hwyl. Nef a daear, tir a môr: roedd y cwbwl o'u cwmpas.

Y llythyr oedd ar feddwl Zepherine o hyd. Pwy oedd P? Teimlodd ofn yn cnoi yn ei chalon. Oedd Artyom yn mynd i'w gadael hi? Teimlodd ddicter a chenfigen, casineb a brad. Am be oedd o'n meddwl? Oedd o'n meddwl amdani hi? Am P?

'Am be wyt ti'n meddwl?' holodd Zepherine, bron yn ddifeddwl.

Wedi bod yn meddwl am ei benderfyniad i droi ei Intra-banque Beirut yn fanc ar y farchnad stoc roedd Artyom. Honno oedd yr unig ffordd o ddenu cyfalaf gonest. Dyna pam y bu'r rhan fwyaf o'r buddsoddwyr posib yn mwynhau ei siampên a'i sigârs trwy wres y dydd. Ond roedd 'na faen tramgwydd. Hyd yn hyn, gwrthod yr hawl i'w droi o'n gwmni cyhoeddus wnaeth Comisiwn Rheoli Banciau Ffrainc, a hyd yn oed atal Intra-banque rhag sefydlu cangen ym Mharis nac yn unman arall yn y weriniaeth.

Clwyfwyd Artyom i'r byw. Trwy bob dull a modd bu'n ceisio dal pen rheswm hefo nhw, ond i ddim pwrpas. Gwnaeth ei orau i geisio cael y Comisiwn Bancio i ailystyried eu penderfyniad, ond roedd yn benderfyniad di-droi'n-ôl.

Doedd Artyom ddim yn un i ildio ar chwarae bach. Rywsut neu'i gilydd, roedd yn benderfynol o gael y maen i'r wal a newid statws ei fanc. Roedd o wedi rhoi gwaith a bywoliaeth i lu o bobol ac roedd teuluoedd cyfan bellach yn dibynnu arno fo am eu cynhaliaeth. Roedd hwnnw'n un rheswm dros deimlo'n falch o'i lwyddiant.

Yn bwysicach, gallai roi stop ar smyglo heroin. O dipyn i beth, gallai Artyom lacio'i ymwneud â'r ochor honno i'w fusnes yn gyfan gwbwl. Dyna reswm arall dros deimlo bod ei ddyfodol yn oleuach nag y bu erioed. Busnas budur oedd heroin. Busnas peryg bywyd hefyd. Doedd dim dal be allai ddigwydd o ddydd i ddydd – neu hyd yn oed o awr i awr.

Camodd dau o'r buddsoddwyr draw am sgwrs. Torrodd hynny ar draws Zepherine, a oedd ar fin holi Artyom am y llythyr gan P.

Chafodd hi ddim cyfla wedyn chwaith.

Y noson honno, roedd Artyom wedi trefnu swper yn yr Hôtel de Paris – swper a ohiriwyd oherwydd yr hyn a ddigwyddodd wrth i'r *cabin cruiser* glosio at y cei.

Roedd Inessa bellach wrth y llyw. Safai Georgik ym mhen blaen y llong, lle roedd cawodydd o forlwch yn tasgu i'w wyneb gan droi ei wedd yn wên. Hwn oedd y tro cyntaf erioed i Artyom glywed mymryn o rialtwch ifanc yn codi ohono fo.

Roedd y môr mor llonydd â llyn, heb ddangos dim o'i nerth. Draw ar draws y forlan daeth mwy o'r tir mawr i'r golwg, a syllodd pawb ar feddalwch goleuadau min nos cynnar Monte Carlo. Tu cefn roedd y mynyddoedd wedi eu claddu o dan des glaslwyd, a hwnnw'n pwyso i lawr hyd waelodion isaf y llechweddau.

'Diwrnod paradwysaidd iawn.' Gwasgodd Inessa law ei brawd yn ei llaw ei hun. 'Diolch ichdi, Tomya.'

'Dwi'n falch dy fod ti 'di mwynhau.'

''Nes di?'

'Mwynhau gweld pawb arall yn mwynhau 'nes i. Hwnnw oedd y plesar mwya.'

Syllodd y ddau ar wynder yr adeiladau.

'I feddwl fod gen i le yma i Gosha a finna.'

Gwenodd ei brawd. 'Ti'n haeddu dy le yn yr haul. Ar ôl teithio cymaint o theatrau, ti angan rhywla i'w alw'n gartra.'

'Lle bynnag y bydd Philippe, fan'no fydd 'y nghartra i o hyn ymlaen. Dwi mor falch bo' chi'ch dau'n cyd-dynnu cystal. Fel ti 'di gweld drosta chdi dy hun, mae o mor wahanol i bob dyn arall.' Cysgododd ei llaw dros ei llygaid. 'Pwy 'di hwnna? Draw'n fan'cw ...'

Craffodd Artyom. 'Lle? Pwy ti'n weld?'

Pwyntiodd Inessa. 'Fan'na.'

Doedd Artyom yn gweld dim: corciodd ei fonocol yn ei lygad a chraffu drachefn. Hyd yn oed hefo'r gwydr, roedd o'n dal i fethu dallt be oedd wedi tynnu sylw ei chwaer.

'Mae o'n chwifio'i freichia ...'

Teimlai Artyom braidd yn ddig hefo fo'i hun am fod mor fyr ei olwg.

'Be mae o'n trio'i 'neud? Ydi o'n trio mynnu'n sylw ni?' holodd hi.

'Ti'n siŵr mai arnon ni mae o'n galw?'

Trodd Inessa at ei mab. 'Gosha, weli di'r dyn acw?'

Nodiodd.

'Ti'n gwbod pwy ydi o?'

Syllodd Georgik, ond heb fawr o awydd ateb ei fam.

'Be sy'n bod arno fo? Pam mae o'n dal i 'neud 'stumia?' holodd Inessa wedyn.

Roedd Zepherine wedi camu atyn nhw.

'Ti'n gallu gweld pwy ydi o?' holodd Artyom hi.

'Ydw. Yr hogyn yn nerbynfa'r Hôtel Metropole.'

'Pam mae o'n chwifio'i freichia fel'na?' holodd Inessa. 'Be sy'n bod arno fo? Oes 'na rwbath 'di digwydd?'

Gwaniodd Zepherine yn sydyn. 'Y babi? Bibi? Ti'n meddwl bod rhwbath wedi digwydd iddi? Artyom? Ti'n meddwl bod 'na? Neu i Karina? Wyt ti?'

Roedd yntau'n meddwl yr un peth yn union, ond yn gwneud ei orau glas i beidio.

'Deud rwbath! Artyom, ti'n meddwl bod 'na rhwbath wedi digwydd?'

Camu'n ôl a 'mlaen ar hyd ymyl y cei roedd yr hogyn wrth i'r *cruiser* nesáu. Gwelodd Zepherine fod ganddo rywbeth yn ei law: amlen, yn union fel yr un a ddatgelodd iddi fod Artyom yn cael affêr.

Syllodd Zepherine ar Artyom – syllu i fyw cannwyll ei lygaid – gan wybod bod ei gydwybod yn llwythog. Gwrthodai feddwl amdano hefo rhyw ddynes arall a mynnai wadu'r cwbwl iddi hi ei hun. Mewn breuddwyd un noson gwelodd y ddau'n ymrolio ar wely, yn chwarae a charu. Ceisiodd wasgu P o'i phen, ond bu yn ei phen trwy'r dydd, yn llithro'n ddistaw bob hyn a hyn i ganol ei hapusrwydd.

Dechreuodd Zepherine grynu. Roedd rhywbeth mawr o'i le.

Roedd ei byd ar fin chwalu'n deilchion.

Meddyliodd: ar ôl heddiw fydd fy mywyd i fyth yr un fath eto.

'Os oes rhwbath 'di digwydd i 'mabis i, wna i byth faddau i mi fy hun.'

Roedd yn amhosib i neb o'r gwesteion beidio â theimlo'i phoen. Roedd hyd yn oed Inessa yn ofni'r gwaetha. Arafodd y llong er mwyn docio. Pam roedd pob un dim yn cymryd cymaint o amser? Pam roedd pob un dim mor gythreulig o ara deg? Roedd pawb ar bigau'r drain. Roedd hyd yn oed Gosha yn gwbod bod rhywbeth mawr o'i le.

Closiodd sŵn yr harbwr. Sŵn gwylanod. Closiodd bywyd bob dydd a goleuadau pinc a glas y *cafés* yn sgleinio ar wyneb y dŵr, nes bwrw tonnau o oleuni yn erbyn ochrau gwynion y cychod. Tyfodd grwndi moto-beic, a merch ifanc a'i breichiau am ganol ryw hogyn ifanc yn gyrru heibio ar wib ar hyd y cei, nes darfod ...

A'i hwyneb yn drisiog, a'i gwefus yn crynu, gwaeddodd Zepherine, 'Ydi Bibi a Karina'n iawn?'

Atebodd yr hogyn talsyth mewn llais bas, trwm, 'Ma'n well i chi ddarllen hwn, Monsieur.'

Disgynnodd amlen ar y dec wrth draed Artyom.

Telegram oedd o.

Cododd o i'w law a phawb a'u llygaid arno fo. Camodd o'r neilltu a throi ei gefn ar y gweddill.

Safodd Artyom ar ei ben ei hun am allan o hydoedd, nes i Zepherine benderfynu mynd ato fo.

Holodd be oedd yn bod.

Sibrydodd yntau o dan ei wynt.

Doedd hi ddim wedi ei glywed o'n iawn.

Trodd i edrach ar fam ei blant wrth ailadrodd ei hun.

'Pwy?'

Roedd Zepherine yn dal i grynu.

'Pwy sy 'di gneud amdani ei hun?'

'Jeanette.'

Taflodd Pwyliwr heglog ei hun ar bren y bync isaf.

Yn ôl ei gyfaddefiad ei hun, bu'n lladrata byth ers pan oedd o'n ddigon hen i gropian a soniodd fel y cafodd ei ddysgu i ddwyn gan ei dad a'i daid – dau ddyn oedd mor stumddrwg â'i gilydd. Hyd yn oed pan gafodd ei orfodi i ymuno â'r fyddin, bu'n bachu pob math o bethau wrth lechu o gwmpas y barics yn Olsztyn, tan iddo fo gael ei ddal yn cuddio torth. Curfa gafodd o gan y milwyr eraill, cythral o stid, a'i golbio hyd nes roedd ei gnawd yn gleisgig. Collodd y rhan fwyaf o'i ddannadd. Ar ben hynny, cafodd ei ddisgyblu'n swyddogol, ei chwipio a'i garcharu am dri mis.

Bu'n dwyn o'r rhan fwyaf o drefi Gwlad Pwyl ond ei hoff ardal oedd Silesia, yn enwedig yn y gwanwyn. Bob haf byddai'n dychwelyd i Berlin gan fod twristiaid yn ei gwneud hi'n haws iddo wneud ei waith heb i neb sylwi. Ei stumog oedd yn gyfrifol am ei anhap diweddara. Teimlai ar ei gythlwng, a chafodd ei demtio i ddwyn o *delicatessen,* yr un ar waelod grisiau gorsaf Friedrichstrasse. Rheibiodd ddwy lath o selsig tewion a oedd yn hongian yn y ffenast. Wrth redeg i ffwrdd, baglodd ar draws y cig, cael codwm hegar a tharo'i ben – a phan agorodd ei lygaid, roedd yn gorwedd ar ei hyd yn y carchar.

Wedi dŵad i'w nabod yn well, teimlai Alyosha ei bod hi'n hawdd iawn siarad hefo fo. Sgwrsiwr diwyd oedd Eustachy, a'i brif ddiléit oedd adrodd barddoniaeth. Roedd ganddo lathenni o gerddi Adam Mickiewicz ar gof a chadw. Doedd ei gyd-garcharor yn gwbod y nesaf peth i ddim am fardd pwysicaf Gwlad Pwyl, ond rhoddodd Eustachy fo ar ben y ffordd ynglŷn â'i hanes trist pan dreuliodd Mickiewicz fisoedd olaf ei fywyd mewn tlodi yn Istanbwl.

Soniodd Alyosha am ei gyfnod dan glo yng ngharchar Warsaw.

'Pryd yn union oeddach chdi'n fan'no?'

'Sbel yn ôl.'

'Falla'n bod ni'n dau yno tua'r un pryd.'

'Welis i fawr o neb. Ges i nghadw'n 'y tywyllwch y rhan fwya o'r amsar.'

'Yn y gell isal?'

'Mmmm-hmmm.'

'Rhaid bod chdi'n ddyn peryg ar y naw. Deud yr hanas wrtha i ...'

Adroddodd Alyosha ryw gymaint o hanes Ludwika – ond ddim y cwbwl.

'Dwi'n cofio'i thad hi'n iawn,' clywodd y llais oddi tano.

Pan oedd Eustachy yn y fyddin, roedd o'n swyddog ar staff y Marsial József Piłsudski, yn rhan o'r llu a drechodd Fyddin Goch Lenin yn 1920.

Cododd y lleidar ei law dde i fyny. ''Drycha.'

Dim ond dau fys oedd arni.

'Un ro'n i'n trio'i golli, ond mi sbonciodd y baril. Cofia di, mi weithiodd y tric. Fuodd hi fawr o dro cyn helion nhw fi allan o'r armi.'

Fel pawb arall, roedd o wedi clywed am briodas fawreddog Ludwika hefo Mateusz Kolodziejska. Po fwya roedd Eustachy yn siarad amdani, po fwya roedd Alyosha yn ei chasáu hi.

Diwrnod arall.

A'r amser yn tin-droi.

Llusgodd y bora ei hun yn araf rhwng y muriau llwydion.

Rhywdro at ganol y pnawn, cafodd Alyosha ei alw allan o'i gell, ei dywys i lawr coridor hyd at ben grisiau nydd-dro o haearn bwrw ar ben y landing, camu i lawr hwnnw fesul gris i goridor arall, a cherdded yn ei flaen, nes dŵad i stop wrth ddrws pren.

Camodd i stafall a chael ei dywys at gadair wrth fwrdd. Yn ista ar ddwy gadair yr ochor bellaf roedd Margarita a rhyw ddyn arall – dyn moel hefo llygaid gleision – na welodd mohono fo erioed o'r blaen. Golwg bryderus oedd yn wyneb ei gyfnither a'i thalcen wedi dechrau crychu.

'Sut ma' petha, Alexei?'

'Fel gweli di.'

Taniodd Margarita sigarét i'w chefndar. Cafodd ei gyflwyno i Kai-Olaf: gwrandawodd hwnnw'n astud ar y sgwrs. Roedd Margarita am gael gwybod o enau Alyosha ei hun be yn union ddigwyddodd. Adroddodd y cwbwl wrthi heb ddal dim yn ôl. Fo, a neb arall, stabiodd Camlo. Addawodd hi y byddai'n gwneud ei gorau drosto fo, er nad oedd hi'n rhy obeithiol – ond celodd hynny rhagddo fo.

Awgrym Kai-Olaf oedd mai'r cam cyntaf oedd sacio'r twrna di-ddim roddodd yr heddlu iddo, a chyflogi un gwell. Awgrymodd Margarita mai'r cam cyntaf un oedd cael gafael ar Camlo, a oedd yn dal yn fyw, er mwyn gweld sut oedd y gwynt yn chwythu.

Dyn a chanddo lygodan fechan o'r enw Rosa oedd cwmni Alyosha 'mhen rhyw ddeuddydd. Yn ystod y noson gyntaf yn y gell bu Paul yn poeri gwaed, ei wefusau wedi chwyddo a'i geg yn wayw. Roedd yn gleisiau drosto, yn tuchan gwichian bob tro roedd o'n troi drosodd.

Cafodd ei arestio yn sgil ffeit hefo gang o Natsïaid ar Alexanderplatz. Doedd y gwffas honno'n ddim byd o'i chymharu â'r hyn ddigwyddodd iddo fo wedyn. Yng nghefn eu moto-lorri, cafodd ei bastynu yn saith gwaeth gan y *Polizei*.

Unwaith y cafodd y printar di-waith ar ddallt mai Rwsiad o Petrograd yn wreiddiol oedd Alyosha, cafodd fodd i fyw yn trin a thrafod ei daith i'r Undeb Sofietaidd.

Broliodd mai hwnnw oedd y lle gora iddo fo fod ynddo fo erioed a manylodd am yr hyn a welodd. Uchafbwynt y cwbwl oedd ei ymweliad â'r Sgwâr Coch, a methai Paul â choelio o hyd iddo fo fod yno yn y cnawd. Yn amal, roedd o'n deffro a meddwl mai breuddwyd oedd y cwbwl. Ond bu yno'n dathlu pen-blwydd y Chwyldro yn ddeg oed ddwy flynadd ynghynt. Yn fyw o flaen ei lygaid roedd neb llai na Stalin ei hun.

O'r bync uwch ei ben gwrandawodd Alyosha arno'n bwrw ei lid ar yr SPD – 'y ffasgwyr cymdeithasol' – ac o dan eu bombast, babis clwt oeddan nhw bob un. Dim ond casineb di-ffin oedd gan Paul tuag atyn nhw fel plaid. Doedd dim tir canol rhwng y comiwnyddion a'r sosialwyr, gan mai bradwyr i'r carn oedd eu harweinyddion. Dangoswyd hynny'n glir sawl tro o'r blaen. Hyd yn oed pe byddai'r KPD yn llunio ffrynt dros dro hefo'r SPD i gwffio'r Natsïaid, yn hwyr neu'n hwyrach byddai'r SPD yn siŵr o dorri eu gair. Yr unig ffordd ymlaen oedd dangos yn glir i'r dosbarth gweithiol pa fath o ragrithwyr dauwynebog oedd yn eu harwain nhw, ac ennill y dosbarth gweithiol drosodd yn llwyr i rengoedd y Blaid Gomiwnyddol – yr unig blaid oedd yn werth cwffio drosti.

Er bod asgwrn ei ên yn brifo, doedd dim taw ar ei siarad. Teimlai Paul ei bod hi'n fraint cael byw trwy gyfnod o'r fath – er bod y presennol yn gyfnod o imperialaeth ddilyffethair, roedd y gwledydd cyfalafol yn rhy lygredig i oroesi. Roedd eu seiliau eisoes yn madru, a matar hawdd fyddai eu chwalu'n llwch a dechrau o'r dechrau'n deg trwy godi gwareiddiad newydd yn Ewrop. Doedd dim cyfnod tebyg i hwn wedi bod erioed o'r blaen yn hanes y byd, cyfnod lle roedd y dyfodol mor llawn o bosibiliadau. Doedd Paul ddim am dan-chwarae maint yr orchwyl, na'r rhwystrau ar y ffordd, ond roedd yn benderfynol o groesi'r bont i'r dorlan bellaf er mwyn cyrraedd gwlad y goleuni.

'Ti heb fynd i gysgu, wyt ti?'

'Na ...'

'O'n i'n ama imi glywad rhyw sŵn chwyrnu.'

'Ma' gwrando arnach chdi yn 'y nghadw fi'n effro.'

'Gobeithio bo' chdi'n dysgu rhwbath.'

Roedd y dyfodol y dymunai Paul ei weld i'w wlad ei hun yn hollol bosib oherwydd bod hynny eisoes yn realiti yn yr Undeb Sofietaidd. Honno oedd y ddelfryd i bob comiwnydd. Roedd comiwnyddiaeth yn fwy ei phwys a'i gwerth nag unrhyw syniad arall. Comiwnyddiaeth oedd yr allwedd fyddai'n datgloi'r drws i broblem Hanes. Petai pawb yn rhannu yr un delfrydau, yn brwydro i wireddu'r un weledigaeth ...

'Tasa pobol ond yn gallu gweld drostyn nhw'u hunain be sy'n digwydd yn Rwsia heddiw, yn lle cael eu twyllo gan bropaganda *bourgeois* ...'

Yr angen mawr oedd ysbrydoli dynion i greu teyrnas newydd. Codi ysgolion newydd. Ysbytai newydd. Tai newydd. Fflatiau newydd. Ffatrïoedd newydd. Ffermydd newydd. Hyd yn oed carchardai newydd. Braint fawr Paul oedd iddo fo, yn 1927, gael cip ar y dyfodol, ar foesoldeb mor wahanol i foesoldeb ragrithiol ei gymdeithas o 'i hun. Ysai am weld ei wlad yn camu i ddyfodol pur a glân, a phawb yn cyd-fyw ar gyfandir lle nad oedd diweithdra'n 'sgubo fel pla du trwy Ewrop.

Caeodd ei geg yn sydyn a suddodd y gell i dawelwch.

'Ti'n iawn?' holodd Alyosha ymhen sbel.

Doedd dim ateb.

'Paul?'

Mudandod.

'Ti'n 'y nghlywad i?'

Dim byd.

'Ti'n iawn?'

Teimlodd Alyosha ryw lwmp yn magu o dan ei gefn wrth i Paul sgriwio'i ddwrn i mewn i'w fatras.

'Chdi,' hisiodd y comiwnydd.

'Fi be?' holodd Alyosha gan droi ar ei ochor.

'Elli di mo 'nhwyllo i.' Trodd ei sirioldeb yn gasineb mwya sydyn. 'Dwi'n gwbod mai nhw sy 'di dy osod di yma.'

Pa nhw? Am be oedd o'n sôn?

''Sgen i'm isio torri gair arall hefo chdi byth eto, y wancar.'

'Dwi'm yn dallt am be ti'n sôn ...'

'Y ffasgwyr sy'n rhedag y twll jêl 'ma. Ti 'di ca'l dy roi yma i drio 'ngha'l i i agor 'y ngheg am fusnas y KPD.'

'Be 'na'th i chdi feddwl hynny?'

'Hy! Paid â trio dŵad allan ohoni.'

'Stabio pimp 'nes i ...'

'*Agent provocateur.*'

'Sticio cyllall yn 'i frest o. Dyna pam dwi'n fa'ma.'

'Sbei ...'

'Dwi'm yn sbei.'

Distawrwydd.

'Ti'n gwrando arna i?'

Eiliad.

'Paul, 'nei di wrando arna i?'

Ond chlywodd Alyosha yr un gair arall o'i ben o.

Drannoeth, agorwyd drws y gell a chafodd y printar di-waith a'i lygoden fach eu galw allan.

Doedd ganddo fawr o awydd gwrando ar ei geiriau o gysur. Oherwydd hynny, roedd o braidd yn swta hefo hi. Gan ddal ei hancas ar ei llygaid, ymddiheurodd Galina am bob dim.

'Oni bai amdana i ...' dywedodd yn ei llais hogan fach.

Oni bai am y peth yma.

Oni bai am y peth arall.

Oni bai am hyn a'r llall ac arall ...

Oni bai imi gael fy ngeni, meddyliodd o.

Rhestru gwahanol anhwylderau ei bywyd wnaeth hi y pnawn hwnnw. Teimlai'n euog iawn – roedd hynny'n hollol amlwg.

'Paid â phoeni.' Ceisiodd gyffwrdd ei law. 'Paid â phoeni, mi fydd pob dim yn iawn ...'

'Sut?' holodd o. 'Sut ffwc all pob dim fod yn iawn?'

'Sut allan nhw beidio â bod?' oedd ei hateb hi.

'Taswn i ond 'di gwrando arnach chdi ...' dechreuodd wedyn.

'Biti na 'nes di ...' torrodd Alyosha ar ei thraws.

Digiodd Galina.

Does dim mor groch yn y byd â sŵn dicter mud.

'Ti'm yn Dada i mi, ti'n gwbod.'

'Stabiodd o bimp er dy fwyn di erioed?'

Cymerodd ati'n arw – a ffromi. 'Pam wyt ti mor greulon ata i, Alexei?'

Roedd ei ben yn ddolurus a'i galon yn garrag.

'Os ti am imi godi a mynd o'ma, dim ond deud sy isio i chdi 'neud a mi a' i.'

'Na, paid â mynd ... ddim eto ... ista.'

Ymddiheurodd.

Ymddiheurodd hitha.

Chwithdod.

'Dwi'n teimlo'n ofnadwy, Alexei.'

'Dwi'n siŵr bo' chdi.'

Er gwaetha'i hun, roedd ei olwg yn mynnu cael ei dynnu at gafn ei bronnau.

'Am be ti'n meddwl?'

'Am y bywyd faswn i 'di lecio'i fyw.'

Heb gwmwl dros ei gysur.

'Bywyd normal.'

Na nos dros ei ddedwyddwch.

'Does mo'r fath beth. 'Sneb yn byw bywyd normal,' oedd ei hateb hi.

Pan gafodd ei dywys yn ei ôl i'w gell, roedd rhywun arall yno.

Hen ddyn llawn tuchan a salwch, yn orweddog ar lwth, oedd Lothar; roedd yn pesychu wrth nychu, ac yn crafu fflem gan ochneidio ar wastad ei gefn. Methodd godi unwaith. Roedd o mor llipa â llyffant, yn methu gwthio cymaint â blaen bys bach dros ymyl ei flancad.

Roedd yn ddyn a oedd yn feichus iddo fo'i hun, ei anadlu'n gaeth a'i frest yn wichlyd. Wrth ei weld yn ei wendid, a'i wylio'n aml yn wylo, teimlai Alyosha fod ei fywyd ei hun yn heulwen o obaith. Y rhan fwyaf o'r amser, wnaeth yr hen ddyn ddim byd ond achwyn yn drwm amdano'i hun – cwyno ei fod wedi syrthio i bydew o drueni lle roedd o'n suddo'n ddyfnach o dan domen o faw.

Mor llawn o'r llwm oedd ei fywyd, mor gyfoethog o ddim. Marw'n ifanc wnaeth ei wraig o, flynyddoedd lawer ynghynt, trwy ddisgyn i gysgodion y glyn a chyrraedd rhydau'r afon a hitha prin yn ddeg ar hugain oed. Roedd hi'n wraig dda iawn, a mam hyd yn oed yn well, ond yn sgil ei marw bu farw'r aelwyd a chwalwyd y plant. Bywyd diafael a siomedig a gafodd o wedyn er iddo fo ailbriodi – ond priodas a gladdodd ei phen o fewn dim oedd honno.

Yn nhywyllwch un nos, dechreuodd fygu siarad yn fyr ei wynt: mor debyg oedd pawb ohonom ni i'n gilydd. Angylion a lladron, cochion a gwynion, ffyliaid di-glem a dynion da i gyd o ran cnawd yn amrywiad ar yr un nodau, i gyd yn taro o'r un tant oherwydd mai'r un natur sy'n bodoli ym mherfeddion pawb, er bod ei phwyslais yn gwyro tuag at gonglau gwahanol ym mhob unigolyn. Ond fe all pawb ohonom ni adnabod natur ei gilydd. Fe all pawb weld rhyw gymaint ohono'i hun, hyd yn oed yn ei elyn.

Smocio oedd diléit y ddau Natsi, Max a Moritz, yn ogystal â brolio am yfad, cwffio a hel merchaid. Dau sglaffyn tal oeddan nhw, ond heb besgi llawar o gig. Yn eu ffordd eu hunain roeddan nhw'n ddidwyll a charedig, ac yn ystod y sgwrsio daeth yn amlwg iddyn nhw fod, ar un adag, yn aelodau llawn o'r KPD. Roeddan nhw hyd yn oed wedi bod ar daith i'r Undeb Sofietaidd – a oedd, ym marn y ddau, yn dwll tin byd o le, yn llawn dop o Iddewon, hwrod a chocia ŵyn.

'Gormod o'r hannar o ffwcin gocia ŵyn, oedd, lot gormod.'

'Bob man oeddach chdi'n mynd, roedd 'na ryw gont yn mynnu mwydro dy ben di am ryw ffwcin ffarm neu ffowndri neu ffatri ne' rhyw ffwc rhwbath neu'i gilydd. Jarffio. Hynny oedd 'u petha nhw rownd y ril. Yn honni mai gynnyn nhw oedd pob dim gora'n y byd. O fora gwyn tan nos, trwy'r dydd, bob ffwcin dydd ...'

Bu'r ddau'n ddi-waith am amser maith. Ond ers iddyn nhw ymuno â'r NASAP roedd ganddyn nhw ryw egni newydd, a hwnnw'n egni afreolus a oedd yn chwilio am ddihangfa. Yn amlach na heb, siaradai'r ddau ar draws ei gilydd, eu geiriau'n pledu i bob man.

Roedd Max a Moritz o'r un farn yn union. Be oedd ei angen ar eu gwlad oedd arweinydd cryf i godi'r Almaen ar ei thraed a'i gwneud hi unwaith eto'n wlad awelog, iach. Ond yn bwysicach na dim, yn wlad uchel ei pharch yng ngolwg holl wledydd y byd.

Roeddan nhw ar dân i falu dannadd y comiwnyddion, y sosialwyr a'r Iddewon. Wrth daflu golwg yn ôl honnai'r ddau nad oedd Rwsia yn weriniaeth o weithwyr o gwbwl. Twyll oedd hynny. Ar ôl bod mewn sawl ffatri a ffowndri lle roedd y gweithwyr yn gwingo dan y ffrwyn a'r enfa, yn cael eu cosbi am y camwedd lleia – ac yn cael eu trin fel cŵn – roedd y ddau wedi gweld y drefn gomiwnyddol am yr hyn oedd hi. Daeth yn amlwg o fewn dim eu bod yn nabod Paul, ond eu bod nhw bellach yn ei gasáu o.

'Ffwcin basdad,' oedd barn Max. 'Ffwcin coc oen ...'

'Leciwn i ffwcio'i fam o'i flaen o,' eiliodd Moritz.

''Nawn ni hefyd.'

''Dan ni'n siŵr o ffwcin 'neud, achos 'dan ni'n gwbod lle ma'r astan gont yn byw.'

'Pam? Ydi hi'n debyg i Paul?' holodd Alyosha.

'Be ti'n feddwl?'

'Ydi hitha'n Bolsiefic hefyd?'

'Ydi o ots? Ma' hi 'di geni un, dydi? Ma' hynny'n ddigon o reswm i'w ffwcio hi.'

Roedd y ddau yn nabod ei gyfnither Margarita hefyd. Yn eu barn nhw, hen gotsan annifyr oedd hi – astan gegog oedd yn gofyn amdani. Gan ei fod o'n perthyn i Margarita, roedd y ddau wedi amau ei fod yn gomiwnydd, ond ar ôl cael ar ddallt ei fod o'n casáu'r cochion gymaint â nhw, roedd Max a Mortiz wrth eu boddau ac yn fwy na pharod i rannu eu tybaco hefo fo.

Trwy'r ddau y dysgodd Alexei ryw gymaint am Kai-Olaf a oedd, yn ôl Max, 'Y coc oen mwya un.'

'Ffwcin twat moel ...'

'Torri'i ffwcin goc a'i gerrig o i ffwrdd sy isio ...'

'Tan fasa'r basdad yn gwichian am 'i ffwcin hoedal ...'

'A'u stwffio nhw i mewn i'w hen geg fawr o ...'

'Fasa hynny'n rhoi stop ar falu cachu'r cont.'

Ar ôl treulio bron i dridiau ar ei ben ei hun, roedd Alyosha yn falch o'u cwmni. Ond ar ôl treulio tridiau pellach hefo'r ddau, dechreuodd 'laru ar eu siarad amrwd. Hiraethodd am gael y gell yn ôl iddo'i hun. Dawn anodd ei meithrin oedd distawrwydd. Dechreuodd 'laru hefyd ar glywed sŵn traed y carcharor yn y gell uwch ei ben yn trampio yn ôl a 'mlaen, yn ôl a 'mlaen. A 'laru hefyd ar ryw grochweiddi a ddeuai o gell arall. Oherwydd bod ei feddwl yn llawn o bob math o ofidiau, roedd wedi mynd i 'laru ar y petha lleia.

Galwodd Margarita i'w weld. Roedd y cyfreithiwr yn hollol grediniol na fyddai Camlo byth yn mentro mynd ar gyfyl yr un llys barn i dystio yn ei erbyn o. A'r un hefyd oedd barn rhywrai yn y *Kriminalpolize*.

'Pa ddyn call sy'n mynd i falio hatling am air pimp?' holodd hi.

Mater o amser oedd hi cyn y byddai pob cyhuddiad yn cael ei ollwng. Doedd dim rhaid i Alyosha boeni am orfod wynebu barnwr, na rheithgor na chwanag o garchar. Ei ofid mwyaf o hyn ymlaen fyddai bod â'i draed yn rhydd. Doedd dim dwywaith na fyddai Camlo yn siŵr o'i ladd o.

''Na pam ma' hi'n bwysig i chdi 'i miglo hi o Berlin ar dy union,' oedd ei barn hi.

'Dwi'm yn siŵr os dwi isio gadael Berlin.'

'Pam nad ei di 'nôl i Baris? Mi fasa chdi'n saffach o dipyn yn fan'no nag yn fa'ma. Be ti'n ddeud?'

'Ga i weld.'

Pan alwodd Galina un pnawn, rhoddodd lais clir i'w feddyliau.

'Ti'n gwbod sut un ydi o, Alexei. Ti'n gwbod sut mae o'n gallu dal dig a ...'

'Alla i byth fynd 'nôl i Ffrainc.'

Roedd gormod o atgofion drwg ym Mharis. Ond rannodd o mo hynny hefo hi.

'Cer i rwla arall 'ta. 'Mots lle ...'

'Heb bres?'

Am ryw reswm, roedd o'n mynnu codi rhwystra iddo fo'i hun. Oedd o isio i Camlo ei ladd o?

'Er dy fwyn dy hun, Alexei, dwi'n crefu arnach chdi i ddal y trên cynta gei di ...'

Yn gynnar iawn un bora, cyn i weddill y carchar gael ei ddatgloi, clywodd allwedd yn troi yn nhwll y clo a'r follt drom yn cael ei thynnu 'nôl.

Pan gamodd i'r awyr iach roedd wedi hanner disgwyl gweld Margarita, ond Larissa oedd yno'n disgwyl amdano fo. Cerddodd y ddau i ffwrdd oddi wrth furiau uchal Moabit.

Sugnodd Alyosha y bora i'w sgyfaint. Yna, cododd ei lygaid i syllu fry i'r wybren, ond braidd yn isal a chymylog oedd hi.

'Ma' Margarita yn ymddiheuro am fethu bod yma bora 'ma, ond mae hi i ffwrdd hefo'i gwaith ...'

'Ffwrdd yn lle?'

''Na'th hi'm deud. 'Di hi byth yn trafod Aznefttrust. Ma' isio dy fwydo di, Alexei – ti 'di colli pwysa. Alla i deimlo dy 'senna di.'

Dros baned o goffi a *Schnapps* gwyrdd mewn caffi ar Wiebstrasse, dywedodd Larissa ei bod hi'n hapus i gynnig lle dros dro iddo ar ei haelwyd, ond fod Bruno braidd yn gyndyn.

'Alla i ddallt pam,' oedd ei ateb o.

Smociodd y ddau. Aeth Larissa ati i achub rhywfaint ar gam ei gŵr trwy honni mai poeni am ddiogelwch ei wraig a'i blant oedd o. Er bod pob cyhuddiad wedi mynd i'r gwellt, doedd hynny ddim yn golygu na fyddai chwant dial ar y pimp o hyd. Ofn pennaf Bruno oedd y byddai Camlo yn torri i mewn i'r tŷ – a neb yno ond Larissa, Ella, Clara a'r forwyn ar eu pennau eu hunan.

''Sdim isio i chdi ddeud chwanag. Dwi'n dallt yn iawn.'

Am gadw ogla drewllyd y carchar allan o'i barlwr parchus yr oedd gwir reswm Bruno, syniodd Alyosha wrtho'i hun. Er mwyn tawelu meddwl Larissa, honnodd fod ganddo fo eisoes sôn am le arall i fyw. Doedd dim rhaid iddi boeni dim.

Ogleuai'r caffi o lwch lli ac roedd y bwrdd bach crwn yn tueddu i woblo. Dywedodd Larissa ei bod hi am rannu cyfrinach hefo fo. Dywedodd ei bod mewn gwewyr meddwl mawr: roedd hi mewn cariad.

'Dwi'n gwbod,' atebodd Alyosha.

'Na, ti ddim.'

'Simon, y doctor ... Pan o'n i'n aros hefo chdi ...'

Ysgydwodd Larissa ei phen. 'Ma' Simon a fi ...'dan ni wedi gorffan ers amsar ...'

Rhywun arall oedd ganddi yn ei bywyd erbyn hyn, rhyw ddyn newydd. Ochneidiodd yn dawal. 'Ond ma' pob dim mor anodd ...'

Doedd hi heb fod mewn cariad hefo Bruno ers blynyddoedd. Doedd hi heb ei garu fo o gwbwl, ac yn amau a wnaeth hi ei garu erioed. Priodi er mwyn priodi wnaeth hi yn ei hawydd i fwrw gwreiddiau. Caff gwag oedd hynny, doedd dim dwywaith. Sut oedd dŵad allan o'r fagl? Roedd hi mewn caethgyfla dychrynllyd, yn cael ei thynnu bob ffordd. Yn ddiweddar, roedd Bruno wedi dechrau sôn am gael brawd bach i Ella a Clara. Roedd o isio mab.

Fel Catholig, roedd o'n dymuno cael teulu mawr ac roedd hynny'n bwysicach na dim iddo fo. Bob tro roedd Larissa yng nghwmni ei fam a'i dad, troi at wyrion a wyresau wnâi'r sgwrs bob gafael. Prin y gallai Larissa ei ddiodda fo'n agos ati, heb sôn am ei chyffwrdd. Hefo'r esgus fod y babi'n deffro ryw ben bob nos (er bod Clara bron yn ddeg mis oed ac yn cysgu'n sownd), mynnodd eu bod nhw'n cysgu mewn llofftydd ar wahân.

'Hefo pwy wyt ti?'

'Walter.' Goleuodd ei hwyneb. 'Dyma lun ohono fo.'

Cododd Margarita ei phen o'i gwaith pan glywodd rhyw ogla cyfarwydd. Wedyn, lleisiau tri neu bedwar o bobl yn closio i lawr y coridor. Y tu allan i ddrws ei swyddfa roedd chwerthin dau ddyn i'w glywed yn glir. Doedd hi ddim yn nabod un ohonyn nhw, ond roedd hi'n nabod y llall yn iawn. Ei chyn-gariad, Stanislav Markovich Feldman.

Gan sugno ar ei getyn, cerddodd i mewn yn hamddenol, yn gwisgo macintosh dros ei siwt lwyd. Cyfarchodd y ddau ei gilydd, a chyfnewid cusan ar foch.

Busnes swyddogol ddaeth â fo i Berlin. Doedd o ddim am aros yn hir, dim ond 'chydig ddyddiau ar y mwyaf, gan ei fod ar ei ffordd yn ôl i Baris. Doedd hi ddim yn mynd i holi ar ba berwyl. Roedd y ddau'n dallt ei gilydd i'r dim cyn bellad ag yr oedd busnas swyddogol yn y cwestiwn. Trawodd ei glun ar gongol ei desg hi a phlygu ei ddwylo tros ei ben-glin.

'Ti'n edrach yn dda,' dywedodd Margarita wrth sylwi ar ei liw haul.

'Tatyana a finna fuodd ar wylia yn y Crimea.'

'Braf iawn.'

'Pam ti'n gwenu?'

'Cofio rhwbath 'nes i. Flynyddoedd lawar yn ôl, dwi'n cofio fy chwaer Larissa a finna'n hel cregyn ar lan y môr yn Yalta. Y ddwy ohonon ni wedi dilyn ein trwyna ar hyd y traeth, ag wedi cerddad yn o bell heibio i'r penrhyn 'ma ...'

(Am be oedd hi'n mwydro?)

'Pam dwi'n sôn am hyn? 'Sgen ti'm isio clywad ...'

Tapiodd ei getyn i sosar ar ei desg.

'Oes, oes. Ti 'di dechra arni, gorffan dy stori ...'

''Mots.'

Lledwenodd Stanislav arni, ei ddwylo wedi eu plethu i'w gilydd ac yn gorwedd ar ei afl. Am be oedd o'n meddwl? Gymaint roedd hi wedi newid a heneiddio? Sylwodd Margarita, pan gerddodd i mewn, fod ei wallt o wedi dechrau britho drwyddo. Roedd o wedi magu tipyn o bwysa o gwmpas ei ganol hefyd ac yn prysur suddo i ganol oed cynnar.

'Gen i anrheg i chdi ... Rhywbeth wnes i addo 'i neud i chdi 'nôl ym Moscow.'

Tynnodd amlen fechan o'i bocad gesail. Cyn ei rhoi yn ei llaw, dywedodd, 'Achos dy fod ti'n amlwg wedi bod yn poeni am y peth.'

'Diolch.'

Yn nes ymlaen agorodd hi'r amlen, pan oedd Stanislav wedi gadael ei swyddfa.

Yn ei llaw roedd llun du a gwyn o flodau menyn o gwmpas pen rhyw fedd.

Craffodd.

Roedd yr arysgrif ar y garreg yn rhy fân i'w darllen, ac aeth Margarita draw i'r adran gyfrifon i fenthyg chwyddwydr. Dychwelodd i'w swyddfa, cau'r drws, a chraffu drachefn.

Darllenodd enw ei thad a dyddiad ei farw.

Ar ôl gorffan yn y gwaith, aeth Margarita draw i weld ei chwaer. Roedd yn tynnu at saith o'r gloch pan ganodd gloch y drws. Y forwyn atebodd.

Roedd Bruno mewn hwylia da ac yn sgwrsio'n ysgafn braf.

'Ista, ista,' cymhellodd yn ddiddig.

Roedd o ar fin troi allan i bencampwriaeth wreslo yn y Sportsplatz.

Ffarweliodd Larissa â'i gŵr a mynnodd Bruno gusan ganddi. Yr eiliad y cafodd ei gefn, daeth gweddnewidiad drosti.

'Ma'n ddrwg gen i, Margarita ...'nei di'n esgusodi fi?'

O'i chadair, clywodd amball air o sgwrs deliffon Larissa o'r cyntedd.

Dychwelodd yn y man gan ddweud, 'Wn i'm be i 'neud. 'Dan ni'n dau'n trio bod mor ofalus ag y gallwn ni fod. Ond ma'i wraig o 'di dechra ama.'

'Larissa ... alla i ofyn rhwbath i chdi?'

'Be?'

'Chdi a Walter ...'

Pallodd.

'Os ydach chi o ddifri, pam y rhagrith yma? Ti'm yn caru Bruno ...'

'Dyna be 'dan ni'n drafod. Ma' gen i ofn. Ofn be 'neith Bruno. Ofn colli'r merched bach.'

'Fedri di'm dal ati i fyw fel hyn.'

'Na, dwi'n gwbod.'

Tynnodd Margarita y llun allan o'r amlen a'i ddangos iddi. Doedd dim chwyddwydr ar gyfyl y tŷ a bu'n rhaid i Larissa dderbyn gair ei chwaer ynglŷn â dyddiad marw eu Tada.

Trodd y llun drosodd: ar y cefn, nodwyd enw'r fynwent yn Lvov mewn inc glas.

'Tada wedi brwydro hefo'r Fyddin Goch yn erbyn y Pwyliaid?' synfyfyriodd Larissa. 'Anodd coelio.'

'Ydi, ma' hi'n anodd coelio.'

Dechreuodd fwrw'n drwm a chwipiai'r glaw yn erbyn ffenestri'r tŷ. Aeth o ddrwg i waeth. Y tu allan hyrddiai un o stormydd Chwefror – storm anarferol o ffyrnig – ei churlaw dros Berlin nes codi gwynt cynddeiriog trwy frigau'r coed a'u hysgwyd am eu hoedal.

Er hyn, teimlai Margarita ryw lonyddwch mawr y tu mewn iddi hi ei hun. Roedd ei thad, fel hithau, yn gomiwnydd.

Fesul naid a naid, roedd adar bychain – adar y to gan mwya – wedi bod yn closio at ei draed. Doedd dim briwsion ganddo fo i'w rhannu, a rhusiodd nhw i ffwrdd, ond adar barus a oedd bron mor llwglyd â fo oeddan nhw. Er gwaetha stamp ei droed, ail-hel yn wyliadwrus wnaeth pob un ohonyn nhw gan dynnu'n raddol tuag ato fo fesul dau a thri.

Wrth eu gweld mor agos, doeddan nhw ddim mor llwyd eu lliw gan fod eu cefnau wedi eu croesi'n gochaidd hefo rhesi duon, er bod eu pennau'n llwydlas. Lliw arian oedd eu hadenydd. Ond rhusiodd y fflyd ar wib i'r wybren pan sgrialodd rhyw gi heibio.

Teimlai Alyosha yn amal fod ei fyd yn llai na botwm.

Roedd o newydd dorri ei syched o dan bistyll bychan, un o bedwar oedd yn tasgu o geg pedwar llew ar ganol Bayerischer Platz. Roedd blas od ar y dŵr, fel blas rhywbeth wedi madru, a sgwriodd ei dafod wrth ymdrechu i waredu'r drwg o'i geg. Poerodd. A phoerodd drachefn. Mynnai'r blas lynu yn ei geg, gan droi'n rhywbeth surfelys yn llawn olion rhyw gelanedd – gwylan, llygoden neu gath farw, fwy na thebyg.

Syllodd o'i gwmpas a gwylio mamau a'u babanod, yn ogystal â genod ifanc, yn gwarchod plant mân, eu sgwrsio'n llawn maldod a chwerthin. Roedd dwy forwyn yn gwthio dwy goets fach ochor yn ochor, wrth hel clecs o dan eu hetiau crynion. Heb fod ymhell i ffwrdd, roedd rhyw bilbobyn o hogyn, ei freichia wedi eu lapio am hogan wallt gola a'i drwyn yn swatio yn ei chorun. Tra bu Alyosha yn eu gwylio, felly y buodd y ddau, heb symud dim. A'r dynion di-waith: roedd y rheiny yno trwy'r dydd, bob dydd, yn drist eu gwedd wrth wylio'r byd yn llwydo.

Awr ginio oedd hi. Roedd o newydd wario saith *Pfennig* am ddarn o grystyn mewn becws. Prynodd lwmpyn calad o gaws, a'r talpyn lleia erioed – fawr mwy na'i fawd – o sosej Thuringia. Doedd o byth yn bwyta brecwast. Doedd o'n methu fforddio mwy na dau bryd y dydd. Gwell ganddo fo oedd arbad ei bres er mwyn hel rhywbeth i'w geubal at y gyda'r nos. O leia roedd hynny'n gwarantu y câi noson weddol o gwsg.

Ar ôl gorffen bwyta, cerddodd i lawr y stryd ar ochor ddeheuol y sgwâr. Safodd y tu allan i'r Peltzer-Grill, a chwpanu ei fochau ar y ffenast er mwyn craffu ar y cloc ar y parad pellaf. Roedd ganddo fo ugain munud yn weddill cyn y byddai'n rhaid iddo fynd yn ei ôl. Gwelodd fod rhywun yn ei gymell ato. Gwasgodd ei dalcan yn erbyn oerni'r gwydr a chwpanu ei arleisiau.

Ar godi i adael roedd y dyn ifanc y bu Stanislav Markovich yn sgwrsio hefo fo. Heb brin edrach ar Alyosha, aeth i 'mofyn ei gôt a'i het. Roedd ei groen yn frownddu, ei ddannedd yn fylchog a'i lygaid yn ddyfnlas. Cerddodd allan.

'Coffi?'

Wrth i Stanislav ddechra holi ei hanas, sylwodd Alyosha ei fod o wedi dechrau magu mymryn o dagall.

'Ti mewn gwaith?'

Eglurodd sut y cafodd rai oria o diwtora mewn ysgol dysgu ieithoedd.

'Rwsieg?'

'Ffrangeg.'

Holodd a oedd y gwaith yn talu'n weddol.

'Am na 'sgen i'm cymwystera, ma' nhw'n gallu talu faint fynnon nhw i mi. Sy fawr ddim.'

Cododd ei ddau benelin i ddangos dau dwll, a'r rheiny wedi eu brithglytio'n flêr.

Wrth godi'r cwpan at ei wefus, holodd Alyosha, 'Be ddaeth â chdi i Berlin?'

Chwythodd Stanislav ar ei goffi a gosod ei gwpan i lawr.

'Pasio drwadd. Ar fy ffordd 'nôl o Moscow i Baris ydw i. Dwi ar gomisiwn i 'sgwennu cyfres o erthyglau am gyflwr y gwledydd *bourgeois*.'

'I *Pravda*?'

'*Izvestia*.'

Anobaith welodd Stanislav fwyaf yn Berlin, yn enwedig yn ardaloedd dosbarth gweithiol Wedding a Neukölln. Gwelodd gannoedd ar eu cythlwng, yn gwisgo hen ddilladach rhacsiog a sgidiau blêr. 'Ar Werth.' 'Ar Osod.' 'Rhaid i'r cwbwl fynd.' Strydoedd ar strydoedd o gyni a thlodi. Sut oedd pobol yn cael dau ben llinyn ynghyd? Yr ateb yn syml, hyd y gwelai Stanislav, oedd nad oeddan nhw. Dyna pam roedd yr heddlu mor llawdrwn wrth arestio'r digartra, mor ddidrugaredd wrth erlid y di-waith, ac yn colbio'r sawl a feiddiai godi llais yn erbyn y drefn.

'Curo ar y chwith mae calon pawb tra bo'r gelyn ar y dde,' dywedodd.

Roedd Alyosha yn cadw un llygad ar y cloc o hyd: doedd fiw iddo fo fod un eiliad yn hwyr. Cododd.

'Braf dy weld di eto.'

Bwriodd Stanislav yn ei flaen i ddweud ei bod hi'n chwithig eu bod nhw'n methu treulio chwanag o amsar yng nghwmni ei gilydd.

'Ma' hi'n drist iawn gweld dyn ifanc fel chdi yn 'sbydu 'i fywyd fel hyn ...'

Meddyliodd Alyosha am Galina Vengerova.

'O leia dwi'n dal yn fyw.'

'Ma' 'na fyw a byw.'

'A marw hefyd.'

Bu'r hanas am y corff a gafodd ei bysgota o ddŵr afiach y Schiffahrtskanal yn y papurau newydd. Mwrdrad arall yn canlyn y patrwm o lofruddiaethau a fu yn yr un ardal dros y tri mis ar ddeg diwethaf oedd hwn eto yn ôl y wasg. Glasenwyd y llofrudd gan ryw newyddiadurwr yn 'Niko'. Roedd Galina wedi ei slasio ddwy a deugain o weithiau, a disgrifiwyd hi fel putain a oedd yn gaeth i heroin. Cafwyd erthyglau pellach yn ceisio dwyn perswâd ar y llywodraeth i atal smyglo'r gwenwyn afiach yma o dramor. Dadleuodd un golofn olygyddol ei bod hi'n hwyr glas rhoi stop ar y fasnach a oedd yn difwyno cymaint o fywydau – yn enwedig bywydau pobol ifanc, a oedd yn hawdd eu temtio.

Darllenodd Alyosha y papurau newydd i gyd hyd at ddiwedd yr wythnos, pan bylodd ei henw yng nghanol plethwaith o ffeithiau digon tyllog.

Erbyn bora Llun roedd pob un sôn amdani wedi mynd yn angof ymysg sgandalau newydd. Ymdrechodd i gysylltu hefo'i thad. Yn wahanol i bawb arall, doedd Alyosha ddim wedi llyncu'r stori am Niko Neukölln. Ym mêr ei esgyrn, roedd o'n gwbod yn iawn pwy fwrdrodd Galina Vengerova. Camlo oedd y person hwnnw, ond sut oedd profi hynny?

Clywodd ei hun yn dweud, 'Rhaid imi fynd. Diolch am y coffi.'

Wrth iddo fo gamu heibio, daliodd Stanislav ei law yn ei ddwylo.

''Nes di gymwynas fawr hefo fi un tro, cymwynas wna i byth mo'i hanghofio,' dywedodd dan dipyn o deimlad. 'Yn Kiev, mi achubis di 'mywyd i, a phaid â meddwl am eiliad 'mod i 'di gadael i hynny fynd dros gof. Dydw i ddim. Ond ma' dy weld di'n crafu byw fel hyn yn torri 'nghalon i. Mi alla chdi fyw bywyd arall, bywyd gwell o'r hannar ... Ti'n dallt hynny, Alexei? Dwi'n gwbod fod rhaid i chdi fynd rŵan ond ... yli ... gad inni gyfarfod heno. Gen i ddwy noson arall yma yn Berlin, cyn y bydda i'n ei throi hi 'nôl am Paris.'

'Alla i'm heno ...'

'Nos fory 'ta? Fy noson ola i. Alla i gynnig rhwbath gwerth chweil i chdi. 'Nei di'm difaru, dwi'n addo.'

Nodwyd man ac amser.

'Tan hynny.'

Tynnodd Alyosha ei law yn rhydd a cherdded allan.

Pan aeth o draw i'r Café Fürstenhof am y tro cynta, doedd Alyosha ddim yn siŵr iawn be i'w ddisgwyl. Disgrifiodd ei ddau gyfaill, Vlasich Pesotski a Matyev Sava, hi fel noson o hwyl a chanu. Yr atyniad cryfaf oedd y cwrw rhad a'r ffaith fod y bwyd am ddim.

I Alyosha, roedd hynny ynddo'i hun yn fwy na digon o reswm dros fynd draw.

Nai i'r Cadfridog Vassily Biskupskii oedd Vlasich Pesotski, dyn roedd Alyosha yn ei gofio'n iawn o'i ddyddiau yn yr Hotel Adlon gynt. Cofiai o'n westai mewn un neu ddwy o'r *soirées* a gafodd eu trefnu gan ei fam, er na thorrodd o 'i hun yr un gair hefo'r Cadfridog erioed. Ond roedd gan ei dad feddwl uchal iawn ohono fo.

Roedd blynyddoedd lawer o alltudiaeth y tu cefn i'w ddau ffrind. Dywedodd Vlasich Pesotski wrth Alyosha fel yr arferai, yn y dyddiau cynnar, gysgu bob nos a'i ben yn gorffwys ar ei siwtces; ond bellach, ar ôl pacio a dadbacio mor aml, roedd yr oglau unigryw a gariodd yn wreiddiol hefo fo o Rwsia wedi hen ddarfod. Erbyn hyn, doedd ganddo fo ddim i'w atgoffa o'i famwlad ond ei atgofion.

Ar y ffordd draw i'r Café Fürstenhof, dechreuodd Vlasich hewian am annhegwch y ffaith fod Rwsiaid di-waith (ac roedd cannoedd ar gannoedd ohonyn nhw yn Berlin o hyd) yn gorfod ciwio'n ufudd wrth ddrws cefn yr hen adeilad waliau cochion hyll hwnnw ar Ludwig-Kirchstrasse. Yn waeth fyth, er mwyn cael y stampiau bwyd am hannar can *Pfennig* roedd yn rhaid trampio i ganolfan arall filltiroedd i ffwrdd. Oedd hynny'n deg?

Fel *émigré*, doedd dim gobaith gan yr un Rwsiad o gael dinasyddiaeth Almaenig byth, er bod yr heidiau o Iddewon o Galicia, a oedd yn gorlifo dros y ffin bob dydd a nos, yn llwyddo i ennill un – a hynny ar eu hunion trwy fwytho cildwrn i law farus rhyw fiwrocrat ne'i gilydd. Oedd hynny'n iawn?

Noson o gymdeithasu oedd hi'r noson honno.

Meddwodd Vlasich Pesotski ei hun yn lludw, ond roedd Matyev Sava yn llwyrymwrthodwr ac yn llysieuwr. Ond coblyn o hogyn hy oedd o, yn sgwario fel mab plisman, yn goc i gyd, ac yn mwynhau tynnu pawb i'w ben.

Ista wrth fwrdd hefo pedwar o Rwsiaid eraill wnaeth Alyosha. Am Rwsia yr oedd eu sgwrsio bron i gyd. Rwsia? Pa weriniaeth o weithwyr? Pa ddifa cyfalafiaeth? Gwir nod y chwyldro oedd rhoi grym yn nwylo sothach dieflig o isfyd Asia – yn Slafiaid, Mwslemiaid, Tartariaid, Huniaid, Armeniaid, Georgiaid, Tsieineaid a Tungiaid – i drochi gwaed Ewrop Gristnogol mewn budreddi barbaraidd, a thrwy hynny, faeddu gwareiddiad cyfan am genedlaethau, os nad am ganrifoedd – os nad am byth. Dyna oedd gwir drasiedi'r hyn gafodd ei eni gan yr anghrist yn ninas Petrograd yn 1917.

Stwffiodd Alyosha lond ei fol o fwyd, yn union fel ag y gwnaeth pawb arall, ac roedd mwy na digon ar gael i bawb.

'Helpwch eich hunain, hogia.'

Cerddai rhai o gwmpas y byrddau yn hwrjio pamffledi a thaflenni o bob math. Grŵp Soyuz Russkovo Naroda (y Cannoedd Duon) oedd fwya diwyd yn eu mysg nhw. Roedd gwaith H. S. Chamberlain ac Alfred Rosenberg ar werth, yn ogystal â phapurau newydd – *Novoe Vremya, Dvuhlavy Orel* a *Prizyv*.

Yng ngolwg y dynion yma, roedd democratiaid a rhyddfrydwyr – heb sôn am gomiwnyddion – yn fradwyr i wir achos Rwsia.

'Sut ma' posib i ni gydweithio hefo'r Almaenwyr, dynion roddodd rwydd hynt i Lenin deithio ar y trên hwnnw i Petrograd?' holodd Vlasich, gan ychwanegu mai Iddew o'r enw Zederblum oedd Lenin go iawn.

'Cydweithio fydd raid inni am fod dim dewis arall ganddon ni.'

Teimlai Vlasich fel poeri yn wyneb pob Almaenwr. Cadw ei hun yn bur oedd yn bwysig i bob Rwsiad. Rwsia er mwyn y Rwsiaid. A Rwsiaid i gwffio dros Rwsia yn erbyn y Pharo yn y Kremlin. Cadw a chynnal mawredd oesol eu gwlad. Hwnnw oedd y nod, gan fod Moscow bellach yn ddim byd ond ail Gaersalem i Iddewon penboeth. Gwendid y Byddinoedd Gwynion oedd derbyn sosialwyr cymedrol i'w rhengoedd, yn hytrach na'u trin nhw am yr hyn oeddan nhw – bradwyr. Pam ddim dilyn polisi Mussolini a chrogi pob comiwnydd? Mussolini oedd ei arwr mawr, er bod gan Vlasich feddwl y byd o Adolf Hitler hefyd.

Ar y llwyfan, cododd rhyw stwcyn byr, go lysti i fynnu sylw pawb. Ar ôl sythu ei war, dechreuodd areithio. Rhyw glytwaith o wahanol brofiadau a bloeddiadau oedd ei anerchiad. Pregethodd am godi geneth dlawd o lwch y llawr er mwyn ei gosod ymysg pendefigion y gwledydd, ei gwisg yn deg gan berlau a gogoniant. Cân o gariad oedd hi, a'i lais yn canu'n felys am atgyfodi cenedl i'w bri, yn ben cenedl ymysg y cenhedloedd. Dechreuodd fynd i hwyl, ac wrth groch areithio aeth ei dalcen yn fân grychau i gyd, a'i wyneb yn fwy crychiog fyth.

Wrth ei rhoi hi i'r comiwnyddion, aeth ei dafod yn finiog a'i eiria'n rhy boeth i'w diffodd. Problem gymdeithasol oedd Marcsiaeth. Problem roedd angen ei thrin fel y broblem gyffuria, fel rhywbeth a oedd yn gwenwyno meddyliau pobol ifanc. Karl Marx oedd y meddwl a fu'n atal meddwl, a Marx bellach oedd y meddwl roedd yn rhaid ei atal yn enw Adolf Hitler. Adolf Hitler oedd prif sylfaen gobaith yr Almaen, a phob gradd o obaith yn radd o hyder yng nghanol aflwydd y presennol yn rhywbeth i'w ddathlu.

Cododd cerddorfa *balalaika* i ganu, a'r cantorion a'r cerddorion yn eu crysau cochion a'u trowsusau duon traddodiadol a'u bwtasau lledar yn codi hwyl. Canwyd 'Troika, troika!' droeon a'r hen ffefryn, 'Trink, Brüderlein, trink!' bedair gwaith.

Encore!

Chwibanu a chymeradwyo.

Encore!

Mwy! Mwy!

Cafwyd llwncdestun i'r Almaen Newydd.

A'r hen Rwsia Sanctaidd.

'Rwsia Sanctaidd!'

Y wlad annwyl honno a sathrwyd dan draed comiwnyddion dieflig ac Iddewon gwaeth – dynion budron nad oedd dim bodloni ar eu blys hyd nes y byddai'r byd i gyd o dan eu bawd. Codi plaid danbaid o'r newydd, dyna oedd yn rhaid ei wneud. Gosod plaid ar ei thraed, un a fyddai'n hollol saff yng ngheulan gwir wladgarwch.

Heblaw am Iddewon o Rwsia ei hun, faint o Iddewon tramor oedd â'u bys ym mrywas y chwyldro? Oedd 'na rhywun yn rhywle wedi pendroni uwchben y cwestiwn hwnnw?

Roedd hi'n ffaith wybyddus i Vlasich Pesotski fod Jacob Schiff, yn uniongyrchol neu yn anuniongyrchol – doedd neb yn hollol saff o hyd – wedi sianelu swm o bres i Trotskii a Lenin trwy law'r bancar Almeinig-Iddewig Max Warburg o Berlin. Doedd neb yn gwybod faint o swm yn union, ond yr isafswm isa posib oedd 12,000,000 o ddoleri. Y sôn oedd fod *cabál* o Iddewon Americanaidd hefyd wedi cyfrannu'n yn hael i goffrau'r comiwnyddion.

'Doedd ryfedd i Lenin gael ail wynt yn mis Awst 1917, pan oedd petha wedi dechrau mynd yn drech nag o fis ynghynt,' parablodd Vlasich Pesotski. Roedd wrthi'n llymeitian ei nawfed Bitburger, a'i drwyn yn cochi.

Sut sleifiodd y fath bres budur dros y ffin i Rwsia? Pwy oedd yn gyfrifol? Doedd neb wedi gallu datgelu'r union amgylchiadau yn iawn hyd y dydd heddiw. Roedd hi'n gyfrinach fawr o hyd, er bod a wnelo rhyw Iddew yn Stockholm rywbeth â'r busnes. Doedd neb tebyg i'r Iddewon am fod yn llawiach ymysg ei gilydd. Yr unig beth oedd yn profi hyn o gwbwl oedd un ddogfen a gafodd ei chyhoeddi gan Lywodraeth America yn 1918. Dangosai honno'n glir fod rhyw John Furstenberg wedi hysbysu rhyw Mr Scholak yn Haparanda fod y bancar Max Warburg yn dal i gadw mewn cysylltiad hefo Trotskii trwy ddwy sianel answyddogol, un o Tallinn a'r llall o Budapest. Pam arall fasa Trotskii yn cynnal y berthynas yma oni bai fod hynny o fantais i'r comiwnyddion, a bod pres yn newid dwylo?

Cynhesodd Alyosha drwyddo. Ymlaciodd yng ngwres y gwmnïaeth a theimlo yn fodlon braf. Yn lle ffagio i'w hofal siabi i fwyta ei sbarion prin, yma cafodd lond ei fol o fwyd a diod, faint fyd fynno fo – a chwanag o dan ei gesail i fynd adra hefo fo.

Hyd nes iddo fo ddechrau mynychu'r nosweithiau yma doedd o heb lawn sylweddoli pa mor unig oedd o. Bellach, roedd ganddo gwmni i gydganu hefo nhw.

'Edrycha i ar d'ôl di, Alexei Fyodorovitch,' addawodd Vlasich Pesotski, a'i fraich dros ei war yn ei wasgu ato. 'Fyddi di'n gyfaill i mi am byth.'

'Bydda, Vlasich Pesotski, mi fydda i'n gyfaill i chdi am byth.'

'Fel yr Iddewon, ma' rhaid i ninna ddysgu sut i fod yn gefn i'n gilydd.'

'Cefn i'n gilydd, 'na be fyddwn ni.'

A'i du mewn yn sych a phoeth, ei ben yn grin.

'Plaid o'r newydd!'
'Plaid o'r newydd!'
'Chdi a fi.'
'Chdi a fi.'

Cyn ailymuno yn y gytgan i ganu a chanu hyd nes roedd eu gyddfau'n grimp.

Ym mar yr Hotel Hollstein ar gongol Möckernstrasse y bu'r ddau'n siarad, a daeth yn glir i Alyosha fod Stanislav yn gwbod mwy amdano fo nag a ddychmygodd. Roedd o hyd yn oed yn gwbod fod ei frawd bach Georgik mewn ysgol yn Le Rosey. Clywodd hefyd iddo fo gael amser digon dyrys ym Mharis ac roedd o'n gwbod rhyw gymaint am ei helyntion 'hefo rhyw Bwyles aristocrataidd' a hyd yn oed am y deufis y bu dan glo yng ngharchar Moabait am stabio pimp.

Holodd Alyosha braidd yn biwis, 'Sut ti'n gwbod hyn i gyd?'

'Sut ti'n meddwl?'

Trwy ei gyfnither Margarita, wrth gwrs. Sut arall? Doedd dim dwywaith nad oedd y ddau wedi bod yn ei drafod o. Teimlai Alyosha yn fwy blin fyth, ac eto'n falch fod rhywun yn cymryd rhyw ddiddordeb yn ei fywyd.

Llwythodd Stanislav ei faco a'i fodio'n dyner yn ei getyn. Sylwodd Alyosha pa mor ofalus roedd o'n sugno wrth danio, cyn gwasgu fflam y fatsian rhwng ei fys a'i fawd.

'Dwi am i ni'n dau siarad yn hollol blaen.'

Sugnodd Stanislav yn bwyllog.

'Ti am drio dwyn perswâd arna i i ddŵad i fyw i Baradwys y Gweithwyr?'

'Mmmm-hmmm.' Pwffiodd fwg o'i getyn.

'Am mai dyna'r unig ddyfodol 'sgen i?'

Anwybyddodd Stanislav ei ffroenwawdio.

''Drycha arna i, Alexei ...' Tawelodd, a'i lais yn cynhesu. 'Pan o'n i'n byw yn Berlin 'ma ddwytha ag yn dechra meddwl o ddifri ynglŷn â be o'n i isio'i 'neud hefo 'mywyd ...'

Pesychodd besychiad sych. 'Madda imi.'

Pesychodd fwy.

'Ma' pawb angen rhyw waelod i'w fywyd. Pan 'nes i benderfynu mynd yn f ôl i'r Undeb Sofietaidd, mi synna chdi gymaint o bobol oedd yn 'y mhen i 'radag honno. Rhai'n honni 'mod i'n hurt, yn ffŵl gwirion, yn 'y ngalw i'n bob enw dan haul.'

Doedd o ddim yn gwenu.

'Ges i 'ngalw'n fradwr gan rai o 'nghyd-wladwyr, pobol oedd yn methu madda'r dioddefaint achosodd y chwyldro iddyn nhw. Doedd o mo'r penderfyniad hawsa'n y byd. Fi fasa'r cynta i gyfadda hynny. Ddim ar chwarae bach 'nes i dderbyn pasbort Sofietaidd, ond erbyn heddiw ...'

'Ti'n falch mai dyna be 'nes di?'

'Hwnnw oedd y peth calla 'nes i 'rioed.'

'Ond ym Mharis ti'n byw?'

'Dwi'n teithio 'nôl a 'mlaen.' Pwysodd Stanislav yn ôl yn ei gadair wrth sugno'n dawel ar ei getyn. 'Be amdani?'

Clywodd Alyosha leisiau'n codi yn ei ben, lleisiau o niwl rhyw bellterau – heb sôn am leisiau'n nes adra, fel ei gyfaill Vlasich Pesotski, na fasa byth bythoedd yn madda iddo fo am gefnu ar yr achos. Sut allai o, o bawb, fradychu pobol oedd wedi diodda cymaint dan law'r comiwnyddion?

''Nei di'm difaru, dwi'n addo i chdi ...'

Synfyfyriodd Alyosha yn ddwys. Be oedd o'n mynd i'w wneud? Roedd Stanislav yn syllu arno fo o hyd. Ochneidiodd Alyosha. Sylwodd fod rhidyllau mewn un gongol lle roedd darnau o'r plastar wedi disgyn yn estyll wal y stafall.

'Alla i ddim.'

Ciliodd yr awgrym o wên ar wyneb Stanislav.

''Di o'm yn amlwg pam na alla i?'

'Twt lol. 'Sneb bellach yn malio ar ba ochor roedd ei dad o yn y Rhyfel Cartra. Rwtsh 'di petha fel'na erbyn heddiw, rhyw hen lol sy'n perthyn i'r gorffennol. Yr unig beth sy'n bwysig yn yr Undeb Sofietaidd ydi fod talentau gora Rwsia – a ma' 'na gannoedd ar filoedd o'n pobol gora ni ar chwâl yn Ewrop – o Sofia i Brâg, o Brâg i Baris, o Baris i Berlin, yn aredig mewn tir calad heb obaith cyrraedd pen y dalar. Yn waeth fyth, ma' nhw'n chwerwi eu hunain i farwolaeth yn lle claddu'r casineb a dŵad yn ôl adra.'

Yn llun ei feddwl, gwelodd Alyosha Vlasich Pesotski yn bytheirio yn hollol groes.

'Mi wn i cystal â neb pa fath o glwy ydi hiraeth, a sut ma' peth felly'n gallu difwyno meddwl dyn. Ma' hiraeth arnach chdi, Alexei. Pan welis i chdi'n syllu trwy ffenast y caffi 'na y dydd o'r blaen, roedd 'na rwbath yn dy olwg di yn deud wrtha i bo' chdi'n teimlo'n unig. Ti'n sefyll ar y tu allan, ond yn hiraethu am gael sefyll ar y tu fewn.'

Pwysodd yn nes ato. ''Drycha ...' Difrifolodd. ''Di o'm yn deimlad braf pan ma' dyn yn un â'i gymdeithas, yn lle bod yn elyn iddi? Mae comiwnyddion yr Undeb Sofietaidd wrthi ar hyn o bryd yn codi cymdeithas hollol wahanol i bob un arall a welwyd hyd yma yn hanes y ddynoliaeth. Hon ydi'r fenter fwyaf fuodd ar wyneb y ddaear erioed. Hon hefyd ydi'r her fwya un i bawb ohonon ni, gan y bydd y gymdeithas yma, maes o law, yn trawsnewid y natur ddynol ei hun.'

'Her a hannar.'

'Ydi, mae hi, i bobol hefo gobaith yn eu calonnau nhw. Be 'sgen ti yn erbyn hyn? Be 'sgen ti yn erbyn gobaith? Pam wyt ti mor gyndyn i ymuno hefo ni? Ofn? Amheuaeth? Unigolyddiaeth?'

'Dwi'n parchu gormod ar fy rhyddid.'

'Dy ryddid i fyw mewn unigrwydd.'

'Mae o'n dal yn rhyddid yr un fath.'

'A be am y pris ti'n gorfod 'i dalu? Mmmm? Colli sicrwydd. Colli gobaith. Ydi o werth o?'

Methodd Alyosha ag ateb hynny.

'Yli, ma' hi'n haws o'r hannar beirniadu nag ydi hi i adeiladu. Ma' 'na gyfrifoldeb ar ysgwyddau dyn wrth ymrwymo. Dyna be 'di priodas.' Ochneidiodd, 'O, na, paid â deud wrtha i, ond ti 'di ca'l rhyw brofiad crefyddol? Tröedigaeth?'

'Naddo.'

'Diolch byth. O'n i'n dechra poeni am eiliad. Gwyleidd-dra person sy 'di torri yn Iesu ydi'r egotistiaeth fwya sy'n bod. Dwi'n cofio fi'n hun, pan o'n i'n alltud ym Mharis flynyddoedd lawar yn ôl, yn dechra trochi fymryn mewn Catholigiaeth a chyfriniaeth a rhyw lol fel'na. Ifanc a dryslyd o'n i, alla i weld hynny rŵan, yn emosiynol ansad. Ond rwtsh-ratsh ofergoelus 'di'r cwbwl.'

Aeth mor bell â chynnig trefnu ei ddychweliad ar ei ran. Roedd ganddo fo gysylltiadau yn y llywodraeth – cysylltiadau ar wastad go uchel. Dim ond i Alyosha ewyllysio hynny, gallai Stanislav gynllunio'r cwbwl iddo fo. Gallai drefnu ei ddyfodol rhag blaen.

'Fasa chdi 'nôl adra mewn llai nag wsnos. O fewn llai na phythefnos, mi fasa chdi mewn gwaith gwerth chweil, yn ennill cyflog taclus.'

Neu os nad oedd hynny wrth fodd ei galon o, gallai ailgydio yn ei addysg. Roedd yna le i ddynion ifanc fel fo ym Mhrifysgol Moscow. Y Gyfraith? Llenyddiaeth? Athroniaeth? Dim ond iddo fo ddweud be carai o ei wneud ac roedd Stanislav yn addo cael gair yng nghlust y Deon. Neu fe allai Alyosha gael ei brentisio'n newyddiadurwr ar *Izvestia* neu *Pravda*. Neu be am yrfa yng ngwasanaeth conswl yr Undeb Sofietaidd? Yn Tokyo? Singapore? Hong Kong? Be am Buenos Aires? Neu Montreal? Be am deithio, a gweld tipyn ar y byd, a gwasanaethu ei wlad yr un pryd?'

'Ti 'di anghofio un peth pwysig,' torrodd Alyosha ar ei draws. 'Dwi'm yn gomiwnydd.'

'Ddim ar hyn o bryd, ond buan y doi di'n un ohonon ni.'

Ysgydwodd Alyosha ei ben.

''Ti 'di darllen Marx erioed? Neu Lenin? Naddo, yn amlwg. Sut wyt ti'n gallu nabod dy feddwl i'r fath radda fel y gelli di 'neud safiad mor bendant? E? Ti'n siarad ar dy gyfar. Alexei. Sneb yn aros yn ei unfan. Ma' pawb yn newid trwy gydol ei fywyd. Rhai ohonon ni er gwell, rhai eraill, yn anffodus, er gwaeth. Ma' dy gyfnithar Margarita 'di newid. Taith i bawb ohonon ni ydi bywyd.'

Gan fod ganddo drên cynnar i'w ddal drannoeth, roedd Stanislav eisoes wedi trefnu tacsi. Daeth gair o'r drws i'w hysbysu bod un tu allan yn disgwyl amdano fo.

Câi Alyosha ei demtio'n arw: doedd dim modd gwadu hynny. Teimlai'n boenus. Mynd yn ôl i'r Undeb Sofietaidd? Roedd pob un dim roedd Stanislav newydd ei leisio ar un ystyr yn wir. Gogor-droi yn ei unfan fuo fo ers blynyddoedd, yn cerdded trwy'i gwsg – a byth yn cyrraedd unman. Be oedd o wedi ei gyflawni? Dim byd. Roedd o'n heneiddio bob dydd, a gobaith am yrfa mor bell o'i gyrraedd ag erioed.

'Be amdani?'

Teimlai law'r penderfyniad yn pwyso'n drwm ar ei ysgwydd.

'Ma' 'na un rheswm personol pam y basa mynd 'nôl i Rwsia yn beryg bywyd i mi.'

'Pa reswm fasa hwnnw?'

'Mi allwn i gael f'arestio yn syth.'

'Eglura.'

Oedd Stanislav yn cogio ei fod o ddim yn dallt? holodd ei hun.

'Am be 'nes i yn Kiev.'

''Sneb wedi'n arestio i.'

Doedd dim rheswm gan neb i'w arestio fo.

'Ddim y chi 'nath saethu'r Comisâr yn farw.'

Lledodd rhyw edrychiad trwy lygaid Stanislav – fel melancoli hen ddyn am ieuenctid coll. Wedyn, crychodd ei ael a phletio'i eiriau'n ofalus wrth hanner sibrwd, 'Pwy fasa'n gallu honni mai chdi wnaeth? Pwy oedd yn y winllan fach y noson honno ar wahân i chdi a fi? E? Chdi a fi a'r Comisâr. Neb arall. Welodd neb be ddigwyddodd.'

Roedd Alyosha bron â hollti isio dweud y gwir. 'Chdi, Stanislav Markovich – mi welis di be 'nath ddigwydd a chdi fasa'n gallu fy mradychu fi.'

Doedd dim rheswm sowndiach na hwnnw'n bod. Rhyw ddydd, am ba reswm bynnag, doedd dim dal sut y gallai amgylchiadau'r ddau newid. Ond os byddai o byth yn byw yn Rwsia fe fyddai ei fywyd ar drugaredd ewyllys dyn arall. A mympwy oriog yr ewyllys honno. Ddywedodd o mo hynny, a chadwodd ei feddyliau o dan glo.

Roedd rheswm arall hefyd, rheswm dyfnach, ac un mwy afresymol o bosib. O'r eiliad y cyfarfu Alyosha â Stanislav, teimlodd o erioed yn hollol hapus yn ei gwmni. Yng nghefn ei ben, roedd rhyw islais wedi mynnu amau ei gymhellion. Teimlai ym mêr ei esgyrn nad oedd o'n ddyn y gallai ei drystio i gadw at ei air.

Cododd Alyosha. 'Siwrna saff i Baris.'

Gwthiodd Stanislav ei getyn i mewn i'w boced.

'Alla i gynnig pàs i chdi?'

Blasodd Alyosha ei ddicter.

''Sdim isio i chdi fynd allan o dy ffordd ar 'y nghownt i.'

Ymbalfalodd dwylo a breichiau Stanislav am lewys ei gôt wrth i'r *maître d'* ei dal hi iddo fo. Clymodd sgarff am ei wddw a tharo het feddal ar ei ben.

Dal i sefyll wrth y drws roedd gyrrwr y tacsi.

'Ti'm yn gallu rhoi coel ar fy ngair i, Alexei Fyodorovitch. Dwi 'di'n siomi. Fy siomi'n bersonol.' Syllodd yn llonydd i fyw cannwyll ei lygaid.

'Ma'n ddrwg gen i ...' Ychwanegodd Alyosha yn onest na allai roi coel ar ei air.

'Pam?' holodd, fel rhywun a oedd wedi ei frifo i'r byw.

'Am na alla i ddim.'

'Ti'n ffŵl, ddyn. A ti'n gwbod pam? Ti'n ofni'r dyfodol. Oherwydd hynny, fyddi di byth yn rhydd. Ti'n gwbod yn dy galon mai'r Undeb

Sofietaidd sy'n cynnig gobaith i'r ddynoliaeth. Hi hefyd ydi'r gwirionedd a fydd, ryw ddydd, yn rhyddhau'r hil ddynol o ormes y canrifoedd. Yr Undeb Sofietaidd 'di'r unig beth all gynnig achubiaeth inni i gyd. Chei di ddim cystal cynnig byth eto.'

Ond doedd o ddim yn mynd i newid ei feddwl.

'Paid â mynd i grafanga neb arall, be bynnag 'nei di, neu mi gei di brofi be 'di brad go iawn.'

Wedi i ddrws y tacsi gau, ista yn y tywyllwch wnaeth Stanislav. Syllodd Alyosha arno fo trwy'r ffenast gefn. Yn ei gôt, roedd ganddo ddwy ysgwydd lydan, sgwâr fel bwrdd.

Croesodd y stryd gan ail-fyw'r sgwrs yn ei ben. Blagurodd a blodeuodd amheuon rif y gwlith. Oedd o newydd wneud camgymeriad mwya'i fywyd? Os oedd o, doedd ganddo fo neb i'w feio ond fo'i hun. Ond oherwydd ei fod wedi gwneud penderfyniad, teimlai'n 'sgafnach hefyd. O wastad ei ben i wadan ei droed, roedd o wedi datgan ei farn. Teimlai'n ddedwyddach, fel petai o am unwaith yn ei fywyd wedi bod ar drugaredd ei ewyllys ei hun.

Gwir ryddid ydi sut mae rhywun yn dewis, a ddim be mae o'n ei ddewis.

Gwir ryddid ydi glynu at y dewis hwnnw, p'run a ydi'r dewis yn un doeth ai peidio.

Llonnodd ei gorff yn llawn balchder.

Gallai ganu.

Gallai ddawnsio.

Gallai neidio mewn llawenydd.

Gallai hefyd lwgu i farwolaeth.

'Lle ti'n mynd?' holodd Zepherine.

'Busnas,' atebodd wrth lyfnu ei wallt.

'Pryd alla i ddisgwyl chdi 'nôl?'

Gwyrodd ati i'w chusanu. 'Pan ddo' i 'nôl.'

'Pryd fydd hynny?'

'Pan fydd hynny.'

Y noson honno roedd Artyom wedi trefnu i gyfarfod â Meme Corse. Dros y misoedd blaenorol, fe fuo'r ddau'n cyfeillachu mwy a mwy wrth weld mantais mewn magu cyfeillgarwch dyfnach.

Yn sgil penderfyniad Comisiwn Bancio Ffrainc i atal Intra-banque Beirut rhag agor canghennau ym Mharis a Marseille, doedd dim dewis gan Artyom ond mynd ar ofyn y Corsiad am help llaw. Roedd y Dirprwy yn fwy na pharod i holi cwestiynau ar lawr Senedd Ffrainc – ond am bris.

Cyn i'r dyn agor ei geg roedd Artyom yn gwybod be roedd o'n mynd i'w ofyn. Mater o haglo oedd hi wedyn ynglŷn â maint y cyfranddaliadau – ac felly, faint o rym roedd o'n fodlon ei ildio i'r ddau frawd o Corsica ar fwrdd ei fanc. Hwnnw oedd y talcen caletaf.

Fe wnaeth Meme Corse ei orau drosto fo yn y Siambr, a'r tu ôl i ddrysau caeedig mewn gwahanol bwyllgorau, ac yn enwedig mewn un pwyllgor pwysig iawn o dan gadeiryddiaeth neb llai na Henri Dupont. Ond doedd hyd yn oed hynny yn dal ddim yn ddigon i gael y maen i'r wal, a methu wnaeth Artyom yn ei ymdrech i wyrdroi'r penderfyniad. Roedd o'n dal yn yr un twll.

Dyna pryd y dechreuodd o sylweddoli mai peth cymharol oedd grym gwleidyddol. Hyd yn oed grym mor fawr â grym Siambr Dirprwyon Gweriniaeth ac Ymerodraeth Ffrainc. Cymharol hefyd oedd grym dau *gangster* o Marseille, ochor yn ochor â'r gwir rym.

Teyrnasu'n dawel mewn man arall roedd hwnnw, fel erioed.

Cwcw mewn nyth Ffrengig oedd Artyom o hyd. Dyna oedd y broblem. Fel yn achos pob Rwsiad alltud arall, byw bywyd *déclassé* yr *émigré* oedd o o hyd. Doedd o ddim yn wirion: roedd o'n gwybod cystal â neb be oedd gwir farn y Ffrancod am bobol fel fo. Cael eu drwgdybio gan bawb mae dynion sydd wedi colli'r cwbwl. Yn eu calonnau, roedd y Ffrancod yn amau mai'r alltudion oedd, rywsut, yn gyfrifol am eu trallodion a'u tynged eu hunain.

Cofiodd Artyom ei hun yn sefyll wrth far sinc Médova ar Rue de l'Echelle pan glywodd sôn am gwymp Byddin Pyotr Wrangel yn y Crimea yn 1920. Cofiodd iddo dreulio'r nos yn galarnadu trwy feddwi.

Yn ei gwrw, cofiodd rywun yn gofyn iddo fo, 'Os oedd hi mor annwyl â hynny i chdi, pam na 'nes di a dy debyg ddim cwffio'n galetach i achub dy famwlad?'

Y gwir sy'n lladd.

'Digon hawdd nadu yn fa'ma, ond pam 'nes di'm rhuthro 'nôl i 'neud dy ran?'

Methodd gynnig atab.

'E?'

Methodd hefyd â chael gwared ar y teimlad o euogrwydd. Roedd o wedi bradychu ei wlad yn awr ei chyfyngder a thrwy hynny, wedi bradychu ei deulu ei hun. Ni lwyddodd hyd yn oed i ddarbwyllo'i fam a'i dad ei hun i adael Petrograd. Roedd yr ymdrech i achub Rwsia wedi llethu bywyd ei frawd-yng-nghyfraith, doedd dim dwywaith am hynny. Hynny sigodd o. Pryder dyddiol dros ei famwlad fu'n gyfrifol am yrru Fyodor Mikhailovich Alexandrov i'w wely pridd cyn pryd. Bellach, doedd dim posib dad-wneud dim.

Jeanette druan, meddyliodd Artyom wrtho'i hun. Fe ddylai fod wedi gwneud mwy drosti hi hefyd.

Pam fod pob poen yn mynnu plethu i'w gilydd? Ei rieni, Rwsia, Jeanette ...

Ddaeth Zepherine ddim i'r angladd er iddo fo ofyn iddi. Doedd dim disgwyl iddi wneud. Falla ei fod o'n gofyn gormod wrth ddisgwyl iddi sefyll ar lan y bedd. Ond roedd ei hagwedd tuag at ei fab, Dimitri, yn anfaddeuol. Gwrthododd â gadael i'r hogyn ddŵad atyn nhw i fyw: gwnaeth bob un dim o fewn ei gallu i atal hynny trwy bob sut a modd.

'Pam na 'neith o aros hefo'i nain? Ma' honno'n dal yn fyw.'

Achosai Dimitri y ffraeo mwyaf ofnadwy rhwng y ddau. Pethau eraill oedd yn poeni Zepherine – pethau nad oedd Artyom yn gwbod dim oll amdanyn nhw. Dyna pam roedd hi'n gynddeiriog ac yn genfigennus fod Dima yn hawlio mwy o'i sylw o na hi.

Yng nghefn meddwl Zepherine o hyd roedd P.

P.

P pwy?

Bu'n chwilota trwy ei bapurau yn stydi'r *villa*, ond ni ddaeth o hyd i unrhyw beth. Ond roedd hi'n gwbod yn iawn fod Artyom yn dal i fynd i'r gwely hefo hi. Gallai ogleuo ei sebon sent arno fo. Dyna pam roedd hi'n troi'n gasach gasach tuag at Dimitri. Dial ar Artyom yr oedd hi am ei thwyllo hi. Dechreuodd Dimitri ei hofni hi. Roedd o'n gwlychu ei wely bron bob nos, nes yn y diwedd dechreuodd y forwyn gwyno. Gofynnodd Artyom i Zepherine dymheru ei dicter tuag yr hogyn.

'Cofia ei fod o'n dal mewn profedigaeth.'

Yn ôl rhyw gymydog, Dimitri oedd wedi dod o hyd i'w fam yn crogi.

'Gwlychu 'ngwely bob nos faswn inna hefyd.'

Syllodd Zepherine ar Artyom – ond cadwodd ei meddyliau iddi hi ei hun – am y tro.

Troelli yn ara trwy faestrefi Berlin yr oedd y trên. Aeth heibio i aceri o erddi a chlytiau o diroedd oedd wedi eu hollti'n stribedi hirion, lle roedd amball foragodwr eisoes yn ista ar stôl yn nrws ei gwt yn llafnu min ar filwg hefo calan hogi. Safai ambell un ynghanol rhesi o fresych, tra oedd ambell ddyn a phwt o bibell yn ei geg yn sefyll â'i benelin ar bostyn ffens yn gwylio'r byd a'i bethau.

Aeth rhai degau o erddi heibio lle roedd ambell arddwr yn ei gwman yn codi tatws a moron, ond bod y pridd yn salach a theneuach peth i dyfu gwlydd o swmp po bellaf oedd eu llain o ddŵr yr afon. Ar dalcen y cytiau pren roedd rhyw faner neu'i gilydd yn hongian yn llesg – baneri cochion neu faneri duon, ac ambell waith un wen.

Yn ôl ei arfar, doedd Alyosha ddim wedi bwyta brecwast, ond doedd dim ots gan fod gwledd debol yn disgwyl amdano ar ben y daith. Roedd o'n dal i hepian o hyd. Gwaith anodd oedd cau llygaid a chysgu gan fod Vlasich Pesotski yn gwneud rhyw sŵn cogio canu aflafar wrth ymyl ei glust. Roedd hi'n rhy gynnar yn y dydd i'r rhan fwya ddechra meddwl am ymuno yn y gân.

Roedd y tiwtor rhan-amsar yn fwrlwm o egni ifanc, yn llawn brwdfrydedd-dros-bob-man, ac yn mynnu llawenhau ac athronyddu. Dydd Sul, heb os, oedd uchafbwynt ei wythnos ac roedd o'n siarad fel pwll y môr. Ond doedd haul y bora heb yfad digon o wlith y wawr i Alyosha ddechrau trin a thrafod dim. Ar waetha clochdar Vlasich, cymerodd arno ei fod yn cysgu trwy blethu ei freichiau, gwasgu ei ddwylo i'w geseiliau, a gorffwyso ei arlais yn erbyn gwydr y ffenast.

Roedd tair moto-lorri a saith o droliau yn disgwyl amdanyn nhw wrth glwydi pren yr orsaf wledig. Diosg eu gwedd ddinesig wnâi pawb gan mai braf oedd cael bod allan yn yr awyr iach, yn enwedig ar fora mwyn o hydref. Cydnerth oedd y canu. Roedd pob un pen yn morio'n hoenus wrth droi o'r ffordd, trwy giatiau haearn agored, a gyrru i fyny'r lôn o dan y coedydd masarn mawrion. Yn y cowt llydan o gerrig coblog o flaen y stablau yng nghefn y plas câi pawb eu dadlwytho o'r cerbydau.

Rhuthrodd yr hogia at y byrddau i sglaffio o'i hochor hi ynghanol sŵn a siarad rhai ugeiniau o griwia tebyg a oedd eisoes yn bwyta ar y meinciau pren wrth fyrddau hirion. Gweision a morynion y stad oedd yn gweini'r bwyd a diod yn ôl y galw. Hogia llwglyd oedd hogia Berlin, a stwffiodd Alyosha ei wala a theimlo rhyw londer wrth yfed poteidiau o laeth enwyn. Hefo bwyd yn ei geubal, teimlai fel cawr a oedd wedi cael ail wynt.

Drilio a martsio hawliodd yr oriau wedyn nes roedd sŵn eu hesgidiau'n clecian ar gerrig coblog y cowt gan atsain ar hyd y muriau. Swyddogion o'r Reichswehr oedd yn chwyrnu a chwibanu i'w cadw nhw i gyd mewn trefn. At ganol y pnawn, ymosodwyd ar furiau hen furddun ar ddolydd y stad, rhyw hen esgyrndy o'r ddeuddegfed ganrif a oedd wedi hen fynd â'i ben iddo. Bwledi go iawn gâi eu tanio, eu hias fyw mor agos nes peri i'r pridd sboncio o flaen eu llygaid. Clwyfwyd dau o'r hogia yng nghanol un cyrch, un yn ei ben-glin a'r llall yn ei ysgwydd, ond doedd neb yn malio dim gan fod doctor wrth law i dendiad ar bob clwy. Pluan yng nghap gwroldeb pawb oedd ennill craith.

Pan oedd haul hwyrol ym mrigau'r coed, a chigfrain yn crawcian yn nharth y pellter, safodd y cannoedd o hogiau yn rhesi unionsyth, eu brestiau allan, eu llygaid wedi fferru. Crysau brown a wisgai'r Natsïaid a chrysau gwynion a throwsusau duon wisgai'r Rwsiaid.

O dan y bondo, ar ben hen risiau cerrig o'r Oesoedd Canol, safai Rittmeister Günther von Kunz, yn ei drowsus hela, ei fwtias duon gloyw, ei siaced felfed a'i ddwrn ar garn ei gledd. Safai yn yr union fan lle safodd ei hynafiaid, y rhai a wasanaethodd dan arfbais y llinach ym mrwydrau'r oesau a fu – Tannenberg, Metz a Mollwitz. Fel cerflun o ddyn, roedd Rittmeister Günther von Kunz yn driw i'w dras, yn driw i draddodiad holl Farchogion Urdd Marienburg a warchododd ffiniau Ewrop rhag rhaib y Slafiaid, y tonnau o farbariaid y canrifoedd a gododd o grombil Asia.

Daeth nos yn lle'r dydd.

Wedi iddi lwyr dywyllu, eisteddodd y milwyr i wledda, gan fwyta a diota a chodi sawl llwncdestun i ddyfodiad Almaen well a oedd ar fin ei geni'n bur o groen yr hen Weimar wenwynig.

'Yr Almaen Newydd!'

'Almaen Newydd!'

Gwlad i fagu gobaith yng nghalon pob Rwsiad oedd hon. Gwlad a oedd yn magu hyder er mwyn hogi ewyllys hefyd. A gwlad a oedd yn addo rhoi'r farwol i'r lladron a gipiodd Rwsia annwyl oddi ar y rhai a'i carodd hi. Fesul mis, roedd awr fawr y dial ar yr Iddewon-gomiwnyddion yn closio. Mater o amser yn unig oedd hi cyn y byddai'r dydd yn gwawrio a'r utgyrn aur yn galw byddinoedd Cristnogol gwledydd Ewrop i warchod eu hetifeddiaeth.

Darllenwyd negeseuon telegram o diroedd hyfforddi byddinoedd tebyg. Rhaid oedd magu undod pwrpas er mwyn rhoi hyder a gwrhydri yn eu gwaed.

Aeth yr yfad o ddrwg i waeth.

Cyneuwyd coelcerth anferthol, a'r gwreichion yn clecian tua'r wybren. Ger düwch dudew y wig, cyneuwyd rhesaid hir o gylchoedd tân a thynnodd amryw o'r llanciau amdanyn nhw nes eu bod yn hollol noeth. Rhedodd y meddwyn cyntaf i bowlio trwy'r cylch o fflamau. Wedyn, fesul un, aeth degau i'w ganlyn.

Safai Alyosha hefo un sawdl ar erchwyn cafn dŵr carreg y meirch, yn gwylio'r nos o'i gwmpas.

Chwarddai'r cyrff trwy'r cylchoedd tân. Roedd amryw yn eu medd-dod yn gwegian-wibio, yn mwynhau'r boen, er bod eu cnawd yn sïo a ffrio. Caeodd Alyosha ei lygaid. Cododd ei ên wrth deimlo rhyw awel dawel yn rhusio dail yr hen ffawydden a dyfai wrth ymyl talcan y stablau pellaf.

Teimlodd ryw bensyndod rhyfeddol.

Unigrwydd ingol.

Fel dyn ar fin deffro o hunllef lle roedd yr wybren yn ei wawdio.

Yn fflochion y gwreichion a'r fflamau melynion, gwelodd wynebau cynefin, wynebau roedd wedi hanner eu hanghofio, neu wynebau pobl nad oedd wedi eu cyfarfod erioed. Yn eu sgil roedd o hefyd yn gweld llefydd am y tro cyntaf erioed, ond llefydd roedd o rywsut wedi eu gweld droeon o'r blaen. Teimlai ei fod o'n denu ato olion adfeilion rhyw hen, hen atgofion a bod hanner ei fywyd wedi ei fapio cyn ei eni, ac nad oedd anffawd ei rawd yn tarddu o amgylchiadau byw a bod, na dewis, na grym neu ddiffyg grym ewyllys rydd, a bod ei dynged wedi ei phennu ar ei gyfer amser maith yn ôl yn nos ddu Grendel.

Curwyd chwe drwm.

Goleuwyd pen y grisiau cerrig hynafol gan lafn nerthol o oleuni a dyrchafodd Alyosha ei lygaid i weld Rittmeister Günther von Kunz a'r Cadfridog Vassily Biskupskii yn sefyll ochor yn ochor. Tu cefn i'r ddau roedd dau ŵr arall yn llechu yn y cysgod, yn gwisgo lifrai brown yr SA. Yn sefyll hefo nhw roedd y weddw gyfoethog Mathilde Scheubner-Richter, yn ogystal â'r Tywysog Cyril o Cobwrg, a'i wraig, yr Archdduges Victoria Feodorovna, a oedd wedi cyfrannu miliynau i goffrau'r Freikorp a'r NASAP.

Wynebau rhochiog oedd yn rhythu fry, wynebau cigog dynion a oedd eisoes â gwaed ar eu dwylo. Tasgodd heidiau o freichiau i fyny drachefn: y meddwon noethion yn rhuo fel un, yn rhuo a rhuo:

'Heil Hitler!'

'Heil Hitler!'

'Heil Hitler!'

Gofynnwyd am dawelwch. Camodd Rittmeister Günther von Kunz ymlaen. Mewn llais tawel, tawel croesawodd a chyflwynodd Alfred Rosenberg, a oedd i draddodi anerchiad byr er cof am y diweddar Max Erwin von Scheubner-Richter.

Fel aelodau o Rubonia, cymdeithas wrth-gomiwnyddol o fyfyrwyr yn Riga, y gwelodd y ddau ei gilydd am y tro cyntaf erioed. Daeth Alfred a Max Erwin yn ffrindia mynwesol. Roedd erchyllterau 1905 yn ninas Petrograd wedi creu argraff ddiamheuol o ddofn ar enaid pawb. Rhagflas oedd y cwbwl o helyntion gwaeth 1917. Hefo'u llygaid eu hunain, roedd y ddau wedi gweld natur y dyfodol yn gliriach na neb. Dyna pam roedd Scheubner-Richter mor frwd o blaid i *coup d'état* Kapp lwyddo yn Berlin yn 1920. Dyna pam yr oedd o hefyd yn fwy na pharod i fod yn swyddog y Wasg i'r Cadfridog ei hun, ond siom gafodd o pan aeth y cwbwl i'r gwellt. Ciliodd i Munich, lle trefnodd gynhadledd yn Bad Reichenhall i fonarchwyr ac *émigrés* o Rwsia yn 1921. Gweithiodd yn ddi-ildio i ennyn cefnogaeth gorsedd fonarchaidd Bafaria, teulu Wittelsbach, i achos ei gyd-wladwyr alltud. Aeth ar ofyn eglwyswyr, yn archesgobion ac esgobion, am gefnogaeth ysbrydol, gan ei fod yn ŵr defosiynol, a'i ffydd yn beth byw yn ei galon – yr un mor fyw â thalu gwrogaeth trwy blygu glin i linach frenhinol trwy ddwyfol ordinhad, a thrwy hynny ddysgu parchu traddodiadau teuluoedd aristocrataidd. Roedd ganddo edmygedd dwfn at deuluoedd a oedd yn mawrygu perchentyaeth a'r cysyniad o anrhydedd a gwaedoliaeth. Plastai'r rhain oedd y dystiolaeth weledig o'r drefn anweledig oruwchnaturiolaidd, a oedd wedi cynnal, ac a oedd yn dal i gynnal, moesoldeb, dysg a diwylliant Ewrop yn erbyn pob bwystfileiddiwch o ba bynnag du. Teuluoedd fel y rhain oedd coron gwareiddiad ar ei gorau.

Roedd y weddw eisoes yn ei dagrau.

Doedd hi'n fawr o syndod fod Max Erwin von Scheubner-Richter wedi mynd ar ofyn neb llai na gŵr dylanwadol fel Cramer-Klett, prif gynrychiolydd y Fatican yn Bafaria – gŵr yr oedd clust y Pab bob amser yn effro i'w gyngor da a'i air doeth – er mwyn ennyn ei gefnogaeth i achos pwysig. Estynnid croeso bob amser i von Scheubner-Richter ym mhlastai aristocratiaid Awstria a Bafaria, a chroeso cynnes hefyd yn swyddfeydd prif fancwyr a diwydianwyr y dalaith, dynion unplyg a didwyll fel Reusch-Haniel a Thyssen. Roedd yn agos iawn at Lunendorff a Poehner, pennaeth plismyn

Munich, a chyfaill triw arall oedd y Tywysog Bermont-Avalov o Berlin – gŵr a gododd fyddin o'i ben a'i bastwn ei hun yn 1919 er mwyn brwydro lawlaw â'r Bolsieficiaid yn nhiroedd y Baltig.

'Dwi'n falch iawn o allu galw fy hun yn gyfaill ymysg ei liaws o gyfeillion niferus. Trwy ei ymdrechion o yr es i ati i ddarbwyllo rhai o gwmnïau'r Almaen i roi cymorth ymarferol i'r Cadfridog Pyotr Wrangel dlawd yn 1920. Doedd neb yn fwy diwyd na Max Erwin von Scheubner-Richter yn trefnu cymorth ymarferol – bwledi yn anad dim – er mwyn cynnal achos sanctaidd Rwsia. Fe weithiodd yn ddiflino nos a dydd. Es i fy hun mor bell â'r Balcanau ar fy nhaith i'r Crimea, ond ysywaeth, roedd y frwydr dros enaid Rwsia ar ben, er nad ydi'r rhyfel eto wedi ei golli.'

Max Erwin von Scheubner-Richter oedd ysgrifennydd cyntaf y Kampfbund ym Munich yn 1923. Ar y daith honno, y daith angheuol honno i'r Feldherrnhalle, lle cerddodd ochor yn ochor â'i arwr mawr, Herr Adolf Hitler – martsio'n dalog yn ei lifrai milwrol llawn, lifrai swyddog yn y Chevaux Leggers, ei helmed bigyn ar ei ben, ei *pince nez* ...

'Yn llygad fy ngho, mi alla i ei weld o yr eiliad yma, ei weld o eto yn ei lawn ogoniant ...' Ciliodd ei wên. 'Max Erwin von Schebubner-Richter oedd y cynta i syrthio dros yr achos. Oni bai am hynny, oni bai am ei wroldeb a'i gariad a'i ffyddlondeb i'w wlad, canu coffa fyddwn i yma heno i Herr Adolf Hitler. Bu farw Max Erwin von Scheubner-Richter yn ddyn ifanc, marw ym mlodau'i ddyddiau, ar drothwy ei ddeugain oed. Does dim rhaid i ddyn fyw oes faith i fyw bywyd mawr. Dowch inni i gyd gofio pa mor ifanc oedd yr Arglwydd Iesu yn gwingo ar y groes ...'

Lledodd rhyw gryndod o dan ei lais.

'Mi gyflawnodd Max Erwin, fy hoff gyfaill, gymaint – er bod hynt ei rawd yn un cymharol fyr ... ag ... ag er parch i'r cof annwyl amdano fo fel un o'n merthyron cyntaf ni tros achos ein hannwyl famwlad, rydw i yma heno yn bedyddio'r gatrawd hon o ddynion dewrion yn Friekorp Max Erwin von Scheubner-Richter.'

Ar yr arwydd, bloeddiodd pawb fel un, 'Friekorp Max Erwin von Scheubner-Richter!'

'Heil Hitler!'

'Heil Hitler!

Dyna pryd y sylwodd Alyosha ar wyneb yn y cefn, rhwng Rittmeister Günther von Kunz a'r Cadfridog Vassily Biskupskii – wyneb ei gyn-diwtor o Petrograd gynt, Herr Professor K K.

Roedd Vlasich Pesotski yn nabod Herr Professor K K – neu Oberführer Karl Krieger fel roedd o bellach yn cael ei alw – yn dda.

Pan ddaeth y ddau wyneb yn wyneb, craffodd Alyosha a'i gyn-diwtor ar ei gilydd, y naill heb ddychmygu gweld y llall byth eto, llai fyth o dan amgylchiadau o'r fath.

'Alexei Fyodorovitch, y mawredd annwyl!'

Roedd Oberführer Karl Krieger wedi clywed am farwolaeth ei dad.

'Eich annwyl, annwyl dad ...' lleisiodd yn addfwyn wrth ddal i graffu arno fo, a'r syndod o'i weld yn cynhesu trwyddo fo o hyd.

Ymddiheurodd na allodd ddod i'r angladd, ond roedd galwadau eraill ar y pryd yn mynnu ei ymroddiad. Roedd ei frawd yn ddifrifol wael a bu farw o wenwyn gwaed.

'Alexei Fyodorovitch o bawb ...' Rhwbiodd ei benelin.

Holodd am ei fam.

Ciliodd Alyosha iddo'i hun am ennyd cyn dweud nad oedd o wedi ei gweld hi ers amser.

'A'ch brawd bach? Yn lle mae o arni erbyn hyn?'

'Yn dal mewn addysg.'

'A Larissa Kozmyevna?'

'Volkmann, ers blynyddoedd bellach. Ma' hi'n briod hefo doctor o Berlin. Dwy ferch fach ganddi. Clara ag Ella ...'

Mwythodd Herr Professor K K eu henwau.

'Dwi'n siŵr eu bod nhw'n ferched tlws.'

'Ma' Margarita yn byw yn Berlin hefyd ...'

Yng nghanol y llawenydd rhyfeddol o weld ei gyn-ddisgybl unwaith eto, roedd Professor K K yn awyddus i gyflwyno Alyosha i neb llai na Rittmeister Günther von Kunz ei hun.

Digwyddodd hynny o flaen tanllwyth o dân coed dan drawstiau duon neuadd hynafol a godwyd yn wreiddiol yn y drydedd ganrif ar ddeg, ac o dan lygaid marw dau ddwsin o bennau ceirw a'u cyrn yn rhes ar hyd muriau'r plas. Ystafell drom a thywyll oedd hi, er bod tafodau fflamau melyn golau mewn gwydrau lampau mawrion yma ac acw hyd y lle.

Aeth Rittmeister Günther von Kunz i gyflwyno Alyosha, yn ei dro, i Mathilde von Scheubner-Ritcher, a oedd wedi ei dilladu mewn du o'i chorun i'w sawdl. Roedd hi'n agos iawn at Heidrich Himmler ac wedi cael cynnig gweithio iddo fo – rhywbeth roedd y weddw yn ei ystyried yn anrhydedd o'r radd flaenaf un.

Ymlwybrodd chwanag o gyplau i gylch y cymdeithasu, rhai fel yr hen Gadfridog Vinberg a'i wraig. Roedd hi'n gwichian trwy boen crydcymalau drwg, a phrin yn gallu symud yn ei chadair olwyn, ond pry garw oedd o, a Christion o argyhoeddiad dwfn. Yn ystod y Rhyfel Cartre bu'n crogi comiwnyddion ar hyd a lled de Rwsia ar yr esgus lleiaf ac, yn amlach na heb, heb fawr o esgus o gwbwl. Erbyn hyn, roedd wedi llareiddio rhywfaint ar ei ysbryd er ei fod o'n gallu taflu cuchia digon hyll at y sawl oedd yn coleddu bydolwg croes i'w fydolwg ei hun.

Yn eu sgil daeth Nikolai Graf, cyn-gapten yn yr Hussars o Moscow, i'r fei – llanc ifanc yn llawn gwynt a balchder – yng nghwmni Dug Leuchtenberg, dyn hefo dau fawd ar ei law chwith, un mawr ac un bach. Roedd yn hoyw, er ei fod wedi gwneud ei orau i wardio rhag y ffaith honno trwy briodi ei gyfnither, merch swil hefo gwallt tenau, di-grych, gwallt a deneuodd yn waeth fyth ar ôl ei phriodas, nes iddi, o fewn llai na blwyddyn, golli pob blewyn ohono fo. Bellach roedd hi'n gwisgo wig melyn cyrliog dros ei moelni. Byw bywydau ar wahân ym Mharis roedd y ddau.

Bu Nikolai Graf, Dug Leuchtenberg a'r Cadfridog Vinberg ar un adeg yn rhan o gynllwyn aelod o'r Duma, Vladimir Mitrofanovich Purishkevich, yn Petrograd ym mis Ionawr neu Chwefror 1918, cyn i'r Cheka eu herlid o'r ddinas. Dianc i'r de at Denikin wnaethon nhw er mwyn sefydlu mudiad newydd o'r enw Brawdoliaeth y Groes Greadigol – mudiad gwleidyddol, er bod ei wreiddiau'n ddwfn ym mhridd y ffydd Gristnogol. Y bwriad oedd eu hadfywio'u hunain yn ysbrydol, i atgyfodi'r hen Rwsia anweledig i'w llawn ogoniant. Cafodd rhaglen waith ei hargraffu yn Odessa. Rhaid oedd creu economi gorfforaethol, cymuned o gymunedau cydweithredol, a fyddai'n cynnig rhyw fath o ateb annelwig i'r 'cwestiwn tir' bondigrybwyll a oedd yn denu cymaint o gefnogaeth i'r Bolsieficiaid. Rhaid oedd hybu cynnyrch lleol hefyd, rhoi gwaharddiad ar gyfalaf tramor – pres Iddewig i bob pwrpas – ailorseddu'r Tsar ac ailsefydlu parch tuag at sancteiddrwydd yr Eglwys Uniongred.

Eu cri oedd, 'Achubwch Rwsia, Trechwch yr Iddew a Chenwch Fawl i'r Hollalluog Dduw'.

Roedd eu dylanwad yn drwm ar filwyr Anton Denikin. Bu'r pedwar wrthi'n ddiwyd yn gwasgaru copïau o *Protocol Hynafiaid Seion* ar hyd a lled deheudir Rwsia, yn ogystal â gwerthu mân bamffledi o bob math yn datgan mai bwriad yr Iddewon a'r comiwnyddion oedd gwerthu Ymerodraeth Rwsia fesul darn i'r Latfiaid, y Tsieineaid, y Siapaneaid a'r Americanwyr, a hynny trwy dŷ bancio Kuhn & Loeb yn Efrog Newydd. Gwaith o law eu dwylo oedd llyfryn bychan yn adrodd hanes y pum Iddew o Estonia a fu'n gyfrifol am grogi'r Tsar, y Tsarina a'u plant ar drawstiau atig mewn tŷ yn nhre Ekaterinburg. Ailargraffwyd y llyfryn yn Berlin ym mis Ionawr 1919, ond bu'n rhaid cywiro'r ffeithiau, oherwydd erbyn hynny roedd si gryfach ar led mai yn y selar y cafodd y teulu eu saethu. Ar gei Sebastopol flwyddyn yn ddiweddarach y daeth diwadd ar eu Rwsia, a chael a chael wnaethon nhw i grafangu ar long orlawn o'r Crimea er mwyn setlo yn Sofia, Prâg a Pharis. Byw fel cysgodion o'r dynion a fu oeddan nhw, er eu bod nhw'n dal i hewian cynllwynio am weld dyfodol arall yn blodeuo yn Rwsia ...

Buan y sylweddolodd Alyosha fod Rittmeister Günther von Kunz wedi cyfarfod ei ddiweddar dad, Fyodor Mikhailovich Khabotov, ar fwy nag un achlysur.

'Braint aruchel i mi, ŵr ifanc, yw cael eich cyfarfod chi fel hyn.'

Anrhydedd iddo fo oedd cael mwynhau ei gwmni ar ei aelwyd.

Atebodd Alyosha mai'r un oedd y fraint iddo ynta.

Tywysodd gŵr y plas Alyosha ac Oberführer Karl Krieger draw i'w lyfrgell am sgwrs bellach, lle safai'r tri ymysg silffoedd derw un o'r casgliadau preifat ardderchocaf ar gyfandir Ewrop. Wedyn, eisteddodd Rittmeister Günther von Kunz, ei goesau ar led, o dan luniau olew cyfoethog o'i dad, ei daid, ei hen daid a'i orhendaid.

Roedd rhesi eraill o luniau o'i hynafiaid ar y mur gyferbyn. Ei dad ddewisodd ei enw pan ddysgodd y *Nibelungenlied* yn hogyn ysgol, a chofio am byth mai cyfansoddair o'r Hen Almaeneg oedd yr enw Günther, a oedd yn golygu 'ymladd' a 'byddin'.

'Mae ganddon ni ddyn ifanc gwerth chweil fan hyn, Herr Krieger.'

'Cyn-ddisgybl i mi. Hogyn disglair iawn.'

Gwenodd llygaid bychain ei gyn-diwtor ar Alyosha.

'Faswn i'n disgwyl dim llai nag ymroddiad llwyr i'r achos gan rywun o'i gefndir o.'

Cliciodd Rittmeister Günther von Kunz ei dafod.

'Mi allwn ni ddisgwyl petha mawr ganddoch chi, ŵr ifanc, dwi'n siŵr.'

'Gallwch, mi allwch chi,' atebodd Alyosha'n ddidwyll.

Brasgamodd Artyom o'r Rue du Vaugirard i stryd dywyllach ar y chwith o'r enw Rue Du Lac. Rowliodd ar y ffordd, a swatio ar ei gefn o dan foto-tacsi tan i ryw gysgod fynd heibio a chilio i'r gwyll. O fewn dim, daeth cysgod arall, byr ei wynt, i'r fei. Oedd yna drydydd cysgod? Clustfeiniodd; clywodd sisial taer rhwng dau, gair neu ddau o edliw, ebwch a rheg. Amaturiaid. Gwahanodd y cysgodion, ond penderfynodd Artyom ganlyn yr un a aeth i waelod y stryd.

Cawsai'r teimlad fod rhywrai wedi bod yn ei ganlyn ers meitin.

Bellach roedd o ar gefn y cysgod a magodd Artyom nerth i'w faglu. Taclodd y dyn a gwasgu ei wep ar y pafin oer gan ddal ati i wasgu ei fysedd dros ei ben nes roedd ei fodiau'n foddfa o saim melys.

Pan wrthododd y llanc ag atab ei gwestiynau, gwthiodd Artyom ei fraich gerfydd ei phenelin nes closiodd at ei ysgwydd. Dechreuodd wichian mewn poen, ond roedd yn dal i wrthod atab; gwthiodd Artyom yn galetach – gwthio fesul modfadd gan fygwth datgymalu ei fraich o'i ysgwydd. Styfnigodd yr hogyn yn waeth, a gwrthod datgelu dim, nes peri i Artyom orfod gweithredu ar ei air.

Roedd tair morwyn wrthi'n tendiad y teulu. Y tu allan i'r ffenestri Ffrengig mawrion, roedd dau arddwr wrth eu gwaith yn tocio canghennau a hel chwyn i ddwy ferfa bren. Ar ochor bellaf yr ystafell, roedd Dimitri wedi cymryd ei le wrth y bwrdd brecwast. Pan gododd Artyom ei lygaid o'i gopi o *Le Matin*, gwenodd ar ei fab. Ers iddo fo ddŵad i fyw o dan ei do, roedd wedi cael cyfla i ddŵad i'w nabod o'r newydd, a gwelodd o fewn dim fod llawar iawn ohono'i hun yn yr hogyn. Roedd Dimitri yn awyddus iawn i blesio'i dad a dechreuodd ddangos diddordeb yn ei gamera Kodak. Cafodd Artyom bleser yn dangos sut roedd o'n gweithio, a thynnodd Dimitri amball chwip o lun.

Cyrhaeddodd Zepherine ei chadair, yn gwisgo'i sliperi a'i *chemise de nuit*; edrychai'n welw, a fymryn yn anwydog, a'i gwallt yn grychsyth. Roedd blas coffi yn troi arni. Bellach roedd hi'n sâl bron bob bora, yn taflu i fyny ac yn teimlo'n llesg. Roedd hi'n disgwyl eto. Eisteddodd yn swrth a phigo ar ei thost.

A'i law ar gnap y drws, daeth y *chauffeur* i hanner sefyllian yn y stafall. Cododd Dimitri, cusanu ei dad a chychwyn am yr ysgol, ond prin yr ynganodd Zepherine yr un gair na chymryd y nesa peth i ddim sylw o'r hogyn. Plygodd Artyom ei *Le Matin* ac agor papur arall, *Le Journal*, gan ailgorcio'r monocol a darllan fel dyn oedd wedi ei lyncu'n ddwys ynddo fo'i hun.

'Ers pryd ti 'di gyrru ditectif i 'nilyn i?' holodd.

Disgynnodd ei eiriau fel clai gwlyb ar arch.

Cododd Zepherine ei phen a daeth ati ei hun o fewn dim nes roedd ei dicter yn sboncio. 'Ers pryd ti 'di bod yn 'y nhwyllo i?'

'Os fethodd o ddeud hynny wrtha chdi, dydi o'n fawr o ddyn.'

Honnodd Zepherine ei bod hi'n gwybod am bob un manylyn.

'Be arall sy 'na i'w ddeud?'

'Ti'n meddwl 'y ngadael i?' Newiddiodd ei thôn ar dro. 'Pam ti'n 'y nhrin i fel hyn? Dwi'm yn haeddu cael 'y nhrin fel hyn.'

Gostegodd ei llais. Roedd hi'n amlwg wedi bod yn ymarfer y sgwrs drosodd a throsodd yn ei phen, yn paratoi ar gyfer achlysur o'r fath. Bellach roedd hi yn ei chanol hi.

'Ro'n i'n mynd i ddeud y cwbwl wrthach chdi cyn bo hir,' atebodd Artyom yn dawal.

'Achos 'mod i 'di dy ddal di. Achos bo' chdi'n methu gwingo allan ohoni!'

Lledodd y llifddorau; doedd dim syndod o fath yn y byd ei bod hi'n gwbod pob un dim am bob un cyfarfod: pryd a lle y gwnaeth y ddau wahanu a chyfannu. Roedd y cwbwl ar gof a chadw ganddi. Restaurant de Ambassadeurs. Brasserie Métropole. Taverne Mazarin. Tabary ar Rue Vivienne. Au Cauteton wrth ymyl y Bourse, a oedd yn darparu *cuisine* Rwsiaidd, lle roedd Artyom wedi fforcio tameidiau bach blasus oddi ar ei blât ei hun i'w cheg hi. Y Marquery nesa at y Gymnase, lle gwyliodd y ditectif nhw'n chwerthin a chusanu yng ngŵydd pawb. Y Duval ar gornel Rue de Rivoli, lle'r aethon nhw i gerdded wedyn law yn llaw dros Pont-Neuf ...

'Ti isio imi ddeud chwanag?'

Yn niffyg ymateb, aeth yn ei blaen i restru.

'Terminus-Nord. Cyfleus ar y naw. Un cwpwl ymysg y miloedd sy'n llifo trwy'r orsaf bob dydd. Hôtel de l'Europe ar Rue de Constantinople, lle es di â fi am swpar ar 'y mhen-blwydd yn fuan wedi inni gyfarfod. Lavenne. Handi iawn fel man cyfarfod, wrth droed y gofgolofn ar y Place de Rennes. Terminus-Lyon ar y degfed o'r mis dwytha am bedair awr. Ti isio clywad chwanag? Grand Hôtel du Pavillion am ddwy noson pan ddeudis di wrtha i bo' chdi'n gorfod mynd i Beirut. Y Du Quai Voltaire rhwng pump a saith ddydd Iau dwytha. Echnos, mi es di â hi i Suzy. Be oedd hynny? Ei danfon hi i'w gwaith?'

'Doedd hi 'rioed 'di bod mewn bordelo o'r blaen.'

'Mae'n ddrwg gen i?'

'Dwi'm yn mynd i ailadrodd fy hun; glywis di fi'n iawn.'

Pan na chafodd y glustan gynta unrhyw ymatab, rhoddodd Zepherine beltan arall iddo fo ar draws ei foch.

'Ti 'di 'nhwyllo i!' gwaeddodd, gan stampio'r throed. 'Dwi'n dy gasáu di!'

Wylo fyddai amal i wraig arall wedi ei wneud, ond doedd Zepherine ddim yn ddynas am ddagrau. Ei ffordd hi o ddangos dicter oedd taflu pethau o gwmpas. Cyn iddi gael cyfla i falu gwydr y ffenestri, roedd Artyom wedi cythru amdani.

'Pwylla, paid!'

Roedd hi'n fam i'w blant o, yn disgwyl babi arall, a dyma sut roedd o'n ei thrin hi.

Gwnaeth ei gorau i'w gicio a'i ddyrnu, ond gafaelodd o'n dynnach amdani.

''Nei di wrando arna i?'

Ceisiodd egluro, ond dim ond cicio a strancio'n waeth wnaeth hi.

'Be sy 'na i'w egluro? Bo' chdi 'di stwffio dy fysadd i fyny rhyw ddynas arall tu ôl i 'nghefn i?'

Gwichiodd yn chwerw-uchal pan fynnodd Artyom fod 'na reswm.

'Wrth gwrs fod 'na reswm ...'

Anelodd gic tuag ato ond gafaelodd Artyom yn dynn yn ei ffêr. Bu ond y dim iddi golli ei balans a bachodd ei bysedd am erchwyn y bwrdd.

'Gollwng fi!'

'Ddim tan 'nei di wrando ar be 'sgen i i'w ddeud.'

'Gollwng!'

'Os byddi di'n dal yn ddig hefo fi wedyn, gei di 'nghicio fi o fan hyn i ganol y flwyddyn nesa ...'

'Rhaffu clwydda 'nei di.'

'Gwranda arna i. 'Na'r cwbwl dwi'n ofyn ichdi 'neud.'

'Ti 'di bod yn y gwely hefo hon?'

Pendronodd eiliad, cyn ateb ei fod o.

'Dwi isio mynd o 'ma! Mynd o dy olwg di. Gad i fi fynd.'

Mynnodd Artyom ei bod hi'n aros i wrando.

"Sgen i'm isio dy weld di byth eto.'

"Nei di ista a thawelu am eiliad?'

Y cwbwl glywodd hi oedd rhyw druth o eiriau am y Banque de France, a pha mor bwysig oedd y banc hwnnw i fywyd pawb. Er gwaetha'r hyn roedd pobol yn ei feddwl, roedd prif fanc y Weriniaeth yn un preifat. Er gwaetha'r ffaith fod gan rai miloedd o bobol gyfranddaliadau ynddo fo, dim ond rhyw ddau gant o ddynion oedd ar y brig, yr *élite* a oedd â'r hawl i bleidleisio ar unrhyw fater o bwys. Y *crème de la crème*, a oedd mor warchodol o'u safle ag y gallai unrhyw *élite* breintiedig fod. Clwb dethol iawn oedd hwn.

Er gwaetha eu cyfoeth di-ben-draw, doedd dim gwahoddiad i gyfalafwyr o faint André Citroën neu François Coty. Chafodd yr un o'r ddau gynnig cadair yn eisteddle cyfrin yr oligarchiaeth. Ond yr *élite* yma oedd yr *haut bourgeois* a fu ers cenedlaethau'n canoli eu grym mewn crochan bychan iawn ymysg ei gilydd, er mwyn dosbarthu breintiau'n raslon i rai, ond ddim i eraill.

Ddim i bawb o bell ffordd, fel roedd Artyom wedi dysgu trwy brofiad chwerw.

'Be 'nelo siarad am fancio hefo chdi'n ffwcio'r hŵr 'ma?'

'Os 'nei di wrando, gei di glywad.'

Trwy Ffrainc gyfan y rhain oedd yr unig ddynion a oedd yn cyfri. Trwy eu pleidlais nhw yn unig roedd y Banque de France yn penodi dynion a elwid yn rhaglawiaid, a deunaw rhaglaw oedd â'r hawl i eistedd wrth fwrdd y banc. Y Llywodraeth oedd yn penodi'r Llywodraethwr a'r ddau Is-Lywodraethwr, ac yn unol â hen draddodiad, roedd tri rhaglaw yn cynrychioli Trysorlys y Wladwriaeth. Y tri yma oedd y plwtocrasi o fewn y plwtocrasi – *Inspecteurs de Finance*, gwasanaeth sifil Ffrainc, dynion ifanc o deuluoedd gorau'r wlad a oedd yn drwm o dras. Am y deuddeg rhaglaw arall, sef gwir reolwyr y Banque de France, gwŷr a oedd wedi eu dethol o gylchoedd cyllid, diwydiant, masnach ac amaeth oeddan nhw bob un.

I'r anwybodus, Siambr y Dirprwyon oedd calon Llywodraeth Ffrainc ond, mewn gwirionedd, gwir lywodraeth y Weriniaeth oedd y Banque de France a'r Comité des Forges.

'Sut?'

'Mae o mor syml ag atal benthyciad i'r Trysorlys.'

'Pam fasan nhw'n gneud hynny?'

'Tasa rhyw bolisi neu'i gilydd ddim wrth fodd eu calon nhw. Codi trethi ar y cyfoethogion, er enghraifft. Neu bod rhyw wleidydd neu'i gilydd yn mynnu tynnu sylw ato'i hun trwy glochdar gormod am hawliau'r tlodion neu'r di-waith. Y peth hawsa'n y byd fasa chwalu dyn felly'n dail. Dyma'r math o fyd rydan ni'n byw ynddo fo. Dyma ydi realiti gwlad sy'n gneud môr a mynydd o'i chyfansoddiad democrataidd.'

Doedd Zepherine yn dal ddim callach be oedd a wnelo hyn i gyd â fo.

'Pam arall dwi 'di treulio cymaint o egni yn 'i chanlyn hi?'

Soniodd yr un o'r ddau am ferch Llywydd y Comité de Forges wrth ei henw.

'Hi' oedd hi o hyd.

'Heb y Banque de France sy'n rheoli'r Comisiwn Bancio, 'sgen i'm gobaith byth i godi o Beirut. Stiwio yn fan'no fydda i, heb hawl i agor canghennau, a maes o law, gobeithio, i symud fy Intra-banque yn gyfan gwbwl i Baris, ei droi o'n gwmni cyhoeddus a'i roi o ar y farchnad stoc. Crafu ar y cyrion fydda i am byth. Dwi'n gwbod mai yn Beirut ma' rhai dynion am imi gael 'y ngweld yn pydru. Dwi'n gwbod bod gen i elynion sydd am 'y ngweld i'n methu. Ond 'neith hynny ddim digwydd. Dwi'n gwbod 'mod i lawn cystal â nhw bob tamad. Ti'n meddwl bod Pauline yn golygu rhwbath i mi? Dydi hi ddim. Llwybr i gerddad at ddrws *salon* ei thad fuodd hi o'r cychwyn cynta un.'

Ffieiddiodd Zepherine yr un fath.

'Medda chdi.'

Daliodd Artyom ati i geisio'i darbwyllo nad oedd hyn yn newid iot ar ei deimladau tuag ati hi.

'Chdi dwi'n garu o hyd.'

'Medda chdi.'

'Er mwyn ni'n dau dwi'n gorfod gwneud hyn.'

'Ond be mae hi'n deimlo tuag atach chdi?'

'Unwaith bydd y Comisiwn Bancio yn gwyrdroi eu penderfyniad, mi ddaw'r cwbwl i ben.'

'Artyom, ddim dyna be 'nes i ofyn i chdi ...'

Oedodd a dweud, 'Unwaith y bydda i wedi ca'l be dwi isio, mi fydd Pauline yn hen hanas.'

Daeth yn amlwg ei fod eisoes wedi bod yn swpera ddwywaith wrth fwrdd François de Wendel. Addewid hwnnw oedd y byddai'r Comisiwn yn ailedrach ar gais yr Intra-banque. Er nad oedd o wedi addo dim byd mwy.

'Unwaith ti'n cael be ti isio, ti'n gaddo na 'nei di'm mocha chwanag hefo hi? Ar dy lw? Ti'n addo imi?'

'Ar fy llw.'

'Ar fedd dy fam a dy dad? Wyt ti'n addo imi?'

'Ar fedda fy holl hynafiaid.'

'Achos ... dwi'n deud wrthach chdi rŵan ... dwi'n deud wrthach chdi rŵan hyn, Artyom ...' dywedodd, a'i bochau llwyd yn pantio. 'Os clywa i gymaint â si bo' chdi'n dal wrthi, chei di'm maddeuant gen i ...'

Oedd o wedi ei chlywed hi?

Atebodd ei fod.

'Be bynnag ydw i, dwi'm yn mynd i fod yn gadach llawr i neb. Chei di'm cerddad drosta i yn ôl dy fympwy. Ddim Jeanette ydi'n enw i.'

Oedd o wedi ei chlywed hi?

'Dwi'n ddynas wahanol. Dyna pam dwi'n deud wrthach chdi, fel bo' chdi'n dallt, y bydda i'n dial. Mi wna i'n siŵr y byddi di'n diodda.'

'Fydd gen ti bob hawl i 'neud.'

'Pam dwi'n dal i dy garu di, Artyom?'

'Achos 'mod i'n dy garu di.'

Ond roedd hi'n dal i grafu am olion o onestrwydd ynddo fo o hyd.

Dihidlo cawodydd o law mân trwy ei phelydrau yr oedd heulwen diwadd Mai ac yn y pellter roedd enfys wedi taflu ei bwa dros Berlin. Brasgamodd Herr Professor K K i mewn gan ymddiheuro am ei adael ar ei ben ei hun, ond roedd rhyw fyfyriwr wedi dod ar ei ofyn o a'i gadw fo'n siarad. Camodd Alyosha draw o'r ffenast lle bu'n syllu allan ar y byd.

Yn ei ddillad bob dydd roedd y Professor yn llai o ddyn, ac yn debycach o'r hannar i'r cof roedd gan Alyosha ohono fo pan oedd o'n hogyn yn Petrograd.

Ar ddesg Oberführer Karl Krieger roedd baner fechan y *swastika*. Ar ben cwpwrdd llawn llyfrau – Aristotl, Plato, Kant, Schopenhauer a Nietzsche – gosodwyd llun o Adolf Hitler mewn ffrâm arian. Ers eu cyfarfod annisgwyl, roedd Herr Professor K K wedi holi Vlasich Pesotski am hynt a helynt Alyosha. Pan gafodd ei orfodi i adael Petrograd yn ddisymwth yn 1917 roedd wedi colli nabod ar y teulu, ond roedd â'i fryd ar ailfagu perthynas hefo'i gyn-ddisgybl.

'Dwi'n gweld mwy o'ch annwyl dad ynddach chi nag erioed, Alexei Fyodorovitch. Bron nad ydach chi wedi mynd i ddechra edrych yr un ffunud ag o. Mae'r un cadernid cymeriad ynddoch chi ag a oedd yn gymaint rhan o'i bersonoliaeth o. Dyn a oedd yn rhuddin hyd y rhisgl oedd Fyodor Mikhailovich, a dyn a wnaeth ei orau o blygain bywyd hyd y bedd. Dyn a safodd yn dderwen mewn storm pan oedd pob coeden arall yn cael ei chwythu'n us. Dwi'n cofio pa mor hoff o ddarllan llyfra hanes Rwsia oedd o, a droeon mi wnes i ei annog i droi ei law at sgrifennu – ond gwrthod y syniad wnaeth o. Dwi'n 'i gofio fo'n deud wrtha i un tro, pan oeddan ni ein dau yn ei stydi 'nôl yn Petrograd, "Karl, rhywbeth byrhoedlog ydi pob llyfr hanas, ymdrech dila i dynnu llun bach digon syml o gymhlethdod dyrys realiti".'

Yn sydyn, newidiodd ei dôn.

'Be ydi hanas y rodni hwnnw o ewyrth oedd ganddoch chi? Hwnnw oedd yn byw ym Mharis? Yr un oedd yn gneud ati i ddynwarad arferion gwaetha'r Ffrancod?'

'Ewyrth Artyom.'

'Lle mae o arni erbyn hyn?'

'Dwi heb dorri gair hefo fo ers blynyddoedd ...'

'Ydi o'n dal i fyw ym Mharis?'

'Am wn i. Dwi heb ei weld o ers wn i'm pryd.'

'Heb ei weld o? Neu'n dewis peidio â'i weld o?'

Cododd Alyosha ei 'sgwydda.

'Ga i feiddio â bod mor hy â holi pam?'

Atebodd Alyosha ei bod hi'n stori hir.

'Stori dach chi'n dymuno ei chadw i chi'ch hun?'

Nodiodd.

'Wrth reswm. Ma' gan bawb hawl i'w breifatrwydd.'

Siglai Herr Professor K K o'r naill ochor i'r llall, ei ddau benelin yn pwyso ar ddwyfraich bren ei gadair, yn troi ei bensal rhwng bys a bawd.

'Dwi mor falch bo' ni 'di taro ar ein gilydd fel gwnaethon ni, Alexei Fyodorovitch.'

Cododd ar ei draed. 'Be ydi trosedd os mai'r wladwriaeth ydi'r troseddwr? Be ydi cyfiawnder os ydi'r gymdeithas yn un anghyfiawn? Be ydi'r gwirionedd os ydi'r gwirionedd hwnnw yn ddim ond slemp o sloganau i gyfiawnhau grym haflig gormesol o Iddewon comiwnyddol sy'n cadw Rwsia heddiw o dan draed? Cadwch mewn cof, Alexei Fyodorovitch, mai gelyn marwol pob dyn ydi hunan-les. Hunan-les, a dim byd arall, yrrodd Lenin ym mhob penderfyniad o bwys a wnaeth o erioed. Y dyn sy'n gwneud gwir ddaioni ar y ddaear ydi'r un sy'n gwasanaethu ei wlad yn hytrach na'i flys hunanol ei hun. Fel Adolf Hitler. Dach chi'n cytuno hefo 'marn i?'

Gant y cant.

'Ma' egin petha mawr 'di dechra gweithio trwyddoch chi, Alexei Fyodorovitch. Mi alla i weld hynny'n glir. Dyna un o'r breintiau mwyaf y mae darlithio i ieuenctid mewn prifysgol yn ei rhoi i ddyn – y gallu i adnabod dawn a fydd ryw ddydd yn cynnig arweiniad.'

Rhagddi yr aeth y sgwrs, ond chafodd y ddau fawr o lonydd oherwydd bod y teleffon yn mynnu sylw, a Herr Professor K K yn mynnu ei ateb bob un tro yn lle ei anwybyddu.

Doedd ei lais heb newid dim: yr un oslef oedd ganddo fo, fel erioed.

Buan y gwelodd Alyosha fod ei gyn-diwtor yn dal i feddwl amdano fel hogyn ar ei brifiant, fel hogyn oedd yn dal ar daith a oedd eto i'w chyflawni. Oedd o'n dal i gadw ei bedair gwialen fedw wrth droed ei ddesg, tybed?

Pwrpas arall dros ei wahodd draw i'w weld oedd er mwyn i Herr Professor K K ddangos y llythyr olaf a roddodd ei dad iddo pan gafodd ei erlid o Rwsia – llythyr o ddiolch.

'Ma' hwn yn un dwi'n 'i drysori'n fawr. 'Drychwch.' Rhedodd ewin ei fawd yn ysgafn dros y ddalen. 'Sylwch pa mor gymen oedd sgrifen eich annwyl dad.'

Aeth ati i ddisgrifio'i fora ola yn Rwsia, y bora pan oedd yn sefyllian ar blatfform stesion yn Petrograd, yn yr eiliadau cyn iddo fo orfod camu ar y trên. Dyna pryd y dododd ei dad yr amlen yn ei law. Roedd y tiwtor o dan deimlad wrth ddwyn union eiliad y ffarwelio olaf un i gof.

'Gan amla, dydw i ddim yn ddyn emosiynol iawn ...'

Ond y bora hwnnw, mi roedd o.

Darllenodd Alyosha y llythyr, ond methai'n lân â chofio llais ei dad. Ei dad ei hun, y dyn fu'n gyfrifol am ei fodolaeth.

Rowliodd y gair 'bodoli' ar ei dafod.

'Bodoli,' ynganodd yn ei feddwl.

Syllodd ar y llythyr a meddwl eto am ei dad.

Yn y cyfamser, roedd Herr Professor K K wedi hel ei bapurau at ei gilydd. Gan nad oedd ganddo ddim byd arall yn galw – a dim byd gwell i'w wneud – eisteddodd Alyosha ymysg y pedwar cant o fyfyrwyr yn y ddarlithfa.

Tynnodd Herr Professor K K oriawr aur o boced ei wasgod a'i gosod ar y bwrdd o'i flaen. Siaradodd am awr union – dim un eiliad yn fwy, dim un eiliad yn llai. Cuchiodd hefyd pan sleifiodd rhyw lanc yn hwyr trwy'r ddau ddrws a llithro i'w le.

Darlith ar Blatoniaeth, a chysyniad y 'ddau fyd' oedd hi.

Dros fwrw'r Sul, pan oedd cysgodion hwyrnos o Fehefin yn llaesu o'u cwmpas, trefnodd Alyosha i fynd hefo'i gyn-diwtor at fedd ei dad ym mynwent Eglwys Sant Konstantin. Dymuniad pennaf Herr Professor K K, oedd yn gwisgo lifrai SA brown Oberführer Karl Krieger, oedd fod y ddau ohonyn nhw'n sefyll o boptu pen y bedd.

Bu'r ddau yn fud am rai munudau, cyn i'w gyn-diwtor fynnu eu bod yn penlinio er mwyn cydweddïo. Pan ddaeth y weddi i ben, bu tawelwch pellach cyn i'w gyn-diwtor godi'n araf ar ei draed, sythu ei fraich, a'i dal hi mewn salíwt hir hefo'i lygaid ynghau a'i feddwl wedi dwysáu, er bod lleisiau rhyw blant bychain i'w clywed yn chwara cuddio o gwmpas y coed draw dros wal y fynwent.

Ar y ffordd allan, dywedodd Oberführer Karl Krieger na fu cystal dyn â Fyodor Mikhailovich Alexandrov ar dir a daear Rwsia erioed.

'Dyn gonest oedd eich tad, ag fel pob dyn gonest roedd o'n casáu'r byd.'

Roedd angen codi cofgolofn deilwng iddo fo yn Berlin, a gresynodd yn gry nad oedd hynny'n digwydd eisoes.

Dyna pam roedd Herr Professor K K yn mynnu pwysleisio pa mor bwysig oedd hi fod Alyosha yn tynghedu ei hun i gyflawni uchelgais ei dad, er mwyn canfod pwrpas i'w fodolaeth a gwerth i'w fywyd. Doedd unman gwell i ddechrau nag wrth ei draed.

'Sut?' holodd, heb ddallt yn union be oedd ar feddwl ei gyn-diwtor.

'Trwy roi trefn ar eich teulu chi eich hun,' atebodd Herr Professor, pan oedd y ddau ar fin croesi'r ffordd. 'Pam ydach chi'n edrach mor ddryslyd, Alexei Fyodorovitch?'

Gan duchan yn anfodlon, aeth Herr Oberführer Karl Krieger yn ei flaen i egluro, ''Dan ni'n gwbod y cwbwl am eich cyfnither Margarita. Ma' ganddon ninna'n clustiau ymysg y cochion yma yn Berlin. Dwi'n synnu ati hi, o bawb. Mi all rhywun ddeall i raddau pam y basa'r di-waith neu'r dwl yn cael eu hudo i gorlan dwyllodrus Marcsiaeth, ond pan ma' rhywun fel Margarita Kozmyevna yn camu drosodd – rhywun a gafodd ei magu i wybod yn well, all dyn ond gresynu. Onid ydi hyn yn brawf pellach – petai dyn angan hynny – pa mor swynol ydi'r gred Iddewig yma? Ddim dynion sy'n llowcio syniadau ydi'r Marcswyr, ond y syniad sy'n ei llowcio nhw – yn union fel ag y mae o wedi llowcio'ch cyfnither, druan. Finna wedi ei dysgu hi fy hun am Goethe, Shakespeare a Friedrich von Schiller, am uchel gampweithiau gwareiddiad Ewrop, coron ein diwylliant ni. Merch alluog. A be mae hi'n dewis ei wneud? Mae o'n ddigon i dorri calon dyn.'

'Ma' Larissa a finna 'di trio dal pen rheswm ...'

'Rhaid trio'n galetach, Alexei Fyodorovitch! Ma' hi'n hwyr glas iddi ddŵad at ei choed. Thâl hi ddim i laesu dwylo, neu does wybod be ddigwyddith. Ma' hi'n sefyllfa mor dyngedfennol â hynny. Ma' cymaint yn cael eu clwyfo a'u lladd yn y bywyd yma, ond be ydi hynny ochor yn ochor â chael eich difwyno yn nhragwyddoldeb? Yn uffern fydd hi, heb os. Ei henaid hi. Dyna be sy yn y fantol. Fiw inni adael i hynny ddigwydd heb i chi o leia ymdrechu i'w hachub hi.'

Canmolodd Herr Professor K K yr aristocrat Rittmeister Günther von Kunz am iddo fod mor ddiwyro dros yr achos o'r cychwyn cyntaf un, ers dyddiau Kapp. Erbyn hyn roedd mwy a mwy o bobol yn sylweddoli hyd a lled a dyfnder y felltith gomiwnyddol. Siarad o brofiad personol oedd Herr Oberführer Karl Krieger wrth ddweud pa mor anifeilaidd y gallai 'der kommunistisher Mob' fod.

Doedd Alyosha ddim yn cofio'r union reswm pam y bu'n rhaid i'w diwtor ffoi o Rwsia, cyn y chwyldro, ond cofiai ryw sôn amdano'n cael ei arestio mewn ystafell filiards am ddechrau dadlau a thynnu Bolsieficiaid i'w ben. Roedd ganddo hefyd ryw frith gof iddo gael ei bastynu gan blismyn am fod y rheiny wedi amau ei fod yn ysbïwr ar ran y Kaiser.

Ceisiodd ei atgoffa ei hun, ond roedd glo mân y manylion bellach wedi mynd yn angof.

'Be? Dach chi'm yn cofio be ddigwyddodd imi?' gresynodd ei gyndiwtor braidd yn wawdlyd. 'Sut ellwch chi anghofio, Alexei Fyodorovitch? Dwi'n cofio'r cwbwl fel tasa fo ond megis newydd ddigwydd imi bora ddoe.'

Chafodd Alyosha ddim esboniad pellach. Y cwbwl y gallai ei gofio hefo unrhyw bendantrwydd oedd bodiau ei draed yn fferru wrth sefyllian ar blatfform gorsaf yn y Ffindir yng nghwmni ei dad ar doriad y wawr. Cofiai ei esgidiau'n crensian ar y barrug. Cofiai ddisgleirdeb gwyn y bora bach, a'i anadl ei hun yn pigo'i drwyn.

'Galwch fi'n Karl ...'newch chi?' mynnodd gan ddal fflam ei fatsien i Alyosha ar draws y bwrdd. 'Mae ganddoch chi gymaint i'w gynnig.'

'Dwi'n ama' hynny'n fawr,' atebodd Alyosha gan sugno ar ei sigarét.

'Twt lol. Dwi ddim am glywed gair o'r ffug wyleidd-dra 'ma. Heb gael y cyfla i ddangos eich gwir werth i'r byd ydach chi hyd yma. Neu "dangos eich metel", fel y bydda fy nhad i'n arfer ei ddweud. Ond dwi'n grediniol fod y gallu ganddoch chi i lwyddo, a llwyddo'n anrhydeddus hefyd.'

Llithrodd Herr Professor K K y casyn sigarét i'w boced. 'Swyn llwyddiant cynta ydi'r peth mae dyn yn ei gofio am byth.'

Tywyswyd gwraig ifanc gan Frau Helfferich i ista wrth fwrdd cyfagos. Taniodd sigarét. O'i hosgo, roedd hi'n amlwg yn disgwyl am rywun.

Erbyn hynny roedd Udda wedi camu draw, a dewisodd y ddau eu bwyd. Bwyty'r Hotel Markgrafenstrasse ar gongol Gendarmenmarkt oedd hoff le Herr Professor K K yn Berlin – hen westy traddodiadol yn cael ei gadw gan Herr Helfferich a Frau Helfferich a'u tri mab, Udo, Ulf ac Urban a'u tair merch, Udda, Udele ac Udine. Er mai gwesty teuluol oedd o, roedd o hefyd ar y blaen i westai eraill. Ers y flwyddyn cynt, doedd dim rhaid dringo grisiau i'r ail a'r trydydd llawr gan fod lifft wedi ei gosod er hwylustod i'r gwesteion.

Bwyd Almaenig traddodiadol oedd yn cael ei weini, ac roedd hynny'n plesio Oberführer Karl Krieger yn fwy na dim.

Sugnodd Alyosha ar ei sigarét.

Roedd Herr Professor yn ista'n gefnsyth yn ei gadair pan gododd ei lygaid dros ei sbectol.

'Dach chitha wedi sylwi ar yr Iddewes anonest 'ma?'

Clywodd rhai o'r byrddau agosaf Oberführer Karl Krieger: cil-drodd amball war, gyda rhyw sbecian nerfus. Teimlodd Alyosha ei galon yn curo'n wylltach. Clywodd y wraig ifanc hefyd, er na chymerodd arni, a llygad-dynnwyd ei sylw at ddyn ifanc mewn siaced lwydlas yn mân-gamu tuag ati. Cusanodd y ddau. Heblaw am ei lygaid duon llonydd, roedd yn ddyn anarbennig yr olwg. Ar ôl eistedd, pesychodd wrth dynnu leitar o'i boced a'i osod ar y bwrdd.

''Drychwch arnyn nhw,' datganodd Herr Professor K K yn glir. 'Mewn difri calon, edrychwch arnyn nhw ... y ddau ohonyn nhw ...'

Sgwrsiai'r ddau gariad yn smala, lygad yn llygad, eu lleisiau'n isel. Er nad oedd eu dwylo'n cyffwrdd roedd blaenau'u traed o dan y bwrdd yn mynnu chwarae mig.

'Y ffordd maen nhw'n bihafio, heb ddim math o gywilydd.'

Er gwaetha ei wallt brith, roedd Oberführer Karl Krieger wedi tyfu'n ddyn mwy golygus wrth fynd yn hŷn ac yn cario'i flynyddoedd fel coron. Roedd o mewn hwyl siarad, yn fyrlymus ei farn, gan honni bod llaweroedd – yn enwedig arweinyddion y gwledydd tramor – wedi cam-ddallt natur y chwyldro oedd yn ireiddio gwreiddiau'r Almaen.

'Alexei Fyodorovitch, ga i ofyn be ydach chi'n ei ddeall am yr hyn sy'n digwydd yn y byd heddiw?'

Atebodd Alyosha ei fod o'r farn fod 1917 wedi bod yn llanast ac mai chwyldro niweidiol oedd chwyldro'r comiwnyddion, tra oedd chwyldro'r Almaen – yn ôl yr hyn roedd wedi ei ddirnad hyd yma wrth drin a thrafod hefo llanciau tebyg i Vlasich Pesotski – â'i fryd ar gyfannu yn hytrach na rhannu a gyrru dosbarthiadau cymdeithas benben â'i gilydd.

'Dyna chi wedi taro'r hoelen ar ei phen yn berffaith.'

Teimlodd Alyosha ryw don o falchder yn golchi drosto fo, ac aeth ymlaen i haeru mai syniad rhagrithiol a chreulon oedd y chwyldro Marcsaidd. Ond chwyldro i ailganfod ac atgyfnerthu gwir ystyr hanfod a thraddodiad oedd chwyldro newydd yr Almaen. Hwnnw oedd y gwahaniaeth sylfaenol rhwng y ddau. Hanfod creiddiol adnabod bodolaeth dyn ar y ddaear oedd parchu gwreiddiau a chynhysgaeth ysbrydol cenedl, er mwyn cynnal cof dyn amdano'i hun. Heb ei gof, be ydi dyn? Heb ei chof, be ydi cenedl?

Melys fu'r trin a'r trafod, a'r ddau'n ymhyfrydu yng nghwmni ei gilydd.

Aeth Herr Professor K K ati i fanylu ynglŷn â grym symudol y chwyldro newydd a'i wir werth oedd yn nhrefn lwythol yr Almaen a fu. Dyna oedd yn gwneud y chwyldro mor wahanol – ac i amryw mor ddiddeall – oherwydd ei fod mor wahanol i ddiwylliant Ewrop, oedd wedi yfed ei faeth o geunant grisial Rhufain, a chanrifoedd o ddysgeidiaeth a diwylliant a fagwyd dan gysgod yr Eglwys Gatholig. Er mai chwyldro cenedlaethol oedd o, eto, ar ei wedd ddyfnaf doedd o ddim hyd yn oed yn cydnabod y genedl. Er mawr ddirmyg i'w elynion, doedd o ddim chwaith yn cydnabod pwrpas llywodraeth gyfansoddiadol dan frenhiniaeth, hyd yn oed os oedd honno wedi ei hatgyfnerthu gan y fath beth â siop siafins o senedd a'r bregliach democrataidd arferol. Ai democratiaeth roddodd fawredd i Roeg? I Rufain? O dan Cypselid y llewyrchodd Corinth. A llwyddiant poblogaidd oedd llwyddiant Pisistratidae yn Athen, a neb llai na Thucydides yn dyst i hynny. Pa les wnaeth democratiaeth i iechyd meddwl yr Almaen erioed? Dim. Dim ond ei bwrw hi ymhellach i lawr i seler y seilam, i gael ei churo a'i chamdrin o dan draed comiwnyddion dieflig ac Iddewon gwaeth. Doedd y chwyldro newydd ddim hyd yn oed yn cydnabod ffin na ffiniau. Chwyldro'r hil a'r llwyth oedd o. Pan fyddai'r Nationalsozalistisch Deutsche Arbeiterpartei, dan arweinyddiaeth oleuedig Adolf Hitler, yn atgyfodi gwir ysbryd yr Almaen trwy drechu'r rhai a'i gwnaeth hi'n eiddil, byddai natur y drefn newydd yn ei hamlygu ei hun i bawb.

'Ond be'n union fydd natur y drefn honno pan ddaw hi i fod?' holodd Alyosha.

Fel petai o eisoes wedi plannu un droed yn y byd hwnnw, atebodd Herr Professor K K, 'Yn eu taleithiau mi fydd y llwythi Ellmynig yn cael eu llywodraethu gan dywysogion o farchogion dan lywyddiaeth derfynol un penadur – a bydd ei air o yn gyfraith absoliwt.'

Pwysleisiodd y geiriau *das absolute Recht*.

'Daw dydd y bydd y *Führer* yn hanner duw, hanner dyn, yn ddwyfol ryfelwr a'i deyrnas yn un ddiderfyn, gan y bydd hi'n lledu dros diriogaethau lawer. Trwy'r canrifoedd a ddaw, bydd cyfamod sanctaidd yn dolennu pobloedd o Ddwyrain Ewrop – o diroedd Pwyl, Hwngari, Romania, Bohemia, Morafia a Rwsia – yn un â'r hil, yr hil sydd â'i gwreiddiau'n ddwfn yn fforestydd Ewrop. Daw dydd y bydd gwaed yn galw ato waed. A pha ryfeddol wyrth fydd hyn oll yn ei dangos i'r byd?'

Clirio'i blât yn lân wnaeth Alyosha cyn dweud, 'Bod dyfodol i'r hil?'

'Na, Alexei Fyodorovitch. Meddyliwch eto.'

'Yr hil ydi'r dyfodol?'

Yn groes i'r gred ffasiynol, doedd yr hen dduwiau ddim eto wedi trengi. Yn eu hogofâu yn huno roeddan nhw bob un, nes cael eu deffro eto i'r gri ar faes y gad. Nerth, gwroldeb, ffyddlondeb, egni, dycnwch a dyfalbarhad. Rheiny oedd rhinweddau mwyaf aruchel y dwthwn hwn, a ddim rhyw hen fewnblygrwydd afiach. Yn saff ddigon, roedd hi'n hen bryd rhoi taw ar rwdlian deallusion, o ba bynnag liw, oedd yn mwydro meddwl yr ifanc hefo'u mân obsesiynu am ryw lol fod dyn yn gallu goresgyn Natur.

'Dyn yn goresgyn Natur, wir! Fel arall yn hollol buo hi, ag y bydd hi hyd byth. Dyn sydd ar drugaredd Natur, ag ar drugaredd ei natur ei hun, sy'n ddigyfnewid o oes i oes. Dydi'r natur ddynol yn newid dim. Dyna pam fod chwyldro'r Almaen Newydd yn curo i rythm dyfnach o lawer mewn hen, hen bridd.'

Yn nes ymlaen, wrth i Frau Helfferich ddodi'r bil ar eu bwrdd, y sylweddolodd Herr Professor fod ei waled ar goll. Aeth i fymryn o ffrwcs hyd nes i'r wraig Iddewig wrth ei ymyl ei chodi iddo.

'Am hon dach chi'n chwilio?'

Daliodd yr Iddewes gledar ei llaw yn agorad. Fel petai'n ofni cyffwrdd â'i chnawd, cipiodd Herr Professor K K ei waled ledar i'w boced.

'Dach chi'm am ddiolch imi?'

Gwenodd hi wrth weld pa mor gam oedd ei hwyl o.

'Diolch,' atebodd, yn groes i bob ewyllys.

Yn nes ymlaen, wrth gau botymau ei gôt o'r bôn i fyny, tynnodd wep hyll. Pan gamodd Oberführer Karl Krieger i'r stryd o flaen Alyosha, cadwodd ei gefn yn gadarn at y tŷ bwyta.

Cenfigennodd Vlasich Pesotski yn syth.

'Pwy ma' rhywun yn 'i nabod ydi hi'n y byd 'ma o hyd,' gwawdiodd heb guddio'i chwerwedd. ''Mots gen i pwy sy'n deud yn wahanol.'

Oherwydd i Alyosha dreulio blynyddoedd yn byw bywyd mor ddi-sut, addawodd Oberführer Karl Krieger ei godi o'i gyni, ac yn wahanol i ddynion eraill oedd wedi gwneud addewidion tebyg dros y blynyddoedd, fe gadwodd ei gyn-diwtor at ei air.

Cafodd bres i brynu siwt daclus, trowsus rhip, crys newydd gwyn hefo streipiau melyn, a thei smart. Peth braf oedd gwisgo dillad o'r fath, ei wallt wedi ei dorri'n gwta ac ogla sebon ar ei groen. Buan y daeth i gynefino, nes dechrau teimlo'i hun yn dipyn o larp, yn enwedig pan oedd o'n tynnu rhyw gil-sbecian o du genod oedd yn ling-di-longian wrth ymyl y moto. Oedai rhai i sgwrsio a fflyrtio, ac fel *chauffeur* aeth â sawl un am reid, a'r genod wrth eu boddau. Parcio mewn stryd gefn dawel oedd y drefn gan amla, cyn dringo drosodd i'r sedd gefn ...

Ar adegau eraill teimlai'n anghysurus, yn enwedig pan gâi bwledi eu llwytho'n bwyllog i'r gwn oedd yn cael ei gadw mewn man arbennig o dan y sedd ym mhen blaen y moto.

O'r dafarn ar gornel Rheinburgerstrasse a Strelitzerstrasse, roedd disgwyl i Alyosha yrru Vlasich Pesotski a dau neu dri arall o gwmpas Berlin. Un dyn oedd yn mwynhau ei hun yn fwy na neb oedd rhyw gwman o foi garw, hefo dwylo bras a breichiau cryfion. Beth bynnag oedd y tywydd, gwisgai yr un fath bob tro – het Banama, gwasgod felfed felen a chôt law ddu – ac yn amal roedd o'n smocio opiwm, a phawb – gan gynnwys Alyosha – yn rhannu sugnad.

Prowla'r ddinas yn chwilio am gomiwnyddion i'w pastynu'n lympiau roeddan nhw. Ambell dro byddai sgarmesu ffiaidd a thywallt gwaed, dyrnau a breichiau'n curo cnawd ac awyr, a thraed yn dawnsio ar gerrig y stryd, cyn i'r gang ei gwadnu hi.

'Cer, cer, cer, cer, cer!'

Wrth sgrialu i ffwrdd ar wib.

Doedd Alyosha byth yn diffodd yr injan: rhag ofn.

Dro arall, ceid nosweithiau lle roedd y gang wedi tewi, a phawb yn fud trwy'r oriau mân, ar wahân i swnian y gwman garw, oedd yn dal i dapio blaen ei bastwn ar ei ben-glin.

Cafodd ei ddanfon i 'mofyn Joseph Goebbels fwy nag unwaith, dyn oedd yn camu'n ddi-lol i'r sedd gefn er mwyn ista'n fud yn craffu trwy'i bapurau ar ei lin. Y tro cyntaf i hynny ddigwydd, roedd ei gôt ledar mor newydd nes ei bod hi'n gwichian ar y symudiad lleiaf. Wedi iddo fo gerddad tuag at y Sportsplatz, roedd ei hogla danlli grai hi yn dal i lenwi'r car, a hyd yn oed drannoeth, roedd Alyosha yn dal i glywed rhyw sniffiad egwan ohono.

Yn y StrumSchöneburg, cafodd yr anrhydedd o warchod Joseph Goebbels ar y llwyfan rhag yr heclwyr a oedd yn crochweiddi'n swnllyd yn y cefn. Roedd y lle'n morio o dan ei sang, ac aeth yr areithydd i hwyl nes gyrru'r dorf yn gacwn wyllt. Boddwyd sŵn yr esgyrn oedd yn cracio hwnt ac yma.

Rhoddodd bàs arall iddo i angladd. Newydd agor y drws cefn iddo fo oedd o, i ffanfer o'r SA, a rhai cannoedd o gefnogwyr wedi llenwi'r lle a'r fynwent, yr holl ffordd o boptu'r llwybr hyd at y bedd, ac o gwmpas beddau cyfagos wedyn draw, ymhell o dan ganghennau'r coedydd derw a masarn. Amlygwyd cloffni Gaultier Berlin gan y llwybr anwastad.

Ar lan y bedd, traddododd araith deimladwy, mewn ton aruthrol o lais, yn llawn o floeddiadau emosiynol hirion dros arch y merthyr diweddaraf dros yr achos, gan addo dial ei gam. Pan gamodd 'nôl i gefn y moto-car, ac i Alyosha ei yrru fo o olwg y galarwyr, clywodd Doctor Goebbels, wrth sychu chwys ei war hefo hancas sidan, yn gofyn i is-olygydd *Der Angriff*, a oedd yn ista wrth ei ochor, ei atgoffa unwaith eto be oedd enw'r dyn a gladdwyd.

Bron bob nos roedd Alyosha'n gyrru'r moto-car trwy'r oriau mân. Yn amlach na heb, byddai'n gweithio oriau maith bob wythnos, fora a hwyr, lle roedd o'n teimlo'i hun yn pendwmpian wrth y llyw. Weithiau, gyrru'n ddigwmpeini fyddai o. Dro arall, roedd y car yn llawn o chwys a chwerthin ar ôl curo comiwnyddion.

Roedd yn well gan Alyosha ei gwmni ei hun, a'r nosweithiau o symud yn ddiymdrech o fan i fan wrth wynebu unigrwydd a thawelwch y gwyll, pan deimlai'n ddiddos yn ei fyd bach clyd. Tu allan i'r ffenestri roedd gwynt y dwyrain, oerni'r gogledd, tymhestloedd y gorllewin a glawogydd y de yn chwyrnu trwy'r tywyllwch. Ond roedd o 'i hun yn gynnas braf. Daeth i adnabod y strydoedd mwyaf diarffordd, yn ogystal â sgwariau mwyaf anial y ddinas i gyd.

Ambell dro câi orchymyn i yrru ymhellach na ffiniau Berlin. Bu yn Hambwrg fwy nag unwaith. Stuttgart droeon. Munich ddwywaith. Clywodd areithio, gwelodd glwyfo, a chlywodd ragor o golbio. Clywodd gomiwnyddion yn crefu wrth gael eu leinio, nes cyrnewian am drugaredd.

Ond am y tro cyntaf yn ei fywyd roedd o'n cael ei dalu'n dda.

Yn gynnar un bora, gyrrodd Alyosha Oberführer Karl Krieger yr holl ffordd o Berlin i Köln.

Y noson cynt, daeth Alyosha yn agos at helynt mawr pan gafodd Vlasich Pesotski ei arestio am dorri trwyn yr hen ddyn unfraich a werthai'r *Arbeiter Illustrierte* ar ben ucha'r grisiau o flaen y Potsdam Banhof. Ciciwyd yr hen ddyn yn ei ben pan oedd o'n gorwedd ar y llawr, a'i sgwdio i lawr y grisiau nes i'w gorff rowlio i'r gwaelod. Wrth i Vlasich ei heglu hi, rhedodd dau neu dri o weithwyr ar ei ôl a'i ddyrnu nes hannar ei ladd. Cafodd y pedwar eu harestio am ddarfu ar y drefn gyhoeddus. Gyrrodd Alyosha i ffwrdd o'r Potsdam Banhof ar ei ben ei hun y noson honno.

Ar Bont Hollhenzollern, bu'n rhaid iddo arafu'r Mercedes. O boptu iddo fo roedd cannoedd ar gannoedd o bobol yn gwasgu'n un tyndra mawr wrth i bawb symud fel un i'r Messehalle newydd, a godwyd ar dorlan bella afon Rhôn.

Roedd o'n swmpyn o adeilad sylweddol, hefo'i dalcen tebol, yn codi i ryferthwy o uchder a'i do cadeiriol yn uwch fyth. Oherwydd iddo gael eu oleuo'n llachar, ymdebygai i ryw deml wen dangnefeddus yn erbyn düwch y nos. Wrth glosio ato fo, tyfai geiriau'r sloganau ar y baneri a'r muriau mawrion yn haws eu darllen – 'Rhaid i Farcsiaeth farw os yw'r Almaen i fyw'.

Tywyswyd Oberführer Karl Krieger gan Alyosha a Kaspar Strassburger, dyn deg ar hugain oed, at gefn y neuadd. Talp o wyneb oedd gan Kaspar, gan i fwled Ffrengig frathu darn ohono i ffwrdd yn Verdun, ond cerddai'n gefnsyth fel milwr o hyd. Ar ei frest gwisgai ei ddwy fedal – dwy groes haearn ddu – a enillodd am ymosod ar bump o filwyr Ffrengig hefo bidog ei wn, a'u lladd. Yn ôl y sôn, pan dorrodd y llafn bu'n rhaid iddo wasgu bywyd o'r milwr dwytha – hogyn ifanc llawn dychryn oedd yn crefu am ei fam – hefo'i ddwylo, gan wthio'i wep i mewn i fwd a phiso'r ffos a'i fygu i farwolaeth trwy osod ei esgid ar draws ei wegil, hyd nes roedd y baw wedi stopio byblo. Pan glywodd fod y rhyfel drosodd, fod byddin yr Almaen wedi ei bradychu, fod ei obeithion wedi marw'n gynamserol, fod y cwbwl ar ben – a hynny ar ôl aberth enbyd y milwyr – methodd Kaspar â bwyta am bron i ddeufis. Ffyrnigodd, chwerwodd, a byth ers hynny bu'n Natsi o doriad ei fogail.

Martsiodd y tri rhwng dwy res unionsyth o hogiau ifanc mewn *khaki* a warchodai'r drysau cefn. Saliwtiodd Oberführer Karl Krieger yr SA, ac wrth nesáu at y porth llanwyd eu clustiau â sŵn band. Cân Lützow oedd hi – 'Wilde Werwegene Jagd'. Croesawyd y tri gan bwyllgor lleol o Natsïaid. Yng nghefn y llwyfan roedd dirprwyaeth o nyrsys ifanc yn gosod cadachau gwaedlyd ar hogia holliach, er mwyn i'r rheiny eistedd ar y llwyfan hefo'u baglau a'u rhwymau, yn dystion byw i'r cwffio a fu rhyngddyn nhw a'r KPD neu'r SPD.

Tywyswyd Oberführer Karl Krieger i fyny'r grisiau, heibio i'r llenni trymion ac i'w gadair ar y llwyfan, ynghanol deuddeg rhes o gadeiriau tebyg. Y tu cefn iddo roedd tair baner goch yn hongian, ac yn eu canol – mewn cylch gwyn nyddwyd *swastika* du. Ar ochor y llwyfan bu Alyosha yn cicio'i sodlau. Roedd llawr y neuadd yn orlawn ers oriau, a'r galerïau'n orlwythog â rhesi o bobol yn pwyso dros yr ymylon. Yn rhedeg hwnt ac yma roedd bechgyn bychan hefo papurau newydd o dan eu ceseiliau, a chorlan o ffotograffwyr yn cyrcydu i dynnu lluniau, a draw ar rostrwm yng nghanol y neuadd roedd dau ddyn camera wrth eu gwaith.

Trawodd y band gân arall, un fwy militaraidd ei naws. Tywyswyd rhesi o wŷr a gwragedd – mamau a thadau – wedi eu dilladu mewn galarwisgoedd duon i ista o flaen y llwyfan, a hynny er cof am y merthyron a oedd wedi aberthu eu bywydau dros yr achos. Rhedai stiwardiaid i fyny ac i lawr y rhodfeydd, yn breichio a galw ar ei gilydd ynghanol y sŵn.

Tawodd y miwsig. Cyflwynwyd Oberführer Karl Krieger, a phan gamodd ymlaen i annerch y dorf cododd ei lais i'r uchelfannau trwy'r uchelseinyddion. Ond teimlodd Alyosha ei fod mewn rhyw fath o freuddwyd. Oherwydd grym y gwres a dywalltai ar y llwyfan o'r lampau nerthol, suddodd ar ei draed i gwsg mewn mwll o benysgafnder, ac er i'r araith fynd rhagddi am bron i hanner awr ni allai ddwyn i gof ond ychydig eiriau ohoni. Pan ballodd y bonllefau, ac yr eisteddodd ei gyn-diwtor, duodd y llwyfan.

Trawodd y band ei nodau. Chwiwiodd sbotyn goleuni amgylch-ogylch dros ben y dorf. Sbonciodd ar hyd y rhodfa ganol nes dŵad o hyd i ddelw lonydd o ddyn yn sefyll ar ei ben ei hun. Rhuodd y dorf wrth i'r miloedd godi ar eu traed. Martsiodd coedwig o faneri yn ei blaen ac yn eu mysg cerddodd yntau. Wrth iddo glosio at y llwyfan diflannodd o'r golwg am ennyd, ond fesul darn daeth ei gorun i'r golwg – ei wallt, ei dalcen, ei lygaid dyfrllyd fel llygaid postman ar fora oer o Ragfyr, wedyn ei drwyn, ei fwstás, ei wefusau, ei ên, ei gorn gwddw, ei frest, ei fol, ei goesau – nes ei fod o yno.

Wynebodd si mellt y camerâu am rai munudau.

Darfu'r band.

Hoeruo noeth.

Safodd yno.

Hoeruo noeth.

Deirllath i ffwrdd edrychai'n iau, yn fwy eiddil ac eto'n dalach yn y cnawd. Hefo'i ddeuddwrn ar ei ddwy glun, safodd yn amyneddgar, a rhuo'r miloedd yn terwynnu trwy ei esgyrn.

Llais diddan oedd ganddo fo pan siaradodd. Roedd ei dôn yn deg a hyfryd, ac roedd ganddo ryw ddull cartrefol, agos-atoch, fel dyn swynol ei deimladau. Ynganai'n glir; roedd yn hawdd ei ddallt, a phawb yn gwrando'n astud. Roedd y dorf mor dawal fel y gellid clywed trwst pìn yn disgyn, ond cyn pen dim gollyngodd ochenaid o waelod ei galon, un lled-ddistaw a gwastad. O dipyn i beth dechreuodd waldio'i ymadroddion yn hoelion. Magodd nerth nes tyfu'n gryfach gryfach o hyd. Aeth o dan deimlad dwys, ac o bryd i'w gilydd âi ei lais yn gryg ac isel, a'i dôn yn daer. Llais ar ymyl dagrau oedd o, llais tyner wedi hanner torri, nes iddo ddechrau crynu dan ryw wayw annioddefol – fel dyn yn cario'r ugeinfed ganrif ar ei gefn. Magai ei iaith fwy o gryfder gan fod ei gynnwys yn dda. Cyffroi'r galon oedd ei nod. Roedd ganddo dafod heini i ennyn tân, nes cynnau coelcerth o ymateb wrth gynhyrfu, wrth aflonyddu, wrth ddeffro, wrth gymhwyso, wrth oleuo, wrth ddarbwyllo, wrth gyhoeddi er mwyn ennill a chadw pob un meddwl ger ei fron. Ar uchder eithaf ei wres, dyna oedd ei fawredd. Gwasgai ei ddyrnau ato, gwasgu ei lygaid ynghau, a chodi ei ên yn uchel wrth i chwys dolefus lifo'n ddagrau i lawr ei fochau. Soniodd am ffyddlondeb. Soniodd am ysbryd y gymuned. Soniodd am gymuned o gymunedau, am dir a phobol yn cydymdreiddio. Soniodd am frawdoliaeth a gwaedoliaeth. Soniodd am anobaith a gobaith, ac am felltith comiwnyddiaeth. Soniodd am ei wlad ei hun a holltwyd yn ddau ddwsin o fân bleidiau a'u hunanoldeb rhemp.

'Fydd dim llewyrch byth hyd nes y bydd ein gwlad yn un.'

Lledodd cymeradwyaeth trwy liwiau ei lais.

'Does dim dyfodol nes y bydd ein gwlad yn un.'

Cymeradwyaeth rymusach.

'Kein Kapitulieren! Kein Kapitulieren! Kein Kapitulieren! Deutschland, sieg ... '

'Heil!'

Pum mil fel un.

'Sieg ... '

'Heil!'

'Sieg ... '

'Heil!'

'Sieg ... '

'Heil!'

Ar ei ffordd adra y noson honno, bu bron i Alyosha golli ei fywyd pan chwalwyd ffenast flaen y moto gan fwled, nes tasgu cenlli o wydr dros ei wynab.

Un o hoff lefydd Pauline oedd bar yr Hôtel Crillon. Doedd y lle ond newydd gael ei ailbeintio a'i ailaddurno ychydig wythnosa ynghynt. Roedd sglein a graen a golwg ffres ar bob dim, gan gynnwys y llenni melfed llaes a'r dodrefn du. Ym mwa'r ffenest ar y dde, roedd dyn moel mewn siwt dinfain a dici bo gwyn yn canu'r piano.

Hoff le Artyom oedd y *restaurant* Champeaux hefo'i ystafell uchel, lydan, golau a'i dwy ffenest fawr yn wynebu sgwâr y Bourse. Ei hoff fwrdd oedd un yn *embrasure* y ffenest bellaf o'r drws. Rhesi o fyrddau wedi eu gosod ar hyd yr ochrau oedd y drefn, a chlwstwr o rai bychain prysur yng nghanol y llawr.

Treulio'r boreau'n prynu a gwerthu cyfranddaliadau wnâi Artyom. Rhwng deg a hanner dydd bob dydd, roedd tipyn o fynd a dŵad wrth i ddynion hel at ei gilydd i drin a thrafod, teleffonio, telegramio a danfon negeseuon ar droed i'r Bourse ei hun.

Tawel iawn oedd y prynhawniau.

Dyna pryd roedd o'n mynd draw i'w fanc.

Yn hwyr y pnawn, roedd o'n cadw oed hefo hi.

Trwy ddylanwad tad Pauline y llwyddodd Artyom i'w sefydlu ei hun ym Mharis. Fel rhan o'r trefniant, cafodd François de Wendel sedd ar fwrdd ei fanc.

Dyn safndrwm, pendrist oedd o, yn symud ei gorff llwythog gan bwyll bach mor ara â cherbyd y Pharo yn nhywod y Môr Coch, ond roedd ei feddwl mor siarp â rasal.

Pauline gyflwynodd y ddau i'w gilydd ar gaeau rasio ceffylau Longchamp. Cymerodd François de Wendel at Artyom yn syth.

'O Rwsia?'

Ar un adag roedd gan François de Wendel gysylltiad agos â Rwsia, a hynny oherwydd iddo golli rhai miliynau o fuddsoddiadau yn sgil Chwyldro 1917. Y Banque de Pays du Nord oedd yn rhan berchen Banc Azov-Don yn Rwsia, ac roedd François de Wendel ar y bwrdd ers blynyddoedd, a'i dad a'i daid cyn hynny. Prif boen meddwl pawb ym Mharis oedd atal y comiwnyddion rhag cael eu bysedd budron ar y cyfalaf wrth-gefn – deuddeg tunnell a hannar o aur pur roedd Banc Azov-Don wedi ei roi fel ernes i Fanc Enskilda yn Stockholm yn niwadd haf 1918, wrth godi benthyciad o dri deg miliwn *kroner* at achosion y Byddinoedd Gwynion.

Roedd gobaith mawr yr adeg honno y byddai byddin Pyotr Wrangel yn ne Rwsia yn magu'r nerth (neu'r wyrth) i drechu Lenin. Ond nid felly y bu hi. Ar ôl wythnos gynta Ionawr 1920, doedd yr un cyfarwyddwr o Fanc Masnachol Azov-Don ar ôl ar dir mawr Rwsia. Gorfod cefnu ar ei wlad oedd hanas pob un ohonyn nhw, a'r rhan fwyaf wedi ffoi i Baris neu Berlin. Cynhaliwyd cyfarfod o Fwrdd y Cyfarwyddwyr ar yr ugeinfed o'r un mis mewn adeilad ar sgwâr du'r Trocadero ym Mharis.

François de Wendel oedd yn y gadair.

Peidio ag anobeithio, dyna oedd y peth pwysica un, er bod Banc Azov-Don wedi ei wladoli, a'i holl asedau – gan gynnwys y deuddeg tunnell a hannar o aur yn Stockholm – yn cael eu hawlio gan y Bolsieficiaid er mwyn y bobol. Trwy ddylanwad Banque de Pays du Nord, llwyddwyd i achub rhyw gymaint o weddillion eu cyfalaf rhag cael ei lowcio'n gyfan gwbwl gan Moscow. Fyth ers i Lywodraeth Ffrainc gydnabod yr Undeb Sofietaidd yn *de jure* yn 1924, roedd llywodraeth anghyfreithlon y Kremlin wedi mynnu bod y cyfan o'r arian oedd yn eiddo iddyn nhw yn cael ei fferru mewn cyfrifon banciau Ffrengig, hyd nes y câi'r cwbwl ei ddychwelyd yn gyfreithlon i Fanc y Bobol ym Moscow. Eisoes, roedd yr achosion rhwng Bwrdd Banque de Pays du Nord a Llywodraeth yr Undeb Sofietaidd wedi llusgo trwy lysoedd barn Ffrainc am fisoedd ar fisoedd, a chwyddiant a chostau diddiwedd twrneiod a bargyfreithwyr yn blingo mwy a mwy o'r cyfalaf.

'Sut 'naethon ni ganiatáu i'r fath beth ddigwydd? Pwy oedd yn gyfrifol?' holodd François de Wendel Artyom un noson. 'Ma' rhaid i rywun yn rhywla ysgwyddo'r bai. Oedd y chwyldro'n anorfod, fel ma'r Bolsieficiaid yn ei honni?'

'Amgylchiadau, ffawd a ffliwc oedd y cwbwl,' atebodd Artyom, yn ymwybodol fod y gwesteion o gwmpas y bwrdd bwyd i gyd yn syllu arno fo. 'Yr Iddewon a'r comiwnyddion sy'n clochdar hyd at syrffad mai rhywbeth anorfod oedd o ...'

'Amgylchiadau, ffawd a ffliwc,' adleisiodd Madame de Wendel yn drist.

'Dyn di-ddim fel Kerenskii, arno fo roedd y bai.' Stwmpiodd Artyom ei sigâr. Wrth gwrs nad oedd y chwyldro'n anorfod.

'Y peth pwysica i bawb ydi gwneud yn siŵr na fydd y fath beth byth yn digwydd eto,' dywedodd François de Wendel.

Cafodd Artyom ei gyflwyno i bawb o'r teulu fel gŵr gweddw a chanddo fab o'r enw Dimitri. Roedd hynny'n dechnegol gywir, a gwnaeth fôr a mynydd o farwolaeth Jeanette. Cysgod yn y cefndir oedd ei feistres a'i phlant, y 'teulu arall' oedd yn byw allan yn y wlad.

Tŷ chwaethus ar Avenue du Parc-Monceau oedd cartra Pauline. Ei thri phrif ddiléit oedd rasio ceffylau, *ballet* a dysgu sut i hedfan.

Yn ei chwmni hi yr aeth Artyom draw i'r Bois de Boulogne i weld rasio meirch ar y rhodfa yn Longchamp, ac yno y gwelodd Comte de Quincey yn reidio Golden Hope – ceffyl a oedd wedi ennill y Prix de la Plage Fleurie yn Deauville ryw dair wythnos ynghynt. Am y rheswm hwnnw roedd Pauline yn grediniol ei bod hi'n mynd i ennill, a gosododd fet drom ar y ceffyl. Trydydd oedd Golden Hope, a Pauline yn melltithio a bytheirio. Betiodd wedyn ar Sourbier a Zariba, ond gwan iawn fuo ei lwc hi ar y rheiny hefyd.

Y diwrnod hwnnw roedd hi'n ben-blwydd arni. Tair ar hugain oedd Pauline, ac wedi bod yn briod am ddwy flynedd. Bellach roedd hi wedi dechrau ar y broses o ysgaru ei gŵr, ar gownt y ffaith ei fod o'n ei churo hi. Roedd ganddi wallt melyn cwta, a thrwyn braidd yn smwt.

Prynodd Artyom loced Louis XV hefo dwy ar hugain o emau arni yn anrheg iddi.

Dotiodd hithau at y fath brydferthwch, a'i gusanu'n gariadus.

'Memento bychan o 'nghariad i,' dywedodd o.

Am unwaith yn ei fywyd, roedd yn llefaru calon y gwir.

'Diolch, Artyom,' sisialodd hi, a'i gusanu'n dyner ar ei foch.

Ni chyrhaeddodd Crash 1929 Wall Street mo glannau Ffrainc tan fisoedd olaf 1930 a misoedd cyntaf 1931.

Dyna pryd y gwegiodd y ffranc.

Dyna pryd y chwalodd ei fanc, ac o fewn dim doedd Artyom yn neb.

Ar ôl ymdrechu'n galad i godi ei hun i fyny, cafodd ei dynnu i lawr; collodd y cwbwl. Roedd o yr un mor ddi-waith a'r un mor ddiobaith â'r miliynau eraill ar hyd a lled Ewrop. Gwegian hefyd yr oedd busnesau François de Wendel.

Doedd dim cymorth i'w gael mewn cyfyngder. Oedd posib iddo fo ailgydio yn y busnes mewnforio heroin, tybad?

Erbyn hyn roedd ei ddynion ym Marseille wedi mynd i weithio i gangiau eraill. Roedd hyd yn oed goruchwylwyr y docia wedi newid a dynion newydd yn eu lle nhw, yn ogystal â threfn ddadlwytho wahanol. Bellach câi swmp y cargo ei danfon yn syth allan o'r docia, i'w storio mewn nwydd-dai ar gyrion y ddinas, lle roedd gan y gwahanol gwmnïau eu dynion eu hunain i warchod eu heiddo.

Mewn cwta dair blynedd, roedd y cwbwl wedi newid.

Doedd dim dewis gan Artyom ond dychwelyd i Marseille.

Roedd diweithdra'n rhemp yn y ddinas, a hwnnw hyd yn oed wedi brathu'r docia. Roedd gangia o Sisili bellach wedi hawlio'r fasnach heroin, a'r Corsiaid wedi dechra taro 'nôl.

Pan gafodd dau eu saethu gefn dydd gola, penderfynodd y *flics* fod yn rhaid stampio tipyn o awdurdod a chafodd amryw eu harestio. Bu petha yn y fantol am sbel, ond Meme ddaeth drwyddi orau, a chanddo fo roedd y llaw uchaf. Y broblem oedd fod y drwg wedi ei wneud, a llywodraeth Paris yn pwyso'n drwm ar y *Sûreté* i dawelu'r ddinas.

Trefnodd Artyom i weld L'Oreille yn Stockholm, ond roedd hyd yn oed y lle hwnnw wedi newid dwylo a Doña Rosa a'i mab, Camilo José Suárez, wedi mynd yn ôl adra i Andalusia. Câi'r lle ei gadw gan sglyfath o ddyn erchyll roedd rhai yn ei alw'n Shari; roedd eraill yn ei alw'n Sidi, ac amball un yn ei alw'n Mohamed. Dyn o Algeria oedd o, neu o leia dyna oedd y stori roedd o'n ei phedlera wrth bawb, ond doedd neb yn hollol siŵr. Un o Syria oedd o, yn ôl rhywun, ond cafodd Tunisia ei grybwyll hefyd. Amheuai amball un ei fod o'n hanu'n wreiddiol o dde Morocco, neu hyd yn oed yn is i lawr, o Mauritania ...

Y newid mwyaf welodd Artyom oedd fod L'Oreille yn fwy ansicr ohono'i hun, yn fwy gwyliadwrus, a'i lygaid yn cadw golwg dros fynd a dŵad y drws. Poeni amdano'i hun oedd o − poeni y byddai'n mynd yr un ffordd â Pierre, a oedd eisoes yn ei wely pridd. Cafodd hwnnw ei stabio yn ei gefn un noson, ar gownt rhyw ddynas. Neu, o leia, dyna oedd y stori. Ond chafodd neb mo'i ddal a'i gosbi ...

Dros sigarét, roedd Artyom yn awyddus i drafod sgam newydd, ond torrodd L'Oreille ar ei draws.

'Hefo pwy wyt ti? Corsica neu Sisili?'

'Dwi'm hefo'r naill na'r llall eto.'

Aeth Artyom ati i fanylu ar y cynllun newydd: doedd dim bwriad ganddo fo i ddefnyddio'r porthladd na'r un llong fyth eto.

'Sut arall ddoi di â'r stwff draw 'ma o Dwrci 'ta?' holodd L'Orielle mewn penbleth.

Pwyntiodd Artyom tua'r to.

Gwenu wnaeth L'Oreille, wedyn chwerthin, a chwythu mwg ei sigarét i ganol mwg Artyom. Chwarddodd gymaint nes dechra pesychu.

'Ti'n beiriant a hannar, Artyom, 'sneb tebyg i chdi.'

'Ma'n rhaid bod.'

Profiad rhyfedd iawn oedd gadael y ddaear am y tro cynta erioed, eglurodd wrth y dyn bach. Pan gododd yn uwch fesul llath, nes nad oedd dim i'w weld ond cymylau eurbinc yn fflwffio oddi tano, ac er eu bod nhw'n mynd ar wib, teimlai Artyom eu bod nhw'n symud dim.

Holltodd y cymylau a haul y bora yn gwasgu ar ei lygaid. Cafodd sbectol dywyll gan Pauline i'w gosod ar ei drwyn.

Isod roedd afon Rhôn yn ymlwybro ar ei thaith i'r môr.

Draw yn y pellter, codai cribau uchel yr Alpau, gan glosio'n nesnes, a'r awyren yn llithro ar estyll dros y llethrau mewn gorchest o'r grib i'r gwaelod, ac i fyny wedyn.

Dyna pryd y cafodd y syniad.

'Mi fydd angan labordai arna i o hyd. 'Na lle gelli di'n helpu fi. Fydd rhaid inni ddŵad o hyd i rwla diarffordd, a phrynu a thalu rhywun i weithio inni ... Be ti'n feddwl? E?'

Dros y tridiau nesaf, aeth y ddau i weld gwahanol dai.

Un nos Iau, cyn cychwyn ar ei waith, digwyddodd Alyosha daro ar Heinrich Erkleytz mewn bar o'r enw Laurentzsch, hanner ffordd i lawr Brüderstrasse.

'Ma' nhw'n talu'n dda.'

'Talu'n dda neu beidio, be ffwc 'di cyflog pan ti'n *kaput?*' holodd Heinrich. 'Ti'n mentro dy groen yn gyrru i'r diawlad. Yn enwedig ar ôl be 'nath ddigwydd i chdi. Meddwl di pa mor agos a'th y fwlad 'na heibio dy wep di.'

Roedd Alyosha yn meddwl stopio meddwl am hynny; bu'n rhaid tynnu darn o wydr o'i lygad pan saethodd rhywun ffenast flaen ei foto'n siwrwd.

Trio'i ladd o oeddan nhw – comiwnyddion, yn fwy na thebyg.

Cafodd ei golbio unwaith hefyd, ac aeth yn anoddach claddu ei ofnau.

'Lle ca i waith arall 'di'r cwestiwn?'

'Ma' 'na le i rywun hefo'n ffyrm ni rŵan.'

Ffeit fudur hefo gang o Roter Frontkämpfer-Bund laddodd y gyrrwr tacsi. Cafodd ei ruthro liw nos gan saith o'r gang, a'i lorio mewn chwinc. Clywyd ei gri o ddrws cefn rhyw dŷ gerllaw, ond fentrodd neb droi allan i'w helpu o. Roedd gormod o ofn ar y rhan fwyaf.

Cafodd ei gorff ei adael i'r cathod a'r cŵn ar un o strydoedd cefn Wedding, ei grys yn stribedi a'i drowsus wedi ei rwygo'n garpiau. Aelod o'r Blaid Ddemocrataidd Sosialaidd oedd o, yr SPD, gŵr priod hefo gwraig weddol ifanc, ac yn dad i bump o blant. Heliodd gyrwyr y tacsis eraill ryw gymaint o gelc ar ôl y cnebrwng: cysur pitw iawn, ond roedd hynny'n well na dim.

Aeth un draw i gydymdeimlo ar ran y lleill.

''Sgen i obaith o gael y job, ti'n meddwl?' holodd Alyosha.

'Cystal gobaith â phob coc oen arall eith amdani.'

Roedd Heinrich newydd wagio'i wydryn o Bock gan adael ewyn gwyn ar ei gnwd helaeth o fwstás.

'Dos i weld y bòs fory. Cer at ddechra'r pnawn, yn nes at ddau, pan fydd gwell hwylia arno fo ar ôl llenwi'i fol ...'

'Ma' pawb yn deud 'i fod o'n hen gont blin.'

'Mae o'n waeth na hen gont blin. Mae o'n hen gont ffwcedig o flin. Oi!'

Cododd llanc ifanc y bar ei drwyn o wynt rhyw ferch benfelan a'i gwallt i lawr.

'Be ti'n 'neud yn malu cachu'n fa'na? Ffwcin hel, ty'd 'laen,' mynnodd Heinrich gan dapio'i wydryn gwag yn erbyn erchwyn y bwrdd. 'Syrfio 'di dy waith di, ddim ffycin fflyrtio bob munud. Dwi'n disgwl yn fa'ma ers wn i'm pryd.'

Mewnol a meudwyol oedd meddyliau Alyosha.

'Wn i'm os dwi rywfaint haws â mynd amdani ...'

'Be 'sgin ti i'w golli?'

Drws dau hannar oedd drws y swyddfa, a bwriodd Alyosha ei ben-glin yn hegar yn erbyn y darn isa wrth ddadfolltio'r hannar uchaf.

Darllen y *Völkischer Beobachter* oedd y bòs, a'i draed i fyny. Berliner o waed a thafod oedd y dyn, un go dew hefo sofl tridiau o farf ar hyd a lled ei fochau. Eisteddai yn llewys ei grys wrth ddesg go fawr mewn stafall fechan yn llawn dop o bob math o 'nialwch.

Hefo golwg ddiamynadd ar ei wep, gofynnodd i Alyosha am ei gerdyn permit. Heb hwnnw, doedd dim posib i neb ei gyflogi.

'Ne' mi fydd y plismyn am 'y ngwaed i.'

Y peth dwytha roedd Wenzel am ei 'neud oedd tynnu'r rheiny i'w ben, yn enwedig ar ôl yr helynt diawledig gafodd o hefo sgym y dreth incwm.

Cododd y bòs y cerdyn llwyd a'i ddal o dan ei lygaid, tynnu ei sbectol oddi ar ei gorun a'i gosod ar bont ei drwyn – er mwyn craffu'n ofalus.

Roedd Alyosha wedi gwneud cais am bermit ryw ddeufis ynghynt. Er mawr syndod iddo, fe'i cafodd ar yr amod y byddai'n ei adnewyddu ar y trydydd dydd Mercher yn y mis – bob mis. Welodd o ddim byd yn dŵad i'w law mor rhyfeddol o handi â'r permit hwnnw.

Dyna oedd un o fanteision gweithio i'r NASAP.

'Pam ti'n holi am waith yn fa'ma?' holodd Wenzel yn amheus, 'a chditha'n gyrru'n barod?'

''Sdim dal pryd ma' nhw isio fi,' atebodd yn gelwyddog. 'Wn i'm lle dwi'n sefyll hefo nhw; ma' nhw mor chwit-chwat.'

Roedd o wedi cael mwy na llond bol ar hyrwyddo undeb pwrpas mewn purdeb gwaed – trwy dywallt gwaed. Roedd cynnal *raison d'être* y NASAP yn waith peryg bywyd. Achos dreiniog oedd o. Dyheai am degwch o ryw fath, yn ogystal â sicrwydd gwaith mewn cylch llawnach o gysuron o fewn oriau gwaith rheolaidd.

'Rwsiad?' holodd Wenzel yn oeraidd.

''Dan ni i gyd yn gorfod bod yn rhwbath neu'i gilydd. Rwsiad, Pwyliad, Hwngariad ...'

'Ffwcin Bolshi ar y slei?'

Gwadodd ei fod.

Oedd o'n siŵr?

Berffaith siŵr.

'Gobeithio bo' chdi'n deud y gwir. Deud ti glwydda wrtha i, mi fydda i'n saff Dduw o ffeindio allan. 'Sdim un basdad Bolshi yn mynd i gael dŵad ar gyfyl yr un o 'nhacsis i i ddechra malu cachu am undeba llafur a rhyw ffwcin lol-mi-lol ag ati, dallta.'

Cafodd Alyosha y teimlad pendant fod y dyn annifyr ddim yn mynd i'w gyflogi fo. Mynnai chwilio am bob math o esgusodion. Roedd y lle yn drewi o ogla tybaco cry, sebon rhad a chwys siarp hen ddobio slei – y math o ogla sy'n pigo blew trwyn rhywun am oriau er bod y cnawd a fu wrthi wedi hen hollti. Doedd hi ddim yn gyfrinach o fath yn y byd fod y bòs a'r ysgrifenyddes yn rhwbio yn erbyn ei gilydd ers acha. Bob tro roedd dwy folltan yn eu lle, cadwai pawb yn glir. Gallai hynny ddigwydd ganol y bora, er mai ganol y pnawn roedd y ddau wrthi gan amla. 'Isio llonydd i fynd dros y cownts ...'

Gwnaethai Agna ei gorau ers blynyddoedd i ddrio darbwyllo Wenzel i adael ei wraig, ond doedd dim byd wedi tycio hyd yn hyn.

Teimlai Alyosha fod ganddo fo ddim i'w golli.

'Pam? 'Sgynnoch chi rwbath yn erbyn Rwsiaid?'

''Na'th y dwytha 'nes i 'i gyflogi greu costa mawr imi ...'

Aeth o ddim ati i fanylu pa fath yn union o gosta roedd y rheiny, mwy nag y gwnaeth Alyosha fentro holi chwaith. Teimlai'n rhy ddigalon.

'Iawn 'ta.' Sychodd y bòs ei drwyn hefo cefn ei law. 'Pythefnos o dreial.'

Lluchiodd y permit i lawr ac ailgodi ei gopi o *Volkinscher Beobachter*.

'Ond ffwcia di fi o gwmpas, y basdad bach, ac mi fyddi di allan ar dy din.'

Cyrhaeddodd Artyom Paris yn ddyn 'sgafnach ei feddwl. Ei fwriad cynta oedd prynu awyren a byddai Pauline yn ei ddysgu sut i'w pheilota. Ond yn gynta rhaid oedd trefnu benthyciad. Roedd ganddo ormodadd o ddyledion fel ag yr oedd hi, a dim gobaith o'u clirio. Aeth ar ofyn sawl banc, ond heb unrhyw lwyddiant.

Roedd arno angen ei thad hi yn fwy nag erioed; roedd ar ei drugaredd o, a'i ddyfodol fel colomen yn ei ddwylo.

Cafodd Zepherine ei hun mewn dipyn o ffrwcs oherwydd bod rhyw ddyn wedi galw draw a gweiddi'n gynddeiriog am ei bres, ei bygwth hi'n ei hwyneb. Wrth adael, bygythiodd y byddai'n galw eto.

'Artyom, be 'di hyn?' holodd.

'Helynt dros dro.'

'Ti'n deud y gwir?'

Ar ei phen-blwydd aeth â hi i'r Hôtel Continental yn Rue de Rivoli dan lemwn gwelw awyr y gaeaf. Ond difethwyd eu hwyl. Ymlwybrodd hen dramp tuag atyn nhw mewn côt felynfrown a chortyn garw am ei ganol, a'i benffluwch o wallt gwyn yn cael ei chwipio bob sut a modd gan y gwynt. Roedd yn osgo dyn a fu'n cerdded am flynyddoedd lawer i lawr lonydd o anawsterau. Syllodd Artyom arno fo'n siarad yn sarrug hefo fo'i hun, a'i stumiau'n awgrymu rhyw wagymffrost.

Fel pob dyn arall, fe fu ganddo fo aelwyd unwaith. Tad a mam. Teulu. Teulu a oedd wastad wedi crafu byw rhyw fodfedd neu lai uwchlaw tlodi. Fuo fo erioed mewn gwaith? Neu a gafodd o ei droi allan i weithio pan oedd ei esgyrn o'n dal yn feddal? Ai hynny oedd cychwyn ei helyntion? Sut daeth o i gardota? Hollt deuluol? Hollt briodasol? Siom mewn cariad? Be oedd yr achos a fu'n gwasgu ar ei wynt?

Dan berswâd Inessa y derbyniodd Zepherine ac Artyom wahoddiad i swper a dawns flynyddol Rwsiaid alltud Paris yng Ngwesty George V. Er mwyn croesawu'r holl westeion yn ffurfiol, fe safodd y Prif Ddug Nicholas Nikolaevich Romanov – ei wep yn gochlyd a'i wyneb yn disgleirio – a'i wraig, y Dywysoges Anastasia o Montenegro, ger y prif ddrws. Roedd hi wedi ei gwisgo'n ddisglair fel haul cynhaeaf, er bod crafell ei hysgwyddau a'i gwar a'i breichiau'n noethion, a'i gwallt wedi ei godi'n uchel ar ei phen, a thiara cul yn nythu yn ei blethi. Gwraig dal, bryd olau, oedd hi – ei llygaid o liw cnau a'i chroen yn llyfn, heb wrid ar ei gyfyl o.

Gerllaw safai cyhoeddwr bychan – pwt o ddyn byr a edrychai fel rhyw stôl wellt o gymeriad. Aeth y cyhoeddi rhagddo am awr a mwy, a'r Prif Ddug Nicholas Nikolaevich Romanov a'r Dywysoges Anastasia o Montenegro yn sisial yr un cyfarchion wrth bawb yn eu tro. Gorchwyl lafurus oedd hi. Doedd yr un o'r ddau'n dangos fawr o osgo at y dasg, ac roedd y Prif Ddug, bob hyn a hyn, yn snwffio rhyw anghymeradwyaeth. Wrth i fwy a mwy o westeion ddod ynghyd i ymdroi, magodd y stafell fwy o chwerthin a siarad, nes roedd nifer y lleisiau a nifer y sgyrsiau'n hidlo'n sŵn trwy sŵn.

Tynnodd Inessa sylw pawb pan gamodd at y Prif Ddug Nicholas Nikolaevich Romanov a'r Dywysoges Anastasia o Montenegro. Roedd ei braich ar fraich Philippe, a rhyw olwg freuddwydiol, fymryn yn hwyrdrwm arno fo mewn siwt ddu, crys gwyn a dici bo o'r un lliw. Gwisgai hi'r wisg ffasiynol ddiweddaraf o gasgliad Coco Chanel, un oedd fymryn yn rhy dynn amdani, tra oedd pob gwraig arall mewn gwisgoedd llaes henffasiwn. Dros ei hysgwydd ac ar draws ei gwar fflwffiai bwa o blu pinc, ac yn hongian o'i chlustiau roedd pâr o dlysau cwrel. Oherwydd trwch ei masgara, edrychai ei llygaid yn dduon danllyd, yn fwy fyth felly gan ei bod wedi rhwbio rhyw hufen gwyn i groen ei bochau. Du hefyd oedd ei minlliw, ac wrth symud hwnt ac yma, gadawai gymylau o bersawr Nuit de Chine ar ei hôl.

Dododd Inessa y bag bychan lliw arian a fu'n hongian ar ei garddwrn i lawr wrth droed ei chadair. Wrth ei hochor roedd Philippe. Gyferbyn â hi eisteddai Alyosha a Zepherine, nesa at y Tywysog Alexander Buxhoeveden a'i wraig, y Dywysoges Olga Buxhoeveden, a'u pum merch. Gwraig yn ei phedwardegau oedd y Dywysoges Buxhoeveden, hefo wyneb crwn, cryno dan wallt du, modrwyog – gwallt roedd hi'n amlwg yn ei liwio ers sawl blwyddyn gan ei fod mor orddu. Dyn tawel, braidd yn ddi-ddweud, oedd y Tywysog – gŵr bychan, sgwâr o gorff, a'i wyneb wedi ei greithio gan dywydd garw'r byd yn sgil y chwyldro ac yn gwerthu tai a fflatiau yn Nice.

Tra hwyliwyd y bwyd at y byrddau gan dros ddau gant o weinyddion, camodd gwraig ar y llwyfan isel o flaen y gerddorfa a chanu baled bêr ei blas am Rwsia.

'Heddiw mae dyn, ac yfory ei le
Nid edwyn mohono mwy;
Mawr fu ei angen ym mhob dim
Mawr hefyd fu ein clwy.'

Cydganodd rhywrai'r gytgan:
'Mawr hefyd fu ein clwy,
Mawr hefyd fu ein clwy,
Ond os safwn hefo'n gilydd
Nyni a'u trechwn hwy ...'

Rhwng y pedwerydd a'r pumed cwrs tynnodd Artyom weinyddes ato a sibrwd yn ei chlust. O fewn dim, tywalltwyd chwanag o win i'w wydryn o ddecanter llawn.

'Artyom,' sylwodd Zepherine, a'i gwallt yn ddwsin o blethi. 'Be sy'n bod arna chdi heno?'

Roedd o'n afrywiog ei dymer wrth wneud ei orau i guddio'i surni a'i siom.

'Os ti'm yn mwynhau dy hun, 'nei di o leia gogio dy fod ti?'

Honnodd ei fod yn mwynhau ei hun yn gampus, ond roedd blas ansicrwydd yn ei geg a rhyw dywyllwch wedi lapio'i hun amdano fo.

Serchog oedd Inessa, a serchog hefyd oedd y Dywysoges Olga Buxhoeveden a gwneud ei gorau i fod yn serchog oedd Zepherine.

'Yr awr a dreulioch chi'n hapus, threulioch chi mohoni'n drist,' dywedodd y Dywysoges Olga Buxhoeveden, fel petai hi'n ymhyfrydu yn ei chlyfrwch hi ei hun. 'Dyna fydda fy mam yn arfer ei ddeud pan oeddan ni'n blant.'

'Digon gwir,' gwenodd Inessa, a gwenu eilwaith wrthi hi ei hun. 'Rhaid imi gofio honna. Hefo'ch caniatâd chi, mi garwn i ei rhoi hi yn fy nyddiadur, er mwyn ei chael hi ar gof a chadw.'

Plesiodd hyn y Dywysoges Olga Buxhoeveden yn fawr.

Pasiodd gŵr hamddenol mewn lifrai milwrol llawn heibio a rhoi ei law ar ysgwydd Artyom. Y Cadfridog Vladimir Dmitrievich Kuzmin-Karavaev oedd o, hefo'i wallt gwyn tonnog. Cododd y ddau a chyfarch ei gilydd.

'Dwi'n clywad fod petha ddim yn dda ...' dywedodd.

'I fyny ag i lawr,' atebodd Artyom.

Tapiodd y Cadfridog ei benelin a dweud, 'Mi fydd yn rhaid i ni'n dau gael sgwrs go iawn rywbryd.'

'Bydd.'

Nodwyd dyddiad ac amser mewn *brasserie* ar stryd l'École-de-Médecine.

'I'r dim,' atebodd Artyom gan bocedu'r manylion.

Am ryw reswm, fe deimlai fod rhyw swyn niweidiol yn llais y dyn.

'Cyn bo hir, felly.'

'Cyn bo hir.'

Am beth amser wedyn bu Artyom yn ista ar ei ben ei hun o dan oleuni siriol y bar yn synfyfyrio.

'Be ti'n 'neud yn fa'ma? O'n i'n meddwl bo' chdi wedi mynd a 'ngadael i,' dywedodd Zepherine yn flin.

Dychwelodd y ddau at y bwrdd, lle roedd y Dywysoges Olga Buxhoeveden yn ystrydebu mai pwrpas dawnsio oedd gadael i chi'ch hun fynd gan fwynhau'r iwfforia sy'n cynnig rhyddid dros dro trwy ymgolli yn y corff wrth fwrw'r hunan o'r neilltu.

'Leciwn i allu dawnsio'r Charleston fel Josephine Baker.'

Prin roedd Artyom wedi torri gair hefo'i chwaer y noson honno, na hefo Philippe o ran hynny.

'Noson ddiflas,' dywedodd Zepherine yng nghefn y tacsi.

Ddywedodd Artyom fawr ddim.

Drannoeth, cafodd ei arestio.

Deng munud gafodd o i wisgo. Safodd Zepherine yn edrach yn wyllt a syn.

'Be mae o 'di 'neud? Sgynnoch chi ddim hawl mynd â fo.'

Siarsiodd Artyom hi i dawelu. Cydiodd yn dyner yn ei bochau a'i chusanu, gan ddweud y byddai adra o fewn dim. Gan ei bod hi mor blygeiniol, doedd fawr o draffig ar strydoedd Paris. Yr awr o'r nos cyn iddi wawrio oedd hi, pan oedd felan y goleuadau'n peri i ryw deimlad llwm ledu dros bob dim.

Yng nghelloedd y *Sûreté*, clywodd ddrysau'n datgloi tua saith o'r gloch a chiliodd twrw puteiniaid y nos wrth iddyn nhw gael eu gollwng allan.

Aeth oriau heibio.

Oeddan nhw wedi anghofio amdano fo?

Gosododd Artyom ei lach yn galad arno'i hun. Daeth rhywun i sbecian arno fo, cyn llechian i ffwrdd. Camodd yn ôl ac ymlaen. Teimlai ei fod yn dechrau drewi. Ciciodd droed y drws nes bod ei droed ei hun yn wayw. Ond ddaeth neb i'r fei.

Rywdro yng nghanol y pnawn, daeth plisman â bwyd iddo fo. Ymhen rhyw awr neu ddwy arall, cafodd ei dywys o'r gell, ac i fyny rhes o risiau i swyddfa. Yn ista yno'n barod roedd rhyw surcwd byr o ddyn moel mewn siwt ddu a thei. Edrychai'r ddau fel ymgymerwyr angladdau.

Gwenodd a holi. 'Monsieur Artyom Vasillich Riuminskii?'

Nodiodd Artyom.

'Monsieur Artyom Vasillich Riuminskii?' holodd y surcwd eilwaith, hefo gwên ar ei wyneb.

Pam holi ddwywaith?

'Dyna'r enw ges i fy medyddio hefo fo.'

'Dyna'ch enw chi o hyd?'

'Dyna be dwi'n galw fy hun.'

'Dyna be mae pobol erill yn eich galw chi?'

'I 'ngwyneb i o leia. Wn i ddim be dwi'n ca'l fy ngalw yn fy nghefn.'

Dechra yn y dechra wnaeth y surcwd trwy holi ei hanes i gyd. Sut daeth Rwsiad fel fo i Ffrainc yn y lle cynta? Aeth yr holi a'r ateb ymlaen am oriau. Pan nogiodd y surcwd, tuag at y gyda'r nos, daeth rhyw ddyn di-les yr olwg i gymryd ei le o. Roedd gan hwnnw wedd brudd-ddwys, a ffordd fanwl – ond diflas – o holi, ond erbyn hynny, roedd Artyom wedi sylweddoli be yn union oedd yn y fantol.

Ychydig cyn hanner nos, cafodd ei dywys yn ôl tua'r celloedd i lawr rhyw ffordd wahanol y tro yma, trwy nifer o ddrysau haearn hefo mymryn o godiad haearn bwrw ar waelod pob un. Ddim i'w hen gell yr aeth o, ond i un wahanol, lle cafodd damaid i'w fwyta. Prin roedd ganddo fo'r nerth i godi'r bwyd i'w geg gan ei fod o wedi blino cymaint.

Drannoeth, agorwyd ei ddrws a cherddodd y Sant i mewn, yn cael ei dywys gan blismon. Bolltiwyd y drws wrth i'r ddau syllu ar ei gilydd. Roedd golwg ddychrynllyd ar y Sant.

'Ma' nhw newydd fy nghyhuddo i o ddŵad â heroin i Baris. Ma' nhw'n honni 'mod i wedi dŵad â thunelli ohono fo o Dwrci,' dechreuodd barablu lond sacha. 'Sut allwn i, o bawb, wneud rhywbeth mor bechadurus?'

Roedd clustiau yn y muriau yn gwrando ar bob un gair.

'Pam ma' nhw'n honni hynny?' holodd Artyom yn syn.

Eglurodd y Sant y cwbwl.

Wfftio wnaeth Artyom.

'Wfftio 'nes inna hefyd. Ond ma' nhw o ddifri. Alla i ddim coelio y basa neb yn fy nghyhuddo i o gyflawni rhywbeth mor aflan. Fi, o bawb, yn defnyddio llong y Groes Goch – llong sy'n cario anghenion bywyd i drueiniaid yng ngwlad Groeg wnaeth orfod ffoi rhag erledigaeth erchyll yn Smyrna – fel ffordd o fewnforio morffin trwy borthladd Marseille? Mae o'n gyhuddiad hollol ynfyd. Dydi hyn ddim yn wir, yn nag ydi?'

'Nag ydi,' atebodd Artyom mewn llais clir, er mwyn i bawb gael ei glywed o.

Ond roedd yr heddlu wedi rhannu manylion am sgam Artyom wrth y Sant. Roeddan nhw hyd yn oed wedi rhoi amcan bras o faint o bres roedd o wedi ei wneud trwy beidio â smyglo trwy Killis i Syria a Libanus ac i Beirut a thros y môr i Marseille. Trwy arbed talu cyt i bawb ar y llwybr hwnnw, roedd o wedi llwytho'i bocedi.

'Ma' nhw'n deud eu bod nhw'n gwybod y cwbwl,' dywedodd y Sant. 'Ma' nhw'n deud bod tystiolaeth a thystion ganddyn nhw a 'mod i'n rhan o hyn i gyd. Ond mae'r peth yn hollol wrthun i mi. Dwi wedi dweud hynny, ond ma' nhw'n gyndyn o 'nghoelio fi. 'Newch chi ddeud wrthyn nhw?'

'Ti'n gwbod dim,' dywedodd Artyom, 'mwy nag ydw i.'

'Dwi'n falch eich clywed chi'n deud, yn falch ofnadwy. Achos ma' nhw wedi ensynio petha wrtha i amdanoch chi, petha annymunol iawn ...'

'Ma' nhw wedi cam-ddallt y ddau ohonan ni, ma'n amlwg.'

'Dyna ddeudis i. Ond doeddan nhw'n gwrando dim.'

'Dydyn nhw'm yn gwbod pa fath o ddyn ydw i go iawn,' dywedodd Artyom.

O fewn tridiau, safai mewn llys yn clywad ei hun yn cael ei gyhuddo o fewnforio bron i chwe thunnell a deugain o opiwm trwy borthladd Marseille. Cafodd ei gyhuddo o'i droi yn heroin mewn labordai ar gyrion y ddinas. Cafodd ei gyhuddo hefyd o ddanfon y cwbwl i Baris, i warws yr elusen, trwy law dau ddreifar moto-lorri i Ricard Pastis de Marseille. A'i gyhuddo o'i werthu ar strydoedd Paris. Gwadu pob un cyhuddiad wnaeth Artyom, a chadwyd o dan glo tan yr achos llys.

Eisteddai Pauline yn yr oriel gyhoeddus, a chwythodd gusan ato fo.

Doedd dim golwg o Zepherine.

Clowyd y Sant mewn cell nesa at gell Artyom yng ngharchar Santé. Cafodd y dyn ei gyhuddo o'r un cyhuddiadau yn union â'i gyflogwr. Dechreuodd ynfydu, a chrefu am drugaredd. Bob hyn a hyn, byddai'n colli arno'i hun yn lân ac yn mynd o'i go yn llwyr. Trwy fur ei gell, gallai Artyom ei glywed yn gwingo a gweddïo yn erbyn ei gaethiwo ar gam, a hynny am oriau bwy'i gilydd. Doedd dim posib i Artyom ei achub; doedd dim byd y gallai o ei hun ei wneud ond dal ati i wadu, ond roedd yn gwbod bod y plismyn yn teimlo yn saff o'u pethau, ac yn hollol hyderus bod ganddyn nhw achos gwerth ei osod yn ei erbyn.

Roedd rhywun wedi agor ei geg.

Roedd rhywun wedi ei fradychu.

Zepherine?

Na.

L'Oreille?

Na.

Un o'r lleill?

O bosib.

Neu dyna a feddyliodd Artyom hyd nes iddo gael ei holi drachefn gan y surcwd. O fewn rhyw bedwar cwestiwn, sylweddolodd be yn union oedd natur y cwbwl. Er iddo gynddeiriogi ar y tu mewn, tawel iawn oedd ei wedd allanol. Ddangosodd o ddim o'i wir deimladau iddyn nhw, mwy nag y gwnaeth o i'r Sant.

Wrth orwedd ar ei wely pren y noson honno, dychmygodd Artyom ei fod mewn mynachdy. O'i gwmpas clywai sisial isel, ambell bwl o gnocio annelwig, a rhywun uwch ei ben yn ubain am ollyngdod. Dro arall, rhyw swn ochain erchyll, a swn wylofain hefyd. Ddim mewn mynachdy oedd o wedi'r cwbwl, ond mewn gwallgofdy. Ar wahân i'r dolefain dyddiol, a drysau'n cloi a datgloi, doedd dim swn arall i'w glywed o fewn muriau Santé. Dim trydar adar, dim chwerthin plant, nac awel hwyrol yn rhusio dail y coed: dim byd ond haearn a charreg a chur. Roedd y byd tu allan wedi hwylio i ffwrdd ...

Cromen o awyr las oedd yn yr wybren uwchben Berlin pan ddaeth Alyosha â'i Austro-Daimler i stop ar ôl bora digon llac. Moto ail neu drydydd law oedd o, peiriant a oedd wedi hen weld dyddia gwell, yn graciau ac yn dolciau drosto, ac wedi ei ailbeintio ddwywaith. Doedd hynny heb atal dim ar y rhwd o dan y moto, a oedd yn ei lowcio fel cansar.

Safodd ar y ranc, lle roedd chwech moto-tacsi arall wedi parcio gyferbyn â'r tŷ pictiwrs ar yr Hauptstrasse. Bu yno unwaith ei hun: hen le digon afiach oedd o, yn ddrewllyd a'r seddi wedi gwywo a threulio. Sgwrsiai dau neu dri dreifar y tu allan i'w tacsis, ond ista roedd y rhan fwya, eu trwynau mewn papurau newydd yn dilyn y rasio. Ceffylau oedd eu duwiau. Edrychai Alyosha ymlaen am gael croesi draw i'r *Bierstube* am damaid o ginio hwyr.

Wrth gloi ei foto-tacsi, clywodd eu swn cyn eu gweld. Llifodd tyaid o blant tua deg i ddeuddeg oed allan, pan agorwyd y ddau ddrws a'u gollwng i olau dydd. Yn eu capiau cochion roeddan nhw'n edrach fel haid o gorachod, a gwenodd wrth eu gweld yn grwpio at ei gilydd, yn frwd eu siarad ac yn llawn egni a direidi. Wedi bod yn gweld ffilm Eisenstein, *Y Streic*, roeddan nhw.

Gwarsythodd pan welodd Margarita yn camu i lawr y grisiau yng nghwmni tair merch ifanc arall. Heliodd y merched y plant atyn nhw er mwyn ffurfio côr.

Cododd y gyrwyr tacsis eu pennau pan ddechreuodd y cegau bychain ganu'r 'International'. Gan bwyso'i glun ar ochor ei foto, plygodd Alyosha ei freichiau ar draws ei frest, a gwrando.

Wrth i'r gân fynd rhagddi, clywyd sŵn trampio trwm yn closio a lleisiau blwng yn bloeddio canu,

'Heute gehört uns Deutschland
Und morgen die ganze Welt ...'

Boddwyd y lleisiau bychain. Roedd wyneb Margarita yn llawn panig wrth iddi sbecian a gweld sgwad o'r SA yn martsio tuag atyn nhw. Gwyrodd i sibrwd yng nghlust y plentyn agosaf ati. Trodd hwnnw'n ddiymdroi at y plentyn nesaf, a lledodd y sibrwd o glust i glust wrth i'r canu ddadfeilio a chwalu'r rhythm yn rhacs.

Wrth i gawod o ddyrnau droi'n genllysg o ddyrnu, ciciwyd eu coesau. Sgrialu tan sgrechian wnaeth y merched a'r plant. Er bod lled o bellter rhyngddo fo a'i gyfnither, penderfynodd Alyosha groesi i'w hachub. Teimlai fod ei draed mor drwm, yn mynnu glynu i driog y stryd. Roedd dau neu dri gyrrwr arall yn tynnu ar ei ôl ar draws yr asffalt.

Mewn llid gorwyllt, roedd dwylath o Natsi wedi cydio yn Margarita gerfydd ei gwallt. Hefo'i dwylo wedi eu lapio am ei ddwrn, cafodd ei gorfodi i foesymgrymu, cyn cael ei chwyrlïo'n hegar o'i gwmpas o. Baglodd Alyosha dros hogyn bach a oedd wedi gwasgu ei hun yn gryman ar y pafin, ei ddwylo am ei gorun wrth i ddwy esgid drom ei faeddu a'i falu.

Sŵn tuchan ac ebychu oedd o'i gwmpas o. Ciciodd Alyosha y Natsi tal ym môn ei gefn nes powliodd yn ei flaen a tharo'i dalcan ar y grisiau concrit.

Fel tân at dân, tynnodd y gwffas chwanag ati nes sugno grym anfeidrol i grombil y colbio. Hacio. Stabio. Cicio. Slashio. Cydiodd Alyosha ym mraich ei gyfnither. Hefo rhyw hannar gŵen ansicr, edrychodd hi arno fo'n ddryslyd. Pan oedd Margarita ar fin agor ei cheg gwasgodd rhywun ei fraich am gorn gwddw Alyosha.

'Gollwng o!' gwaeddodd hi.

Nychodd ei anadl.

'Gollwng o!'

Teimlodd Alyosha wynt poeth ar ei glust.

'Be ffwc ti'n feddwl ti'n 'neud, y cont dwl?'

Tynnodd Margarita siswrn torri gwinadd o'i phoced a'i stabio yn ei lygaid. Mewn dwy eiliad roedd Vlasich Pesotski wedi ildio'i afael, yn clecian bagio fel pyped pren, ac yn stampio'i draed yn ffrantig. Hefo gwich hirfain, bagiodd dan brancio wysg ei gefn. Cododd rhyw sŵn gwawchio o'i enau fo, fel cri mochyn, a dowciodd ei ben at ei ben-glin, hefo'i ddwylo'n cynnal ei wyneb wrth i'r melynwy lifo trwy'i fysedd. Erbyn hynny, roedd wedi dechrau sgrechian yn annaearol, sgrechian a'i gyrrodd i rowlio ar y pafin mewn poen annioddefol.

Dim ond pan drodd Alyosha drwyn ei dacsi ar draws Bayericher Platz – a thryc heddlu a'i seiren yn serio'n flin wrth ruthro i'w gyfwrdd – y teimlodd y gwayw o dan ei asennau'n poethi. Ffroenodd yn ffromllyd. Roedd ei anadlu'n byrhau. Teimlai'n boeth ac yn oer am yn ail. Cododd y gwayw bwys arno nes teimlai bod lwmp o gig sych yn bygwth codi heibio'i gorn gwddw i'w geg.

Llyncodd yn galad. Llyncodd eto, a llyncu drachefn – ond roedd mwy a mwy o lafoer yn mynnu hel yn ei geg a theimlai na allai atal ei gorff rhag gwanio. Dechreuodd grynu wrth deimlo'i hun yn mynd yn oerach fesul eiliad. Teimlo'i gwallt roedd Margarita, a chlympiau ohono'n dal i dywallt i'w dwylo.

Yn y diwadd, gadawodd yr Austro-Daimler ar fymryn o sgi-wiff, ddwy stryd i ffwrdd o'r bloc fflatiau. Doedd ganddo mo'r nerth i'w yrru dim pellach. Ar ôl stryffaglio i fyny'r grisiau, bu raid i Margarita gynnal Alyosha, gan fod hwnnw'n nogio yn ei boen.

Canwyd y gloch am yr eildro – yn hirach y tro yma – ond doedd dim ateb eto. Dechreuodd y ddau guro. Ar fin canu'r gloch am y trydydd tro oedd Margarita, pan gilagorwyd y drws. Pan welodd Vicki pwy oedd yno agorodd y drws led y pen. Dim ond newydd godi yr oedd hi, ei gwallt yn flêr a'i hwyneb yn gysglyd. O'r olwg bryderus oedd arni, roedd hi'n amlwg yn amau fod rhywun yn curo ar ryw berwyl drwg.

Gwnaeth Margarita ei gorau i dendiad cystal ag y gallai ar ei chefnder. Doedd o mo'r gwaith hawsa gan ei bod yn amhosib atal y gwaed oedd yn dal i lifo'n gry o'r clwy, er i Vicki ei helpu. Gwasgodd Margarita y cadach yn y bowlen sawl tro nes cochi'r dŵr, cyn ei ailosod mor dyner ag y gallai ar ei gnawd.

Gwaith rasal oedd o. Nôl chwanag o ddŵr glân oedd gwaith Vicki. Griddfan yn isel wnâi Alyosha, ei fysadd yn dal yn dynn yng nghefn y soffa. Agorai a chaeai ei lygaid, ei wefusau wedi llwydo, ei fochau'n ddi-liw ... Ofn pennaf Margarita oedd fod llafn wedi slasio trwy ei aren. Doedd dim dal pa niwed a achoswyd, ond roedd mwy a mwy o waed yn dal i lifo dros ei bysedd.

Cyrhaeddodd y doctor.

Rwsiad oedd o.

Ar ôl bwrw golwg fanwl dros y claf, pwythodd y clwy. Er bod ei geg yn sych a'i lwnc yn dal yn galad, teimlai Alyosha fymryn yn well. Rhoddodd y doctor ei drugareddau yn ôl yn ei fag.

Aeth Margarita ac yntau gam o'r neilltu, a sisial dan eu gwynt draw yng nghysgod y gegin. Cytunai'r doctor ei bod wedi gwneud y peth iawn trwy beidio â mynd ar gyfyl ysbyty. Peth annoeth iawn fyddai hynny oherwydd bod cymaint mwy o ddoctoriaid a nyrsys yn cefnogi plaid Hitler, a byddai'r Natsïaid am waed y rhai a feiddiai gwffio yn erbyn. Gwyddai'r doctor am fwy nag un comiwnydd a aeth i gael ei drin, ond na welwyd o byth wedyn.

Daliai Margarita i deimlo'n euog am gefnu ar y plant.

'Ma'n well imi fynd.'

'Mi arhosa i hefo fo.' Newydd rowlio sigarét oedd Vicki.

Diolchodd Margarita iddi.

Ymdrechodd Alyosha i ista i fyny hefo tair clustog y tu ôl i'w gefn.

Mynnodd fwy o ddŵr ond wrth yfed o'r cwpan aeth y cwbwl yn garbwl. Cynigiodd Vicki ei helpu ond gwrthododd ei chynnig. Mynnodd y gallai wneud petha drosto'i hun yn iawn. Safodd hi o'i flaen i'w wylio yn tywallt cynnwys mwy na hannar y cwpan dros ei frest.

'Ti'n ddyn penderfynol ...'

Aeth i ista wrth ei ymyl, ei chorff yn erbyn ei gorff. Dododd ei bysedd dros ei fysedd, sadio'r cwpan, lefelu ei min â'i fin. O dipyn i beth, fe yfodd y gweddill fesul sip a sip.

Er ei bod hi'n mynnu tendiad arno fo, doedd Vicki mo'r ddynas hawsa yn y byd i siarad hefo hi. Geirio'n fyr ac i bwrpas oedd hi, fel rhywun yn cynilo'i llais ar gyfer sgwrs bwysicach. O'i orweddfan gorffwysodd Alyosha ei edrychiad arni. Sylwodd ar ei chorff: roedd hi'n hogan fain.

Gosododd Vicki ei hun mewn cadair, tanio sigarét a'i dal rhwng deufys ger ei boch, a'i phen-glin ar y bwrdd. Roedd hi am iddo roi adroddiad o'r hyn a ddigwyddodd y tu allan i'r pictiwrs.

'Ges di'r hanas i gyd gen i gynna.'

Teimlai wedi ymlâdd.

'Pam ti isio clywad y cwbwl eto?'

Gwaniodd ei olwg: oedd gan Vicki bensal yn ei llaw? Oedd hi'n sgwennu ar ddalen o bapur? Llusgodd ei chadair yn nes ato fo. Stwmpiodd ei sigarét. Er ei fod yn glaf, mynnodd Vicki ei fod yn adrodd yr hanas i gyd, o'r dechrau i'r diwedd, heb arbed dim ar yr un manylyn.

O dipyn i beth, ailadroddodd Alyosha yr hanas, gan bwysleisio bod Margarita wedi gwneud ei gorau glas i arbad y plant rhag llid y Natsïaid. Teimlodd ei wddw'n crino. Daeth hi â gwydryn arall o ddŵr draw; y tro yma ogleuodd fwg tybaco yn gry ar flaenau ei hewinedd – roedd y rheiny'n frown a melyn.

Caeodd ei lygaid, taro'i ben yn ôl yn hafn y glustog, ei wddw'n gweithio fel petai'n corlannu poer neu'n ymdrechu'n galad i gaeadu pwys a'i fochau'n poethwrido wrth i wres cry frigo trwy waed ei wep. Y munud nesaf chwydodd dros ei gluniau, ei du mewn yn crynu, ei gorff yn rhynnu a'i ddannedd yn rhincian. Gwelodd unwaith eto lygad Vlasich Pesotski yn diferu trwy'i fysedd.

Yn iard y carchar, cydgerddodd Artyom hefo'r Sant, a oedd yn edrach fel dyn wedi torri. Pyllau o waed oedd ei lygaid, ei wedd yn llwydaidd a'i drwyn yn rhedag.

'Artyom, ma'n rhaid ichi leddfu gwewyr fy nghydwybod i.'

'Fel dwi 'di deud droeon o'r blaen, alla i ddim. Taswn i'n gallu, mi faswn i'n gneud.'

'Fasach chi?'

Be oeddan nhw wedi bod yn ei borthi i ben y dyn? Holodd Artyom ei hun.

'Dwn i'm be i feddwl. Rydach chi'n deud un peth a dwi'n clywed petha hollol wahanol. O, Dduw Dad Hollalluog, be ydi'r gwirionedd? Beichiau trymion i'w cynnal ydi'r corff a'r meddwl, y meddwl yn fwy na'r corff. Er lles fy iechyd ysbrydol i, pan ddown ni'n dau o flaen ein gwell, dwi'n gobeithio y bydd y barnwr trugarog yn sylweddoli bod rhyw gamwedd difrifol iawn wedi bod yn ein hachos ni ein dau. Ond os oes cymaint â llygedyn o wirionedd yn y cyhuddiadau erchyll yma, yna mae'n rhaid i chi syrthio ar eich bai. Mae'n rhaid i chi gydnabod eich pechod yn agored, er mor annymunol a dirdynnol fyddai hynny, ac er lles eich enaid mi ddylech chi ymbil am faddeuant – ddim yn unig faddeuant y llys, ond maddeuant y Goruchaf Iôr, a derbyn eich cosb mewn gostyngeiddrwydd.'

'Os dwi'n dy ddallt di'n iawn, be ti'n ofyn i mi ei 'neud ydi cyfadda 'mod i'n euog?'

'Os ydach chi.'

'Ti'n meddwl 'y mod i?'

Tawel iawn oedd y Sant.

'Ti'n meddwl 'mod i wedi gneud yr hyn ma' nhw'n 'y nghyhuddo fi o'i 'neud? Mewnforio a gwerthu heroin? Mewn difri calon?'

Cerddodd Artyom yn ei flaen a chamodd y Sant ar ei ôl.

'Dwi 'di'n siomi. O'n i'n meddwl bo' chdi a fi yn nabod ein gilydd yn well na hynny o'r hannar. O'n i'n meddwl mai'r un sêl dros wneud daioni trwy roi cymorth i drueiniaid oedd wedi'n tynnu ni at ein gilydd yn y lle cynta.'

Teimlai'r Sant yn waeth na budrogyn.

'Ma'n ddrwg gen i, Artyom Vasillich, maddeuwch imi. Ond peth ofnadwy i ddyn ydi methu adnabod ei drueni ei hun. Gwell bob amsar ydi cynnau cannwyll fechan i oleuo congol na melltithio'r gwyll i gyd.'

Cerdded yn ei flaen wnaeth Artyom, fel dyn wedi ei frifo i'r byw.

'Ma'n ddrwg calon gen i. Maddeuwch imi am eich ama chi. Ond dwi wedi wynebu nosweithia o ddüwch. A dwi'n ei chael hi'n anodd gweld achubiaeth. Dwi'n teimlo fod fy Ngwaredwr wedi cefnu arna i. Er 'mod i'n crefu arno fo bob nos i agor drws y gell i oleuddydd cyfiawnder, y nos sy'n cau amdana i o hyd.'

Cafodd Artyom ei holi drachefn gan y surcwd a'r dyn di-les. Roeddan nhw wedi dŵad o hyd i chwanag o dystiolaeth yn ei erbyn o ac roedd yn amlwg fod yr achos yn cryfhau, ond ar yr un pryd roedd rhyw newid yn natur y ddau.

Cafodd Artyom ar ddallt ei fod o a'r Sant yn wynebu deng mlynadd o garchar – hefo llafur calad. A hynny yn Guyana yn Ne America. Y surcwd ddeudodd hyn wrth Artyom tra oedd y dyn di-les yn ista wrth ei ochor. Ond roedd o eisoes un cam ar y blaen i'r ddau.

'Ddaw dim byd ohonach chdi, yn gorweddian ar y soffa 'ma rownd y ril.'

'Dwi'n trio 'ngora i godi.'

'Rhaid i chdi drio'n galetach.'

'Ti'n gallu bod yn ddynas galad.'

Gwenodd Vicki. Roedd hi'n garedig iawn wrtho fo.

Yr unig ddau ymwelydd arall oedd Margarita a'r doctor Rwsiaidd. Doedd hi byth yn waglaw, ac yn amlach na heb roedd hi'n dŵad â phecyn o gylchgronau neu bapurau newydd hefo hi – *Das Tage-Buch*, *Montag Morgen*, *Die Welt am Abend*, *Die Weltbühne* a *Die Rote Fahne* – a bob hyn a hyn, yr *Arbeiter Illustrierte Zeitung*, yr un roedd Alyosha'n ei fwynhau yn fwy na'r un o'r lleill oherwydd y lluniau a oedd ynddo fo.

Roedd Margarita'n ddiolchgar iawn i'w chefndar am ei hachub. Doedd Vlasich na'r SA ddim yn mynd i faddau iddo fo ar chwarae bach. Byddai'r Natsïaid am ei waed o hyd byth, a sylweddolai Alyosha hynny hefyd. Doedd fiw iddo fentro mynd yn ôl i'w stafall ei hun, rhag ofn i ffrindiau Vlasich Pesotski ddŵad i chwilio amdano fo – fel roeddan nhw'n siŵr o wneud, os nad oeddan nhw wedi gwneud yn barod.

Daeth Inessa a Philippe draw i Santé.

'Ydi o'n wir?' sibrydodd ei chwaer ar draws y bwrdd, ei dau lygad yn llawn o ing.

Sugno ar sigarét o baced ei gŵr roedd Artyom. Tynnodd bleser mawr o'i blas.

'Ydi be dwi 'di glywad amdanach chdi yn wir, Tomya?'

Llygadodd Philippe o yn fanwl.

'Chdi o bawb yn f'ama i,' tytiodd. 'Pa obaith 'sgen i o flaen llys a barnwr? Dim gobaith mul i ddarbwyllo neb o ddim, os 'di rhywun fel chdi yn cael traffarth coelio 'mod i'n ddyn dieuog.'

'O'n i'n gwbod na fasa chdi byth yn mocha dy ddwylo hefo opiwm.'

Trodd at ei gŵr. 'Be ddeudis i? Ddeudis i, yn do? Ddeudis i na fasa fy mrawd bach i byth yn gwneud dim byd o'r fath.'

Syllodd Artyom ar ei chwaer a gweld bod olion ei fam yn dechra magu yn ei gwedd, yn fwy fyth yn ei ffordd hi o siarad. Bellach, roedd hi'n mynegi ei hun fel rhywun canol oed. Yr un rhychau yn union oedd o gwmpas ei gwddw hi ag oedd o gwmpas gwddw eu mam. Oedd o'n dechra ymdebygu i'w dad, tybed? Oedd o'n dechra siarad yn yr un ffordd â fo?

'Be am inni sgwrsio am rywbeth arall?' Tapiodd Artyom ludw ei sigarét ar lawr. 'O lle ddaethoch chi'ch dau heddiw?'

Soniodd Inessa yn ffrwd am eu cynhyrchiad diweddaraf: comedi ysgafn a gafodd dderbyniad da yn Lyon, ar y Riviera yn Meuton, yn Beausoleil wedyn a Juan-les-Pins, St-Raphael, Nice a Cannes. Dyna lle gwelodd y ddau hanes ei gyhuddo yn *Le Provencal*.

Teimlai Artyom wres yr haul ar ei war wrth iddi enwi'r holl drefi, a chododd hynny ei ysbryd.

'Roedd 'na adroddiada llawnach yn *Le Meridional*,' ychwanegodd Philippe.

'Mi 'naethon ni ymdrech i ddŵad yn ôl i Baris ar ein hunion. Rhag ofn i chdi feddwl ein bod ni'n dau'n ddi-feind ohonach chdi ...'

'Ddim o gwbwl.'

Stwmpiodd y sigarét.

'Cannes oedd diwedd y daith?'

'Hannar ffordd.'

Cynigiodd Philippe sigarét arall iddo fo.

''Dan ni'n cael hoe o wythnos cyn mynd yn ein blaena i Toulouse, Pau a Biarritz. Honno fydd y noson ola.'

''Di pobol yn chwerthin?'

'Lond 'u bolia,' gloywodd Inessa. 'Fasa'n werth i chdi 'u clywad nhw.'

'Faswn i wrth 'y modd.'

Daeth yr ymweliad i ben. Teimlodd Inessa nad oedd hi wedi cael cyfla i ddweud y cwbwl roedd hi am ei ddweud. Teimlai'n rhwystredig, wedyn fymryn yn ffwndrus, ac yn emosiynol. Safodd y tri yn hesb. Wedi i Artyom ysgwyd llaw Philippe a diolch iddo am ddŵad i'w weld, taflodd Inessa ei hun ar ei brawd.

'Mae o'n torri 'nghalon i i dy weld di mewn lle fel hyn.' Swniai'n ddagreuol. 'Ti 'di bod mor garedig wrtha i ...'

'Ti'n siŵr fod dim byd allwn ni'n dau 'neud i dy helpu di? Dim ond i chdi ddeud,' dywedodd Philippe, 'ac mi 'nawn ni'n gora.'

'Diolch am y cynnig, ond dwi'n siŵr y do' i drwyddi. 'Newch chi edrach ar ôl Zepherine? A'r plant? Dwi 'di gofyn iddi beidio â dŵad yma i 'ngweld i fel hyn.'

'Mi 'nawn ni'n gora.'

'Ti 'di gweld y babi newydd eto?'

'Ddim eto, naddo.'

Eiliad.

''Sgen ti dwrna da?' holodd Inessa. 'Mae'n werth gwario am un go-lew ...'

'Ma' gen i dwrna sy'n ddigon abal, diolch.'

Doedd hynny ddim yn wir: Artyom oedd ei dwrna ei hun.

Ar wahân i'r surcwd, a oedd wastad yn gwisgo yr un siwt, a'r dyn di-les a oedd mor ddi-les ag erioed, y tro yma roedd dau ddyn arall hefo nhw. Ond roedd y rhain o fyd arall, o fyd y tu hwnt i waliau seimllyd y *Sûreté*.

Dwylo gwynion, meddal, a gwinadd glân oedd gan y ddau, yn ogleuo o wynt cartrefi moethus, gwragedd cysurus, plant bach tlws a chŵn dof. Tynnwyd dogfennau hefo rhubanau cochion, glas a gwyrdd o gesys wedi eu gwneud o'r lledar gorau. Gosodwyd pob un dim mewn trefn a'r ddau ddyn wnaeth y siarad i gyd. Cysgodion gwelwon yn y cefndir oedd y surcwd moel a'r dyn di-les.

'Ar ran pwy dach chi'n gneud y cynnig yma imi?' holodd Artyom gan amau'r ateb.

'Dydi hynny nag yma nag acw. Be 'dan ni isio ydi ateb.'

'A wedyn be? Taswn i'n cytuno, sut faswn i'n byw fy mywyd wedyn?'

Tapiodd un o'r gweision sifil y ddogfen o'i flaen.

''Chydig iawn o ddynion sy'n dŵad yn ôl i Ffrainc wedi deng mlynadd o lafur calad yn Guyana. Ma' iechyd y rhan fwya wedi torri am byth. Neu'n waeth, mi all pridd a chynrhon De America fod yn gartra i chi am byth ...'

'Pam na 'newch chi feddwl am y cynnig?' holodd y llall mewn llais rhesymol.

Cymerodd hydoedd i stryffaglio ar ei draed.

'Pwysa ar 'y mraich i.'

Wfftiodd Alyosha. 'Chdi geith draffarth i gadw i fyny hefo fi.'

Teimlad rhyfedd iawn oedd bod allan yn yr awyr iach, ond roedd trymder a phetruster ei osgo yn dal i gerddad trwyddo fo. Oherwydd hyn, roedd o braidd yn drwsgwl ar ei draed, yn hercio fymryn o'r naill ochor i'r llall ar y pafin.

Ymlaen yr aeth y ddau, ond ddim yn rhy bell, cyn troi i mewn i far y Grosser Kurfürst.

Roedd yn amlwg fod Margarita wedi bod yno droeon, o'r cyfarchiad gwresog a gawson nhw gan y rolan o wreigan y tu ôl i'r bar.

Ar ôl ista ar un o'r meinciau pren, sylweddolodd Alyosha pam: ar sil y ffenast wrth ei ysgwydd roedd rhai o daflenni a mân bamffledi'r Roter Frontkämpfer-Bund.

Roedd dau neu dri o hogia yn rhyw how sefyllian wrth ymyl y drws, yn cadw llygad cynnil ar y mynd a'r dŵad y tu allan. Digon di-stŵr oedd traffig y stryd, ac roedd llai fyth o bobol o gwmpas.

Gosodwyd dau wydryn o Bitburger o'u blaenau. Tynnodd Margarita fwrdd gwyddbwyll tuag ati a'i sgwario rhwng y ddau ohonyn nhw.

Hi siaradodd gan mwyaf wrth drefnu'r darnau.

Poeni am yr Undeb Sofietaidd yr oedd Margarita. Roedd yn rhaid iddi brysuro i arfogi ei hun gan mai rhyfela oedd nod Adolf Hitler; roedd hynny'n amlwg ddigon i unrhyw un oedd wedi darllen *Mein Kampf.*

'Pam ma' pob gwlad arall yn Ewrop mor ddall?'

Doedd gan Alyosha mo'r egni i ddadla hefo hi.

Erbyn i'w esgob gwyn o lwyddo i ladd ei farchog du hi, roedd yr awyr wedi tywyllu y tu allan. Mewn symudiad na welodd o nes roedd hi'n rhy hwyr, sbonciodd ei hail farchog hi dros ben ei filwyr traed i fwrw ei frenhines i'w gôl.

'Dwi'n disgwyl,' dywedodd.

Hefo rhyw chwilfrydedd newydd, trodd i edrach arni.

'Glywis di?'

'Do.'

Gwaethygodd y glaw nes tresio i lawr a gyrglo i'r gwterydd. Hefo'u hysgwyddau a'u gwarrau'n diferu, gyrrwyd amryw o weithwyr i fochel nes roedd oglau brethyn yn gymysg ag ogla petrol a'r murmur siarad yn cryfhau gan raddol lenwi'r lle hefo chwanag o sŵn gwydrau'n clecian ar y bar sinc.

'Wyt ti isio deud rhwbath?'

Roedd Alyosha yn blith-draphlith o fân feddyliau.

'Ma' hyn yn newyddion hapus?' mentrodd yn ofalus.

Trodd Margarita ei llygaid at y ffenast; doedd hi'n amlwg ddim yn gorfoleddu.

'Ti 'di sôn wrth Larissa?'

Siglodd ei phen. 'Dwi 'di meddwl gneud. Ond dwi'n cael traffarth. Mae hi'n anodd ...'

'Dach chi'ch dwy yn agos. Wedi bod erioed.'

'Ydan a nag ydan. Ers i Lala briodi, ma' petha 'di bod braidd yn ... sut ddeuda i? Braidd yn chwithig, weithia'n anodd ...'

Doedd y ddwy prin wedi gweld ei gilydd ers y diwrnod yr ymunodd Bruno â'r NASAP ddeufis ynghynt. Roedd hynny'n newyddion i Alyosha.

'Pam ti'n synnu?'

'O'n i'n meddwl mai aelod o'r Deutsche Nationalpartei oedd o ...'

'*Oedd* o. Ond fel llawar un arall, mae o 'di bod yn gwyro at y Natsïaid ers sbel.'

Roedd Margarita wedi mynd draw atyn nhw am swper un nos Sul, a honnodd Bruno ei fod yn cydymdeimlo hefo casineb y Natsïaid tuag at genod yn dawnsio'n noethlymun mewn clybiau nos o flaen hen gyfalafwyr blysig. Pa hawl oedd gan ddynion fel hyn i brynu cnawd ifanc? Ac roedd o'n casáu sŵn *jazz* aflafar y negro hefyd. Be oedd y negro ond y ddolen gyswllt rhwng yr epa a dyn? Briw i'r glust oedd miwsig o'r fath – os gallai unrhyw un alw *jazz* yn fiwsig o gwbwl – ac yn anaddas i genedl Diwtonaidd. Aeth y ddau i ddadlau'n danbaid. Oedd *jazz* yn addas i unrhyw un o chwaeth Ewropeaidd, i bobol oedd yn etifeddion ysblander Bach, Mozart a Beethoven? Ar ôl hynny aeth pethau o ddrwg i waeth rhwng Margarita a'i brawd-yng-nghyfraith, a chroeso digon llugoer oedd iddi ar yr aelwyd bellach.

Treuliodd Alyosha y cwbwl, cyn mynd yn ei flaen i ofyn, 'Ydi Vicki yn gwbod dy fod ti'n disgwyl?'

Ysgydwodd ei phen.

'Ti'n mynd i ddeud wrthi?'

Sipiodd Margarita ei chwrw. 'Wn i'm. Ma'n dibynnu ...'

Mor amhendant oedd hi ynglŷn â phob un dim, mor hollol groes iddi hi ei hun.

''Sdim lot o – sut ddeuda i? – ddim lot o gyfeillgarwch rhwng Vicki a fi. Dim cyfeillgarwch, fel cyfeillgarwch er ei fwyn ei hun. Ma' be sy rhyngthon ni'n dwy yn beth gwahanol, ag wedi bod o'r cychwyn, am wn i. Dydi hi ddim wedi deud dim byd o bwys amdani hi 'i hun wrtha i. Alla i'm honni 'mod i'n 'i nabod hi'n well heddiw na'r diwrnod cynta wnes i 'i chyfarfod hi. Wn i ddim os oes neb wir yn nabod Vicki go iawn.'

Sêl dros gomiwnyddiaeth oedd yr unig ochor ohoni hi ei hun roedd Vicki'n ei dangos i bawb. Doedd hi byth yn trafod ei theulu.

'Ti am ddeud wrtha i pwy 'di'r tad?'

Syllodd Margarita ar y diferion glaw ar wydr y ffenast.

'Ydi o'n bwysig?'

'Chdi ddechreuodd y sgwrs.'

Camodd Alyosha yn ôl a bagio i'w gorffennol. Ceisiodd chwilio am y sicrwydd adnabod a oedd wedi mynd ar goll rhwng Margarita ac yntau yn ystod llif y blynyddoedd. Yn yr un gwynt, fe deimlodd fod y sôn am y posibilrwydd o eni'r genhedlaeth nesaf wedi ei dynnu'n ôl at ei galon ei hun – a'i gyflwr ei hun. Doedd amser byth yn sefyllian yn ei unfan er mwyn neb.

'Yr ateb mwya gonest alla i ei roi i chdi ydi na wn i pwy ydi o.'

Ceisiodd Alyosha guddio'i syndod. 'Ma'n rhaid 'i fod o'n rhywun ...?'

Saib.

'Alla fod yn un o ddau.'

Tawelwch.

'Ti isio deud chwanag?'

Siglodd ei phen.

'Mi helpa i ym mha bynnag ffordd alla i,' dywedodd gan osod ei fys dros ei bysedd hi a'u rhwbio'n addfwyn.

'Diolch, 'Loysha. Ti'n ffeind iawn, yn poeni amdana i. 'Sdim lot o neb arall yn gneud.'

'Be bynnag alla i 'neud drostach chdi, mi wna i o.'

Saib.

'Yn yr helbul yma, mae gen i ofn fod yn rhaid imi benderfynu drosta fi'n hun.'

Aeth yn ei blaen i ddweud ei bod hi eisoes wedi hysbysu'r ddau ddyn ei bod hi'n disgwyl. Dywedodd un na fyddai byth yn ysgaru ei wraig, nac yn ei phriodi, ac roedd croeso iddi eni'r babi neu gael gwared ohono fo. Ei phenderfyniad hi oedd hwnnw, a doedd o ddim yn mynd i'w rhwystro. Dywedodd y dyn arall fod eu gwaith gwleidyddol yn bwysicach na dim, ac y byddai geni babi yn draul ar fywydau a oedd eisoes yn rhedeg yn agos i'r dibyn – bywydau y gallai'r awel wannaf eu chwythu dros y clogwyn.

'Tasa chdi yn fy lle i – be fasa chdi'n 'neud?'

''Di'r dewis ddim yn un amlwg?'

'Ma'r achos yn bwysicach i Kai-Olaf na dim byd arall.'

Cael gwared â'r babi cyn gynted ag y bo modd oedd yn rhaid iddi. Ond, yn ei chalon, doedd hi ddim am weld hynny'n digwydd. Roedd hi'n dotio ar blant ei chwaer, ac yn gwybod y byddai hitha'n gwirioni ar gael babi yn ei breichiau.

Gwnaeth y plismyn yn siŵr fod y Sant yn cael clywed y cwbwl. Welodd Artyom erioed y fath olwg gynddeiriog ar ddyn.

'Dach chi'n ddyn drwg, yn ddyn gwirioneddol ddrwg. Dach chi wedi rhaffu clwydda wrtha i. Ond mae gobaith rŵan i chi wneud yn iawn am eich camwedd a'n hachub ni yr un pryd. Gnewch fel maen nhw'n ei ofyn ichi. Achubwch ni'n dau.'

'Wyt ti yn dallt be ma' nhw'n gofyn imi 'neud?'

'Gnewch o.'

'Waeth imi grogi fy hun heno ddim ...'

'Dach chi'n fodlon gweld dyn dieuog fel fi yn diodda o'ch achos chi? Achos eich bod chi'n mynnu achub eich croen pechadurus eich hun? Pam ydach chi'n gwenu? Does gen i ddim achos i wenu yn yr uffern yr ydw i ynddi hi. Mae hi ar ben arnom ni.'

O fewn deuddydd, roedd Artyom unwaith eto'n ista gyferbyn â'r ddau was sifil. Yr un cynnig oedd ar y bwrdd. Os oedd o'n barod i sefyll mewn llys barn i roi tystiolaeth yn erbyn Lolole a Meme Corse, byddai pob un cyhuddiad yn ei erbyn yn cael ei ollwng.

'Ti'n barod i 'neud be 'dan ni isio? Ma'r hyn rydan ni'n ofyn i chdi ei 'neud yn dŵad o fan uchal iawn. Mae hi'n warth fod mochyn o ddyn fel Lolole Corse yn ista yn lle mae o. Gwenwyn ydi o, ag ma' rhai dynion sy'n uchal yn y Llywodraeth yn benderfynol o gael ei wared o. Os 'nei di gymwynas hefo ni, mi 'nawn ni gymwynas hefo chdi. Mi fyddi di'n gwneud cymwynas fawr â Gweriniaeth Ffrainc sydd wedi rhoi cymaint i chdi.'

Pesychodd y surcwd o'i gornel.

'Fasa'r un o'r ddau frawd byth yn madda imi.'

'Fydd y ddau o dan glo – am amsar maith.'

'Lle faswn i'n mynd? Lle faswn i'n byw? A byw yn saff?'

'Fel dyn â'i draed yn rhydd, matar i chdi fasa hynny.'

Tawelwch.

''Nawn ni ddim gofyn i chdi eto, Artyom.'

'Dyma dy gyfla ola di.'

Heliodd un eu papurach yn bentwr taclus.

'O'r gora.'

Edrach yn wasgarog wnaeth y ddau was sifil am un ennyd.

'Ond dwi am i chi warchod fy nheulu i.'

Gwarchodol iawn oedd carchar ohono fo a chafodd ei neilltuo rhag y gweddill a oedd o dan glo. Wrth baratoi at ei achos, cafodd amser i feddwl ynglŷn â'i sefyllfa. Danfonodd lythyr at Zepherine yn mynnu ei bod hi'n ymweld. Gwrthod wnaeth hi. Deallai Artyom yn iawn pam.

Dechreuodd yr achos llys ym mhen llai na deufis ar ôl hynny. Artyom oedd y prif dyst ar ran yr erlyniad, ac amlinellodd ei ymwneud â'r ddau frawd o Corsica. Traddododd yn y llys am bron i dridiau. Sawl tro fe glywyd heclo a bygwth o'r oriel gyhoeddus gyhoeddus, er mai ista'n fud yn y doc wnaeth y ddau frawd. Yn sgil y dystiolaeth a gyflwynodd Artyom i'r llys, cafodd Meme a Lolole Corse eu carcharu am bymtheng mlynedd.

'Dwi isio mwy o amsar i setlo 'musnas yma ym Mharis.'

'Chei di ddim. Cer i Morocco. Fuos di yno unwaith o'r blaen. Ond os rhoi di gymaint â blaen troed ar dir Ffrainc, chei di ddim maddeuant. Mi fyddwn ni'n gneud be fydd raid ei 'neud.'

Trosglwyddodd y gwas sifil bres i'w gyfri banc a rhoi tocyn llong i Tangier yn ei ddwylo.

Roedd o'n cael ei orfodi i adael Paris, Paris a fu'n gartra iddo fo am flynyddoedd lawar. Cofiodd y pnawn hwnnw y cyrhaeddodd y ddinas am y tro cyntaf erioed, pan bwysodd ei ddau benelin ar y parapet ger Pont des Arts, gan feddwl mor fwynaidd oedd hwyliau'r cychod gwynion a edrychai fel elyrch ar y Seine.

Ceisiodd fynd i weld Zepherine, ond doedd hi ddim yn y tŷ. Doedd dim olion ei bod hi na'r plant wedi byw yno ers rhai wythnosau. Eisteddodd ac ysgrifennu llythyr ati a'i adael ar y pentan. Roedd ganddo gymaint i'w ddweud a chyn lleied o amsar. Ailddarllenodd ei lith a sylweddoli bod pob un dim roedd o wedi dymuno ei ddweud heb ei ddweud o gwbwl. Pam roedd o'n cael trafferth i roi ei deimladau mewn geiriau? Be oedd yn bod arno fo? Collodd ei limpyn a gwylltio hefo fo'i hun.

Prin iawn oedd amser.

Aeth i'r Gare de l'Est, ac yno'n disgwyl amdano fo roedd Pauline.

Cyrhaeddodd y ddau Marseille o dan gysgod y nos.

O fewn dim roedd yn sefyll yn ddyn rhydd, ond diddyfodol, ar fwrdd llong.

Canodd yr hwter. Clywodd gadwyn yr angor yn codi dros y capstan.

Hwyliodd y llong o'r harbwr. Y fo a Pauline oedd yr unig ddau a safodd yn wlyb socian hyd at eu croen wrth i'r diferion ddisgyn fel bwledi, yn gwylio goleuadau glannau Ffrainc yn graddol gilio yn y pellter a'r glaw yn hisian dros y môr.

Dau ddyn yn llewys eu crysau a'u siacedi'n hongian gerfydd eu bysedd dros eu hysgwyddau gerddodd i'w gyfwrdd yn gynnar un min nos o hydref ar Bülow-platz. Roedd Alyosha wedi dyfalu be oeddan nhw cyn i'r cardiau adnabod gael eu dal o dan ei drwyn.

Dau blisman slei yn gwisgo sbectol haul bob un – un yn las a'r llall yn wyrdd tywyll: doedd dim posib iddo fo weld llygaid yr un o'r ddau.

Y sbectol las holodd be oedd o'n ei wneud yn loetran y tu allan i ddrysau'r Karl Liebknecht Haus.

'Dwi'm yn torri'r gyfraith,' atebodd yn dalog.

Holodd y sbectol werdd yn wastad, 'Ti'n disgwyl am rywun?'

'Be 'dio'n fusnas i chi?'

Holodd y sbectol las, 'Ti'n dallt be 'di'r lle 'ma?'

'Na,' atebodd Alyosha mor ddidaro ag y gallai.

'Ti'm yn gochyn, wyt ti?'

Doedd o ddim isio tynnu'r ddau i'w ben rhag rhoi esgus iddyn nhw ei hambygio fo. Meddyliodd am ryw esgus a llithrodd o'u golwg.

Croesodd y sgwâr ac aeth i ista ar fainc bren a oedd yn faw adar drosti, gan gadw golwg ar borth pencadlys Plaid Gomiwnyddol yr Almaen.

Sylwodd fod y ddau heddwas cudd o Adran yr A1 yn dal i stelcian yno o hyd. Yno y buon nhw hyd nes i ddau arall newid shifft hefo nhw yn nes ymlaen.

Chwyrlïai haid o wybed bychain ym mrigau'r coed pan gamodd Vicki allan. Gan amla roedd hi'n gwisgo siaced ledar a sgarff goch, ond roedd y tywydd yn dal yn anarferol o boeth, a gwisgai ffrog haf ysgafn, a barai iddi edrach yn iau na'i hoed. Roedd y ffrog yn ei ffitio mor berffaith â phetai'r dilledyn wedi cael ei dyfu amdani. Sylwodd Alyosha mor ddeniadol oedd hi, er nad oedd Vicki'n malio rhyw lawar ynglŷn â ffasiwn, na sut doriad oedd i'w gwallt. Roedd ganddi eisoes sigarét yn ei llaw. Roedd ganddi wastad sigarét yn ei llaw.

Pan fentrodd Alyosha ddychwelyd liw nos i'w grachan o stafall, roedd pob un dodrefnyn a phob darn o gelficyn wedi ei falu'n briciau mân. Roedd hyd yn oed ei dipyn dillad a'i ddau bâr o esgidiau wedi eu rhacsio'n grybibion. Gwynt dial ofnadwy oedd wedi 'sgubo'n wyllt trwy ei betha fo, a rhybudd clir fod yr SA am ei waed o.

Mewn dicter enbyd, roedd hyd yn oed ei siwtces – hen siwtces ei dad, yr un aeth hefo fo yr holl ffordd i Zurich pan oedd yn fyfyriwr – wedi ei slasio hefo cyllell yn stribedi hirion hyll, blith draphlith ar draws ei gilydd mewn cynddaredd cynddeiriog.

Eisoes, roedd si gref ar led fod Vlasich Pesotski wedi cyhoeddi ei fod am waed y bradwr, ac yn fwy fyth am waed y gotsan goch stabiodd o yn ei lygaid.

Roedd o'n saff o ladd Margarita.

Roedd o'n saff o'i ladd o.

Arhosodd Alyosha hefo Vicki.

Fyth ers prynhawn y gwffas, yn ei hapartment hi roedd o wedi byw a bod. Cysgu ar y soffa oedd o i ddechra, ond o fewn dim roedd y ddau'n rhannu gwely. Fuo dim sôn am dalu rhent. Pan gododd y pwnc hefo hi ryw fora, atebodd Vicki nad oedd raid iddo gyfrannu yr un *Pfennig* gan mai'r KPD oedd yn talu am ei lle.

Dros fisoedd yr haf, teimlai ei hun yn cael ei dynnu fwyfwy ati. Pan nad oedd hi'n gweithio ar *Die Rote Fahne*, papur newydd y KPD, mynnodd Vicki ei bod hi'n mynd i wersi lle gallai ddysgu Rwsieg gan ei bod hi'n ysu i ddysgu'r iaith yn rhugl.

'Paid â mynd i dalu i neb,' siarsiodd o. 'Gei di wersi yn rhad ag am ddim gen i.'

'Dwi isio rhywun neith 'y nysgu fi'n iawn,' tynnodd ei goes.

Doedd dim byd yn rhoi mwy o bleser i Alyosha na thrin a thrafod cyfoeth ei famiaith hefo Vicki. Dysgodd beth o farddoniaeth Pushkin iddi.

Uchelgais bywyd Vicki oedd cael ymweld â'r Undeb Sofietaidd unwaith eto, ac efallai dreulio rhywfaint o amser yn astudio yno. Chymerodd hi fawr o dro i Alyosha sylweddoli bod rhyw genfigen ynddi tuag at Margarita.

Wrth gerdded i gyfarfod Vicki, sylwodd fod ei hesgidiau'n fwy rhacsiog nag erioed. Haf a gaeaf, yr un hen bâr o esgidiau roedd hi'n ei wisgo am ei thraed. Roedd hi'n methu fforddio pâr gwell – gan mai pitw iawn oedd ei chyflog, dim ond digon i'w chynnal a'i chadw heb fawr dros ben i ddim byd arall.

Wrth i'r dyddiau fyrhau ac i'r tywydd oeri, gwelodd Alyosha lai a llai ohoni.

Un noson, cafodd lond bol ar aros yn yr apartment. Safodd mewn bar am bwl, yn mwytho gwydryn o Edwinger gan wneud iddo bara am byth.

Aeth i ddau far arall, a bu'n sefyll am hir ynghanol mwg sigaréts a sigârs y Café Romanische ar y Tanentzienstrasse, a lleisiau bloesg yn driog yn ei glustiau.

Prysurodd yn ei flaen, gan wybod yr un pryd na fyddai Vicki'n bles o'i weld tra oedd hi'n gweithio. Nogiodd yn ei fwriad wrth i'w ewyllys wanio.

Aeth i far arall wedyn er mwyn lladd mwy o amser, ac un arall, nes diweddu mewn bar gyferbyn â'r Karl Liebknecht Haus. Llosgai goleuadau ffenestri'r adeilad i gyd yn rhesi tanbaid. Cafodd ei atgoffa o lun a welsai yn yr *Arbeiter Illustrierte Zeitung* o long y *Titanic*.

Wedi egluro pwy oedd o, a'i fyseddu'n fanwl wrth chwilio am arfau mawr a mân, cafodd ei dywys i fyny'r grisiau gan dri dyn, un ar y blaen a dau y tu ôl iddo fo. Ar ben y grisiau sbringiodd gwarchodwr arall o'i gadair er mwyn datgloi'r drws a agorodd i goridor a oedd wedi ei fwydo mewn mwg baco. Camodd ar hyd garped brau heibio i ferw swyddfeydd, a chlician teipiaduron i'w glywed ar bob tu. Cafodd orchymyn i aros.

Daeth y gair yn ôl: roedd Vicki yn rhy brysur i'w weld. Serch hynny, roedd o wedi ei gweld hi trwy wydr y drws.

Daliodd hi ei edrychiad, ond roedd yn edrychiad chwithig – yn un na welodd o arni o'r blaen, yn union fel petai hi'n cnoi cil ar ryw deimladau eraill. Teimlodd ei fod yn anweledig iddi. Roedd y stafall yn llawn o ddynion o wahanol oed, a merched ifanc; roedd pawb naill ai'n sefyll hwnt ac yma, neu'n ista – y rhan fwyaf ar gadeiriau, ar fyrddau neu ar y llawr, ac roedd bron pawb yn smocio. Pam mae comiwnyddion wastad mor hoff o ddadlau mewn stafelloedd myglyd? Ar stôl dan luniau o Marx, Lenin, Stalin, Ernst Thälmann a Heinz Neumann yr eisteddai Vicki. Roedd dau ddyn mewn dadl danbaid – yn gweiddi ar ei gilydd ar draws y swyddfa – a geiriau fel 'brad' yn cael eu poeri allan.

Adnabu Alyosha y printar di-waith, Paul, fu'n rhannu ei gell yng ngharchar Moabit, a'i lygoden fach, Rosa, yn dringo i fyny ei fraich. Dechreuodd lambastio rhyw ddyn main yn geg i gyd, gan bardduo rhywrai o'r enw Heine, Frank a Stampfler – yn eu galw'n foch anonast, yn ddynion na wnaeth ddim byd ond pluo'u nythod eu hunain. Ar un adag, y rhain oedd arwyr mawr y dosbarth gweithiol, byddarodd Paul – y dosbarth wnaethon nhw ei fradychu mor ddifalio 'nôl yn Awst 1914 pan oedd trenau gorlawn yn gadael am y ffrynt ynghanol fflyd o flodau a hetiau, a'r torfeydd yn bloeddio 'Vivant!' Pan oedd miloedd ar filoedd o wŷr a gwragedd yn cusanu ei gilydd am y tro ola un. Be oedd y gwleidyddion yma'n ei wneud? Gloddesta mewn caffis wrth hel clecs a bod yn wenwyn i'w gilydd yng nghefnau ei gilydd. A fyddai Bebel, Adler neu Kautsky wedi bihafio mor siabi â'r rhain? Hefo'r fath sothach o ddynion yn ei rhengoedd, pa obaith oedd gan Blaid Ddemocrataidd Sosialaidd yr Almaen i gyhoeddi ei gwrthwynebiad i'r rhyfel?

'Pam ti'n mynnu mynd dros yr un hen dir, Paul?' holodd rhywun yn chwyrn.

'Achos fod eu brad nhw'n frad anfaddeuol,' atebodd Vicki.

'Mae o wedi digwydd,' anghytunodd rhywun arall.

'Falla'i fod o, ond mae ei effaith o i'w deimlo hyd y dydd heddiw. Dyna pam na allwn ni ddim cymodi hefo'r SPD,' mynnodd Vicki.

Anghytunodd rhywrai yn groch.

'Allwn ni byth!' mynnodd Paul. 'Dwi'n cytuno hefo Hedwig.'

Daliodd Vicki i dynnu'n groes. Be am 1919 wedyn? Pan fuo Karl a Rosa yn ddigon gwrol i sefyll a chyhoeddi chwyldro ar strydoedd Berlin yn enw'r dosbarth gweithiol? Pwy roddodd dragwyddol heol i'r Friekorps eu trechu nhw? Pwy mewn gwirionedd oedd yn gyfrifol am fwrdro Karl a Rosa?

Roedd Alyosha wedi clywed digon. Clywsai Vicki eisoes yn dadlau'r un ddadl wrth gynnal lein y KPD, a fynnai mai'r Democratiaid Sosialaidd – nid y Natsïaid – oedd gelyn pennaf y comiwnyddion. Yn eu calonnau roedd hyd yn oed y selocaf erbyn hyn yn meddwl bod yn rhaid newid y trywydd, ond roedd disgyblaeth y KPD a'r gorchymyn o Moscow yn gwasgu'n dynn ar bawb.

At ganol y bora y dychwelodd Vicki i'r apartment wedi iddi fod ar ei thraed trwy'r nos. Tynnodd ei hesgidiau a gwisgo pâr o sanau glân. Newidiodd hi 'run dilledyn arall. Fe wisgai yr un dillad yn union ag a wisgodd y diwrnod cynt, ac roedd hi'n drewi'n gryf o ogla mwg tybaco. Ni chafodd gyfla i siarad hefo hi fel roedd wedi dymuno oherwydd bod Margarita a Kai-Olaf yno.

Tra oedd Vicki yn y llofft, aeth Alyosha at ei gyfnither a gofyn sut oedd hi.

'Dwi'n iawn.'

'Sut mae petha yn Azefttrust?'

'Di-fai.'

Doedd Margarita ddim mewn hwyl siarad. Sylwodd Alyosha eisoes mai fel hyn yr oedd hi bob tro pan oedd hi hefo Kai-Olaf. Roedd hwnnw fel petai o'n gosod ei gysgod drosti, yn ei gwneud hi'n berson fymryn yn wahanol i'r hyn oedd hi pan oedd ar ei phen ei hun.

'Ar fy ffordd yno ydw i – ond fod ganddon ni betha i'w gwneud cyn hynny.'

Doedd Alyosha erioed wedi gallu cymryd at Kai-Olaf.

Dywedodd hwnnw, 'Ti wedi dŵad atach chdi dy hun yn iawn.'

Ddim gofyn oedd o, ond dweud.

'Dwi 'di mendio'n weddol, diolch i Vicki. Fuo hi'n nyrs werth ei chael.'

Holodd Vicki yn smala wrth gamu o'r llofft, 'Be dach chi'n 'neud? Siarad amdana i yn 'y nghefn eto?'

'Dy ganmol di ydw i.'

Hwyliodd y tri i adael.

Gofynnodd Alyosha, 'Pryd wela i chdi nesa?'

'Paid ag aros ar dy draed,' atebodd Vicki. 'A be bynnag 'nei di, paid â dŵad draw i'r gwaith eto.'

Caewyd y drws.

Ddeuddydd cyn Nadolig 1931 cerddodd Vicki ac Alyosha heibio i siop lle roedd rhyw ddyn hefo'i gap yn ei law yn canu'n feddw,

'Hoch soll'n Sie leben

Kinder soll'n Sie kriegen

Frei-mal hoch.'

Roedd sglein gloyw lachar i oleuadau'r siopau mawrion yn y nos, a'u goleuni'n gwneud i Alyosha deimlo'n gynnes braf. Bu'n rhyw bluo eira ac roedd cynfas wen yn wastad o dan draed. Ers dros ddeufis bu'n rhoi gwersi preifat i bump o ddisgyblion o amrywiol allu, felly roedd ganddo bres yn ei boced. Yn bwysicach na dim, roedd o wedi dŵad i benderfyniad.

Y penderfyniad hwnnw oedd ei fod wedi cael llond bol ar ei fywyd yn Berlin. Doedd o ddim am dreulio blwyddyn arall yn begera byw o'r llaw i'r genau, yn byw mewn ofn y gallai gael ei glwyfo neu'n waeth, ei ladd. Dyheai am ryw lun gwell o ddyfodol iddo'i hun, yn lle chwit-chwatrwydd ei fyw a'i fod, a oedd ar fympwy amgylchiadau.

Aeth trwy sawl trobwll emosiynol nes teimlo mai'r hyn fyddai'n rhoi'r cam cyntaf iddo tuag at ennill y sicrwydd roedd yn crefu amdano fyddai priodi Vicki.

Un pnawn Sadwrn yn nechrau Hydref, cafodd Alyosha fenthyg tandem melyn, a bu'r ddau'n pedlo allan tua Potsdam er mwyn bwyta *hamburger* hefo mwstard a chwrw yn y Moorlake.

Bron bob dydd Sul trwy gydol mis Tachwedd aeth hefo hi i guro ar ddrysau yn ardaloedd y dosbarth gweithiol, Wedding neu Neukölln gan amlaf. Mynd dan berswâd oedd o, rhyw fath o hannar gorfodaeth, ond roedd o hefyd yn mynd oherwydd bod ganddo fo ofn i Vicki gael ei brifo. Roedd ei gweld yn dadlau'n aml ar riniog drysau yn ddigon i godi gwallt ei ben. Doedd dim ots ganddi hi ddal pen rheswm hefo Natsïaid rhonc a ysai am roi swadan sydyn iddi.

Dim ond un dydd Sul a dreuliodd y ddau hefo'i gilydd yn yr apartment, a hyd yn oed y Sul hwnnw mynnodd Vicki fod ganddi waith darllen i'w wneud. Bu â'i phen yn y *Die Kommunistische International* a hen rifynnau o *Inprekor*, yn gwneud nodiadau er mwyn pwyso a mesur natur y posibilrwydd o chwyldro mewn gwledydd eraill – America, yn enwedig.

Wythnos cyn y Nadolig, prin roedd o wedi ei gweld hi gan fod Vicki wedi bod mor ddiwyd yn trefnu rali yn y Sportsplatz. Gweithiai'n ddiflino, nos a dydd, i werthu'r tocynnau er mwyn gwarantu y byddai'r stadiwm yn orlawn o faneri cochion. Teimlai pawb y byddai'r rali yn llwyddiant ac roedd Vicki mor falch bod y trefniadau'n ddi-fai. Derbyniodd air personol o ddiolch gan Ernst Thälmann.

Y tu allan i'r Spotsplatz, roedd traffig y strydoedd wedi dŵad i stop wrth i'r miloedd adael tan ganu o hyd. Cafodd Vicki ac Alyosha wadd i barti bychan roedd Margarete Neumann a'i chwaer Babette Gross yn ei gynnal er mwyn eu gwŷr a'u cyd-weithwyr yn yr Aschinger, *Bierkeller* ffasiynol ar Friedrichstrasse.

Igam-ogamodd y ddau heibio i'r rhesi o geir a orfodwyd i arafu. Canwyd cyrn, ac roedd y strydoedd yn llawn sŵn brefu blin. Roedd Vicki mewn hwyliau da ac yn teimlo ar ben ei digon, ei bochau'n gochion a'i cherddediad yn heini.

Cydiodd Alyosha yn ei llaw a'i thynnu ato'n sydyn.

'Am le i ofyn!' ebychodd hithau.

Canodd corn y tu ôl iddi nes bod y bonat yn crynu.

'Do'n i'm yn meddwl basach chdi'n lecio 'ngweld i'n mynd lawr ar 'y mhen-glin – lot rhy *bourgeois*.'

'Dwi'm yn lecio bo' chdi 'di gofyn i mi o gwbwl.'

Cyn gofyn iddi, roedd Alyosha wedi ei dychmygu'n taflu ei breichiau am ei wddw, codi ei hun ar flaena'i thraed a'i gusanu'n galad, ond y cwbwl ddywedodd Vicki oedd,

'Ddim y chdi 'di'r cynta i 'neud.'

Tynnodd hi ato unwaith eto, a lledar ei siaced yn oer ar ei law.

''Nei di?'

'Be ti'n feddwl?'

'Gofyn i chdi ydw i.'

Canu crwth i fyddar oedd o. 'Vicki, rho'r KPD o'r neilltu am eiliad.'

'Ti'm yn nabod fi o gwbwl, wyt ti? Ar ôl yr holl amsar 'da ni 'di byw hefo'n gilydd. Ti ddim. Neu fasach chdi heb ofyn peth mor ynfyd. Priodas sy'n gwarchod a throsglwyddo eiddo o genhedlaeth i genhedlaeth. Eiddo preifat ydi sail pob blys a hunanoldeb.'

Hwnnw oedd y gwirionedd, tragywydd, trist.

'Heb y teulu a heb eiddo, mi fyddai'r byd 'ma yn brafiach lle o'r hannar. Roedd hyd yn oed rhywun fel Iesu Grist wedi gweld yn dda i gefnu ar ei deulu ...'

'Ond awydd pob cymdeithas ydi'r awydd i fod yn berchen ar rwbath,' atebodd o.

Hwffiodd hi.

'Dim ond deud ydw i. Fasa 'mots gen i gael tŷ a moto fy hun ...'

'Fel rhyw ddyn yn Chicago? Ydi gweithwyr ffactri America sy berchen moto-car yn rhydd? Neu ai dim ond prynu un ma' nhw'n niffyg ffordd arall o gyrraedd y gwaith? Sut ma' nhw'n prynu moto-car p'run bynnag? Trwy fenthyca arian o'r banc, siŵr o fod. Yn union fel ma' nhw'n benthyg i brynu tŷ bach twt a phwt o ardd. Ond trwy wneud hynny, be mae pob gweithiwr yn 'i 'neud? Cadwyno ei hun yn dynnach fyth i'r drefn sy'n eu blingo nhw ag yn blingo'r byd.'

Wedi bwrw eiliad o wylltio heibio, dechreuodd doddi. Doedd hitha chwaith ddim yn amddifad o deimladau. Dechreuodd ddirnad dyfnder ei siom.

'Dwi'n lecio bo' chdi a fi hefo'n gilydd,' gwasgodd ei fraich. 'Hefo'n gilydd fyddwn ni.'

Dyna oedd y nesa peth i fod yn briod, meddyliodd Alyosha. Roedd ganddi hi fodfedd gynnes yn ei chalon tuag ato fo o hyd.

O sedd flaen Wanderer Convertible – a'i batshyn dros ei lygad fel twll du yn ei ben – rhythai Vlasich Pesotski arno fo. Daliodd y ddau olwg ei gilydd. Gwep deneuach a llwytach oedd un Vlasich, pantiau ei fochau wedi suddo i'w ben, a'i wyneb wedi troi'n wedd fain a oedd yn dechra diflannu i rwla, gan amlygu gên fechan a oedd hefyd wedi ei llwgu yn rhywbeth digon cul.

Tynnodd Vlasich ei fys yn ara deg ar draws ei gorn gwddw. Gan fod miloedd ar filoedd o gomiwnyddion yn gynfas gynnes o'i gwmpas o, ni theimlai Alyosha y llygedyn lleiaf o ofn.

1932–1933

Roedd y porthor unfraich a fu yno am flynyddoedd bellach wedi hen ddiflannu, ond heblaw am hynny, doedd prif borth yr Hotel Adlon heb newid dim. Yr un ogla polish oedd yng nghusan gwynt y cyntedd, yr un patrwm du a gwyn oedd i'r teils, a'r un papur oedd ar y wal. Yr un palis, yr un dodrefn a'r un gwydr crwn yn y drws i'r bar ar y dde. *Stucco* addurnedig oedd y colofnau marmor, a'r un hen rac gylchgronau a phapurau newydd oedd yno fel erioed.

Adnabu Alyosha ddyn y dderbynfa, ond diarth oedd gweddill y staff. I'w gyfwrdd daeth rhyw hen gwpwl, fraich ym mraich, y ddau'n gloffion eiddil, yn symud yn grebachlyd gam wrth gam tra aeth o yn chwipyn i ben y grisiau, heibio i'r potiau mawrion o blanhigion a oedd yng nghilfachau'r muriau. Wrth fwrw yn ei flaen roedd yn hannar disgwyl gweld Grete yn rowndio'r coridor hefo llond ei hafflau o glustogau.

Grete y forwyn, fel roedd hi'n arfer bod cyn i'w byd newid.

Cofiai hi'n prowla ar bawen ysgafn fel cath y gwter, mewn *négligée* heb ddim byd 'dani, yn hogan ysgafn ei hysbryd. Hyd yn oed pan oedd hi'n cerdded mewn pâr o sgidia roedd hi'n dyheu am fod yn droednoeth. Cofiai eu prynhawniau yn y gwely, ei chnawd yn felysach na'r gwin gwyn gorau a swyn-nodau eu caru'n llawn amrywiaeth tempo hyd nes y clywai ei llais yn toddi oddi tano. Diflannodd o'i fywyd, a'r distawrwydd ar ei hôl fel distawrwydd dwfn y môr.

Bu'n griddfan drosti am amser maith. Grete annwyl, Grete ei gariad, a oedd erbyn hyn yn perthyn i oes arall, pan oedd o 'i hun yn rhywun arall ...

Sythodd ei war, cliriodd ei lwnc.

Gwasgodd ei fysedd yn ddwrn wrth figyrnu'n ysgafn ar bren y drws.

32.

Chwythodd eiliad chwithig o *déjà vu* drosto fo.

Hen *suite* ei dad gynt.

Dyn cul mewn siwt dywyll, dinfain, a chudyn o farf bwch gafr o dan ei ên syllodd arno fo trwy ddau lygad cochlyd a oedd fel dau nionyn calad. Yn y llygad chwith roedd monocol.

Datganodd Alyosha ei enw a chafodd ei dywys i mewn.

Safodd ynghanol rhyw ogla lafant.

Yn ôl edrychiad y bwtler, roedd hi'n amlwg ei fod wedi tywys sawl un tebyg i mewn yn ystod y bora.

'A'r enw eto?'

Llyfnodd ewin dros res o enwau mewn llyfryn ar y bwrdd.

'Khabotov?'

'Alexei Fyodorovitch.'

Dadsgriwiodd ysgrifbin du a thicio blwch cyn blotio'r papur. Wrth fwrw golwg fanylach drosto fo o'i gorun i'w sawdl, cododd y dyn ei ên hefo rhyw draha a oedd yn ymylu ar ddirmyg.

Ciliodd y bwtler i stafall arall – y llofft – a cafodd Alyosha hoe i syllu o'i gwmpas: doedd yr ystafell fyw heb newid dim ers dyddiau ei dad. Yr un ddesg addurnedig o dderw oedd yno. Yr un llenni trymion a'u godra ar y carpad. Yr un cadeiriau. A gyferbyn â'r llun olew o Bismark roedd llun arall o dirwedd gwledig hefo dau ffesant yn pigo o dan gysgodion ffawydden ar lan rhyw lyn. Gwydr *cheval.* Camodd at y ddesg. Yr un blotyn efydd ar ffurf eryr oedd yno fel erioed, ac o'i boptu, dau botyn inc gwag. Ai cyd-ddigwyddiad oedd y cwbwl? Neu a oedd rhyw dynged wedi ei dynnu unwaith eto i'r Hotel Adlon? Magodd rhyw sŵn o'r stafall molchi – hanner chwiban, hanner cân a thinc ysbeidiol rasal yn taro rhimyn porslen rhyw bowlen. Flynyddoedd yn ôl, daliodd Alyosha sbwnj i ddiferu dros war blinedig ei dad wrth olchi ei gefn yn y bàth ...

Gan gario gŵn nos dros ei ddwy fraich, curodd y bwtler ar ddrws y bathrwm ac oedi am eiliad neu ddwy cyn camu i mewn.

Gŵn nos felfedaidd o liw rhedyn oedd amdano fo, a rhaff euraid wedi ei lapio am ei ganol. Symudodd i ganol y llawr, a'r bwtler wrth ei gwt hefo brws du yn ei law.

'Hwn 'di o?'

'Y dwytha un.'

Yn swrthdrwm ei osgo, tuchanodd ar glustogau.

'Diolch byth. Dwi'm isio pnawn mor ddi-fynd â'r bora gaethon ni.'

Croesodd ei goesau blewog. Rhai cryfion oeddan nhw, fel boncyffion o gig. Ni welodd Alyosha yn ei fyw erioed arwach gwinadd ar fysedd traed dyn: roeddan nhw'n debycach i winadd eryr. Boddwyd y stafall mewn *eau de cologne,* ac er mai dim ond hannar dydd oedd hi, tywalltodd y bwtler Armagnac mawr i wydryn o ddecanter grisial.

'Cod ar dy draed a cer i sefyll draw yn fan'cw imi ga'l dy weld di'n iawn. Na, na. Paid â sefyll fel rhyw lo cors yn fan'na. Be sy'n bod arnach chdi, hogyn? Ti *reit* yn fy ngola fi. Cer draw fymryn. 'Na chdi, fan'na – *fan'na.* Stopia'n union yn lle wyt ti rŵan.'

Sgwriodd Capten Malinovski gegaid o'r gwirod wrth redag ei lygaid drosto fo, yn union fel petai o'n pwyso a mesur bustach roedd o ar fin ei brynu.

"Sdim math o fynadd gen i hefo rhyw hen rwdlian holi ag atab, mae bywyd yn rhy fyr. Dyn sy'n siarad yn blaen ydw i. Ista? Cei. Ddim yn *honna*. Llall. 'Na chdi ...'

Tarodd Alyosha ei glun ar y gadair fahogani.

'Mae'n well o'r hannar gen i edrach i fyw cannwyll llygad dyn a gadael i'r dyn hwnnw gynnig esboniad teg ohono fo'i hun. Rho un rheswm da i mi pam y dyliwn i dy gyflogi di.'

Ym mhoced cesail ei gôt roedd y toriad o'r *Berliner Morgenpost* lle gwelodd hysbysebu'r swydd. Yn ei lythyr ato fo, fe ddisgrifiodd Alyosha ei hun fel *chauffeur*/tiwtor Rwsieg/Ffrangeg/Almaeneg. Wrth ailddarllen y disgrifiad ohono'i hun, sylweddolodd y gallai fod yn ddisgrifiad o unrhyw un o'r degau o bobl oedd yn trio crafu byw yn Berlin.

Cyflwynodd ei rinweddau gerbron Capten Malinovski mor gyflawn ag y gallai.

Holi hanes ei deulu wnaeth o, hanes ei hynt a'i helynt ym Mharis hefyd. Ar ôl hynny cytunodd i'w gyflogi, a digwyddodd y cwbwl ar amrantiad mor syfrdanol o sydyn fel mai prin roedd Alyosha wedi sylweddoli be roedd o wedi ei gynnig iddo fo. Doedd dim cysgod o gwestiynu pellach i fod, ac ar ben pob dim, cafodd gynnig cyflog a oedd yn uwch o dipyn na'r hyn a nodwyd yn yr hysbyseb.

'Dwi'm isio clywad neb yn edliw bo' ni'r Pwyliaid yn genedl grintachlyd.'

Llais i hollti pennau pobol oedd o – llais uchal, militaraidd.

Roedd o'n ddyn gwirioneddol hyll hefo chwerthiniad gloyw a phincas melfed o drwyn porffor, un wedi ei nodwyddo'n dyllau, yn grwn ac yn dew. Ac roedd ei ddau lygad du yn fychan ac yn rhy agos at ei gilydd, fel llygaid llygodan, a'i ddannedd yn felyn ac ar draws ei gilydd bob sut. Ar draws ei foch chwith roedd ganddo fan geni a lifai i lawr ei wddw i rywle dros bont ei ysgwydd. Roedd pwys o wallt trwchus ar ei ben o, a phan gododd ei ên at fflam y bwtler er mwyn ailgynnau ei sigâr, agorodd ei ŵn nos i ddangos pampas trwchus o flew dugoch dros ei frest. Mymryn yn foldew oedd o hefyd, yn ddyn llond ei ddillad a'i freichiau, a'i ysgwyddau'n gydnerth. Pan gododd o'i gadair i'w lawn faint, safodd mor gefnsyth â milwr gan ymhyfrydu yn y ffaith na allai yrru moto-car.

'Dyn sy'n perthyn i'r hen oes ydw i.'

Gwthiai ryw orchest trwy bob un gair, a bron nad oedd Alyosha yn cael y teimlad ei fod o'n cael ei herio i dynnu'n groes er mwyn codi dadl. Aeth y Capten ati i fanylu amdano'i hun, trwy ddweud ei fod yn ŵr a fynnai gadw mor agos ag y gallai at yr hen arferion a'r hen ffordd draddodiadol o fyw.

'Does neb yn ei iawn bwyll yn hoff o weld dim byd yn newid. Dyna pam fod amal i hen wraig yn dal i osod ei gwallt mewn ffordd a oedd mewn bri pan oedd hi'n hogan ifanc.'

Gwell o'r hannar gan y Capten Malinovski fyddai fod wedi cael ei eni yn nechrau'r ganrif gynt na'i ganrif ei hun (' roedd hi'n well oes o'r hannar a phob dyn yn dysgu'n gynnar i 'nabod ei le'). Dyna pam roedd yn well ganddo fo ogla chwys ceffyl ar ei ddillad ('cwmwl o ogoniant natur ei hun') ac ers pan oedd o'n ddim o beth bu ei ddwylo'n llawn o fwng gwahanol feirch. Arferai farchogaeth ei geffylau hyd nes roedd fforch ei afl yn wayw byw, ei gorff wedi cyffio drwyddo a'i esgyrn yn brifo..

Pan oedd o'n llanc ifanc ('yn hogyn glandeg deuddeg oed') honnai y gallai ddal ewig blwydd trwy redeg yr anifail allan o wynt. Cawsai ei fagu i fywyd o bysgota a hela ar dir stad ei dad, a bu'n ddisgybl yn yr un *gymnasium* yn Wilno â Feliks Dzierżyński a Józef Piłsudski. O dan Marshal Piłsudski, ymladdodd yn erbyn Byddin Goch Lenin a'i threchu yn 1920. Ar ei glun, lle cafodd ei saethu, roedd ganddo graith o hyd.

Erbyn hynny, roedd y bwtler wedi tywallt gwydryn arall o Armagnac i'w feistr.

Carthodd Capten Malinovski ei wddw a chwythu ei drwyn, chwythu swnllyd, dramatig. Yn ei osgo roedd rhyw segurdod naturiol, mor naturiol â phe bai wedi ei eni yn unswydd i fywyd o ofera, a bod dim amcan arall i'w fodolaeth y tu hwnt i hynny. Ymddygiad dyn a fu'n ista'n hir yn nhawelwch ei awdurdod ei hun oedd o, a phawb a phob dim yn bodoli ar ymylon ei fywyd.

'Ma' glynu at arferion teuluol a ffordd draddodiadol cymdeithas o drefnu ei hun yn bwysig iawn i mi. Mae hynny'n bwysig iawn i bob Pwyliad o'r iawn ryw.'

Pwysleisiodd fod ei ffydd, ac amddiffyn y ffydd honno, yn bwysicach na dim oll iddo fo.

'Ffydd ydi ffordd dyn o roi mynegiant i'r ffaith mai rhywbeth sy'n cael ei orchfygu yn y pen draw ydi ei fywyd o. Ond dydi arddel ffydd ddim yn hawdd. Ma'n rhaid ichdi gofio bob amsar fod y ffydd Gristnogol yn un anodd

414

ei byw, am y rheswm syml mai hi ydi'r unig ffydd sy'n werth ei byw. Safon berffaith mewn bywyd a moes – dyna ydi gogoniant Catholigiaeth – ag ma'n rhaid i bobol beidio â bod mor barod i farnu mai rhagrithwyr ydi pawb sy'n methu byw yn unol â safonau'r ffydd. Yn amlach na heb – yn fy mhrofiad i, beth bynnag – y dynion gora fel rheol sy'n gweld eu hunan bella o'u lle.'

Aeth yn ei flaen i sôn am ei fam, gwraig weddw a oedd wedi gwyleiddio hyd y llwch mewn gweddi a defosiwn gerbron y Fair Forwyn drugarog trwy dymhorau lawar o alar. Trwy gydol ei hoes faith bu'r hen wreigan yn nyddu'r sêr wrth bwyso ar y mellt, yn ddedwyddach o lawar yn myfyrio ar y goruwchnaturiol nag yr oedd hi yn byw yn y byd.

Roedd o'n siaradwr heb ei ail, a'i allu i ddringo i fyny grisiau iaith yn un diguro wrth ganu'r tannau lleddf a'r llon bob un. Mistar cywir ar bob cywair oedd Capten Malinovski. Ar ôl byddaru Alyosha yn ddi-daw, holodd ar dro sydyn be oedd ei farn o.

'Ynglŷn â be?'

'Be dwi newydd 'i ddeud.'

'Alla i'm anghytuno.'

Be arall oedd o i fod i'w ddweud?

'Gas gen i ddynion sy'n seboni. Be sy'n bod arnach chdi, y penbwl? 'Sdim rhaid i chdi grafu, na moesymgrymu imi fel rhyw gi bach yn chwilio am fwytha. Ti 'di ca'l y gwaith gen i. Bydd yn onast dy farn, datgan dy feddwl ar goedd. Gei di fwy o barch o'r hannar. Dwi am i chdi fod yn uniongred. Ti'n dallt? Dwi am i chdi fod yn absoliwt dy farn. 'Sdim byd yn gasach gen i na chwit-chwatrwydd pobol sy'n plygu bob ffordd er mwyn trio plesio pawb, ond yn plesio neb yn y diwadd. Dim ond ffordd o osgoi gwrthdaro ydi bod yn relatif.'

Atebodd Alyosha fod Catholigiaeth yn beth diarth braidd iddo fo.

'Be am hanes Gwlad Pwyl? Pa mor ddiarth ydi'r hanas hwnnw i chdi?'

Yn ei feddwl gwelodd Alyosha lun o Ludwika hefo pwt o dywel amdani ...

'Yr un mor ddiarth,' atebodd.

Digon brathog oedd Capten Malinovski, ond amball dro câi wasgfa o chwerthin – rhyw bwl gwresog o hwyl, fel dyn yn rhampio mewn afiaith am ben rhywbeth ynglŷn â fo'i hun: rhywbeth nad oedd Alyosha ddim eto wedi ei ddallt yn iawn.

Doedd un peth ddim yn hollol glir iddo fo, mentrodd ddweud.

'Be sy ddim yn hollol glir i chdi?'

Ar ei drydydd Armagnac roedd y Capten erbyn hynny.

'Ydw i'n ca'l fy nghyflogi fel *chauffeur* yn unig? Neu fel tiwtor hefyd?'

'Deud eto ...'

Oedd o braidd yn drwm ei glyw?

'Ydw i'n ca'l fy nghyflogi fel *chauffeur* yn unig? Neu fel tiwtor hefyd?'

''Sdim isio rhuo, neno'r tad, dwi'm yn glustfyddar. Ddim eto, beth bynnag ...' Chwythodd Capten Malinovski yn ei gadair, 'Dim ond fel *chauffeur* y bydd disgwyl i chdi weithio i mi. I ddechra, beth bynnag. Falla bydd d'angan di fel tiwtor, 'mhen rhyw fis neu ddau, falla mwy, falla llai. Ma'n dibynnu ...'

'Dibynnu ar be?'

'Trofa yn y ffordd ydi pob digwyddiad mawr mewn bywyd. Be sy rownd y gongol nesa? Pwy a ŵyr? Ar wahân i Dduw Hollalluog ei hun, sy'n taenu'r cwbwl allan fel menyn melys neu fenyn chwerw ar fara bywyd. Does dim byd mwy ansefydlog ers rhyfel '18 na ffiniau gwledydd, ma' nhw'n newid yn amlach na'r tywydd. Chwith o beth i amryw ydi fod amal i lin frenhinol wedi ei diddymu a'i dileu. Baneri, anthemau, tywysogion a thywysogesau i gyd yn chwalu o flaen y gwynt sydd wedi chwythu Ewrop i lle rydan ni heddiw.'

Cododd ar ei draed.

'Cofia fod pob cenedl ar wyneb y ddaear yn byw o fewn muriau cyfyng o bosibiliadau, hyd yn oed y rhai mwyaf haerllug a nerthol. Mae'n rhaid i'r rheiny hyd yn oed bwyso a mesur yn bwyllog yr hyn sy'n bosib. Ddim ffaith ydi bodolaeth cenedl, ond cwestiwn poenus oherwydd bod proses hanes wedi'n dysgu ni i gyd fod y fath beth â difodiant yn bosibilrwydd byw. Pan mae cenedl yn penderfynu impio'i hewyllys ar genedl arall, ddim arwydd o gryfder ydi hynny ond arwydd clir o wendid. Mae 'na wastad genedl arall fwy a ddaw ryw ddydd i goncro honno hefyd. Does byth waredigaeth hawdd i'r un genedl yn unman. Camgymeriad ydi meddwl mai gwaredigaeth ydi chwyldro. A wnaeth chwyldro 1789 unioni anghyfiawnderau Ffrainc? Neu ai eu hamlygu nhw wnaeth o? Be oedd 1917 ond chwyddo'r gwaetha o ddrygioni'r hen drefn gynt yn Rwsia yn ormes gwaeth o'r hannar, ond ar newydd wedd? Dyna pam mae dy ddyfodol di yn dibynnu ar sut y bydd y gwynt yn chwythu ...'

Am be oedd y dyn yn mwydro?

'*Y* gwynt,' pwysleisiodd wrth osod ei ddau lygad ar edrychiad di-glem Alyosha.

Am be oedd o'n byddaru?

''Sdim rhaid i chdi ddallt. Ddim eto, beth bynnag.'

Cegiodd ei Armagnac.

'Pan ddaw o – ag mae o'n siŵr o ddŵad rywbryd, yn gynt na feddyliwn ni hefyd. Un chwa boeth o'r dwyrain, a chwa boethach o'r gorllewin. Ninna yn y canol, yn sefyll yn y gwres, yn chwysu, yn rhostio.'

Clapiodd ei ddwy law yn glep.

'Wedyn ... wedyn, dyna ni. Mi gawn ni i gyd weld be fydd ein diwedd ni, 'yn cawn?'

Roedd pen y stryd ger Bülow-platz wedi ei gau gan foto-beics a thair rhesaid o blismyn. Ymlwybrodd Alyosha heibio i fwy a mwy ohonyn nhw, yn sefyll fesul dau ym mhen pob drws, nes cyrraedd morglawdd solat o *Schupos* hefo gynnau dros eu hysgwyddau a'u helmedau wedi eu strapio o dan eu gên bob un. Cafodd ei atal rhag mynd dim pellach.

Cadwynwyd y sgwâr ei hun gan gordon dwbwl o blismyn a safai ochor yn ochor, a'r tu cefn i'rheiny roedd heidiau o SA yn eu lifrai brown.

Vicki drefnodd i gyfarfod yn y bar gyferbyn â'r Karl Liebknecht Haus, ond sut roedd posib iddo ei chyrraedd hi? Yn ôl trwch y plismyn, roedd hi'n amlwg fod rhywbeth mawr ar droed. Cyrch arall ar bencadlys y KPD. Be arall? Bu'r *Schupos* yno droeon yn barod, yn chwalu a chwilota o'r trawstia uchaf i'r selerydd isa. Pan ddigwyddodd hynny'r tro cynt, cafodd Vicki ei thrin yn hegar pan afaelodd rhyw blismon talfoel yn ei gwallt a'i gwthio wysg ei chefn i lawr rhes o risiau. Bu'n wayw drosti am rai dyddiau, ac yn gleisiau byw am fwy, ond roedd hi'n lwcus na chafodd ei brifo'n waeth.

Roedd Alyosha yn poeni amdani. Trodd ar ei sawdl, yn benderfynol o'i chyrraedd, ond pan glosiodd at y fynedfa i'r sgwâr ar ochor y parc, *Schupos* ar ben meirch oedd yn nadu pawb rhag pasio yn fan'no hefyd. Rhuodd mwy a mwy o foto-loriau heibio, rhesi ohonyn nhw a'u fflapiau ochor yn hongian i lawr, yn barod i lamu i ganol pa bynnag helynt roeddan nhw'n dymuno ei dawelu. Hel i weiddi a phrotestio roedd chwanag o bobol, ond cael eu gwthio 'nôl ar y pafin roedd pawb er mwyn cadw llwybr agorad i'r cerbydau a'r moto-loriau yrru mwy o blismyn i'r sgwâr.

Cafodd glywed be oedd achos yr helynt: bwriad yr SA oedd gorymdeithio o flaen Karl Liebknecht Haus. Hawl i herio a phryfocio oedd hynny, er mwyn codi mwy o dwrw a gyrru pobol i bennau ei gilydd. Roedd rhywrai'n siŵr o gael eu clwyfo, os nad gwaeth ...

Gwasgwyd Alyosha ynghanol aflonyddwch y dorf, a oedd yn mynnu gwthio ymlaen tuag at y sgwâr.

'Rot Front!'

Grymusodd y gweiddi.

'Rot Front!'

Chwiban hir drodd yddfau'r meirch nes roedd haid o *Schupos* yn palu eu ffordd i mewn i ganol y bobol ynghanol rhyw chwildrwstian o 'Hei! Hei! Hei!'

Chwyddodd crochni'r lleisiau'n uwch.

'Heglwch hi!'

'Ffycars!'

'Basdad 'di poeri i 'ngwep i ...'

'Gynnon ninna hawl i ...'

'Ddim chi sy'n ...'

'Gad fi fod!'

'Ni pia hon!'

'Rot Front!'

'Stryd ni 'di hon!'

Wedi ei wasgu o dan gesail *Schupo* roedd pen gweithiwr ifanc. Cafodd ei gicio gan un arall a'i daflu ar un o'r motor-loriau, ond chwanag o weiddi gododd wrth i bastynau waldio pennau. Sgrechiodd amryw. Teimlodd Alyosha ei hun yn cael ei godi a'i gario wrth i nerth y dorf wasgu ei hun i'w gilydd, cyn chwalu'n rhydd o golbio'r plismyn.

'Gollwng fi'r brych,' gwingodd corff wrth gael ei lusgo'n ddiamynadd.

O'r ochor bellaf, boddwyd yr 'Internationale' gan guro drymiau. Torrodd rhywrai eraill i ganu caneuon comiwnyddol o fannau gwahanol: y 'Brüder zur Sonne, zur Freiheit' oedd un. Ymhellach i ffwrdd clywyd rhyw bennill neu ddau o, 'In Januar um Mitternacht, ein Spartakist stand auf der Wacht ...'

Canu cymysglyd ynghanol bwio a bloeddio a glywodd y rhesi cyntaf o SA a fartsiodd yn dalog tua'r sgwâr a chordon dwbwl o heddlu'n martsio yn gyfochrog â nhw. Colofn o lifrai brown golau, yn gwisgo sgidiau lledar uchal, a'r cwbwl yn trampio – tramp tramp, tramp tramp, tramp tramp – yn pwnio wyneb y ffordd, ysgwydd yn ysgwydd, yn sgwadiau tebol a'u lleisiau'n pesgi ar yr awyr:

'Die rote Front, schlagt zu Brei,

SA marschiert, Achtung die Strasse frei ...'

Ar y blaen daliai un dyn faner uchel, ei gap du ar ei ben, a'i strapiau lledar wedi eu tynnu'n dynn ar draws ei ysgwyddau. Gwasgodd y dorf ar frestiau'r plismyn, ond gwthiwyd nhw yn ôl ynghanol hyrdi-gyrdi o ddrymio, gweiddi a chroesweiddi, bloeddio a phoeri. Pasiodd dyn y faner o dan lygaid Alyosha, ei grys gwinau'n oleuach na chrysau'r rhai tu ôl iddo fo, ei glos o ddeunydd ffeinach, lledar ei fotasau uchal yn feddalach, a bwcwl arian ei wregys yn ddisgleiriach. Bruno Volkmann oedd o.

'Rot Front! Rot Front!' gwaeddodd amryw o ganol y dorf.

'Wancars!'

'Stryd ni 'di hon!'

'Ffwcin basdads!'

'Doswch am adra'r contiad!'

'Ni pia hon!'

'O'ma'r ffycars!'

Bwio, bwio a chwanag o fwio. Holltodd cordon yr heddlu a rhuthrodd degau i ganol yr SA tan gicio, poeri a gwthio. Roedd rhai gwragedd yn sgrechian ynghanol chwiban ar chwiban. Ailymwrolodd nerth y *Schupos*, a gwasgwyd y dorf yn wastad yn erbyn y muriau nes roedd llawer mewn peryg o golli eu gwynt.

Gwaniodd rhywun.

'Dwi'n mygu ...'

Gwichiodd llais arall.

'Peidiwch ...'

''Gin i hogyn bach yn fa'ma,' sgrechiodd rhyw hogan ifanc.

'Aw! Aw! Aw! Ti'n sathru 'nhroed i'r cont!'

Paciwyd cyrff ar gefnau'i gilydd tra oedd lleill yn gwneud eu gorau i ffoi o'r fogfa. Criai amball blentyn, a'u mamau'n dal i sgrechian. Llaciodd y *Schupos* eu pwysau wrth i botiau pridd glecian ar asffalt y stryd. Disgynnodd mwy a mwy ohonyn nhw'n clecian chwalu wrth gael eu bwrw o'r uchelderau, y blodau'n tasgu yr un pryd, a'u petalau'n glawio dros bennau pawb.

Anelodd rhai o'r plismyn eu gynnau am i fyny.

'Caewch y ffenestri!'

'Rŵan hyn! Y ffenestri!'

'Caewch nhw!'

Gan fygwth tanio.

Roedd cynffon yr orymdaith yn dirwyn heibio, er bod lleisiau unol yr SA yn grymuso ganmil wrth doddi'n un â'r morio mawr a oedd i'w glywed o grombil y sgwâr.

Gwelodd Alyosha Vicki yn sleifio tuag ato fo.

Heb oedi eiliad, dywedodd, 'Dilyn fi.'

'Ma' hi'n amhosib mynd i mewn,' gwaeddodd ar ei gwar.

'Ty'd!'

'Vicki.' Rhedodd ar ei hôl. 'Vicki – aros!'

Dechreuodd fagu mwy o wib.

'Ffendiwn ni byth mo'n ffordd i mewn ffor' hyn.'

Roedd hi mor sionc â wiwar, a gorchwyl anodd oedd canlyn yn ôl ei throed. Teimlodd Alyosha fel dyn wedi colli ei lwybr, yn bwnglera rhedeg yn ddall, fel rhywun wedi'i rwymo mewn rhyw raffau anweledig. Trodd i lawr stryd gefn, ond roedd rhai eraill eisoes ar yr un perwyl, yn rhedeg o'u blaenau nhw. Cydredodd Alyosha hefo Vicki gan holi amball gwestiwn na thrafferthodd hi ei ateb. Canolbwyntio ar arbed ei nerth roedd hi.

Rhedodd yn gynt, a rhedodd yntau'n dynn wrth ei hochor.

Roedd dwy resaid arall o *Schupos* eto fyth ym mhen draw'r stryd. Benben â nhw roedd criw o weithwyr ifanc cegog yn eu hergydio wrth fynnu'r hawl i basio heibio. Heibio'u hysgwyddau, gwelodd Alyosha golofnau'r SA yn trampio'n bwrpasol: rhesi gwydn ohonyn nhw, un ar ôl y llall, yn ddynion tebol a'u breichiau'n llawn penderfyniad.

Ar ben un gatrawd, martsiai Vlasich Pesotski a'i batsh lledar du dros y twll lle bu ei lygad cyn i siswrn Margarita ei ddallu. Uwch eu pennau, roedd pennau mewn ffenestri yn pardduo'r ffasgwyr trwy eu heclo.

'Ma' 'na ffordd arall,' cymhellodd Vicki. 'Ffor'ma – ty'd!'

''Sdim gobaith. Awn ni byth i mewn.'

'Ma' 'na wastad obaith.'

O fewn dim roedd y ddau'n rhedeg i lawr stryd gulach, pan glywyd sŵn gynnau'n tanio. Roedd sgrechian a gweiddi yn eco rhwng y muriau.

'Be sy'n digwydd?' holodd Vicki yr wynebau llawn dychryn a oedd yn sgrialu heibio iddi. 'Be sy'n digwydd?' Roedd rhai yn llithro, eraill yn disgyn wrth faglu gan roi codwm i chwanag, a oedd yn codi ar eu hunion er mwyn rhedeg am eu hoedal ...

Yn eu herlid roedd degau o *Schupos*: dau yn tanio; sgrechian; gwraig ar ei hyd ar y llawr. Llusgodd Alyosha Vicki i gysgod drws.

'Paid!'

Rhedodd chwanag o brotestwyr heibio, rhai'n taflu eu baneri cochion. Ddim Alyosha a Vicki yn unig oedd wedi eu gwasgu ar y grisiau, ond rhyw wraig a'i merch hefyd, a'r ddwy'n crio ac yn crynu. Agorodd y drws a gwthiodd y pedwar eu hunain i mewn.

'Be ti'n 'neud?' digiodd Vicki.

Roedd hi â'i bryd ar gamu'n ôl i'r stryd, ond roedd o yr un mor benderfynol o'i hatal hi.

'Ma'n rhaid imi fynd – cer o'n ffordd i.'

'Be elli di na neb arall 'i 'neud?'

Cleciodd sŵn pedolau ceffylau heibio ar y palmant cerrig.

'Alexei, dwi'm yn deud wrthach chdi eto – sym!'

'Vicki, deud wrtha i. Be fedri di 'neud?'

Roeddan nhw'n addurno'r goeden Nadolig hefo adar gwydr, clychau a chanhwyllau. Cadwai Larissa un llygad ar Ella, a oedd yn sefyll ar ben cadair. Roedd Ella wedi gwylltio oherwydd bod ei chwaer fach dair a hannar oed yn fwy o hindrans nag o help.

'Mam, cer â hi allan.'

'Dim ond isio pasio petha i chdi mae hi ...'

'Ma' hi'n niwsans.'

Stampiodd Ella ei throed. Roedd hi'n agos iawn at ddagrau.

'Dwi'n chwech oed. Dwi'n gwbod be dwi'n 'neud. Dydi hi ddim. O, Mam. 'Drycha be mae hi 'di 'neud rŵan eto. Ma' hi'n difetha pob dim.'

Ar gais Larissa, aeth y forwyn â Clara i stafall arall.

Roedd Bruno wedi trefnu parti bychan yn y tŷ, a daeth rhyw ddeg ar hugain o bobol draw. Doctoriaid, eu gwragedd a'u cariadon oedd y rhan fwyaf. Teimlai Larissa yn chwithig ac yn annifyr iawn, fel petai hi'n rhywun diarth. Herr Professor K K oedd un arall o'r gwesteion. Cyrhaeddodd fymryn yn hwyr ac ymddiheuro.

Canwyd carolau Nadoligaidd o gylch y piano a rhannwyd gwin a chacennau.

Galwodd Margarita heibio. Doedd dim gwir awydd arni i fod yno, ond defnyddiodd yr achlysur er mwyn dŵad ag anrhegion i'w dwy nith.

Dim ond deuddydd oedd tan y Nadolig ei hun.

Daeth wyneb yn wyneb â'i hen diwtor.

'Margarita Kozmyevna ...'

'Herr Professor.'

'Sut mae petha yn Azefttrust?'

Roedd o'n gwybod ei hanas hi i gyd. Roedd o hefyd wedi clywed am y cwmni – a'i fod yn gwneud gwaith da iawn o ran masnachu. Masnach a datblygu busnes oedd yr angan mwyaf er mwyn lleddfu poen diweithdra a chodi'r wlad ar ei thraed. Ond roedd o'n falchach fyth o glywed gan Larissa fod Margarita wedi hen gefnu ar y lol comiwnyddol.

'Ers sbel ...'

Honnodd Herr Professor fod mwy a mwy o'r Marcswyr yn dechrau gweld y goleuni o'r diwedd – ac yn croesi drosodd at yr unig blaid a oedd yn mynd i gynnig achubiaeth i bawb.

Am fod ganddi annwyd trwm, wyneb tirsiog oedd gan Margarita y noson honno, fel gwyneb dynas a oedd newydd sychu ei thrwyn ar ôl pwl drwg o wylo. Roedd celu ei gwir deimladau yn haws o'r hanner y tu ôl i wyneb o'r fath.

'Ydach chi wedi digwydd taro ar eich cefnder yn ddiweddar?'

'Alyosha? Naddo, dwi heb 'i weld o ers dipyn.'

'Na finna chwaith.'

Caeodd Margarita ei cheg.

'Roedd o hefo ni am ryw hyd. Y fi drefnodd waith iddo fo. Ond ... mi adawodd o.'

'Fuo 'na ddim digwyddiad?' holodd hi. 'Rhywun yn saethu at y moto?'

'Do.'

'Dwi'm yn synnu iddo fo'ch gadal chi ...'

'Ma'n rhaid inni i gyd fod yn ofalus a phetha fel ag y ma' nhw.'

Arhosodd hi ddim yn hir.

Wrth ffarwelio, dywedodd Larissa, 'Ma' petha 'di mynd i'r pen. Yn y flwyddyn newydd dwi'n mynd i adael Bruno.'

Roedd iasau rhewllyd canol Ionawr yn codi o afon Spree wrth i Alyosha gloi moto-car Capten Malinovski. Ers rhai dyddiau bu'n oer iawn, y barrug yn galad, y glasrew yn gyndyn o godi a'r rhewynt yn chwipio. Teimlai'n falch iawn wrth gamu i mewn i ddiddosrwydd cynnas ar ôl prysuro trwy'r oerni. Pan ddaeth yr hogan a oedd yn gweini draw, dywedodd ei fod o ddim am archebu am y tro, gan ei fod o'n disgwyl am rywun.

Disgwyl ddaru o, yn dal i deimlo braidd yn rhynllyd.

Doedd hi fawr o syndod fod Vicki yn hwyr. Roedd hi wastad yn hwyr i bob un dim, ar wahân i gyfarfodydd neu bwyllgorau'n ymwneud â'r KPD. Doedd hi byth yn hwyr i'r un o'r rheiny.

Drachtiodd Alyosha ar ei sigarét a chraffu dros y fwydlen ar y wal.

Lle am fwyd rhad iawn oedd yr Aschinger.

Aeth bron i dri chwartar awr heibio cyn y daeth Vicki i'r fei, ei bochau'n gochion a'i dwylo'n oerion, er bod esgus o hen fenig rhacsiog ganddi am ei bysadd.

'Rhaid inni fynd ...'

'Ond 'da ni heb ga'l dim i'w fwyta eto ...'

''Sdim amsar. Lle ti 'di parcio?'

Dilynodd o hi allan.

'Alla i'm mynd â chdi yr holl ffordd i fan'no,' dywedodd Alyosha wrth danio injan y Mercedes. 'Dwi'n ddigon hwyr fel mae hi ... Ca'l a cha'l i gyrraedd yr Hotel Adlon 'na i fel mae hi.'

'Ma' hyn yn bwysig iawn, Alexei, ma'n rhaid i chdi roi pàs imi.'

'Vicki, alla i ofyn un peth? Pam fod pob un dim ti'n 'i neud yn bwysig a phob un dim dwi'n 'i neud ddim yn bwysig o gwbwl?'

'Chdi 'na'th ddewis bod yn was bach i ryw *bourgeois* o Warsaw.'

'Aristocrat ydi o.'

''Run peth.'

'Ddim o gwbwl.'

'Paid â dechra hollti blew. Ty'd yn dy flaen, dreifia.'

'Medda *chdi* sy'n gneud hynny hefo fi bob tro.' Chwarddodd, 'Hollti blew, wir.'

Trodd drwyn y moto a gyrru trwy'r strydoedd rhewllyd. Bellach, roedd tynnu arno fo fel ail natur i Vicki, ond trwy'r dadleuon hynny fe ddaeth Alyosha yn gyfarwydd â phob ethig Farcsaidd a oedd yn bod.

'Elli di'm gyrru'n gynt?'

Roedd hi'n rowlio sigarét ar ei glin.

'Ti isio 'ngweld i'n crashio?'

Yn y dyddiau cynnar, arferai Alyosha ildio iddi am y rheswm syml ei bod hi'n nabod Marcsiaeth fel cefn ei llaw – ac yn ei drechu o bob gafal. Ond oherwydd i'r ddau ddadlau cymaint, miniogodd ei feddwl. Erbyn hyn roedd o wedi hen ddysgu sut i roi dau dro am un iddi.

Dyna pam y gallai o honni fod Marx erioed wedi sôn am bwysigrwydd yr aristocrasi fel dosbarth, dim ond y *bourgeoisie*. Amgylchiadau materol greodd y *bourgeoisie* o'r hen ffiwdaliaeth gynt, ond gwaedoliaeth ac achyddiaeth oedd hanfod yr aristocrasi. Dyna oedd y gwahaniaeth clir rhwng y ddau ddosbarth.

'Mi all rhywun dyfu i fod yn *bourgeois*, ond mae'n rhaid i chdi gael dy eni'n aristocrat. Balchder ydi gwreiddyn aristocratiaeth, balchder mewn tras a gwehelyth. Dyna pam mae hanes y teulu, a gwrhydri arwrol yr oesau a fu o'r pwys mwyaf iddyn nhw, ond yn amherthnasol i'r *bourgeoisie*. Sefyll y tu allan i'r rhyfel dosbarth ma' nhw.'

'Yr aristocrasi yn sefyll y tu allan i'r rhyfel dosbarth?' tuthiodd hi. 'Am lol sentimental. *Élite* sy o blaid cynnal anghyfartaledd cymdeithasol, gwleidyddol ag economaidd 'di'r aristocrasi 'di bod erioed, a hynny trwy pa bynnag ddull a modd, 'mots sut, trwy sefydliadau fel ysgolion, prifysgolion, eglwysi, theatrau, senedd-dai, yn union fel y *bourgeoisie*. 'Sdim gwahaniaeth rhwng y naill a'r llall, neu os oes, un bychan iawn ydi o. Mi sonni di nesa am ryw werthoedd ysbrydol.'

'Ti'n gorfod cyfadda fod 'na'r fath beth yn bod ag ysbryd aristocrataidd.'

'Ymysg y tlodion hefyd?'

'Ymysg beirdd, athronwyr, artistiaid, oes.'

'Ar ba ris ma' nhw'n sefyll ar y pyramid hierarchaidd? Un i fyny o'r gwaelod? A chyn i chdi ddeud dim byd arall, gad inni ddatgan yn glir mai'r aristocratiaid, marchogion gwaedlyd ganrifoedd yn ôl, sefydlodd yn gyntaf oll − cyn bod sôn am bwll glo, ffowndri haearn neu ffatri gotwm − gymdeithas anghyfiawn a'i chynnal hi trwy drais cleddyf, a thrwy brynu artistiaid i arlunio mawredd trefn o'r fath o fewn undod rhyw ffydd ofergoelus. Cofia mai'r dosbarth breintiedig yma oedd yn byw ar gefn chwys gwerinoedd Ewrop cyn bod hyd yn oed sôn am broletariat. Felly, pam yn y byd mawr ti isio bod yn was bach iddyn nhw?'

'Am 'i fod o'n well cyflog na'r un arall dwi 'di cael ei gynnig ers hydoedd. Dim ond 'i yrru fo o fan i fan sy raid imi 'neud. Gwaith hawdd. Faswn i'n hurt i wrthod.'

'Ges di gynnig arall hefyd.'

Roedd Vicki yn dal i fynnu edliw hynny o hyd. Do, fe gafodd o gynnig arall, un roedd o'n teimlo na allai ei dderbyn, sef gweithio fel gwerthwr *Die Rote Fahne*. Sut oedd posib iddo fo wneud hynny a'r SA yn dal ar ei ôl o hyd? Daliodd Vicki ati i'w blagio, yn gwrthod gadael llonydd iddo fo, gan ei bod yn benderfynol o weld Alyosha yn aelod llawn o'r KPD. Doedd dim byd yn bwysicach iddi hi na hynny. Os oedd o'n ei charu hi fel roedd o'n honni ei fod o, pam roedd o mor gyndyn o wneud?

Canolfan budd-daliadau yn Charlottenburg oedd pen y daith. Dim ond unwaith fuodd Alyosha yno o'r blaen, yn danfon Franz, mab ei gymydog, Frau Kempowski, draw un bora. Hen ffatri sgidia wedi cau i lawr yn sgil slymp 1929 oedd y lle, ac er mwyn cyrraedd y stafall ar y llawr isa lle roedd y dôl yn cael ei rannu rhaid oedd cerdded ar draws cowt llydan o gerrig coblog. Draw wrth ymyl y drws, cawsai hen gwt pren y gwyliwr nos ei droi gan ryw gymdeithas elusennol yn gegin amrwd i hwylio cawl hefo darnau o datws a 'chydig o foron yn nofio mewn saim i bawb llwglyd a oedd yn dŵad i nôl ei gardod.

Rhyw howlath o ddyn, yn gwisgo rhubanau cyn-filwr dall oedd yn sefyllian ar y pafin pan ddaeth Alyosha i stop y tu allan i'r clwydi. Un llygad a darn o glust oedd ganddo fo ac ar frest ei gôt laes roedd medal y Groes Haearn a bathodyn aur milwr a glwyfwyd yn ddrwg. Pan welodd o Vicki, croesodd Erich draw ar ei union at y Mercedes.

'Fiw inni fynd i mewn. Ma' 'na glustia yn ista 'na.'

Gobiodd slomiad o faco ar y pafin.

'Yr un clustia ag o'r blaen?' holodd Vicki.

'Na, sbei gwahanol 'di hwn ...'

Erbyn hynny, roedd yr howlath wedi camu i mewn i'r cefn.

'Vicki,' ceryddodd Alyosha hi o dan ei wynt. 'Ma' Capten Malinovski'n 'y nisgwyl i.'

'Gyrra ni rownd y gongol gynta.'

Rhoddodd y moto mewn gêr.

'Sut aeth hi'n y llys bora 'ma?' holodd hi.

Dywedodd Erich iddo osod ei lygad gwydr yn ei dwll gwag er parch i'r barnwr, a mynd â'i bapurau milwrol a'i dystysgrifau i gyd hefo fo. Hynny arbedodd o rhag cael ei garcharu am beintio sloganau ar waliau ffatrïoedd yn galw ar bob gweithiwr i wrthwynebu plaid Adolf Hitler. Roedd ganddo fo lais dyn a fu'n smocio gormod er ei les ei hun. Er mwyn cynnal yr achos comiwnyddol, roedd o'n troi allan ym mhob tywydd er bod ei iechyd yn amal yn wan.

Gadawodd Alyosha i'r injan droi, ond chafodd o ddim gwarad ohonyn nhw.

'Am 'i bod hi mor oer tu allan, 'dio ots gen ti'n bod ni'n ista yn y moto?' holodd hi.

'Gei di bum munud.'

Canolbwyntio ar sut i drefnu streiciau yng ngweithfeydd Aron, Zweitusch, Werner a'r pwerdy mawr yn Siemensstadt wnaeth y ddau. Rhannodd Vicki y gwaith rhyngddyn nhw, a threfnu pwy oedd i gysylltu hefo pwy o ran danfon negeseuon i wahanol gelloedd ac ati.

Daeth yn amlwg o fewn dim fod Erich ei hun wedi bod yn gweithio yn Siemensstadt. Fel amryw o gomiwnyddion, roedd o'n methu cael gwaith oherwydd iddo fo gael ei sacio am fod yn weithredol o fewn yr undeb yn trefnu pwyllgorau streicio.

'Vicki, dwi'n gorfod mynd.'

'Diolch am y pàs.'

Camodd Erich a hitha allan i oerni Ionawr.

Newydd ddychwelyd o'r Hotel Adlon ar ôl danfon Capten Malinovski yno roedd o, wedi i hwnnw fod yn swpera yn Llysgenhadaeth Gwlad Pwyl. Roedd hi'n tynnu am ddau o'r gloch y bora a'r Neheringstrasse yn anarferol o dawel pan barciodd Alyosha y Mercedes gerllaw'r bloc. Pan gamodd i mewn i'r gwely, cysgu ar ei hochor oedd Vicki, ei chefn tuag ato fo a'i dwylo wedi eu plethu o dan ei boch. Methodd fynd i gysgu. Taniodd sigarét. Wedyn, gorweddodd ar ddi-hun yn gwrando arni'n anadlu. Doedd y ddau heb garu ers na wyddai pryd.

Stwmpiodd ei sigarét. Trodd ar ei ochor, ond wrth gau ei lygaid, clywodd sŵn curo ar y drws.

Deffrodd Vicki yn syth a neidio allan o'r gwely.

Dychwelodd ar hast a'i orchymyn i wisgo ar ei union.

'Ma' nhw ar y ffordd.'

Roedd ei ddillad yn dal yn gynnas pan dynnodd Alyosha nhw amdano'i hun. Rhuthrai Vicki i fyny ac i lawr y grisiau, yn curo ar wahanol ddrysau. Poeni am foto-car Capten Malinovski roedd Alyosha. Pan frasgamodd i lawr y grisiau roedd pedwar neu bump o ddynion ifanc eisoes yn anelu am borth y bloc. Sbonciodd chwanag o oleuadau mewn gwahanol ffenestri yma a thraw. Coethodd amball gi gan beri i rai erill ddechra cyfarth. Roedd mwy a mwy o sŵn curo i'w glywed ar y drysau wrth i chwanag o draed ruthro i rybuddio'r tenantiaid ynglŷn â be oedd ar droed. Rhedodd rhyw ŵr gwallt gwyn mewn noswisg laes heibio i Alyosha – rhedeg i lle, dyn yn unig a ŵyr. Erbyn hynny, roedd y stryd i gyd yn effro ac amball lais yn gweiddi 'Rot Front!' fel rhyfelgri i alw pawb ynghyd.

Penderfynodd Alyosha fod yn rhaid iddo yrru'r moto-car i ffwrdd rhag ofn iddo fo gael ei dolcio neu'n waeth, ei falu. Wrth ddreifio i lawr y stryd, stopiodd. Roedd rhyw rugliadau ar ei glyw, fel sŵn rwmblan troliau trymion ar wyneb y lôn. Ond rwmblan moto-loriau roedd o'n ei glywed wrth i'r rheiny nesáu. Dallwyd o gan oleuadau cryfion. Bagiodd y moto ar wib, gan deimlo nad oedd o'n bagio'n hannar digon sydyn. Clywodd refio'r moto-beics yn agosáu wrth ddŵad o'r naill ben a'r llall i'r stryd a lleisiau gwyllt yn gweiddi o'r bloc, 'Ma' nhw yma ...' Trodd drwyn y moto i mewn i gowt, a chael a chael wnaeth o cyn i gerrig ac amball botyn blodau ddisgyn o'r uchelderau.

Sŵn rhuthro oedd o'i gwmpas o wedyn a chysgodion yn hofran dros wyneb y stryd lle roedd dynion yn tyfu a lledu wrth fynd yn llai, eu bloeddio a'u gwawdio trwy ei gilydd yn gwau. Clepian drysau a churo egwan, rhyw eco ar eco glywid o fewn muriau'r bloc, a sŵn cwffio, sgrechian a gweiddi. Gwn yn tanio, yn tanio eilwaith – gwaedd a griddfan yn codi o ganol y nos. O fewn dim, roedd yr SA wedi cilio yr un mor sydyn ag y daethon nhw gan adael dau gorff marw ar y stryd.

Drannoeth, daeth yn glir mai *Schupo* canol oed oedd un o'r rhai a laddwyd, a Vlasich Pesotski o'r SA oedd y llall. Doedd fawr o ots gan y Natsïaid am y plisman. Doedd o nag yma nag acw. Vlasich Pesotski oedd yr un i'w goffáu. Fo oedd y merthyr diweddaraf dros yr achos, yn ddim llai na Horst Wessel arall. Doedd dim un gair i awgrymu mai'r Natsïaid wnaeth ymosod ar y stryd, er mwyn codi twrw. Yn ôl *Der Angriff*, aelodau o gell y comiwnyddion o Nehringstrasse saethodd y ddau yn farw. Dechreuodd eu clochdar yn syth, yn ogystal â'r rhefru am ddial a thalu'r pwyth yn ôl: roedd yn rhaid i rywrai dalu'n ddrud iawn am y ffasiwn anfadwaith.

Ond gan i Alyosha weld y cwbwl roedd o'n gwbod y gwir.

Stafall fyglyd, orlawn oedd hi, yn sychu pob corn gwddw, a mwy o wres yn codi'n donnau o'r stof yn y gongol lle closiodd rhai i gynhesu eu dwylo. Sefyll gerbron Pwyllgor Amddiffyn Bloc Nehringstrasse yr oedd Alyosha. Roedd bron i dri dwsin o bobol o'i flaen o, yn wŷr a gwragedd, a mwy nag un yn edrach yn flinedig iawn.

Dywedodd mai saethu ei gilydd wnaeth y ddau – y *Schupo* a Vlasich Pesotski – ynghanol y panig. Cododd ryw chwerthin gwawdlyd o enau un neu ddau.

'Fasa chdi'n fodlon deud hyn ar goedd?' holodd hen wraig mewn ffedog flodeuog.

Doedd o ddim yn ddall i'r peryg.

''Fasa chdi?' holodd Vicki, a oedd yn cadeirio.

'Baswn.'

Torrodd murmur isal trwy'r stafall.

'Fiw inni ildio'n stryd i'r ffasgwyr heb gwffio.'

Roedd mab ei gymydog, Frau Kempowski, ar ei draed – dyn ifanc penboeth hefo sgwydda llydan, trwch o wallt melyn golau, a breichiau aflonydd. Collodd Franz ei law chwith yn rhyfel 1914–18. Deunaw oed oedd o ar y pryd, ac yn ôl ei gyfaddefiad ei hun, yn wleidyddol naïf. Pan gafodd ei ddimobio, bu'n cymowta o dre i dre yn crafu byw, cyn diweddu yn Hambwrg. Fel cyn-filwr, ymunodd â'r Volkswehren, catrawdau a ffurfiwyd gan y Llywodraeth yn 1919 o dan yr enw 'Lluoedd y Bobol' er mwyn trechu'r gwrthryfel comiwnyddol roedd Karl Liebknecht a Rosa Luxemburg yn ymdrechu i'w danio. Dim ond cadw cyfraith a threfn yr oedd Franz. Neu dyna roedd pob un swyddog yn ei ailadrodd wrtho fo ac roedd o'n parchu'r rheiny o hyd. Newidiodd pob dim yn 1923. Gwyliwr nos mewn ffatri oedd o, yn arswydo rhag diwadd pob mis pan oedd ei gyflog o prin yn prynu hannar torth, heb sôn am bwys o fenyn. Trwy hogia'r undeb, dechreuodd drefnu streiciau am gyflogau uwch. Oherwydd hynny, cafodd ei ddedfrydu i ddeg mis o garchar yn 1924, ond hen Farcsydd a fu yn nosbarthiadau Rosa Luxemburg oedd ei gyd-garcharor. Newidiodd hwnnw fydolwg Franz am byth.

'Ma'n rhaid inni ddechra meddwl heno be 'dan ni'n mynd i 'neud.'

Tyfodd i fod yn areithiwr heb ei ail.

'Dangos i bawb pwy 'di'r llofruddion go iawn. 'Na be sy'n bwysig. Ma'n rhaid inni 'neud hynny rŵan hyn, trwy bob dull a modd, yn bapura newydd, pamffledi, graffiti, slogana – 'mots be na sut, cyn bellad â bod y gwir yn cael ei ddatgan yn groyw glir.'

Cytunodd Vicki, a chafwyd trafodaeth faith ynglŷn â'r ffordd ymlaen.

Trefnwyd angladd swyddogol i Vlasich Pesotski a'r *Schupo*. Gorweddodd y ddau yn eu heirch agored am ddeuddydd, er mwyn i ddinasyddion Berlin eu coffáu. Cynhaliwyd gwasanaeth lle roedd Adolf Hitler ei hun yn bresennol, yn ogystal ag aelodau amlwg o'r SA a'r SS. Syllodd Alyosha ar lun o'r Rwsiad yn gorwedd yn ei arch, ei ddwylo ymhleth ar ei frest, ei batshyn lledar dros ei lygaid. Hwn oedd y dyn a oedd, ar un adag, yn benderfynol o'i ladd o.

Vlasich Pesotski a oedd bellach wedi mynd i'w dranc. Bu adroddiadau manwl yn y papurau newydd, marwnadau, teyrngedau amrywiol a lluniau o'r galarwyr. Roedd hyd yn oed gweddw'r *Schupo* yn cael ei defnyddio yn yr ymgyrch yn erbyn y comiwnyddion. Aeth si ar led nad oedd fawr o ddewis ganddi, gan fod ofn colli ei phensiwn arni a hithau hefo tri o blant i'w magu. Roedd sôn di-baid ar y weiarles am fywyd y ddau, nes lledodd y chwedlau eu hadenydd yn gelwyddau mwy – a gwaeth.

Maes o law, fe gafodd yr hanas ei 'stumio yn fwy fyth. Honnwyd bod sgwadiau o'r SA wedi penderfynu martsio trwy Nehringstrasse er mwyn dangos parch i Vlasich Pesotski, a dirmyg at y Cochion a'i mwrdrodd o, ond fod rhywrai eto fyth wedi dechrau saethu atyn nhw o ben y toeau. Pan holwyd ymhellach, doedd neb yn hollol siŵr o lle yn union y cafodd y bwledi eu tanio. Lwc na chafodd chwanag o bobl mo'u clwyfo oedd hi. Onid oedd hi'n hen bryd ailorseddu cyfraith a threfn trwy ddŵad â'r comiwnyddion at eu coed?

Pan drefnodd Vicki i'w gyfarfod gyferbyn â'r Karl Liebknecht Haus, roedd Alyosha o'r farn fod a wnelo hyn â Vlasich Pesotski ac ymgyrch y KPD i sefydlu'r gwirionedd ynglŷn â be yn union ddigwyddodd. Hyd yma, doedd dim byd wedi tycio. Cafodd yr holl bamffledi a'r graffiti a'r sloganau cochion ar furiau Berlin eu hanwybyddu. Yn waeth fyth, fe'u galwyd yn bropaganda 'moch Moscow, a oedd am achub eu crwyn'. Ar yr un pryd, roedd y celwydd go iawn yn prysur droi'n wirioneddau ym mhapurau newydd y Natsïaid, ac yn waeth fyth, mewn cylchoedd lletach ar hyd a lled llawr gwlad.

O'r drws, gwelodd Alyosha hi'n sefyll wrth y bar, yn smocio gan siarad hefo rhyw ddyn â'i gefn tuag ato. Camodd yn nes ond oherwydd ei bod hi ar ganol sgwrs mor ddwys, doedd Vicki heb sylweddoli ei fod yno. Clywodd enw Kai-Olaf, cariad ei gyfnither Margarita, yn cael ei grybwyll ond ddalltodd o ddim byd mwy ...

'O'r diwadd – lle ti 'di bod?'

'Ddim fi sy'n hwyr, ond chdi sy'n gynnar am unwaith.'

Oedd o wedi clywad y diweddara? Roedd Hitler newydd gael ei ddyrchafu'n Ganghellor.

Trodd Paul i'w wynebu. O'i ddwyglust i lawr ei gernau, a than ei ên, tyfai rhimyn main o farf, a honno mor wyn â blawd, gan amlygu llwydni pantiog ei fochau. Wrth redag ei lygaid drosto fo, chododd o mo'i benelin oddi ar erchwyn y bar.

Ddim cyd-ddigwyddiad oedd y ffaith fod gan Vicki gwmpeini. Am ba reswm bynnag, hi oedd wedi trefnu i Paul ddŵad wyneb yn wyneb ag o. Ond pam? I ddweud fod Hitler yn Ganghellor? Go brin ...

Symudodd y tri at fwrdd anial o glyw y bar.

'Y chwyldro,' cododd Paul ei wydryn gobeithiol.

'Y chwyldro,' eiliodd Vicki yn fwy hyderus.

Y pwnc trafod pwysicaf oedd Hitler ac oblygiadau ei ddyrchafiad. Sgwrsiodd y tri am yr hyn a oedd yn debygol o ddigwydd i'r KPD. Pwysleisiodd Vicki pa mor bwysig oedd yr angen am ddadansoddiad comiwnyddol byw o'r sefyllfa. Comiwnyddiaeth oedd yr unig allu i ddenu grymoedd dynol i hyrwyddo'r syniad o ryddid a chyfiawnder cymdeithasol yn wyneb yr erledigaeth a oedd yn siŵr o ddigwydd. Dechreuodd Alyosha anesmwytho – roedd o'n methu diodda byw yng nghlyw'r hyn a oedd ddim yn cael ei ddweud. Teimlai ym mêr ei esgyrn fod rhywbeth ar droed ...

Gan edrach o'r naill wyneb i'r llall, gofynnodd yn blwmp ac yn blaen, 'Oes 'na rwbath dach chi'ch dau isio'i ddeud wrtha i?'

Troi at Paul wnaeth Vicki, a'i gymell o i siarad.

'Un neu ddau o betha, oes,' dywedodd gan ddodi Rosa i lawr ar y bwrdd. 'Ma' 'na un neu ddau o betha i'w trafod.'

Wrth i'r llygodan snwyrian o gwmpas y gwydrau, atgyfododd Paul yr oriau a dreuliodd y ddau hefo'i gilydd yng ngharchar Moabit. Doedd Alyosha ddim yn wirion: roedd o'n ddigon hirben i sylweddoli lle roedd y dyn main yn tynnu ato fo.

Trodd at Vicki, a gofyn, 'Oes gen i hawl i amddiffyn fy hun?'

Porthi briwsion bach i Rosa oedd hi.

'Gad i Paul orffan gynta.'

Pan orffennodd y cyn-brintar ei bregeth, roedd wedi cyhuddo Alyosha o fod yn *agent provocateur* ac yn 'sbei i'r Natsïaid'.

Hefo sigarét ar ei gwefus, holodd Vicki be oedd gan Alyosha i'w ddweud.

'Ateba i bob un cyhuddiad yn 'i dro, os ga i ganiatâd.'

''Sdim isio bod fel'na.'

'Fel'na sut?'

Cafodd edrychiad llym gan Vicki. Gan ei bod hi wedi ochri cymaint hefo Paul roedd o wedi cymryd ato, a'i droed yn ysu i fwrw cic yn nhin y dyn.

Dechreuodd Alyosha arni, yn amddiffyn ei hun yn erbyn pob un cyhuddiad yn ei erbyn.

'Dyna'r gwir i gyd bob gair.'

'Be am yr SA?' holodd Paul wrth i Rosa ddringo i fyny ei lawes. 'Ti'n gwadu i chdi fod yn rhwbio hefo'r rheiny hefyd?'

Sut oedd posib gwadu iddo fo fod yn ymarfer ar diroedd stad Rittmeister Günther von Kunz? Y gwir amdani oedd ei fod o wedi troi ei gefn arnyn nhw ers hydoedd. Er mwyn lladd pob amheuaeth, aeth ati i sôn am ei waith yn gyrru moto-car i'r Natsïaid gan bwysleisio na fu ganddo fo ddim oll i'w wneud hefo nhw a llai fyth i'w ddweud wrthyn nhw, a hynny eto, ers amser maith.

A pheth arall: cynigiodd rywbeth i'r ddau gnoi cil arno fo – oedd o ddim wedi rhoi tystiolaeth i'r KPD ynglŷn â be yn union ddigwyddodd i'r *Schupo* a Vlasich Pesotski, noson yr ymosodiad ar Neheringstrasse? Oedd o ddim hefyd wedi gosod ei hun mewn peryg y tu allan i'r tŷ pictiwrs hwnnw trwy amddiffyn ei gyfnither Margarita, rhag iddi gael ei churo'n ddrwg – neu'n waeth?

'Ges i hyd yn oed 'y 'nghlwyfo yn y gwffas. Be arall sy 'na i'w ddeud?'

'Alla hynny fod yn dric ...' oedd awgrym Paul.

Peltan od.

'Tric?'

'I guddio'r ffaith bo' chdi'n un ohonyn nhw o hyd.'

Tynnodd Alyosha ei grys i fyny a'i ddal yn uchel dros ei frest.

'Hon? Tric?'

Atebodd Paul yn ddi-hid, 'Dwi 'di gweld creithia gwaeth.'

Teimlai fel sodro dwrn yn ei wep anghynnas o.

'Rasal? Ti'n meddwl baswn i'n neidio at rasal? Wyt ti?'

'Hei, hei!' Roedd Vicki ar ei thraed. 'Alexei!'

'Y gwir, Paul, 'na be ti 'di glywad gen i – a dim byd arall.'

Cydiodd rhyw ddicter dychrynllyd ynddo fo. Bwriodd trwyddi i ddweud ei ddweud, y cwbwl roedd o'n ei wybod am yr SA, gan fynd ati i restru eu cryfderau bob un: digonadd o bres, digonadd o arfau a mwy na digon o drefn a disgyblaeth. Roedd chwanag o ddynion yn debygol o heidio at y Natsïaid, a mwy fyth yn sgil dyrchafu eu harweinydd yn Ganghellor. Eu cryfder mwya nhw oedd eu moto-ceir a'u moto-beics, eu tryciau a'u lorïau i wibio'n sydyn o le i le; yn hynny o beth, doedd dim posib i'r Roter Frontkämpfer-Bund eu trechu nhw byth. Roedd brwydr y comiwnyddion yn erbyn y ffasgwyr wedi ei cholli'n barod. Doedd ryfedd fod Hitler yn lle roedd o.

'Sut ti'n gallu meiddio siarad fel hyn?' Collodd Vicki ei limpyn.

'Pan fo gelyn yn ymosod arnoch chi, yn lle troi clust fyddar, falla 'i bod hi o fantais amball waith i wrando ar yr hyn maen nhw'n ei ddeud. Yn amlach na heb mae gelyn yn gallu rhoi ei fys ar eich gwendidau chi, a hynny'n fwy gonest o'r hannar nag y byddai cyfaill byth yn meiddio'i wneud.'

Codi gwrychyn Vicki yn waeth oedd trio mynd ati i resymu fel hyn.

'Does ganddon ni ddim byd i'w ddysgu gan y Natsïaid,' dywedodd hi ar ei ben.

'Pam wyt ti mor hunangyfiawn?'

'Dwi'm yn hunangyfiawn.'

'Mae'n *rhaid* dysgu. Neu fel arall ti'n dallu dy hun.'

'Ti'n siarad lol.'

Am weddill yr wythnos, welodd Alyosha mo Vicki o doriad dydd hyd ddeg yr hwyr. Allan yn trefnu protestiadau a chyhoeddiadau yr oedd hi, a bu ond y dim iddi gael ei dal un noson wrth smyglo pamffledi'r KPD i mewn i faracs y Reichswehr. Ymdrechodd hefyd i drefnu streic ym Mhwerdy Siemensstadt, er mwyn bwrw ardaloedd o Berlin i'r un math o ddüwch ag a deimlai yn ei chalon.

Gan nad oedd Capten Malinovksi byth yn trafferthu codi cyn hannar dydd, gwaith dedwydd iawn oedd bod yn *chauffeur* iddo fo. Trwy ei gario hwnt ac yma, daeth dau fyd Berlin yn fwy cyfarwydd fyth i Alyosha; ar waetha'r diffyg gwaith, y protestio a'r cwffio roedd hawddfyd o ddawnsfeydd mewn gwestai cyfforddus yn cael eu cynnal fel erioed. Er bod pobol allan yn begera a phuteinio, roedd byrddau'r bwytai gorau wedi eu bwcio noson ar ôl noson ar gyfer y setiau o bobol ffasiynol a fyddai'n croesi ar draws Friedrichstrasse ar ôl i'r llenni ddisgyn ar ba berfformiad bynnag oedd yn Theatr y Schauspielhaus. Roedd swyddogion ifanc y Reichswehr yn drwsiadus, a'u cariadon yn brydferth yn eu menig gwynion a'u clustdlysau hirion, wrth i bawb gydgymysgu ag aelodau o'r SA.

Roedd hi o'r pwys o'r mwyaf i Capten Malinovski fod ei *chauffeur* wedi ei ddilladu'n smart. Y peth dwytha roedd o'n ei ddymuno oedd gweld rhyw dwmpath blêr o foi wrth lyw ei foto fo. Dyna sut y cafodd Alyosha ei yrru at ei deiliwr mewn gweithdy bychan hanner ffordd i lawr y stryd o Leipziger Platz.

Ei waith oedd danfon Capten Malinovski i lle bynnag roedd o'n dymuno bod, saith diwrnod yr wythnos, a chan ei fod yn ddyn a oedd yn hoff iawn o gymdeithasu, roedd hynny'n digwydd bob pnawn a bron bob nos. Bu Alyosha draw yn llysgenhadaeth Gwlad Pwyl fwy nag unwaith.

Yno y gwelodd o lygaid llwydion o boptu trwyn main yng nghanol wyneb brasterog Cyrnol Flezar. Chwerthin rhyw chwerthiniad mewnol roedd o, yn wahanol i Capten Malinovski a oedd yn chwerthin allan yn uchel. Doedd yr un o'r ddau byth yn esgeuluso'u boliau, ac roedd Cyrnol Flezar, yn enwedig, yn ddyn cnawdol, iach nad oedd byth yn ymatal yn gymedrol rhag unrhyw bleser. Doedd neb yn mwynhau cwmni gwragedd diarth yn fwy na fo – y sgwrsio smala, y dawnsio diddan, y jôcs a oedd yn werth eu hailadrodd, y llygadrythu ar gyrff noethion o dan wisgoedd haf, neu'n well fyth, gwmpeini cantoresau tramor hefo'u chwerthin serchog, eu brwdfrydedd mawr a'u bronnau mwy.

Dyn wedi ei loywi gan flynyddoedd o addysg mewn ysgolion drud oedd Cyrnol Flezar, un garw am hel clecs ac yn cael rhyw ias wyrdroëdig pan oedd o'n torri ar gymeriad ei gyd-ddynion, trwy eu tynnu i lawr beg neu ddau mewn cwmni cyhoeddus. Eto, roedd o'n orofalus i beidio â chodi cynnen, ac yn hynny o beth roedd yn rhagrithiwr wrth reddf. Buan y daeth Alyosha i ddallt fod ganddo fo deulu mor fawr fel nad oedd o prin yn gallu cofio'u henwa nhw i gyd, yn enwedig y cefndryd a'r cyfnitherod a'u plant a oedd yn byw ar gyrion eithaf ei fywyd o.

Un nos Sadwrn, danfonodd Cyrnol Flezar a Capten Malinovski i dderbyniad ym mhalas Llywydd y Reich yn Wilhelmstrasse, yng nghwmni cant a hannar a mwy o ddiplomyddion mewn gwisgoedd gala. Rhyw naws filitaraidd oedd i'r achlysur, ac wrth i Alyosha ddanfon y ddau adra fe glywodd ryw gymaint o hanas eu noson. Cafodd y Cyrnol Flezar amsar wrth ei fodd yn ista rhwng gwragedd llysgenhadon Rwsia a'r Eidal. Gwraig syml, braidd yn werinol, o Rostov-ar-y-Don oedd un, ond roedd yr Eidales yn amlwg wedi ei magu mewn cylchoedd tipyn uwch a chafn ei bronnau'n ddyfnach. Tra oedd Cyrnol Flezar yn fflyrtio'n ddireidus yn ei chlust hi, cyd-safai Capten Malinovski hefo'r Arlywydd Paul von Hindenburg, a'r tu allan roedd rhyw gywion cigfrain yn llefain yn y llwydwyll.

Wedi'r wledd, fe ymneilltuodd y gwmnïaeth i'r neuadd dderbyn brydferth o dan furluniau a thapestriau o'r ddeunawfed ganrif. Dyna pryd y cododd y Pwyliaid sgwrs fer hefo Herr Adolf Hitler, a oedd yn troi ymysg y gwesteion.

Ysgafnder a sirioldeb oedd yn ei symudiadau a'i sgwrsio'n hwyliog. Y peryg mwya i bawb sy'n coleddu argyhoeddiadau cadarn, boed y rheiny'n wleidyddol neu'n grefyddol, oedd tyfu'n hunangyfiawn. Yr hyn oedd yn rhyfeddol ynglŷn â Herr Hitler oedd pa mor wylaidd oedd o; yn wir, roedd o bron â bod yn swil. Er mai dim ond mân siarad wnaethon nhw, teimlai'r ddau yn falch o fod wedi cyflwyno eu hunain iddo fo a mwynhau diddanwch ei gwmni.

'Dwyn ei faich ei hun ydi'r rheidrwydd sydd ar bob dyn,' dywedodd Herr Hitler.

A'r unig beth arall cofiadwy iddo fo ei ddweud oedd mai anawsterau sy'n creu dynion: ddim llwyddiant ond methiant. Mae anawsterau yn sigo'r gwan o galon, yn enwedig pan fo rhyw gysgod tywyll yn bwrw ar draws ei amcan o, ond yn tynnu allan holl nerth y dyn cry a chadarn. Pan ddaw tro sydyn yn ei ffawd fydd ei ysbryd o ddim yn torri, er iddo fo yfed o gwpan chwerw siomedigaeth. Mi all pawb fod yn pwy bynnag mae o'n dymuno bod, cyn bellad â'i fod o'n cadw golwg glir ar ei uchelgais.

Câi Alyosha ei anfon ar ei ben ei hun i'r Wansee bob pnawn Mercher.

Wrth droi trwyn y moto o'r briffordd i fyny'r lôn o goed a llwyni, tynnai at ben y daith. Doedd o ddim i symud cam o'r moto, dim ond diffodd yr injan.

A disgwyl.

Dyna oedd y gorchymyn clir a gafodd o gan Capten Malinovski.

Gan nad oedd o byth yn cychwyn o'r Hotel Adlon tan yn hwyr y pnawn, erbyn iddo gyrraedd glan afon Havel roedd hi'n nos ddu, yn fagddu mewn trwch o goed a oedd yn taflu eu cysgodion hirion o'i gwmpas o.

Doedd dim byd i'w glywed, ddim cymaint â sŵn aderyn.

Roedd hi'n ganol Chwefror, a'r barrug eisoes ar y borfa. Gan amla, rhyw ddeng munud neu chwarter awr oedd hyd y disgwyl, ond un nos Ferchar at ddiwedd y mis bu'n smocio yn y moto am bron i hanner awr. Yn gynharach yn y dydd bu'n bwrw eira'n driphlith draphlith, a'r plu'n cael eu chwipio ar ddwyreinwynt main. Gwynder oedd o'i gwmpas ym mhob man, hyd at gyrion tywyll y wig.

Daeth cnoc ar ei ffenest, a galwad ysgafn gan ysbryd a oedd wedi disgyn o entrychion pell.

Hi eto.

Yr un ferch ifanc â'r tro cynt y bu yno, ei sgarff dros ei hwyneb, ei llygaid duon yn y golwg o dan het felfed, a honno wedi ei thynnu'n isel dros ei thalcan.

Ei waith o oedd derbyn yr amlen o'i llaw hi, heb yr un cyfarchiad. Troi'n sydyn ar ei sawdl wnâi hi wedyn, a'i adael o'n ei gwylio'n cilio heibio i dalcen congol y *villa* cyn diflannu.

Cyflawnodd Alyosha y ddefod dair gwaith, a'r un yn union oedd y drefn bob tro.

A barnu yn ôl trwch y mwg, roedd yn amlwg fod Paul wedi bod yn yr apartment am dalp go-lew o amsar y pnawn hwnnw. Ers eu noson yn y bar ar y Bülow-platz, roedd y printar di-waith wedi mynd yn gasach fyth yng ngolwg Alyosha. Doedd dim dwywaith nad gwenwyno meddwl Vicki tuag ato fo roedd o'n ei wneud, a thyfodd i gasáu'r ffaith fod y ddau yn llawiach hefo'i gilydd o gwbwl, ond ar yr un pryd teimlai'n ddi-rym i'w rhwystro nhw.

'Elli di mo'i gadw fo fwy hyd braich?'

Amhosib, oedd ei hateb hi i hynny.

'Pam ti mor genfigennus? Cyd-weithwyr yn yr achos ydan ni.'

Roedd warant allan ers rhai dyddiau i arestio Paul. Roedd rhywrai – yr SA, yn fwy na thebyg – wedi lledaenu'r si ar led mai y fo oedd yr un a saethodd Vlasich Pesotski. Oherwydd bod yr heddlu yn ei hela fo, dechreuodd Paul gysgu yno dros nos. Trefniant dros dro oedd hyn i fod – i gychwyn. Ond bellach roedd o yno nos ar ôl nos.

Un noson, llithrodd Alyosha ei law ar hyd y fatres dros ochor Vicki o'r gwely a theimlo oerni gwag. Agorodd ei lygaid a chlywed rhyw sisial isal, heibio i gil y drws. Cerddodd draw ar flaenau'i draed a chlustfeinio. Sbeciodd a gweld Vicki ar ei chwrcwd, Paul ar ei hyd ar y soffa racsiog, ei ddwy fraich yn glustog o dan ei ben – a lleufer y lloer yn eu llwyd-oleuo.

Ceisiodd glustfeinio ar eu sgwrs wrth weld fod y ddau drwyn yn nhrwyn. Yr unig beth y gallodd ei ddeall oedd ambell air, ambell chwerthiniad gyddfol, sŵn gro a graean. Dim ond un peth a glywodd o'n glir: ei enw ei hun.

Pan gododd Vicki a cherdded i'w gyfwrdd, bagiodd a chamu i'w wely. Dychwelodd hi hefo gwydryn o ddŵr, ond cogiodd ei fod yn cysgu.

Wedi i Paul adael drannoeth, mynnodd air hefo hi, ond er iddi siarad teimlai Alyosha fod Vicki yn cadw'i phellter.

'Fi'n caru Paul?' Lledodd rhyw hurtni trwy ei llygaid.

'Be sy'n gwneud i chdi feddwl ffasiwn beth?'

'Be oeddach chi'n drafod neithiwr 'ta?'

'Be ti'n feddwl? Chdi.'

'O leia ti'n onast.'

'A ti'n gwbod pam hefyd. Mae o'n dal yn amheus ohonach chdi.'

Taniodd Vicki sigarét.

'Y noson 'nath yr SA ymosod. Pam 'nes di ruthro allan i'r stryd?'

'Achos 'mod i'n poeni am y moto-car.'

'Mae Paul yn meddwl bod hynna'n esgus gwan.'

Teimlodd Alyosha wres rhyw gynddaredd yn dechrau poethi ynddo fo'i hun.

'Be? Mae o'n meddwl 'mod i wedi mynd allan i'w cyfwrdd nhw?'

Chwythodd Vicki fwg i lawr ei thrwyn.

'Mynd allan i ddeud wrth yr SA lle i fynd? Am bwy i chwilio yn y bloc 'ma? Pa ddrysa i'w curo? Pwy i'w arestio? 'Na be mae o'n 'i ensynio?'

'Pam ti'n gweiddi?' holodd Vicki yn dawel.

'Ti'm yn gweld be mae o'n trio'i 'neud?'

'Mae o'n teimlo bo' chdi'n beryg i mi ...'

'Ti'n 'i goelio fo?'

'Y basa hi'n rheitiach i mi fod hebddach chdi.'

'Wela i.'

'Mae o'n bygwth riportio'r cwbwl. Allwn i ga'l fy hun mewn dipyn o ddŵr poeth.'

Pwyllgor disgyblu'r KPD. Erbyn hyn, roedd Alyosha yn gwybod yn union be oedd awdurdod terfynol y pwyllgor hwnnw.

'Ti'n dallt be fasa hynny'n 'i olygu i mi?'

Roedd o'n dallt yn well na neb. Ond ddim hynny oedd ei boen meddwl mwya fo ar yr union eiliad honno. Penderfynodd ofyn yn blwmp ac yn blaen, 'Vicki, deud yn onast ... Ti'n hapus fod Paul yn ein gyrru ni ar wahân?'

Smociodd heb gynnig atab.

'Fues i 'rioed yn *agent provocateur*. Taswn i'n gweithio iddyn nhw, ti'm yn meddwl y basa Paul 'di ca'l 'i arestio cyn hyn? Neu rei o gomiwnyddion erill y bloc 'ma?'

Sefyll yn synfyfyriol wnaeth Vicki cyn dweud, 'Elli di'm gwadu na fuos di'n yr SA, yn drilio a martsio hefo nhw?'

'Am fod bwyd a diod i'w gael, do. Dyna pam. Hwnnw oedd yr unig reswm. Job geiniog a dima oedd gen i ar y pryd, ro'n i'n byw ar gardod, o'r llaw i'r gena. Ro'n i'n llwgu ...'

'A'r frawdoliaeth? 'Nes di'm deud bod 'na hogia erill o Rwsiaid wrthi hefo chdi?'

Teimlai ei fod yn dal pen rheswm hefo dynas ddiarth.

''Sgen ti'm dewis, Alexei. Yr unig ffordd allan o hyn ydi i chdi brofi dy hun i ni ...'

'Profi'n hun, sut?'

'Trwy ddangos tu hwnt i amheuaeth bo' chdi ddim yn un ohonyn nhw.'

'Os ti'm yn 'y nghoelio fi – pa obaith 'sgen i?'

'Profa ar ba ochor wyt ti go iawn.'

Doedd hyd yn oed Vicki bellach ddim yn ei goelio fo: roedd hynny mor glir â'r dydd. Roedd gwenwyn Paul wedi profi ei nerth, a theimlai fod briw yn ei galon.

Bu ond y dim i Vicki gael ei brifo pan gafodd pencadlys y KPD, Karl Liebknecht Haus, ei ransacio gan yr SA. A daeth o fewn trwch blewyn i gael ei harestio.

Yn ddiweddarach, wrth ddychwelyd i'r bloc o fflatia, y bu bron i hynny ddigwydd.

Bellach, roedd yr hen ganolfan gymunedol ar ben y stryd wedi cael ei throi'n faracs i'r SA. Cwta ddau gan llath i ffwrdd o'r bloc oeddan nhw – nos a dydd. Roedd rhywrai yn eu lifrai brown wastad yn prowla ar y pafin, a phobol yn cael eu hatal a'u holi ar yr esgus lleia, a llu yn diflannu am byth. Dyna oedd profiad Vicki un bora pan gafodd ei holi ar y stryd, ond llwyddodd i ddŵad allan ohoni trwy honni mai rhywun arall oedd hi.

Bora digon tywyll oedd hi, hen smwclaw budur yn disgyn dros y ddinas ac amryw yn ogleuo o fwg baco a gwlybaniaeth. Roedd Vicki a Franz wedi galw cyfarfod o Grŵp Amddiffyn y Stryd, a mynnai Vicki fod Alyosha yn dangos ei wyneb.

Dyna pryd y clywodd o am y tro cyntaf fod bwriad i ailenwi'r stryd yn Pesotskistrasse.

Roedd Franz wedi clywed si arall: bwriad y Natsïaid oedd gosod cofeb farmor yn y fan lle disgynnodd y merthyr. Cytunodd pawb o'r tenantiaid y dylid gwrthwynebu'n chwyrn. Ond colli'r rhyfel propaganda oeddan nhw. Cynigiodd rhywun eu bod nhw'n gosod torch o flodau yn y fan lle bu farw'r *Schupo,* gan y byddai hynny'n tynnu sylw'r wasg ac yn fodd o wneud rhyw gymaint i unioni'r cam trwy gyhoeddi eu hochor nhw o'r stori. Rhaid oedd bod yr un mor glyfar â'r gelyn.

Ar ddiwadd y cyfarfod, gofynnodd Vicki i Alyosha aros ar ôl.

Caeodd Franz y drws.

'Fel ti'n gwbod, Alexei, ma'r sefyllfa'n waeth nag erioed,' dywedodd mewn llais gweddol ffurfiol. 'Be 'dan ni isio'n fwy na dim 'di llygaid a chlustiau yn yr SA.'

'Sbei yn eu mysg nhw ar ben y stryd,' eiliodd Franz.

Roedd gwybod rhag blaen be oedd bwriad y ffasgwyr o'r pwys mwyaf i'r Blaid Gomiwnyddol. Wrth osod rhywun yn eu canol nhw, roedd hi'n bosib i hwnnw achosi llawar o ddrwg i ddynion Hitler. Doedd hi'n fawr o gyfrinach fod casineb rhwng Goebbels ac Otto Stausser. Roedd sosialwyr yn yr NASAP o hyd, ac roedd Pwyllgor Canolog y KPD o'r farn y gellid gwneud defnydd o'r rheiny er mwyn tanseilio a chwalu eu cynlluniau nhw. Dyna oedd barn Franz, beth bynnag.

Oeddan nhw'n sylweddoli pa mor beryg bywyd oedd hyn?

'Os ti'n mynnu 'ngyrru fi atyn nhw, ti'n 'y ngyrru fi i 'medd. Vicki, dwi'n gwbod rŵan na faswn i'n para mwy na dwy eiliad yn yr SA.'

Prin roedd o'n gallu coelio'i bod hi hyd yn oed yn awgrymu'r ffasiwn beth.

'Oes rhaid i chdi fod mor hunanol?'

Ei dadl hi oedd fod bywyd pob comiwnydd yn Berlin mewn peryg, ac yn waeth na hynny, roedd hi'n ben set. Cytunai Franz â phob un gair. Sylwodd Alyosha ar ei ddannadd drwg. Bob tro roedd o'n agor ei geg, roedd ei stympia duon i'w gweld yn glir. Roedd ei fam, Frau Kempowski, wedi crefu arno fo i fynd i weld deintydd droeon, ond gwrthod wnaeth Franz – a hynny ar gownt y gost. Gwell o'r hannar ganddo fo oedd gwario'r pres ar betha amgenach – fel printio pamffledi'r KPD.

'Ma' peryg inni i gyd gael ein carcharu neu waeth. Meddylia am Paul. Ma' pob *Schupo* yn Berlin ar ei ôl o. A'r SA hefyd. Os ceith o 'i ddal gen y rheiny, geith o achos teg?'

Sut oedd Alyosha yn mynd i egluro wrth yr SA ei fod wedi achub comiwnyddes amlwg fel Margarita rhag cael ei churo gan y Natsïaid?

Dadl Vicki oedd fod modd darbwyllo'r Natsïaid sut y daeth hynny i fod.

'Rhyw eiliad ddifeddwl oedd hi. Gweithredu'n reddfol 'nes di, er mwyn achub dy gyfnither. Mi fydd pawb yn dallt hynny.'

Gwnaeth Vicki a Franz eu gorau i'w annog i weithredu. Wedi'r cwbwl, roedd cymaint o bethau o'i blaid o. Onid oedd ei dad o'n Rwsiad Gwyn adnabyddus, yn ddyn a wnaeth ei orau i drechu'r Bolsieficiaid? Ar ben pob dim, roedd o'n nabod neb llai na'r Athro Karl Krieger o Brifysgol Berlin, a oedd bellach yn gweithio'n ddyddiol i Joseph Goebbels ei hun.

Wrth iddi siarad, clywed llais Paul roedd Alyosha. Fo oedd y tu cefn i hyn i gyd. Oedd Paul am gael ei wared o? Ai hwnnw oedd y gwir reswm?

Ar ôl i Franz adael, gafaelodd yn llaw Vicki a sylwi fod ei bysedd yn oer.

'Dwi'n dy garu di.'

'Dwi'n gwbod bo' chdi.'

'Na, ti ddim. Gwranda arna i. Mi ddeuda i o eto ...'

Y gwir amdani oedd fod Alyosha wedi 'laru ar fyw yn Berlin. Doedd o ddim yn or-hoff o fod yn was bach ar ofyn Capten Malinovski chwaith, er ei fod o'n talu'n dda. Doedd dim awydd arno fo i dreulio gweddill ei fywyd fel *chauffeur* ac roedd wedi bod yn cynilo ei bres er eu mwyn nhw eu dau. Y diwrnod cynt, roedd wedi holi am bris dau docyn llong i Buenos Aires.

Siglo ei phen wnaeth Vicki.

'Pa fath o ddyfodol sy 'na i ni fan hyn?'

A lecsiwn ar y 5ed o Fawrth? Y lecsiwn pwysicaf erioed? Wrth reswm pawb mai yma oedd eu lle nhw, yn fwy fyth felly gan fod cymaint o bobol wedi cael eu carcharu'n barod – er eu lles eu hunain, yn ôl y Natsïaid – er mwyn eu gwarchod nhw rhag llid y bobl. Gwaharddwyd posteri a phapurau newydd pob plaid arall eisoes, ac roedd pob math o sibrydion anllad fod comiwnyddion wedi gwenwyno ffynhonnau gwahanol drefi. Dyna oedd Hitler, Goebbels a Goering yn ei frygowthan trwy'r weiarles ddydd ar ôl dydd. A'r peth trista'n fyw oedd fod cymaint o bobol yn eu coelio nhw. Hon oedd y lecsiwn bwysicaf yn hanes yr Almaen, a doedd dim dewis gan bleidiau'r chwith – y SDP a'r KPD – ond trechu'r Natsïaid.

''Na pam ma'n rhaid i mi aros yma. Aros a chwffio ...'

'Dwi'n gwbod, ond ...'

'Be arall sy 'na i'w ddeud? Lle ti'n byw? Ar ba blaned?'

Soniodd Vicki yn angerddol am ei hymrwymiad i les y dosbarth gweithiol, ac mor bwysig oedd hi i bawb ymroi i drechu'r ffasgwyr unwaith ac am byth, yn lle meddwl am achub ei groen hunanol ei hun trwy ei heglu hi dramor.

'Dwi'n meddwl bod y frwydr wedi ei cholli'n barod.'

Gwylltiodd hyn hi yn fwy na dim. Aeth yn fatar o anghytuno ffyrnig rhwng y ddau, a hynny'n troi'n ffrae flêr. De America oedd y lle dwytha yn y byd ar feddwl Vicki. Heb os nag oni bai, os byth y byddai'n rhaid dianc dros y ffin, i'r Undeb Sofietaidd fyddai hynny – ac i unman arall.

Pan agorodd y bwtler main hefo'r llygaid nionod y drws, gwelodd Alyosha fod tri arall yno yn ista'n smocio. Roeddan nhw'n amlwg wedi bod yno ers sbelan go lew a'r stafall yn yr Hotel Adlon yn drewi o fwg myglys, ogla coffi a *cognac*. Y cynta i droi ei ben oedd Cyrnol Flezar, a'i droi draw yn syth pan welodd mai dim ond y *chauffeur* oedd yno. Ar ganol adrodd rhyw stori am wraig Llysgennad yr Eidal oedd o.

Ers y noson ym Mhalas Arlywydd y Reich, roedd Concetta wedi ei deleffonio fwy nag unwaith. Dair noson ynghynt, gwelodd y ddau ei gilydd mewn swper gala ym mhalas Ernst Roehm, pennaeth yr SA, ar y Mattaikirchestrasse. Ar ddiwedd y noson, gadawodd y ddau mewn tacsi i'r Herren Klub er mwyn parhau â'u sgwrsio ...

Chwarddodd gwraig benfelen, fronnog wrth dapio llwch ei sigarét.

'A lle aethoch chi wedyn, 'sgwn i?'

'Adra.'

Chwarddodd yn uwch.

'Adra, wir.'

'Wir yr.'

'Ers pryd wyt ti'n cysgu yn dy wely dy hun? '

Yn y man, sylweddolodd Capten Malinovski fod Alyosha yn cicio'i sodlau.

'Dwi am i chdi fynd â'r Farwnes Kosub a'i ffrind i ...'

Wrth weld y syndod yn croesi gwep ei *chauffeur*, holodd ei gyflogwr, 'Be sy? Dach chi'ch dau'n nabod eich gilydd neu be?'

Roedd Duges Kolodziejska wedi codi ar ei thraed.

'Helô, Alexei.'

Cusanodd ei maneg las. 'Helô, Ludwika.'

Gollyngodd ei lygaid i redag drosti a dweud, 'Erstalwm iawn.'

Gwenodd hithau'n addfwyn, 'Erstalwm iawn.'

Er gwaetha'i hun, rhewodd ei lygaid arni drachefn.

Am un eiliad, doedd dim clem o fath yn y byd ganddo fo lle roedd o hyd yn oed, na be oedd yn digwydd o'i gwmpas o. Trwy'r tywyllwch clywodd sŵn curo nes peri iddo fo byslo trwy bwl o bendro, lle ydw i? Y tu ôl i'r curo, clywai lais taer rhyw wraig yn galw'i enw. Er ei fod o'n dal yn llawn o synfeddyliau, llwyddodd i sadio'i hun. Cofiodd lle roedd o. Cofiodd pwy oedd o a bod ei fywyd, fel erioed, ynghrog wrth sidyll anwastad ffawd. Rhwbiodd ei lygaid, ac yna'i fochau cyn taflu ei goesau dros erchwyn y gwely a thynnu ei drowsus i fyny. Roedd y llawr yn oer o dan ei wadnau wrth iddo gerddad am y drws.

Frau Kempowski oedd yno.

'Ma' nhw yma.'

Trodd ar ei sawdl a diflannu trwy'r drws i'w hapartment ei hun wrth i'w mab ruthro ar draws pen y grisiau hefo pecyn bychan yn ei law. Miglodd Franz heibio i ddrws Alyosha, ond o fewn dim, sŵn stampio traed trymion oedd i'w glywed yn tynnu i fyny'r grisiau a dobio calad ar y drws gyferbyn.

'Dydyn nhw'm yn wirion,' sibrydodd Franz yn frysiog. 'Ma' matras 'y ngwely fi'n dal yn gynnas.'

Cydsafodd y ddau am eiliad. Ond mater o eiliadau oedd hi cyn y byddai curo calad ar ddrws Alyosha. Mewn chwinciad, dadfolltiodd Franz y ffenast.

'Cymar ofal. Ma' hi'n llithrig ...' Rhoddodd Alyosha help llaw iddo fo gamu allan.

Roedd curo eisoes i'w glywed ar bren ei ddrws.

'Agor!'

'Pob lwc.'

'Edrycha ar ôl Mam,' oedd geiria ola Franz cyn diflannu i'r nos.

Bolltiodd ei ffenast. Hastiodd Alyosha ddim i agor y drws, er bod y twrw yn tyfu'n fwy curwyllt.

'Lle ti 'di bod?'

Dallwyd ei olwg gan oleuni fflachlamp.

'Pam oeddach chdi mor hir?'

Hefo'i ysgwydd, gwthiodd yr un cynta y drws yn llydan agorad. O fewn dim, roeddan nhw lond y lle: pedwar aelod o'r heddlu cudd, dau *Schupo* a thalp anferthol o ddyn o'r SA.

Safai Frau Kempowski ar ben y grisiau o hyd hefo hen gôt dros ei choban a hen sliperi rhacsiog am ei thraed. Uwch eu pennau, roedd drysau eraill yn cael eu curo.

'Hon 'di Frau Kempowski?' holodd rhywun Alyosha a'r fflachlamp yn dal i chwifio o flaen ei lygaid.

'Ti 'di gweld 'i mab hi heno?' holodd llais arall.

'Naddo.'

Tasg anodd oedd llechu o dan gysgod celwydd; teimlai ryw reidrwydd greddfol i gyfadda'r gwir er mwyn cael madal â nhw.

'Ti'n gwbod lle mae o?' bloeddiodd dyn yr SA i wynab yr hen wreigan.

'A Hedwig Eisenberg?' holodd rhywun arall. 'Ma' honno'n byw fan hyn. Honno ma'r cochion yn 'i galw'n Vicki. Lle mae hi? Ti'n gwbod?'

''Sgen i'm syniad ...'

'Pryd oedd y tro dwytha i chdi 'i gweld hi?'

Trwy gil ei lygaid gwelodd ddillad ei wely'n cael eu taflu ar y llawr a'r fatras yn cael ei chodi'n uchal, cyn cael ei gollwng yn glewt. Roedd sŵn llestri yn cael eu chwalu i'w glywed o'r gegin. Ac wedyn, sŵn y cwpwrdd yn cael ei symud, a'i waelodion yn crafu'r llawr. Chwalu manwl a dyfal chwilio oedd i fod, yn amlwg. Safai un o'r heddlu cudd wrth y ddwy silff yn bysedd pob llyfr yn ofalus. Taflai'r rhan fwyaf ar y llawr, ond rhoddai un neu ddau ar y bwrdd. Gwaith Gorki a Stalin oedd y rheiny.

Roedd cymaint o sŵn ac o symud o'i gwmpas o, a chymaint o holi hefyd, fel na sylwodd Alyosha am sbel mai'r *Schupos* mewn lifrai oedd yn codi lluniau o'u lle a thapio'r muriau hefo morthwylion bychan. Roedd pwy bynnag o'r bloc a gafodd ei arestio a'i holi ym maracs Vlasich Pesotski ar ben y stryd wedi dechra enwi enwau ...

'Pwy wyt ti 'ta?' holodd dyn yr SA.

Atebodd Alyosha.

'Be wyt ti'n 'neud 'ma?' A cholyn yn ei gwestiwn.

'Lojiar.'

Mor anhysbys a thywyll oeddan nhw i gyd i'w gilydd, meddyliodd. Dieithriaid â'u bryd ar ddŵad i wybod y cwbwl amdano fo mewn mater o funudau. Ond doedd neb yn coelio gair roedd o'n ei ddweud. Be oedd ei enw llawn o? Be oedd o'n ei 'neud yn Berlin? Ers faint oedd o'n byw yno? Oedd o'n perthyn i Vicki? Oedd o'n gariad iddi? Oedd o'n gochyn? Yn y man, aeth y *Schupos* i sefyll at y dyn o'r SA i ddweud eu bod nhw heb ddod o hyd i arfau o gwbwl.

Dechreuwyd ar yr holi eto, a byseddwyd ei basbort Nansen a'i bermit gyrru tacsis. Cafodd orchymyn i wisgo amdano ac i daro sgidiau am ei draed.

Roedd tair moto-lorri â'u hinjans yn dal i droi o flaen y bloc, hefo rhai *Schupos* mewn gwyrdd yn ista ar y meinciau pren; a rhyngddyn nhw roedd rhai o denantiaid y bloc, pob un â'i osgo'n benisal. Gorchmynnwyd i Alyosha gamu i fyny a chwilio am le i daro ei glun, ond roedd cefn y lorri yn fwy na llawn yn barod. Camodd chwanag o denantiaid arni yr un fath. O leia roedd Franz wedi llwyddo i ffoi dan gysgod y nos.

Ym mhrudd-der y gaeaf, rhynllyd oedd y daith trwy strydoedd Berlin. Oherwydd iddo fo gael ei hastio i wisgo, doedd o ddim wedi taro hannar digon o ddillad amdano'i hun; a chafodd ei beltio gan yr oerfel, er bod ei gôt lwydlas amdano fo a'i gap melfaréd ar ei ben. Gwasgai hyd yn oed rhai o'r *Schupos* a'r SA goleri eu cotiau hirion o gwmpas eu gyddfau. Dan olau'r lampau roedd ambell bwll gloyw o rew ar wyneb y stryd.

Pen y daith oedd cowt mewnol ym mhencadlys yr heddlu. Tywyswyd y carcharorion i fyny rhes o risiau, nes dŵad at goridor hefo waliau melynaidd, lle roedd dynion tebyg yn dŵad i'w cyfwrdd yn y goleuni gwelw. Ychydig iawn o wragadd oedd yn eu mysg nhw, a golwg ddigon llwydaidd oedd ar bron pawb, hefo rhai yn hannar cysgu ar eu traed.

Gwelodd Alyosha beth o eiddo ei apartment yn mynd heibio yn nwylo'r *Schupo* a fuo'n mynd trwy ei bethau ynghynt. Trugareddau Vicki oeddan nhw i gyd. Roedd rhai o'r carcharorion yn nabod ei gilydd yn dda, doedd y lleill ddim. Daeth chwanag o ddynion i mewn, llwythi lorïau eraill. Rhyw griw digon brith oeddan nhw, hefo'r un edrychiad diolwg ar amball un, yn flêr a rhacs, a sawdl sawl esgid wedi dechra gwisgo'n gam.

Sgarthion a gwehilion oeddan nhw bob un.

Felly y cafodd pawb ei drin.

Yn ei gell y clywodd Alyosha am y tân a losgodd y Reichstag y noson cynt.

Budur freuddwydiodd am Ludwika.

Cofiodd y syndod byw unwaith eto o'i gweld hi yn y cnawd. Bu'n rhy gegrwth i ddweud dim. Roedd o'n methu coelio'i lygaid, ond hi oedd hi, yn sefyll yno o'i flaen o.

Llifodd siom i'w galon wrth gofio'r dioddefaint a gafodd o o'i hachos hi.

Doedd dim awydd arno fo i wagsymera yn ei chwmni hi.

Doedd arno fo ddim isio dim oll i wneud â hi.

Yn lle'r bwlch a fu, be allai fod wedi bod?

Dyna oedd y tristwch.

Be tasa'r hyn a ddigwyddodd heb ddigwydd o gwbwl? Be allai fod wedi digwydd rhwng y ddau? Ond pwy sy'n byw ei fywyd yn union fel mae o i fod? Yn hwyr neu'n hwyrach, yr hyn sy'n dŵad i ran pawb ydi dadrithiad neu siom.

Roedd hi'n amhosib meddwl am gysgu. Doedd dim digon o le i orwadd i lawr, p'run bynnag. Gwthiwyd bron i un ar bymtheg o gomiwnyddion i'r gell yn ystod y nos. Aelod o'r SDP yn y Reichstag oedd un. Beio'r Natsïaid am gynnau'r tân, yn ddiflewyn-ar-dafod, wnaeth hwnnw.

Carcharor arall oedd Carl von Ossietski, dyn craff yr olwg. Synnwyd y comiwnyddion fod heddychwr adnabyddus fel fo wedi cael ei rwydo. Roedd amryw wedi gwneud lle i'r hen athronydd Herman Duncker pan gamodd hwnnw i'r gell. Pwysai'n drwm ar ei ffon, ond dyn a oedd yn dafod i gyd oedd Herman Duncker, ond byth yn glust i wrando. Cododd dipyn o styrbans ac aeth i ysbryd y gamp, ond cafodd ei anwybyddu gan y *Schupos*.

Roedd sŵn ugeiniau'n cael ei harestio i'w glywed yn y coridorau, a chlywyd yn ddiweddarach fod cannoedd ar gannoedd wedi eu carcharu ar hyd a lled y ddinas.

Ganol y bora, cafodd Alyosha ei holi eto.

Yr un math o fwrdd, yr un math o gadeiriau, yr un moelni dienaid, meddyliodd wrtho'i hun pan gafodd ei dywys i'r stafall – hawdd iawn y gallai o fod yn ôl yng Ngwlad Pwyl. Glynodd at ei stori. Glynu at yr hyn roedd Vicki ac ynta wedi cytuno i'w ddweud pe bai'r naill neu'r llall yn cael ei arestio.

Er nad oedd tystiolaeth ganddyn nhw i wrthbrofi'r hyn roedd o'n ei honni, cyndyn iawn oeddan nhw i'w goelio fo. Ysai yntau am gael ei draed yn rhydd; roedd o wedi blino, ac felly penderfynodd ennyn eu cydymdeimlad trwy adrodd hanes ei fywyd.

Gwnaeth hynny trwy fras bwysleisio cymaint roedd o'n casáu comiwnyddion, yn eu casáu hefo casineb pur. Synnodd mor hawdd y lleithiodd ei lygaid pan ddywedodd mai nhw fu'n gyfrifol am ladd ei dad, dwyn ei dŷ yn Petrograd, ei *dacha* yn y Crimea, ei ffatri gynhyrchu arfau, a gyrru'r teulu ar gyfeiliorn i grafu byw mewn dinasoedd diarth. Wrth ddal ati i lefaru, teimlodd bwys o emosiwn go iawn yn hidlo trwy'i frest, a rhyw lwmp calad yn magu yn ei gorn gwddw ...

Aeth yn ei flaen i sôn am yr hiraeth am fynd 'nôl i Rwsia – ei fod yn amal yn breuddwydio am gael cerdded i lawr y Nevskii Prospekt lle gallai glywed sŵn ei famiaith ar ei glyw, blas bwyd Rwsia ar ei dafod, ac arogleuon unigryw ei gynefin gynt ar ei ffroen. Yn fwy na dim, roedd o'n dymuno gweld cwymp Stalin a'i gangsters, a dyna pam y bu'n drilio hefo'r SA yn rhengoedd yr Auxiliary Rwsiaidd ar dir Rittmeister Günther von Kunz. Boddhad digymar iddo fo fyddai cael croesi'r ffin yn lifrai milwrol yr Almaen Newydd i drechu'r comiwnyddion a'r Iddewon er mwyn ennill Rwsia yn ôl i'w llawn ogoniant. I goroni'r cwbwl, dywedodd ei fod yn nabod neb llai nag Oberführer Karl Krieger, a oedd yn gweithio i neb llai na'r Doctor Joseph Goebbels. Os oeddan nhw'n dal yn amheus ohono fo, y peth calla i'w wneud oedd codi'r teleffon.

Roedd oriau o waith twtio o'i flaen o pan ddychwelodd i'w apartment. Cyn wynebu'r llanast, hwyliodd banad iddo'i hun a gwrando ar y weiarles. Dal ei gwynt yr oedd dinas Berlin, yn disgwyl i'r KPD godi fel un.

Wrth i'r oriau fynd heibio, ddigwyddodd dim byd. Hanas llosgi'r Reichstag oedd yn mynnu'r sylw i gyd a rhyw gomiwnydd o'r Iseldiroedd oedd yn cael y bai – er bod awgrym cryf fod Torgler, arweinydd y grŵp comiwnyddol yn y Reichstag, wedi bod yn llawiach hefo fo mewn rhyw gynllwyn. Yn ôl y Natsïaid, roedd hyn ar sail tystiolaeth weddol bendant a gafwyd yn Karl Liebknecht Haus. Dyna pam y bu cymaint o arestio ... er mwyn dŵad at galon y gwir ynglŷn â'r tân.

Fel yr âi'r dyddiau heibio, digwyddodd llai byth, ar wahân i beintio slogan ar amball wal liw nos. Meddyliodd Alyosha am yr howlath Erich – ei lygad gwydr, ei ddarn o glust, ei fedalau ar ei frest, ei frwsh yn ei law ...

Chafodd streic gyffredinol mo'i galw hyd yn oed.

Gyrrodd Alyosha heibio i'r Reichstag yn ara deg un noson. Roedd eira ar y borfa yn llwydwyllni'r min nos. Tu ôl i'r cymylau yn rhywle roedd y lloer swil yn bygwth dangos ei hun. Doedd dim cymaint â hynny o ddifrod i'w weld, ddim ar y tu allan beth bynnag.

Yn y cyfamser, aeth yr arestio a'r carcharu yn ei flaen. Ernst Toler, Cadeirydd y KPD, oedd un o'r rhai cyntaf i gael ei roi dan glo. Roedd Ernst Thälmann ar ffo. Byddai Heinz Neumann wedi ei ddal yn saff oni bai iddo fo a'i wraig lwyddo i ffoi am loches yn yr Undeb Sofietaidd. I ddal ati hefo'r dasg o drechu'r Natsïaid, ei heglu hi i Baris wnaeth Willi Münzenberg. Ei miglo hi dros y ffin oedd hanas pawb ...

Dyn ffiaidd o wrth-gomiwnyddol oedd Capten Malinovski, a'r newydd am erlid y Cochion yn sgil llosgi'r Reichstag wrth fodd ei galon o. Datganodd ei farn droeon pan oedd yn bytheirio yng nghefn y moto-car wrth gael ei ddanfon i le bynnag roedd o â'i fryd ar gymdeithasu. Oedd, roedd erlid rwtsh-ratsh Stalin yn fêl ar ei fysedd o. Afiechyd y galon oedd comiwnyddiaeth, un oedd yn rhoi trawiad dirybudd i wledydd Ewrop. Baw isa'r doman oedd pob Marcsydd a'i farn amdanyn nhw'n gyson unplyg. Roedd eu crogi nhw'n ara deg yn rhy dda o'r hanner iddyn nhw, ac roedd o'n hapus iawn fod Hitler yn eu carcharu nhw. Doedd neb yn falchach fod cymaint yn cael eu cadw mewn carchardai, ac yn y lle newydd, pwrpasol hwnnw a oedd wedi agor ar gyrion Munich – lle o'r enw Dachau ...

Cyrnol Flezar holodd, 'Oes rhaid i'r dosbarth gweithiol ddrewi cymaint?'

Chwerthin yn iach wnâi Capten Malinovski bob tro, a'i alw'n 'ddirmyg Fyrsil' at y werin datws hefo'i hofergoelion a'i mân arferion diddrwg didda a oedd bob amser yn cael eu dyrchafu'n ddiwylliant yn eu golwg eu hunain. Hunan-dwyll o'r math creulonaf oedd myth y gwerinwr diwylliedig.

'Ffynnu yn yr un modd ag enaid dyn mae pob gwladwriaeth,' dywedodd Cyrnol Flezar un amsar cinio ar y ffordd i dderbyniad yn Llysgenhadaeth Ffrainc. '*Sui conscia, sui memor, sui compos* – yn ymwybodol ohoni hi ei hun, yn cofio'i hun, ag yn bwysicach na dim, mewn rheolaeth lwyr ohoni hi ei hun. Gwlad felly ydi Gwlad Pwyl heddiw.'

Gwyrodd Alyosha ei glust yn agosach er mwyn dal pen llinyn y sgwrs.

'Ond ydi Gwlad Pwyl yn wlad ddemocrataidd?' mentrodd holi o'r tu ôl i'r llyw.

'Pwy honnodd fod yn rhaid iddi fod? Y gwir amdani ydi mai amarch sydd gan bob democratiaeth gyfoes tuag at draddodiad. Dyna'r bai mwya.'

'Clywch, clywch,' eiliodd Capten Malinovski gan chwythu ei drwyn.

'A'r llymbar barbaraidd hwnnw yng ngwaith Demosthenes ydi pob democrat. Y paradocs ydi fod democratiaeth, ar waetha'r miliynau o bleidleisiau, yn analluog i drefnu dim. Blerwch a llanast ydi'r cwbwl. Dydi democratiaeth yn ddim byd ond enw arall ar flys dall miliynau o unigolion i warchod eu lles eu hunain. Ddim llywodraethu ydi peth o'r fath, ond anarchiaeth, a honno'n ddim llai na chynllwyn yn erbyn cyfraith a threfn.'

'Ddim barn gyhoeddus 'di democratiaeth o'r fath?' mentrodd Alyosha.

'*L'opinion* bondigrybwyll y bobol?' chwyddodd y llais o'r cefn, 'Be? Sloganau anwadal ag ansylweddol sy'n groes i bob gwirionedd? Y farn gyhoeddus, wir! Ha! Tu cefn i sŵn o'r fath mae 'na dacla diegwyddor iawn yn llechu bob amsar er mwyn bachu ar eu cyfla, yn radicaliaid, Marcswyr, anarchwyr o bob lliw a llun sy'n corddi'r dosbarth gweithiol i feddwl eu bod nhw'n cael cam. Cael cam, wir! Am syniad cyfeiliornus. Am syniad hollol gableddus a chelwyddog, gan mai lles y genedl ydi priod les hyd yn oed yr aelodau tlotaf ohoni. Peth marwaidd a difywyd ydi cydraddoldeb ymysg dynion gan mai mudiad ffug ydi sosialaeth – rhywbeth gafodd ei greu yn enw'r dosbarth gweithiol gan ddeallusion barus sy'n ysu i wladoli pob eiddo yn y byd er mwyn lloffa cyfoeth i'w pocedi eu hunain. Y ddau ddyhead mwya nerthol trwy bum cyfandir y ddaear ydi dyhead dyn am ffydd a'r dyhead i fod yn berchen ar ei dŷ ei hun.'

Treulio'u dyddiau a'u nosweithiau'n gloddesta wnâi'r criw aristocrataidd Pwylaidd. Diplomyddion o'r llysgenhadaeth oedd y rhan fwyaf ohonyn nhw. Dibwys ac arwynebol oedd eu sgwrsio gan fwyaf, yn llawn o sôn am eu hymweliadau blaenorol â spas Marienbad, Bad Freienwalde neu Karlsbad, amrywiol deithiau i Fenis, Paris a Biarritz, a dawnsio'r *waltz* yn Fienna. Clywodd Alyosha gymaint am *regatta* Kiel nes teimlo ei fod wedi bod yno ei hun, yn ogystal â chlywed y clecs i gyd am dymor y gwahanol gêmau tennis yn Dalmatia, nofio yn Corsica a chwarae *croquet* ym Mhrâg. Hwylio a hela oedd gwaith caled y gaeaf, a gorweddian ar lan Llyn Gmunden yn y Salzhammergut oedd llafur lluddedig yr haf.

Y disgwyl oedd i Alyosha rannu ei amsar rhwng y gwaith gyrru i Capten Malinovski a bod yn diwtor Almaeneg a Ffrangeg i Amelia, merch fach chwech oed Ludwika. Cafodd ar ddallt o fewn dim fod y ddau'n perthyn i'w gilydd, yn gefndar a chyfnithar.

Ond aros yn union yr un fath oedd un o'i ddyletswyddau.

Yn ddefodol bob dydd Merchar roedd yn dal i yrru at y *villa* yn Wansee, gan ddychwelyd hefo amlen wen i'r Hotel Adlon. Fel o'r cychwyn cyntaf un, yr un ferch oedd yno, yr mor ddi-ddweud â'r tro cynta iddo ei chyfarfod hi. Un tro ceisiodd godi sgwrs, ond y cwbwl wnaeth hi oedd syllu ennyd hefo'i llygaid mud cyn troi a cherdded i'r nos.

Wrth yrru 'nôl i ganol Berlin, roedd Alyosha yn poeni am Vicki. Bellach roedd hi ar ffo, yn byw o lech i lwyn. Ond ar yr un pryd, roedd o'n meddwl fwyfwy am Ludwika hefyd. Rhyfeddodd at y ffaith eu bod nhw wedi cyfarfod unwaith eto a hynny yn yr Hotel Adlon o bob man, yn hen ystafell ei dad.

Aeth dros y cyfarfod cyntaf droeon yn ei ben.

'Helô, Alexei.'

'Helô, Ludwika.'

Setlodd ei llais ar ei galon.

Roedd ei hosgo'n hyderus, ac roedd hi'n gwisgo'n dda. Tlysau emrallt oedd ganddi hi yn ei chlustiau. Edrach fymryn yn syn wnaeth y Farwnes Kosub, tra chwarddodd Capten Malinovski – rhyw gyfarthiad sydyn, ei wyneb bron mor biws â'i drwyn.

Hefo hanner gwên – a rhyw ddireidi cyfrinachol yn ei llygaid – trodd Ludwika at ei chefnder, a dweud yn ddidaro fod hen hanes rhwng y ddau ohonyn nhw ers dyddiau Paris bell.

''Yn does, Alexei?'

'Oes.'

'Hen, hen hanes hefyd.'

'Ydan ni'n mynd i gael clywed yr hanas hwnnw neu beidio?' holodd y Farwnes Kosub yn chwareus. Gwraig fronnog, yn hoff o gario clecs rhywiol am hwn a hon i Cyrnol Flezar, oedd hi.

'Dwi'm yn siŵr,' gwenodd Ludwika. 'Be ddeudi di, Alexei?'

Suddodd ei geiriau i'w groen.

'Well gen i beidio.'

Wrth syllu i'w llygaid y pnawn hwnnw, gwleddodd arni. Clensiodd rhyw hen emosiwn y tu mewn iddo fo, rhywbeth ingol a chyntefig. Llanwyd ei feddwl â phob math o hen atgofion.

Doedd dim byd wedi newid.

Doedd hitha chwaith heb newid cymaint â hynny. Fymryn yn hŷn, ond yr un mor drawiadol, a'r un mor brydferth, er ei bod hi wedi torri ei gwallt yn fyrrach. Yr un mor swynol oedd ei gwên. O'r eiliad honno – o'r gusan gyntaf ar ei maneg las – roedd o'n hollol ddi-rym yn ei herbyn hi.

Pan gerddodd Margarita allan o swyddfeydd Azefttrust gwelodd fod Larissa yn disgwyl amdani. Allai hi ddim aros yn hir gan ei bod yn disgwyl Bruno adra ymhen awr.

Dros banad o goffi, holodd y ddwy chwaer hanas ei gilydd. Sgwrsio ar yr wyneb oedd o, rhyw sglefrio dros bethau.

'Pa mor saff wyt ti?'

Ceisio tawelu meddwl ei chwaer wnaeth Margarita.

'Dwi'n poeni'n ofnadwy amdanach chdi,' dywedodd Larissa wedyn. 'Yn sgil y busnas llosgi 'na, mi fuo Bruno yn bytheirio am y peth am ddyddia.'

'Tasa 'na arestio i fod, mi fasa hynny 'di digwydd bellach.'

'A Kai-Olaf?'

'Yn dal â'i draed yn rhydd.'

'Ydi o'n cadw'i ben i lawr?'

'Mae o'n gweithio mewn becws ...'

'Handi. Digonadd o dost, felly?'

Newyddion Margarita oedd y byddai hi allan o waith erbyn diwedd y mis gan fod Azefttrust ar fin cau eu swyddfa yn Berlin. Eglurodd fel y rhuthrodd yr SA i mewn yn hollol annisgwyl un bora. Cafodd pawb eu holi, a chafodd rhai o'r gweithwyr eu harestio. Wedyn, daeth y gair swyddogol o Moscow fod pob cytundeb ar ben a bod y cwmni i gau ei ddrysau.

'Be 'nei di?'

Roedd Margarita eisoes wedi cael gair hefo'r Cadeirydd, Osip Petrovich, ac roedd o'n awyddus i drefnu gwaith arall iddi yn swyddfa'r cwmni yn Amsterdam.

'Ydi hyn yn bendant?'

'Cyn bellad ag y ca' i *visa*.'

Yr un hen broblam.

'Be mae Kai-Olaf yn 'i ddeud?'

'Fel ma' petha ar hyn o bryd, mae o'n meddwl mai dyna fasa galla.'

'Chwith meddwl bo' chdi'n cael dy orfodi i adael Berlin ...'

Hefo rhyw ddiniweidrwydd y dywedodd Larissa hyn, gan ychwanegu y byddai'r ddwy yn gweld llai byth ar ei gilydd.

'Allwn ni lythyru.'

'Gallwn, debyg.'

Doedd Margarita ddim yn teimlo'n rhy obeithiol ynglŷn â chael unrhyw fath o waith arall yn Berlin. Dwysáu oedd y rhagfarn yn erbyn dieithriaid – Rwsiaid, Pwyliaid, Slafiaid ac Iddewon. Almaenwyr bellach oedd a'r hawl gynta i bob swydd, waeth pa mor fawr neu fach oedd honno, er mwyn lleddfu poen diweithdra. A pheth arall, roedd meddwl am orfod gweithio mewn swyddfa o naw tan bump bob dydd lle roedd pawb yn 'heil-hitlerio' ei gilydd yn ddigon i godi pwys arni. 'Heil Moscow!' oedd ei chyfarchiad hi bob tro.

'Sut ma' petha rhyngthach chdi a Walter?'

'Mae o'n cael traffarth gadael ei wraig.'

Sad-gysidrodd Margarita am ennyd.

'Penderfyniad mawr.' Larissa siaradodd. 'Ydi, dwi'n gwbod 'i fod o. Ond 'dan ni'n teimlo mor ... am 'yn gilydd. Mi wn i y daw o ata i ...'

'Be am y merched bach?'

Hwnnw oedd ei phoen meddwl mwyaf hi o hyd.

'Dwi'n gwbod y bydd Bruno yn hollol ffiaidd. Mi fydd o'n mynnu cael Ella a Clara. Ond dwi isio nhw hefyd.'

'Mae gen ti amsar anodd o dy flaen.'

'Oes, dwi'n gwbod. A bod yn onast, wn i ddim be ddaw ohona i.'

Pan ddaeth Ludwika i 'mofyn ei merch, hanner trodd ei phen ar ogwydd gan gyffwrdd cantel ei het newydd yn ysgafn hefo blaen bys a bawd.

'Be ti'n feddwl? Mmmm?'

Gollyngodd Alyosha ei lygaid i redag drosti, a'i mwynhau, nes teimlo rhyw gynhyrfiad – un digon anllad yn llawn chwant a drodd ei flys yn egin codiad.

'Siwtio chdi.'

Mi roedd hi hefyd.

Gwenodd Ludwika.

Wrth godi Amelia i'w breichiau rhoddodd gusan ysgafn iddi ar ei boch. Ers iddo'i chyfarfod roedd Alyosha wedi ei hollti rhwng dau feddwl p'run ai gwrthod gwneud dim byd hefo hi, neu ei herio i ail-fyw'r hyn a ddigwyddodd yn sgil eu carwriaeth ym Mharis.

'Dwi am i chdi a fi dreulio amser hefo'n gilydd,' dywedodd hi. 'Be ti'n 'neud heno?'

Cyflwynodd hi Alyosha i bawb fel 'hen ffrind'.

'Chdi a fi,' dywedodd gan wenu.

'Chdi a fi,' dywedodd wedyn, yn gwenu llai.

Honnodd Ludwika mai priodas anhapus fuodd ei phriodas hi, bron o'r cychwyn cyntaf un, ac ar ôl cwta ddwy flynedd roedd Mateusz Kolodziejska, ei gŵr, wedi ei gadael hi am actores o Theatr Rozmaito ci. Arferai'r ddau gadw oed yn yr Hotel Niemiecki rhwng un o'r gloch a dau gan amlaf, ond doedd hyd yn oed y gwesty hwnnw ddim digon anial a buan aeth y si ar led, nes troi'n bwnc trafod poeth mewn rhai cylchoedd yn Warsaw.

Chollodd Ludwika fawr o ddagrau, ond cafodd wewyr meddwl mwy pan benderfynodd ei thad a'i mam a'i theulu i gyd wrthwynebu'r syniad o ysgariad ar y sail eu bod yn Gatholigion. Roedd teulu Mateusz hefyd yr un mor ffyrnig yn erbyn y syniad, gan ddal ati i obeithio y gallai'r ddau gymodi a dŵad i ryw 'ddealltwriaeth' a fyddai o les i bawb, ac ar yr un pryd warchod 'enw da' y ddau deulu.

Hefo'i mam a'i merch, aeth Ludwika ar wyliau ar lan môr y Baltig, a threulio mis yn Jurmala, gerllaw Riga. Doedd dim swyn neilltuol i'r lle, ond roedd yn gyfla i ymlacio. Roedd cytiau pren hirsgwar i'r gwragedd newid i'w gwisgoedd nofio ger twyni'r traeth ac wrth dynnu amdani un pnawn cododd Ludwika sgwrs hefo gwraig i gyfreithiwr uchelgeisiol o Brâg. Cwpwl rhyddfrydol oedd y ddau, yn credu'n gry mewn hawliau merched, ac addawodd y gŵr dros wydryn o bort yn hwyr y noson honno y byddai'n fodlon dadlau ei hachos. Enillodd Ludwika ysgariad, ond collodd ei theulu ac ar un adeg roedd hi mewn peryg o golli Amelia a bu pethau'n ddyrys iawn am fisoedd lawer. Roedd ganddi feddwl y byd o'i merch, ac yn y diwedd fe gafodd ei dymuniad.

Roedd Capten Malinovski yn perthyn iddi o ochr ei mam, a fo oedd yr un wnaeth ddwyn perswâd arni i ddŵad i Berlin. Teimlai fod angan hoe arni – a chyfla i roi pellter rhyngddi hi a'i theulu, yn enwedig ei thad oedd wedi troi'n fwy fyth o deyrn llawdrwm yng nghorsydd henaint. Yn ôl Capten Malinovski, roedd o wedi difetha bywyd ei wraig ers blynyddoedd a doedd ryfedd ei bod hi mor wan ei hiechyd. Pan grybwyllwyd ymweliad â Berlin, gwrthod caniatâd wnaeth ei thad oni bai fod rhywun arall yno i gadw golwg ar ei ferch. Rhag achosi chwanag o stŵr cytunodd Ludwika i'w delerau – er ei bod yn bwriadu eu hanwybyddu bob un – a daeth y Farwnes Kosub i'r fei, er i honno chwerthin am ben y fath ddylni henffasiwn.

Fuo'r Farwnes Kosub erioed yn swil o ddweud ei dweud lle roedd dynion yn y cwestiwn. Gwisgai fenig gwynion bob amser, rhai gweddol hirion, er mwyn cuddio'i dwylo a chladdu rhywfaint ar ei blynyddoedd. Roedd ei chydymdeimlad hi hefo Ludwika yn ddidwyll gan mai hen ddyn gwyw ei feddwl oedd ei thad hi ei hun, a'i blant i gyd yn byw mewn ofn, ofn mynd yr un ffordd ag o, trwy ddechra ffwndro'n anghofus. Cofiai ddigwyddiadau'r ganrif cynt yn berffaith glir, ond doedd o'n cofio'r nesa peth i ddim am yr hyn a ddigwyddodd ddoe ...

Ym marn Alyosha, roedd Ludwika wedi aeddfedu, ac wedi newid – er gwell.

'Be amdanach chdi?' holodd. 'Ti'n briod eto?'

'Na ...'

'Canlyn?'

'Rhyw fath ...'

'Ti'n byw hefo rhywun?'

'Wedi bod ...'

'Ond ddim mwy?'

Eglurodd fod pethau braidd yn gymhleth.

'Paid â deud wrtha i ... Ma' ganddi hi ŵr?'

'Nag oes,' gwenodd.

'Aaaa, wn i. 'Sdim isio i chdi ddeud chwanag. Ma' hi mewn cariad hefo rhywun arall?'

Roedd o'n cael traffarth i atal ei hun rhag porthi ei lygaid arni.

'Neu ti mewn cariad hefo rhywun arall?'

'Dwi'm mewn cariad hefo neb.'

'Be amdani hi?'

'Dwi'm hyd yn oed yn siŵr ydw i hefo hi erbyn hyn.'

Dyna oedd calon y gwir. Roedd Vicki yn dal ar ffo. Doedd o heb ei gweld hi ers peth amser.

Ni chynigiodd Ludwika air o eglurhad nac unrhyw ymddiheuriad am yr hyn a ddigwyddodd yn y gorffennol. Oedd hi hyd yn oed wedi dechrau dirnad y boen a'r gwewyr a achosodd hi iddo fo? Ymdrechodd Alyosha i egluro'i hun, ond doedd dim math o awydd arni hi i drafod dim oll o'i bywyd ym Mharis.

'Hen hanas 'di hyn'na i gyd.'

Yn y bocs gyferbyn â nhw yn yr opera, hannar cododd rhywun ei law mewn cyfarchiad – rhyw ddyn canol oed sylweddol ei lonyddwch, yn gwisgo siaced sidan wen hefo crys o'r un lliw a thei glas tywyll.

Gwnâi Ludwika argraff annileadwy ar bawb. Ochor yn ochor â hi, yn ei gadair freichiau o felfed coch, teimlai Alyosha yn aeddfetach dyn, yn llawar hŷn na'i ddyddiau.

Sylwodd fod rhai o laslanciau'r SA wedi cerdded i mewn, yn trio gwerthu gwahanol gardiau post o Hitler, Goering a Goebbels, i godi pres at yr achos. Er bod ei flewyn o wedi llwydo fymryn a'i osgo'n un llawn o wag-ymffrost, camodd rhyw labwst pendew trwy'r bwlch yn y llenni i'w bocs. Aeth Ludwika i'w phwrs a chynnig naw *Pfennig* i'r dyn gan adael y cerdyn o Hitler wyneb i waered ar ei glin.

'Hen, hen hanas,' dywedodd eilwaith. 'Yn perthyn i'r gorffennol pell i gyd ...'

'Gorffennol pell neu beidio,' daliodd Alyosha arni, 'ma' 'na un neu ddau o betha leciwn i 'u trafod o hyd.'

Gollyngodd hi ochenaid, fel petai ffrwd fechan o dristwch yn hidlo allan ohoni.

'Dwi'n meddwl bod gen i hawl, Ludwika. Hawl i wbod pam 'nes di un neu ddau o betha ...'

Ffromodd fymryn, 'Hawl?'

''Sdim byd gwaeth na siomi gobeithion rhywun.'

'Heno? Oes raid?'

Er ei fod o bron â thorri ei fol yn ei ysfa i gael clywed y gwir, gwywodd ei ewyllys.

'Rywbryd eto, 'ta.'

'Rywbryd eto, ti'n iawn. Gad inni drafod rywbryd eto. Be am inni fwynhau cwmni'n gilydd heb faeddu dim ar hapusrwydd heno?'

Roedd yr opera ar fin ailddechrau.

'Yn y Sorbonne oeddach chdi pan naethon ni gyfarfod gynta 'rioed.'

Gwenodd.

'Ro'n i wrth 'y modd yn dy glywad di'n trafod dy bwnc. Doedd dim yn rhoi mwy o blesar imi.'

'Ti'n tynnu 'nghoes i?'

'Na, dwi o ddifri. Rois di flas i mi ar athroniaeth ...'

Cofiodd y ddau ohonyn nhw'n ista yng Ngerddi Luxembourg yn trin a thrafod trwy gydol sawl min nos. Atgoffodd hi o hanas y ddau frawd 'listiodd yn y fyddin, un am ei fod yn wladgarwr a'r llall oherwydd bod ganddo fo ofn be fyddai pobol yn ei feddwl ohono fo tasa fo'n gwrthod yr alwad. Yr un weithred yn union roedd y ddau frawd wedi ei chyflawni – am ddau reswm hollol wahanol. Be, felly, oedd hyn yn ei brofi? Fod cynnwys moesol gweithred ddim bob amser ymhlyg yn y weithred honno?

'Do'n i'n rwdlian?' chwarddodd Ludwika gan chwythu mwg dros ei gwefus isa.

''Nes i ddysgu dipyn gen ti.'

Gwenodd hi.

'Do, wir?'

'Do.'

'Be arall 'nes i ddysgu ichdi? Tria gofio.'

'Mai ddim yr economi, na gwleidyddiaeth, na chrefydd sy'n gyrru Hanas.

Ond emosiwn. Ag mai breuddwydion emosiynol fuo breuddwydion Ewrop erioed.'

Doedd hi bellach ddim yn gwenu.

'Roeddach chdi'n athrawas ddi-fai, Wisia ...'

Pan alwodd hi wrth yr enw hwnnw, fe syllodd arno fo fel o'r newydd.

Cafodd Alyosha ei hyfrydlonni ganddi, ac roedd hitha hefyd yn mwynhau ei hun. Yn ara deg, dechreuodd gwewyr y gorffennol ddadmer yn ei chwmni. Teimlodd ei hun yn sionc, a'i ysbryd yn dihoeni, a'i fod hyd yn oed yn cerdded mor heini â phiodan. Yng ngwaelod ei galon, roedd egin rhyw obaith newydd yn dechrau blaguro unwaith eto.

Closiodd y ddau. Wrth gerdded heibio i fyrddau yn stafell fwyta'r Hotel Kaiserhof, lle roedd bwrdd yn edrach allan dros sgwâr Wilhelm-platz wedi ei hwylio ar gyfer y ddau, gwenodd yn fodlon wrtho'i hun. Roedd Ludwika yn denu llygad pawb a theimlodd Alyosha ei hun yn llonyddu yn ei chwmni, a rhyw deimlad peraidd – rhywbeth bodlon, tawel – yn mynd rhagddo'n llyfn trwy ei gorff. Teimlai fod y ddau'n slotio i'w gilydd yn berffaith.

Roedd hi'n awyddus i glywed chwanag o hanas Vicki, ac am iddo fo roi cownt manwl ohoni.

'Chdi? Yn byw hefo comiwnyddes? Pwy fasa byth yn meddwl?'

'Fuodd hi'n garedig iawn wrtha i ar un adag ...'

'Yn darllen *Die Rote Fahne* bob bora, ma'n siŵr?'

'A mwy. Hi sy'n sgwennu'r golygyddol o bryd i'w gilydd.'

'Comiwnyddes go iawn. Wel, wel, Alexei, dwi'n rhyfeddu ata chdi o bawb.'

Soniodd pa mor ddiwyro ei hargyhoeddiadau oedd Vicki, pa mor amddifad o gyfaddawd oedd hi. Rhoddodd flas i Ludwika ar rai o'i meddyliau. Erbyn hyn roedd o 'i hun yn tueddu i gytuno hefo amryw ohonyn nhw. Be bynnag wnaeth y Bolsieficiaid, wnaethon nhw erioed yrru dynion ifanc i ffosydd drewllyd i gigydda ei gilydd wrth y miliynau er mwyn gwarchod elw cyfalafwyr mwyaf Ewrop rhwng 1914 ac 1918. Pa ddelfryd sydd mewn gwarchod trefn o'r fath? Mewn gwarchod imperialaeth? Mewn gwarchod grym banciau? Gormes pres? Sancteiddrwydd eiddo? Ofergoeliaeth crefydd? Neu'n waeth fyth, warchod elw masnachwyr arfau? Dynion fel Krupp yn yr Almaen? Neu'r gwerthwr arfau Basil Zaharov ym Mharis? Neu'n waeth fyth, fel ei dad o 'i hun yn Rwsia gynt. Soniodd pa mor feirniadol oedd Vicki o lywodraeth Weimar.

Roedd Ludwika hefyd yn rhannu amheuon ynglŷn â system ffederal o weinyddu gwlad. Aelwyd wedi ei hollti yn ei herbyn ei hun oedd pob gwladwriaeth ddemocrataidd, neu rafft yn cael ei phadlo gan wahanol bobl i wahanol gyfeiriadau. Roedd hi'n fwy beirniadol fyth o gomiwnyddiaeth Rwsia, a oedd yn rhywbeth erchyll y dylai pob dyn doeth ei wrthwynebu i'r carn. Fersiwn mwy poblogaidd o drefn flaenorol y Tsar oedd llywodraeth y Kremlin – yr un hen ormes mewn gwisg ffansi newydd.

'Be bynnag ma' dy gariad di'n 'i honni, Alexei, ma'n rhaid i bob cymdeithas wrth *élite*, hyd yn oed Rwsia gomiwnyddol. Neu fiwrocratiaid Cesar yn nyddiau Rhufain gynt. Neu offeiriadaeth yr Aifft yn oesau'r Pharo. Sect grefyddol ydi Plaid Gomiwnyddol yr Undeb Sofietaidd, sy'n bodoli er mwyn lledu ei gwirionedd hi ei hun dros wyneb y byd. Mae ganddi ei mudiad cenhadol, y Comintern, a hefyd ei chwilys, yr OGPU, er mwyn hela a chosbi hereticiaid. Mae ganddi ei hefengylau i'w haddoli yng ngwaith Marx ac Engels, ei llithoedd sanctaidd mewn gweithiau llai, ei saint a'i merthyron, yn ogystal â'i phroffwydi. Ag fel pob gwir grefydd, mae hi'n mynnu ufudd-dod digwestiwn gan ei dilynwyr ar boen cael eu torri allan – neu waeth.'

Doedd dim syndod o gwbwl mai fel hyn roedd Ludwika yn meddwl, meddyliodd o. Aristocrat o Bwyles a Chatholiges oedd hi o hyd.

Roedd hi o'r farn mai dim ond dau fydolwg hollol groes i'w gilydd oedd yn herio'i gilydd yn Ewrop: cenedlaetholdeb Cristnogol neu Farcsiaeth ryngwladol.

'Brwydr hyd at waed angau fydd hon, ag os bydd raid, rhyfel cartref. Mae cymaint o bobol ddeallus yn cael eu twyllo gan gelwyddau rhagrithiol Karl Marx. Comiwnyddiaeth 'di gelyn marwol diwylliant pob gwlad wâr.'

Gwrandawodd Alyosha yn ofalus.

'Cydraddoldeb?'

'Pam ti'n gofyn hynny?' holodd hi pan daniodd sigarét iddi.

'Ddim dyna be ma' Marcsiaeth ryngwladol yn 'i gynnig i bawb?'

'Dyna 'di sŵn y rhan fwya o'u propaganda nhw.'

'Ond fydd hi byth yn bosib inni wireddu'r syniad o gydraddoldeb cymdeithasol?'

'Be wyt ti'n trio'i ofyn? Fydd hi byth yn bosib inni ddeddfwriaethu ein hunain i fyd perffaith?'

'Fydd hi?'

Roedd ganddo fo ddiddordeb byw mewn clywed ei hatab.

'Rhyw fath o *mystique* fu'r syniad o gydraddoldeb cymdeithasol trwy'r canrifoedd,' oedd ateb Ludwika.

Cyn belled ag y bydd rhyddid gwleidyddol yn bod, fe fydd anghyfartaledd economaidd yn bod. Er mwyn sefydlu rhyw fath o gydraddoldeb economaidd ymysg dynion, fe fyddai'n rhaid i ryddid gwleidyddol gael ei fygu'n llwyr. Dyna pam mai gormes o'r math gwaethaf un fyddai trefn o'r fath. Fel y drefn a oedd ohoni yn yr Undeb Sofietaidd.

Doedd gwir gydraddoldeb dynol erioed wedi bodoli yn hanes y ddynoliaeth. Roedd hi'n anodd iawn gweld sut y gellid gwireddu hynny mewn realiti. Yn Natur drwyddi draw, be oedd rhywun yn ei deimlo oedd rhythmau gwahanol, rhythmau croes i'w gilydd. Peth anghyfartal iawn oedd Natur, a phob un dim byw yn bwydo ar rywbeth arall er mwyn atgyfnerthu ei gynhaliaeth ei hun. Y cwestiwn mawr oedd hwn: i ba raddau y dylai cyfreithiau Natur gael eu hadlewyrchu mewn sefydliadau dynol? Cafodd Ludwika ei dysgu yn y Sorbonne mai hon oedd y benbleth fwya trwy waith Goethe a Shakespeare bron i gyd. Aeth yn ei blaen i ddweud mai'r unig gwestiwn gwleidyddol o bwys oesol ym mhob gwlad o dan haul y greadigaeth oedd a ddylid caniatáu rhyddid i bobol? Neu a ddylid impio moesoldeb arnyn nhw?

Teimlai yntau ei hun yn plycio ar fachyn arall. O'r cwbwl a ddarllenodd o, yr hyn a oedd wedi nythu yn ei gof hiraf oedd un frawddeg fer o'r Maniffesto Comiwnyddol lle honnid fod pob dim a oedd yn gadarn heddiw yn diflannu yfory. Cyffyrddodd y frawddeg honno fo i'r byw oherwydd iddi lefaru'n unol â'i brofiad o o fywyd. I lle'r aeth sicrwydd ei blentyndod? Hwyl a sbri holl hafau'r gwyliau gynt? Yr oriau o diwtora? Clydwch aelwyd? Cariad mam a thad?

Erbyn hyn, daeth trefn newydd i gymryd lle'r drefn a fu. A oedd honno'n amgenach ffordd o fyw go iawn, fel roedd Vicki yn ei honni? Neu fel roedd Ludwika yn ei wadu?

Roedd Ludwika yn ddedwydd iawn wrth ymhél â chymdeithas Berlin, yn mwynhau bod yn ganolbwynt y sylw. Doedd hi braidd byth yn gwrthod gwahoddiad i'r un parti.

Byddai'n newid steil ei gwallt bob yn ail wythnos ac yn gwisgo het *cloche* o liwiau gwahanol ar ei phen. Wrth syllu arni, teimlai Alyosha'n amal fod amser wedi bagio, fod ei fywyd wedi ei chwythu 'nôl i'r eiliad honno yn y Louvre pan drawodd ei lygad arni am y tro cynta erioed.

Ei gwallt melyn golau ger Teml Zeus yn Olympia. Cofiodd sut y rhuthrodd rhyferthwy o emosiwn trwyddo fo wrth draethu o gerflun i gerflun mai hanfod clasuriaeth oedd undod cynnwys a ffurf. Hitha'n sefyll yng nghefn haid o dwristiaid, hefo'i phen ar ogwydd, yn clustfeinio. Am Agamemnon. Am Demeter. Am Apollo. Aeth ynta i siarad yn dawel fel dyn mewn parlwr, nes ei fod o'n siarad hefo neb ond hi. Llygad yn llygad wrth ddisgrifio mawredd cefnlen o fynyddoedd yn erbyn yr wybren lasliw, lle roedd afon yn dolennu trwy wastadedd gwernog pell i aber yng nghwr y lli.

Eu cariad ifanc ingol.

Ar ôl Grete, ei unig wir gariad.

Er gwaetha pob un dim, roedd o'n methu atal ei hun rhag syrthio mewn cariad hefo hi unwaith eto.

Ar fin mynd i glwydo roedd Kai-Olaf pan glywodd sŵn curo isel ar eu drws. Gwibiodd Margarita un olwg frysiog ar hyd ei silffoedd llyfrau. Marx, Engels, Kaustsky, Lenin, Bukharin a Trotskii, roedd y rheiny wedi eu gwaredu eisoes – rhag ofn. Dim ond wedyn y mentrodd hi draw i agor y drws. Bob tro roedd rhywun yn galw heibio, câi eiliad o bryder wrth feddwl ei bod hi wedi anghofio taflu'r cwbwl allan – a bod un yn dal ar ôl.

Vicki.

Cafodd Margarita eiliad o ddiffyg adnabod oherwydd bod ei gwallt wedi ei dorri'n gwta iawn ac yn felyn golau drwyddo. Hen gôt oedd amdani, a'i llewys yn smotiog o baent, sgarff drwchus am ei gwddw, cap gwlân dros ei phen a phâr o sgidiau a dorrwyd o rwber hen deiar. Bu'n ymbalffystio i'w cyrraedd trwy eira trwm.

Dododd Margarita banad iddi yn ei llaw. Roedd Vicki wedi bod yn cysgu mewn cwt pren yn un o'r clytiroedd allan yn y maestrefi ers rhai wythnosau. Moscow Fach roedd hi'n galw'r ardal. Teimlai ei bod hi'n saffach ynghanol crwyn cwningod nag ynghanol dynion. Amball noson, câi wely o sacha, os oedd hi'n lwcus, a hen gwilt drewllyd oedd wedi gweld dyddiau gwell i'w dynnu drosti, neu glustog amball dro – ond fe wnâi hen ddilladach wedi eu rhowlio o dan ei phen y tro yn iawn.

Tyfodd yn ddi-feind o gysuron bob dydd, cyn belled â'i bod hi'n gallu taro ei phen i lawr a chau ei llygaid. Ond cyfyng iawn oedd hi arni. Y drwg oedd ei bod hi'n gorfod rhannu'r cwt hefo Strubbel, ei wraig a'u merch fach, Heidi. Bu'r teulu ar un adag yn byw yn y bloc yn Neheringstrasse. Dyn di-waith oedd o, ers tair blynadd a mwy, ac oherwydd iddo fethu setlo'i rent cafodd ei droi allan o'i apartment. Aelodau o'r gell gomiwnyddol adeiladodd y cwt pren iddo fo a'i deulu draw ym Moscow Fach. Doedd dim lle i droi ynddo. Cwningod yn wardio yn eu gwâl oeddan nhw bob un, yn byw mewn ofn cael eu hela liw nos yng ngolau lampau'r SA.

Cafodd bron pawb ar Bwyllgor Canolog y KPD eu harestio. Lwc yn unig oedd wedi arbad Vicki rhag cael ei chloi mewn cell. Daeth o fewn trwch blewyn i gael ei dal fwy nag unwaith. Peintio slogan ar bont camlas oedd hi ddwy noson ynghynt pan gafodd ei gweld. 'Hei! Chdi! Be ti'n feddwl ti'n 'neud?' Miglodd hi am ei hoedal o dan lampau nwy oerfel Mawrth, yn fyr ei gwynt, ei brest yn dynn, yn mygu'n gorn a'i chalon yn curo'n galed. Wardiodd hwnt ac yma wrth ffoi dan gysgod y nos, yn chwilio am ryw gilfach yn y pellter er mwyn tynnu iddi cyn toriad gwawr. Cael a chael ...

Teimlai fod ei lwc yn treulio'n denau. Gwaith anodd oedd byw bywyd yn y presennol ar reddf ac egni fel rhyw anifail. Doedd fiw digalonni. Dyddiau duon oedd o'u blaenau nhw, dyddiau o godi gwrthryfel. Roedd yn rhaid dal ati i daro 'nôl, ond sut? Streicio, pamffledi, graffiti, sloganau ar hyd furiau Berlin – a be arall? Be oedd hynny ochor yn ochor â chenlli o bropaganda gan y Natsïaid trwy'r weiarles, y sinema, y wasg ...

Wedi galw ar berwyl yr oedd Vicki – y bwriad oedd yr arestio dynion wrth iddyn nhw hawlio'u dôl fora trannoeth. Doedd fiw i neb fynd ar gyfyl y lle, ac roedd hi am i Margarita basio'r negas ymlaen ...

'Dach chi 'di clywad?'

'Clywad be?' holodd Margarita.

'Am Paul.'

Doedd Kai-Olaf na Margarita heb glywed dim. Roedd Paul a Franz wedi mynd i wthio pamffledi trwy ddrysau tai mewn ardal lle roedd clercod y llywodraeth a mân weision sifil yn byw, mewn rhyw strydoedd i'r de o Wilhelmsdorf. Tra oedd y ddau wrthi, fe ddaeth dyn pryd tywyll i'r fei, ac oedi am eiliad neu ddwy cyn diflannu. Dal ati wnaethon nhw er bod Franz yn teimlo ar bigau'r drain fwyfwy ac am iddyn nhw ei heglu hi o 'no. Yn hollol driw i'w gymeriad, mynnodd Paul aros i orffan y gwaith.

Wrth frasgamu i ffwrdd, cafodd Franz y teimlad fod rhywun wedi gosod ei lygaid arnyn nhw. Gwahanodd y ddau, a cherddodd o boptu'r stryd nes dŵad at res o siopau. Er mwyn gwneud yn siŵr nad oedd neb yn ei ddilyn o, trodd Paul i mewn i laethdy lle roedd ciw o ferched wedi hel. Yr eiliad nesaf fe ruthrodd y dyn pryd tywyll heibio, ac yn ei sgil roedd pedwar aelod o'r SA. Doedd Paul heb eu gweld nhw, roedd Franz yn grediniol o hynny. Doedd dim modd mentro croesi'r ffordd i rybuddio'i ffrind ei fod o mewn peryg heb beryglu ei hun. Daeth yr SA yn eu holau o fewn dim a dechra ar y dasg o holi pobol. Dyna pryd y sylweddolodd Paul ei fod o mewn lle cyfyng. Ceisiodd ddiflannu trwy gefn y siop ... ond tynnodd sylw ato'i hun. Cododd rhywrai dwrw, a'r eiliad nesaf, fe geisiodd Paul ei miglo hi allan i'r stryd. Llwyddodd i ddengid am ryw hyd, ond rhedodd ar ei ben i ganol mwy o SA yn eu dillad eu hunain. Cafodd ei lorio ar unwaith.

'Lle mae o rŵan?' holodd Kai-Olaf.

'Y sôn ydi 'i fod o dan glo ym maracs Vlasich Pesotski.'

Tawelodd y tri.

Holodd Vicki toc os oedd hi'n iawn iddi gael aros dros nos.

''Sgen i nunlla arall i fynd ...'

'Pam 'nei di'm troi at dy bobol di dy hun?' oedd awgrym tawel Kai-Olaf.

Taflodd Margarita edrychiad chwyrn tuag ato fo.

'Lle ma' nhw'n y KPD na allan nhw dy helpu di heno?'

Câi drafferth i gladdu ei ddicter, ac ychwanegodd: 'Pam dŵad ar ofyn gelynion dosbarth fel ni?'

Ceryddodd Margarita'n dawal, 'Ddim heno, paid ...'

'Pam ddim heno? Hon a'i thebyg. Yn fwy na pharod i'n hel i allan o'r KPD lai na chwe mis yn ôl. Chlywis i mohoni hi'n codi'i llais i eiriol drosta i o flaen yr un ohonyn nhw yn y Pwyllgor Disgyblu. Yn fwy na pharod i'n lluchio fi i'r cŵn ...'

Hyd yn oed mewn gwendid, methodd Vicki atal ei hun rhag deud, 'Am bo' chdi'n haeddu ca'l dy luchio allan.'

'O'n i wir?'

'Ti'n gwbod bo' chdi. Y petha roeddach chi'n ddeud.'

'Petha roedd hi'n hwyr glas i rywun 'u deud nhw.'

'Mae hi'n hollol amlwg i mi pa fath o ddyn wyt ti go iawn. Ond trwy buro ei hun o sothach fel chdi, dyna sut ma'r Blaid Gomiwnyddol yn cryfhau ei hun. Stalin ei hun ddeudodd hynna.'

'Bob tro ma' 'na chwyldro, rhyw drydydd dosbarth sy'n dŵad i'r brig bob gafael. Pan wrthryfelodd y caethion yn erbyn eu meistri, pwy aeth â hi? Y dosbarth ffiwdal. A phan gododd y taeogion yn erbyn eu harglwyddi, pwy enillodd y dydd? Y *bourgeoisie*. A phan gododd y proletariat yn erbyn y *bourgeoisie* a chreu'r Undeb Sofietaidd, y blaid-wladwriaeth fiwrocrataidd sy'n ei lordio hi fel tunnell o blwm dros bawb. A Stalin yn unben ar bawb. Pam mae'n rhaid iddi fod fel hyn bob tro?'

Hisiodd Margarita ar Kai-Olaf i gadw ei lais i lawr.

'Gweithredu yn enw'r dosbarth gweithiol a thros fuddiannau'r dosbarth gweithiol. Dyna be mae Stalin yn ei 'neud. A dyna'n gwaith ninna yn y KPD.'

'O? Be? Oedd lein y KPD yn iawn hyd at y diwadd, oedd hi? A 'drycha pwy sy'n Ganghellor heddiw. Faint ohonoch chi'n y KPD sy dan glo erbyn hyn?'

'Gawson ni dros saith miliwn o bleidleisia yn y lecsiwn 'nôl ym mis Tachwedd llynadd.'

'A faint gafodd plaid Hitler?'

''Na'th 'na dros saith miliwn o bobol fwrw pleidlais i ni.'

'Yn erbyn yr un filiwn ar ddeg gafodd o. Ond ar Fawrth y pumad eleni – pa un oedd y blaid fwyaf? Plaid Hitler. 196 o seddi yn y Reichstag.'

'Sy'n fêl ar fysadd Trot fel chdi.'

'Dach chi'n y KPD 'di'ch chwalu'n barod. Y gwir amdani ydi fod yn well gan broletariat Berlin feddalwch y parlwr na cherrig calad y cowt. Chodan nhw fyth fys yn erbyn neb na dim. Ond yr Undebau Llafur sy'n mynd i'w cha'l hi nesa – Leipart, Grassman, Wissel – a thro'r SPD fydd hi wedyn, gei di weld. Meddylia pa mor fendigedig fydd hi arnoch chi i gyd, yn gallu trafod be aeth o'i le i gyd hefo'ch gilydd, yn Dachau fwy na thebyg.'

''Na ddigon! Taw!'

'Dim ond deud ydw i ...'

Ciliodd Kai-Olaf i'w wely. Hwyliodd Vicki le iddi hi ei hun ar y soffa hefo'r blancedi yr aeth Margarita i'w 'mofyn iddi.

'Diolch,' dywedodd gan gydiodd yn ei bysedd. 'Os fyddi di byth isio rhyw gymwynas.'

'Cysga.'

Diffoddodd y golau.

'Margarita?'

Trodd.

Haerodd Vicki mai'r cam nesaf fyddai gweld *Die Rote Fahne* yn cael ei ailbrintio. Hwnnw fasa dymuniad pennaf Paul. Rywsut neu'i gilydd, roedd hi'n benderfynol o roi'r papur newydd 'nôl ar ei draed, fel bod y gwirionedd yn cael ei ddarllen unwaith eto ar strydoedd Berlin. Heb hynny, doedd dim gobaith.

Llifodd y dyddiau fel dŵr. Ym mwyniant ei chwmnïaeth hi aeth pob poen arall yn angof. Treuliodd Alyosha fwy a mwy o'i amser hefo Ludwika. Aeth rhai gwersi i Amelia â llai a llai o'i amser, nes, ymhen tipyn, daeth ei mam o hyd i diwtor arall i ddysgu ei merch.

Pan oedd o ddim ar alw Capten Malinovski roedd o'n treulio'i holl amser yn ei stafall hi yn yr Hotel Kaiserhof. Doedd dim yn rhoi mwy o bleser iddo fo nag agor ei lygaid wrth ddeffro a syllu ar ei hwyneb yn gorwedd wrth ei ymyl, ei gwên yn meddalu ei chwsg. Rhedai cefn ei fys bach ar hyd ei boch – mor ysgafn ag y gallai rhag ei deffro – wrth syllu ar y mymryn lleiaf o huwcyn yng nghornel ei llygaid.

Cysgu'n noeth wnâi'r ddau. Yng ngwres y stafall roedd oglau hwyrdrwm eu caru yn hallt ar eu tafodau. Doedd dim byd yn well gan Ludwika na bwyta brecwast yn y gwely. Dim ond wedyn yr oedd hi'n codi ac Alyosha wedi tywallt bàth iddi. Trwy'r drws agorad roedd o'n amal yn ei gwylio hi'n rhedag cadach ar hyd ei chroen. Clywai hi'n mwmian canu a'r diferion yn disgyn i'r dŵr, ac er bod y *Deutsche Allgemeine Zeitung* o'i flaen o, ei draed i fyny, a'i lygaid ar draffig Mohorenstrasse, roedd ei feddwl o arni hi. Camai draw er mwyn sefyll i syllu.

Codai Ludwika ei phen, ei gwên yn dyner wrth holi, 'Ar be wyt ti'n sbio?'

Er ei bod hi'n barod i rannu ei gwely, doedd hi ddim yn fodlon rhannu ei bàth. Unig gysur Alyosha oedd penlinio, gosod ei fraich ar yr erchwyn, ei foch ar ei fraich, a'i law arall yn cripian ar hyd wyneb y dŵr rhwng ei chluniau. Pan suddai ei fysedd yn ddyfnach ...

Dro arall yn y gwely, aeth ati i'w chosi. ''Sgen ti'm oglais?'

'Nag oes.'

'Oes, ma' gen ti.'

'Paid!'

Yn y bàth drannoeth, golchodd ei chefn: mor feddal oedd ei hysgwyddau, mor fregus oedd ei gwar. Duodd ei hwyl pan sleifiodd dyddiau Paris yn ôl i'w gof. Cofiodd hi'n sôn am ei dyweddïad hefo Mateusz Kolodziejska y noson honno pan aeth y ddau i'r ffair ym Montparnasse. Cofiodd sut y teimlai pan soniodd fod y dyn yn byw ar ryw stad yn agos at stad ei nain.

'Pam ti 'di stopio?'

Gwasgodd ddiferion o'r cadach.

'Dy gaban di ar y llong, pan ddois di allan ...'

Drosodd a throsodd yn ei ben: y llun hwnnw ohoni. Roedd o'n cael traffarth i atal ei hun rhag corddi'n galad, galad, yn llawn gofalon a thrallodion, o boen meddwl, anesmwythder a blinder di-baid. Yng nghanol y coridor, yng nghanol ogla oel a pholish a'r injan ddofn yn canu grwndi o dan ei draed, cofiodd ei hun yn sefyll y tu allan i ddrws ei chaban. Cofiodd syllu i dywyllwch glasddu'r awyr uwchben Môr y Baltig, i fwrlwm o gymylau trymion, a melan ei fywyd yn hel ato bob tristwch a hiraeth a deimlodd erioed. A'r llun arall ohoni hi'n cael ei gyrru o borthladd Gdynia yn Rolls-Royce ei theulu gan ei adael o'n gweiddi amdani ar yr asffalt. A'r gomiwnyddes honno, yr hogan o Lvov, a gafodd ei gorfodi i yfed ei phiso berwedig ...

'Ddim isio dy frifo di o'n i, ond ro'n i isio brifo 'y nheulu fi'n hun.'

'Sut?'

'Am 'mod i'm yn ddigon dewr i sefyll i fyny iddyn nhw.'

'Be? Trwy gysgu hefo swyddog llong?'

'Dwi'n sylweddoli 'i bod hi'n anodd i chdi drio dallt. Cyn dy adael di yn Le Havre, ro'n i'n gwbod na faswn i byth bythoedd yn cael dŵad yn f'ôl i Baris. Doedd 'y nhad ddim yn wael o gwbwl – celwydd i 'nghael i i ddŵad adra oedd hynny. Mi ddaeth o i glywad amdanan ni'n dau – sut? Hyd y dydd heddiw wn i ddim, ond roedd rhywun ym Mharis wedi achwyn wrtho fo. Doedd o'm yn hapus 'mod i'n mocha hefo hogyn 'fatha chdi. Chwiw ramantaidd roedd Mam yn ei feddwl oedd y cwbwl, ag mi wnaeth hi 'i gora i ddarbwyllo 'Nhad o hynny, ond doedd dim byd yn tycio. Ama 'mod i'n dechra gweld fy hun fel rhyw ail Ludwika oedd o.'

'Ail Ludwika?'

'Neb llai.'

'Pwy oedd y gynta?'

'Ludwika Śniadecka. Pwyles o'r ganrif ddwytha. 'Nôl y sôn, roedd hi'n wraig frawychus o hardd. Mi welodd fy nain hi un tro mewn dawns flwyddyn newydd yn Dobrżyń. Pan gamodd hi i mewn i'r ystafell, mi rewodd pob sgwrs. Roedd ganddi gariadon rif y gwlith. Y bardd ifanc Juliusz Slowacki yn Vilnius oedd y cynta i ddrysu amdani. A ddim fo oedd yr unig un, achos pan welodd Michał Czajkowski hi mi fopiodd 'i ben gymaint nes ei fod o'n llonwirioni bob tro roedd rhywun hyd yn oed yn crybwyll ei henw hi, a fynta'n byw'n alltud ym Mharis ar y pryd, gannoedd o filltiroedd i ffwrdd. Ag er bod Adam Mickiewicz ar dân amdani, yr unig beth wnaeth hi ei addo iddo fo yn ei alltudiaeth dlawd yn Constantinopl oedd ei chyfeillgarwch. Ond chafodd hi mo'i haeddiant.'

'Be ddaeth ohoni?'

'Marw mewn unigrwydd a chael ei chladdu mewn bedd unig ar gyrion Asia.'

Syllodd y ddau ar ei gilydd.

'Ond mi gafodd hi 'i charu?'

'Yn fwy na'r un ddynas arall fuo byw erioed.'

Camodd i'r tywel roedd o'n ei gynnal iddi gan anelu i'w hanwesu, ond gwell gan Ludwika oedd iddo fo gadw hyd braich wrth iddi sychu ei hun. Hefo'i chefn tuag ato, eisteddodd o flaen ei bwrdd gwisgo bychan, yn patio sebon sent o dan ei chlustiau a rhwng ei dwy fron, yn rhoi masgara a minlliw.

Cusanodd ei gwar.

Syllodd ar ei llygaid yn y drych.

'Am faint fyddwn ni hefo'n gilydd y tro yma, Wisa?'

'Am byth, Alexei.'

''Na be 'nes di addo imi y tro dwytha.'

'Y tro yma, dwi'n 'i feddwl o.'

Y tu allan i bedair wal y stafall doedd y byd ddim yn bod. Un noson, aflonyddwyd arnyn nhw gan gyfarth cŵn o ryw strydoedd gerllaw. Weithiau deuai sŵn y stryd trwy'r drws, ond roedd hynny – yn amlach na heb – yng ngwisg a gwedd iwnifform melyn a du hogiau'r Berliner Paketfahrt-Gesellschaft, yn anfon negeseuon telegram o'u swyddfa ar y Ritterstrasse. Ambell dro, byddai'n rhaid iddi hi dorri ei henw wrth dderbyn amball barsel.

Bob yn eilddydd, câi Ludwika lythyr gan ei mam yn sôn am fanion byw a bod bob dydd. Hanesion yr aelwyd, iechyd ei gŵr – a holi manwl am Amelia. Roedd hi'n amlwg fod pa bynnag rwyg teuluol a fu bellach wedi ei gau. Darllenai Ludwika bob un llythyr yn ddwys. Doedd hi'n dymuno cadw dim rhag Alyosha. Y tro yma, doedd dim cyfrinachau i dyfu rhwng y ddau.

Teimlai Alyosha ei hun yn dalach ac yn 'sgafnach dyn. Yn lle gogor-droi yn ei unfan fel ci corddi ar olwyn, yn symud heb symud a'i ddyddiau'n llifo heibio o hyd, roedd rhyw bwrpas i'w fywyd. Yn ei hyder newydd teimlai'n fwy urddasol ei osgo, hefo mwy o awdurdod yn ei lais. Daeth yn barotach i leisio'i farn. Cafodd ar ddallt gan Capten Malinovski ei fod o bellach ar alw'r

Dduges Kolodziejska a'r Farwnes Kosub, a'i fod i'w gyrru nhw i ba le bynnag roeddan nhw'n dymuno mynd. Oherwydd hyn, fe dreuliodd fwy fyth o amser yng nghwmni Ludwika, ac yn amlach na heb y fo bellach – a neb arall – oedd yn ei hebrwng, fraich ym mraich, i wahanol achlysuron.

Perfformiadau theatr, cyngherddau a'r opera oedd yn llenwi eu nosweithiau. Âi'r ddau draw i'r clybiau nos wedyn yn ddi-ffael – a hynny tan berfeddion. Yn ystod y dydd, rasio beiciau yn Plötzensee âi bryd. Neu rasys ceffylau yn Grünwald, lle cafodd Alyosha ei gyflwyno gan Ludwika i un o'r jocis, aristocrat o'r enw Georg von Nalecz Sosnowski, a rhyw Bwyliad arall a oedd yn sefyll gerllaw – dyn tal o gorff, byr ei dymer, ei galon yn fawr a'i amynedd yn fach. Ei enw oedd Günther Rudolf, gŵr a oedd yn cywir seinio'i eiriau wrth siarad. Yn eu cwmni roedd gwraig ifanc aristocrataidd o Almaenes o'r enw Renate von Natzmer; roedd honno'n chwerthin ar y mymryn lleiaf, ac er ei bod hi wedi torri ei choes ac ar faglau, roedd hi'n fwy na pharod i fwynhau ei hun.

Mynnai Ludwika fod Alyosha yn gwisgo dillad trwsiadus, a phrynodd rai addas iddo ar gyfer gwahanol achlysuron. Bellach, roedd o'n symud mewn cwmwl o *eau de cologne* drud; yn ei bocad uchaf roedd hancas sidan wedi ei phlygu, a honno yr un lliw â'r tei sidan am ei wddw. Dechreuodd deimlo'n ddandi i gyd. Doedd dim yn peri mwy o ddedwyddwch iddo na pharodrwydd pobol i'w hedmygu fel pâr wrth iddyn nhw gerdded i ganol partïon.

Roedd Ludwika bob amser yn gwisgo i'w llawn wychder, ei gwallt wedi ei gyweirio a'i llygaid yn disgleirio. Doedd Alyosha yn hidio dim am y mân siarad a glywai yn ei gefn yn yr Hotel Adlon, er bod pawb yn wên deg yn ei wyneb. Roedd o ar ben ei ddigon, a chynhesrwydd ei chariad yn ei gynnal. O'i chymharu â Ludwika, roedd pob gwraig arall yn disgyn yn fyr iawn o'r nod, a hynny ym mhob ffordd bosib o ran gwisg, gwedd a deallusrwydd. Wrth i ddynion blygu talcen i godi llaw Ludwika at eu gwefusau, ei eiddo fo oedd hi, ei eiddo fo a neb arall.

Cinio yng nghartra Luis Zulueta, Llysgennad Sbaen, oedd un achlysur a fwynhaodd yn fawr, pan dorrodd cloch i ganu i'w gwahodd at y bwrdd. Dyn parod iawn ei dafod oedd y Sbaenwr, ac yn llawdrwm iawn ar dueddiadau'r oes. Roedd ysbryd aflonydd iawn yn ei wlad ers rhai blynyddoedd, a dynion yn breuddwydio am ddim byd ond aur ac arian a chyfoeth bydol, tai a thiroedd, *bodegas* a berwedd-dai, am undebau a gwrthundebau, am docio oriau dyddiau gwaith, a theimladau cryfion gwrth-Gatholig yn dechra magu traed. Breuddwydion i gynhyrfu dynion trwy ferwi eu gwaed oedd y rhain. Yn waeth fyth, roedd pobol ifanc yn troi'n ysglyfaeth i flys sosialwyr, ac anarchwyr a genod ifanc yn anfodlon ar eu lle nes codi calon y feistres yn erbyn y forwyn ar gownt cyflogau.

'Heddiw, mae morwyn dda mewn teulu yn anoddach i'w chael yn Zaragosa nag oedd hi ar ddechrau'r ganrif pan o'n i ar fy mhrifiant,' porthodd Sĕnora Zulueta, gwraig glaerwyn ei phryd a'i gwedd, hefo trwch o wallt gorddu a llygaid mawrion o'r un lliw.

'A basdardiaid yn cael eu geni ym mhob cwr,' dywedodd ei gŵr.

'O ben bwy'i gilydd mae'r wlad yn prysur droi yn lle anfoesol iawn,' eiliodd hitha. 'Ddim adenydd angylion a glywch chi bellach yn murmuro'r awel ym mreuddwydion Sbaen, ond o'r dyfnderoedd rhyw dwrw proletaraidd sy'n codi, yn llawn o grochweiddi dynion chwantus sydd â'u bryd ar boeri ar y byd.'

Ista gyferbyn â Herr Drexler o'r Swyddfa Dramor wnaeth Alyosha. Wrth ei ochor roedd Frau Drexler, gwraig ifanc (yn iau o lawar na'i gŵr) a hanai'n wreiddiol o Amsterdam. Dynes barod iawn i dynnu coes oedd hi, a hynny ar yr esgus lleiaf (yn wahanol iawn i'w gŵr), a'i gwallt a'i llais yn mynnu blodeuo i bob man. Llais uchal oedd o, yn tynnu sylw ato'i hun.

'Does dim byd byth mor bwysig ag y mae o'n ymddangos, neb na dim,' dywedodd yn hyderus.

'Pam hynny?' holodd Alyosha.

'Am y rheswm syml fod amser yn llifo heibio, fod pobol yn heneiddio, amgylchiadau'n newid, syniadau newydd yn cael eu geni, technoleg yn creu rhyw degan arall, a bod pawb ryw ddydd yn siŵr o farw ...'

'Siriol iawn, os ca' i ddeud,' atebodd o gan wenu.

'Ydi o ddim yn wir?'

'Am wn i 'i fod o.'

'Wrth gwrs 'i fod o. Meddyliwch am y peth. Yn lle roeddan ni'n rhodresa ar un adeg, mae cenhedlaeth arall yn codi heddiw hefo'u pryderon eu hunain. Yn poenydio'u hunain yn yr un modd ag roeddan ni yn ifanc; tasan nhw ond yn sylweddoli nad ydi dim byd byth mor bwysig ag mae o'n ymddangos ar y pryd gan fod amser yn dal i lifo heibio. Does dim byd yn newydd dan haul. Yr unig beth ydi bywyd ydi rhywbeth sy'n ailadrodd ei hun.'

Trydar adar llafar oedd o gwmpas y bwrdd. Yn y cwmni hefyd roedd nifer o uchel swyddogion y Reichswehr, a dau neu dri o ddynion iau, dynion busnes o Sbaen, ac un hefo'i wyneb bochiog, crwn a'i groen yn llyfndew yn fflyrtio hefo'r gwragedd o'i gwmpas o.

Un parod iawn ei farn oedd Dug de Kherchove, gweinidog yn llywodraeth Gwlad Belg. Roedd o'n bryderus iawn ynglŷn â'r si fod yr Almaen yn bwriadu ailarfogi yn groes i natur cytundeb Versailles. Siaradai'n ddeallus, a pheth gogoneddus oedd gwrando ar ddyn ym mawredd ei allu a'i ddylanwad.

'Dyfodol Ewrop ydi dyfodol yr Almaen,' dywedodd, 'ag wedi bod ers iddi uno o dan Otto von Bismark.'

Ofni'r dyfodol oedd o.

Twt-twtio hyn oll fel clecs maleisus wnaeth Herr Drexler, trwy honni nad oedd gan Ewrop heddiw ddim oll i'w ofni. Yn eu mysg nhw roedd y Ffrancwr Monsieur François-Poncet, yn mynnu ei fod yntau hefyd wedi clywed sïon digon tebyg i rai'r Dug de Kherchove. O dan y cwrteisi ffurfiol, roedd o fymryn yn nawddoglyd – os nad yn sarhaus – tuag at Herr Drexler.

'Dydi'r Kurfürstendamm yn ddim byd ond dynwarediad gwan o'r Avenue des Champs-Elysées,' dywedodd hwnnw'n biwis braidd.

Ond cafodd ateb parod gan Alyosha, 'Pwy ddeudodd fod Ffrainc fel bancar henffasiwn? Yn gwrthod rhuthro i benderfyniad rhag ofn creu llanast gwaeth? Ydi gwarchod petha fel y maen nhw yn well na mentro i weld sut y galla petha fod?'

Chwarddodd y rhan fwyaf.

Roedd cynnen a gwrthdaro yn dechrau caledu o gwmpas y bwrdd.

'Mae 'na ormod o lawar o falu awyr am Ewrop,' dywedodd un o'r Sbaenwyr gan ymhyfrydu wrth ddilyn gogwydd ei athrylith ei hun. 'America ydi'r wlad heddiw. Be ydi Ewrop ond penrhyn bach di-nod ar gyfandir Asia?'

A chwarddodd pawb yn uwch.

Tyfu'n fwy talog fyth wnaeth Alyosha, nes dechrau anghofio pwy oedd yn talu ei gyflog. Pan gâi ei alw at Capten Malinovski, âi i deimlo fwyfwy fod hynny'n beth trahaus. Gallai'r Capten fod yn oriog iawn ei dymer, yn sur a sarrug fel hen gerlyn blin. Weithia byddai'n wên deg, dro arall yn frwnt ei dafod, ond os byddai wedi cael *cognac* neu ddau i setlo'i stumog, byddai'n fwy serchog o'r hannar.

Rhyw fora, roedd Ludwika awydd mynd draw i Galeri Paul Cassirer ar Vladimiriastrasse er mwyn gweld yr arddangosfa ddiweddara cyn i'r lle gael ei agor i'r cyhoedd. Dewis cadw at yr un enw a wnaeth y galeri, er gwaetha'r ffaith fod y dyn a sefydlodd y lle wedi saethu ei hun yn sgil ysgariad chwerw a fu rhyngddo fo a'i wraig, Tilla Durieux, ryw flwyddyn neu ddwy ynghynt. Y Farwnes Kosub drefnodd yr ymweliad preifat trwy Ludwig Katzenellenbogen, cariad Tilla, y cyfarfu â hi mewn ddawns ddiwedd yr wythnos cynt. Fel roedd Ludwika ac Alyosha ar fin gadael ei hystafell yn yr Hotel Kaiserhof, canodd y teleffon.

'Ti am i mi ateb o?'

Roedd o ar hannar clymu ei dei.

'Na, paid, gad iddo fo ganu ...'

'Falla 'i bod hi'n alwad bwysig.'

Ludwika atebodd, ond cafodd Alyosha gynnig y teclyn ganddi.

'Helô?'

Methai wneud na phen na chynffon o'r geiriau a ergydiodd ar ei glust. Llais hollti pennau Capten Malinovski oedd yn taranu fod 'y sinach bach' i ddŵad draw i'r Hotel Adlon yr eiliad yma. Ar ei union hefyd, rŵan hyn.

'Ti'n 'y nghlwad i?'

Pengaledodd Alyosha hyd nes i Ludwika ei ddarbwyllo mai gwell fyddai iddo fo fynd. Achubodd gam y Capten gan gadw cefn ei pherthynas waed. Honnodd ei fod yn gaeth i forffia ers blynyddoedd (ers iddo gael ei glwyfo yn ei glun yn y rhyfel yn erbyn y Fyddin Goch yn 1920), ei fod yn slotian gormodadd o ddiodydd poethion er mwyn lleddfu'r poen, ond trwy dancio i'r fath raddau ag y gwnâi bob dydd, gan gychwyn fwy neu lai ben bora, roedd Capten Malinovski yn gwneud pethau'n saith gwaeth iddo'i hun. Roedd o'n amal yn swatio yn ei wely dan y felan, a'r llenni trwm ar gau. Doedd dim gair i'w glywed ganddo wedyn nes i'r iseldar gilio, ond gallai fod yn ei ddyfnderoedd am ddiwrnod neu ddau. Yr unig beth roedd o'n ei wneud bryd hynny oedd smocio, yfed, a chanu ei organ geg o fora gwyn tan nos. Eto fyth, ei hen glwyf oedd yn cael y bai am ei amrywiol anhwylderau ...

Sefyll ar ganol y llawr yr oedd Capten Malinovski hefo gwydryn *cognac* yn ei law.

''Sdim byd casach i ddyn yn 'i oed a'i amsar na gorfod yfad ar 'i ben 'i hun.'

Roedd ei lygaid yn gochlyd, ei gorff yn swrth, a'i lwmp o drwyn piws yn biwis.

'Oes rhaid i chdi sefyll yn 'y ngola i? Be sy'n bod arnach chdi? Ti'n trio gneud ati i 'ngwylltio i?'

Wrth ista ar y *divan*, agorodd ei ŵn i ddadlennu trwch o geilliau, ac yn ystod y sgwrs bu'n crafu yn eu düwch ddwywaith neu dair.

'Gwranda'n fanwl ar be 'sgen i i'w ddeud wrtha chdi rŵan ...' cyn mynd yn ei flaen i ddweud be roedd o'n disgwyl iddo ei gyflawni, ac na ddylai o ar boen ei fywyd yngan dim wrth yr un enaid byw.

'Ar boen dy fywyd,' dywedodd wedyn wrth wagio'i wydryn, 'ti ddim i sôn gair am hyn wrth neb.'

Soniodd Alyosha wrth Ludwika yn syth. Doedd dim cyfrinachau i fod rhwng y ddau. Doedd o ddim yn mynd i gadw dim byd rhagddi gan ei fod o mewn cariad hefo hi, a doedd dim posib newid dim ar y cariad hwnnw. Roedd wedi ei lwyr gyfareddu ganddi, fel y cafodd ei lwyr gyfareddu ganddi ym Mharis gynt. Roedd wedi sôn eisoes wrthi am ei dripiau i Wansee 'nôl yn y gwanwyn, am wyllni'r *villa* a'r ferch fud yn y sgarff glaerwyn oedd yn danfon yr amlen cyn cilio i dywyllwch y wig ...

'Ond y tro yma ...'

Oedodd yn ei benbleth.

'Y tro yma be, Alexei?'

Oedodd eto.

'Mae o'n disgwyl rhywbeth arall gen i – rhywbeth mwy.'

Holodd hi be'n hollol roedd disgwyl iddo fo ei wneud. Manylodd ynta ar y cwbwl. Ar ôl iddo fo orffan siarad, doedd hi ddim fel petai'n rhannu ei amheuon. Os rhywbeth, roedd hi'n meddwl ei fod o'n gorbryderu.

''Sdim angen i chdi boeni dim. Dwi'n nabod Przemek yn iawn.'

Peth od o hyd i'w glust oedd clywed Ludwika yn sôn am y Capten wrth ei enw bedydd.

'Y peth dwytha fasa fo'n 'i 'neud fasa peryglu dy fywyd di na neb arall.'

Er iddi leddfu ei ofidiau, roedd Alyosha yn dal i deimlo bod rhywbeth ddim cweit yn iawn. Rhyw deimlad ym mêr ei esgyrn oedd o. Doedd o ddim yn naïf. Doedd o chwaith ddim am i bobol eraill ei drin felly.

Sgwrs bellach hefo Ludwika ddarbwyllodd o'n y diwadd i gytuno i wneud yr hyn roedd Capten Malinovski yn ei ddymuno. Doedd hynny ddim heb elfen o berygl – gallai gael ei garcharu neu yn waeth fyth, fe allai gael ei ddienyddio. Dull yr Almaenwyr o hyd oedd torri pen dyn i ffwrdd hefo bwyell ar floc pren yng ngharchar Plötzensee.

Roedd o wedi dychwelyd i'r bloc yn Neheringstrasse ym Mercedes Capten Malinovski. Neu, yn hytrach, wedi dychwelyd i Pesotskistrasse – fel roedd y stryd bellach wedi cael ei hailenwi'n swyddogol, a hynny mewn llythrennau gothig gleision ar dalcen y naill ben a'r llall.

Noson hafaidd yn niwedd Awst oedd hi, a doedd Alyosha prin wedi cloi drws ei foto nad oedd un o hogia bychan yr Hitlerjugend yn ratlo ei dun hel pres o dan ei drwyn. Hel ar gyfer yr Auslandsdeutschen oeddan nhw, a'r hogyn llai wrth ei ymyl yn cario basged fach yn ei law a'i llond hi o faneri bychain glas a gwyn. Ysgydwodd ei ben a rhedodd y ddau i ffwrdd. Ond roedd chwanag o blant mân wrthi'n hel i fyny ac i lawr y stryd – y rhan fwya ohonyn nhw o'r Jungvolk. Roedd hi'n hawdd iawn nabod y rheiny oddi wrth y rhubanau am eu breichiau.

Roedd mwy fyth o faneri hefo *swastikas* yn hongian o'r ffenestri – ond ddim ym mhob ffenast, chwaith. Edrychodd draw tuag at Faracs Pesotski. Yn y ffenast lydan ger y prif ddrws roedd llun o Adolf Hitler, ei freichiau ymhleth, yn rhythu'n ddig ar y byd – ond ei fod wedi ei fframio â phlethwaith o flodau amryliw. Wrth ei ochr roedd tanc o bysgod trofannol wedi ei oleuo'n goch.

Cerddodd Alyosha tuag at y siop gwerthu sigaréts. Y tu allan i'r baracs roedd dau aelod o'r SA yn sefyll, eu strapiau'n dynn o dan eu genau. O'u blaenau roedd rhesi o foto-beics a dwy foto-lorri at eu galw. Edrychai'r adeilad yn ddisglair yng ngwres hwyrol yr haul, gan ei fod newydd gael ei ailbeintio. Taniodd Alyosha sigarét ac anelu am y bloc.

Doedd o heb fod ar gyfyl y lle ers rhai dyddiau a doedd dim golwg fod Vicki na neb arall wedi bod yno ers amser maith. Yr un fath yn union oedd pob dim â phan gaeodd y drws y tro ola y buo fo draw.

Adnabu'r gnoc ysgafn: Frau Kempowski oedd yno. Roedd golwg gwraig wedi torri'n arw arni, yn fwy crwmanog, ac yn cael trafferth i gynnal ei hun.

Roedd ei mab, Franz, wedi cael ei arestio, a daethai'r si i'w chlustiau mai ym Maracs Pesotski roedd o'n cael ei gadw.

'Mi es i yno fy hun, er mwyn holi.'

Gwadu ei fod o yno wnaethon nhw, a thrin y matar yn ysgafn.

'Os 'dio heb ddŵad adra, falla'i fod o wedi dŵad o hyd i ryw lefran. Faint ddeudoch chi oedd ei oed o eto?'

Roedd o bron yn dri deg pump.

Choeliodd Frau Kempowski yr un gair. Dan glo yn y seler yr oedd Franz, roedd hi'n grediniol o hynny. Wedyn, cafodd gadarnhad, trwy hogyn oedd yn gweithio yn y becws. Wedi gorfod ymuno â'r SA oedd hwnnw oherwydd bod ei gyflogwr yn mynnu hynny. Roedd o wedi gweld Franz, ond doedd dim golwg rhy dda arno fo.

Yr un a oedd yn gyfrifol am ei gam-drin oedd Paul.

Pan gafodd hwnnw ei arestio, fe drodd ei gôt. Bellach roedd o'n waeth na'r un ohonyn nhw, fel petai o'n gwneud ati i brofi ei hun yn fwy pleidiol na neb i'r SA.

Yn ôl hogyn y becws, roedd o wedi chwipio Franz nes roedd ei gefn yn friwgig.

Tyngodd rhai tenantiaid yn y bloc eu bod nhw hefyd wedi clywed Franz yn sgrechian fwy nag unwaith ym mherfeddion nos. Wedi'r cwbwl, dim ond dau gan llath o ffwrdd oedd Baracs Vlasich Pesotski. Roedd pawb yn amau fod yr SA am iddyn nhw glywed y sgrechian, er mwyn codi mwy o ofn ar bawb.

Daeth Alyosha wyneb yn wyneb â Margarita ar y grisiau drannoeth. Ar ei ffordd i fyny roedd hi ac yntau ar ei ffordd i lawr. Roedd ei chroen yn welw a phryder yn ei llygaid. Doedd haul yr haf heb adael fawr o'i ôl arni.

Dychwelodd y ddau i'w apartment er bod dim bwriad ganddi i oedi'n hir.

'Ti am ddeud wrtha i be sy'n bod?'

Toc wedi pump o'r gloch y noson cynt, canodd cloch ei drws. Gan fod Kai-Olaf a hithau'n hanner disgwyl y gwaetha, doeddan nhw heb gysgu rhyw lawer ers rhai nosweithiau. Holwyd nhw gan ddau dditectif tra aeth y dau arall i sbaena trwy eu heiddo. Holwyd am eu dogfennau.

Pan ddaeth Kai-Olaf i fyw ati, doedd o heb gofrestru hefo'r heddlu. Daeth hynny'n amlwg o fewn dim pan ddaeth y plismyn at ei gilydd i bori trwy eu papurau. Roeddan nhw'n amheus iawn o Kai-Olaf, er iddi hi eiriol drosto fo gan dynnu mwy o amheuaeth ati hi ei hun.

Holwyd am ei phasbort Nansen.

Wfftiodd y llabwst mwyaf pan holodd Margarita os oeddan nhw am arestio Kai-Olaf.

'Pwy soniodd am arestio neb?'

Dyna'n union be ddigwyddodd.

'Lle dach chi'n mynd â fo?'

'Am dro.'

Cafodd Margarita addewid y byddai ei phasbort yn cael ei ddychwelyd ati o fewn deuddydd – tridia ar y mwya.

Caewyd y drws.

Roedd y gwpan goffi hwyliodd Alyosha iddi bellach wedi hen oeri. Aeth Margarita yn ei blaen i adrodd yr hanes ...

Yn yr eiliad honno, doedd hi'n dal fawr o obaith y gwelai Kai-Olaf na'i phasbort byth eto. Syndod o'r mwyaf, felly, oedd ei weld o at ganol dydd drannoeth, yn cerdded yn groeniach trwy'r drws hefo'r ddogfen wedi ei stampio'n swyddogol yn nodi ei fod wedi ei gofrestru i fyw yn yr apartment. Er iddo fo wadu hynny wrthi hi, roedd y profiad wedi ei ddychryn. Cyfrodd ei fendithion. O leia doedd o ddim dan glo, nac wedi ei yrru i Dachau.

'Ddois di â 'mhasbort i yn ôl hefo chdi?' holodd hi.

'Ches i mo'i gynnig o.'

''Nes di holi?'

''Nes i'm mentro.'

Heb hwnnw, roedd Margarita mewn cyfyng-gyngor.

'Heb basbort alla i'm cael *visa*.'

Heb *visa* doedd dim posib iddi fynd i weithio i Amsterdam.

Doedd fiw i Kai-Olaf fentro treulio chwanag o amsar yn Berlin.

'Does dim dewis gen i. Ma'n rhaid i mi adael.'

Ar ôl trafodaeth, penderfynodd Margarita nad oedd dewis arall ganddi ond mynd draw i weld yr heddlu, a gofyn am gael ei phasbort yn ôl.

'Paid â mentro,' oedd ei gyngor o.

'Be arall 'na i?' holodd hi.

'Fasa mynd at y polîs yn beth hurt bost i 'neud fel ma' petha.'

Trodd y sgwrs mewn cylchoedd seithug.

'Ma'n *rhaid* i mi fynd.'

'Tynnu helynt ar dy ben fasa hynny, a dim byd llai.'

''Sdim dewis arall gen i.'

'Helynt heb fod dim math o isio ...'

'Heb basbort, mi allwn i fod mewn helynt gwaeth.'

'Dwi'n crefu arnach chdi, Gretushka, paid â mynd.'

Drannoeth aeth Margarita draw i Fürst-Bismark-Strasse, ond cadwyd hi'n disgwyl. Roedd hi ar bigau'r drain. Smociodd dair sigarét. Wedyn, cafodd ar ddallt trwy glerc nad oedd modd iddi gael ei phasbort yn ôl.

'Ddim am y tro, beth bynnag.'

Ddim tra oedd rhai ymholiadau'n dal i gael eu gwneud.

'Ynglŷn â be?'

Pledio anwybodaeth wnaeth y clerc.

'Ar ba sail?'

'Medda rhywun uwch 'y mhen i.'

'Pwy'n hollol? A pham?'

Er iddi holi chwanag, chafodd hi ddim ateb.

Ista ar fraich y gadair oedd hi o hyd.

'Be os cei di dy stopio ar y stryd?'

Hwnnw oedd y poen meddwl mwya.

Teimlai Alyosha yn boenus ar ei chownt hi.

'Mewn caffi, mewn siop, mae o'n digwydd trwy'r amsar. Pobol yn cael eu harestio a'u llusgo i ffwrdd am ba reswm bynnag.'

'Yn y cyfamsar, dwi i fod i ddangos hwn.'

Tynnodd gerdyn adnabod o'i phoced – un dros dro.

'Oes posib gneud cais am *visa* hefo fo?'

Siglodd ei phen. Roedd wal carchar yn codi fesul bricsen o'i chwmpas hi, a'r drws o'r Almaen ar glo. Edrychai Margarita'n drist a hen, a rhyw ochenaid yn lledu ar draws ei hysgwyddau.

'Aeth Kai-Olaf i Baris neithiwr, heb bapura o fath yn y byd.'

'Pam es di'm hefo fo?'

'Fuon ni'n dadla'n hir am y peth. Dadla be oedd ora' i 'neud. Ond doedd o'm am 'y ngweld i'n mentro. Rhy beryg o'r hannar, medda fo. A ph'run bynnag, tasa nhw'n dal ni'n dau, dyna fasa diwadd 'yn grŵp ni wedyn.'

'Grŵp?'

Eglurodd Margarita yn fras am waith yr IKD – yr Internationale Kommunisten Deutchsland – grŵp roedd Kai-Olaf wedi ymaelodi ag o pan gafodd ei ddiarddel o'r Blaid Gomiwnyddol. Doedd hynny ond i'w ddisgwyl gan iddo fo fod mor hallt ei feirniadaeth o bolisi'r KPD am lynu mor haearnaidd at lein Moscow yn y frwydr yn erbyn y Natsïaid. Neu ddiffyg brwydr, gan fod egni'r KPD yn mynd at danseilio'r SPD. Teimlai'n ddig oherwydd y ffordd y cafodd ei drin, yn enwedig ar ôl y cwbwl a wnaeth o dros y Comintern. Roedd Hitler wedi chwalu'r KPD yn llwch, ac yn prysur wneud yr un peth i'r SPD, ond rhaid oedd i'r frwydr barhau. Gobaith Kai-Olaf oedd cael gweithio i adain y Secretariat Rhyngwladol dan Trotskii ym

Mharis, ac roedd o eisoes wedi ei gyfethol ar bwyllgor gwaith y papur newydd *Permanente Revolution*.

'Be amdanach chdi? Ti'n dal yn y KPD o hyd?'

'Ar y funud, ond am ba hyd wn i ddim.'

Cafodd hithau ei galw gerbron y Pwyllgor Disgyblu – a'i chwestiynu'n galad – er na chafodd hi mo'i diarddel. Ddim am y tro, beth bynnag. Oherwydd Vicki yn unig oedd hynny, roedd hi'n amau, er nad oedd hi'n hollol siŵr chwaith. Doedd hi heb ei gweld hi ers amser. Yn ei chalon, roedd hi eisoes wedi bod yn closio fwyfwy at yr IKD dan ddylanwad Kai-Olaf.

Roedd yr heddlu'n cadw llygad arni. Roedd Margarita yn grediniol o hynny. Pa reswm arall allai fod dros gadw ei phasbort hi? Efallai mai awchu am eu cyfla oeddan nhw i arestio aelodau eraill o'r IKD i gyd hefo'i gilydd. Anamal iawn roedd y grŵp yn cyfarfod erbyn hyn. Trawodd ei bag llinyn dros ei hysgwydd wrth godi ar ei thraed. Fel roedd ar fin ei throi hi, cododd wên wan, a dweud,

''Di hi mo'r adag hawsa i fyw, ydi hi?'

Roedd hi eisoes hanner ffordd i lawr y grisiau pan siarsiodd Alyosha hi i gymryd gofal, ond p'run a glywodd hi fo ai peidio, doedd o ddim yn hollol siŵr.

Amser maith yn ôl, roedd y byd crwn cyfan wrth ei draed, ond ers blynyddoedd bellach bu Alyosha o dan draed y byd. Roedd o wedi cael mwy na llond bol ar gael ei drin mor giami. Dyna pam y tyfodd i gasáu'r ffaith fod Capten Malinovski yn cymryd mantais ohono fo fwyfwy. Cydymdeimlodd Ludwika a rhoi ei breichiau am ei wddw a'i gusanu ddwywaith – unwaith ar ei wefusau, ac unwaith ar flaen ei drwyn.

'Teimlo'n well?'

Bob tro y safai mor agos ati roedd ias o flys yn ei losgi nes teimlai fod ei groen yn dawnsio.

Fuo fo erioed mor hapus. Fuo fo chwaith erioed mor anhapus. Teimlai ryw hunanfodlonrwydd mawr yn sgubo drosto'n amal, ond erbyn hyn roedd y ddau groes deimlad yn dechrau rhwbio'n boenus yn erbyn ei gilydd.

Roedd penderfyniad mawr yn codi o'i flaen o, un na allai ei osgoi.

Capten Malinovski, a neb arall, oedd achos ei hwyliau drwg.

'Be mae o 'di gofyn i chdi 'neud y tro yma?' holodd Ludwika wrth smocio'n hamddenol.

'Dwi'm isio gweithio iddo fo ddim mwy. Dwi am roi'r gora iddi. Dio'm yn hidio dim amdana i, ddim go iawn. Gwas bach ydw i. Pam ddylswn i deimlo unrhyw deyrngarwch tuag ato fo? 'I fusnas o 'di gneud be mae o'n gofyn i mi 'neud.'

Pendroni eiliad wnaeth hi, cyn mynd ati i holi:

'Ydi o'n dallt bo' chdi heb 'neud be 'na'th o ofyn i chdi neithiwr?'

''Siŵr 'i o fod o ... erbyn hyn.'

Rai dyddiau ynghynt, roedd Capten Malinovski wedi gofyn i Alyosha yrru'r moto-car allan tua dwyrain y ddinas. Cafodd orchymyn i yrru i lawr Blumenstrasse, cyn troi i mewn i Frankfurterstrasse nes cyrraedd y Frankfurt Tor.

Yng nghesail talcen tywyll hwnnw, roedd i fod i barcio. Wedyn, disgwyl hyd nes roedd y gynulleidfa'n dechrau gwagio i lawr grisiau'r theatr fechan gerllaw, a chilio i'r nos.

Ar draws y stryd, camodd dau mewn siwtiau llwydion i mewn i gefn y car. Gyrru i lawr Thaerstrasse oedd ei waith o wedyn, rowndio Balten-platz, a dal ymlaen nes cyrraedd y Landsberger Chausse. Llais un o'r ddau awgrymodd wrtho fo lle i ddŵad â'r moto i stop. Yn nyfnderoedd tywyll y wal uchel, diffoddodd oleuadau'r moto-car a chlywed y drysau cefn yn agor a chau.

Fu dim siw na miw am bron i dri chwarter awr.

Pan gamodd y ddau yn ôl i mewn, roeddan nhw'n fyr eu gwynt.

Y noson cynt, roedd Capten Malinovski wedi gorchymyn unwaith eto i Alyosha ddychwelyd at gysgodion y wal yn Landsberger Chausse, a chafwyd yr un rigmarôl yn union hefo'r ddau ddyn mewn siwtiau llwydion. Yn y cyfamser, gwnaeth Alyosha rai ymholiadau drosto'i hun a chael ar ddallt mai ffatri'n cynhyrchu'r modelau diweddaraf o danciau ar gyfer y fyddin roedd Hitler yn ei hailarfogi oedd yn y Landsberger Chausse.

Gwaith y ddau ddyn oedd torri i mewn i'r swyddfeydd er mwyn tynnu lluniau o'r cynlluniau. Gwaith Alyosha oedd dŵad â'r camera yn ôl hefo fo i'r Hotel Adlon er mwyn anfon y lluniau ymlaen i Warsaw.

'Taswn i'n cael fy nal,' dywedodd wrth Ludwika, 'sut allwn i wadu 'mod i'n sbei?'

Mwythodd hi ei annedwyddwch.

'Dwi'm yn hapus o gwbwl.'

Dywedodd ei bod hi'n dallt yn iawn.

'Wyt ti?'

'Siŵr iawn.'

'Be bynnag sy'n mynd ymlaen, dydi o'n ddim o 'musnas i.'

'Fydd rhaid ichdi fynnu gair arall hefo Przemek.'

Gwisgai Capten Malinovski ei siaced giniawa, a'i ddwy fedal wedi eu pinio ar ei frest. Rhyw olwg fodlon, lond ei groen, oedd arno fo wrth iddo osod dwy ddolen aur yn llawas ei grys. Roedd ar fin mynd i lawr i'r stafall fwyta, ac wedi chwistrellu *eau de cologne* arno'i hun, a'r bwtler llygaid nionod yn twtio'i hances sidan ym mhoced ei frest. Prin yr edrychodd i wyneb Alyosha, dim ond gwneud hynny ar ogwydd yn nrych y wardrob fawr wrth gribo'i wallt.

Diffoddwyd golau'r bathrwm. Camodd y ferch fud o'r *villa* yn Wansee i mewn i'r stafall, gan oedi am hanner eiliad wrth syllu'n wag ar Alyosha. Croesodd draw at y gwely, codi pâr o sanau sidan, a'u rowlio nhw i fyny ei choesau hirion hyd at ei chluniau. Ynganodd hi'r un gair. Ni chyfeiriodd y Capten ati. Ni allodd Alyosha lai na sbecian arni yn clipio'i garter.

Dim ond pan ynganodd y geiriau 'dwi'n gadael' y dododd Capten Malinovski ei grib o'r neilltu. Cododd ei wydryn oddi ar y troli bychan hefo'r olwynion rwber a'i rowlio'n ara deg rhwng cledrau ei ddwy law.

'Pryd ti'n meddwl gwneud hynny?'

'Heno.'

Taflodd ryw hannar edrychiad tuag ato fo.

'Dwi rywfaint haws o ofyn pam?'

'Dwi'n meddwl bo' chi'n gwbod pam.'

Penderfynodd ymhelaethu trwy ddatgan ei fod yn dymuno bod yn feistr ar ei dynged ei hun. Edrach yn ddidaro a braidd yn ddiamynedd wnaeth Capten Malinovski, fel petai wedi bod yn dal pen rheswm hefo rhyw blentyn oedd wedi colli ei bêl, wedi sorri'n bwt ac yn sefyll mewn pwd ym mhen draw'r ardd.

'Mi ddyla pob un dyn fod yn fistar ar ei dynged ei hun. Does dim byd o'i le ar hynny. Sentiment dibynadwy a da.'

Wrth i Capten Malinovski ista'n swrth, ail-lanwodd y bwtler ei wydryn.

'Ddim ffordd slei o ofyn am fwy o gyflog ydi hyn i gyd, gobeithio?'

'Na.'

'Na, fuos di 'rioed yn un i chwara rhyw gastia fel'na hefo fi,' dywedodd gan sipian ei *cognac*. 'Pam, felly?'

Matar iddo fo'i hun oedd hynny: mae rhai cyfrinachau y mae'n rhaid eu gwarchod.

'Os mai fel hyn ti'n talu 'nôl imi ... Y cwbwl wnes i oedd rhoi cyfla i chdi ennill bywoliaeth a phrofi dy fetel. Ydw i wedi bod yn grintachlyd hefo chdi? Naddo ...'

Ynganodd rywbeth wedyn mewn modd digyswllt, yn hanner mwmian wrtho'i hun fel petai wedi camu i ganol rhyw feddyliau eraill.

'Chdi ddeudodd fod isio imi ddeud fy marn yn ddiflewyn-ar-dafod,' dywedodd ei was. 'Dyna'n union be dwi'n 'i neud.'

'Dyna ni 'ta, does dim amdani felly ond ffarwelio ...'

Cynigiodd Alyosha ei law, ond cau ei lygaid wnaeth Capten Malinovski.

Roedd hi'n fain iawn ar Margarita wedi i Kai-Olaf ffoi i Baris. Doedd dim dewis ganddi ond ceisio gosod ail lofft yr apartment. Doedd dim math o flys gwneud hynny arni, ond dan yr amgylchiadau doedd dim dewis – un ai roedd hi'n gorfod talu'r rhent, neu gael ei throi allan i'r stryd. Galwodd cwpwl ifanc heibio i holi am le. Trwy drugaredd, doedd y babi ddim yn cadw fawr o sŵn – heblaw am gyrnewian gefn nos o bryd i bryd, ond buan roedd o'n tawelu ar ôl sugno.

Rhoddodd ei llofft hi a Kai-Olaf iddyn nhw – y llofft fwyaf – a symudodd hithau ei thrugareddau i'r llofft lai. Dyn di-waith oedd Julius ac yn derbyn cardod dôl. Cadwai'r tri allan o wynt ei gilydd cyhyd ag yr oedd modd. Doedd neb yn dymuno bod o dan draed ei gilydd.

Codai pob math o deimladau cymysg ym Margarita wrth iddi fyw a bod yng ngolwg y babi. Ar dro byddai'n teimlo iddi wneud y peth iawn wrth erthylu, dro arall teimlai fel y peth gwaetha erioed.

Welodd hi fyth mo'i phasbort a doedd dim arni ddim awydd mentro mynd i ddechra holi amdano fo. Bob hyn a hyn derbyniai amball nodyn o Baris, ond ysbeidiol a phytiog oedd pob newydd. Hiraethai am gael clywad chwanag gan Kai-Olaf – a rhannu ei hanesion hefo gweddill yr IKD.

Roedd pob gohebiaeth yn cael ei danfon yn bersonol trwy law sawl *courier*, dynion a merched, a oedd yn sleifio dros y ffin liw nos yn dawel fach o Ffrainc. Cafodd un ei ddal, ei boenydio a'i garcharu yn Dachau. Doedd wybod pa bryd y byddai'r neges nesaf yn cyrraedd. Hyd yn oed wedyn, roedd yn rhaid bod yn ofalus iawn ynglŷn â be oedd yn cael ei ddweud, ac yn bwysicach fyth pwy oedd yn cael ei enwi yn yr inc anweledig. Roedd gan bawb yn yr IKD ei lasenw ei hun.

Heb oedi dim, daeth Vicki ar ei gofyn.

Dau beth.

Yn gyntaf, roedd hi'n dymuno sefydlu cysylltiad rhwng yr IKD, y KPD ac elfennau mwyaf blaengar yr SPD. Creu un ffrynt unedig yn erbyn y Natsïaid oedd y nod.

Yn ail, roedd hi'n awyddus i weld Alyosha. Oedd hi'n bosib i Margarita drefnu cyfarfod?

Hongian ynghynn yn eu pyst haearn roedd lampau'r nos, fel pethau diystyr yn nhoriad y wawr. Uwchben drysau rhai o'r bariau, dal i wincio oedd rhai o'r goleuadau neon, yn ogystal ag uwchben drws amball neuadd ddawns. Doedd fawr neb o gwmpas ar y Kurfürstendamm, dim ond rhai o adar y nos yn ei throi hi am adra.

Canodd Alyosha'r gloch ddwywaith. Drws otomatig agorodd. Cerddodd ar hyd rhyw goridor i'w ben draw, ac ar ôl cerdded trwy gegin o deils gwynion, llachar aeth trwy ddrws i stafall fawr hefo llawr dawns pren ar ei ganol. Roedd y lle'n dal yn llawn o ogla surni chwys a sent cynnes. Yn dal i fudlosgi mewn blwch llwch roedd pwt o sigâr, ac roedd sawl potel win yn ei basged raffia o hyd.

Dau ddyn ifanc a gwraig hŷn oedd wrthi ar eu pengliniau'n seiclosteilo'n ddiwyd ac yn gosod y taflenni yn eu lle. Roedd pawb yn canolbwyntio'n ddwys, gan weithio'n fud a thawal yn gwasgu taflenni'n wastad rhwng dau garbord a'u llyfnu hefo rowliwr rwber.

Y pennawd oedd *Die Rote Fahne.*

'Drwadd ma' nhw,' dywedodd un o'r dynion ifanc heb godi'i ben o'i waith.

Roedd croen Vicki wedi salwino, ei llygaid yn gochion, a gwreiddiau ei gwallt melyn yn duo. Yng nghanol trafodaeth hefo dau arall oedd hi, ond hawdd gweld o'u hosgo fod pawb yn ddigalon.

'Diolch am ddŵad.'

Teimlo fel Sisyffos yn gwthio ei garrag wnâi Vicki. Roedd ei llygaid yn ddwfn yn asgwrn ei phen, a'i gwynt yn drewi o ogla diod – y cysur gwlyb a oedd yn cuddio ing a chodi ing ar yr un pryd.

Pan glywyd sŵn curo uchal y tu allan, fferrodd pawb. Cythrodd Vicki yn reddfol am arddwrn Alyosha a'i wasgu'n dynn gan dynnu gwn o'i phoced yr un pryd. Sgrialodd un ferch o dan y bwrdd ond ymlaciodd pawb pan gerddodd dynas lanhau i mewn yn cario pwcad a mop.

'Bora da,' dywedodd honno yn llon.

'Bora da,' atebodd rhywun hi.

'Be alla i 'neud i chdi?' gofynnodd Alyosha i Vicki.

'Ma' gen ti foto ...'

'Ddim erbyn hyn, nag oes ...'

Crychodd ei thalcan. 'Ti'n deud y gwir?'

'Pam faswn i'n deud celwydd?'

Eglurodd fel yr oedd o wedi rhoi'r gora i weithio i Capten Malinovski.

'Be oeddach chdi am imi 'neud?'

'Mynd â chopïau o *Rote Fahne* i wahanol ardaloedd.'

Tosturiodd wrthi. 'Pam wyt ti'n dal wrthi? Fasa hi'm yn saffach i chdi adael am Moscow?'

'Be? A gadal iddyn nhw ga'l y llaw ucha?' Brigodd ei hen ysbryd. 'Ma' 'na erthygla cryfion yn y rhifyn yma ...'

'Dwi'n ama dim.'

Gwenodd Vicki, ista i danio sigarét a synfyfyrio am ennyd. Doedd hyn ddim yn newydd iddi. Roedd hi wedi bod yn y sefyllfa yma unwaith o'r blaen, ar ôl *Putsch* Kapp 'nôl ym Mawrth 1920, pan oedd mwrdro a malu ar y strydoedd. Roedd hi'n byw mewn ofn yr adag honno hefyd, fel roedd hi rŵan, yn byw o'r llaw i'r genau, yn cysgu mewn llefydd gwahanol bob nos ...

Soniodd Vicki sut y daeth dau dditectif i drio arestio Emerick. Ynta'n gorfod ei heglu hi trwy'r cefnau, dros wal, gan redeg nerth ei beglau i lawr rhyw stryd gefn. Y ddau'n gorfod byw'n danddaearol, a'r strydoedd yn llawn trais a thensiwn hefo milwyr adain dde'n swagro yn ôl eu mympwy. A llywodraeth Friedrich Ebert – llywodraeth o bawb! – yn galw am streic gyffredinol er mwyn trechu'r *Putsch*. Roedd milwyr Kapp eisoes wedi meddiannu'r prif adeiladau – y gorsafoedd rheilffordd, y *Reichsbank*, swyddfeydd y cyngor, gorsafoedd yr heddlu, y brifysgol, a swyddfa bron bob papur newydd ar y chwith ...

'A 'ngwaith i oedd dal ati i gyhoeddi'r *Volksrecht*.'

Trwy gydol y cwbwl roedd bywydau Vicki ac Emerick mewn peryg. Gwaith dyrys a pheryglus oedd printio a dosbarthu papur o'r fath, ac roedd ganddi go byw o hyd o weld rhai gweithwyr yn cael eu crogi gefn dydd golau ar lampau'r strydoedd. Cofiodd fel roedd Emerick yn pwyso arni i ffoi i Ffrainc wedi ei gwisgo fel hogyn ysgol.

'Gwrthod mynd 'nes i. Ro'n i isio bod wrth law i drefnu'r streic yn erbyn Kapp. Honno oedd y streic gyffredinol wleidyddol fwya llwyddiannus erioed. Mi ddangosodd hynny be sy'n bosib pan ma' pawb yn gweithredu fel un ...'

Gofynnodd am ei help.

'Alla i ddim.'

Gofynnodd pam.

'Dwi'm am fentro 'mywyd dros achos dwi'm yn credu ynddo fo. Tra bydda i, mi fydda i'n elyn i gomiwnyddiaeth. Ti'n gneud dy ora i osod trefn foesol ar bawb, rhyw ethics Marcsaidd sydd i fod yn berthnasol i bawb ym mhob man o dan haul pob gwlad. Ond dwi'm yn gweld fod hynny'n wir ...'

'Be wyt ti'n 'i weld 'ta?'

'Does dim cyfreithiau o fewn hanes, dim ond haenau o realiti – rhai igam-ogam yn amal, yn du-chwithig-allan weithia, ag yn gymysg oll i gyd. Does 'na chwaith mo'r fath beth â chliwia inni o'r gorffennol ynglŷn â natur y dyfodol.'

'Rhwbath arall?'

'Ma' pawb ohonon ni, yn 'y mhrofiad i beth bynnag, yn tanbrisio hap a damwain.'

'Be ti'n trio'i ddeud?'

'Fod yr ystyr mae rhywun yn ei greu o'i fywyd o 'i hun yn fatar gweddol unigryw.'

'O? Unigryw? Ydi o?'

'Ydi, mae o.'

'Sut?'

''Mots sut.'

'Oes, ma' ots sut. Dwi am i chdi egluro wrtha i. Be 'di'r ystyr ti 'di'i greu i chdi dy hun?'

Oedodd ennyd.

'Dwi'm yn gwybod yn iawn ... ddim eto, beth bynnag.'

'A fyddi di byth. Mae'r gwir ynglŷn â bywyd pawb y tu allan iddo fo'i hun, mewn pobol, neu syniadau neu ddigwyddiadau eraill. Hynny sy'n llunio'r realiti ti'n byw ynddo fo. Dyna lle mae ystyr bywyd pawb yn cael ei greu. Er mwyn dechra dallt dy hun, mae'n rhaid i chdi ddallt pob dim arall hefyd, trwy ddŵad i ddallt y broses sy'n hydreiddio trwy hanes. Hwnnw 'di'r unig realiti. Hwnnw 'di'r unig wirionedd.'

'Mae'n ddrwg gen i, ond alla i ddim helpu.'

Syllodd Vicki yn hiraethus arno fo.

'Dwi'n gweld isio cysgu hefo chdi, Alexei.'

Dododd gefn ei llaw yn dyner ar ei foch.

Ganol Hydref heidiodd tyrfaoedd dirifedi i Pesotskistrasse hyd nes daeth rhai cannoedd ynghyd o dan faneri hirion y *swastikas* a oedd yn hongian yn drwch o ffenestri'r bloc. Roedd band pres yn seinio'n nerthol yn croesawu pawb. O flaen y llwyfan roedd dwy reng o'r SA, ac yn sefyll yn eu mysg roedd Bruno Volkmann, O'r llwyfan pren fe gafwyd areithiau, yr un agoriadol gan Oberführer Karl Krieger, ond y prif siaradwr oedd Dr Goebbels. Y fo dynnodd y cortyn i ddadorchuddio'r plât efydd a oedd eisoes wedi ei osod yn uchel ar y mur.

Vlasich Pesotsk

Er fiel für Deutschland

Wrth bigo'i ffordd trwy'r dorf, synhwyrodd Alyosha fod rhyw gysgod wrth ei ysgwydd. Wyneb main Paul oedd yn syllu arno fo, ei farf wen wedi ei heillio, ac roedd mymryn mwy o gig ar ei fochau, er eu bod nhw yr un mor ddi-liw ag erioed.

Syllodd y ddau ar ei gilydd am eiliad neu ddwy.

Sbeciodd Paul o'i gwmpas cyn sibrwd trwy ei ddannadd bod yn rhaid iddo'i gweld hi.

'Pwy?'

Bu bron i'w henw gael ei foddi o dan nodau'r band.

''Nei di ddeud wrthi hi?'

'Wn i'm lle mae Vicki erbyn hyn ...'

O dan ei gap pig brown, roedd mymryn o'i wallt i'w weld. Sniffiodd.

'Ti'n gwbod sut i gael gafael arni. Ma' hyn yn bwysig. Ma' 'na betha ma'n rhaid imi ddeud wrthi. Petha pwysig iawn. Petha ma'n rhaid iddi wybod ...'

'Ar fy marw, wn i ddim sut i ddŵad o hyd iddi.'

'Ond mi elli di holi?'

Llygadrythrodd dyn yr SA i'w wyneb. 'Yn gelli?'

Pyslodd Alyosha. Roedd o wedi ei hollti. A oedd Paul wedi rhoi ei anadl o blaid y Natsïaid? Neu a oedd rhyw boen go iawn yn gwthio'i hun i'w galon?

Anodd dweud.

Amhosib dweud.

Dal i hel ei wynt ato oedd o, a'i ollwng wrth ochneidio.

'Dwi ddim yr hyn ti'n feddwl ydw i,' dywedodd Paul.

Cymeradwyodd y dorf wrth i rywrai chwibanu, ac o fan arall cododd dau neu dri i floeddio chwerthin.

'Ma'n rhaid i Vicki ddallt hynny.'

Honnai fod ei gydymdeimlad fel erioed hefo'r dosbarth gweithiol.

'Lle ma'r llygodan fach gen ti?' holodd Alyosha.

'Mae Rosa wedi marw.'

Roedd Margarita wedi hen roi heibio pob gobaith am weld pecyn cyflog byth eto, pan ddaeth tro sydyn ar fyd. Un pnawn, digwyddodd daro ar ferch oedd yn arfar gweithio mewn adran arall o Azefttrust. Gwthio'i babi mewn coets fach y tu allan i siop y KaDeWe oedd hi. Oni bai fod ganddi fabi i'w fagu, byddai Gerti ei hun wedi mynd amdani.

Ar ôl cael y manylion i gyd, llwyddodd Margarita i drefnu cyfweliad yn Adran Fasnach yr Undeb Sofietaidd yn Berlin. Cafodd ei galw 'nôl drannoeth, a theimlai wrth adael ar ddiwedd hwnnw fod eitha gobaith ganddi gan mai dim ond un ferch arall oedd yn y ras. Yn ei hawydd am waith – unrhyw fath o waith, 'mots be – fe gladdodd ei hofnau, ond wrth eistedd ger ei desg ar ei bora cynta, cododd pob math o fwganod i'w phen. Oedd hi wedi camu i ffau'r llewod? Oedd hi wedi gwneud peth call, a hithau'n dal yn gyswllt pwysig rhwng aelodau'r IKP yn Berlin a'r swyddfa ym Mharis? Oedd hi wedi bod yn hollol ynfyd?

'Hitler neu beidio, ma' masnachu'n bwysig o hyd. Ond am ba hyd y bydd Adran Fasnach yr Undeb Sofietaidd yn cael bodoli ydi'r cwestiwn?' holodd y pennaeth, Anton Kovrin, 'Ma' cytundeb 1926 rhwng y ddwy wlad yn dal mewn grym o hyd. Ma' perffaith hawl gan Rwsia i fasnachu yma, cyn bellad â'n bod ni ddim yn cyflogi Almaenwyr. Dyna'r amod, ma'n debyg. Dyna pam fuo raid i Azefttrust gau.'

Bygythiadau neu beidio, roedd Margarita yn ddiolchgar iawn am y cyflog.

Roedd o'n dŷ gweddol o faint ar ei ben ei hun – hen blasty bychan, sgwâr, ynghanol dwy acer o erddi hefo waliau uchel yn eu hamgylchynu, a dwy giât o blethwaith haearn addurnedig a chywrain, lle roedd dyn ifanc wrth ei waith yn holi busnes pawb. Derbyniodd y staff i gyd gardiau adnabod.

Trwy gydol y tair wythnos gyntaf rhannai Margarita swyddfa hefo dwy wraig arall, yn teipio a chyfieithu llythyrau. Comiwnyddion o argyhoeddiad Stalinaidd oedd y ddwy; roedd un, a oedd tua'r un oed â Larissa, yn fam i ddau o blant ac yn briod hefo comiwnydd a gafodd ei arestio. Dangosodd ei lun i Margarita, ac er na ddywedodd hi ddim roedd ganddi frith gof o'i weld o unwaith. Doedd wybod pryd y câi ei draed yn rhydd. Yn Dachau roedd o ers bron i bum mis.

Daeth ei phrofiad o weithio mewn banc unwaith yn handi iddi ac, o fewn dim, cafodd Margarita ei symud i'r Adran Gyllid i weithio dan Anton Kovrin.

Ymwelydd arall cyson, ond ymwelydd cudd, o Baris, oedd Stanislav Markovich Feldman.

Fferrodd Margarita.

'Nabod eu stamp nhw ar yr amlen 'nes i.'

Bwydai'r babi'n fodlon ym mreichiau Olya.

'Pam? Ti mewn trwbwl?'

Newydd dynnu ei chôt amdani oedd Margarita wrth hwylio i fynd i'w gwaith pan ddywedodd ei thenant fod y post wedi cyrraedd, a bod llythyr gan y Gestapo yn disgwyl amdani. Wedi iddi gau drws yr apartment, safodd ar ben y grisiau a'r llythyr yn ei llaw. Tynnodd ei chôt yn dynnach amdani fel petai hi'n gwarchod ei chalon.

Agorodd yr amlen.

Craffodd yn yr hanner gwyll ar y teip du, a gorfod craffu'n fanylach fyth gan fod y geiriau'n nofio o flaen ei llygaid. Gwŷs i ymddangos ger eu bron nhw oedd hi. Rasiodd sawl syniad trwy ei phen. Rhaid oedd iddi ffoi o Berlin i Baris, Amsterdam, Norwy, Sweden, Prâg, Zurich neu unrhyw le, doedd dim ots, cyn bellad â bod ffiniau'r Almaen y tu cefn iddi. Doedd fiw iddi ddal y tram i'w gwaith. Doedd fiw iddi fynd 'nôl i'w hapartment byth eto chwaith. Meddyliodd wedyn am wahanol aelodau o'r IKP a allai fod o help iddi.

At bwy y gallai hi droi? Oedd hynny'n beth saff i'w wneud? Neu a fyddai hi'n gosod rhywun arall mewn mwy fyth o beryg? Roedd hi mewn peryg einioes. Trwy brofiadau pobol eraill roedd hi'n gwybod na allai hi byth wrthsefyll y boen os câi hi ei harestio. Ond pam llythyru hefo hi? Pam ddim ei charcharu hi? Pam nad oeddan nhw wedi wneud hynny'n barod?

Roedd hi ar bigau'r drain, ei meddwl yn surdan a'i nerfau fain. Erbyn iddi ista yng nghaffi y Trierischer Winzerverein ar y Nollendorfplatz, roedd cur pen yn waldio'n isal rhwng ei dwy arlais. Gwasgodd ei phen yn ei dwylo.

Y noson cynt, pan ddaeth hi 'nôl o'r gwaith, roedd hi wedi bod yn diodda o bigyn yn ei chlust, a chyn mynd i gysgu gwthiodd galon nionyn wedi ei rostio i mewn i'w chlust a'i wasgu yno drwy'r nos hefo wadin. Erbyn hyn roedd y pigyn wedi gwella, er bod un ochor i'w phen yn teimlo braidd yn fyddar o hyd. Roedd ei chorff hi'n dechra dangos y straen, ei chorff druan a oedd yn dechra dadfeilio ...

Daeth gweinyddes ifanc ati hefo coffi du a dŵr. Ceisiodd ymbwyllo a sadio'i hun. Doedd ei chur ddim mymryn gwell. Pam na fyddai'r Gestapo wedi ei harestio hi? Pam gyrru llythyr? Doedd o'n gwneud dim synnwyr o fath yn y byd. Roedd rhyw ystryw ar droed, rhywbeth na allai ond ei led-ddyfalu, a chrefodd am gael gweld Kai-Olaf – crefu am ei gyngor. Gwelai ei golli yn fwy nag erioed. Byddai o'n siŵr o fod wedi ei rhoi ar ben y ffordd, a'i chodi o'i chaeth-gyfla. Sipiodd ei choffi, ond roedd ei flas yn chwerw.

Roedd rhyw ysgafnder newydd o dan sodlau Alyosha wrth beidio â bod ar alwad Capten Malinovski. Teimlai fel dyn rhydd. Gan ei bod hi bellach heb *chauffeur*, penderfynodd Ludwika logi moto-car at ei dibenion hi ei hun.

Âi bywyd yn ei flaen fel cynt ond fod ei gariad bellach yn ei gynnal a'i gadw. Âi'r ddau am dripiau allan o'r ddinas ac i bellafoedd y wlad. Edrychai Ludwika yn brydferthach nag erioed, ei holl osgo'n gryf o hyder a'i llygaid yn llawn hwyl.

Roedd y ddau wedi dechrau trafod eu dyfodol hefo'i gilydd. Ond teimlai Alyosha mai dim ond hanner perthyn iddo yr oedd Ludwika o hyd. Treuliai beth o'i hamser ymysg ei phobol ei hun – hebddo fo. Soniodd fel roedd y Farwnes Kosub, Cyrnol Flezar a gweddill y Pwyliaid yn poeni am gynlluniau Adolf Hitler. Poeni ar gownt yr un peth yr oedd yr Undeb Sofietaidd, ac, fel erioed, roedd Gwlad Pwyl fel hogan ifanc yn gorwedd mewn gwely rhwng dau ddyn blysig.

Pe torrai rhyfel arall allan, doedd wybod beth fyddai tynged ei mamwlad. Tynged Gwlad Pwyl oedd tynged Ewrop, fel yr ysgrifennodd Talleyrand at Metternich yn ystod Cyngres Fienna. Asgwrn y gynnen rhwng yr Almaen a Gwlad Pwyl ers Cytundeb Versailles, y ddraenen ddu ryngwladol, oedd coridor Danzig, Silesia Uchaf, Teschen, Dwyrain Galicia a Vilna. Roedd Hitler â'i fryd ar hawlio'r tiroedd yma i gyd yn ôl, ac roedd o'n benderfynol o gosbi Gwlad Pwyl am eu hawlio nhw yn y lle cyntaf.

Proffwydo dyfodol Ewrop oedd y peth pella un o feddwl Alyosha. Yr unig beth o bwys iddo fo oedd dyfodol lle roedd y ddau yn un: Ludwika a fo. Roedd o am iddyn nhw ddechrau bywyd newydd hefo'i gilydd ym Mharis.

'Ag Amelia, cofia.'

'Amelia hefyd.'

Yn nhrymder nos, pan fyddai blas ei chnawd ar ei dafod a sŵn bleiddiaid strae yr SA ar y stryd, anwesai gefn Ludwika, cwpanu ei bronnau, ei thynnu ato, a lleithder y chwys ym môn ei chefn yn gynnes ar ei fol. Cusanai ei gwar wrth sibrwd rhyw smaldod yn ei chlust, a hithau'n mwmial rhywbeth o dan ei gwynt – rhywbeth na ddeallodd ond a roddai gysur iddo yr un fath.

Gwrandawodd Anton Kovrin ar Margarita yn sôn am ei hymweliad â Prinz Albrechtstrasse. Cafodd ei thywys i fyny'r grisiau mawr, at ddyn moel, canol oed yn gwisgo gwasgod ledar a thei pilipala coch. Roedd golwg brysur arno fo gan fod ei lewys wedi eu torchi, ac ar y ddesg o'i flaen roedd ffeil o liw gwyrdd gola.

Derbyniodd sigarét ganddo fo. Ar wahân i'r dyn canol oed ddaeth neb arall ar eu cyfyl nhw. Cymrodd gwas y Gestapo ei amser cyn cynhesu at ei bwnc. Erbyn hynny roedd wedi goleuo lamp fechan ar ei ddesg. Tynnodd ar wybodaeth a oedd yn y ffeil o'i flaen.

Sut a pham a lle y cafodd ei phasbort ei 'dynnu oddi arni'? Trwy'r cwbwl, roedd Margarita yn amau ei fod yn gosod rhyw drap iddi. Cynilodd y sôn am Kai-Olaf. Honnodd Margarita anwybodaeth. Roedd hi fymryn yn annelwig ynglŷn ag ambell beth arall hefyd, fel petai hi braidd yn anghofus. Soniodd pa mor anghyfleus oedd gorfod adnewyddu'r drwydded o roddai'r hawl iddi weithio yn Berlin.

Teimlai Margarita fod y dyn yn chwilio am olion rhywbeth arall ynddi.

'Hen strach diangan.' Edrychodd yn addfwyn arni, cyn gwthio'i gadair yn ôl, codi a chamu at gwpwrdd, agor drôr, tynnu ei phasbort allan a'i osod ar y ddesg o'i blaen.

'Dyna pam y carwn i gynnig help.'

Stwmpiodd Margarita ei sigarét. Eisteddodd y dyn drachefn, pesychu ddwywaith, a thynnu ei gadair yn nes at ei ddesg cyn mynd yn ei flaen i ddweud sut y gallai hawlio'i phasbort yn ôl. Doedd ganddo fo'n bersonol ddim gwrthwynebiad ei roi iddi o gwbwl.

Ond ar un amod.

'Dyma ni,' meddyliodd Margarita wrthi ei hun.

Tapiodd ei bot inc metal hefo'i bensal. Fel dinesydd ffyddlon, gofynnodd a oedd hi'n fodlon adrodd ar faterion mewnol yn ymwneud â'i gweithle? Yn naturiol, roedd o'n gofyn cymwynas fawr, roedd yn dallt hynny'n iawn; doedd y dyn canol oed ddim am iddi roi ateb iddo fo yr eiliad honno, ond roedd am iddi droi'r cwbwl drosodd yn ei meddwl. Ychwanegodd fod gwraig ifanc ddeallus fel hi yn siŵr o fod yn sylweddoli be oedd yn y fantol. Wedi'r cwbwl, roedd mwy na masnachu'n digwydd yn Adran Fasnach yr Undeb Sofietaidd yn Berlin, yn doedd?

Gwthiodd ei phasbort yn ôl i'r drôr a throi'r allwedd yn y clo.

'Ddeudodd o rwbath arall?' holodd Anton Kovrin.

Pasiodd Margarita y darn papur hefo'r rhif teleffon iddo fo. Y dyn moel roddodd hwnnw iddi yn ei llaw – fel rhoi da-da i hoff nith – wrth iddi adael ei swyddfa.

Diolchodd ei bòs iddi am ddwyn y mater i'w sylw.

'Fe wnaethoch chi'r peth iawn.'

'Dyna o'n i'n feddwl,' dywedodd hithau, er nad oedd hi'n hollol siŵr chwaith.

Os na fyddai hi'n cysylltu â'r Gestapo, y peryg mawr oedd y bydden nhw'n galw arni hi. Roedd hynny'n dal i bwyso arni.

Teimlai na allai ymdrybaeddu yn ei phryderon ar ei phen ei hun. Pan ddaeth wyneb yn wyneb ag Anton Kovrin un bora ar y coridor, mynnodd air hefo fo. Cododd ei fys bach at ei wefus; doedd o ddim am drafod yng nghlyw neb. Cymhellodd Margarita i'w ganlyn o i'w swyddfa ac ar ôl iddo gau'r drws roedd yn weddol swta hefo hi.

'Be sy?'

'Oes rhwbath wedi ei benderfynu yn fy achos i eto?'

'Ddim eto, nag oes. Pam?'

Be oedd y cam nesa? Be oedd disgwyl iddi hi ei wneud? Roedd Anton Kovrin yn llygaid i gyd ac yn byw fel dyn yn ofni bod rhyw glust arall yn wastadol wrth ei ysgwydd.

Gostegodd ei lais, a dweud bod y mater wedi cael ei 'fwrw ymlaen'.

'I Moscow?'

Ond be os byddai'r Gestapo yn galw arni yn y cyfamsar? Be wedyn? Be oedd hi i fod i'w 'neud?

Y cwbwl a ddywedodd o oedd,

'Mi ddaw'r atab yn y man.'

Yn hwyr un pnawn o Dachwedd, aeth Alyosha draw i Pesotskistrasse.

Roedd peth amser wedi mynd heibio ers ei ymweliad ola â'i apartment. Ond roedd pob un dim yn ei le, yn union fel y gadawodd y lle y tro cynt. Aeth i 'mofyn ychydig o ddilladach o'r llofft.

Wrth hel ei bethau at ei gilydd, clywodd gnoc ar y drws. Gan feddwl mai Frau Kempowski o'r apartment gyferbyn oedd yno, agorodd o'n llydan. Fel gwth rhyferthwy o wynt, cafodd ei hyrddio yn erbyn congol y bwrdd nes chwalu'r potyn planhigyn ar ei ganol. Rowliodd hwnnw cyn disgyn ar y llawr.

Daliodd dyn penfelyn mewn siwt siarp rasal o dan ei ên.

Caewyd y drws yn dawel gan ddyn arall mewn macintosh. Camodd hwnnw ato, tynnu cadair a gaflio'i gluniau o boptu ei chefn wrth ista arni.

'Pwy ydach chi?'

Doedd dim awydd sgwrsio ar yr un o'r ddau.

''Sdim pres 'ma, os mai dyna be dach chi isio.'

Mentrodd Alyosha symud, ond gwthiodd y penfelyn lafn y rhasal yn agosach ar ei groen; teimlodd waed yn llifo'n lafoer ysgafn dros ei gorn gwddw.

Stwmpiodd y macintosh ei sigarét yn ara deg ar gefn ei law a gwingodd Alyosha mewn poen. Ceisiodd symud, ond roedd y rhasal yn ei gadw yn ei le.

Un tawel oedd y dyn penfelyn, ac ar adegau roedd hi'n anodd dilyn trywydd yr hyn roedd o'n ei ddweud. Deallodd Alyosha ddigon: cafodd rybudd clir. Roedd o wedi bradychu achos Gwlad Pwyl – roedd o'n gachgi o'r radd flaena un. Yn fwy na hynny, fo oedd y basdad mwya diegwyddor a dan-din a gerddodd wyneb daear Duw erioed, yn malio am neb na dim ond ei groen melyn ei hun, a'i gyflog poced-din. Lle roedd y fath beth â delfryd?

'Be am aberth dros achos? E?'

Deuddeg awr oedd ganddo fo i ddiflannu, a doedd ddim i feiddio dangos ei hen wep hyll ar yr un o strydoedd Berlin byth eto.

Syndod byw oedd ymateb Ludwika. Hefo blaen ei fys, teimlodd y clwy main a dorrwyd gan lafn y rhasal ar ei groen yn gribyn ysgafn o graith. Roedd Alyosha'n wyllt gacwn, a'i fryd ar fynd draw i fynnu gair hefo Capten Malinovski, hyd nes y darbwyllodd hi fo i bwyllo. Peidio â rhuthro i benderfynu ar ddim, na gweithredu'n fyrbwyll chwaith: roedd hynny'n bwysig ...

Penderfynwyd yn y diwedd y byddai'n ddoethach i Ludwika siarad hefo'i chefnder ar ei phen ei hun, er mwyn mynd at lygad y ffynnon a gweld be'n union oedd yn digwydd. Os oedd Alyosha wedi cael ei fygwth â rhasal, a bod a wnelo Przemek rywbeth â'r digwyddiad, roedd hi'n bwriadu troi tu min.

Soniodd Alyosha fod gan y ddau thyg fu'n ei fygwth ryw gysylltiad hefo Cyrnol Flezar o Lysgenhadaeth Gwlad Pwyl. Gweithio i'r Cyrnol Flezar roedd Capten Malinovski, ac roedd hi'n annhebygol iawn y byddai rhywun fel fo yn mentro gwneud dim oll heb ganiatâd y dyn ei hun. Roedd Ludwika yn amlwg yn boenus, ac Alyosha yn boenus amdani hithau. Doedd o ddim am ei gweld hi'n peryglu ei hun o'i achos o.

'Feiddia Cyrnol Flezar 'neud dim byd i mi. Hyd yn oed tasa fo isio gneud rhyw ddrwg imi, ma' ganddo fo ormod o ofn 'y nhad.'

Danfonodd Alyosha hi draw i'r Hotel Adlon.

'Paid ag aros amdana i,' siarsiodd, 'a phaid â phoeni, mi fydda i 'nôl cyn pen dim.'

Cusanodd y ddau, a threuliodd Alyosha weddill y pnawn yn loetran o gwmpas yr Hotel Kaiserhof. Ar ôl myfyrio'n ddyfnach ar yr hyn a digwyddodd, meddyliodd efallai nad oedd a wnelo Capten Malinovski ddim oll â'i fygwth, ac mai gwaith Cyrnol Flezar ei hun oedd y cwbwl.

Dechreuodd 'laru ar orweddian ar y gwely, a phenderfynodd droi allan. Dal i dician tocian roedd cloc y sgwâr. Wrth ista'n synfyfyrio, troi 'nôl at Ludwika roedd ei feddwl bob gafal. Faint yn union o ddylanwad oedd ganddi? Allai hi eu darbwyllo nhw ei fod o'n rhywun i ymddiried ynddo fo, ac na fyddai o fyth yn bradychu eu cyfrinachau wrth y Reichswehr na'r Gestapo na neb?

Aeth dydd yn nos.

Goleuwyd lampau'r sgwâr.

O'i gwmpas, roedd pobol drafferthus yn prysuro ar eu hynt.

Daeth cwpled o hen gyfrol ei dad o gerddi Catwlws i'w gof – dwy linell o farddoniaeth am y duwiau'n ynfydu trwy bryfedu'r ddaear hefo dynion o bob gradd.

Sugnodd awyr min nos o aeaf oer i'w ysgyfaint wrth gerdded yn ddiamcan. Dechreuodd dywyllu, a haul yr hydref a fu am bwl yn tynnu lleisiau allan i'r goleuni yn dechrau eu gyrru nhw'n ôl i'w tai. O fewn dim, byddai'n Nadolig unwaith eto.

Roedd o'n ysu am weld Ludwika er mwyn gwbod be yn union oedd yn digwydd. Teimlai ryw awydd dirdynnol i glywed sŵn ei llais ...

Pan orffennodd ddeialu yn y ciosg teliffon, gwrandawodd ar y canu. Y tu allan sylwodd ar hen fegeryn yn trio setlo'i gi i gysgu wrth ei ochor.

'Helô?'

Llais gwraig atebodd, ond ddim Ludwika oedd hi. Cymerodd rai eiliadau iddo'i hadnabod. Roedd rhyw oslef wahanol yn ei lleferydd.

'Helô?' Holodd y Farwnes Kosub wedyn.

'Fi sy 'ma, Alexei Fyodorovitch ... Ydi Ludwika yna?'

Cleciodd y teclyn (cael ei ollwng, efallai?) yn galad. Yn llygad ei feddwl gallai weld Ludwika yn glir, ei gweld yn gwefuso – 'Pwy sy 'na?' – wrth godi o'i chadair. Yr hyn a glywodd ei glust fewnol oedd sisial isel, rhyw sŵn annelwig fel drôr yn agor, neu ddrws yn cau, ond doedd o ddim yn hollol siŵr chwaith ...

'Alexei?'

Oedd hi wedi cael gair hefo Cyrnol Flezar? Roedd o'n cael trafferth canlyn trywydd ei hatebion: roedd eu geiriau'n gwegian, yn gollwng rhyw ystyron eraill nad oedd yn hawdd eu dirnad. Teimlai ei fod yn trio amddiffyn profiad, yn methu amddiffyn profiad, a bod hyd yn oed ei orffennol diweddar yn aneglur a phell oddi wrtho ...

Wrth holi Ludwika yn galetach, teimlai Alyosha ei fod yn byw rhyw fath o bendro. Be oedd hi wedi ei ddweud wrth Cyrnol Flezar? Ond, yn bwysicach, be oedd o wedi ei ddweud wrthi hi? Neu ai dim ond wedi gweld Przemek Malinovski oedd hi? Doedd pethau ddim yn glir. Gofynnodd iddi ailadrodd yr hyn roedd hi newydd ei ddweud.

'... ddim yn saff.'

Crebachodd ei llais.

'Be?'

Prin y gallai glywed pitran-patran y geiria yn erbyn straffig y traffig. Gwasgodd ei law yn dynnach ar ei glust. Rhaid oedd gwrando'n feinach. Heblaw am y Farwnes Kosub, oedd 'na rywun arall yn y stafall hefo hi?

Sibrydodd, 'Alexei? Gwranda ... Alexei? Ti'n dal yna?'

Dywedodd ei fod.

'Ti'n gwrando?'

'Dwi'n gwrando ...'

'Yn astud, ti'n gwrando'n astud?'

'Yn astud, ydw ...'

Doedd Ludwika ddim am iddo fo fynd ar gyfyl yr Hotel Kaiserhof: roedd o i gadw'n glir o'r lle, a'i chyfarfod hi'n hwyrach y tu allan i orsaf Frankfurtalle. Roedd bylchau mud rhwng ei geiriau. Oedd o wedi dallt be roedd hi newydd ei ddweud? Gofynnodd iddo ailadrodd ei geiriau. Dywedodd ei fod yn gwybod am y lle yn iawn gan fod caeau gyferbyn – y Stadtpark.

Cyrhaeddodd hanner awr yn gynnar a cherdded ar hyd y platfform, bron iawn i'r pen draw, lle roedd o'n darfod yn y düwch er bod smotyn coch rhyw signal i'w weld yn glir ymhellach i lawr y lein. Dim ond rhyw un neu ddau oedd yn sefyllian wrth ddisgwyl am eu trên. Doedd neb arall o gwmpas, a'r nos yn anial.

Aeth i lawr y grisiau, brasgamu o dan y bont a oedd yn cario'r cledrau, nes dŵad allan yn y pen pellaf i hanner gwyll y stryd, a oedd yn llwyd-felynaidd o dan y lampau.

Roedd hi'n hollol dawel. Pedwar moto-car oedd wedi eu parcio gerllaw yn edrych fel rhyw angenfilod a oedd wedi swatio er mwyn gaeafu tan y gwanwyn. Gyferbyn ag o, roedd reilins duon y parc, a thu hwnt i'r rheiny, düwch y llwyni a llonyddwch y coed.

Camodd ar draws y ffordd.

Safodd yng nghysgod y parc a'r barrug eisoes yn caledu o dan draed. Cadwodd un llygad ar fysedd y cloc uchel yn nhalcen yr orsaf yn mesur y munudau'n ara fesul un. Arafodd pum trên i stop, cyn rhuo drachefn yn rhibiniau llachar i'r nos, a'u sŵn yn darfod yn y pellter.

Teimlodd ei draed yn dechrau oeri a stampiodd nhw, un ar ôl y llall, fel jyglar. Gwasgodd ddwy goler ei gôt at ei gilydd.

Am un ar ddeg, taenwyd goleuni melynllyd ar hyd y reilin yn nhroad pella'r ffordd, nes unioni dros y pyllau. O flaen yr orsaf, daeth y moto-car i stop. Sylwodd Alyosha ar y golau coch yn codi fel pryfetyn tân cyn darfod yn y düwch. Craffodd drachefn. Adnabu siâp ei phen: roedd hi'n cadw golwg ar y stryd, yn cadw llygad amdano fo. Gwelodd hi'n camu o'r moto-car, ac roedd hi ar fin mentro i fyny grisiau'r twnnel tywyll tua'r platfform, pan benderfynodd groesi draw. Cydiodd yn llawes ei chôt. Dychrynodd hi.

Gwasgodd Ludwika fo yn dynn.

Cusanodd hi, a'i thafod yn blasu o *cognac*.

Daliodd Alyosha ei hwyneb yn ei fysedd, a syllu i'w llygaid.

Craffodd i'w llygaid, i gannwyll ei llygaid.

Roedd ei cheg ar agor a'i dannedd gwynion gwastad yn y golwg.

'Ffor' hyn ...'

Cydiodd yn ei llaw a'i thywys i mewn i'r parc. Cerddodd y ddau'n ddyfnach trwy'r tyfiant i berfedd y düwch, a dim ond yn fan'no – ar ddarn o glytir – y dechreuodd ei holi.

'Be sy'n digwydd?'

''Nes i drio 'ngora, dwi'n addo ...'

'Pwy yrrodd nhw? Flezar neu Malinovski?'

'Er dy les di dwi'n deud hyn ...'

'Ateb fi, Wisia. Pwy yrrodd y ddau 'na hefo rasal ar 'yn ôl i?'

'Alla i 'neud dim byd drosta chdi,' swniodd yn ddolefus. 'Maen nhw'n benderfynol o dy ladd di.'

Gwrando arni hefo un glust oedd o, tra oedd ei glust arall yn effro i sŵn y stryd.

'Alexei, ma'n rhaid i chdi adael Berlin. Os nad ei di o'ma, gadael fa'ma.'

'Hisst!'

Gwefusodd hi, 'Be sy?

'Ssshh!'

Sibrydodd Ludwika yn dawel, dawel, 'Cer yn ddigon pell i ffwrdd.'

Closiodd y sŵn a gwasgodd Alyosha ei law dros ei genau.

'Sssssh!'

Closiai rhyw siffrwd fesul cam yn nes ac yn nes. Daliodd Alyosha ei anadl a'i groen yn binnau byw. Ci oedd yno. Crafodd y ddaear â'i bawennau ôl a chyrcydu i ollwng ei lwyth. Cydiodd Alyosha yn nwylo Ludwika. Doedd ei dwylo byth yn oerion, gan ei bod hi wastad yn gwisgo menig. Pam ddim heno?

'Be sy?'

Doedd o ddim yn ei thrystio hi. Roedd wedi camu trwy fwlch rhyw ddadrithiad ingol. Sut buo fo mor ddall? Roedd o'n gwbod be oedd hi, yn gwbod yn union sut un oedd hi, yn sgil ei brofiad ym Mharis. Doedd hi ddim wedi newid dim.

Clywodd siffrwd eto.

Tynnodd hi i'w ganlyn, ei thynnu'n frwnt. Cripiodd y brigau ei hwyneb a cheisiodd dorri'n rhydd. Blasodd Ludwika ei ddicter. Ffyrnigodd.

'Ddoi di hefo fi i Baris heno?'

'Alexei, gwranda ...'

'Yrrwn ni yn dy foto di at y ffin ...'

'Stopia, Alexei, stopia!'

'Groeswn ni rywsut neu'i gilydd.'

Roedd o'n cael traffarth gweld ei llygaid hi yn y tywyllwch.

'Fi? Neu dy bobol di dy hun?'

A phwysa amser yn gwasgu ar ei ben.

'Be sy'n bwysica i chdi? Dewis di.'

Yn lle ei ateb, tynnodd Wisia fo ati a'i gusanu'n galad.

'Honna sy'n profi pob dim,' sibrydodd yn ei glust.

Cusanodd Alyosha hi – ei chusanu hefo holl nerth ei greu.

'Ti'n gwthio – paid ...'

'Wisia ...'

'Yn 'y ngwasgu fi, gollwng, ti'n ...'

Dros ei hysgwydd, gwelodd Alyosha lygaid rhwng y brigau. Gwthiodd Ludwika i ffwrdd yn ffyrnig, a disgynnodd wysg ei chefn gan hannar sgrechian rhywbeth na ddeallodd – rhyw air neu ddau mewn Pwyleg. Erbyn hynny, roedd Alyosha yn rhedag am ei hoedal.

Crasiodd yn gibddall trwy'r brigau a'r canghennau, a sŵn gweiddi'n sathru ar ei sodlau. Darfu'r coed. Gwastadeddau o gaeau oedd yn lledu o'i flaen, eu hymylon yn duo ymhellach draw. Doedd fiw iddo fo fentro croesi lle mor agored. Trodd yn sydyn ar ei sawdl a phlymio i mewn i'r llwyni rhododendron. Clywodd leisiau. Wedyn, clec gwn yn tanio ...

Rhedodd trwy'r wig, ei galon yn curo'n galad, nes cyrraedd y reilin haearn. Yn ei ddychryn dringodd drosto fo a rhwygo croen ei drowsus. Cripiodd ei glun, ond theimlodd o mo'r boen. Disgynnodd. Clywodd injan moto yn codi sbid.

'Ludwika!'

Gyrrodd y moto i lawr y stryd; hi oedd yn ei yrru, ond stopiodd hi ddim.

'Ludwika!' gwaeddodd.

Rhedodd ar ei hôl, ond yn lle arafu magodd chwanag o wib. Gwelodd fod trên yn tynnu i mewn i'r platfform. Rhedodd trwy'r twnnel, rhedeg trwy ei atsain ei hun o ris i ris nes glanio ar y stepan uchaf, cyn rhedeg i ben eithaf un y platfform. Neidiodd trwy'r drws agored a wardio ar ei gwrcwd. Gwagiodd y cerbyd ac ail-lenwi. Crefodd ar i'r drysau gau, crefu a chrefu ...

Cododd ei dalcen i sbecian allan pan gychwynnodd y tren, a gweld Capten Malinovski a dau neu dri o ddynion eraill yn rhampio fel petha gwylltion, yn rhuthro yn eu hyll i fyny ac i lawr y platfform a'u cotiau'n chwyrlïo fel dawnswyr, yn arthio a thanio'u gynnau i'r awyr. Cusan Jiwdas oedd ar ei wefusau, ond heb iddo fo sylweddoli, bron, roedd dagrau poethion lond ei lygaid. Teimlodd reidrwydd i wasgu hances dros ei wyneb rhag i neb ei weld.

Larissa, Ella a Clara oedd yn sefyll wrth ei drws.

'Be am Walter?'

'Wn i ddim. Wn i ddim a ddaw o, ond mi wn i un peth – dwi ddim yn mynd 'nôl at Bruno.'

Doedd y cwpwl ifanc ddim yn hapus fod Margarita wedi 'stwffio' chwanag o bobol i mewn i'r apartment. Doedd hynny ddim yn rhan o'r 'cytundeb gwreiddiol'. Pe byddai'r ddau wedi sylweddoli mai dyma oedd ei bwriad hi, fyddai'r un o'r ddau byth wedi cytuno i fod yn denantiaid iddi yn y lle cynta. Cyhuddodd Larissa nhw o fod yn fudur a swnllyd a blêr.

Ceisiodd Margarita ei gorau i gadw'r ddesgil yn wastad, ond roedd y ddau'n casáu Larissa. Ond roedd gan Larissa ei helbulon ei hun, a theimlai'n ddigalon gan fod ei hemosiynau ar chwâl a'i dyfodol yn datod o'i blaen. Bob tro roedd Walter yn galw draw (ac roedd hynny am oriau bob dydd), edrychai'r cwpwl ifanc arno fo hefo dirmyg. Roedden nhw wedi llyncu propaganda'r drefn, a'u casineb tuag ato'n weddol lym gan mai Iddew oedd o.

Ddaeth yr un llythyr gan Kai-Olaf yn ateb y llythyr a yrrodd Margarita. Yn y cyfamser, bu'n trafod ei sefyllfa hefo aelodau o'r IKD. Barn y rhan fwyaf oedd ei bod hi'n chwarae hefo tân.

Y tro yma, roedd Stanislav Markovich Feldman yno yn smocio'i getyn.

Gofynnwyd i Margarita ailadrodd hanes ei hymweliad â Prinz Albrechtstrasse.

Trwy gydol yr amser ni thynnodd Stanislav ei lygaid oddi arni, dim ond smocio'n dawel. Teimlai Margarita fymryn yn gryg – roedd ei chorn gwddw'n crino ac roedd arni awydd diod o ddŵr, ond ni chafodd gynnig dim er iddi besychu'n sych i'w llawes sawl tro gan ymddiheuro.

Daeth i ddiwedd ei hanes.

Bu tawelwch wedyn hyd nes y dywedodd Stanislav ei fod am iddi ffonio'r Gestapo.

'A gwneud be?'

'Be bynnag 'nân nhw ei awgrymu.'

Roedd pren ei chadair yn galad.

'Falla byddan nhw isio i chdi fynd draw i'w gweld nhw eto,' dywedodd Stanislav mewn llais diemosiwn, 'neu gyfarfod yn rhwla arall. Neu smyglo dogfennau iddyn nhw o fan hyn i'w copïo, fwy na thebyg. Neu be bynnag ...'

Beth bynnag oedd yn cael ei drafod, roedd disgwyl iddi hi adrodd yn ôl yn syth.

'I chdi?' holodd gan syllu i ganol wyneb Stanislav. Wrth hanner troi ei ben at Anton Kovrin, gwnaeth ryw ystum annelwig hefo'i geg.

'Pryd fasa chi am i mi 'neud hyn?'

'Gora po gynta.'

Defnyddiodd y teleffon ar ddesg ei bòs i ffonio'r Gestapo – a Stanislav Markovich gerllaw yn gwrando ar bob un gair.

'Does ganddon ni ddim dewis,' dywedodd Larissa wrth ei chwaer. 'Ma'n rhaid i Walter a finna adael Berlin. Ma'n amhosib inni fyw yma. Ma'n rhaid inni fynd i rwla lle gall o weithio eto, lle gall o ennill rhyw fath o fywoliaeth. Lle ca' i lonydd rhag Bruno hefyd ...'

'I lle ewch chi?'

'Lle bynnag y ceith o fwy o barch nag yn fa'ma.'

Doedd dim rhaid i Margarita feddwl yn hir: roedd yr atab eisoes ar flaen ei thafod. Ond p'run a fyddai ei hawgrym yn dderbyniol neu beidio, doedd hi ddim yn siŵr.

'Yr Undeb Sofietaidd.'

Holodd ei chwaer, 'Ti'n meddwl?'

'Fan'no fasa'r lle saffa ichi'ch dau.'

'O Rwsia ddaeth 'i deulu fo'n wreiddiol, cyn setlo yma. Ag o fanno y dois inna. A chditha, amsar maith yn ôl.'

Doedd gan Larissa ddim math o awydd cefnu ar Berlin. Yma roedd ei chartra. Yma roedd hi wedi rhoi genedigaeth i'w dwy ferch. Yma roedd hi wedi setlo, bwrw gwreiddiau a chreu bywyd iddi hi ei hun. Roedd Margarita yn gwybod hynny'n well na neb.

''Sgen i fawr o flys mynd chwaith,' dywedodd yn llwm.

'Dwi'n gwbod,' cysurodd ei chwaer fawr hi.

Oni bai fod amgylchiadau'n drech ...

'Mi wna i 'ngora i holi am *visa* ichdi.'

'Fydd hynny'n anodd?'

'Dwi'n siŵr y galla i drefnu rhwbath.'

Derbyniodd Margarita lythyr trwy law *courier* o Baris yn mynnu ei bod hi'n torri pob cysylltiad hefo'r Gestapo yn syth. Dyna oedd cyngor diflewyn-ar-dafod Kai-Olaf. Doedd hi chwaith ddim i chwarae castiau Stanislav Markovich – doedd o'n malio'r un iot amdani. Doedd hi'n neb iddo fo a'i debyg, a phwysleisiodd hynny. Roedd Kai-Olaf wedi dŵad ar draws Stanislav Markovich droeon yn ystod y blynyddoedd – a doedd o ddim yn ei drystio ddim pellach na'i drwyn. Trwy'r IKP, mynnodd fod Margarita'n trefnu i adael Berlin. Mynnodd ei bod hi'n addo gwneud hynny ar ei hunion.

Dyna oedd ei dyhead hi yn fwy na dim – ond roedd yn anodd, os nad yn amhosib. Roedd hi eisoes wedi holi Anton Kovrin a oedd hi'n bosib iddo drefnu pedwar *visa* i'r Undeb Sofietaidd ar frys. Addawodd wneud yr hyn a allai, gan ychwanegu fod materion fel hyn yn cymryd amser. Byddai'n rhaid iddo gael gair hefo Stanislav. Hyd nes y byddai Larissa a Walter yn saff dros y ffin, doedd dim dewis gan Margarita ond aros yn Berlin.

Roedd yn rhaid iddi aros ...

Lluniodd ateb i Kai-Olaf yn egluro'i sefyllfa. Gwnaeth addewid, trwy ddweud y byddai hi'n dŵad ato fo ar ei hunion unwaith roedd pob un dim wedi ei setlo. Ychwanegodd ei bod hi'n hiraethu amdano fo, yn gobeithio'i fod yn cadw'n iach ym Mharis, a'i bod yn meddwl amdano fo. Cafodd ei brifo braidd oherwydd natur ei lythyr – doedd o ddim wedi crybwyll y nesa peth i ddim am ei deimladau tuag ati. Ar ôl bwlch o amsar, pam na fyddai o wedi gwneud hynny? Cysurodd ei hun: roedd o'n brysur, siŵr o fod, a'r llythyr yn amlwg wedi ei ysgrifennu ar hast. Unwaith y byddai'r ddau hefo'i gilydd ym Mharis fe fyddai pob un dim fel cynt.

Dyna lle roedd hi'n ista, yn teimlo gwlithlaw brau yn cael ei hau hyd ei hwyneb, ei gwallt a'i gruddiau, ar ôl iddi gerddad ar hyd y llwybrau. Gwibiodd haid o blant ysgol heibio, eu traed yn crensian ar y graean, a chlywodd eu giglan a'u herian am amser hir. Clywai sŵn adar yn nhyfiant yr uchelderau er na welodd yr un.

Roedd hi wedi mynd i Dahlem. Dros y teleffon, cafodd Margarita gyfarwyddyd i fynd i'r tŷ gwydr pellaf yn y Gerddi Botaneg, o olwg y ffordd fawr. Yn y tŷ gwydr, ar y fainc bren nesaf at y rhaeadr a dywalltai o'r entrychion dros y cerrig mawrion roedd hi i fod i ista.

Syllodd ar bysgod tewion – rhai oren, coch a du – yn nofio dan ewyn gwyn y pwll. Roedd pren y fainc yn gwichian pan ddaeth o ati. Holodd hi am dân i'w sigarét. Doedd o 'i hun ddim yn smociwr. Dyn ifanc oedd o, iau na hi – hefo sbectol ddi-ffrâm ar bont ei drwyn. Gan ei bod hi mor glòs roedd Margarita yn chwysu, ac roedd hi bellach wedi tynnu ei chôt a'i phlygu wrth ei hymyl.

Holodd y dyn ifanc hi am ei gwaith yn Adran Fasnach yr Undeb Sofietaidd.

Roedd ganddo ddiddordeb yng ngohebiaeth ei hadran – ddim yr un swyddogol, ond yr un answyddogol – yn ogystal â'i hymwneud â chwmnïau a sefydliadau eraill, pwy oedd yn ymweld â nhw, a phwy oedd pwy ym Moscow. Yr un oedd ei ddiddordeb yn ei bòs, Anton Kovrin. Holodd ynglŷn â'i hanas o. Ei gefndir o. Ei addysg o. O lle roedd o'n dŵad ac ati. Atebodd Margarita nad oedd hi'n ei nabod o cystal â hynny, ac – yn fwy anonest – mai anaml iawn roedd eu llwybrau'n croesi. Dywedodd y dyn ifanc fod Anton Kovrin yn teithio cryn dipyn. Yn ystod yr wyth mis dwytha cafodd ei weld yn Stockholm, Fienna, Budapest, Milan a Sofia. Ar dri o'r achlysuron rheiny, cyfarfu hefo Stanislav Markovich Feldman.

Oedd hi'n nabod Stanislav Markovich Feldman?

Meddyliodd Margarita ar wib. Penderfynodd gyfadda'r gwir, a da o beth oedd hynny gan fod y Gestapo yn gwbod iddyn nhw fod yn gariadon.

Pryd oedd y tro dwytha iddi weld Stanislav Markovich Feldman?

'Flwyddyn neu ddwy yn ôl ... alla i ddim cofio yn lle. Berlin, ma'n siŵr.'

Ateb amwys.

Doedd o ddim yn hapus.

Daliodd ei lygaid arni yn hir.

Ymlwybrodd hen ŵr gwargrwm heibio ar ei ffon, yn sobor o ara deg.

'Ydi Stanislav Markovich Feldman wedi ymweld â'r Adran Fasnach o gwbwl?'

Ddim iddi hi wybod.

Oedd rhywun yn yr Adran Fasnach wedi ei drafod o hefo hi o gwbwl?

Ddim hefo hi, nag oedd, neb.

Holodd wedyn a oedd Margarita wedi clywed sôn am yr Adran Arbennig.

Oedodd a phendroni.

'Naddo.'

Oedd rhywun yn ei hadran hi wedi crybwyll unrhywbeth am yr Adran Arbennig wrthi hi?

'Na.'

'Erioed?

Ysgydwodd ei phen.

Yn yr Adran Arbennig roedd prif ddiddordeb y dyn ifanc. Doedd y Gestapo ddim eto'n gwbod pwy yn union oedd yn gweithio i'r Adran, na be yn union oedd yn digwydd o dan eu trwynau, ond roedd y dyn yn awyddus i weld a allai Margarita ddysgu mwy amdani – ac adrodd yn ôl.

O dan gerflun o Bismark yn Amgueddfa Lessing ar y Brüderstrasse y cyfarfu'r ddau wedyn. Y tro hwn roedd y dyn ifanc yn ddi-sbectol; dywedodd ei fod wedi ei thorri, ei bod hi'n cael ei thrwsio, a bod byw hebddi'n waith anodd.

Cerddodd y ddau i lawr y galerïau fel dau gariad. Mewn cornel dawel, agorodd ei friffces a rhoi nifer o luniau yn ei llaw. Eisteddodd Margarita i'w hastudio. Dynion oeddan nhw gan mwyaf, a dwy ferch, y ddwy roedd hi'n cydweithio hefo nhw bob dydd. Dywedodd ei bod yn eu nabod yn iawn – allai hi ddim gwadu hynny'n hawdd.

'Be am y dynion 'ma?'

Craffodd ar wyneb cryf.

'Dim clem.'

'Hwn?'

'Dim syniad.'

'Hwn?'

Siglodd ei phen.

Oedd hi wedi gweld unrhyw un o'r lleill yn adeilad yr Adran Fasnach neu mewn rhyw gyswllt neu'i gilydd â'r Adran Fasnach.

Dim ond un o'r dynion roedd hi wedi ei weld erioed, er nad oedd hi'n gwbod ei enw.

Oedd cell o'r Blaid Gomiwnyddol yn cyfarfod yn yr Adran Fasnach?

Pan atebodd na wyddai, gofynnwyd iddi holi. A beth am yr Adran Arbennig? Ddaeth hi i wybod mwy?

Aeth Margarita i'w bag, tynnu nifer o ddogfennau allan a'u rhoi yn ei ddwylo – y dogfennau o'r 'Adran Arbennig' roedd Stanislav wedi eu rhoi iddi y bora hwnnw.

'Falla bydd rhein o ryw help.'

Roedd Bruno yn ffiaidd iawn ei dafod. Doedd dim ots ganddo alw Walter yn ei wyneb yn 'hen sglyfath mwya sy'n bod'. Yn sgil pob cythrwfwl, mynnai Larissa fod Margarita yn prysuro ar fater ei *visa*. Crefai arni i'w gael iddi – neu doedd wybod beth wnâi ei gŵr nesaf. Roedd Margarita eisoes wedi holi – ac erbyn hyn, holai'n ddyddiol bron – ond roedd gan Anton Kovrin ryw esgus bob tro. Pan roddodd esgus arall, penderfynodd Margarita y byddai'n rhaid mynd uwch ei ben – doedd dim dewis arall ganddi – ac aeth at Stanislav Markovich ei hun. Roedd ei feddwl ar faterion eraill;' materion a oedd, yn ei dyb o, yn ganmil pwysicach – fel twyllo'r Gestapo.

Byddai Bruno yn galw amryw byd o weithiau, yn curo ar y drws a chodi stŵr. Rhag tynnu chwanag o helynt ar eu pennau, doedd dim dewis ond ei adael i mewn i'r apartment. Mynnai siarad hefo'i wraig. Ar ôl yr un tro hwnnw, pan gododd rhyw bowlen a'i hyrddio ati, roedd Walter yn gyndyn o adael Larissa ar ei phen ei hun hefo fo.

Ar ei ffordd 'nôl i'r apartment un noson, cafodd Walter ei guro. Ar ôl hynny, roedd Larissa yn grediniol fod Bruno bellach wedi trefnu i'w arestio neu ei ladd. Doedd hynny ddim yn anodd; os rhywbeth, dyna'r peth hawsaf yn y byd.

Gadael oedd raid, a hynny cyn gyntad ag y gellid. Ond roedd yn rhaid cael *visas*. Lle roeddan nhw? Pam roedd ei chwaer yn cael cymaint o helynt ynglŷn â'r ddau *visa*? Be oedd y broblem? Roedd yn rhaid oedd i Margarita ddwyn mwy o berswâd ar bwy bynnag a oedd yn gyfrifol am eu rhoi. Roedd yn rhaid iddi bwysleisio pa mor ddifrifol oedd eu sefyllfa.

Ar gyfer ei thrydydd cyfarfod, rhoddodd dyn y Gestapo luniau i Margarita. A'i sbectol bellach wedi ei thrwsio, gosododd hi ar ei drwyn a chraffu'n fanwl ar y lluniau. Pan holodd hi, rhoddodd Margarita enw i bob wyneb. Y tro wedyn, rhoddodd restr iddo o Gomiwnyddion yr Adran Fasnach. Roedd Ernst ar ben ei ddigon. Ond enwau'r Almaenwyr fu'n gweithio yn yr Adran Fasnach gynt oeddan nhw i gyd, a phob un bellach yn aelod llawn o'r NASAP. Rhwbiodd Stanislav Markovich ei ddwylo wrth feddwl am ffasgwyr yn arestio ffasgwyr, yn eu cyhuddo o fod yn fradwyr, yn eu colbio a'u cam-drin. Gwnâi hynny rywfaint o iawn am y comiwnyddion a oedd dan glo yng ngharchardai Hitler.

Aeth Margarita i weld Anton Kovrin. Roedd hi wedi trefnu i gyfarfod Ernst y pnawn hwnnw, ond dywedodd nad oedd hi'n fodlon gwneud yn unol a'i gais oni bai fod Anton Kovrin yn rhoi *visas* iddi fel roedd wedi addo. Sylweddolodd hi'n syth nad oedd Stanislav yn gwerthfawrogi blacmêl a dywedodd hynny wrthi. Honnodd hithau fod bargen wedi ei tharo, ac addewid wedi ei rhoi. Ond roedd ei chwaer a'i chymar a'i dwy nith fach ar dân i groesi'r ffin i'r Undeb Sofietaidd.

Pan deimlodd Larissa y pedwar *visa* yn ei llaw, roedd ei hemosiynau'n gawdel. Er ei bod hi wedi cael ei dymuniad, lledodd tristwch trwy'i hapusrwydd gan nad oedd hi isio gadael Berlin. Ddim yn ei chalon. Roedd hi a Walter yn gynefin â Berlin. Berlin oedd echel bywyd y ddau, ac yma roedd eu ffrindiau nhw i gyd. Yma roedd pob un dim oedd yn gysurus a chyfarwydd, ac er iddi gael ei geni yn Rwsia roedd y lle bellach fel gwlad ddiarth iddi. A gâi groeso yno hyd yn oed?

'Paid ag edrach mor drisiog. Wrth gwrs y cei di groeso. Ma' nhw'n crefu am ddynion fel Walter draw yno,' cysurodd Margarita hi.

Yr Undeb Sofietaidd, meddyliodd Larissa, a'r llun yn ei meddwl oedd un o ffatri haearn enfawr yn 'mestyn draw dros dragwyddoldeb o dir, yn llawn peiriannau mwg, simneiau a stêm. Yr Undeb Sofietaidd. Roedd hyd yn oed yr enw yn codi rhyw fwgan arni. Ond doedd dim dewis arall yn cynnig ei hun. Os oedd hapusrwydd i flodeuo yn nyfodol Walter a hithau, roedd y penderfyniad yn un di-droi'n-ôl.

Daliodd Margarita ati i gyfarfod Ernst. Ond am ba hyd, cyn y byddai dyn y Gestapo yn gweld trwy'r twyll? Doedd o ddim yn ddyn dwl. Gorchwyl amhosib fyddai ei gamarwain am byth; yn hwyr neu'n hwyrach roedd o'n siŵr o amau'r gwir, ac o amau'r gwir yn amau ei gwerth.

Rhannodd Margarita ei phryder hefo Anton Kovrin. Ond taflu ei geiriau'n ôl i'w hwyneb wnaeth o trwy honni fod bargen wedi ei tharo. Cafodd ei gwthio i gilfan. Ar lech ei chalon teimlai fwyfwy nad oedd hi'n ddim byd mwy na ffliwt i rywun arall ei chanu. Doedd Cyfarwyddwr yr Adran Fasnach ddim yn gweld gwerth ynddi tu hwnt i gyflawni gorchwylion a fyddai o fudd iddo'i hun. Neu i rywrai uwch ei ben. Fel Stanislav Markovich.

Y noson cyn i Larissa gychwyn am yr Undeb Sofietaidd bu'r ddwy chwaer ar eu traed, yn siarad tan berfeddion nos. Hel atgofion wnaethon nhw. Atgofion am gyrraedd Berlin yng nghwmni eu mam, gan gofio dryswch yr wythnosau cyntaf pan oedd y tair yn byw mewn baracs gwag, a deugain a mwy o bobol yn yr un stafall ar gefnau'i gilydd heb ddim lle i droi – dwy resaid o welyau, yn agos at ei gilydd, hefo rhodfa i lawr y canol. Yng nghanol y rhodfa roedd hen stof ar gyfar pawb, i sychu dillad a hwylio prydau bwyd.

'Fuon ni'n lwcus i gael congol i ni'n hunan. Ti'n cofio?'

Cofiai Margarita ei mam yn arswydo bod dim lle i dynnu amdanyn, heblaw'r tu ôl i'r sgrin o gwmpas y stafall molchi. Dim ond chwe basin oedd ar gyfar pawb – a'r rheiny'n amlach na heb yn fudron. Yno y cafodd holl bres, mwclis a modrwyau eu mam eu dwyn un noson.

'Ma'r cwbwl yn teimlo mor bell yn ôl ...' synfyfyriodd Larissa.

'Mae o.' Chwythodd Margarita fwg ei sigarét. 'Bron i bymthag mlynadd yn ôl.'

Cofiodd y ddwy eu Pasg cyntaf yn y baracs, pan ddaeth eu mam o hyd i ddau wy, a'u cuddio nhw y tu allan. Yn unol â'r hen arferiad, aeth y ddwy chwaer i chwilio amdanyn nhw, a dŵad o hyd i'r wyau yn y glaswellt.

Ar ôl treulio amser yn y baracs ar gyrion y ddinas, cafodd y tair eu symud i ganolfan i ffoaduriaid yn Berlin – hen ysgol a gaewyd ddau ddegawd a mwy ynghynt, a'r to yn gollwng. Dyna pryd y cafodd Margarita gynnig gwaith yn y ffatri gacennau, pan ddaeth rhyw ddyn draw un pnawn i chwilio am lafur rhad. Ei chyflog hi oedd wedi eu galluogi nhw i symud i'w fflat cyntaf.

''Sgen i'm awydd gadael ...'

'Dwi'n gwbod.'

'Fa'ma 'di nghartra i, Gretushka.'

'Dwi'n gwbod.'

'Yn fa'ma dwi hapusa. Fa'ma ma' 'mhlant i hapusa. Ma' meddwl am orfod mynd yn ôl i Rwsia yn codi ofn arna i ...'

Sychodd ei dagrau hefo'i llawas.

'Fyddi di'n iawn.'

'Ti'n meddwl?'

'Dwi 'di bod yn Rwsia. Ma' hi'n wlad wahanol, ydi. Ond ma' hi'n wlad well.'

Safai Larissa a Margarita ar blatfform Gorsaf Stettin. Hastiai bagad o borthorion heibio yn powlio cistiau, cesys a bocsys o bob math. Roedd o'n hen fora digon llaith, a niwl llwyd Rhagfyr yn gorwedd dros y ddinas, a'r golau'n bŵl a gwan. Yn sefyllian gan smocio wrth ymyl y bar roedd rhes o ddynion, a'u cefnau at y byd; dau gariad yn cusanu; plant yn rhedeg hwnt ac yma, amball un yn troi'n sidyll a'r lleill yn chware mig, mamau'n dwrdio, pobol yn pendwmpian, eu bochau'n gorweddian ar fagiau ar eu glin, a rhyw lanc tal hefo bochdwll tywyll, led llath o'r platfform, yn dwysfyfyrio wrth gnoi afal, ei olwg mor wag â'i feddwl. A'r traciau fel dwy nodwydd loyw, yn estyn eu croeso yr holl ffordd i Moscow.

Roedd y trên yn hwffio a phwffio wrth fagu stêm a phlyciodd unwaith, fel petai'n profi ei nerth ei hun ar gyfar y daith. Clepiodd rhai o'r drysau wrth i chwiban hir ddiasbedain. Cofleidiodd pawb ei gilydd.

Ar y trên, gafaelodd Larissa yn Ella a Clara a'u dal yn erbyn gwydr y ffenast. Gwasgodd Margarita ei llaw ar ddwy law fechan ei dwy nith.

'Cofia lythyru,' gwefusodd Larissa.

Wrth ei hymyl safai brawd Walter. Bagiodd Margarita gam a sefyll nesa at ei fam, ei hances yn ei dwrn a'i braich ym mraich ei gŵr. Dyn syber oedd ei dad, er bod crychau dwfn yn ei dalcen, a'i wedd yn dangos rhyw boen. Safai dan deimlad dwys a'i lawes yn wag. Un fraich oedd ganddo fo gan iddo fo golli'r llall yn rhyfel 1914–18.

Safodd Margarita. Rhoes y trên hergwd, wedyn un arall, ac un arall, cyn stwyrian, a dechrau sgrytian i lawr y lein. Twchodd yr ager gan fagu sŵn wrth chwythu a chwythu'n fwy hyderus a thalog. Caeodd Margarita ei llygaid wrth fygu'r crio yn ei gwddw. Clywodd chwiban y tren yn diasbedain yn glir fel hoelan. Ni wyddai am faint y buo hi yno, ond pan drodd i fynd doedd dim golwg o deulu Walter.

Camodd i lawr y grisia a cherdded yn ei blaen, ond o fewn dim cafodd y teimlad fod rhywun yn ei gwylio. Croesodd y stryd, gan gyflymu ei chamre, brasgamu a chamu i mewn i siop. Oedodd i gael ei gwynt ati, cyn camu 'nôl i'r traffig.

Gwraig benfelen ddaeth i gerdded yn gyfochrog a hi.

'Ma'n rhaid i chi adael Berlin heddiw,' dywedodd.

Stopiodd Margarita yn stond a holi, 'Pwy ydach chi?'

'Tatyana,' atebodd. 'Fi 'di gwraig Stanislav Markovich Feldman.'

'Pwy sy'n deud hyn? Fo?'

'Os ewch chi 'nôl i'r apartment, ma'r Gestapo yno'n disgwyl amdanach chi.'

'Fo sy'n deud hyn?'

''I awgrym o ydi eich bod chi'n mynd i Baris.'

'Heddiw?'

'Rŵan hyn. Gora po gynta. Ar y trên nesa. Dim ond ailadrodd be ddeudodd o ydw i.'

Heb ddweud na bw na be arall, diflannodd Tatyana o'i golwg.

Penderfynodd Margarita fynd ar ei hunion i weld Eggert, ei chyfaill yn yr IKP.

Roedd Eggert yn gweithio mewn ffatri ledar yn Bielfeld, a bu'n rhaid iddi ddal tram yno.

'Paris?' holodd o – yn amlwg yn amau trap.

'Be dwi'n mynd i 'neud?'

Gadael yr Almaen ar ei hunion, dyna oedd ei farn o; ond yn lle mentro draw i Baris, gwell fyddai iddi anelu am Prâg.

'Dwi'm yn nabod neb ym Mhrâg.'

Rhoddodd Eggert enw cwpwl ifanc iddi, dau o ddilynwyr Trotskii, a'u cyfeiriad yn Reichenberg.

'Ond paid â chario pres hefo chdi – cofia fod mynd â phres allan o'r wlad yn anghyfreithlon.'

Poen arall oedd yn ei blino hi. 'Sut alla i groesi'r ffin?'

Roedd gan Eggert ateb i hynny hefyd – er bod y cwbwl yn beryg bywyd.

Roedd ffaglau diderfyn yn llosgi'r tywyllwch, a'u fflamau'n herio'r nos trwy ei throi hi'n ddydd. Miloedd ar filoedd ohonyn nhw'n afonydd o oleuni, ysgwydd wrth ysgwydd, colofn ar golofn yn martsio a martsio a martsio am byth. O boptu'r martsio, roedd miloedd ar filoedd o ddinasyddion Berlin yn cymeradwyo a saliwtio, yn gorfoleddu, a'u hwynebau eiddgar yng ngolau'r ffaglau yn llawn dyhead am ddyfodol gwell.

Mor glyd oedd y tŷ pictiwrs lle tynnodd Alyosha ei gôt a'i sgarff, a swatio. Anwylodd y gwres ei hun amdano fo, nes bod ei anwes yn gynnes i gyd. Dechreuodd deimlo'n swrth a chysglyd. Teimlai fod gro mân yn hel i bwcad ei lygaid, gan ddal i hel a hel o hyd nes teimlodd ryw flindar arall yn gwasgu ar ei war, yn gwthio'i ên i'w frest. Gwnaeth ymdrech debol i gadw'n effro trwy blycio'i hun i sŵn y sgrin, ond caeodd ei lygaid yr un fath. Plyciodd ei hun drachefn, er bod ei ben yn blwm o dan ei bwysa yn mynnu lolian i bob man, nes, yn groes i bob ewyllys, teimlodd ei hun yn suddo'n ddyfnach ddyfnach i ddüwch ...

Camodd o wyllni'r sinema i oleuni llachar y Champs-Elysées a'i haddurniadau Nadolig. Blinodd ar gerddad, ac roedd ei draed yn wayw byw. Tynnodd ei ddwy esgid a'i ddwy hosan soeglyd er mwyn mwytho'i fodiau fesul un yn ara deg. Syllodd ar y cannoedd yn heidio heibio, a phawb i'w weld mor lân, nes peri iddo fo deimlo'n flerach fyth.

Roedd o wedi bod wrthi ers ben bora, ac wedi 'laru ar ei ffagio. Roedd o'n drewi hefyd, yn drewi'n waeth bob awr, a rhyw hen ogla sur yn hel o'i gwmpas o fel ogla piso ci mewn gwellt. Teimlodd bwl diegni yn tynnu drosto ac aeth draw at fainc, gan deimlo chwythwm o awel oer yn golchi dros ei gorun. Syllodd fry i ddüwch awyr y nos, gan deimlo'i gorff yn llacio drwyddo nes colli ei nerth yn llwyr.

Cefn dydd golau oedd hi ar hyd y Champs-Elysées, a'i llewyrch llachar yn gwthio'r gwyll trwy rusio draw. Safodd merch ifanc o'i flaen – roedd hi wedi glanio o rywle, yn union fel petai angyles ifanc wedi sboncio i'r goleuni. Syllodd arni nes i'w chariad gyrraedd a'i chipio i ffwrdd. Loetran yn ddiamcan ynghanol ei byslo wnaeth o, a'r torfeydd o'i gwmpas o. Stwffiodd rhyw hen ddyn barfog mewn clocsia trymion, cap fflat du a ffedog lwyd heibio gan bowlio berfa â'i llond hi o rosynnau – rhai melyn, coch, pinc a gwyn. Gwasgodd tyndra o bobol ar ei wynt a rhuthrai'r traffig heibio'n un blys wrth i'r ddinas ddechrau byw ei bywyd ei hun.

Teimlai ei fod yn byw unwaith eto yn ôl ei galendr ei hun. O fewn amser, roedd sawl math arall o amser, treigl amser y tymhorau, treigl amser Paris, ynghanol mynd a dŵad llifeiriant bora a hwyr, lle roedd drysau'r metro'n agor a drysau'r metro'n cau, er bod ei amser o 'i hun i bob pwrpas yn ddiamser, gan nad oedd o'n cyfri dim i neb.

Yng nghanol anferthwch y ddinas, unig oedd ei fyd.

Y peth mawr i alltud oedd dysgu sut i aros.

Po hwyaf yr arhosiad, mwya'r boen a'r hiraeth, yn enwedig pan oedd gobaith yn mynnu ffoi, yn mynnu cilio ymhellach draw o hyd, a rhywun yn rhedeg i orwel pell ond byth yn llwyddo i'w gyrraedd.

Cerddodd am ryw bwl a sylwi ar ddyn mawr, braf – rhyw gwmwl o gymeriad hefo gwên freuddwydiol yn goleuo'i wyneb – yn begera pres i het wrth ei draed. Ym mhryd a gwedd y dyn gwelodd ryw lun ohono'i hun.

Paris.

Ymlwybrodd o ffenast siop i ffenast siop heb roi fawr o sylw i ddim byd, ond daliodd sylw dau blisman tal, gewynnog, a bu eu hedrychiad yn ei ganlyn am ryw hyd.

Oedodd i bendroni.

Fory. Be wna i fory?

Yr un peth â ddoe.

Wrth i'r barrug fynd ati i goncritio'r nos, teimlodd fodiau ei draed yn fferru.

Paris.

Cododd goler ei gôt, a cherdded ar ei ben ei hun i fforest ddu y ddinas.

Plac bach ar y wal ger drws mewn stryd heb fod ymhell o'r Vaclavski Namesti oedd nodi mai ar y trydydd llawr roedd y Ganolfan ym Mhrâg wedi ei lleoli. Teimlad llai gormesol oedd bod mewn dinas lle roedd ei strydoedd a'i sgwariau'n amddifad o *swastikas* duon. Wrth iddi ddringo'r grisiau serth, bu'n rhaid i Margarita bwyllo oherwydd bod ganddi bigyn yn ei hochor. Cyrhaeddodd yn y man, a daeth wyneb yn wyneb a hen ŵr a gwraig yn ista ar fainc bren, yn dal dwylo a golwg bell yn eu llygaid.

Dau lanc, hogan ifanc a gwraig ganol oed oedd yn y stafall, a'r wraig ganol oed yn teipio'n brysur hefo sigarét yn hongian ar ei gwefus.

'Margarita?'

Trodd i ganlyn y llais a alwodd ei henw.

'Vicki.'

Tynnodd sigarét o'i cheg a'i chyfarch.

'Vicki.' Methai Margarita â chuddio'i syndod.

Lliw rhedyn oedd ei gwallt, a hwnnw wedi tyfu hyd at ei hysgwyddau.

'Sigarét?'

Smociodd y ddwy.

'Sut gyrhaeddis di fan hyn?'

'Allwn i ofyn yr un peth i chdi.'

Gan fod rhywrai eraill wedi cerdded i mewn, tywyswyd Margarita gan Vicki i swyddfa arall, a fu unwaith yn llofft yng nghefn y tŷ.

Mynnu clywad hanas ei thaith i Prâg wnaeth Vicki.

Bu'n rhaid i Margarita ail-fyw'r cwbwl. Ar y trên o Berlin, cariodd sgis er mwyn cymryd arni ei bod yn mynd ar wylia i'r mynyddoedd. Prynodd bâr yn rhad. Chafodd hi ddim trwbwl ar y trên. Ar ôl hynny y dechreuodd ei helbulon, yn enwedig y deuddydd a dreuliodd yn cuddio mewn hen dŷ ger y ffin, lle y teimlai ei bod hi mor agos at ddianc, ac eto mor bell. Gorweddodd yn ei dillad ar y gwely, ac er iddi gau ei llygaid ni ddaeth cwsg oherwydd ei bod hi'n gwrando ar bob smic o'r tu allan. Gallai glywed sŵn yr afon oedd yn dynodi'r ffin rhwng y ddwy wlad. Ar y naill ochor a'r llall roedd cnwd o weiran bigog, milwyr a chŵn.

Y noson y mentrodd hi groesi, dim ond mab y tŷ oedd hefo hi. Roedd hi'n noson gymylog, a rhyw hanner lleuad yn cadw golwg ar y byd. Fesul cam, tyfodd sŵn clwcian y lli yn gryfach ar ei chlyw. Aeth yr hogyn â hi at fan lle honnai fod y dŵr yn fas, a bwlch o dan y weiran bigog. Siarsiodd hi i fod yn ofalus wrth gerddad trwy diroedd y Sudetan gan fod llawer o'r ffermwyr eisoes yn Natsïaid ac yn amheus o bawb a oedd yn croesi eu tir.

Holodd Vicki pwy oedd yr hogyn a be oedd ei enw fo.

''Nes i ddim holi, a wnaeth o ddim deud.'

Hyd yn oed ar ôl iddi gefnu ar y ffin, doedd y peryg ddim ar ben o bell ffordd. Roedd hi ar lwgu, a mentrodd fynd i dafarn gan holi am y trên nesaf, ond cynghorodd y wraig hi i beidio â mynd ar ei gyfyl, ond i ddal trên ymhellach i lawr y dyffryn, mewn gorsaf fechan. Cafodd bàs gan ddyn oedd yn cario llwyth o wair mewn trol.

Daliai Vicki ati i'w holi. Pwy yn union oedd yr hen ddyn roddodd bàs iddi yn ei drol? Oedd rhywun wedi trefnu i'w chyfarfod hi yn y lle a'r lle ar yr amsar a'r amsar? Daeth yn amlwg i Margarita fod mwy nag un llwybr allan o'r Almaen, a mwy na un grŵp yn cynnig help llaw.

Doedd Margarita ddim yn bwriadu sôn gair am Julik a Käthe Kozlecki y bu'n aros hefo nhw ar gyrion Reichenberg. Bu'r ddau ar un adag yn weithredol iawn yn y KPD yn Berlin, cyn cefnu arni ac ymuno â'r IKP. Roedd Vicki yn nabod y ddau yn dda – ac yn eu casáu nhw.

Holodd Vicki lle roedd hi'n aros ym Mhrâg, a dywedodd Margarita ei bod hi'n gobeithio cael llety mewn gwesty rhad ond ei bod hi'n brin o bres ac mai dyna pam roedd hi wedi galw yn y Ganolfan. Eto, doedd dim bwriad ganddi sôn wrth Vicki o gwbwl am yr enw a'r cyfeiriad a roddodd Julik iddi.

Llanwodd ffurflen er mwyn i'r pwyllgor bwyso a mesur a oedd hi'n teilyngu arian at ei chadw fel ffoadur mewn angen.

'Dyma i chdi rwbath dros dro.'

Dodwyd swm fechan o bres yn ei llaw hi.

'Pryd ga' i wybod?'

''Mhen deuddydd.'

Diolchodd Margarita. Ond wrth i Vicki ei thywys at ben y grisiau cafodd ar ddallt y byddai ei chais yn cael ei hwyluso os byddai ei phresenoldeb mewn cyfarfod o'r gangen yn cael ei nodi.

'A deud y gwir, ma' 'na gyfarfod heno.'

'Yn lle?'

'36 Stryd Moravska, ar y llawr isa. Ddoi di?'

Wnaeth hyn ddim ond cadarnhau be roedd Margarita wedi ei ddyfalu eisoes. Roedd y Pwyllgor er Cynorthwyo Ffoaduriaid rhag Ffasgiaeth ym Mhrâg yn bodoli ar gyfer pwrpas arall. Ei briod waith oedd bod yn glustiau ac yn llygaid i'r KPD yn eu halltudiaeth.

Oherwydd ei bod hi'n ddiolchgar fod rhyw gymaint o bres yn ei llaw, cytunodd Margarita.

'Faint o'r gloch?'

'Wyth – fel arfar.'

Aeth hi ddim ar gyfyl y lle.

Ond cafodd ei chais ei brosesu, ac roedd y Pwyllgor o'r farn ei bod hi'n teilyngu rhyw gymaint o gynhaliaeth at ei chadw.

'Dyma chdi,' dywedodd Vicki wrth roi pres iddi, 'ond welis i mohona chdi yn y cyfarfod echnos chwaith.'

'Ro'n i wedi meddwl dŵad draw. Ond mi ddaeth rhywun i 'ngweld i.'

'Pam na fasa chdi wedi dŵad â fo hefo chdi?'

O'i goslef, roedd yn amlwg fod Vicki yn gwbod ei bod hi'n dweud celwydd.

'Ma'n bwysig bo' chdi'n dŵad. Ma' cymaint o waith i'w 'neud.'

Ond cadw draw wnaeth Margarita. Doedd hi byth eto'n mynd i faeddu ei dwylo hefo'r KPD.

Ei gorchwyl bwysicaf oedd cael *visa* swyddogol i fynd i Ffrainc. Doedd fiw mentro fel arall, neu fe allai gael ei hanfon 'nôl i'r Almaen. Dyna oedd cyngor Kai-Olaf mewn telegram iddi, ond blinodd Margarita ar gicio'i sodla'n aros. Treuliai ei hamsar yn darllen, neu'n trin a thrafod ei sefyllfa hefo pobol eraill oedd yn yr un cwch â hi.

Un bora teimlai rywun yn cysgodi drosti. Pan godod ei phen o'r *Prager Mittag* Vicki oedd yno. Holodd honno ar ei hunion pam nad oedd hi wedi bod yr un cyfarfod o gangen y KPD. Hwn oedd y trydydd iddi ei golli. Roedd colli un yn fai. Roedd colli dau yn anfaddeuol. Ond roedd colli tri yn gywilyddus.

Yr union eiliad honno, roedd y cwbwl mor bell o feddwl Margarita fel y cafodd eiliad o gaff gwag. Methodd yn lân â chynnig atab parod.

Edrychodd Vicki i lawr arni, ac roedd hi ar fin yngan rhywbeth pan ddaeth un o hogia'r Ganolfan ati.

Dywedodd, 'Ma' rhei pobol yn gweld y chwyldro comiwnyddol fel rhyw fath o daith ramantus. Ond i ni sydd yn ei chanol hi o hyd, baich a phoen ag ymdrech ydi creu'r chwyldro – rhywbeth mae'n rhaid inni frwydro'n ddi-ildio er mwyn ei wireddu fo. Mae'n rhaid inni i gyd ymdrechu i droi delfryd yn realiti byw. Does dim llaesu dwylo i fod. Does dim cefnu i fod chwaith. Un ai mae rhywun hefo ni hyd at ben y daith, neu fel arall maen nhw yn ein herbyn ni.'

Boddodd ei sigarét yng nghwpan goffi Margarita.

Cerddodd Vicki allan yn dalsyth, ei chamre'n solat, a'r dyn ifanc yn dynn ar ei hôl hi. Prynodd Margarita gwpanaid arall o goffi a cheisio rhoi ei dicter o'r neilltu. Ceisiodd ei gladdu, ond methodd ganolbwyntio ar ddarllan gweddill y papur.

Ei hofn pennaf oedd y byddai'r pwyllgor yn atal ei chardod.

Prociodd hynny hi i chwilio am waith. Doedd dim sôn am *visa*, er bod Kai-Olaf yn gwneud ei orau drosti ym Mharis. Roedd yn rhaid iddi ddŵad o hyd i ryw fath o waith dros dro.

Ar yr amod fod pob un dim yn hollol gyfreithlon, roedd y wraig yn fodlon ei chyflogi fel sgifi am ddeuddydd yr wythnos. Roedd hi'n wraig barchus, hefo gŵr parchus, yn byw mewn tŷ parchus mewn ardal barchus o Brâg. Y peth dwytha roedd y wraig barchus am ei wneud oedd tynnu helynt am ei phen, a chan nad oedd Margarita yn ddinesydd cyflawn o'r weriniaeth, roedd rhai ffurflenni roedd yn ofynnol i'r ddwy ohonyn nhw eu llenwi.

Derbyniodd Margarita ddwy o'i llaw hi – un felen ac un binc. Ond gwelodd o fewn dim y byddai'n rhaid iddi gael tystiolaeth i brofi ei bod hi'n ffoadurwraig *bona fide*. I'r perwyl hwnnw, doedd ganddi fawr o ddewis ond mynd ar ofyn y Pwyllgor i eiriol ar y ffurflen ei bod hi wedi gorfod dianc rhag ffasgiaeth.

Yr hogyn ifanc yn y swyddfa dorrodd y newyddion iddi, pan alwodd Margarita heibio un pnawn i ofyn iddyn nhw stampio'i ffurflen binc. Teimlai'n gynddeiriog, ond roedd hi'n benderfynol o beidio â gwylltio.

Holodd am Vicki.

Doedd hi ddim yno.

Mynnodd weld rhywun arall, gan ddweud na fyddai'n symud o'r fan oni bai ei bod hi'n cael cyfla i drin a thrafod y matar.

Aeth i ista ar y fainc bren ym mhen y grisiau.

Yn y man, daeth Vicki i'r golwg.

'Be 'di hyn? Pam dach chi 'di gwrthod 'y nghais i?'

'Does dim rhaid i ni roi rheswm i neb.'

Trodd Vicki ei chefn arni, ond gafaelodd Margarita yn ei garddwrn.

'Deud!'

'Am bo' chdi'n gefnogol i elynion y dosbarth gweithiol.'

Mewn anghrediniaeth, rhythodd Margarita ar yr wyneb main o'i blaen.

'Sut ydw i'n gwneud hynny?'

Sugnodd Vicki yn araf ar ei sigarét.

'Chlywa i mo neb arall yn fy nghyhuddo i o fod yn gefnogol i elynion y dosbarth gweithiol.'

Teimlai ei hun yn dechra colli ei limpyn.

'Be? Ti'n mynd i 'nghosbi fi ... am mod i heb ddŵad i'r un cyfarfod o gangen y KPD? Dach chi'n chwilio am esgus i beidio â 'nghynnal i. Iawn.' A dywedodd yn herfeiddiol, ''Sgen i'm isio'ch pres chi. Ond o leia rhowch gyfla imi drio ennill fy nghrystyn fy hun.'

Oedodd Vicki cyn ateb a holi'n ara, 'Pam ddylsan ni?'

Gwnaeth Margarita ymdrech lew i ffrwyno'i dicter.

'Ti'n cofio llynadd? Rhyw noson oer o aeaf yn Berlin? Pan ddois di i guro ar fy nrws i am fod gen ti nunlla i fynd? Be 'nes i?'

Tawal iawn oedd pawb yn y swyddfa wrth ddisgwyl am yr ateb.

'Pam ddylsan ni roi unrhyw help i chdi?'

'Ar ôl y cwbwl dwi wedi ei 'neud dros y KPD?'

Roedd Vicki yn fud.

'Sut arall ma' disgwyl i mi fyw tan ddaw fy *visa* i o Paris?'

'Matar i chdi a'r IKP fydd hynny.'

'Dim ond y Pwyllgor yma ma' llywodraeth Tsiecoslofacia yn 'i gydnabod. Hebddoch chi 'sgen i ddim gobaith.'

Unwaith y safodd Margarita ar y pafin, bu bron iddi sgrechian. Teimlai'r fath ddyfnder o ddicter – dicter a barodd iddi deimlo fel llosgi'r lle i'r llawr y noson honno.

Cerddodd y strydoedd.

At pwy arall y gallai hi droi?

Roedd dwylo Lili yn flawd pan agorodd hi'r drws. Golchodd nhw wrth wrando ar Margarita yn bwrw ei bol. Eglurodd ei chyfyng-gyngor: os oedd y Pwyllgor yn troi cefn arni, lle roedd hynny'n ei gadael hi?

Dywedodd Lili mai'r peth calla i Margarita ei wneud oedd rhoi'r cwbwl ar bapur trwy ysgrifennu llythyr at aelodau'r Pwyllgor yn egluro'i hamgylchiadau – a gobeithio'r gorau.

Fe sgrifennodd y llythyr, ond phostiodd hi byth mohono fo. Roedd hi wedi bwriadu gwneud, ac wedi sgwennu ac ailsgwennu'r llythyr droeon, yn egluro'i phicil a pham y bu'n rhaid iddi ffoi o Berlin heb ddim byd ond y dillad a oedd amdani.

O fewn deuddydd, gofynnodd gŵr Lili i Margarita adael.

'Pam? Be dwi 'di 'neud?'

Dangosodd gopi o bapur newydd y *Lidoré Noviny* iddi, yr ail dudalen, lle roedd adroddiad am asiant i'r Gestapo yn gweithredu cylch o rai tebyg yn erbyn Tsiecoslofacia. Yno, roedd ei henw hi mewn print.

Teimlai Margarita yn wan.

'Dwi'm isio chdi yma,' dywedodd y gŵr. 'Gei di aros tan bora fory – ond ddim awr yn fwy.'

'Celwydd 'di'r cwbwl.'

Safai Lili tu cefn i'w gŵr yn y drws, ei dwylo ym mhoced ei ffedog.

'Dydi hyn ddim yn wir.'

Gwasgodd Margarita ei llaw ar y bwrdd a cheisio codi, ond roedd ei choesa'n ddiffrwyth, a'i nerth yn pallu. Am un eiliad, duodd y gegin: roedd fel petai hi wedi colli ei golwg.

''Sdim un gair o hyn yn wir, coeliwch fi.'

'Dynas Hitlar,' dywedodd y gŵr.

'Byth.'

'Gweithio i'r Gestapo yn Berlin,' dywedodd Lili, 'dyna mae o'n ddeud fan hyn. Bradychu rhyw Folsieficiaid gonast i'w dwylo nhw, mwn.'

'Gweithio er mwyn yr achos o'n i yn Berlin. Gofynnwch i Kai-Olaf. Neu i Julik a Käthe. Ro'n i yn erbyn y Gestapo. Yn erbyn Hitler. Dyna o'n i'n 'neud tan aeth petha'n beryg bywyd imi. Doedd gen i ddim dewis ond ffoi.'

Drannoeth, roedd y stori ar dudalen flaen y *Prager Montagsblatt*.

Roedd Lili a'i gŵr yn fud ac ofnus wrth y bwrdd brecwast.

Un bag yn llawn o fân ddilladach, ac un llyfr – oedd ei heiddo bydol i gyd.

Caewyd y drws ar ei hôl hefo clep ddiolchgar.

Eisteddodd Margarita ar fainc farmor dan gysgod canghennau coedan fasarn fawr ym Mharc Stromovká. Wrth syllu draw at y llyn, dychmygodd mor braf fyddai gwylio'r machlud ar hwyrnos o haf.

Nid hi ei hun oedd ei phoen mwyaf erbyn hyn, ond Larissa. Petai cymaint â si i Margarita weithio i'r Gestapo yn cyrraedd Moscow (os nad oedd o wedi cyrraedd yn barod), gallai pethau fod yn anodd iawn i Larissa. Be os byddai ei chwaer ddiniwed yn cael ei hamau a'i chyhuddo yn sgil hyn i gyd? Be os byddai'n cael ei harestio a'i charcharu? Be ddeuai o'r merched bach wedyn?

Oedd, roedd yn rhaid iddi warchod ei henw da, ond roedd yn rhaid iddi hefyd warchod ei chwaer. Doedd dim dewis arall ganddi.

Penderfynodd fynd draw i swyddfeydd y *Prager Montagsblatt* a mynnu gair hefo'r golygydd, ond roedd hwnnw mewn cyfarfod a gwrthododd ei gweld. Creodd dipyn o stŵr a chafodd ei hebrwng allan o'r adeilad gan ryw glerc.

Anelodd am y *café* agosaf ac ysgrifennu llythyr at y golygydd. Ond gwangalonnodd. Oedd hynny yn debygol o wneud yn iawn am y cam a gafodd hi? Aeth i'r ciosg agosaf a'i ffonio fo dan enw arall. Llais dyn diamynadd lanwodd ei chlust, wedi iddi egluro mai sbeit ac ystryw ar ran y KPD oedd y cwbwl. Hyd yn oed os oedd yr hyn roedd hi'n ei ddweud yn wir, doedd o ddim yn bolisi gan y papur newydd i ddisgyn ar eu bai. Doedd ymddiheuro yn ddim byd ond gair arall am ddangos gwendid.

'Ond be am fy enw da i?'

Doedd dim yn gasach gan Margarita na chlywed ei hun yn ymbilio. Os oedd yr hyn roedd hi'n ei honni'n wir, y KPD oedd angen ei alw i gyfri. Dyna oedd ei atab y golygydd.

'Ond dach chi wedi pardduo fy enw i ...'

Doedd ganddo fo ddim atab i hynny.

''Sgen i ddim to uwch fy mhen, diolch i chi a'ch tebyg.'

Cyhoeddwyd yr un cyhuddiad mewn papurau newydd eraill. Cafodd ei disgrifio fel merch i uchel-swyddog ym myddin y Tsar, fel rhywun oedd wedi gadael Rwsia yn unswydd er mwyn gweithio o blaid y gwrth-chwyldro yn Ewrop. Ysbïwraig gyfrwys a dichellgar oedd hi, un a lwyddodd i nyddu ei hun i mewn i rengoedd y dosbarth gweithiol yn Berlin er mwyn bradychu comiwnyddion i'r Gestapo. Bellach, roedd hi ar waith yn gwneud ei gorau i danseilio llywodraeth Tsiecoslofacia.

Ôl bysadd Vicki oedd dros y cwbwl i gyd.

Aeth Prâg yn lle oer a digroeso. Gwelodd Margarita fod rhai'n nofio yn afon Vltava a hitha'n dal yn ganol gaeaf. Safai ar bont Karlov, yn gwylio rhai'n plymio oddi ar risiau cerrig y dorlan i mewn i'r lli. Meddyliodd pa mor debyg oedd un dyn i Kai-Olaf, nad oedd hi wedi ei weld ers y llynadd. Rhaid oedd iddi adael am Paris. 'Mots sut. Rhaid oedd gadael Prâg. Fel arall, roedd hi mewn peryg o gael ei harestio fel sbei i'r Gestapo.

Ymlwybrai'n ddiamcan trwy strydoedd culion yr Hen Dref yn pendroni sut oedd gwneud hynny, pan yn sydyn daeth wyneb yn wyneb ag Eggert.

Newidiodd hynny ei ffawd. Aeth Eggert â hi i'r Koruna am bryd o fwyd, a bwytaodd Margarita yn llwglyd. Roedd ynta hefyd bellach ar ffo. Chwalodd y Gestapo yr IKP yn Berlin, a chafodd rhai degau o'r aelodau eu harestio. Doedd dim bwriad gan Eggert i aros ym Mhrâg – roedd â'i fryd ar gyrraedd Paris – ac yn hynny o beth, roedd y ddau'n unfryd.

Sgwrsio am eu gwahanol anhwylderau wnaethon nhw.

Ar ddiwedd y nos, holodd Eggert yn hamddenol, 'Sut fasa chdi'n lecio gweithio i Trotskii?'

Syllodd Margarita arno fo: doedd o erioed o ddifri.

'Dwi'n hollol o ddifri.'

Ond oedd yr hanes am ei phardduo gan y KPD yn y papurau newydd wedi cyrraedd ei glustiau fo? Yn fuan ar ôl croesi'r ffin, pan arhosodd dros nos ar aelwyd Julik a Käthe Kozlecki yn Reichenberg, y clywodd Eggert y cwbwl am y tro cyntaf. Ond doedd o ddim yn coelio 'run gair.

'Ma' Vicki 'di gneud petha llawar iawn gwaeth i bobol erill.'

'Fel be?'

'Gyrru rhai ar waith tanddaearol yn ôl i'r Almaen ond, rywsut neu'i gilydd,' eglurodd gan godi un ael, 'ma'r Gestapo yn digwydd bod yn disgwyl amdanyn nhw. Ma' o leia saith wedi cael eu dal i mi wbod amdanyn nhw, falla mwy. Pwy a ŵyr?'

Prin roedd Margarita yn ei goelio fo.

'Berffaith wir bob gair,' dywedodd Eggert. 'Ma'r KPD ar goll ers blynyddoedd. Dyna pam mae gwaith yr IKP yn bwysicach nag erioed, a'r hyn mae Trotskii yn ei wneud sy'n mynd i gario'r dydd.'

'Ydi Trotskii ym Mharis?' holodd hi.

'Mi dreuliodd ddiwrnod yno mis dwytha. Fan'no mae o'n dymuno bod, tasa fo'n cael caniatâd. Wn i ddim be 'neith ddigwydd. Yno mae ei fab o, Lev Sedov, yn byw, ers iddo fo orfod gadael Berlin ...'

Roedd hi'n dal i bendroni am y cynnig.

'Be amdani?'

Doedd hi ddim yn siŵr.

'Be am inni gyrraedd Paris gynta?'

Cysgodd Margarita mewn *studio flat* y noson honno, mewn stryd dafliad carreg o'r hen fynwent Iddewig. *Émigré* oedd yno i'w croesawu nhw, dyn a oedd wedi ffoi o'r Almaen rai wythnosau ynghynt ac wedi sefydlu ei hun. Ni eglurodd Eggert sut roedd y ddau yn nabod ei gilydd ond cafwyd croeso twymgalon. Tipyn gwell na chysgu allan ar y stryd, meddyliodd Margarita wrth swatio ar ei matres. Drannoeth, gadawodd Eggert a hitha am Ffrainc, heb *visas*.

Trwy Awstria oedd y ffordd hwylusaf, ond taith annifyr oedd hi yn y trydydd dosbarth, ar feinciau calad. Croeswyd y ffin ar droed. Llwyddwyd i gyrraedd Fienna ac aros am bron i wythnos. Yno, derbyniodd Margarita ac Eggert ddau basbort ffug trwy law dyn o'r enw George. Ond doedd dal dim hawl gyfreithlon gan yr un o'r ddau i aros yn Ffrainc. Hyd yn oed hefo'r pasbort, byddai'n anodd heb *carte d'identité* na *permis de séjour*. Roedd biwrocratiaeth y wladwriaeth yn mynnu cadw cyfri o bawb – ac roedd y drefn yn fwy llawdrwm fyth, eglurodd George, oherwydd bod llawar gormod o ffoaduriaid o bob cwr yn tyrru dros y ffin. Eu goddef nhw'n unig wnâi'r Ffrancod, oherwydd fod prinder llafur rhad ar y ffermydd, mewn pyllau glo, ffowndrïau a ffatrïoedd ar ôl colledion dychrynllyd rhyfel 1914–18.

O Fienna aeth y ddau mewn lorri garpedi dros y ffin i'r Swistir. Ar ôl treulio tair noson yng Ngenefa, dywedwyd wrthyn nhw am fod yn barod i adael ar y nos Iau.

Wrth ddisgwyl am y dyn i'w tywys, dechreuodd Margarita holi Eggert amdano'i hun.

Roedd o'n hanu o deulu cefnog, yn un o dri o blant a fagwyd yn nhre Calw yn y Goedwig Ddu. Cafodd ei addysgu yn Maulbronn, yr athrofa Swbaidd enwog y bu ei ddau frawd hefyd yn ddisgyblion ynddi. Ond yn hogyn un ar bymtheg oed, rhedodd Eggert i ffwrdd. Roedd yn casáu elitiaeth cyfoethog y lle, y snobyddiaeth a'r mân reolau caethiwus. Penderfynodd fyw fel tramp, yn dilyn ei drwyn o le i le, ac aeth i Baris lle bu'n gweithio mewn ffatri haearn bwrw, Les Fonderies de Creil. Yno y dechreuodd ei addysg go iawn. Cafodd ei sacio am drio trefnu streic am well cyflogau.

Ailddechreuodd ar ei bererindod, a cherdded arfordiroedd Portiwgal, Ffrainc a Sbaen, y mân drefi tlawd lle roedd pysgotwyr llwm yn crafu bywoliaeth o'r môr. Rhyw ddiwrnod cyrhaeddodd yn Antwerp a lletya mewn stafall ar y Rue du Sac, lle cymerodd ffansi at ferch y perchennog, merch ysgol bymtheg oed a oedd wastad yn ista yn sedd y ffenast hefo'i thrwyn mewn llyfr. Pan fyddai ei mam neu ei thad yn galw arni, codai ei phen yn ara deg, fel un yn deffro o ryw freuddwyd bell. Llygad gwyrddion llonydd oedd ganddi hi, llygaid nad oedd byth yn gwenu, trwch o wallt du, hir, hyd at fôn ei chefn, a'r mymryn lleiaf o frychni haul ar ddwy foch o boptu trwyn smwt. Am ei garddwrn gwisgai freichled arian, denau.

Stryd gerllaw'r dociau oedd y Rue du Sac. Buan y cafodd Eggert ei hun yn trin a thrafod syniadau comiwnyddol hefo morwyr mewn bariau yn y Scheldt; gwelodd un ei werth, a chynnig ei enw i rywun roedd Eggert yn amau ei fod yn gweithio i'r Comintern. Yn sgil hynny, cafodd ei wadd i weithio i'r KPD yn Berlin. Cofiai'r diwrnod y cyfarfu â Margarita am y tro cynta, yn fuan ar ôl rali fawr y Sportsplatz.

Cafodd ei ddiarddel o'r blaid tua'r un adeg â Kai-Olaf.

Erbyn hyn, roedd o wedi rhoi digon o bellter rhyngddo fo'i hun a'r KPD i ddadansoddi'r sefyllfa'n gliriach. Doedd y Blaid Gomiwnyddol ddim yn rhy annhebyg i'w hen ysgol yn Maulbronn. Elitiaeth oedd hanfod Marcsiaeth-Leninistiaeth, a honno yr un mor hierarchaidd ac unbenaethol â threfn yr ysgol fonedd. Er ei bod yn datgan hawl miliynau i reoli eu bywydau, roedd y grym go iawn yn nwylo llond llaw o ddynion. Er ei bod yn datgan rhyddid, roedd hi'n drefn awdurdodol a gormesol. Pa drefn unbenaethol fuodd erioed yn ddemocrataidd? Pa ideoleg ddogmatig wnaeth ganiatáu rhyddid meddwl i unrhyw unigolyn erioed? Addo dedwyddwch a bodlonrwydd oedd ei *raison d'étre*, ond be sy'n gwneud pobol yn hapus? Sut mae mesur hapusrwydd? All unrhyw feddwl dynol fyth ddirnad holl ystyr byw yn bur? Ydi'r fath beth hyd yn oed yn bosib?

O dan leufer y lloer a oedd yn goleuo'r llyn, gadawodd y ddau am y ffin â Ffrainc.

Roedd Paris yn nesáu.

Mor gyfnewidiol oedd yr wybren uwchben Ffrainc. Ar y gorwel powliai rhes o gymylau tewion ar gefnau'i gilydd, ond pan gododd Margarita ei phen drachefn doedd dim byd ond awyr las a heulwen wanwynol yn crafu brigau ucha'r rhesi poplys o boptu'r traciau gan beri i'r haul wincio: heulwen – cysgod – heulwen – cysgod – heulwen – cysgod bob yn ail. Bu brigau hiraf y coed yn tyner-gripian y gwydr ers meitin: rhyw lyfnu meddal cyn mynd ...

Daeth pennill o waith Polonskii i'w meddwl, rhywbeth rhamantus am flodau'r haul ger pont Syzran dros afon Volga. Neu gerdd arall am erddi glaswyrdd o lysiau calan Mai, coed pin Voditza a'r awyr blwm yn hongian dros afon Dnieper, neu rywbeth felly. Be oedd honno hefyd? Methodd yn lân â'i dwyn i gof ...

Chwipiwyd ei gwallt, a'i droelli'n wyllt. Roedd hi wedi gwthio'i thalcen allan i'r byd ac roedd rhesi symudliw o goedydd yn gwibio heibio: coed lelog oeddan nhw gan fwyaf, a llwyddodd i gipio dwy i'w dwrn. Syllodd ar eu gwyrddni, craffu ar y mân flewiach, y gwythiennau bychain oedd mor gywrain, cyn eu troi nhw drosodd er mwyn astudio'r staeniau goleuni oedd wedi tywyllu un ochor yn fwy na'r llall.

Ffrainc wledig, fythol araf, o bentrefi a threfi gwasgar, lle roedd golau mewn ffenestri bychain rhwng y coed. Teimlai Margarita y gallai ogleuo'r mwg oedd yn troelli o'u simneiau, a hwnnw'n hongian fel trwch o gwmwl llefrith yn yr awyr. Ar groen ei boch gallai deimlo'r niwloedd glas rhwng hafnau torlannau ei hafonydd, a chlywed sŵn y wig ym mrig yr hwyr ...

Gorsaf biwis oedd gorsaf y Gare de L'Est – un uchel, swnllyd, lle roedd eco enfawr y pistonau wrth ddŵad i stop yn crafu ar fwa'r to ynghanol cymanfa o weiddi a chwibanu. Cododd rhyw ogla drewllyd i'w ffroenau a'r tu allan roedd cymylau isel yn hongian dros y ddinas a'r awyr yn llaith. Cyrhaeddodd y ddau yn oriau mân y bora.

Gwahanodd Margarita ac Eggert gan addunedu cyfarfod yn fuan.

Aeth Margarita ddim i chwilio am Kai-Olaf, ond anelodd am y Rue de la Huchette. Cyrhaeddodd y stryd a cherdded o dan lamp las y Bureau de Police. Prysurodd ei chamre. Toc wedi chwech oedd hi, a Café St Michel, nesa i'r Café de la Gare â'i ddrysau eisoes ar agor. Aeth i mewn. Gwraig roedd rhai yn ei galw'n Eugénie oedd yn gweini coffi a *croissants* i ryw dri neu bedwar o weithwyr cynnar, a hynny yn ei slipars heb sanau. Roedd hi'n drewi o sebon rhad Eau de Javel, ond holodd hi ddim o fusnas Margarita. Ista wnaeth hi tan toc wedi saith, yna cododd a chroesi'r stryd.

Tatyana agorodd y drws. Ymddiheurodd Margarita am alw ar awr mor fora, ond cafodd groeso cynnes. Adroddodd beth o hanas ei thaith wrth Stanislav a Tatyana. Doedd dim byd yn arbennig o newydd yn ei hanes; yn wir, cafodd Stanislav ei atgoffa ohono'i hun yn gorfod ffoi o Rwsia yn hogyn ysgol ar ôl helyntion 1905. Yr un hen stori ...

Roedd Margarita yn awyddus i drafod Rwsia, ac eglurodd am y cyhuddiadau yn ei herbyn a oedd wedi ymddangosodd yn y wasg ym Mhrâg. Gwrandawodd Stanislav yn astud gan smocio'i getyn. Meddal iawn oedd y sgwrsio, matres o eiriau.

'Ti'n gwbod yn well na neb na faswn i byth yn gweithio i'r Gestapo.'

Nodiodd.

'Be sy'n 'y mhoeni fi'n fwy na dim ydi sefyllfa Larissa ym Moscow.'

'Dwi'n dallt yn iawn,' atebodd Stanislav a dweud wrthi am beidio â phoeni dim.

'Ond mi rydw i *yn* poeni. Dwi'n gwbod o brofiad sut ma' petha fel hyn yn mynd yn ôl i'r Kremlin. A dwi ddim am i fy chwaer ddiodda.'

'Mi wna i egluro'r cwbwl.'

'Ti'n addo?'

Nodiodd, cyn holi, 'Be ti'n bwriadu wneud yn Paris?'

'Dwi'm yn siŵr.'

'Os byddi di isio rhwbath ... ti'n gwbod lle ydan ni.'

Un peth arall oedd yn ei phoeni, ac wedi ei phoeni hi byth ers Berlin.

'Dwi heb ddiolch i chdi am fy achub i.'

'I Tatyana ma'r diolch,' atebodd Stanislav.

Gwenodd Margarita, gan wybod yn iawn mai fo oedd y tu cefn i'r cwbwl.

Doedd dim rhaid iddi gerdded ymhell iawn, dim ond i lawr y Rue des Deux Ponts, ac roedd hi yn y Rue St Severin. Agorodd y *concierge* y drws. Holodd Margarita am Kai-Olaf, a dywedodd hwnnw ar ba lawr roedd ei stafall. Aeth i fyny'r grisiau cul.

Curodd ar y pren a chlywed rhyw ymbalfalu o'r tu mewn.

Agorwyd y drws.

Syllodd Kai-Olaf arni.

Syllu mewn anghrediniaeth.

Cofleidiodd y ddau, gan wasgu'n dynn wrth ddal ei gilydd yn glòs.

Teimlai Margarita, o'r diwadd, ei bod hi wedi cyrraedd adra.